GARGANTA VERMELHA

Obras do autor publicadas pela Editora Record

Headhunters
Sangue na neve
O sol da meia-noite
Macbeth
O filho

Série Harry Hole
O morcego
Baratas
Garganta vermelha
A Casa da Dor
A estrela do diabo
O redentor
Boneco de Neve
O leopardo
O fantasma
Polícia
A sede
Faca

JO NESBØ

GARGANTA VERMELHA

Tradução de
Grete Skevik

2ª edição

EDITORA RECORD
RIO DE JANEIRO • SÃO PAULO
2021

EDITORA EXECUTIVA
Renata Pettengill

REVISÃO
Marco Aurélio Souza

SUBGERENTE EDITORIAL
Mariana Ferreira

DIAGRAMAÇÃO
Abreu's System

ASSISTENTE EDITORIAL
Pedro de Lima

TÍTULO ORIGINAL
Rødstrupe

AUXILIAR EDITORIAL
Juliana Brandt

CIP-BRASIL. CATALOGAÇÃO NA PUBLICAÇÃO
SINDICATO NACIONAL DOS EDITORES DE LIVROS, RJ

Nesbø, Jo, 1960-
    Garganta vermelha / Jo Nesbø; tradução de Grete Skevik. – 2. ed. Rio de Janeiro: Record, 2021.
    23 cm.   (Harry Hole; 3)

Tradução de: Rødstrupe
Sequência de: Baratas
Continua com: A Casa da Dor
ISBN 978-65-55-87180-7

1. Romance norueguês. I. Skevik, Grete. II. Título. III. Série.

20-67779   CDD: 839.82
                                        CDU: 82-31(481)

Meri Gleice Rodrigues de Souza – Bibliotecária – CRB-7/6439

Copyright © Jo Nesbø, 2000
Publicado mediante acordo com Salomonsson Agency.

Texto revisado segundo o novo Acordo Ortográfico da Língua Portuguesa.

Todos os direitos reservados. Proibida a reprodução, no todo ou em parte, através de quaisquer meios. Os direitos morais do autor foram assegurados.

Direitos exclusivos de publicação em língua portuguesa somente para o Brasil adquiridos pela
EDITORA RECORD LTDA.
Rua Argentina, 171 – Rio de Janeiro, RJ – 20921-380 – Tel.: (21) 2585-2000, que se reserva a propriedade literária desta tradução.

Impresso no Brasil

ISBN 978-65-55-87180-7

EDITORA AFILIADA

Seja um leitor preferencial Record.
Cadastre-se no site www.record.com.br e receba informações sobre nossos lançamentos e nossas promoções.

Atendimento e venda direta ao leitor:
sac@record.com.br

"Mas aos poucos ganhou coragem, voou até ele e, com o bico, tirou um espinho que havia entrado na testa do crucificado. Porém, ao fazer isso, uma gota de sangue do crucificado caiu no peito do pássaro. Penetrou com rapidez, espalhou-se e coloriu todas as suas delicadas penas. Então o crucificado abriu seus lábios e sussurrou ao pássaro: — Por tua misericórdia ganharás agora o que teus ancestrais vêm almejando desde a criação do mundo."

Selma Lagerlöf,
Lendas de Cristo

Parte Um

Da Terra

1

PEDÁGIO DE ALNABRU, 1º DE NOVEMBRO DE 1999

Um pássaro cinzento atravessou o campo de visão de Harry. Ele tamborilava ao volante. O tempo se arrastava. Alguém tinha falado sobre isso ontem na TV. Tempo arrastado era aquilo ali. Como na véspera de Natal antes de o Papai Noel chegar. Ou na cadeira elétrica antes de ela ser ligada.

Ele tamborilou com mais força.

Haviam estacionado numa praça atrás das cabines do pedágio. Ellen aumentou um pouco o volume do rádio do carro. A voz do repórter era solene e cheia de solenidade:

"O avião pousou há cinquenta minutos, e o presidente pisou em solo norueguês às seis e trinta e oito em ponto. O prefeito de Jevnaker deu-lhes as boas-vindas. É um lindo dia de outono aqui em Oslo, um belo cenário para a reunião de cúpula. Vamos ouvir mais uma vez o que o presidente disse à imprensa há meia hora."

Era a terceira vez. De novo, Harry imaginou os repórteres gritando e se espremendo atrás do cordão de isolamento. Do outro lado, homens em ternos cinza, que mal conseguiam disfarçar que eram agentes do Serviço Secreto, erguiam a cabeça enquanto examinavam a multidão, verificando pela décima segunda vez se os fones de ouvidos estavam bem ajustados. Depois examinavam a multidão novamente, endireitavam os óculos escuros, avaliavam a multidão de novo, demorando-se por uns dois segundos num fotógrafo com uma teleobjetiva comprida demais. Observavam as pessoas ao redor e checavam pela décima terceira vez se os fones de ouvidos estavam na posição correta. Alguém dava as boas-vindas ao presidente em inglês, então tudo ficou em silêncio. Ouviu-se apenas um ruído no microfone.

"Primeiramente, gostaria de dizer que estou maravilhado por estar aqui...", disse o presidente pela quarta vez num sotaque americano carregado.

— Li que um psicólogo americano famoso acha que o presidente tem DPM — disse Ellen.

— DPM?

— Distúrbio de Personalidade Múltipla. O médico e o monstro. Esse psicólogo acha que a personalidade normal dele não faz ideia de que a outra, o animal, fez sexo com todas aquelas mulheres. Por isso ele não pôde ser julgado pela Suprema Corte por ter mentido sob juramento.

— Nossa! — disse Harry, observando um helicóptero que pairava acima deles.

No rádio, uma voz com sotaque norueguês perguntou:

"Senhor presidente, esta é a quarta visita à Noruega de um presidente norte-americano. Como o senhor se sente?"

Pausa.

"É ótimo estar aqui de novo. E o que considero mais importante é que líderes do Estado de Israel e do povo palestino possam se encontrar aqui. A chave para..."

"O senhor se lembra de algo da sua última visita à Noruega, Sr. presidente?"

"É claro. Em nossas conversas de hoje espero que possamos..."

"Qual a importância de Oslo e da Noruega para a paz mundial, Sr. presidente?"

"A Noruega tem exercido um papel muito importante."

Uma voz sem sotaque norueguês:

"Em termos de resultados concretos, o que o presidente acha realista?"

A gravação foi cortada e do estúdio uma voz assumiu:

"É isso aí! O presidente acha que a Noruega teve um papel decisivo para, ah, a paz no Oriente Médio. Nesse momento, o presidente está a caminho de..."

Harry suspirou e desligou o rádio.

— Qual é o problema desse país, Ellen?

Ela encolheu os ombros.

"Passaram pelo ponto 27", crepitou uma voz no walkie-talkie do painel do carro.

Ele olhou para ela.

— Todos a postos? — perguntou Harry. Ela assentiu.

— Aqui vamos nós — disse ele.

Ellen revirou os olhos. Era a quinta vez que o colega dizia isso desde que o comboio partira do aeroporto de Gardermoen. De onde estavam estacionados, era possível ver a autoestrada vazia estender-se do pedágio e subir em direção a Trosterud e a Furuset. A luz azul em cima do carro girava preguiçosamente. Harry abaixou o vidro e esticou a mão para retirar uma folha seca amarelada presa no limpador do para-brisa.

— Um pisco-de-peito-ruivo — disse Ellen, apontando para um pássaro com o peito vermelho. — É raro ver um no final do outono.

— Onde?

— Ali. No telhado daquela cabine do pedágio.

Harry se inclinou para olhar pelo para-brisa.

— Ah, estou vendo. Então aquele é um pisco-de-peito-ruivo?

— Exato. Mas você não saberia a diferença entre ele e um tordo--ruivo, saberia?

— É. — Harry cobriu os olhos com a mão. Será que estava ficando míope?

— É um pássaro raro, conhecido como Garganta Vermelha — disse Ellen ao fechar a tampa da garrafa térmica.

— É mesmo?

— Noventa por cento deles migram para o Sul, mas alguns aparentemente arriscam ficar.

— Se é o que dizem...

O rádio estalou de novo:

"Posto 62 para a base. Tem um carro não identificado no acostamento, duzentos metros antes da saída para Lørenskog."

Uma voz grave com sotaque de Bergen respondeu da base:

"Um momento, 62. Estamos verificando."

Silêncio.

— Checaram os banheiros? — perguntou Harry, olhando para o Posto Esso.

— Claro. O posto está vazio, não ficou nenhum cliente nem funcionário. Exceto o gerente, que nós trancamos no escritório.

— E as cabines do pedágio?

— Checamos também. Relaxe, Harry, todos os pontos de controle estão marcados. Então... aqueles que ficam apostam num inverno ameno, entendeu? Eles podem estar certo, mas, se estiverem enganados, morrem. Então por que eles não migram para o Sul por precaução?, você deve estar se perguntando. Será que os pássaros ficam por preguiça?

Harry olhou pelo retrovisor e viu os guardas nos dois lados da ponte ferroviária. Homens de preto com capacete e cada um com uma metralhadora MP5 pendurada no pescoço. Mesmo àquela distância, era possível ver a tensão pela linguagem corporal deles.

— Se o inverno for ameno, eles podem escolher os melhores lugares para fazer seus ninhos *antes* de os outros voltarem — continuou Ellen, enquanto tentava guardar a garrafa térmica dentro do porta-luvas abarrotado. — É um risco calculado, entende? Pode haver fartura *ou* ser uma cagada *das grandes*. Arriscar ou não arriscar. Se arrisca, talvez caia congelado do galho uma noite e fique lá congelado até a primavera. Se não arriscar, talvez não sobre lugar para fazer um ninho quando voltar. Esses são, por assim dizer, o dilema eterno que sempre precisamos enfrentar.

— Você está de colete, não está? — Harry virou a cabeça, olhando para Ellen.

Ellen não respondeu, ficou apenas olhando para a estrada enquanto balançava a cabeça.

— Está ou não está?

Ela bateu com o punho no peito em resposta.

— Colete tático?

Ela assentiu.

— Mas que merda, Ellen! Minhas ordens foram para usar colete balístico, não o do Mickey.

— Por acaso você sabe qual tipo o pessoal do Serviço Secreto está usando?

— Vou tentar adivinhar. Coletes táticos?

— Acertou.

— E sabe para quem estou cagando?

— Vou tentar adivinhar... Pro Serviço Secreto?

— Acertou.

Ela riu. Harry também deu uma risadinha. O rádio estalou.

"Base para posto 62. O Serviço Secreto disse que o carro estacionado na saída para a Lørenskog é deles."

"Posto 62. Recebido."

— Está vendo? — soltou Harry, batendo com a mão no volante, irritado. — Não avisam. Aquele pessoal do SS não dá a mínima para ninguém. O que aquele carro está fazendo lá em cima sem a gente saber, você sabe me dizer?

— Verificando se estamos fazendo o nosso trabalho — respondeu Ellen.

— De acordo com as instruções que *eles* nos deram.

— Mas você ainda pode tomar *alguma* decisão, então pare de reclamar. E pare de ficar batendo no volante.

As mãos de Harry caíram obedientes no colo. Ela sorriu. O colega soltou o ar longamente entre os dentes:

— Está bem.

Seus dedos encontraram o cabo do revólver, um Smith & Wesson calibre 38, seis tiros. No cinto, havia mais dois pentes de seis tiros cada. Harry apalpou o revólver lembrando que na verdade não estava autorizado a portar arma. Talvez estivesse realmente ficando míope, porque, depois das quarenta horas do curso de tiro no inverno passado, ele não havia sido aprovado na avaliação final. Mesmo não sendo algo incomum, foi a primeira vez que isso aconteceu com ele, o que não o deixava nada feliz. Claro que era só fazer outra prova. Muitos só passavam depois da quarta ou até da quinta tentativa, mas, por algum motivo, Harry vivia adiando aquilo.

Mais estalos no rádio: "Passaram pelo ponto 28."

— Penúltimo ponto no distrito policial de Romerike — disse Harry. — O próximo ponto de passagem é Karihaugen, e depois é com a gente.

— Por que eles não podem fazer como fazíamos antes? É só dizer onde o comboio está em vez de falar esses números bobos! — reclamou Ellen.

— Adivinha de quem é essa ideia.

Responderam ao mesmo tempo:

— Do Serviço Secreto! — E riram.

"Ponto 29 já ultrapassado."

Ele olhou no relógio.

— Ok. Eles estarão aqui em três minutos. Vou mudar o walkie-talkie para a frequência do distrito policial de Oslo. Faça a última verificação.

O rádio chiou enquanto Ellen fechava os olhos para se concentrar em todas as confirmações que entravam, uma após a outra. Pendurou o microfone no lugar.

— Todos a postos.

— Obrigado. Coloque o capacete.

— O quê? Sério, Harry...

— Você ouviu o que eu disse.

— Coloque você o seu!

— É muito pequeno.

Uma voz nova:

"Passou pelo ponto 1."

— Que merda. Às vezes você é tão... pouco profissional. — Ellen encaixou o capacete na cabeça, prendeu a alça sob o queixo e fez uma careta para o retrovisor.

— Também te amo — disse Harry enquanto estudava a estrada à sua frente com o binóculo. — Lá estão eles.

No final da subida para Karihaugen viu um metal cintilar. Até então Harry só enxergava o primeiro carro do comboio, mas conhecia a sequência: seis motos com policiais especiais da divisão de batedores noruegueses, dois carros de batedores noruegueses, um carro do Serviço Secreto, depois dois Cadillacs Fleetwood iguais. Eram veículos especiais do Serviço Secreto trazidos de avião dos Estados Unidos, e o presidente estava em um deles. Em qual, era segredo. Ou talvez ele estivesse nos dois, pensou Harry. Um para o médico e outro para o monstro. Depois vinham os carros maiores; a ambulância, a viatura de comunicação e outros veículos do Serviço Secreto.

— Tudo parece tranquilo — comentou Harry. O binóculo varria lentamente a estrada, da esquerda para a direita. O ar tremia sobre o asfalto, mesmo sendo uma manhã fria de novembro.

* * *

Ellen viu os contornos do primeiro carro. Em trinta segundos o comboio teria passado pelo pedágio e metade do trabalho da dupla estaria cumprida. Em dois dias, quando os mesmos carros passassem pelo pedágio na direção oposta, ela e Harry poderiam voltar à sua rotina policial. Ellen preferia lidar com pessoas mortas na Divisão de Homicídios a levantar às três da manhã para ficar dentro de um Volvo gelado com um Harry irritado, sentindo visivelmente o peso da responsabilidade que lhe fora dada.

Exceto pela respiração regular de Harry, o silêncio era total no carro. Ellen conferiu se as luzes indicadoras dos dois rádios estavam verdes. O comboio estava quase alcançando o pé da colina. Ela resolveu que iria se embebedar no bar Tørst depois do trabalho. Trocara olhares com um cara lá, que tinha cabelos pretos encaracolados e olhos castanhos meio perigosos. Magro. Parecia meio boêmio, intelectual. Talvez...

— Mas o que é...

Harry já agarrara o microfone.

— Tem uma pessoa na terceira cabine da esquerda. Alguém pode identificar o indivíduo?

O rádio respondeu com um silêncio cheio de estalidos enquanto o olhar de Ellen examinou a fileira de cabines. Lá! Ela viu um homem de costas atrás do vidro marrom da bilheteria — a apenas quarenta ou 45 metros de onde estavam. A silhueta do indivíduo ficou nitidamente desenhada na contraluz. E também o cano curto com o ponto de mira apontando por cima do seu ombro.

— A arma! — gritou Ellen. — Ele está com uma metralhadora!

— Merda! — Harry abriu a porta do carro com um chute, se segurou com as duas mãos no vão da porta e se jogou para fora. Ellen observou o comboio de carros. Não podia estar mais de cem metros distante. Harry enfiou a cabeça dentro do carro.

— Não é dos nossos, mas pode ser do Serviço Secreto, disse. — Ligue para a central. Ele já estava com o revólver na mão.

— Harry...

— Agora! E senta a mão na buzina se a central disser que é um dos homens deles.

Harry saiu correndo em direção à cabine e ao sujeito de terno que estava de costas. Parecia o cano de uma Uzi. O ar úmido da manhã ardia em seus pulmões.

— Polícia! — gritou Harry. — *Police!*

Nenhuma reação, o vidro grosso das cabines isolava o barulho do trânsito. O homem tinha virado a cabeça na direção do comboio, e Harry podia ver os óculos escuros Ray-Ban. Serviço Secreto. Ou alguém que queria passar essa impressão.

Faltavam vinte metros.

Como o homem podia ter entrado na cabine trancada se não fosse um deles? Merda! Harry já ouvia o barulho das motos. Ele não ia alcançar a cabine.

Harry soltou a trava de segurança e mirou enquanto rezava para que a buzina do carro rasgasse o silêncio dessa manhã estranha em uma via expressa onde ele, de forma nenhuma, em nenhum momento, tivera vontade de estar. A instrução era clara, mas ele não conseguia abafar os pensamentos:

Colete fino. Nenhuma comunicação. Atire, não é culpa sua. Ele tem família?

Logo atrás da cabine vinha o cortejo, veloz. Em alguns segundos, os Cadillacs passariam em frente à cabine. Com o canto do olho esquerdo viu um leve movimento, um pequeno pássaro levantando voo do telhado.

Arriscar ou não... o eterno dilema.

Ele pensou no colarinho baixo do colete, abaixou a mira. O rugido das motos era ensurdecedor.

2

OSLO, TERÇA-FEIRA 5 DE OUTUBRO DE 1999

— Essa é a grande traição — disse o homem careca olhando o manuscrito. A cabeça, as sobrancelhas, os antebraços volumosos, suas mãos enormes agarradas à tribuna: estava todo recém-depilado e asseado. Ele se inclinou sobre o microfone.

— Depois de 1945, os inimigos dos nacional-socialistas reinaram, desenvolvendo e praticando seus princípios democráticos e econômicos. Como resultado, o mundo não tem visto o sol se pôr um único dia sem atos de guerra. Até aqui na Europa tivemos guerras e genocídios. No Terceiro Mundo, milhões estão morrendo de fome, e a Europa está sendo ameaçada por uma imigração em massa seguida de caos, sofrimento e luta pela sobrevivência.

Ele se calou e olhou em volta. O silêncio era total, apenas um dos ouvintes, em um dos bancos atrás dele, bateu palmas timidamente. Quando ele voltou a falar de forma exaltada, a lâmpada vermelha piscando irritantemente embaixo do microfone avisou que o gravador estava recebendo sinais distorcidos.

— Pouca coisa nos separa da prosperidade absorta e do dia em que teremos que confiar em nós mesmos e na comunidade a nosso redor. Uma guerra, uma catástrofe econômica ou ecológica, e a rede inteira de leis e normas que rapidamente nos transformam em clientes sociais passivos de repente some. A última grande traição aconteceu no dia 9 de abril de 1940, quando nossos chamados líderes nacionais fugiram do inimigo para salvar a própria pele. E levaram consigo as reservas de ouro para financiar uma vida de luxo em Londres. Agora o inimigo voltou. E aqueles que deveriam defender nossos interesses falharam conosco mais uma vez. Eles deixam o inimigo construir mesquitas em nosso meio, deixam-no roubar dos nossos idosos e misturar seu sangue com o das nossas mulheres. É mais do que nossa obrigação como noruegueses proteger nossa raça e eliminar os traidores.

Ele virou a folha, mas um pigarro da tribuna à sua frente o fez parar e erguer os olhos.

— Obrigado, acho que já ouvi o suficiente — disse o juiz, olhando por cima dos óculos. — A promotoria tem mais perguntas ao acusado?

Os raios do sol entravam de viés na sala 17 do Tribunal de Justiça de Oslo e davam uma auréola ilusória ao careca. Ele estava usando camisa branca e uma gravata slim, provavelmente sugestão de seu advogado de defesa, Johan Krohn Jr., que nesse exato momento estava encostado na cadeira balançando uma caneta entre o dedo médio e o indicador.

Krohn não gostava nada dessa situação. Ele não gostava do rumo que o interrogatório do promotor havia tomado, nem da manifestação ingênua de seu cliente, Sverre Olsen, e do fato de que Olsen achou melhor arregaçar as mangas da camisa até a metade do braço para que o juiz e os jurados pudessem contemplar as tatuagens de teias de aranha nos dois cotovelos e a fileira de suásticas em seu antebraço esquerdo. No da direita havia uma tatuagem de correntes com símbolos nórdicos e "VALKYRIA" em letras pretas góticas. Valkyria era o nome de uma gangue neonazista.

Mas algo além de todo aquele trâmite o aborrecia. Ele só não conseguia identificar o que era.

O promotor, um baixinho chamado Herman Groth, empurrou o microfone com o mindinho, enfeitado com um anel com o símbolo da Ordem dos Advogados.

— Apenas mais algumas perguntas para terminar, Meritíssimo. — Sua voz era suave e branda. A lâmpada sob o microfone estava verde. — Quando o senhor, no dia 3 de janeiro, às nove horas, entrou no Dennis Kebab, na rua Dronningens, foi com a intenção explícita de cumprir esse compromisso de defender nossa raça de que estava falando agora?

Johan Krohn se jogou no microfone:

— Meu cliente já respondeu que acabou entrando numa discussão com o proprietário vietnamita. — Luz vermelha. — Ele foi provocado — afirmou Krohn. — Não há nenhum motivo para insinuar premeditação.

Groth fechou os olhos:

— Se é verdade o que seu advogado está dizendo, Sr. Olsen, então foi totalmente por acaso que o senhor estava carregando um taco de beisebol?

— Para autodefesa — interrompeu-o Krohn e abriu os braços, resignado. — Meritíssimo, meu cliente já respondeu a essas perguntas.

O juiz passou a mão no queixo enquanto observava o advogado de defesa. Todos sabiam que Johan Krohn Jr. era um defensor promissor, inclusive o próprio Johan Krohn, e foi provavelmente este último fato que fez o juiz, não sem certa irritação, admitir:

— Concordo com a defesa. Se a promotoria não tiver novos pontos de vista, peço que sigamos.

Groth abriu os olhos, deixando visível o branco acima e abaixo da íris. Ele assentiu. Depois, com um movimento cansado, levantou bem alto um jornal.

— Este é o jornal *Dagbladet* do dia 25 de janeiro. Numa entrevista na página 8, um dos companheiros idealistas do acusado diz...

— Protesto... — começou Krohn.

Groth deu um suspiro.

— Permita-me alterar essa colocação para "um homem que expressa seu ponto de vista racista".

O juiz consentiu, mas deu um olhar de advertência a Krohn. Groth continuou:

— Este homem diz, em um comentário sobre o assalto ao Dennis Kebab, que precisamos de mais racistas como Sverre Olsen para retomar a Noruega. Na entrevista a palavra "racista" é usada como uma designação de honra. O acusado se considera um racista?

— Sou racista, sim — respondeu Olsen, antes que Krohn conseguisse interromper. — No sentido que eu dou à palavra.

— E qual seria esse sentido? — perguntou Groth, sorrindo.

Krohn cerrou os punhos embaixo da mesa e olhou para o juiz e seus dois jurados, um de cada lado. Aqueles três iriam decidir o destino de seu cliente para os próximos anos, e seu próprio status no bar Tostrupkjeller durante os meses seguintes. Dois representantes do povo, com noção comum da justiça. "Membros do júri", como eram chamados antigamente, mas aqueles jurados que estavam ali não pareciam aptos a julgar ninguém. O jurado à direita era um jovem que usava um terno barato e que mal ousava erguer os olhos. A jovem mulher com formas arredondadas à esquerda parecia fazer de conta que estava acompanhando os acontecimentos, enquanto inclinava a cabeça para trás para não mostrar os primeiros sinais de uma papada. Típicos noruegueses. O que eles sabiam sobre pessoas como Sverre Olsen? O que eles queriam saber?

Oito testemunhas tinham visto Sverre Olsen entrar na lanchonete com um taco de beisebol embaixo do braço e, após uma rápida troca de xingamentos, bater com o taco na cabeça do dono, Ho Dai, um vietnamita quarentão que chegara de navio à Noruega como refugiado em 1978. Ele bateu com tanta força que Ho Dai nunca mais poderá andar. Quando Olsen começou a falar, Johan Krohn Jr. já estava elaborando o recurso em segunda instância.

— *Racismo* — disse Olsen, lendo a definição da palavra depois de encontrá-la em seus papéis — é uma luta eterna contra doenças hereditárias, degeneração e erradicação, além de um sonho e uma esperança de ter uma sociedade mais saudável com melhores condições de vida. A mistura de raças é uma forma de genocídio bilateral. Num mundo onde se planeja estabelecer bancos de genes para guardar o menor dos besouros, é aceito por todos o fato de misturar e destruir raças humanas que se desenvolveram durante milênios. Num artigo na respeitada revista *American Psychologist* de 1972, cinquenta cientistas americanos e europeus advertiram que a argumentação sobre a teoria da hereditariedade não podia ser silenciada.

Olsen parou, olhou pela sala 17 inteira e levantou o indicador da mão direita. Ele tinha se virado para o promotor, e Krohn podia ver o pálido *Sieg Heil* tatuado na pele lisa da nuca, um grito surdo num contraste grotesco e esquisito com a retórica indiferente. No silêncio que se seguiu, Krohn percebeu, pelos ruídos do corredor, que já haviam parado para o almoço na sala 18. Os segundos se passaram. Krohn lembrou-se de algo que havia lido a respeito de Adolf Hitler. Durante os encontros das massas, o ditador chegava a fazer pausas retóricas de até três minutos. Quando Olsen continuou, marcava o ritmo com o dedo, como se quisesse martelar cada palavra e cada frase no cérebro dos ouvintes:

— Aqueles entre vocês que tentam fazer de conta que não está havendo uma luta de raças são cegos ou traidores.

Ele bebeu do copo de água que um funcionário tinha colocado à sua frente.

O promotor interferiu:

— E nessa luta de raças, você e seus companheiros, alguns dos quais estão aqui na sala, são os únicos que têm o direito de atacar?

Vaias dos skinheads na sala do tribunal.

— Não estamos atacando, estamos nos defendendo — respondeu Olsen. — É um direito e uma obrigação de todas as raças.

Alguém na sala gritou algo que Olsen captou e transmitiu com um sorriso:

— Na verdade, mesmo entre pessoas de outra raça podemos encontrar um nacional-socialista ciente das diferenças entre raças.

Risos e aplausos esparsos dos ouvintes. O juiz pediu silêncio antes de lançar um olhar inquisitivo ao promotor.

— É só isso — disse Groth.

— O advogado tem mais alguma pergunta?

Krohn fez que não com a cabeça.

— Então peço que entre a primeira testemunha da promotoria.

O promotor fez um sinal para o funcionário, que abriu a porta no fundo da sala, pôs a cabeça para fora e disse alguma coisa. Uma cadeira rangeu lá fora, a porta se abriu totalmente e um homem grande adentrou. Krohn notou que o homem estava usando um blazer que era um número menor, jeans preto e botas grandes estilo Dr. Martens. Sua cabeça raspada quase lisa e seu corpo atlético e magro indicavam uma idade na casa dos 30 anos. Mas os olhos vermelhos esbugalhados com olheiras intensas e a pele pálida com vasos capilares finos rompidos aqui e ali em pequenos aluviões vermelhos apontavam mais para 50.

— Policial Harry Hole? — perguntou o juiz quando o homem ocupou seu lugar no banco das testemunhas.

— Sim.

— Vejo que não informou seu endereço domiciliar.

— É privado. — Hole apontou com um polegar sobre os ombros. — Eles atacaram minha casa.

Gritos de vaia.

— O senhor já prestou juramento, Sr. Hole?

— Já.

A cabeça de Krohn balançou como a daqueles cachorrinhos de plástico que enfeitam os painéis de carros. Ele folheou agitado os documentos.

— O senhor investiga homicídios, não é isso, Sr. Hole? — perguntou Groth. — Por que está neste caso?

— Porque cometemos um erro de cálculo — respondeu Hole.

— É?

— Não calculamos que Ho Dai iria sobreviver. Quando há esmagamento de crânio e algumas partes saem do cérebro, não é comum sobreviver.

Krohn percebeu que o rosto dos jurados, involuntariamente, se contorcia. Mas isso não tinha mais importância agora. Já havia encontrado a folha com os nomes deles. E lá estava: o erro.

3

AVENIDA KARL JOHAN, 5 DE OUTUBRO DE 1999

— Você vai morrer, camarada.

As palavras ainda tilintavam nos ouvidos do velho quando ele pisou na escada onde parou, cego pelo intenso sol de outono. Enquanto as pupilas lentamente se retraíam, ele se segurou no corrimão e respirou fundo. Prestou atenção à cacofonia produzida por carros, bondes, apitos que sinalizavam que os pedestres podiam atravessar. E vozes — vozes excitadas e felizes passando depressa, acompanhadas do som dos sapatos. E música, alguma vez na vida ele já tinha ouvido tanta música? Mas nada conseguiu fazer calar o som das palavras:

— Você vai morrer, camarada.

Quantas vezes ele havia parado ali, na escada do consultório do Dr. Buer? Duas vezes ao ano durante quarenta anos, então seriam oitenta vezes. Oitenta dias iguais a hoje, mas nunca, até aquele dia, tinha reparado na intensa vida que havia nas ruas, que júbilo, que avidez de viver. Era outubro, mas, para ele, era como se estivesse em maio. O dia em que a paz irrompeu. Será que estava exagerando? Ele podia ouvir a voz dela, ver sua silhueta correndo do sol, os contornos do rosto desaparecendo em uma auréola de luz branca.

— Você vai morrer, camarada.

Toda a brancura ganhou cor e transformou a avenida Karl Johan. Ele desceu os degraus e ficou olhando para a direita e para a esquerda, como se não conseguisse decidir que direção tomar, e mergulhou em pensamentos. Mas de repente ficou alerta, como se alguém o tivesse acordado, e começou a andar em direção ao Palácio Real. Seus passos eram hesitantes, o olhar baixo e a figura magra e retraída pararam dentro do casaco de lã grande demais.

— O câncer se espalhou — disse o Dr. Buer.

— Entendo — falou ela, olhando para o médico e se perguntando se aquilo era algo que se aprendia na faculdade de medicina, tirar os óculos para dar notícias sérias, ou se era apenas uma coisa que médicos míopes faziam para não ter de ver a expressão no olhar do paciente. Ele estava começando a parecer seu pai, o Dr. Konrad Buer, agora que a calva estava se acentuando e as olheiras davam a ele um pouco da aura de preocupação do pai.

— Assim, em poucas palavras? — O velho havia indagado com a voz de alguém que ele não ouvia fazia mais de cinquenta anos. Era o som oco e áspero da garganta de um homem com medo da morte tremendo em suas cordas vocais.

— É, é uma questão de...

— Por favor, doutor, eu já encarei os olhos da morte antes.

Ele havia levantado o tom da voz, escolhido palavras que a forçavam a ficar firme, do jeito que ele queria que o Dr. Buer a ouvisse. Do jeito que ele mesmo queria ouvi-la.

O olhar do médico correu sobre a mesa, sobre o assoalho gasto e fugiu pelo vidro sujo da janela. Sumiu por um momento lá fora até retomar e encontrar os olhos do velho. Suas mãos tinham encontrado um pano com o qual limpavam os óculos com esmero.

— Eu sei como o senhor...

— O senhor não sabe de nada, doutor. — O velho ouviu o próprio riso curto e seco. — Não fique ofendido, Buer, mas nesse ponto eu garanto: o senhor não sabe de nada.

Ele observou o médico ficar desnorteado e na mesma hora notou que a torneira sobre a pia no outro lado do consultório pingava, um som novo, como se ele de repente, e sem entender como, houvesse ganhado os sentidos de uma pessoa de 20 anos.

Buer recolocou seus óculos, levantou um papel como se as palavras que diria estivessem escritas nele, pigarreou e disse:

— Você vai morrer, camarada.

O velho teria preferido um tom um pouco menos informal.

Ele parou próximo a uma multidão e ouviu o dedilhar de uma guitarra e uma voz cantar uma música que com certeza era velha para todos menos para ele. Já havia escutado aquela música antes, provavelmente um quarto de um século antes, mas era como fosse ontem. Agora era assim com tudo — quanto mais distante no passado, mais perto e nítido lhe parecia. Agora ele conseguia se lembrar de coisas de que não se lembrava havia anos. O que ele antes só podia buscar em seus diários da guerra agora acessava apenas fechando os olhos. Era como se um filme se projetasse em sua retina.

— Você tem pelo menos um ano.

Uma primavera e um verão. Ele poderia ver cada folha amarelada nas árvores do parque no centro de Oslo, como se usasse óculos novos com lentes de um grau maior. As mesmas árvores estavam ali em 1945, ou não? Não estavam muito nítidas naquele dia, nada estava nítido naquele dia. Os rostos sorridentes, os rostos furiosos, os gritos que quase não o alcançavam, a porta do carro batendo e talvez ele tivesse lágrimas nos olhos, porque, quando se lembrava das bandeiras que as pessoas nas calçadas seguravam enquanto corriam, eram vermelhas e embaçadas. Elas gritavam: O *príncipe voltou*!

Subiu a ladeira até o Palácio Real, onde algumas pessoas se aglomeravam para assistir à troca da guarda. O eco das ordens dos guardas, os estalos de coronhas e calcanhares das botas ressoavam contra a fachada de alvenaria amarela pálida. Câmeras de vídeo zumbiam, e ele captou algumas palavras em alemão. Um jovem casal japonês se abraçava enquanto assistia feliz ao espetáculo. Ele fechou os olhos, tentou sentir o cheiro de uniformes e de óleo de armas. Bobagem, nada ali tinha o cheiro da guerra dele.

Ele abriu os olhos de novo. O que podiam saber esses jovens soldados de preto, figurantes do desfile da monarquia social encarregados de efetuar atividades simbólicas as quais eram inocentes demais para compreender? Eram jovens demais para sentir algo a respeito. Ele pensou nesse dia de novo. Jovens noruegueses disfarçados de soldados, ou de "soldados suecos", como eles os haviam chamado. Para ele eram soldados de brinquedo, não sabiam vestir um uniforme, muito menos como tratar um prisioneiro de guerra. Eram medrosos e brutos, tinham guimbas de cigarro no canto da boca e uma boina torta na cabeça, agarrando-se às suas armas de fogo recém-adquiridas, tentando suprimir o medo dando pancadas com a coronha nas costas dos presos.

— Porcos nazistas — diziam quando batiam neles, como para receber o perdão imediato por seus pecados.

Ele tragou o ar, saboreou o dia quente de outono, mas na mesma hora a dor voltou. Deu um passo para trás, cambaleando. Água nos pulmões. Daqui a 12 meses, talvez antes, a inflamação e a infecção iriam liberar a água que depois se acumularia nos pulmões. Disseram que essa era a pior parte.

— Você vai morrer, camarada.

Veio então a tosse, tão violenta que as pessoas perto dele instintivamente se afastaram.

4

MINISTÉRIO DAS RELAÇÕES EXTERIORES, VICTORIA TERRASSE, 5 DE OUTUBRO DE 1999

O subsecretário das Relações Exteriores, Bernt Brandhaug, apertou o passo no corredor. Saíra de seu escritório havia trinta segundos, dali a 45 estaria na sala de reunião. Levantou os ombros dentro do paletó, sentiu que eles o preencheram bem, percebeu os músculos dorsais pressionarem o tecido. *Latissimus dorsi* — músculos das costas. Ele tinha 60 anos, mas não aparentava um dia além dos 50. Não que sua aparência o preocupasse. Sabia que era um homem bonito, mesmo que não fizesse tanto esforço para isso. Além do exercício físico, que ele de qualquer forma amava, no inverno fazia algumas sessões de bronzeamento artificial, e regularmente arrancava cabelos brancos das sobrancelhas cada vez mais espessas.

— Oi, Lise! — gritou ao passar pela copiadora, e a jovem funcionária do Ministério das Relações Exteriores pulou da cadeira, mal conseguindo dar um sorriso pálido antes de ele desaparecer no corredor. Lise era recém-formada em Direito e filha de um amigo da faculdade. Fazia apenas três semanas que havia começado. E desde então ela estava ciente de que o subsecretário das Relações Exteriores, o civil mais importante naquele prédio, sabia quem ela era. Será que ela cederia? Provavelmente. Não que isso fosse acontecer. Não necessariamente.

Ele ouviu o zumbido de vozes bem antes de alcançar a porta aberta. Olhou no relógio. Setenta e cinco segundos. Entrou, lançou um olhar rápido pela sala de reunião e constatou que todos os convocados estavam presentes.

— Ora, ora... então você é Bjarne Møller? — disse bem alto, com um largo sorriso, esticando o braço sobre a mesa na direção de um homem alto e magro que estava sentado ao lado da delegada de polícia Anne Størksen. — Você é o CP, não é, Møller? Soube que você vai correr a etapa da montanha-russa na maratona de Holmenkollen.

Este era um dos truques de Brandhaug: conseguir algumas informações sobre as pessoas que ele ia conhecer. Algo que não estava em seu currículo. Isso os tornava inseguros. A ideia de usar CP — uma abreviação interna para chefe de polícia — particularmente o deixava contente. Brandhaug se sentou, piscou para seu velho amigo Kurt Meirik, chefe da Polícia Secreta, e estudou as outras pessoas em volta da mesa.

Ninguém sabia ainda quem assumiria a liderança, já que teoricamente era uma reunião com representantes que ocupavam cargos que tinham o mesmo grau de importância no escritório do primeiro--ministro, da Polícia Distrital de Oslo, do Serviço da Inteligência do Ministério da Defesa, das tropas da Defesa Civil e do Ministério das Relações Exteriores. Foi o EPM — o escritório do primeiro-ministro — que havia convocado a reunião, mas sem dúvida seria a polícia de Oslo, com a delegada Anne Størksen, e o CPS, Kurt Meirik, que ficariam responsáveis pela parte operacional, quando chegasse a hora. O subsecretário de Estado do escritório do primeiro-ministro parecia bem à vontade com a ideia de tomar a dianteira.

Brandhaug fechou os olhos e prestou atenção.

Os bate-papos informais pararam, o zumbido de vozes silenciou aos poucos, cadeiras foram arrastadas. Ainda não. Papéis farfalhavam, canetas estalavam — em reuniões importantes como aquela, a maioria dos chefes trazia os próprios relatores, caso depois começassem a se acusar mutuamente por coisas que dessem errado. Alguém pigarreou, mas o som veio do lado errado da mesa e não parecia que a pessoa ia começar a falar. Foi mais uma grande ingestão de ar. Alguém se pronunciou.

— Então vamos começar — disse Bernt Brandhaug, e abriu os olhos.

Cabeças se viraram em sua direção. Era sempre a mesma coisa: a boca semiaberta do secretário de Estado, o sorriso torto da Sra. Størksen mostrando que entendia o que tinha acontecido, mas, de resto, expressões vazias olhando para ele sem saber que a batalha já estava terminada.

— Bem-vindos à primeira reunião de coordenação. Nosso trabalho é conseguir fazer com que os quatro homens mais importantes do mundo entrem na Noruega e saiam daqui relativamente vivos.

Risos polidos em volta da mesa.

— Na segunda-feira, dia 1º de novembro, chegam o líder da Frente de Libertação da Palestina, Yasser Arafat, o primeiro-ministro de Israel, Ehud Barak, o primeiro-ministro russo, Vladimir Putin, e, no final, a cereja do bolo: às seis e quinze da noite, daqui a exatos 27 dias, o Air Force One aterrissa no aeroporto de Oslo, Gardermoen, com o presidente dos Estados Unidos a bordo.

Brandhaug olhou em todos os rostos em volta da mesa. Parou no novato, Bjarne Møller.

— Se não houver neblina — disse ele, provocando risos, e notou, satisfeito, que Møller por um momento esqueceu o nervosismo e também riu. Brandhaug sorriu para ele, mostrando seus dentes fortes, um pouco mais brancos após o último tratamento estético.

— Ainda não sabemos exatamente quantas pessoas virão — admitiu Brandhaug. Na Austrália, o presidente estava acompanhado de duas mil, e, em Copenhague, de 1.700.

Murmúrio em volta da mesa.

— Mas, pela minha experiência, uma estimativa em torno de setecentas pessoas seria mais realista.

Brandhaug estava confiante de que a sua "estimativa" logo seria confirmada, pois fazia uma hora que havia recebido um fax com a lista das 712 pessoas que chegariam.

— Alguns de vocês certamente estão se perguntando por que o presidente precisa de tantas pessoas para uma reunião de cúpula que levará apenas dois dias. A resposta é simples: estamos falando da boa e conservadora retórica do poder. Setecentos, se meu cálculo estiver correto, é o número exato de pessoas que acompanharam o imperador Frederico III a Roma em 1468 para mostrar ao papa quem era o homem mais poderoso do mundo.

Mais risos em volta da mesa. Brandhaug piscou para Anne Størksen. Ele tinha encontrado a frase no jornal. Juntou as mãos com força.

— Não preciso dizer a vocês que dois meses é pouco tempo, o que significa que teremos reuniões de coordenação diárias nesta sala às

10 horas da manhã. Até que esses quatro homens estejam fora da nossa área de responsabilidade, vocês vão deixar tudo de lado. Férias e compensação de horas extras estão proibidas. Licença por motivo de doença também. Alguém tem alguma dúvida?

— Bem, achamos... — começou o secretário de Estado.

— Isso inclui depressões — interrompeu-o Brandhaug, e Bjarne Møller riu involuntariamente, alto.

— Bem, nós... — o secretário de Estado recomeçou.

— Pois não, Meirik — gritou Brandhaug.

— O quê?

O chefe da Polícia Secreta, Kurt Meirik, levantou a cabeça careca e olhou para Brandhaug.

— Você queria dizer algo sobre a avaliação de risco da Polícia Secreta? — perguntou Brandhaug.

— Ah, isso. Trouxemos cópias.

Meirik era de Tromsø e falava uma mistura estranha e aleatória do dialeto do Norte com a língua nacional. Ele cumprimentou uma mulher ao seu lado. O olhar de Brandhaug se demorou nela. Estava sem maquiagem, e seu cabelo curto e castanho de corte reto permanecia preso por uma presilha que não lhe caía bem. E o tailleur que vestia era uma coisa de lã azul, totalmente sem graça. Mas, apesar do rosto excessivamente compenetrado, como todas aquelas mulheres profissionais que ele via com frequência e que tinham medo de não serem levadas a sério, ele gostou do que viu. Seus olhos eram castanhos e meigos, e as maçãs do rosto salientes davam-lhe um ar aristocrático, quase nada norueguês. Ele já a vira antes, mas o corte de cabelo era novo. Qual era o nome dela? Algo bíblico, Rakel? Talvez tivesse acabado de se separar, o novo corte de cabelo podia ser um sinal disso. Ela se abaixou para pegar a pasta que estava entre ela e Meirik, e o olhar de Brandhaug procurou automaticamente o decote de sua blusa, mas estava bem abotoada para mostrar qualquer coisa de interessante. Será que ela teria filhos pequenos? Teria escrúpulos em se hospedar em um hotel durante o dia? O poder mexia com ela?

Brandhaug falou:

— Faça um rápido resumo, Meirik.

— Está bem.

— Antes gostaria de dizer uma coisa... — o secretário de Estado começou.

— Vamos deixar Meirik terminar, depois você pode dizer tudo o que quiser, Bjørn.

Era a primeira vez que Brandhaug usava o primeiro nome do secretário.

— A Polícia Secreta está avaliando o risco de atentado ou outros perigos — disse Meirik.

Brandhaug esboçou um sorriso. Pelo canto do olho viu a delegada fazer o mesmo. Menina inteligente, formada em Direito e com uma carreira burocrática imaculada. Talvez ele devesse convidá-la, junto com o marido, para jantar trutas na casa dele qualquer noite. Brandhaug e sua mulher moravam numa casa de madeira espaçosa na entrada da floresta em Nordberg. No inverno, era só colocar os esquis em frente à garagem e estavam prontos para esquiar. Bernt Brandhaug amava aquela casa. Sua mulher a achava escura demais, dizia que toda aquela madeira escura a deixava com medo, tampouco gostava da floresta em volta. Claro, um convite para jantar. Madeira sólida e truta pescada por ele mesmo. Os sinais certos.

— Devo lembrar-lhes de que quatro presidentes norte-americanos morreram em consequência de atentados. Abraham Lincoln em 1865, James Garfield em 1881, John F. Kennedy em 1963 e...

Ele se virou para a mulher com maçãs do rosto salientes que disse o nome com os lábios.

— Isso, William McKinley. Em...

— Em 1901 — completou Brandhaug. Ele abriu um sorriso caloroso e olhou no relógio.

— Exato. Mas houve muitas outras tentativas ao longo do tempo. Harry Truman, Gerald Ford e Ronald Reagan sofreram sérios atentados enquanto estavam no cargo.

Brandhaug pigarreou:

— Está esquecendo que o atual presidente quase foi alvejado há alguns anos. Ou pelo menos a casa dele foi.

— É verdade. Mas não estamos computando esses tipos de incidentes, seriam muitos. Ouso dizer que nos últimos anos nenhum presidente norte-americano esteve no poder sem que pelo menos dez atentados fossem descobertos e os culpados detidos. E nada disso chegou à imprensa,

— Por que não?

O inspetor-chefe Bjarne Møller achou que havia apenas pensado na pergunta, e ficou tão surpreso quanto os outros ao ouvir a própria voz. Engoliu em seco ao perceber os rostos se virarem para ele e tentou fixar o olhar em Meirik, mas não conseguiu evitar lançar um olhar a Brandhaug. O subsecretário das Relações Exteriores piscou para ele de maneira tranquilizadora.

— Como vocês sabem, é comum manter sigilo sobre tentativas de atentados — explicou Meirik, tirando os óculos que lhe conferiam um ar de policial de cinema. Eram daqueles bem populares, que escurecem à luz do sol. — Atentados são tão contagiosos quanto suicídios. Além disso, não queremos revelar nossos métodos de trabalho.

— Quais são os planos para a vigilância? — perguntou o secretário de Estado.

A mulher com maçãs do rosto salientes estendeu uma folha de papel a Meirik, que recolocou os óculos e leu.

— Oito homens do Serviço Secreto Americano virão na quinta, e então começaremos a controlar os hotéis e a rota da viagem, registrar todas as pessoas que vão ficar perto do presidente e treinar os policiais novos que iremos destacar para nos ajudar. Convocaremos reforços de outros distritos.

— E para que vão servir? — perguntou o secretário de Estado.

— Principalmente para vigilância. Em torno da embaixada americana, do hotel onde ficarão os acompanhantes, da frota de veículos...

— Resumindo, todos os lugares onde o presidente não vai estar?

— Nós, da Polícia Secreta, vamos cuidar disso. Com o Serviço Secreto. — Pensei que vocês não gostassem de fazer vigilância, Kurt — disse Brandhaug, com um sorriso malicioso.

A recordação fez Kurt Meirik dar um sorriso forçado. Durante a conferência dos mineiros em Oslo, em 1998, a Polícia Secreta se recusara a enviar efetivos, com base na própria avaliação de "médio a baixo risco de segurança". No segundo dia da conferência, o Departamento de Imigração alertou o Ministério das Relações Exteriores sobre um norueguês, na verdade um muçulmano da Bósnia, que a Polícia Secreta tinha autorizado como motorista para a delegação canadense. Ele chegara à Noruega nos anos 1970 e havia adquirido nacionalidade norueguesa fazia tempo, mas, em 1993, seus pais e quatro familiares haviam sido assassinados por croatas perto de Mostar, na Bósnia--Herzegovina. Ao revistarem o apartamento do homem, encontraram duas granadas de mão e uma carta de suicídio. E é claro que a imprensa nunca ficou sabendo disso, mas a limpeza que se seguiu chegou ao conhecimento do governo, e a carreira de Kurt Meirik ficou por um fio até Bernt Brandhaug intervir. O caso foi abafado depois que o inspetor de polícia responsável pela autorização pediu demissão. Brandhaug não lembrava mais o nome do inspetor, mas depois disso o trabalho com Meirik passou a funcionar com perfeição.

— Bjørn! — gritou Brandhaug, juntando as mãos. — Agora estamos ansiosos para saber o que você queria nos contar. Conte!

O olhar de Brandhaug passou rapidamente pela assistente de Meirik, mas não tão rápido a ponto de impedi-lo de notar que ela o observava. Quer dizer, ela olhava na direção dele, mas era um olhar sem expressão e distante. Ele pensou em encará-la, para ver que expressão brotaria no rosto dela ao descobrir que ele estava retribuindo o olhar, mas desistiu. O nome dela era Rakel, certo?

5

Parque do Palácio Real, 5 de outubro de 1999

— Você está morto? O velho abriu os olhos e viu o contorno de uma cabeça inclinada sobre ele, mas o rosto desapareceu numa aura de luz branca. Era ela, já chegara para buscá-lo?

— Está morto? — repetiu a voz cheia de vida.

Ele não respondeu, não sabia se seus olhos estavam abertos ou se sonhava. Ou se ele estava, como perguntou a voz, morto.

— Qual é o seu nome?

A cabeça se mexeu, e ele viu copas de árvores e o azul do céu. Tinha sonhado. Alguma coisa de um poema. "Os bombardeiros alemães estão no céu." Nordahl Grieg. Sobre o rei que fugiu para a Inglaterra. Suas pupilas começaram a se acostumar com a luz, e ele lembrou que tinha parado no gramado do parque do Palácio Real para descansar um pouco. Devia ter adormecido. Um menino estava de cócoras ao seu lado e um par de olhos castanhos o fitou por baixo de uma franja escura.

— Eu me chamo Ali — disse o menino.

Seria paquistanês? O menino tinha um nariz arrebitado e esquisito.

— Ali quer dizer Deus — continuou o menino. — O que o seu nome quer dizer?

— Eu me chamo Daniel — informou o velho e sorriu. — É um nome bíblico. Quer dizer "Deus é meu juiz".

O menino olhou para ele.

— Então você é Daniel?

— Sou — afirmou o homem.

O menino continuou olhando para ele, e o velho se sentiu incomodado. Talvez o garoto pensasse que ele era um vagabundo, já que estava deitado, cheio de roupas, em cima de um casaco no calor do sol.

— Onde está a sua mãe? — perguntou ele para escapar do olhar penetrante do menino.

— Logo ali. — O garoto se virou e apontou. Duas mulheres avantajadas e de pele morena estavam sentadas no gramado não muito distante deles. Quatro crianças pulavam em volta, rindo.

— Então eu sou o seu juiz — disse o menino.

— O quê?

— Ali é Deus, não é? E Deus é o juiz do Daniel. E eu me chamo Ali e você se chama...

O velho esticou a mão e segurou o nariz de Ali. O menino soltou um grito de alegria. Ele viu os dois rostos se virarem, uma das mulheres já estava se levantando, então ele soltou o nariz da criança.

— Sua mãe, Ali — disse ele e olhou na direção da mulher que se aproximava.

— Mamãe! — gritou o menino. — Olha, eu sou o juiz desse homem.

A mulher gritou algo para o menino em urdu. O velho sorriu para a mulher, mas ela evitou o olhar dele e cravou os olhos no filho, que finalmente obedeceu e foi a passos lentos ao seu encontro. Quando eles se viraram, o olhar dela caiu sobre o velho, além dele, como se ele fosse invisível. Sentiu vontade de explicar que não era um vagabundo, que tinha participado da construção da sociedade. Ele havia pagado, esbanjado, dado tudo que tinha até não haver mais nada para dar, a não ser dar lugar, abdicar, desistir. Mas não aguentou, estava cansado e só queria voltar para casa. Precisava descansar, depois veria o que faria. Estava na hora de outras pessoas pagarem também.

Ele não escutou o menininho o chamar quando foi embora.

6

Delegacia de polícia, Grønland, 10 de outubro de 1999

Ellen Gjelten ergueu a cabeça para olhar o homem que havia acabado de irromper pela porta.

— Bom dia, Harry.

— Merda!

Harry chutou a cesta de lixo ao lado da mesa de trabalho com tanta força que ela bateu na parede ao lado de Ellen e rolou pelo chão de linóleo, espalhando seu conteúdo: tentativas fracassadas de relatórios (o assassinato de Ekeberg), um maço de cigarros (Camel, isento de imposto), um pote verde de iogurte, o jornal do dia, um ingresso de cinema usado (*Medo e delírio em Las Vegas*), um bilhete de loteria velho, uma casca de banana, uma revista de música (*MOJO* nº 69, fevereiro de 1999, com uma foto do Queen na capa), uma garrafa de Coca-Cola (de plástico, meio litro) e um post-it amarelo com um número de telefone para o qual ele durante certo tempo pensou em ligar.

Ellen tirou os olhos do computador e estudou o conteúdo no chão.

— Está jogando a *MOJO* fora , Harry? — perguntou.

— Merda! — repetiu ele, arrancando o paletó apertado e jogando-o para o outro lado do escritório de vinte metros quadrados que dividia com a policial Ellen Gjelten. O paletó acertou o cabide, mas escorregou para o chão.

— Qual é o problema? — perguntou Ellen, esticando a mão para segurar o cabide bamboleante.

— Encontrei isso na minha correspondência.

Harry lhe mostrou um documento.

— Parece uma sentença judicial.

— E é.

— Do caso Dennis Kebab?

— Acertou.

— E daí?

— Estão dando ao Sverre Olsen o pacote completo. Três anos e meio.

— Uau. Então devia estar radiante.

— Por cerca de um minuto eu fiquei. Até ler isso aqui.

Harry segurava um fax.

— Então?

— Quando Krohn recebeu sua cópia da sentença hoje de manhã, respondeu enviando para nós uma advertência de que vai alegar falha no procedimento jurídico.

Ellen fez cara de quem comeu algo estragado.

— Ih...

— Ele quer que o processo todo seja anulado. Você não vai acreditar, mas aquele espertalhão do Krohn pegou a gente no juramento.

— Onde?

Harry parou em frente à janela.

— Os jurados só precisam prestar juramento na primeira vez que são convocados, mas isso tem que ser feito dentro da sala de audiências e antes de iniciar o processo. Krohn notou que uma das juradas era nova. E que o juiz não a fez prestar juramento dentro da sala de audiências.

— Isso se chama declaração solene.

— Não importa. Agora descobriram nos laudos que o juiz fez a mulher prestar juramento na antessala logo antes do processo começar. Ele alega falta de tempo e novas normas.

Harry amassou o fax e lançou-o numa longa curva até o papel cair a meio metro da cesta de lixo de Ellen.

— E o resultado? — perguntou a policial, chutando o fax de volta para o lado do escritório que pertencia a Harry.

— O julgamento inteiro será invalidado e Sverre Olsen irá retornar um homem livre durante pelo menos um ano e meio até a revisão do processo. E é de praxe aplicar uma pena mais branda, devido ao ônus do tempo de espera para o acusado e blá-blá-blá. Com oito meses já cumpridos em detenção preventiva, tudo indica que Sverre Olsen será um homem livre.

Harry não estava falando para Ellen, ela já conhecia todos os detalhes do caso. Ele falava para a imagem refletida dele mesmo na janela, pronunciando as palavras em voz alta para ver se faziam mais sentido. Passou as mãos sobre a careca suada onde até recentemente havia uma cabeleira loura e curta. O motivo de raspar o restante fora muito simples: na semana anterior ele fora reconhecido de novo. Um rapaz com gorro de lã preto, tênis Nike e calças tão largas que os fundilhos chegavam aos joelhos se aproximou, com os amigos rindo atrás dele, e perguntou se Harry era "aquele cara, o Bruce Willis da Austrália". Fazia três — três anos! — que ele estampara as primeiras páginas dos jornais e pagara mico em programas de TV falando sobre o serial killer que ele havia matado em Sydney. Harry foi direto raspar o cabelo. Ellen sugeriu um bigode.

— O pior é que posso jurar que aquele advogado de merda sacou o lance antes da promulgação da sentença e poderia ter avisado para que o juramento pudesse ter corrido como devia. Mas ele só ficou sentado, esfregando as mãos, esperando.

Ellen deu de ombros.

— Acontece. Bom trabalho do advogado de defesa. Alguma coisa tem que ser sacrificada no altar da justiça. Controle-se, Harry.

Ela estava sendo meio irônica, fazendo uma constatação objetiva.

Harry pressionou a testa no vidro refrescante. Era mais um daqueles dias inesperadamente quentes de outubro. Ele se perguntava onde Ellen, a policial novata de rosto pálido e doce, boquinha e olhos redondinhos iguais aos de boneca, tinha aprendido a ser tão durona. Ela era uma moça de classe média, segundo a própria, filha única e mimada, que estudara num internato para meninas na Suíça. Quem sabe? Talvez essa tenha sido uma criação bastante *difícil*.

Harry inclinou a cabeça para trás e soltou o ar. Depois abriu um dos botões da camisa.

— Mais, mais — sussurrou Ellen, batendo palmas como se estivesse incentivando-o.

— No meio neonazista chamam o cara de Batman.

— Entendo. Taco de beisebol, *bat*.

— Não o nazista, o advogado.

— Interessante. Isso quer dizer que ele é bonito, rico, louco de pedra e tem barriga tanquinho e um carro bacana?

Harry riu.

— Você devia ter um programa na televisão, Ellen. É porque ele ganha todas as vezes que aceita um caso. Além disso, o cara é casado.

— Esse é o único ponto negativo?

— Além de sempre conseguir nos ridicularizar — disse Harry e se serviu do café especial que Ellen trouxera quando começara no escritório, dois anos antes. O problema era que agora Harry não suportava mais o insípido café comum.

— Juiz da Suprema Corte? — perguntou ela.

— Antes dos 40 anos.

— Aposta mil coroas?

— Fechado.

Eles riam brindando com copos de plástico.

— Posso ficar com a *MOJO*? — perguntou ela.

— Tem as fotos das dez piores poses do Freddie Mercury nas páginas do meio. Nu da cintura para cima, mãos na cintura e dentes de coelho. Com tudo o que tem direito! É toda sua.

— Eu gosto do Freddie Mercury. Gostava.

— Eu não falei que não gostava dele.

A cadeira do escritório, azul, com a rodinha quebrada, que fazia tempo estava posicionada no ajuste mais baixo, gritou em protesto quando Harry se inclinou para trás, pensativo. Ele pegou um post-it amarelo com a letra de Ellen, grudado no telefone à sua frente.

— O que é isso?

— Não sabe ler? Møller está atrás de você.

Harry se apressou pelo corredor enquanto imaginava a boca apertada e as duas rugas que o chefe exibiria entre os olhos ao ouvir que Sverre Olsen estava livre de novo.

Na copiadora, uma jovem menina de bochechas vermelhas ergueu a cabeça e sorriu quando Harry passou. Não deu tempo de sorrir para ela. Provavelmente era uma das novas secretárias. O perfume dela era doce e carregado, e o deixou irritado. Ele olhou o mostrador de segundos do relógio.

Agora até perfume o irritava. O que estava acontecendo com ele? Ellen disse que faltava vigor, a força natural que faz com que a maioria das pessoas dê a volta por cima. Depois que chegou de Bangkok estava tão para baixo que pensava seriamente em desistir de tudo. Tudo estava frio e escuro, e parecia tão sem sentido. Como se ele estivesse afundando. Que silêncio abençoado. Quando as pessoas falavam com ele, as palavras pareciam bolhas de ar saindo das bocas, que fugiam para o alto e desapareciam. Afundar é isso, ele pensava e esperava. Mas nada acontecia. Apenas um vácuo. Tudo bem. Ele não afundou.

Graças a Ellen.

Ela o substituiu durante as primeiras semanas após sua chegada, quando ele teve de jogar a toalha e ir para casa. E ela cuidava para que ele não fosse a bares, mandava-o baforar em seu nariz quando chegava atrasado e declarava-o apto, ou não, para o dia de trabalho. Ela chegou a mandar Harry voltar para casa umas duas vezes e ficava de bico calado. Levou tempo, mas Harry não tinha para onde correr. E Ellen ficou contente na primeira sexta-feira em que os dois se deram conta de que ele havia chegado sóbrio ao trabalho a semana inteira.

No fim ele perguntou na lata por que ela, com formação na Escola Superior de Polícia, um diploma de Direito embaixo do braço e um futuro todo pela frente, havia se voluntariado para carregar aquela cruz. Será que Ellen não via que ele não poderia proporcionar nada de bom à carreira dela? A policial por acaso teria problemas em ter amigos normais e bem-sucedidos?

Ela olhou para Harry séria e respondeu que estava fazendo aquilo apenas para explorar a experiência dele, que ele era o investigador mais competente da Divisão de Homicídios. Pura bobagem, mas pelo menos Harry se sentia lisonjeado por ela se dar ao trabalho de elogiá-lo. Além disso, Ellen trabalhava com tanto entusiasmo e ambição que teria sido impossível não se deixar contagiar por ela. No último semestre, Harry até voltara a fazer um bom trabalho. Em parte excelente. Como o que fez com Sverre Olsen, por exemplo.

Lá na frente estava a porta de Møller. No caminho Harry cumprimentou um policial fardado que fingiu não o ver.

Harry pensou que, se tivesse participado da *Expedição Robinson*, não demoraria mais do que um dia para que todos percebessem seu péssimo carma e o mandassem de volta para casa. Ele seria eliminado. Deus, ele estava começando a pensar usando o vocabulário dos programas de merda da TV3. É isso o que acontece quando se passa cinco horas em frente à televisão toda noite. A ideia era que, enquanto ele se trancasse em frente à caixa na rua Sofie, pelo menos não estaria no bar Schrøder.

Ele bateu duas vezes embaixo da placa de Bjarne Møller. Polícia Secreta.

— Entre.

Harry olhou no relógio. Setenta e cinco segundos.

7

ESCRITÓRIO DE MØLLER, 9 DE OUTUBRO DE 1999

O inspetor Bjarne Møller estava mais deitado do que sentado na cadeira, e um par de pernas compridas despontava por baixo de sua mesa. Suas mãos estavam atrás da cabeça — um perfeito exemplo daquilo que antigos pesquisadores de raças chamavam de "dolicocéfalo" — e ele apoiava o telefone entre a orelha e o ombro. Os cabelos eram curtos, cortados em cuia, que Hole recentemente havia comparado ao cabelo de Kevin Costner em O *guarda-costas*. Møller não tinha visto O *guarda-costas*. Ele não ia ao cinema fazia 15 anos. O destino o havia equipado com uma dose a mais de senso de responsabilidade, dias com horas a menos, dois filhos e uma mulher que o compreendia até certo ponto.

— Estamos de acordo — disse Møller.

Ele colocou o fone no gancho e encarou Harry por cima da mesa de trabalho abarrotada de documentos, cinzeiros transbordando e copos de plástico. Uma foto de dois meninos pintados de índios sinalizava uma espécie de centro lógico no caos.

— Aí está você, Harry.

— Aqui estou eu, chefe.

— Estive em uma reunião no Ministério das Relações Exteriores a respeito de um encontro de cúpula aqui em Oslo em novembro. O presidente dos Estados Unidos vem... Bem, você lê jornal. Café, Harry?

Møller se levantou e com dois passos já estava no arquivo onde a cafeteira se equilibrava em cima de uma pilha de papéis, cuspindo uma substância de consistência espessa.

— Obrigado, chefe, mas eu...

Era tarde demais e Harry pegou o copo fumegante.

— Estou especialmente ansioso pela visita do Serviço Secreto americano. Tenho certeza de que teremos um ótimo relacionamento assim que nos conhecermos melhor.

Ironia não era o forte de Møller. E isso era apenas uma das coisas que Harry apreciava no chefe.

Møller cruzou as pernas até que elas encostassem na parte de baixo do tampo da mesa. Harry se inclinou para trás a fim de tirar o maço de Camel do bolso e ergueu a sobrancelha com um ar interrogativo a Møller, que assentiu e empurrou o cinzeiro transbordando para ele.

— Ficarei responsável pela segurança das estradas do aeroporto de Gardermoen. Além do presidente vem Barak...

— Barak?

— Ehud Barak. O primeiro-ministro de Israel.

— Uau, teremos um novo acordo brilhante de Oslo, ou...?

Møller olhou desanimado para a nuvem de fumaça azul subindo ao teto.

— Não me diga que você ainda não captou essa parte, Harry. Então vou ficar mais preocupado com você do que já estou. Isso foi primeira página de todos os jornais na semana passada.

Harry deu de ombros.

— Não dá para confiar nesses entregadores de jornais. Eles causam buracos enormes no meu conhecimento geral. Um obstáculo sério na vida social.

Com cuidado, Harry tentou dar outro gole no café, mas desistiu e afastou o copo.

— E na minha vida amorosa também.

— É mesmo? — Møller encarou Harry com um ar de quem não sabia se ia gostar de saber o resto.

— Claro. Quem acha sexy um homem na casa dos 30 e poucos que conhece todos os personagens de *Expedição Robinson* mas mal reconhece um único político importante? Ou o presidente de Israel?

— Primeiro-ministro.

— Olha aí. Agora você entende o que quero dizer.

Møller reprimiu o riso. Ele ria com facilidade. E gostava daquele policial angustiado com orelhas grandes que pareciam duas asas de borboleta coloridas saindo da cabeça raspada, mesmo que Harry tivesse lhe dado mais problemas do que o recomendável para a saúde. Quando começou na Polícia Secreta logo aprendeu que a regra número um para um oficial da polícia com plano de carreira era tomar cuidado sempre. Quando Møller pigarreou para fazer as perguntas preocupantes que ele tinha em mente, mesmo a contragosto, primeiro franziu as sobrancelhas para mostrar a Harry que as preocupações eram de caráter profissional, e não tinham nada a ver com a amizade entre eles.

— Ouvi dizer que ainda frequenta o Schrøder, Harry.

— Menos do que antes, chefe. Tem muita coisa boa na TV hoje em dia.

— Mas você se senta lá e bebe?

— Não gostam que a gente fique em pé.

— Para com isso. Está bebendo de novo?

— Só o mínimo.

— Quanto é o mínimo?

— Se eu beber menos vão me colocar na rua.

Dessa vez Møller não conseguiu conter o riso.

— Preciso de três oficiais de ligação para fazer a segurança da estrada — explicou ele. — Cada um vai dispor de dez homens de diversos distritos de Akershus, além de alguns cadetes do último semestre na Escola Superior de Polícia. Pensei em Tom Waaler...

Waaler. Um racista sacana com um caminho traçado para o novo cargo de inspetor que logo seria anunciado. Harry já ouvira muitas histórias sobre Waaler a ponto de saber que ele corroborava todos os preconceitos que o povo podia ter contra policiais, além de outros tantos, exceto um: infelizmente Waaler não era tolo. Os resultados que alcançara como investigador eram tão marcantes que até Harry tinha de admitir que ele merecia a inevitável promoção.

— E Weber...

— O velho resmungão?

— ... e você, Harry.

— O quê?

— Foi o que você ouviu.

Harry fez uma careta.

— Tem algo contra? — perguntou Møller.

— É claro que tenho algo contra.

— Por quê? É uma espécie de missão honrosa, Harry. Um estímulo.

— É mesmo? — Harry apagou o cigarro, esfregando-o com força e irritação no cinzeiro. — Ou é o próximo passo no processo de reabilitação?

— O que você quer dizer com isso? — Bjarne Møller parecia magoado.

— Sei que você rejeitou bons conselhos e enfrentou algumas pessoas quando me pôs debaixo das suas asas depois do que aconteceu em Bangkok. E serei eternamente grato a você por isso. Mas, qual é mesmo o nome? Oficial de ligação? Parece uma tentativa de mostrar aos que tinham dúvidas que você estava certo e eles, errados. De mostrar que Hole está em ótima forma e que quer receber responsabilidades.

— Então? — Bjarne Møller pôs as mãos atrás da cabeça de novo.

— Então? — imitou-o Harry. — É isso mesmo? Sou apenas uma peça do jogo mais uma vez?

Møller deu um suspiro.

— Somos todos peças do jogo, Harry. Sempre há um plano por trás dos panos. Esse aqui não deve ser pior do que qualquer outro. Faça um bom trabalho que isso será bom para você e para mim. É tão difícil assim?

Harry grunhiu, ia falar alguma coisa, parou, fez que ia recomeçar, mas desistiu. Então pegou mais um cigarro.

— Só que me sinto um idiota de um cavalo de corrida em que as pessoas ficam apostando. E detesto responsabilidade.

Harry deixou o cigarro pendurado entre os lábios sem o acender. Ele devia esse favor a Møller. Mas e se fizesse merda? Será que Møller pensou nessa possibilidade? Oficial de ligação. Fazia tempo que não bebia, mas precisava continuar tomando cuidado, viver um dia de cada vez. Não era esse um dos motivos de ele ter se tornado investigador? Para não precisar ter um monte de gente à sua volta? E menos gente possível acima dele. Harry mordeu o filtro do cigarro.

Eles ouviram vozes no corredor, ao lado da máquina de café. Parecia Waaler. Ouviram gargalhadas contagiantes de uma mulher. A nova secretária, talvez. O perfume dela ainda estava em suas narinas.

— Merda — disse Harry. Mer-da. Duas sílabas que fizeram o cigarro pular duas vezes em sua boca.

Møller havia fechado os olhos enquanto Harry pensava consigo mesmo, mas agora eles estavam semiabertos:

— Posso interpretar isso como um "sim"?

Harry se levantou e saiu sem dizer nada.

8

PEDÁGIO DE ALNABRU, 1º DE NOVEMBRO DE 1999

O pássaro cinzento atravessou o campo de visão de Harry. Ele apertava o dedo contra o gatilho de seu Smith & Wesson calibre 38, enquanto mantinha o olhar fixo nas costas imóveis do outro lado do vidro, em sua mira. Alguém havia falado sobre tempo arrastado no dia anterior na TV.

A buzina, Ellen. Aperte a merda da buzina, ele só pode ser um agente do Serviço Secreto.

Tempo arrastado, como na véspera de Natal antes de o Papai Noel chegar.

A primeira moto estava na altura do pedágio e o pisco-de-peito--ruivo ainda era um ponto preto na extremidade de seu campo visual. O tempo na cadeira elétrica antes de ela ser ligada...

Harry apertou o gatilho. Uma, duas, três vezes.

E então o tempo acelerou brutalmente. O vidro colorido embranqueceu antes de se estraçalhar sobre o asfalto em uma chuva de cristais, e ele chegou a ver um braço desaparecer por baixo do canto da cabine antes de o som sibilante de pneus americanos caros chegar — e desaparecer.

Harry manteve o olhar fixo na cabine. O comboio passou fazendo com que algumas folhas amarelas esvoaçassem, antes de se aquietarem num canteiro de grama suja. Ele olhou para a cabine. Silêncio novamente, e por um momento ele só conseguiu pensar que estava num pedágio normal da Noruega, num dia de outono normal na Noruega, com um posto de gasolina Esso normal ao fundo. Até o cheiro do ar frio da manhã era normal: folhas apodrecendo e poluição de carros. Então ele pensou: talvez nada disso tenha acontecido.

Ele ainda olhava para a cabine quando o ruído insistente e queixoso da buzina de um Volvo atrás dele serrou o dia em dois.

Parte Dois

Gênese

9

1942

As chamas iluminaram o céu. A noite cinzenta ficou parecendo uma lona suja sobre a paisagem árida e desolada que os cercava. Talvez os russos tivessem lançado uma ofensiva, talvez estivessem apenas blefando. Só se tem conhecimento desse tipo de coisa depois. Gudbrand estava deitado no canto da trincheira com as pernas dobradas sob o corpo, segurando o fuzil com as duas mãos. Ouvia estrondos distantes e abafados enquanto observava as chamas caindo. Ele sabia que não devia ficar olhando para as chamas, podia ficar com cegueira noturna, o que o impossibilitaria de conseguir ver os franco--atiradores russos que se arrastavam na neve, na terra de ninguém. Mas, de qualquer forma, não dava para vê-los, ele nunca tinha visto um único franco-atirador. Havia apenas atirado sob o comando dos outros. Como agora.

— Acertei!

Era Daniel Gudeson, o único rapaz da cidade no pelotão. Os outros vinham de lugares que tinham a palavra vale no nome. Vales largos e vales fundos, cheios de sombras porém desertos, sem ninguém, como a terra natal de Gudbrand. Mas não a de Daniel. Não Daniel Gudeson, com sua testa protuberante e limpa, seus olhos azuis que lançavam faíscas e seu sorriso branco. Ele parecia saído de um dos anúncios de recrutamento. Ele vinha de um lugar com vista.

— No alto, à esquerda da moita — disse Daniel.

Moita? Não havia moita nenhuma nesta paisagem bombardeada. Bem, talvez houvesse, porque os outros estavam atirando. Claque, bangue, shuitch. Cada quinta bala saía como um vaga-lume, em parábola. Munição rastreadora. A bala atravessou a escuridão, mas pareceu ficar cansada de repente, porque a velocidade diminuiu e ela caiu em algum lugar. Ou foi o que pareceu. Gudbrand pensou que uma bala tão lenta assim seria incapaz de matar alguém.

— Ele está escapando! — gritou uma voz exasperada e cheia de ódio.

Era Sindre Fauke. Seu rosto quase sumia no uniforme de camuflagem, e seus olhos, miúdos e muito próximos um do outro, estavam fixos na escuridão. Ele vinha de uma fazenda escondida no alto do vale de Gudbrandsdalen, provavelmente num lugar estreito, onde não batia sol, pois o rapaz era muito pálido. Gudbrand não sabia por que Sindre tinha se alistado para lutar pela Frente Oriental, mas ouviu dizer que os pais dele e os dois irmãos haviam se juntado aos nazistas do Partido da União Nacional, e que eles andavam com uma faixa no braço delatando os compatriotas que suspeitavam serem antinazistas. Daniel dizia que um dia eles provariam do próprio veneno, os delatores e todos aqueles que apenas se aproveitavam da guerra para obter vantagens.

— Não vai, não — disse Daniel baixinho, e colocou o rosto contra a coronha. — Nenhum bolchevique filho da mãe vai escapar.

— Ele sabe que nós o vimos — disse Sindre. — Vai conseguir sumir naquele buraco.

— Não vai, não — repetiu Daniel, e mirou.

Gudbrand fixou o olhar na escuridão esbranquiçada e cinzenta. Neve branca, uniformes de camuflagem brancos, chamas brancas. O céu ficou iluminado novamente. Sombras de todo tipo correram sobre a neve congelada. Gudbrand olhou para cima. Lampejos amarelos e vermelhos contrastando com o horizonte, seguidos de vários estrondos distantes. Era tão irreal como estar no cinema, só que fazia trinta graus abaixo de zero e não havia ninguém para você abraçar. Seria mesmo uma ofensiva russa dessa vez?

— Você é lento demais, Gudeson, ele já fugiu. — Sindre cuspiu na neve.

— Não, ele não fugiu — rebateu Daniel, falando mais baixo ainda, enquanto mirava. Quase não saía mais vapor de sua boca.

Então, de repente, eles ouviram um assobio alto e estrepitoso, um grito de alerta, e Gudbrand se jogou no chão coberto de gelo no fundo da trincheira com as mãos cobrindo a cabeça. A terra tremia.

Choviam pedaços de terra congelados, e um deles acertou o capacete de Gudbrand, que deslizou para a frente, cobrindo seus olhos. Ele esperou até ter certeza de que não cairia mais nada do céu e endireitou o capacete. Silêncio novamente, e um véu de neve branca e fina colou em seu rosto. Dizem que a pessoa nunca escuta a granada que lhe acerta, mas Gudbrand tinha visto muito estrago causado por granadas sibilantes para saber que isso não era verdade. Uma chama iluminou a trincheira e ele viu os rostos brancos dos companheiros e suas sombras, que pareciam engatinhar em sua direção ao longo da parede da trincheira enquanto a luz caía. Mas onde estava Daniel? Daniel?

— Daniel?

— Eu o peguei — disse Daniel. Ele ainda estava na beira da trincheira. Gudbrand não acreditou no que ouviu.

— O que você está falando?

Daniel deslizou para dentro da trincheira, sacudiu-se para se livrar da neve e dos pedaços de terra. Um largo sorriso estampava-lhe o rosto.

— Nenhum puto de um russo vai atirar enquanto estivermos vigiando hoje. O Tormod está vingado. — Ele fincou os calcanhares na beira da trincheira para não cair no gelo escorregadio.

— Não acertou merda nenhuma! — Era Sindre. — Não acertou nadinha, Gudeson. Eu vi o russo desaparecer ali embaixo.

Seus olhos miúdos pulavam de um companheiro para outro, como se perguntassem se alguém ali acreditava na valentia de Daniel.

— Certo — disse Daniel. — Mas vai amanhecer daqui a duas horas, e ele sabia que teria que se mandar antes.

— É, e aí ele tentou cedo demais — Gudbrand acrescentou apressadamente. — Ele surgiu do outro lado. Não foi isso, Daniel?

— Cedo ou não — disse Daniel, sorrindo —, eu o teria acertado de qualquer maneira.

Sindre estava furioso:

— Cale essa sua boca grande, Gudeson.

Daniel sacudiu os ombros, checou a câmara e segurou a arma para atirar. Depois se virou, pendurou a arma no ombro, fincou uma bota na parede congelada e deu um impulso para sair da trincheira.

— Gudbrand, me dê a sua pá.

Daniel segurou a pá e se endireitou. No uniforme branco de inverno, sua silhueta desenhou-se contra o céu preto e a luz das chamas, formando uma auréola em volta de sua cabeça.

Ele parece um anjo, Gudbrand pensou.

— Mas o que você está fazendo, homem? — gritou Edvard Mosken, o chefe do pelotão. O resoluto montanhês raramente levantava a voz para veteranos como Daniel, Sindre ou Gudbrand. Em geral, sobrava para os recém-chegados quando alguém fazia algo de errado. As broncas já haviam salvado a vida de muitos deles. Agora Edvard Mosken encarava Daniel com aquele olho escancarado que ele nunca fechava. Nem quando dormia, isso Gudbrand tinha visto com os próprios olhos.

— Vá para a trincheira, Gudeson! — gritou o chefe do pelotão.

Mas Daniel apenas sorriu e sumiu num piscar de olhos; apenas a fumaça de gelo de sua boca pairou por um momento sobre eles. A chama caiu atrás do horizonte e eles ficaram no escuro novamente.

— Gudeson! — chamou Edvard, e subiu na beirada da trincheira.

— Merda!

— Está vendo ele? — perguntou Gudbrand.

— Sumiu.

— O que o louco queria com a pá? — perguntou Sindre olhando para Gudbrand.

— Não sei — respondeu Gudbrand. — Forçar o arame farpado, talvez.

— Por que ele iria forçar o arame farpado?

— Sei lá.

Gudbrand não gostou do olhar fixo de Sindre. Fazia com que ele se lembrasse de outro camponês que havia estado com eles e que acabou enlouquecendo, mijou nos sapatos uma noite antes de ficar de vigia e depois teve de amputar os dedos dos pés. Mas ele estava de volta à Noruega agora, talvez nem tivesse ficado louco, no fim das contas. Em todo caso, ele tinha aquele mesmo olhar penetrante.

— Talvez ele quisesse dar uma volta na terra de ninguém — disse Gudbrand.

— Eu sei o que tem do outro lado do arame farpado. Me pergunto o que ele pretende fazer por lá.

— Talvez a granada tenha acertado a cabeça dele — disse Hallgrim Dale. — Talvez tenha ficado maluco.

Hallgrim Dale era o mais novo do pelotão, tinha apenas 18 anos. Ninguém sabia ao certo por que ele tinha se alistado. Pela aventura, acreditava Gudbrand. Dale alegou que era um admirador de Hitler, mas não sabia nada de política. Daniel disse que ouviu dizer que ele tinha fugido de uma jovem grávida.

— Se o russo estiver vivo, Gudeson vai ser morto antes de percorrer cinquenta metros — disse Edvard Mosken.

— Daniel o acertou — sussurrou Gudbrand.

— Nesse caso, um deles vai matar Gudeson — disse Edvard. Ele enfiou a mão no casaco de camuflagem e pescou um cigarro fininho no bolso da frente. — Está fervilhando de russos lá fora essa noite.

Ele segurou o fósforo, protegendo-o com a outra mão e riscou-o com força na caixa úmida. A chama surgiu na segunda tentativa e Edvard acendeu o cigarro, deu uma tragada e o passou adiante em silêncio. Todos os homens deram tragos lentos, passando o cigarro para o próximo. Ninguém falava, todos pareciam absortos em pensamentos. Mas Gudbrand sabia que, como ele, estavam todos atentos.

Dez minutos se passaram sem que ouvissem nada, nada.

— Parece que aviões vão bombardear o lago Ladoga — disse Hallgrim Dale.

Todos tinham ouvido rumores sobre os russos que estavam fugindo de Leningrado sobre o gelo do Ladoga. Mas o que era pior, o gelo também significava que o general Tsjukov podia receber suprimentos na cidade sitiada.

— Aparentemente eles estão desmaiando de fome nas ruas da cidade — disse Dale e acenou com a cabeça para o leste.

Mas Gudbrand ouvia a mesma história desde que havia sido mandado para o front, quase um ano antes, e os russos ainda estavam lá, e atiravam assim que alguém colocava a cabeça para fora da trincheira. No inverno passado, todos os dias chegavam às trincheiras, com as mãos atrás da cabeça, os desertores russos que não conseguiam mais aguentar e acabavam trocando de lado por um prato de comida e calor. Mas agora os desertores demoravam a aparecer, e os dois pobres coitados com os olhos encovados que Gudbrand tinha visto chegar na semana anterior ficaram estarrecidos ao perceber que o inimigo estava tão magro quanto eles.

— Vinte minutos. Ele não vem mais — disse Sindre. — Está morto. Como um peixe podre.

— Cale a boca! — Gudbrand deu um passo na direção de Sindre, que rapidamente se levantou.

Mas mesmo Sindre sendo um pouco mais alto, era visível que ele não gostava muito de briga. Talvez tivesse se lembrado do russo que Gudbrand havia matado alguns meses antes. Quem diria que o bonzinho e cuidadoso Gudbrand possuía tanta ferocidade? Sem que ninguém visse, o russo tinha conseguido entrar na trincheira deles entre dois postos de escuta e massacrado todos que estavam dormindo nas casamatas mais próximas, uma com holandeses e outra com australianos, antes de entrar na casamata deles. Foram as pulgas que os salvaram.

Havia pulgas em todo lugar, principalmente onde era quente, embaixo dos braços, embaixo do cinto, na virilha, nos tornozelos. Gudbrand, que estava na cama perto da porta, não tinha conseguido dormir por causa das feridas de pulgas nas pernas, feridas abertas que podiam ficar do tamanho de uma moeda, cheias de pulgas nas beiradas se regalando. Gudbrand estava usando a baioneta numa tentativa frustrada de raspar as pulgas quando o russo apareceu no vão da porta, pronto para atirar. Gudbrand viu apenas a silhueta dele, mas percebeu imediatamente que era um inimigo quando viu o contorno do rifle Mosin-Nagant sendo erguido. Gudbrand, usando apenas a baioneta cega, cortou a nuca do russo com tamanha habilidade que, depois, quando o arrastaram para a neve, já estava sem sangue.

— Acalmem-se, rapazes — disse Edvard e puxou Gudbrand de lado. — Você devia dormir um pouco, Gudbrand. Faz uma hora que trocou de turno.

— Vou sair para procurá-lo — disse Gudbrand.

— Não vai, não — falou Edvard.

— Vou, sim. Eu...

— É uma ordem! — Edvard o sacudiu pelo ombro. Gudbrand tentou se libertar, mas o chefe do pelotão o segurou firme.

A voz de Gudbrand ficou mais aguda e ele tremeu de desespero:

— Talvez esteja ferido! Ou quem sabe ele tenha ficado preso no arame farpado! — Edvard afagou as costas de Gudbrand.

— Logo vai clarear — disse ele. — Aí vamos descobrir o que aconteceu.

Ele olhou para os outros rapazes que tinham assistido à cena em silêncio. Eles começaram a bater com os pés na neve de novo e voltaram a conversar baixinho. Gudbrand viu Edvard se aproximar de Hallgrim Dale e sussurrar algo em seu ouvido. Dale prestou atenção enquanto encarava Gudbrand. Gudbrand sabia muito bem o que aquilo significava. Era uma ordem para que ficassem de olho nele. Pouco tempo antes, alguém havia espalhado o boato de que ele e Daniel eram mais do que apenas bons amigos. E que não eram confiáveis. Mosken havia perguntado diretamente se eles tinham planos de desertar juntos. Os dois obviamente negaram, mas agora Mosken provavelmente estava pensando que Daniel havia se aproveitado da situação para fugir e que Gudbrand ia sair para "procurar" o companheiro como parte do plano de chegarem juntos ao outro lado. Gudbrand teve vontade de rir. Claro que era tentador sonhar com as maravilhosas promessas de comida, calor e mulheres que os alto-falantes russos cuspiam sobre o campo da batalha, em alemão convincente. Mas acreditar nisso?

— Quer apostar que ele volta? — Era Sindre. — Três rações de comida, o que acha?

Gudbrand deixou os braços cair ao longo do corpo e sentiu a baioneta no cinto, protegido pelo uniforme de camuflagem.

— *Nicht schießen, bitte!*

Gudbrand se virou, e lá, bem acima dele, na beira da trincheira, viu um rosto corado sob um quepe russo sorrir para ele. O homem pulou da beirada e aterrissou no gelo com elegância.

— Daniel! — gritou Gudbrand.

— Olá! — disse Daniel e levantou o quepe. — *Dobrj vetsjer.*

Os rapazes observavam a cena com espanto.

— Edvard, você tem que dar uma bronca nos nossos holandeses. Tem pelo menos cinquenta metros entre os postos de escuta lá.

Edvard ficou calado e petrificado, como os outros.

— Enterrou o russo, Daniel? — O rosto de Gudbrand brilhava de excitação.

— Se o enterrei? — perguntou Daniel. — Até rezei o Pai-Nosso e cantei para ele. Não escutaram? Eles com certeza ouviram do outro lado.

Ele pulou para fora da trincheira, sentou-se na beirada, levantou os braços e começou a cantar, com voz calorosa e profunda:

— Deus é nosso refúgio e nossa fortaleza ...

Os rapazes vibraram e Gudbrand deu gargalhadas até brotarem lágrimas em seus olhos.

— Daniel, seu safado! — exclamou Dale.

— Daniel não, me chame de... — Daniel tirou o quepe russo e leu o que estava escrito no interior do forro. — Uriah. Diabo, ele sabia escrever também. Mas ainda era um bolchevique.

Ele pulou da beirada e olhou em volta.

— Espero que ninguém tenha nada contra um belo nome judeu.

Seguiu-se um momento de silêncio absoluto antes de explodirem as gargalhadas. Depois os primeiros homens vieram dar tapinhas nas costas de Uriah.

10

Leningrado, 31 de dezembro de 1942

Fazia frio no posto de guarda da metralhadora. Gudbrand estava usando todas as roupas que tinha, mesmo assim batia os dentes de frio e tinha perdido a sensibilidade nos dedos das mãos e dos pés. A situação das pernas era pior. Ele tinha envolvido os pés com faixas novas, o que não ajudava muito.

Olhou fixamente para a escuridão. Eles não tinham escutado muito dos russos esta noite, talvez estivessem celebrando o Ano-Novo. Talvez estivessem comendo bem. Carne de carneiro com repolho. Ou presunto de carneiro. E claro que Gudbrand sabia que os russos não tinham carne, mas, mesmo assim, não conseguia deixar de pensar em comida. Eles não haviam comido nada além do pão de sempre e da sopa de lentilha. O pão estava visivelmente esverdeado, mas eles já estavam acostumados. E quando ficava tão bolorento que chegava a esfarelar, eles faziam a sopa com o pão junto.

— Na véspera de Natal pelo menos nos deram uma salsicha — disse Gudbrand.

— Quieto — falou Daniel.

— Não tem ninguém lá fora essa noite, Daniel. Estão comendo medalhão de cervo. Com molho de caça espesso e geleia de amora. E batatas.

— Não venha com esse papo de comida de novo. Fique quieto e tente ver alguma coisa.

— Não estou vendo nada, Daniel. Nadinha.

Eles se agacharam um do lado do outro, mantendo as cabeças baixas. Daniel usava o quepe russo. O capacete com a marca de Waffen-SS estava ao seu lado. Gudbrand sabia o porquê. Algo em seu formato fazia com que a eterna neve gelada passasse por baixo da aba anterior, produzindo um zumbido constante dentro do capacete que dava nos nervos e era especialmente irritante quando se estava no posto de escuta.

— O que há de errado com a sua vista? — perguntou Daniel.

— Nada. Só não enxergo bem à noite.

— Só isso?

— E sou um pouco daltônico.

— *Um pouco* daltônico?

— Tenho problemas com vermelho e verde. Não consigo distinguir essas cores, elas parecem se mesclar uma na outra. Por exemplo, não via uma frutinha quando íamos à floresta catar amoras para a carne assada de domingo...

— Chega de falar de comida, já disse!

Os dois ficaram calados. Ouviu-se uma salva de metralhadora à distância. O termômetro mostrava –25 graus. No inverno passado eles pegaram –45 graus durante várias noites. Gudbrand se consolou, já que as pulgas ficavam quietas no frio extremo. Só ia começar a coçar no fim de seu turno, quando estivesse embaixo das cobertas, na cama. Mas elas aguentavam o frio melhor que ele. Ah, aqueles monstrinhos aguentavam bem. Uma vez ele fez uma experiência: deixou suas roupas lá fora na neve por três noites seguidas. Quando as levou para dentro da casamata, estavam duras feito gelo. Mas, ao derreter em frente ao aquecedor, fervilhavam novamente com as pequenas pragas. Ele jogou as roupas no fogo de tanto nojo.

Daniel pigarreou.

— E como era essa carne de domingo?

Com Gudbrand, nem precisava pedir:

— Primeiro meu pai cortava a carne com a devoção de um padre, enquanto nós, as crianças, assistíamos em silêncio. Depois, minha mãe colocava dois pedaços em cada prato, despejava o molho, que de tão espesso ela precisava mexer para não endurecer. E tinha muita couve--de-bruxelas fresca e crocante. Você devia colocar o capacete, Daniel. Já pensou levar um estilhaço de granada na cabeça...?

— Já pensou se eu levasse uma granada na cabeça? Continue.

Gudbrand fechou os olhos e um sorriso se espalhou pelo seu rosto.

— De sobremesa tínhamos compota de ameixas. Ou brownies. Não era muito comum, minha mãe trouxe essas tradições do Brooklyn.

Daniel cuspiu na neve. Normalmente os turnos eram de uma hora agora no inverno, mas Sindre Fauke e Hallgrim Dale estavam com febre, e o chefe do pelotão, Edvard Mosken, resolveu aumentar o turno em duas horas até que a tropa estivesse completa de novo.

Daniel pôs a mão no ombro de Gudbrand.

— Sente saudades dela, não é? Da sua mãe.

Gudbrand riu, cuspiu na neve, no mesmo lugar que Daniel também cuspira, e olhou para as estrelas gélidas no céu. Ouviram um farfalhar na neve, então Daniel ergueu a cabeça.

— Raposa — disse ele.

Era difícil de acreditar, mas mesmo ali, onde cada metro quadrado fora bombardeado, e as minas estavam mais juntas que os paralelepípedos da avenida Karl Johan, havia vida selvagem. Não muita, mas eles tinham visto lebres e raposas. E um ou outro tourão. E, claro, tentavam matar os bichos que viam. Tudo era bem-vindo na panela. Mas, depois que um dos alemães levou um tiro enquanto caçava uma lebre, os chefes concluíam que os russos estavam soltando lebres em frente à trincheira para atraí-los à terra de ninguém. Como se os russos, voluntariamente, lhes dessem uma lebre!

Gudbrand passou a língua nos lábios feridos e olhou no relógio. Faltava uma hora para a troca de turno. Ele suspeitava que Sindre havia introduzido tabaco no reto a fim de provocar febre. Ele era bem capaz de fazer isso.

— Por que vocês saíram dos Estados Unidos? — perguntou Daniel.

— Por causa da quebra da bolsa de valores. Meu pai perdeu o emprego no estaleiro.

— Está vendo? — disse Daniel. — Isso é o capitalismo. As pessoas humildes dão duro enquanto os ricos ficam cada vez mais gordos, tanto na prosperidade como nos tempos de vacas magras.

— É. As coisas são assim mesmo.

— Até agora foi assim, mas isso vai mudar. Quando ganharmos a guerra, Hitler vai ter uma surpresa para aquela gente. E seu pai não vai mais precisar ter medo de ficar desempregado. Você também devia entrar para o Partido da União Nacional.

— Você realmente acredita naquilo tudo?

— Você não?

Gudbrand não gostava de contradizer Daniel, por isso esboçou um dar de ombros, mas Daniel repetiu a pergunta.

— Claro que acredito — respondeu Gudbrand. — Mas penso mais na Noruega... Que nós não vamos ter os bolcheviques no país. Se eles vierem, nós voltaremos para a América.

— Para um país capitalista? — A voz de Daniel ficou mais ríspida. — Uma democracia nas mãos dos ricos, deixada ao acaso e com líderes corruptos?

— Antes isso que o comunismo.

— A democracia já era, Gudbrand. E só pensar na Europa. Inglaterra e França estavam se acabando muito antes da guerra começar. Era desemprego e exploração em todo lugar. Só há duas pessoas com força suficiente para frear a queda da Europa em direção ao caos agora, e são Hitler e Stalin. São as opções que temos. Um povo irmão ou bárbaros. Não tem quase ninguém na Noruega que pareça ter entendido a sorte que tivemos de serem os alemães, e não os carniceiros russos, a chegarem primeiro.

Gudbrand assentiu. Não era apenas o que Daniel dizia, era a maneira como ele dizia. Cheio de convicção.

De repente o céu ficou branco com as chamas, o chão tremeu e raios amarelos, seguidos de terra marrom e neve, pareciam estourar do chão no local onde as granadas caíam.

Gudbrand já estava no fundo da trincheira, com as mãos na cabeça, quando tudo acabou, tão rápido quanto tinha começado. Ele olhou para cima e, na beirada, atrás da metralhadora, estava Daniel, rolando no chão e dando gargalhadas.

— O que você está fazendo? — gritou Gudbrand. — Acione a sirene, chame todo mundo!

Mas Daniel só conseguia rir ainda mais.

— Meu querido, meu queridíssimo amigo — gritou ele com lágrimas nos olhos de tanto rir —, feliz Ano-Novo!

Daniel apontou para o relógio e Gudbrand entendeu. É claro que Daniel estivera apenas esperando os russos saudarem o novo ano, porque agora enfiava a mão no monte de neve que havia se acumulado e que escondia o posto de guarda da metralhadora.

— Conhaque — gritou triunfante e levantou uma garrafa com um restinho de líquido marrom. — Guardei esse por mais de três meses. Pegue.

Gudbrand estava de joelhos e riu para Daniel.

— Primeiro você! — gritou Gudbrand.

— Tem certeza?

— Absoluta, velho amigo, foi você quem o guardou. Mas não beba tudo!

Daniel bateu no lado da tampa, que caiu, e ergueu a garrafa.

— A Leningrado! Na primavera vamos brindar no Palácio de Inverno! — proclamou, tirando o quepe russo. — E no verão estaremos em casa, sendo recebidos como heróis na nossa amada Noruega.

Ele levou a garrafa à boca, inclinou a cabeça para trás, e o líquido marrom gorgolejou e dançou no gargalo. Cintilou quando o vidro refletiu a luz das chamas caindo. Nos anos que se seguiram, Gudbrand iria se perguntar muitas vezes se não tinha sido isso que o franco-atirador russo viu: o cintilar da garrafa. No momento seguinte, Gudbrand ouviu um estalo agudo e viu a garrafa explodir na mão de Daniel. Choveram pedaços de vidro e conhaque, e Gudbrand automaticamente fechou os olhos. Ele sentiu o rosto ficar molhado, algo escorreu por sua face e ele colocou a língua para fora a fim de catar algumas gotas. Quase não tinha sabor, tinha gosto de álcool e de algo mais — algo doce e metálico. Era espesso, provavelmente por causa do frio, pensou Gudbrand, então reabriu os olhos. Não conseguia ver Daniel da trincheira. Ele deve ter se agachado atrás da metralhadora quando entendeu que foram vistos, avaliou Gudbrand, mas sentiu o coração bater mais rápido.

— Daniel?

Não houve resposta.

— Daniel?

Gudbrand se levantou e subiu até a beirada da trincheira. Daniel estava deitado de costas, com o cinturão da cartucheira embaixo da cabeça e o quepe por cima do rosto. A neve estava manchada de sangue e conhaque. Gudbrand arrancou o quepe. Daniel estava com os olhos arregalados, encarando o céu estrelado. Apresentava um grande buraco preto aberto no meio da testa. Gudbrand ainda tinha o gosto doce e metálico na boca e sentiu náusea.

— Daniel.

Saiu apenas um sussurro entre lábios secos. Para Gudbrand, Daniel parecia um menino que ia fazer anjos na neve, mas que de repente tinha caído no sono. Com um soluço, ele se jogou sobre a sirene e girou a manivela, e, enquanto as chamas caíam, o pranto estridente da sirene subia até o céu.

— *Não era para ser assim,* foi tudo que Gudbrand conseguiu dizer. O *ooooo*-OOOOOO....!

Edvard e os outros chegaram e se puseram atrás dele. Alguém chamou seu nome, mas Gudbrand não escutou, apenas girava e girava a manivela. Por fim, Edvard se aproximou e colocou a mão sobre a manivela. Gudbrand a soltou, mas não se virou, ficou apenas olhando para a beirada da trincheira e para o céu enquanto as lágrimas congelavam em seu rosto. O canto da sirene diminuía.

— Não era para ser assim — sussurrou.

11

Leningrado, 1º de janeiro de 1943

Daniel já estava com cristais de gelo embaixo do nariz, no canto dos olhos e da boca quando o levaram. Muitas vezes os corpos eram deixados no frio, para que ficasse completamente rígidos. Assim era mais fácil carregá-los. Mas Daniel estava atrapalhando o caminho dos soldados que iam operar a metralhadora. Por isso, dois homens o arrastaram para uma extensão da trincheira alguns metros adiante e o colocaram em cima de duas caixas de munição, guardadas para servir de lenha. Hallgrim Dale amarrou na cabeça de Daniel um saco que eles usavam para carregar madeira, para que não tivessem de ver a máscara da morte com seu sorriso feio. Edvard ligou para os soldados que administravam a vala comum do setor norte e explicou onde encontrariam o corpo de Daniel. Eles prometeram mandar dois carregadores de corpos durante a noite. Depois, o chefe da tropa tirou Sindre da cama para cumprir o resto do turno com Gudbrand. A primeira coisa a fazer era limpar a metralhadora.

— Destruíram Colônia com bombardeios — comentou Sindre.

Estavam deitados lado a lado na beirada da trincheira, no sulco estreito onde podiam ver a terra de ninguém. Ocorreu a Gudbrand que ele não gostava de estar tão próximo de Sindre.

— E Stalingrado está indo para o espaço — continuou Sindre.

Gudbrand não sentia o frio, parecia que sua cabeça e seu corpo estavam cheios de chumaços de algodão. Nada que acontecia tinha a ver com ele. Tudo o que sentia era o metal gélido queimando em sua pele e os dedos dormentes que não queriam obedecer. Ele tentou de novo. O cilindro e o mecanismo de disparo da metralhadora já estavam no tapete de lã ao seu lado na neve, mas parecia difícil soltar a culatra.

Em Sennheim, eles treinavam montar e desmontar a metralhadora de olhos vendados. Sennheim, na Alsácia alemã, linda e quente. Diferente de agora, quando não dava para sentir o que os dedos estavam fazendo.

— Não soube? — perguntou Sindre. — Os russos vão pegar a gente. Exatamente como pegaram Gudeson.

Gudbrand lembrou-se do capitão da Wehrmacht, que tinha se divertido muito quando Sindre contou que vinha de uma fazenda que ficava perto de um lugar chamado Toten.

"Toten? Wie im Totenreich? Mortos? Como no Reino da Morte?", o capitão havia perguntado, rindo.

O equipamento escorregou de suas mãos.

— Merda! — A voz de Gudbrand tremeu. — Todo aquele sangue congelou as peças.

Ele tirou as luvas, colocou a parte superior da embalagem de óleo na culatra e apertou. O frio deixou o líquido amarelo viscoso e espesso, mas ele sabia que o óleo dissolvia o sangue. Ele já havia usado a substância em sua orelha quando a havia queimado.

Sindre se inclinou para Gudbrand e tocou em um dos cartuchos.

— Nossa — disse.

Ele olhou para Gudbrand e abriu um sorriso, mostrando as manchas marrons entre os dentes. O rosto pálido e barbudo estava tão perto que Gudbrand podia sentir o hálito podre que todos ganhavam depois de um tempo ali. Sindre levantou o dedo.

— Quem diria que Daniel tivesse tanto cérebro, hein?

Gudbrand se afastou um pouco.

Sindre estudou a ponta do dedo.

— Mas ele não o usava muito. Do contrário não teria voltado da terra de ninguém aquela noite. Ouvi vocês comentarem sobre passar para o outro lado. Bem, vocês eram... muito amigos, vocês dois, não?

Gudbrand não prestou atenção de início, as palavras pareciam vir de muito longe. Mas, depois, o eco delas o alcançou e ele de repente sentiu o calor voltar ao corpo.

— Os alemães nunca vão deixar a gente bater em retirada — disse Sindre. — Nós vamos morrer aqui, todo mundo. Vocês deviam ter ido. Parece que os bolcheviques não são tão duros quanto Hitler com pessoas como você e Daniel. Amigos tão próximos, quero dizer.

Gudbrand não respondeu. Agora sentia calor até na ponta dos dedos.

— Estamos pensando em pular para o outro lado essa noite — contou Sindre. — Hallgrim Dale e eu. Antes que seja tarde demais.

Ele girou na neve e encarou Gudbrand.

— Não me venha com essa cara de choque, Johansen — disse ele, rindo. — Por que você acha que a gente falou que estava doente?

Gudbrand contraiu os dedos dos pés dentro das botas. Agora já podia sentir que eles de fato estavam lá, quentes. Mas tinha mais alguma coisa.

— Quer vir com a gente, Johansen? — perguntou Sindre.

As pulgas! Ele estava quente, mas não podia sentir as pulgas! Até o zumbido por baixo do capacete havia parado.

— Então foi você quem espalhou aqueles boatos? — soltou Gudbrand.

— Hein? Que boatos?

— Daniel e eu estávamos falando em ir para a América, não para o lado dos russos. E não agora, mas *depois* da guerra.

Sindre deu de ombros, olhou no relógio e ficou de joelhos.

— Eu mato você se tentar — afirmou Gudbrand.

— Com o quê? — perguntou Sindre acenando para as peças das armas no tapete. Seus rifles estavam na casamata, e ambos sabiam que não dava tempo de Gudbrand buscar o dele antes que Sindre fugisse.

— Fique aqui e morra se quiser, Johansen. Dê lembranças a Dale e diga a ele que venha atrás de mim.

Gudbrand colocou a mão dentro do uniforme e retirou a baioneta. A luz da lua cintilou na lâmina de aço. Sindre balançou a cabeça.

— Gente como você e Gudeson são sonhadores. Guarde essa faca e venha comigo. Os russos vão receber novos suprimentos pelo lago Ladoga agora. Carne fresca.

— Eu não sou traidor — disse Gudbrand.

Sindre se levantou.

— Se você tentar me matar com essa baioneta, os holandeses do posto de escuta vão perceber e acionar a sirene. Use a cabeça. Em quem de nós dois você acha que eles vão acreditar quando disser que tentou impedir o outro de fugir? Em você, com todos esses boatos de plano de fuga, ou em mim, que sou membro do partido?

— Senta aí, Sindre Fauke.

Sindre riu.

— Você não é assassino, Gudbrand. Vou correr agora. Me dê cinquenta metros antes de acionar o alarme, assim ninguém vai suspeitar de você.

Eles se encaravam. Pequenos flocos de neve, leves como penas, começaram a cair entre eles. Sindre sorriu.

— Luz da lua e neve de uma só vez, coisa rara de se ver, não é?

12

LENINGRADO, 2 DE JANEIRO DE 1943

A trincheira onde estavam os quatro homens ficava dois quilômetros ao norte do setor do front deles, no ponto onde a trincheira fazia uma curva para trás e quase formava um laço. O capitão se posicionara na frente de Gudbrand e batia os pés para se manter aquecido. Nevava, e sobre o quepe de capitão já havia se formado uma fina camada branca de neve. Edvard Mosken mantinha-se ao lado do capitão e olhava Gudbrand com um olho bem aberto e o outro semicerrado.

— *So* — disse o capitão — *Er ist hinüber zu den Russen geflogen?* Então ele debandou para o lado dos russos?

— *Ja* — respondeu Gudbrand.

— *Warum?* Por quê?

— *Das weiß ich nicht.* Não sei.

O capitão olhou para a frente, passou a língua pelos dentes e bateu os pés no chão. Depois acenou com a cabeça para Edvard, sussurrou algumas palavras para seu *Rottenführer*, o cabo alemão que o acompanhava, e se despediu. A neve era esmagada enquanto eles iam embora.

— Pronto — disse Edvard. Ele ainda estava olhando para Gudbrand.

— É — disse Gudbrand.

— Não fizeram grandes investigações.

— Não.

— Quem diria? — O olho aberto, porém sem vida, ainda estava fixo em Gudbrand.

— Os homens aqui desertam o tempo todo — disse Gudbrand. — Não dá para investigar todos que...

— Quero dizer, quem diria que Sindre faria isso? Que ele ia inventar uma coisa dessas?

— É mesmo — respondeu Gudbrand.

— Nada planejado. Só levantar e correr.

— Pois é.

— Que pena a metralhadora. — A voz de Edvard estava gélida de sarcasmo.

— É.

— E você também não teve tempo de chamar os guardas holandeses?

— Eu chamei, mas já era tarde demais. Estava escuro.

— Tinha a luz da lua — disse Edvard.

Eles se encaravam.

— Sabe o que eu acho? — perguntou Edvard.

— Não.

— Sabe, sim. Está na sua cara. Por que, Gudbrand?

— Eu não o matei. — O olhar de Gudbrand encarava o olho ciclópico de Edvard com firmeza. — Tentei falar com ele. Ele não queria me ouvir. Então ele correu. O que eu devia fazer?

A respiração dos dois era pesada, ambos estavam inclinados na direção do outro, no vento, que rapidamente dissipava o vapor das bocas.

— Eu me lembro da última vez que você esteve com a mesma cara de agora, Gudbrand. Foi na noite que você matou aquele russo na casamata.

Gudbrand deu de ombros. Edvard colocou a mão enluvada no braço de Gudbrand. Estava gelada.

— Escute, Sindre não era um bom soldado. Talvez nem fosse uma boa pessoa, mas somos pessoas com moral e devemos tentar manter um padrão de dignidade no meio disso tudo, entende?

— Posso ir agora?

Edvard olhou para Gudbrand. O boato de que Hitler não estava mais vencendo em todas as frentes começava a chegar a eles também. Mesmo assim, isso só aumentava o fluxo de voluntários noruegueses, e Daniel e Sindre já haviam sido substituídos por dois meninos de Tynset. Rostos novos e jovens o tempo todo. Alguns ficavam marcados, outros eram esquecidos assim que não estavam mais lá. Daniel era um daqueles de que Edvard se lembraria, ele sabia disso. Da mesma forma que sabia que dali a pouco o rosto de Sindre seria apagado de sua memória. Apagado. Faltavam poucos dias para Edvard Jr. fazer 2 anos. Decidiu não pensar nisso.

— Sim, pode ir. E tente ficar longe de problemas.

— Claro — disse Gudbrand. — Pode deixar.

— Lembra o que Daniel dizia? — perguntou Edvard com um esboço de sorriso. — Que nós andamos tão curvados aqui que vamos ficar corcundas quando voltarmos para a Noruega?

Uma metralhadora distante cuspia estalidos.

13

LENINGRADO, 3 DE JANEIRO DE 1943

Gudbrand acordou sobressaltado. Piscou várias vezes no escuro, só via o contorno do estrado da cama acima dele. Cheirava a madeira e terra. Ele havia gritado? Os outros diziam que seus gritos não os acordavam mais. Ficou deitado sentindo o coração desacelerar aos poucos. Coçou-se. As pulgas nunca dormiam.

Fora acordado pelo sonho de sempre e ainda podia sentir as patas contra o peito, ver os olhos amarelos no escuro, os dentes brancos da fera com o fedor de sangue e a baba que escorria sem parar. E ouvir a própria respiração, ofegante de tanto medo. Era a dele ou a da fera?

Era assim o sonho: ele estava dormindo e acordado ao mesmo tempo, mas não conseguia se mexer. A mandíbula da fera estava prestes a se fechar sobre sua garganta quando a rajada de uma metralhadora perto da porta o acordava, e ele conseguia apenas ver a fera ser levantada da coberta, jogada contra a parede de terra da casamata e rasgada em pedaços pelas balas. Depois tudo ficava quieto. Lá no chão estava a fera, uma massa disforme, peluda e sangrenta. Um tourão. Então o homem no vão da porta saía do escuro e entrava no facho estreito da luz da lua, tão estreito que só iluminava metade de seu rosto. Mas nessa noite algo no sonho fora diferente. Saía fumaça da metralhadora e o homem sorria como sempre, mas ele tinha uma grande cratera preta na testa. E, quando se virou, Gudbrand pôde ver a lua através do buraco na cabeça dele.

Quando Gudbrand sentiu o vento frio vindo da porta aberta, virou a cabeça e gelou quando viu a figura escura que preencheu o vão da porta. Estaria ele ainda sonhando? A figura deu um passo para dentro do quarto, mas estava escuro demais para que Gudbrand visse quem era.

A figura parou de repente.

— Está acordado, Gudbrand? — A voz era alta e clara. Era Edvard Mosken. Um murmúrio de descontentamento veio das outras camas. Edvard se aproximou da cama de Gudbrand.

— Você precisa se levantar — avisou.

— Você não olhou direito a lista — disse Gudbrand. — Acabei de sair do meu turno. É Dale...

— Ele voltou.

— O quê?

— Dale acabou de me acordar. Daniel voltou.

— Do que você está falando?

Gudbrand via apenas a respiração esbranquiçada de Edvard no escuro. Jogou as pernas para fora da cama e pegou as botas que estavam embaixo do cobertor. Ele costumava deixá-las ali enquanto dormia, para que as palmilhas úmidas não congelassem. Vestiu o sobretudo que estava em cima da coberta fina e saiu atrás de Edvard. As estrelas cintilavam acima deles, mas o céu já começava a clarear no leste. Ele ouviu soluços em algum lugar. De resto, estava tudo estranhamente calmo.

— Holandeses recém-chegados — disse Edvard. — Chegaram ontem e estão voltando de seu primeiro passeio pela terra de ninguém.

Dale estava no meio da trincheira, numa posição esquisita: a cabeça inclinada para um lado e os braços esticados para o outro. Ele tinha amarrado o cachecol em volta do queixo, e o rosto magro e abatido, com os olhos fechados e olheiras profundas, o fazia parecer um mendigo.

— Dale! — chamou Edvard com voz áspera. Dale acordou. — Mostre para a gente.

Dale foi na frente. Gudbrand sentiu o coração bater mais rápido. O frio gélido lhe cortava o rosto, mas ainda não tinha conseguido congelar o sentimento quente e sonhador que o acompanhava desde que havia se levantado. A trincheira era tão estreita que eles tinham de andar em fila indiana, e ele sentia o olhar de Edvard em suas costas.

— Aqui — disse Dale, apontando.

O vento uivava num tom áspero sob a aba do capacete. Em cima das caixas de munição havia um corpo com os membros rígidos. A neve, levada pelo vento, havia formado uma camada fina sobre o uniforme. A cabeça estava enrolada em um saco de lenha.

— Que horror — alarmou Dale. Ele balançou a cabeça e bateu os pés no chão.

Edvard não falou nada. Gudbrand entendeu que o chefe do pelotão esperava que ele dissesse alguma coisa.

— Por que os carregadores de corpos ainda não vieram buscá-lo? — perguntou Gudbrand, por fim.

— Eles vieram buscá-lo — informou Edvard. — Ontem à tarde.

— Então por que o trouxeram de volta? — Gudbrand percebeu que Edvard o observava.

— Ninguém da tropa ouviu ordem nenhuma para trazê-lo de volta.

— Foi um mal-entendido, talvez? — perguntou Gudbrand.

— Talvez. — Edvard tirou a metade de um cigarro fino do bolso, virou-se de costas para o vento e o acendeu, protegendo o fósforo com a mão. Após algumas tragadas, passou o cigarro adiante e falou: — Os homens que vieram pegá-lo alegam que ele foi colocado numa vala comum, no setor norte.

— Se for verdade, ele já não devia estar enterrado?

Edvard balançou a cabeça.

— Eles não são enterrados antes de serem queimados. E os corpos só são queimados durante o dia, para que os russos não possam se guiar pela luz e atirar. E de noite as valas comuns estão abertas e sem guarda. Alguém pegou Daniel lá essa noite.

— Que horror — repetiu Dale. Ele aceitou o cigarro e tragou com avidez.

— Então é verdade que queimam os corpos? — perguntou Gudbrand. — Para que isso, nesse frio?

— Eu sei — respondeu Dale. — É porque a terra está congelada. Quando a temperatura aumenta na primavera, a terra faz os corpos serem empurrados para cima. — Ele passou o cigarro a contragosto. — No inverno passado nós enterramos Vorpenes bem atrás de nossas fileiras. Na primavera, tropeçamos nele de novo. Bom, no que as raposas deixaram dele.

— A questão é: como foi que Daniel veio parar aqui? — indagou Edvard.

Gudbrand deu de ombros.

— Você fez a ronda anterior, Gudbrand. — Edvard fechou um olho e fixou o ciclópico nele. Gudbrand demorou-se um bom tempo com o cigarro. Dale pigarreou.

— Eu passei por aqui quatro vezes — disse Gudbrand, passando o cigarro adiante. — E ele não estava aqui.

— Você teve tempo suficiente para ir até o setor norte durante a ronda. E tem marca de trenó na neve ali.

— Pode ser dos carregadores de corpos — rebateu Gudbrand.

— As marcas vão além das últimas pegadas de botas. E você disse que passou por aqui quatro vezes.

— Que inferno, Edvard, eu também estou vendo que Daniel está aqui! — exclamou Gudbrand. — É claro que alguém o trouxe para cá, mais provavelmente com um trenó. Mas, se você prestar atenção no que eu digo, vai entender que alguém o trouxe para cá *depois* que eu passei aqui pela última vez.

Edvard não respondeu e, com visível irritação, arrancou o toco de cigarro da boca de Dale e olhou com desaprovação para as marcas molhadas nele. Dale tirou um fio de tabaco da língua com olhar zangado.

— Por que diabos ia eu inventar uma coisa dessas? — perguntou Gudbrand. — E como eu conseguiria arrastar um corpo do setor norte até aqui, em um trenó, sem ser parado por um guarda?

— Poderia ter passado pela terra de ninguém.

Gudbrand balançou a cabeça, sem acreditar.

— Acha que estou maluco, Edvard? O que eu ia fazer com o corpo do Daniel?

Edvard deu as últimas baforadas no cigarro, jogou a guimba na neve e a esmagou com a bota. Ele sempre fazia isso, não sabia por que, mas não aguentava ver guimbas de cigarros fumegantes. A neve assobiou quando ele girou o calcanhar da bota.

— Não, eu não acredito que você tenha arrastado Daniel até aqui — respondeu finalmente Edvard. — Porque não acredito que seja Daniel.

Dale e Gudbrand se sobressaltaram.

— Mas é claro que é o Daniel — afirmou Gudbrand.

— Ou alguém com a mesma estatura — rebateu Edvard. — E a mesma identificação do pelotão no uniforme.

— O saco... — começou Dale.

— Então você consegue ver diferença entre os sacos? — perguntou Edvard com desdém, mas olhava para Gudbrand.

— É Daniel — disse Gudbrand e engoliu em seco. — Reconheço as botas dele.

— Então simplesmente acha que a gente devia chamar os carregadores e pedir que o levassem de volta? — indagou Edvard. — Sem dar uma olhada melhor. Era isso que você pretendia, não era?

— Vá pro inferno, Edvard!

— Não tenho certeza se está na minha hora, Gudbrand. Tire o saco, Dale.

Dale olhou perplexo para os homens se encarando, como dois touros, prontos para se atacar.

— Ouviu o que eu disse? — gritou Edvard. — Corte aquele saco fora!

— Prefiro não...

— É uma ordem. Agora!

Dale ainda hesitou, ficou olhando para os dois homens e depois se virou para a figura rígida sobre as caixas de munição. Então deu de ombros, abriu a jaqueta do uniforme e enfiou a mão.

— Espere! — disse Edvard. — Pergunte ao Gudbrand se você pode usar a baioneta dele.

Agora Dale parecia realmente confuso. Ele olhou para Gudbrand, que balançou a cabeça.

— Como assim? — indagou Edvard, que ainda estava olhando para Gudbrand. — É uma ordem sempre portar baioneta. Você não está com ela?

Gudbrand não respondeu.

— Logo você, que é praticamente uma máquina de matar com a baioneta, Gudbrand. Por acaso a perdeu?

Gudbrand continuou sem responder.

— Onde já se viu? Bem, vai ter que usar a sua mesmo, Dale.

Gudbrand teve vontade de arrancar o olho enorme da cabeça do chefe da tropa. *Rottenführer* era o que ele era! Um rato, com olhos de rato e cérebro de rato. Será que ele não estava entendendo nada?

Ouviram um ruído rascante quando a baioneta cortou o saco, depois uma arfada de Dale. Os dois homens rodopiaram. Lá, na luz vermelha do nascer do novo dia, um rosto branco, com um sorriso feio, os encarou com um terceiro olho, o preto na testa. Era Daniel, sem sombra de dúvida.

14

MINISTÉRIO DAS RELAÇÕES EXTERIORES, 4 DE NOVEMBRO DE 1999

Bernt Brandhaug olhou no relógio e franziu a testa. Oitenta e dois segundos, sete a mais que o normal. Galgou a soleira, entrou na sala de reunião, soltou um bom-dia amigável e deu seu famoso sorriso largo para os quatro rostos que se viraram para ele.

De um lado da mesa estava Kurt Meirik, da Polícia Secreta, junto com Rakel, aquela com o prendedor de cabelos que não lhe caía bem, uma roupa ambiciosa e uma expressão rígida. Ocorreu-lhe que o traje parecia um pouco caro demais para uma secretária. Brandhaug ainda confiava em sua intuição, que dizia que ela era divorciada. Quem sabe ela não foi casada com um ricaço? Ou tinha pais ricos? O fato de ela estar mais uma vez ali, em uma reunião que Brandhaug dera a entender ser confidencial, indicava que ocupava um cargo mais importante na Polícia Secreta do que ele inicialmente imaginou. Resolveu que descobriria mais sobre ela.

Do outro lado da mesa estava Anne Størksen, junto com aquele chefe de polícia alto e magro, sabe-se lá como se chamava. Não bastava ter levado mais de oitenta segundos para chegar à sala de reunião, agora nem conseguia se lembrar de nomes. Será que estava ficando velho?

Mal pensou nisso quando relembrou os acontecimentos da noite anterior. Havia convidado Lise, que desejava um cargo no Ministério das Relações Exteriores, para o que ele chamava de um almoço de trabalho. Depois a convidara para um drinque no hotel Continental, onde ele, como funcionário do ministério, tinha um quarto permanente à disposição — para reuniões que exigissem especial discrição. Não foi nada difícil, pois ela era uma moça ambiciosa. Mas o encontro não fora bem-sucedido. Será que estava mesmo ficando velho? Não... fora um caso isolado, ocasionado por um drinque a mais, talvez. Não tinha nada a ver com sua idade. Brandhaug afastou o pensamento e se sentou.

— Obrigado por entenderem a urgência da convocação — começou ele. — É claro que não preciso lembrar da natureza confidencial dessa reunião, mas faço isso mesmo assim, já que talvez nem todos aqui tenham muita experiência nesse tipo de assunto.

Ele lançou um olhar a todos, menos a Rakel, assinalando dessa forma que o recado era para ela. Depois se virou para Anne Størksen.

— Então, como vai o seu homem?

A chefe de polícia se virou para ele ligeiramente confusa.

— O seu *policial* — acrescentou Brandhaug depressa. — Hole. Não é esse o nome dele?

Ela acenou para Møller, que precisou pigarrear duas vezes para conseguir falar.

— Dadas as circunstâncias, está bem. Está abalado, claro. Mas... bem. — Møller levantou os ombros como para mostrar que não tinha muito mais a dizer.

Brandhaug ergueu uma sobrancelha impecável.

— Não tão abalado que represente um risco de vazamento, espero?

— Bem — disse Møller. Pelo canto do olho viu a chefe de polícia se virar depressa para ele. — Creio que não. Ele sabe que o assunto é delicado. E obviamente foi instruído a manter sigilo absoluto sobre o que aconteceu.

— O mesmo vale para os outros policiais que estavam de serviço — acrescentou Anne Størksen rapidamente.

— Então esperamos que esteja tudo sob controle — disse Brandhaug. — Vou passar para vocês uma breve atualização da situação. Acabei de ter uma longa conversa com o embaixador dos Estados Unidos e creio que posso dizer que estamos de acordo sobre os pontos cruciais nesse caso trágico.

Ele olhou para cada um dos presentes. Todos o encararam, ansiosos para ouvir o que ele, Bernt Brandhaug, tinha para lhes dizer. Aquilo era exatamente do que precisava para que o desânimo que havia sentido alguns segundos antes se dissipasse.

— O embaixador me contou que a situação do agente do Serviço Secreto americano que o seu homem — Brandhaug acenou para Møller e para a chefe de polícia — acertou no pedágio é estável e que ele não corre mais perigo de vida. O tiro atingiu a espinha dorsal e ele teve uma hemorragia interna, mas o colete à prova de balas o salvou. Sinto muito não ter conseguido essa informação mais cedo, mas, por motivos óbvios, tentou-se restringir ao máximo todas as informações sobre esse caso. Apenas informações necessárias foram trocadas entre um número restrito de pessoas envolvidas.

— Onde ele está? — Era Møller quem perguntava.

— Na verdade, Møller, essa é uma informação que você não precisa saber.

Ele olhou para Møller, que parecia constrangido. Seguiu-se um momento de silêncio opressor. Era sempre embaraçoso quando alguém precisava ser relembrado de que não podia saber mais do que o necessário para seu trabalho. Brandhaug sorriu e abriu as mãos, como se quisesse dizer: *entendo a pergunta, mas as coisas são assim.* Møller assentiu e baixou o olhar.

— Bom — disse Brandhaug. — Tudo o que posso dizer é que ele foi levado de avião para um hospital militar na Alemanha após a cirurgia.

— Tudo bem. — Møller coçou a cabeça. — Eu...

Brandhaug esperou.

— Presumo que corra tudo bem se eu contar isso a Hole... Que o agente do Serviço Secreto vai ficar bem, quero dizer. Deixaria a situação... ahn... mais fácil para ele.

Brandhaug olhou para Møller. Ele não conseguia entender aquele chefe de repartição da polícia.

— Está bem — concordou.

— O que foi acordado entre você e o embaixador? — Era Rakel.

— Já vou falar disso — respondeu Brandhaug na mesma hora. Na verdade, aquele seria o próximo ponto, mas ele não gostava de ser interrompido daquela forma. — Primeiro eu gostaria de elogiar Møller e a polícia de Oslo por agir rápido. Se os relatórios estiverem corretos, o agente foi atendido pelos médicos em 12 minutos.

— Hole e a colega, Ellen Gjelten, o levaram para o hospital de Aker — disse Anne Størksen.

— Ação admiravelmente rápida — elogiou Brandhaug. — E o embaixador norte-americano compartilha da mesma opinião.

Møller e a chefe de polícia trocaram olhares.

— O embaixador também conversou com o Serviço Secreto. Não há nem discussão sobre abrir processo judicial por parte dos americanos. Naturalmente.

— Naturalmente — entoou Meirik.

— Também concordamos que o erro foi do lado dos americanos. O agente não devia estar na cabine. Quero dizer, ele até podia estar, mas o oficial de ligação norueguês devia ter sido avisado. O policial norueguês que estava no posto onde o agente entrou, e que devia... perdão... *podia* ter avisado o oficial de ligação, só verificou a autorização que o agente mostrou. Havia ordem expressa para que o agente do Serviço Secreto tivesse permissão para entrar em todas as áreas de segurança, por isso o policial não tinha motivo nenhum para avisar seus superiores. Agora podemos dizer que ele *deveria* ter avisado.

Ele olhou para Anne Størksen, que por sua vez não mostrou nenhum sinal de que ia protestar.

— A boa notícia é que por enquanto parece que nada vazou para a mídia. Porém, não convoquei vocês para discutir o que devemos fazer no melhor cenário, o que seria um pouco mais do que ficarmos quietinhos. É provável que tenhamos que abrir mão do cenário perfeito. Seria muita ingenuidade acreditar que esse incidente, mais cedo ou mais tarde, não virá à tona.

Bernt Brandhaug levava as mãos para cima e para baixo como se quisesse cortar as frases em porções adequadas.

— Além das vinte pessoas da Polícia Secreta, do Ministério das Relações Exteriores e do grupo de coordenação que estão a par do caso, havia os policiais em serviço no pedágio, algo em torno de 15 testemunhas. Não pretendo dizer nenhuma palavra negativa sobre nenhum deles, tenho certeza de que, em geral, manterão sigilo. Mas eles são policiais comuns, não estão acostumados a lidar com o nível de sigilo necessário aqui. Além deles, há pessoas do hospital Nacional, da Aeronáutica, da companhia do pedágio Fjellinjen AS e do hotel Plaza, todos com motivos para levantar suspeitas sobre o que aconteceu, uns mais, outros menos. Tampouco temos garantia de que ninguém, em nenhum dos prédios ao redor do pedágio, acompanhou o comboio com um binóculo. Uma única palavra de qualquer um que tenha tido qualquer envolvimento e...

Ele encheu a boca de ar para imitar uma explosão.

Todos em volta da mesa ficaram em silêncio, até que Møller pigarreou:

— E por que é tão... perigoso... que isso venha à tona?

Brandhaug acenou com a cabeça para mostrar que aquela não era a pergunta mais idiota que ele já tinha ouvido, o que imediatamente fez com que Møller pensasse que era, sim.

— Os Estados Unidos são um pouco mais que um aliado — começou Brandhaug, com um sorriso tímido. Ele falou no mesmo tom de voz com que se explica a um estrangeiro que a Noruega tem um rei e que a capital é Oslo. — Em 1920, a Noruega era um dos países mais pobres da Europa, e nós continuaríamos sendo pobres se não fosse a ajuda dos Estados Unidos. Esqueça a retórica dos políticos. A emigração, o Plano Marshall, Elvis e o financiamento da aventura do petróleo fizeram da Noruega provavelmente o país mais pró-americano do mundo. Nós que estamos aqui hoje trabalhamos muito durante anos para chegar aonde chegamos. Mas, se algum de nossos políticos ficasse sabendo que alguém dessa sala foi responsável por colocar a vida do presidente dos Estados Unido em perigo... — Brandhaug deixou o resto da frase no ar enquanto observava todos em volta da mesa. — Sorte a nossa — continuou — que os americanos preferem admitir uma falha de um agente do Serviço Secreto a reconhecer uma falha básica na cooperação com um de seus aliados mais próximos.

— Isso quer dizer — disse Rakel sem levantar os olhos do bloco de papel à sua frente — que nós não precisamos de um bode expiatório norueguês. — Ela ergueu a cabeça e olhou direto para Brandhaug. — É o oposto disso. O que precisamos mesmo é de um herói norueguês, não é?

Brandhaug olhou para ela com uma mistura de surpresa e interesse. Surpresa por ela ter entendido tão rápido aonde ele queria chegar, e interesse por ter ficado claro para ele que aquela mulher merecia ser levada em consideração.

— Correto. O dia em que a informação de que um policial norueguês atirou em um agente do SS vazar, nossa versão tem que estar pronta — disse ele. — E ela precisa mostrar que não houve nenhum erro da nossa parte, que o nosso oficial de ligação no local agiu de acordo com instruções, e que a culpa pelo que aconteceu foi única e exclusivamente do agente do SS. Essa é uma versão aceitável para nós e para os americanos. O desafio é fazer a mídia acreditar nisso. E é por isso...

— Que precisamos de um herói — completou a chefe de polícia. — Ela assentiu, também entendia o que ele estava querendo dizer.

— Perdão — disse Møller. — Fui o único que não entendeu patavina? — Ele fez uma tentativa relativamente malsucedida de acrescentar um riso tímido.

— O policial mostrou agilidade numa situação de potencial ameaça ao presidente — continuou Brandhaug. — Se a pessoa na cabine fosse um terrorista, o que o policial, de acordo com as instruções recebidas, tinha motivos para supor que fosse, ele teria salvado a vida do presidente. O fato de que a pessoa na cabine não era um terrorista não altera esse fato.

— É verdade — concordou Anne Størksen. — Em uma situação dessas, as instruções vêm antes da avaliação pessoal.

Meirik não disse nada, mas aprovou a discussão com um aceno de cabeça.

— Bom — disse Brandhaug. — Para deixar claro, Bjarne, nossa função é convencer a imprensa, nossos superiores e todos que têm ligação com o caso de que em nenhum momento tivemos dúvidas de que o nosso oficial de ligação agiu de forma correta. Precisamos agir como se ele, na prática, tivesse protagonizado um ato heroico.

Brandhaug percebeu a consternação de Møller.

— Se não recompensarmos o policial, já estamos meio que admitindo que ele fez uma avaliação errada ao atirar e, consequentemente, que o protocolo de segurança durante a visita do presidente falhou.

Em volta da mesa, as pessoas assentiam.

— Ergo... — prosseguiu Brandhaug. Ele amava essa palavra. Era uma palavra vestida de armadura, quase invencível, por exigir a autoridade lógica. Significava *por consequência*.

— Ergo, damos a ele uma medalha? — Era Rakel de novo.

Brandhaug sentiu um quê de irritação. A forma que ela disse "medalha". Era como se eles estivessem escrevendo um roteiro para uma comédia, onde qualquer sugestão engraçada fosse bem-vinda. Como se seu plano fosse uma comédia.

— Não — respondeu ele, devagar e enfático. — Não uma medalha. Medalhas e distinções são coisas corriqueiras demais e não nos dão a credibilidade que desejamos. Ele se inclinou na cadeira, com as mãos atrás da cabeça. — Vamos promover o cara. Vamos lhe dar um cargo de inspetor.

Houve um longo silêncio.

— Inspetor? — Bjarne Møller continuou olhando incrédulo para Brandhaug. — Por ter atirado em um agente do Serviço Secreto?

— Pode parecer um pouco mórbido, mas pense.

— É... — Møller piscou, e parecia querer dizer um monte de coisas, mas resolveu ficar calado.

— É claro que ele não precisa ter todas as funções que normalmente são da responsabilidade de um inspetor. — Brandhaug ouviu a chefe de polícia dizer. As palavras vieram com cuidado, como se ela estivesse passando uma linha pelo buraco de uma agulha.

— Também pensamos nessa parte, Anne — disse ele com leve ênfase no nome dela. Era a primeira vez que usava o primeiro nome dela. Uma das sobrancelhas se mexeu de leve, mas ele não viu outros indícios de que ela não tivesse gostado, então prosseguiu: — O problema é que, se todos os colegas desse oficial de ligação atirador acharem a promoção descabida e começarem a pensar que o título é apenas uma fachada, nosso plano não terá funcionado. Pior. Se eles começarem a suspeitar de uma ação para abafar o caso, os boatos vão se espalhar que nem fogo, e vai parecer que nós deliberadamente tentamos encobrir que nós, vocês e esse policial pisamos na bola. Em outras palavras: precisamos dar um cargo que pareça aceitável a ele e que ninguém possa saber detalhes do que ele de fato está fazendo. Em outras palavras: uma promoção combinada a uma transferência para um local seguro.

— Um local seguro. Sem acesso. — Rakel deu um sorriso torto. — Parece que está pensando em mandá-lo para o nosso colo, Brandhaug.

— O que você acha, Kurt?

Kurt Meirik coçou a parte de atrás da orelha e riu baixinho.

— Claro. Sempre podemos achar um lugar para um inspetor, creio.

Brandhaug assentiu.

— Seria de grande ajuda.

— É, temos que nos ajudar sempre que podemos.

— Ótimo — disse Brandhaug, que abriu um largo sorriso e sinalizou com o olhar o relógio na parede.

A reunião estava encerrada. As cadeiras foram arrastadas.

15

SANKT HANSHAUGEN, 4 DE NOVEMBRO DE 1999

"*Tonight we're gonna party like it's nineteen-ninety-nine!*"
Ellen olhou de soslaio para Tom Waaler, que acabara de enfiar um cassete no toca-fitas, botando o volume tão alto que o grave fez o painel do carro tremer. A penetrante voz em falsete de Prince perfurava os tímpanos de Ellen.

— Irado, não acha? — gritou Tom por cima da música. Ellen não queria magoá-lo, então apenas assentiu.

Não que Tom Waaler se deixasse magoar facilmente, mas ela queria evitar ao máximo ofendê-lo. Até a dupla policial Tom Waaler e Ellen Gjelten se desfazer, ela esperava. O chefe de polícia, Bjarne Møller, tinha dito que era apenas de caráter temporário. Todos sabiam que Tom ia ocupar a nova vaga de inspetor na primavera.

— Negão boiola — gritou ele, cheio de raiva.

Ellen não respondeu. Chovia tanto que, mesmo com o limpador de para-brisa no máximo, a água formava uma espécie de cortina no vidro do carro e deixava os prédios na rua de Ulleval parecendo casinhas de contos de fadas que ondulavam de um lado para o outro. A pedido de Møller, eles haviam saído de manhã cedo para procurar Harry. Já tinham ligado para o apartamento dele na rua Sofie e constatado que ele não estava em casa. Ou não queria atender. Ou não estava em *condições* de abrir a porta. Ellen temia o pior. Observou as pessoas que andavam apressadas, de um lado para o outro na calçada. Elas também estavam deformadas, bizarras, como num espelho de circo.

— Vire à esquerda aqui e pare na frente do Schrøder — disse ela.
— Pode esperar no carro, eu vou entrar.

— Está bem — concordou Waaler. — Detesto bêbados.

Ela o olhou de lado, mas a expressão dele não revelava se estava se referindo à clientela da manhã no bar Schrøder ou a Harry em particular. Ele parou o carro no ponto de ônibus e, quando Ellen desceu, viu que havia um novo café e bar do outro lado da rua. Ou talvez já existisse fazia um tempo e ela não tenha notado. Nas cadeiras do bar, ao longo das janelas, havia jovens de pulôver de gola rulê lendo jornais estrangeiros ou simplesmente observando a chuva, segurando grandes xícaras brancas de café, provavelmente se perguntando se haviam escolhido a carreira certa, o sofá certo, o namorado certo, se torciam para o time de futebol certo ou se moravam na cidade europeia certa.

Na porta do Schrøder ela quase esbarrou em um homem que usava uma malha de lã grossa. O álcool tinha apagado quase todo o azul da íris de seus olhos e suas mãos eram tão grandes quanto frigideiras e estavam pretas de sujeira. Ellen reconheceu o cheiro doce de suor e bebedeira assim que passou por ele. Dentro do bar era possível sentir a calmaria da manhã. Apenas quatro mesas estavam ocupadas. Ellen já estivera lá antes, fazia muito tempo, e, pelo que estava vendo, nada havia mudado. Nas paredes, grandes fotos da Oslo antiga. As paredes marrons e o teto falso de vidro davam ao lugar um leve toque de pub inglês. Muito leve, para dizer a verdade. As mesas e o banco do sofá de fórmica tinham um quê de salão de fumantes numa balsa pela costa de Møre. No fundo, uma garçonete de avental fumava encostada no balcão, olhando meio desinteressada para Ellen. Harry estava de cabeça baixa em um canto, nos fundos, perto da janela. Havia um copo de cerveja quase vazio à sua frente.

— Olá — disse Ellen, e sentou-se na cadeira à sua frente.

Harry levantou a cabeça e a cumprimentou com um gesto. Como se estivesse esperando justamente por ela. Voltou a baixar a cabeça.

— Tentamos localizar você. Ligamos pra sua casa.

— Eu estava em casa? — falou sem emoção, sem sorrir.

— Não sei. Está em casa, Harry? — Ela acenou para o copo. Ele levantou os ombros.

— Ele vai sobreviver — disse ela.

— É, eu soube. Møller deixou um recado na minha secretária eletrônica. — A dicção dele estava surpreendentemente clara. — Ele não disse se o agente ficou muito ferido. Algo a ver com nervos e coisas nas costas, não é?

Ele inclinou a cabeça, mas Ellen não respondeu.

— Talvez ele fique só paraplégico — disse Harry, e bateu no copo meio vazio. — Saúde.

— Sua licença médica termina amanhã — disse ela. — Esperamos ver você de volta no trabalho.

Ele mal levantou a cabeça.

— Estou de licença médica?

Ellen empurrou uma pasta para ele sobre a mesa. Dentro, dava para ver o verso de um papel cor-de-rosa.

— Conversei com Møller. E com o Dr. Aune. Traga as cópias da licença. Møller disse que é comum se desligar alguns dias para se acalmar depois de atirar em alguém a serviço. Apareça lá amanhã.

Ele olhou pela janela de vidro colorido e canelado. Provavelmente para que o local fosse considerado discreto, para que as pessoas lá dentro não pudessem ser vistas por quem passava lá fora. Ao contrário do novo café e bar, pensou Ellen.

— Então? Você vai aparecer? — perguntou.

— Bem... — Harry a encarou com aquele olhar embaçado que, Ellen lembrava, ele costumava ter pela manhã, logo depois que voltou de Bangkok. — Eu não apostaria nisso.

— Apareça assim mesmo. Surpresas boas o esperam.

— Surpresas? — Harry deu uma risadinha. — O que será? Aposentadoria antecipada? Uma despedida com honrarias? O presidente dos Estados Unidos quer me dar a Coração Púrpura?

Ele ergueu a cabeça o suficiente para que Ellen notasse seus olhos vermelhos. A policial soltou um suspiro e se virou para a janela. Carros deformados deslizavam como em um filme psicodélico do outro lado do vidro rugoso.

— Por que faz isso com você mesmo, Harry? Você sabe, eu sei. Todo mundo sabe que o erro não foi seu. Até o Serviço Secreto admite que foi um erro deles o fato de nós não termos sido informados. E que nós... que você agiu certo.

Harry falou baixinho, sem olhar para ela.

— Você acha que a família dele vai pensar dessa forma quando ele voltar para casa em uma cadeira de rodas?

— Pelo amor de Deus, Harry! — Ellen levantou a voz e viu pelo canto do olho que a mulher no balcão estava olhando para eles com mais interesse agora, pressentindo o cheiro de uma bela briga.

— Sempre tem algum azarado, alguém que não consegue, Harry. É assim mesmo, e não existe nenhum culpado. Sabia que todo ano sessenta por cento da linhagem inteira do pardal comum morre? Sessenta por cento! Se fôssemos parar para pensar qual o sentido disso, antes que conseguíssemos entender, estaríamos entre os sessenta por cento, Harry.

Harry não respondeu, não parava de encarar a toalha de mesa xadrez com marcas pretas de queimaduras de cigarro.

— Vou me odiar por dizer isso, Harry, mas vou considerar um favor pessoal se você aparecer amanhã. Apenas vá, não vou falar com você e você nem vai ter que me aturar. Está bem?

Harry enfiou o dedo mindinho em um dos buracos da toalha. Depois moveu o copo para cobrir um outro buraco. Ellen esperou.

— É Waaler que está no carro lá fora? — perguntou Harry.

Ellen assentiu. Ela sabia muito bem que os dois não se bicavam. Teve uma ideia, então hesitou, mas arriscou:

— Ele apostou duzentas pratas que você não vai dar as caras.

Harry soltou aquela risadinha de novo, ergueu a cabeça, apoiou-a nas mãos e olhou para ela.

— Você mente muito mal, Ellen. Mas obrigado por tentar.

— Vá pro inferno!

Ela respirou fundo, ia dizer alguma coisa, mas mudou de ideia. Ficou observando Harry por um bom tempo. Respirou fundo de novo:

— Está bem. Na verdade era Møller que devia contar isso para você, mas agora quem vai dizer sou eu: querem te dar o cargo de inspetor na Polícia Secreta.

A risada de Harry ronronou como o motor de um Cadillac Fleetwood.

— Ok, se treinar mais pode ser que você consiga mentir melhor.

— É verdade!

— É impossível. — O olhar dele fugiu pela janela de novo.

— Por quê? Você é um dos nossos melhores detetives. Você acabou de mostrar que é um policial que sabe agir, você estudou Direito, você...

— Isso é impossível, já disse. Mesmo se alguém tivesse tido uma ideia maluca como essa.

— Mas por quê?

— Por um motivo muito simples. Você falou em sessenta por cento, não foi?

Ele arrastou a toalha com o copo pela mesa.

— Dos pardais — disse ela.

— Exato. E do que eles morrem?

— Como assim?

— Eles não apenas se deitam e morrem, não é?

— Eles morrem de fome. Tem os predadores, o frio, a exaustão. Talvez batam em uma janela voando. Tem de tudo.

— Ok. Porque aposto que nenhum deles foi baleado nas costas por um policial norueguês sem permissão de portar armas por ter falhado na prova de tiro. Um policial que, assim que descobrirem, vai ser processado e provavelmente condenado a um período entre um a três anos de prisão. Isso seria uma péssima reputação para um inspetor, não acha?

Ele levantou o copo e bateu com força na fórmica ao lado da toalha.

— Que prova de tiro? — perguntou Ellen, com a leveza de uma pluma.

Ele a encarou com um olhar penetrante. Ela o encarou também, mostrando confiança.

— Como assim? — indagou ele.

— Não faço ideia do que você está falando, Harry.

— Você sabe muito bem que...

— Pelo que eu sei, você passou na prova de tiro nesse ano. Møller também tem a mesma informação. Ele até foi ao Centro de Treinamento de Tiro hoje de manhã para verificar com o instrutor. Eles checaram os arquivos e, pelo que viram, seu resultado foi mais do que satisfatório. Eles não promovem a inspetor da Polícia Secreta alguém que atira em agentes do Serviço Secreto sem ter porte de arma, sabia?

Ela abriu um largo sorriso para Harry, que agora parecia mais confuso do que bêbado.

— Mas eu não tenho porte de arma!

— Claro que tem, deve estar perdido em algum lugar. Você vai encontrar, Harry, vai encontrar.

— Escute aqui, eu...

Ele se calou de repente e olhou para pasta de plástico à sua frente. Ellen se levantou.

— Então a gente se vê às nove da manhã, inspetor?

Harry não teve opção a não ser assentir.

16

HOTEL RADISSON SAS, PRAÇA DE HOLBERG, 5 DE NOVEMBRO DE 1999

Betty Andresen tinha cabelo louro e meio cacheado, estilo Dolly Parton, que parecia uma peruca. Não era peruca, e todas as possíveis comparações com Dolly Parton terminavam no cabelo. Betty Andresen era alta e magra e, quando sorria, como agora, via-se uma abertura pequena que mal mostrava os dentes. Esse sorriso era direcionado ao velho do outro lado do balcão na recepção do hotel Radisson SAS na praça de Holberg. Na verdade, aquela não era uma recepção comum, e sim uma de várias pequenas ilhas multifuncionais com monitores de computador, para poder atender a vários hóspedes ao mesmo tempo.

— Bom dia — disse Betty Andresen. Era algo que tinha aprendido na escola de hotelaria de Stavanger: diferenciar os períodos do dia quando cumprimentava as pessoas. Consequentemente, dali a uma hora diria "boa tarde" e em seis horas diria "boa noite". Depois iria para seu apartamento de dois quartos em Torshov, desejando que houvesse alguém lá para quem pudesse dizer "durma bem".

— Gostaria de ver um quarto no andar mais alto possível.

Betty Andresen olhou para os ombros molhados do casaco do velho. Caía uma chuva torrencial lá fora. Uma gota de chuva se agarrava, trêmula, à aba do chapéu.

— O senhor quer *ver* um quarto?

O sorriso de Betty Andresen não se apagou. Tinha aprendido, e insistia em manter, o princípio de que todas as pessoas deveriam ser tratadas como hóspedes até ser irrefutavelmente provado o contrário. Mas tinha também a nítida certeza de que aquele senhor que estava à sua frente era mais um velho-que-está-de-visita-na-capital-e-que-quer-

-ver-a-vista-do-hotel-SAS-sem-pagar-por-isso. Eles sempre apareciam, principalmente no verão. E não só para apreciar a vista. Uma vez uma mulher pediu para ver a suíte palaciana no 22ª andar a fim de poder descrevê-la às suas amigas quando lhes contasse que havia se hospedado lá. Tinha até oferecido 50 coroas a Betty para registrá-la no livro de hóspedes como prova.

— Quarto de solteiro ou de casal? — perguntou Betty. — Fumante ou não fumante?

A maioria começava a gaguejar já ali.

— Isso não tem importância — respondeu o velho. — O importante é a vista. Eu gostaria de ver aqueles com vista para o sudoeste.

— É, de lá o senhor pode ver a cidade inteira.

— Exatamente. Qual é o melhor que você tem?

— O melhor é naturalmente a suíte palaciana, mas espere, por favor, enquanto vejo se temos algum quarto comum desocupado.

Ela deu rápidas toques no teclado, esperando que ele fosse morder a isca. Não demorou.

— Gostaria de ver a suíte.

É claro que quer, ela pensou. Olhou para o velho. Betty Andresen não era uma mulher má. Se o maior desejo de um velho era apreciar a vista do hotel SAS, ela não ia lhe negar isso.

— Então vamos lá — disse ela, abrindo seu mais esplendoroso sorriso, normalmente reservado à clientela fixa. — O senhor está visitando alguém aqui em Oslo? — perguntou ela, educadamente, no elevador.

— Não — respondeu o velho. Ele tinha sobrancelhas brancas e espessas, iguais às que seu pai tivera.

Betty apertou o botão, as portas se fecharam e o elevador se pôs em movimento. Ela não conseguia se acostumar com aquilo, era como ser sugada para o céu. As portas se abriram e, como sempre, ela meio que esperava que saísse em um mundo novo e diferente, como a menina de *O Mágico de Oz*. Mas era sempre o mesmo velho mundo. Passaram pelos corredores com papel de parede combinando com os tapetes e os quadros de arte caros e tediosos. A mulher passou o cartão magnético na fechadura da suíte, disse "pode entrar" e segurou a porta para o velho, que passou por ela com uma expressão que Betty interpretou como cheia de expectativas.

— A suíte palaciana tem 105 metros quadrados — informou Betty — Tem dois quartos, cada um com uma cama king size e dois banheiros, ambos com hidromassagem e telefones.

Ela entrou na sala, onde o velho já se colocara em frente às janelas.

— Os móveis foram projetados pelo designer dinamarquês Poul Henriksen — disse ela, e passou a mão por cima do tampo da mesa de vidro fininho. — O senhor gostaria de ver os banheiros?

O velho não respondeu. Ele não tinha tirado o chapéu ensopado e, no silêncio que se seguiu, Betty pôde ouvir uma gota cair o assoalho de cerejeira. Ela se pôs ao lado dele. Dali podiam ver tudo o que valia a pena ser visto: a prefeitura, o Teatro Nacional, o Palácio Real, o Congresso e o forte de Akershus. Embaixo deles estava o parque do palácio, onde as árvores apontavam para um céu de cinza-chumbo como dedos pretos de bruxa.

— Seria melhor o senhor visitar o hotel num dia lindo de primavera — disse Betty.

O velho se virou e olhou para ela, perplexo, e Betty compreendeu o que havia acabado de dizer. Poderia ter acrescentado: *Já que apenas veio ver a vista.*

Ela esboçou um sorriso.

— Quando o gramado está verde e as árvores estão cheias de folhas no parque do palácio. É bem bonito.

O velho olhou para ela, mas seus pensamentos pareciam estar em outro lugar, bem distante.

— Tem razão — disse ele finalmente. — As árvores ganham folhas. Eu não tinha pensado nisso.

Ele apontou para a janela.

— É possível abrir?

— Apenas um pouco — respondeu Betty, aliviada por mudar de assunto. — Pode girar a maçaneta aí.

— Por que só um pouco?

— Por causa das ideias estúpidas.

— Ideias estúpidas?

Ela lhe lançou um olhar rápido. Seria o velho meio senil?

— Pular — disse ela. — Se suicidar, quero dizer. Há muitas pessoas infelizes que...

Ela fez um gesto com a mão para descrever o que pessoas infelizes podiam fazer.

— Então isso é uma ideia estúpida? — O velho passou a mão no queixo. Será que ela tinha visto o esboço de um sorriso em meio às rugas? — Mesmo quando você é infeliz?

— Sim — respondeu Betty, com convicção. — Pelo menos no meu hotel. E no meu horário de trabalho.

— No meu horário de trabalho. — O velho deu uma risadinha. — Essa é boa, Betty Andresen.

Ela levou um susto ao ouvir seu nome. Claro, ele tinha lido no crachá. Pelo visto não havia nada de errado com a vista dele, as letras de seu nome estavam tão pequenas quanto as de "recepcionista" estavam grandes.

Ela fingiu olhar no relógio.

— Ah... Você deve ter outras coisas para fazer além de mostrar a vista.

— Tenho mesmo.

— Eu vou ficar — disse o velho.

— Desculpe?

— Vou ficar com o quarto. Não para essa noite, mas...

— O senhor vai querer o quarto?

— Quero. Vocês fazem reserva, não fazem?

— Ah, sim, mas... é muito caro.

— Prefiro pagar adiantado.

O velho tirou uma carteira do bolso e puxou um maço de dinheiro.

— Não, não. Não quis dizer isso, mas são 7 mil coroas por uma noite. O senhor não prefere ver...

— Gosto desse quarto — disse o velho. — Por favor, conte o dinheiro, por via das dúvidas.

Betty olhou para as cédulas que ele esticava para ela.

— Podemos acertar o pagamento quando o senhor vier — explicou ela. — Quando o senhor pretende...

— Como você recomendou, Betty. Num dia de primavera.

— Certo. Alguma data em especial?

— Claro que sim.

17

Delegacia de polícia,
5 DE NOVEMBRO DE 1999

Bjarne Møller deu um suspiro e olhou pela janela. Os pensamentos flutuavam, como ultimamente costumavam fazer. A chuva tinha dado uma trégua, mas o céu sobre a delegacia de polícia em Grønland ainda estava pesado, cor de chumbo. Um cachorro trotava sobre o gramado marrom e sem vida. Havia uma vaga de chefe de polícia em Bergen. O prazo para enviar o currículo era até a próxima semana. Ele ouviu de um colega de lá que em geral só chovia duas vezes a cada outono na cidade. De setembro a novembro e de novembro ao Ano-Novo. As pessoas de Bergen gostavam de exagerar. Ele esteve lá e gostou da cidade. Ficava longe dos políticos de Oslo e era pequena. Ele gostava da palavra "pequena".

— O quê? — Møller se virou e encontrou o olhar resignado de Harry.

— Você estava me explicando que seria bom eu mudar de ares um pouco.

— É?

— Suas palavras, chefe.

— Ah, sim. Certo. Precisamos tomar cuidado para não cairmos em velhos hábitos e rotinas. Temos que seguir em frente, continuar a evoluir. Mudar um pouco de ares.

— Mudar de ares. A Polícia Secreta fica três andares acima, nesse mesmo prédio.

— Se distanciar de todas as outras coisas, então. Meirik, o chefe da Polícia Secreta, acha você perfeito para o cargo que ele tem lá em cima.

— Esse tipo de cargo não deveria ser anunciado?

— Não se preocupe com isso, Harry.

— Está bem, mas me deixe pensar, por que raios vocês querem me colocar na Polícia Secreta? Por acaso pareço um candidato a espião?

— Não, não.

— Não?

— Quero dizer, sim. Não, *sim*, mas então... por que não?

— Por que não?

Møller coçou a cabeça energicamente. Seu rosto estava ficando roxo.

— Que merda, Harry, estamos oferecendo uma vaga de inspetor para você, cinco níveis salariais acima, o fim do plantão noturno e um pouco de respeito daqueles meninos de merda. Isso é uma coisa boa.

— Eu gosto do plantão noturno.

— Ninguém gosta do plantão noturno.

— Por que não me dão a vaga de inspetor aqui?

— Harry! Faça-me um favor e aceite.

Harry amassou de leve o copo de papel.

— Chefe — disse ele. — Há quanto tempo a gente se conhece?

Møller colocou o dedo em riste.

— Não me venha com essa. Nem tente aquele tudo-pelo-que-nós--dois-passamos-juntos...

— Sete anos. E nesses sete anos interroguei pessoas que provavelmente são os seres mais estúpidos que andam sobre duas pernas nessa cidade. Nem assim encontrei alguém que mentisse tão mal quanto você. Posso até ser tolo, mas ainda me restam alguns neurônios, e eles estão fazendo o melhor que podem. E estão me dizendo agora que provavelmente não foi a minha ficha que me credenciou pra esse cargo. Tampouco estou surpreso por, de repente, ter um dos melhores resultados no teste de tiro desse ano. Acredito que isso tem a ver com o fato de eu ter abatido um agente do Serviço Secreto. E você não precisa dizer nada, chefe.

Møller, que ia abrir a boca, cerrou os maxilares e cruzou os braços. Harry prosseguiu:

— Entendo que não é você quem manda aqui. E mesmo que eu não esteja vendo o quadro completo, tenho uma imaginação fértil e consigo perceber muitas coisas. E, se eu tiver razão, isso significa que meu desejo de escolher minhas opções na carreira policial é o que menos importa. Então só me responda uma coisa. Eu tenho alguma escolha?

Møller não parava de piscar. Pensou na cidade de Bergen mais uma vez. Invernos sem neve. Passeios de domingo nas montanhas de Fløyen com a mulher e os meninos. Um lugar bom para criar os filhos. Com travessuras e bagunças, nada de gangues e meninos de 14 anos tendo overdoses. A delegacia de polícia de Bergen. Quem sabe.

— Não — respondeu o chefe.

— Ótimo — disse Harry. — Não pensei que tivesse mesmo. — Ele esmagou o copo de papel e mirou a lixeira. — Você disse cinco níveis salariais?

— E seu próprio escritório.

— Bem protegido dos outros, imagino. — Ele jogou o copo com um movimento lento e engenhoso. — Pagam hora extra?

— Não com aquele salário, Harry.

— Então tenho que correr para casa às quatro. — O copo caiu no chão, a meio metro da lixeira.

— Tenho certeza de que isso não será nenhum problema — disse Møller, esboçando um sorriso.

18

PARQUE DO PALÁCIO REAL,
10 DE NOVEMBRO DE 1999

A noite estava fria e límpida. A primeira coisa que o velho notou ao sair da estação do metrô foi a quantidade de pessoas que ainda estavam nas ruas. Ele havia imaginado que o centro estaria quase vazio àquela hora, mas, na avenida Karl Johan, os táxis corriam de um lado para o outro sob as luzes de neon, e havia o fluxo de pessoas nas calçadas indo para lá e para cá. Ele esperou o homem verde aparecer no sinal, na faixa de pedestre, junto com um bando de jovens negros, musculosos, que falavam uma língua tão esquisita que parecia um cacarejo. Imaginou que deviam ser do Paquistão. Ou da Arábia, talvez. Seus pensamentos foram interrompidos pelo sinal, que mudou. Ele atravessou com passos decididos e continuou em direção à fachada iluminada do palácio. Ali também havia gente, a maioria jovem, a caminho de sabe-se lá Deus sabe onde. Ele parou para tomar fôlego em frente à estátua de Karl Johan, que estava montado em seu cavalo, com um olhar sonhador, virado para o Congresso e o poder que ele tentara transferir para o palácio atrás de si.

Não chovia havia uma semana, e a folhagem farfalhava quando o velho virou à direita entre as árvores no parque. Inclinou a cabeça para trás e olhou para cima, onde os galhos nus se desenhavam contra o céu estrelado. Lembrou-se de um verso:

> *Olmo e álamo, bétula e carvalho,*
> *Capa preta, morto e pálido.*

Pensou que teria sido melhor se não houvesse lua essa noite. Por outro lado, foi fácil achar o que estava procurando: o grande carvalho no qual tinha descansado no dia em que recebera a notícia de que sua vida estava chegando ao fim. Ele seguiu o tronco com o olhar até a copa. Quantos anos teria? Duzentos anos? Trezentos? Talvez a árvore já fosse adulta quando Karl Johan foi proclamado rei da Noruega. De qualquer maneira, toda vida chega a um fim. A dele, a da árvore, até mesmo a do rei. Ele se colocou atrás da árvore para não ser visto da trilha e tirou a mochila dos ombros. Ficou de cócoras, abriu o saco e tirou o conteúdo dele. Três garrafas com uma solução de glifosato, que o balconista na loja da rua Kirkeveien chamara de Round-Up, e uma seringa para cavalo com uma agulha resistente que ele comprara na farmácia. Ele dissera que ia usar a seringa para cozinhar, para injetar gordura na carne, mas se explicou à toa, porque o balconista apenas lhe lançou um olhar desinteressado e provavelmente já tinha se esquecido dele antes mesmo que ele saísse pela porta.

O velho deu uma rápida olhada em volta antes de enfiar a ponta da agulha comprida na rolha de uma das garrafas, puxar o líquido branco e brilhoso e, lentamente, encher a seringa. Ele apalpou a árvore e encontrou uma fenda na casca, onde introduziu a agulha. Não foi tão fácil como ele havia imaginado. Teve de aplicar força para conseguir fazer a ponta da agulha penetrar na madeira dura. Não conseguiria nenhum efeito se injetado mais superficialmente, precisava chegar ao cerne, aos órgãos vitais da madeira. Ele aplicou mais força na seringa. A agulha tremia. Que merda! Não podia quebrá-la, só tinha aquela. A ponta entrou devagar, mas, depois de alguns centímetros, parou de vez. Apesar da temperatura baixa, ele estava pingando de suor. Estava prestes a tentar de novo, aplicando mais força, quando ouviu um farfalhar de folhas na trilha. Soltou a seringa. O barulho estava mais perto. Ele fechou os olhos e prendeu a respiração. Som de passos se aproximando. Quando abriu os olhos, vislumbrou duas figuras desaparecendo atrás dos arbustos perto do mirante na rua Fredrik. Soltou o ar aliviado e voltou sua atenção para a seringa. Percebeu que era ou tudo ou nada e a empurrou com toda força. Então, justo quando esperava ouvir a agulha se quebrando, sentiu-a penetrar na árvore. O velho enxugou o suor. O resto era fácil.

Dez minutos depois já havia injetado duas garrafas do líquido e estava no fim da terceira quando ouviu vozes. Duas pessoas estavam se aproximando dos arbustos. Ele supôs que eram as mesmas que ele tinha visto antes.

— Olá! — Era a voz de um homem.

O velho reagiu instintivamente: ficou de pé em frente à árvore, de forma que seu casaco cobrisse a seringa ainda espetada no tronco. De repente sua visão foi ofuscada por uma forte luz. Ele levou as mãos ao rosto.

— Abaixe a lanterna, Tom. — Era uma mulher agora.

A luz se moveu e ele viu o feixe dançar entre as árvores no parque.

Os dois estavam à sua frente, e uma mulher na casa dos 30 anos, com feições bonitas embora comuns, segurava um distintivo na sua cara, tão perto que, mesmo à luz fraca da lua, podia ver uma foto dela — claramente tirada quando ela era mais jovem — com uma expressão séria. E um nome. Ellen-Qualquer-Coisa.

— Polícia — disse ela. — Sinto muito se assustamos o senhor.

— O que o coroa está fazendo aqui no meio da noite? — perguntou o homem. Os dois estavam em trajes civis, e debaixo do gorro de lã preto do homem podia-se ver uma pessoa jovem e bonita, com olhos azuis e frios encarando-o.

— Estava só passeando — respondeu o velho, na esperança de que não percebessem o tremor em sua voz.

— Não diga — disse o homem chamado Tom. — Atrás de uma árvore no parque e com um casaco comprido. Sabe que nome damos para isso?

— Pare com isso, Tom! — Era a mulher. — Sinto muito — disse ela ao velho. — Houve uma agressão aqui no parque há algumas horas. Um menino foi espancado. O senhor ouviu ou viu alguma coisa?

— Acabei de chegar — explicou o velho, e se concentrou na mulher para evitar encontrar o olhar investigativo do homem. — Não vi nada. Só a Ursa Maior e a Ursa Menor. — Ele apontou para o céu. — Me desculpe. Ele ficou muito machucado?

— Bastante. Desculpe perturbar o senhor. — Ela sorriu. — Tenha uma boa noite.

Eles desapareceram, e o velho fechou os olhos, deixando-se cair no tronco da árvore. No instante seguinte foi levantado à força pelo colarinho e sentiu a respiração de alguém em sua orelha. Depois a voz do homem:

— Se eu pegar você em flagrante, corto fora. Entendeu? Detesto gente da sua laia.

Ele soltou o colarinho e desapareceu.

O velho se deixou cair no gramado e sentiu a umidade do chão molhado penetrar em suas roupas. Em sua cabeça uma voz cantarolou o mesmo verso repetidamente:

Olmo e álamo, bétula e carvalho,
Capa preta, morto e pálido.

19

HERBERT'S PIZZA, YOUNGSTORGET, 12 DE NOVEMBRO DE 1999

Sverre Olsen entrou, acenou para os rapazes na mesa do canto, comprou uma cerveja no balcão e a levou para a mesa. Não para a mesa do canto, mas para sua própria mesa. Fazia um ano que aquela era a mesa dele, desde que espancara o cara amarelo no Dennis Kebab. Ainda era cedo e por ora não havia mais ninguém ali. Mas logo, logo a pequena pizzaria na esquina da Torggata com a Youngstorget ficaria lotada. Ele deu uma olhada nos rapazes sentados no canto. Havia três mais radicais, porém Sverre não estava falando com eles. Pertenciam ao novo partido — a Aliança Nacional —, e havia surgido uma espécie de discordância ideológica entre eles. Sverre os conhecia dos tempos do Partido Patriótico, eram bastante patriotas, mas agora estavam entrando para as fileiras dos dissidentes. Roy Kvinset, com a cabeça impecavelmente raspada, estava, como de costume, usando jeans apertados e surrados, botas e uma camiseta branca com a logo da Aliança Nacional em vermelho, branco e azul. Mas Halle era novo. Ele havia tingido o cabelo de preto e usava óleo capilar para deixar a franja lisa e grudada à cabeça. Naturalmente, o bigode era o que mais provocava as pessoas — uma faixa preta, de corte reto, cópia exata do Führer. E ele tinha substituído as calças e botas de montaria por calças de camuflagem verdes. Gregersen era o único que parecia um jovem normal: *bomber jacket*, cavanhaque e óculos escuros na cabeça. Era, sem dúvida, o mais esperto dos três.

Sverre observou o restante do recinto. Uma moça e um rapaz devoravam uma pizza. Ele não os tinha visto antes, mas não pareciam ser policiais disfarçados. Nem jornalistas. Seriam do jornal antifascista

Monitor? Ele havia desmascarado um idiota do *Monitor* no inverno passado, um homem com olhos cheios de medo que aparecera vezes sem conta, se fazendo de bêbado e puxando conversa com alguns deles. Sverre farejou a traição, então levaram o cara para fora e arrancaram-lhe o suéter. Ele estava com um gravador e um microfone presos à barriga com fita adesiva. Confessou que era do *Monitor* antes que tocassem nele, morrendo de medo. Eram uns palermas, esses caras do *Monitor.* Achavam que essa brincadeira de criança, esse monitoramento de ambientes fascistas, era algo grande e perigoso, se consideravam agentes secretos que viviam arriscando a vida. Bem, nesse sentido talvez não fossem tão diferentes de algumas pessoas de seu próprio grupo, admitiu Sverre. Enfim, o cara estava certo de que iriam matá-lo e ficou com tanto medo que se mijou todo. Literalmente. Sverre percebeu a mancha escura que fluía da calça sobre o asfalto. Era disso que se lembrava com mais clareza daquela noite. No quintal mal iluminado, o pequeno rio de urina luzia à procura do ponto mais baixo no chão.

Sverre Olsen concluiu que o casal era apenas dois jovens com fome que descobriram por acaso a pizzaria ao passar por ali. A pressa com que comiam indicava que eles também haviam sacado o perfil da clientela e queriam sair de lá o mais rápido possível. Perto da janela estava um velho de chapéu e sobretudo. Provavelmente um bêbado, se bem que suas roupas passavam outra ideia. Mas era essa a aparência deles nos primeiros dias após serem vestidos pelo Exército de Salvação — com sobretudos de qualidade, que não haviam sido muito usados, e ternos que tinham saído de moda fazia pouco tempo. Quando Sverre olhou para ele, o velho de repente levantou a cabeça e sustentou seu olhar. Não era nenhum bêbado. O homem tinha olhos azuis faiscantes e Sverre desviou a cabeça automaticamente. Diabos, o que aquele velho queria?

Sverre se concentrou na cerveja. Estava na hora de ganhar um dinheiro. Precisava deixar o cabelo crescer para cobrir as tatuagens na nuca, colocar uma camisa de manga comprida e sair dali. Havia bastante emprego. Empregos de merda. Os empregos bons e que pagavam bem já estavam ocupados pelos pretos. Boiolas, bárbaros e pretos.

— Posso sentar?

Sverre levantou a cabeça. Era o velho; acima dele. Não percebeu que ele tinha se aproximado.

— Essa mesa é minha — respondeu Sverre com frieza.

— Só quero conversar um pouco. — O velho colocou um jornal em cima da mesa e se sentou na cadeira do outro lado. Sverre olhou para ele desconfiado.

— Relaxe, sou um de vocês — disse o velho.

— Vocês quem?

— Vocês que costumam vir aqui. Nacional-socialistas.

— É?

Sverre passou a língua nos lábios e levou o copo à boca. O velho o observava, imóvel e calmo, parecia que tinha todo o tempo do mundo. Devia ter mesmo, pois aparentava uns 70 anos. No mínimo. Será que podia ser um dos veteranos do antigo grupo de extremistas, Zorn 88? Um daqueles cérebros inacessíveis dos quais Sverre apenas ouvira falar, mas que nunca tinha visto?

— Preciso de um favor. — O velho falava baixinho.

— É mesmo? — perguntou Sverre. Mas sua atitude abertamente sobranceira já estava mais amena. Nunca se sabe.

— Uma arma — disse o velho.

— Que arma?

— Estou precisando de uma. Pode me ajudar?

— Por que deveria?

— Dê uma olhada no jornal. Página 28.

Sverre pegou o jornal vigiando o velho enquanto folheava. Na página 28 havia um artigo sobre os neonazistas da Espanha. Do antinazista Even Juul, quem mais? A grande foto em preto e branco de um jovem segurando uma pintura do generalíssimo Franco estava parcialmente escondida atrás de uma nota de mil coroas.

— Se puder me ajudar — disse o velho.

Sverre levantou os ombros.

— ... ganhará 9 mil.

— É mesmo? — Sverre tomou outro gole. Deu uma olhada em volta. O jovem casal já tinha ido embora, mas Halle, Gregersen e Kvinset ainda estavam sentados no canto. E logo os outros chegariam e ficaria impossível manter uma conversa relativamente discreta. Dez mil coroas.

— Que tipo de arma?

— Um rifle.

— Acho que vai dar.

O velho balançou a cabeça.

— Um rifle Märklin.

— Märklin?

O velho assentiu.

— Igual à marca de trenzinhos elétricos?

Uma fenda se abriu no rosto enrugado embaixo do chapéu. O velho esboçava um sorriso.

— Se não puder me ajudar, me diga agora. Pode ficar com os mil, não falamos mais nisso, eu vou embora e nunca mais nos veremos.

Sverre sentiu uma breve onda de adrenalina. Aquela não era uma conversa do dia a dia sobre machados, espingardas de caça ou algumas bananas de dinamite. A conversa era séria. O cara era sério.

A porta se abriu. Sverre olhou para trás e viu um velho entrando no bar. Não era nenhum dos rapazes, apenas o bêbado com o casaco de lã vermelho. Ele podia ser inoportuno quando estava a fim de filar uma cerveja, mas de resto era inofensivo.

— Vou ver o que posso fazer — disse Sverre e esticou a mão para pegar a nota de mil.

Sverre nem viu como aconteceu. A mão caiu sobre a dele como uma garra de gavião e a cravou na mesa.

— Não foi isso que eu perguntei. — A voz era fria e quebradiça como uma placa de gelo.

Sverre tentou puxar sua mão, mas não conseguiu. Não conseguia se soltar das garras de um velhote!

— Perguntei se podia me ajudar, e quero um sim ou um não. Entendeu?

Sverre sentiu a cólera, sua velha inimiga e amiga, acordar. Mas por enquanto ela não tinha reprimido o outro pensamento: dez mil coroas. Havia um homem que podia ajudá-lo, um homem muito especial. Não seria barato, mas ele teve a sensação de que o velho não ia regatear.

— Eu... eu posso ajudar.

— Quando?

— Daqui a três dias. Aqui. Mesma hora.

— Besteira! Você não consegue uma arma dessas em três dias. — O velho soltou a mão dele. — Mas arrume quem possa ajudar você, e peça que consiga alguém para ajudá-lo, depois me encontre aqui daqui a três dias para combinar o dia e o local da entrega.

Sverre levantava 120 quilos na academia, como aquele velho conseguia...

— Avise se o rifle tem que ser pago em dinheiro vivo na entrega. Você vai receber o resto da sua parte daqui a três dias.

— É? E se eu só pegar o dinheiro...

— Aí eu volto para matar você.

Sverre esfregou o punho. Não pediu mais detalhes.

Um vento gelado varreu a calçada em frente ao orelhão nas Termas de Torggata enquanto Sverre Olsen discava o número com dedos trêmulos. Que merda de frio! As biqueiras das botas estavam furadas. Alguém tirou o fone do gancho no outro lado.

— Pois não?

Sverre Olsen engoliu em seco. Por que aquela voz sempre o deixava tão pouco à vontade?

— Sou eu. Olsen.

— Fala.

— Tem alguém querendo um rifle. Märklin.

Silêncio.

— Igual ao trenzinho — Sverre acrescentou.

— Sei o que é um Märklin, Olsen. — A voz do outro lado era linear e neutra; Sverre podia sentir o desprezo nela. Não disse nada, porque mesmo odiando o homem do outro lado, o medo era ainda maior, ele não tinha nem tinha vergonha de admitir isso.

O homem possuía a reputação de ser perigoso. Apenas algumas pessoas tinham ouvido falar dele, inclusive no meio de Sverre, e ele nem sabia seu verdadeiro nome. Porém, graças a seus contatos, ele havia ajudado Sverre e seus camaradas a saírem de encrencas mais de uma vez. E claro que havia sido para servir a Causa, e não porque nutrisse alguma predileção por Sverre Olsen. De longe teria preferido pedir a outra pessoa se soubesse de alguém que poderia conseguir o que estava procurando.

A voz:

— Quem está pedindo e para que vai usar a arma?

— Um velho, nunca o vi antes. Disse que era um de nós. E não perguntei exatamente em quem ele pretendia dar um fim, por assim dizer. Talvez em ninguém. Talvez só vá usar a arma para...

— Cala a boca, Olsen. Parecia que tinha dinheiro?

— Estava bem-vestido. E ele me deu uma nota de mil só para eu responder se podia ajudá-lo.

— Ele deu mil coroas pra você ficar de bico calado, e não pra responder.

— Certo.

— Interessante.

— Vou me encontrar com ele daqui a três dias. Pra ele saber se a gente consegue.

— *A gente?*

— Bom, quero dizer...

— Se eu consigo, você quer dizer.

— Certo. Mas...

— Quanto ele vai te pagar pelo resto do trabalho?

Sverre hesitou.

— Dez notas de mil.

— Pago o mesmo. Dez. Se houver negócio. Entendeu?

— Entendi. Por que vou receber dez?

— Para manter o bico calado.

Sverre não sentia os dedos dos pés quando pendurou o fone no gancho. Precisava de botas novas. Ficou olhando para um saco de batatas fritas voando pelo vento, passando por entre os carros na direção de Storgata.

20

Herbert's Pizza, 15 de novembro de 1999

O velho deixou a porta de vidro do Herbert's Pizza fechar sozinha. Ficou parado na calçada, esperando. Uma mulher paquistanesa com um carrinho de bebê e um xale enrolado na cabeça passou por ele. À sua frente, os carros passavam zunindo. Em suas janelas, ele conseguia ver a própria imagem refletida, tremeluzindo, e a grande janela da pizzaria atrás dele. À esquerda da porta da entrada, o vidro estava parcialmente tapado com fita crepe, formando uma grande cruz. Parecia que alguém havia tentado quebrar o vidro com um chute. O desenho das rachaduras brancas parecia uma teia de aranha. Atrás do vidro via-se Sverre Olsen ainda sentado à mesa na qual eles haviam combinado os detalhes. O porto de contêineres de Bjørvika dali a cinco semanas. No píer 4. Às duas da madrugada. Senha: *voice of an angel*. Provavelmente o nome de uma música pop. Ele nunca tinha ouvido, mas o título era apropriado. Infelizmente, o preço não foi tão apropriado. Setecentos e cinquenta mil coroas norueguesas. Mas ele havia decidido não discutir sobre isso. Agora a questão era se eles iriam cumprir o trato ou se iriam roubá-lo no porto. Ele havia apelado para a lealdade ao dizer ao jovem neonazista que lutara na Frente Oriental, mas não tinha certeza se o rapaz acreditara. Ou se isso tinha alguma importância. Ele havia até inventado uma história sobre onde servira, caso o jovem começasse a fazer perguntas. Mas ele não fez.

Mais carros passaram. Sverre Olsen ainda estava sentado, mas outra pessoa lá dentro tinha se levantado e estava seguindo em direção à porta com passos vacilantes. O velho se lembrava dele. Da outra vez anterior também estava lá. E hoje ele não havia tirado os olhos deles.

A porta se abriu. O velho esperou. Houve uma trégua no trânsito e ele pôde ouvir que o homem havia parado logo atrás dele. E falou:

— Então é você?

A voz era de um tipo bem particular, rascante, que só muitos anos de abuso de bebidas, cigarros e pouco sono podiam dar.

— Conheço o senhor? — perguntou o velho sem se virar.

— Aposto que sim.

O velho virou a cabeça, examinou o sujeito por um breve instante e deu-lhe as costas de novo.

— Creio que não.

— Nossa! Não reconhece um velho companheiro de guerra?

— Que guerra?

— Lutamos pela mesma causa, eu e você.

— Se você está dizendo... O que quer?

— O quê? — perguntou o bêbado, levando uma das mãos atrás da orelha.

— Estou perguntando o que você quer — repetiu o velho, mais alto dessa vez.

— Bom, há querer e *querer*. Não tem nada de estranho em bater um papo com velhos conhecidos, não é? Especialmente com aqueles que não vemos há muito tempo. E principalmente com quem você achava que estava morto.

O velho se virou.

— Pareço morto?

O homem do casaco de lã vermelha o encarou, seus olhos azuis tão claros que pareciam bolinhas de gude azul-turquesa. Era impossível determinar a idade dele. Podia ser 40 ou 80. Mas o velho sabia a idade exata do bêbado. Se ele se concentrasse, talvez até se lembraria de sua data de nascimento. Era particularmente importante festejar os aniversários durante a guerra.

O bêbado deu um passo em sua direção.

— Não, você não parece morto. Doente, sim, mas morto não.

Ele esticou a mão enorme e suja, e o velho sentiu um fedor doce, uma mistura de suor, urina e álcool.

— O que foi? Não vai cumprimentar um velho companheiro? — A voz parecia o estertor de um moribundo.

O velho apertou a mão esticada de leve com sua mão enluvada.

— Tudo bem — disse. — Já nos cumprimentamos. Se não tiver mais perguntas, preciso ir andando.

— Perguntas e perguntas. — O bêbado cambaleava para lá e para cá enquanto tentava focar seu olhar no velho. — Queria saber o que um cara como você está fazendo num buraco desses. Não é estranho perguntar isso, é? Vai ver pegou o caminho errado, pensei na primeira vez que vi você aqui. Mas aí você estava batendo papo com aquele cara mau-caráter que, dizem, bate nas pessoas com taco de beisebol. E agora dei de cara com você aqui de novo hoje ...

— E?

— Aí pensei se não devia perguntar a um dos jornalistas que de vez em quando passam por aqui, sabe... se eles sabem o que uma figura tão respeitável como você anda fazendo por aqui. Eles sabem de tudo, aqueles caras. E o que não sabem, descobrem. Por exemplo, como um cara que todos pensavam que tivesse morrido na guerra de repente aparece vivo de novo? Eles conseguem informações mais rápido que qualquer coisa. Assim, ó.

Ele fez uma tentativa frustrada de estalar os dedos.

— E aí chega aos jornais, sabe?

O velho deu um suspiro.

— Será que posso fazer alguma coisa por você?

— Parece que eu preciso de alguma coisa? — O bêbado abriu os braços e deu um sorriso sem dentes.

— Entendo — disse o velho olhando ao redor. — Vamos dar uma volta. Não gosto de espectadores.

— Como é?

— Não gosto de espectadores.

— Pois é, para que servem?

O velho tocou de leve o ombro do bêbado.

— Vamos entrar aqui.

— *Show me the way*, companheiro — cantarolou o bêbado com a voz rouca e riu.

Eles entraram em um beco ao lado da pizzaria, no qual uma fileira de enormes lixeiras abarrotadas impedia olhares vindos da rua.

— Você já falou com alguém que me viu?

— Tá louco? Primeiro achei que estava tendo alucinações. Vendo um fantasma à luz do dia. No Herbert's.

Ele soltou uma gargalhada retumbante, que rapidamente se transformou em uma tosse molhada, gorgolejante. Então inclinou-se para a frente e se apoiou na parede até parar de tossir. Depois se endireitou, enxugando os cantos da boca.

— Não, graças a Deus. Aí eles com certeza teriam me trancafiado.

— Que preço você julga ser apropriado pelo seu silêncio?

— Apropriado... o que seria apropriado? Eu vi aquele mau-caráter pegando a nota de mil coroas dentro do jornal que você trouxe...

— É?

— Algumas daquela durariam um bom tempo, claro.

— Quantas?

— Quantas você tem?

O velho deu um suspiro, olhou ao redor mais uma vez para se certificar de que não havia testemunhas. Em seguida desabotoou o casaco e enfiou a mão dentro dele.

Sverre Olsen cruzou a praça Youngstorget a passos largos, balançando o saco de plástico verde. Vinte minutos antes estava duro e com botas esburacadas no Herbert's, e agora ali estava ele, usando suas novas Combat Boots, de cano alto com 12 buracos para cadarço comprada na Top Secret da rua Henrik Ibsen. E com um envelope que ainda continha oito notas novas de mil coroas. Outras dez ainda o esperavam. Era estranho como as coisas podiam mudar com tanta rapidez. No último outono quase fora condenado a passar três anos preso, até que seu advogado lembrou que aquela mulher gorda, uma das juradas, havia prestado juramento no lugar errado!

Sverre estava de tão bom humor que pensou em convidar Halle, Gregersen e Kvinset para sua mesa e pagar-lhes uma cerveja. Só para ver como reagiriam. É, ele faria exatamente isso!

Cruzou a rua Pløen na frente de uma paquistanesa com carrinho de bebê e sorriu para ela por pura maldade. Ele estava seguindo em direção ao Herbert's quando se deu conta de que não fazia sentido ficar carregando um saco de plástico com um par de botas velhas. Então entrou no beco ao lado do prédio, abriu a tampa de uma das enormes lixeiras e jogou o saco lá dentro. Na saída, notou duas pernas despontando entre as lixeiras no fundo da passagem. Olhou em volta. Ninguém na rua. Ninguém no beco. O que era aquilo? Um bêbado, um viciado? Ele se aproximou. As lixeiras tinham rodas, e ele notou que elas tinham sido empurradas para perto uma da outra. Sverre sentiu o coração bater mais forte. Alguns viciados ficavam zangados se fossem perturbados. Sverre se afastou e chutou uma das lixeiras, que rolou para o lado.

— Merda!

Era estranho que Sverre Olsen, que quase havia matado um homem, nunca tivesse visto uma pessoa morta antes. E igualmente estranho foi o fato de que isso fez suas pernas ficarem bambas. O homem sentado, com as costas na parede, cada olho olhando em uma direção, estava morto. A causa da morte era clara. A marca vermelha, meio que sorridente, no pescoço, mostrava o lugar exato onde a garganta havia sido cortada. Ainda que o sangue apenas pingasse, parecia ter jorrado bastante no início, pois o casaco vermelho do homem estava pegajoso e ensopado. O fedor de lixo e urina era sufocante e Sverre sentiu um gostinho de bile antes de vomitar duas cervejas e uma pizza. Depois se apoiou na lixeira para cuspia no asfalto. As pontas das botas estavam amarelas de vômito, mas ele nem notou. Ficou olhando o pequeno rio vermelho que brilhava à iluminação fraca rumo ao ponto mais baixo do beco.

21

LENINGRADO, 17 DE JANEIRO DE 1944

Um avião de caça YAK 1 russo zunia sobre a cabeça de Edvard Mosken, que corria encurvado pela trincheira.

Na maioria das vezes, esses aviões não faziam grandes estragos. Aparentemente os russos já não tinham mais bombas. O último boato que ouvira foi que haviam equipado os pilotos com granadas de mão para que eles jogassem nas trincheiras quando estivessem sobrevoando-as.

Edvard havia ido ao setor norte buscar correspondências para os rapazes e saber das últimas notícias. Durante todo o outono haviam recebido mensagens de perdas e retiradas ao longo da Frente Oriental. Em novembro os russos tinham reconquistado Kiev e, em outubro, o exército alemão por pouco não foi cercado ao norte do mar Negro. O fato de que Hitler tinha redirecionado tropas para a Frente Ocidental não aliviava a situação. Porém o mais preocupante fora a notícia que havia recebido naquele dia. Dois dias antes, o tenente-general Gusev havia iniciado uma grande ofensiva sobre Oranienbaum, no lado sul do Golfo da Finlândia. Edvard se lembrava de Oranienbaum porque era apenas uma cabeça de ponte por onde tinham passado na marcha para Leningrado. Haviam deixado o local para os russos porque não era estrategicamente importante. Agora os russos haviam conseguido, secretamente, reunir um exército inteiro ao redor do forte de Kronstadt, e os relatórios contavam que os canhões Katyusha estavam bombardeando as posições alemãs sem trégua, e que só restava lenha da floresta outrora repleta de pinheiros. Fazia algumas noites que podiam ouvir a música dos órgãos de Stalin ao longe, mas eles não imaginavam que a situação era tão grave assim.

Edvard aproveitou o passeio para ir ao hospital militar visitar um de seus rapazes. Ele perdera uma perna em uma mina na terra de ninguém, mas a enfermeira, uma mulher miúda da Estônia, de olhos sofridos em meio a órbitas oculares preto-azuladas, e que parecia usar uma máscara, apenas balançou a cabeça e disse a palavra em alemão que provavelmente estava mais acostumada a dizer: *Tot* — morto.

Edvard deve ter se mostrado muito triste, porque ela fez uma espécie de tentativa de alegrá-lo apontando para uma cama ocupada por outro norueguês. *Leben* — vivo, disse ela, sorrindo para ele. Mas os olhos dela continuavam tristes.

Edvard não conhecia o homem que estava dormindo naquela cama, mas, quando viu a jaqueta de couro branco brilhante estendida sobre a cadeira, entendeu quem estava lá: era o chefe da subdivisão, Lindvig, do Regimento Noruega. Uma lenda. E agora estava ali! Ele decidiu poupar os rapazes da notícia.

Um novo avião de caça zuniu por cima das cabeças. De onde estariam vindo, de repente, todos aqueles aviões? No outono passado parecia que os russos não tinham mais aviões.

Fez uma curva e viu Hallgrim Dale curvado, de costas, à frente.

— Dale!

Dale não se virou. Depois que uma granada o acertara em novembro, ele não ouvia muito bem. Nem falava muito, e tinha aquele olhar vítreo e introvertido que homens com traumas de guerra muitas vezes adquirem. No começo Dale havia reclamado de dores de cabeça, mas o oficial de saúde que o examinou disse que não havia muito a fazer além de esperar para ver se passava. A falta de combatentes já era suficientemente grave, eles não podiam se dar ao luxo de mandar pessoas saudáveis para o hospital.

Edvard colocou o braço no ombro de Dale, que se virou tão bruscamente e com tanto ímpeto que o chefe do pelotão perdeu o equilíbrio no gelo, que estava molhado e escorregadio por causa do sol. Pelo menos o inverno está ameno, pensou Edvard e foi obrigado a rir, caído de costas, mas o riso parou quando olhou dentro do cano do rifle de Dale.

— *Senha!* — gritou Dale. Edvard viu um olho arregalado por cima da mira.

— Nossa mãe. Sou eu, Dale.

— *Senha!*

— Abaixe essa arma! Sou eu, Edvard, diabo!

— *Senha!*

— *Gluthaufen.*

Edvard sentiu o pânico chegar quando viu o dedo de Dale se dobrar no gatilho. Ele não estava ouvindo?

— *Gluthaufen!* — gritou com toda a força de seus pulmões. — *Gluthaufen*, diabos!

— *Falsch! Ich schieße!, Errado! Vou atirar!*

Meu Deus, o homem enlouqueceu! No mesmo instante, Edvard lembrou que eles haviam mudado a senha naquela manhã. Depois que ele havia partido para o setor norte! Os dedos de Dale pressionaram o gatilho, mas ele se deteve. Uma ruga esquisita surgiu em sua testa. Depois ele soltou a trava de segurança e mirou de novo. Ia terminar mesmo assim? Depois de ter sobrevivido a tudo, ia morrer com uma bala de um companheiro que sofria de transtorno pós-traumático? Edvard olhou para dentro do cano à espera da faísca. Daria tempo de vê-la? Olhou por cima do rifle, para o céu azul onde uma cruz preta se desenhou, um avião de caça russo. Estava alto demais para que pudesse ouvir. Fechou os olhos.

— *Engelstimme!* — gritou alguém que estava por perto.

Edvard abriu os olhos e viu Dale piscar duas vezes atrás da mira. Era Gudbrand. Ele pôs a cabeça perto da de Dale e gritou no ouvido dele.

— *Engelstimme!*

Dale abaixou a arma. Depois riu para Edvard e assentiu.

— *Engelstimme* — repetiu.

Edvard fechou os olhos de novo e respirou aliviado.

— Chegou alguma carta? — perguntou Gudbrand.

Edvard se pôs de pé e entregou a pilha de papéis a Gudbrand. Dale ainda tinha o sorriso nos lábios, e a mesma expressão vazia no rosto também. Edvard segurou o cano da arma e colou sua testa na de Dale.

— Tem alguém aí dentro, Dale?

A intenção era de falar com voz normal, mas saiu um sussurro áspero e rouco.

— Ele não escuta — disse Gudbrand enquanto passava as cartas.

— Não sabia que tinha piorado tanto — comentou Edvard, abanando a mão em frente ao rosto de Dale.

— Ele não devia estar aqui. Tem uma carta da família dele. Mostre a ele, e vai entender o que estou dizendo.

Edvard pegou a carta e a segurou na frente de Dale, mas não houve nenhuma reação além de um sorriso breve antes que o jovem voltasse a contemplar a eternidade, ou o que quer que fosse que seu olhar havia encontrado.

— Tem razão — disse. — Ele está acabado.

Gudbrand entregou uma carta a Edvard.

— Como estão as coisas em casa?

— Ah, você sabe — respondeu Edvard, e ficou olhando para a carta por um bom tempo.

Gudbrand não sabia, porque ele e Edvard não haviam conversado muito desde o inverno passado. Era estranho, mas, mesmo ali, naquelas circunstâncias, duas pessoas podiam muito bem evitar se encontrar, se quisessem. Não que Gudbrand desgostasse de Edvard, pelo contrário, tinha muito respeito pelo montanhês, que considerava tanto um homem sábio como um soldado corajoso, um bom exemplo para os jovens e novatos da tropa. No outono Edvard havia sido promovido a *Scharführer*, o que correspondia a sargento no exército norueguês, mas sua responsabilidade era a mesma. Edvard brincou dizendo que fora promovido porque todos os outros sargentos estavam mortos e havia sobra de quepe de sargento.

Muitas vezes ocorreu a Gudbrand que os dois, em outras circunstâncias, poderiam ter sido grandes amigos. Mas o que ocorrera no inverno passado, com Sindre, que desertou, e o corpo de Daniel, que misteriosamente havia reaparecido, estava o tempo todo entre eles.

O estrondo de uma explosão distante quebrou o silêncio, seguido de estalos de metralhadoras.

— A oposição está engrossando — disse Gudbrand, mais perguntando que afirmando.

— Está — respondeu Edvard. — É a droga do tempo, não faz frio o bastante. Os caminhões com as provisões ficam encalhados na lama.

— Vamos ter que bater em retirada?

Edvard encolheu os ombros.

— Alguns quilômetros, talvez. Mas voltaremos.

Gudbrand protegeu os olhos com a mão e olhou para o sul. Ele não tinha vontade de voltar. Queria ir para casa, saber se ainda existia uma vida para ele lá.

— Você viu o sinal de trânsito norueguês no cruzamento embaixo do hospital, aquele com o Cruzeiro do Sul? — perguntou o jovem.

— E uma seta apontada para o leste onde está escrito Leningrado 5 quilômetros?

Edvard assentiu.

— Lembra o que está escrito na seta que aponta para o oeste?

— Oslo: 2.611 quilômetros — respondeu Edvard.

— É longe.

— É, muito longe.

Dale tinha deixado Edvard ficar com o rifle e estava sentado no chão com as mãos enterradas na neve em sua frente. A cabeça estava pendurada, como um dente-de-leão quebrado, entre os dois ombros estreitos. Eles ouviram outra explosão, mais perto dessa vez.

— Obrigado por...

— Não foi nada — disse Gudbrand depressa.

— Vi Olaf Lindvig no hospital. — Edvard não sabia por que tinha falado aquilo. Talvez porque Gudbrand, junto com Dale, era o único do pelotão que estava lá havia tanto tempo quanto ele.

— Ele estava...?

— Apenas levemente ferido, acho. Vi a jaqueta branca dele.

— Dizem que é um bom homem.

— É, nós temos muitos homens bons.

Os dois ficaram frente a frente, em silêncio.

Edvard pigarreou e enfiou a mão no bolso.

— Trouxe uns cigarros russos do Norte. Se tiver fogo...

Gudbrand concordou com a cabeça, desabotoou a jaqueta de camuflagem, pegou a caixa de fósforos e acendeu um. Quando levantou o olhar, viu apenas o olho ciclópico arregalado de Edvard. Estava olhando por cima de seu ombro. Depois ouviu o som agudo.

— Abaixe-se! — gritou Edvard.

De repente estavam deitados no gelo e o céu acima rebentou com um ruído rascante. Gudbrand só conseguiu ver a cauda do avião de caça russo voando ao longo da trincheira deles, tão baixo que fez a neve levantar do chão. Depois sumiu e o silêncio voltou.

— Mas que merda foi essa... — sussurrou Gudbrand.

— Jesus Cristo — gemeu Edvard, ao se deixar cair de lado, rindo para Gudbrand. — Deu para ver o piloto, ele tinha levantado a capota de vidro e estava se inclinando para fora da cabine. Os russos enlouqueceram. — Ele riu tanto que ficou ofegante. — Hoje está sendo um dia e tanto.

Gudbrand olhou para o fósforo quebrado que ainda segurava e começou a rir também.

— He, he — disse Dale e olhou os dois de onde estava sentado na neve, na beirada da trincheira. — He, he.

Gudbrand olhou para Edvard e os dois começaram a gargalhar. Riram até ficar sem fôlego e não ouviram o som estranho que estava se aproximando.

Tac... tac...

Parecia que alguém estava batendo devagar no gelo com uma picareta.

Tac...

Depois veio um estrondo de metal contra metal e Gudbrand e Edvard se viraram para Dale, que lentamente tombava na neve.

— Mas o quê... — começou Gudbrand.

— Granada! — gritou Edvard.

Gudbrand reagiu instintivamente ao grito de Edvard e se encolheu, mas, ao ficar assim, viu um pino dando voltas no gelo a um metro dele. Havia uma pelota de metal em uma de suas extremidades. Ele sentiu o corpo quase congelar quando entendeu o que estava para acontecer.

— Corra! — gritou Edvard atrás dele.

Então era verdade, os pilotos russos estavam mesmo jogando granadas de mão dos aviões. Gudbrand estava deitado e tentou sair de costas, mas os braços e as pernas derraparam por baixo dele no gelo escorregadio.

— Gudbrand!

O ruído esquisito era a granada que dançava no gelo no fundo da trincheira. Provavelmente acertara o capacete de Dale.

— Gudbrand!

A granada girou veloz, pulou e dançou no gelo, e Gudbrand não conseguia tirar os olhos dela. Quatro segundos entre armar e detonar, não era isso que tinham aprendido em Sennheim? Talvez os russos tivessem outros tipos de granadas... quem sabe fossem seis? Ou oito? A granada girava e girava, igual aos grandes piões vermelhos que seu pai fazia para ele no Brooklyn. Gudbrand girava o pião, e Sonny e o irmãozinho ficavam olhando, contando quanto tempo o brinquedo ficava em pé. "Vinte e um, vinte e dois." A mãe avisava da janela do segundo andar que o jantar estava pronto, que era para entrar, que o pai chegaria a qualquer momento. "Espere um pouco!", ele gritava para ela. "O pião está girando!" Mas ela não escutava, já tinha fechado a janela. Edvard não gritava mais, e de repente tudo ficou em silêncio.

22

SALA DE ESPERA DO DR. BUER,
22 DE DEZEMBRO DE 1999

O velho olhou no relógio. Já estava na sala de espera fazia 15 minutos. Ele nunca tinha esperado antes, nos tempos de Konrad Buer. Konrad não aceitava mais pacientes do que podia dar conta.

Havia outro homem do outro lado da sala. Pele negra, africana. Ele folheava uma revista, e o velho confirmou que mesmo a essa distância podia ler cada letra da capa. Algo sobre a família real. Era sobre esse assunto que o africano estava lendo agora, sobre a família real norueguesa? A ideia era absurda.

O africano virou a página. Tinha aquele tipo de bigode que caía para os lados, igual ao do mensageiro que o velho havia encontrado na noite anterior. O encontro fora rápido. O mensageiro havia chegado ao porto de contêineres em um Volvo, provavelmente alugado. Ele parou, o vidro desceu com um zumbido e ele falou a senha: *voice of an angel*. O mensageiro tinha um bigode exatamente assim. E olhos tristes. Disse imediatamente que não estava com a arma no carro por motivos de segurança, que iriam a outro lugar para pegá-la. O velho hesitou, mas pensou que, se quisessem roubá-lo, o fariam ali mesmo, no porto de contêineres. Então entrou no carro e os dois partiram para o hotel Radisson SAS, na praça de Holberg. Que coincidência! Ele viu, ao passar pela recepção, Betty Andresen atrás do balcão, mas ela não olhou na direção dele.

O mensageiro contou o dinheiro na mala enquanto murmurava os números em alemão. Então o velho fez algumas perguntas. O mensageiro respondeu que os pais vinham de um lugar na Alsácia, e o velho contou, de súbito, que estivera lá, em Sennheim. Em um impulso.

Depois de ter lido tanto sobre o rifle Märklin na internet, na biblioteca da universidade, a arma em si foi um anticlímax. Parecia um rifle de caça comum, apenas um pouco maior. O mensageiro tinha lhe mostrado como montar e desmontar a arma, chamando-o de "Sr. Uriah". Depois o velho colocou o rifle desmontado em uma grande bolsa a tiracolo e pegou o elevador até a recepção. Por um breve momento contemplou a ideia de ir até Betty e lhe pedir que chamasse um táxi. Outro impulso.

— Olá!

O velho levantou o olhar.

— Acho que devemos fazer uma audiometria também.

O Dr. Buer estava no vão da porta e esboçava uma tentativa de sorriso jovial. Ele o acompanhou até o consultório. As bolsas sob os olhos estavam maiores.

— Chamei seu nome três vezes.

Esqueço meu nome, pensou o velho. Esqueço todos os meus nomes.

O velho entendeu na ajuda oferecida pela mão do doutor que ele tinha más notícias.

— Bem, recebi os resultados dos exames que fizemos — disse o doutor. Rápido, antes de ele estar devidamente acomodado na cadeira. Como para se ver livre das más notícias o quanto antes. — E infelizmente tem se propagado.

— É claro que tem se propagado — disse o velho. — Não é essa a natureza das células do câncer? Propagar-se?

— He, he, é sim. — Buer removeu uma partícula de poeira invisível da mesa.

— O câncer é como a gente — disse o velho. — Só faz o que tem que fazer.

— Sim — concordou o médico. Ele parecia forçadamente relaxado, encolhido na cadeira.

— Você também só faz o que tem que fazer, doutor.

— Tem razão, tem razão. — O Dr. Buer sorriu e levou a mão aos óculos. — Ainda estamos considerando quimioterapia. Irá enfraquecê-lo, mas pode prolongar... ãh...

— A minha vida?

— Sim.

— Quanto tempo tenho sem o tratamento?

O pomo de adão de Buer pulava para cima e para baixo.

— Menos do que havíamos imaginado.

— E isso quer dizer...?

— Significa que o câncer se espalhou para o fígado pelas artérias até...

— Pare com esse papo e me dê uma data.

O Dr. Buer o encarou com um olhar vazio.

— Você detesta esse trabalho, não é? — perguntou o velho.

— O quê?

— Nada. Apenas me dê uma data, por favor.

— É impossível...

Dr. Buer deu um sobressalto da cadeira quando o punho do velho acertou o tampo da mesa com tanta força que o fone pulou do gancho. Ele abriu a boca para dizer alguma coisa, mas parou quando viu o dedo em riste trêmulo do velho. Então deu um suspiro, tirou os óculos e passou uma mão cansada no rosto.

— Esse verão. Junho. Talvez antes. Agosto, no máximo.

— Está bem — disse o velho. — É o suficiente. Dores?

— Podem vir a qualquer hora. Terá remédios.

— Poderei ter uma vida normal?

— Difícil dizer. Vai depender das dores.

— Preciso de remédios que me façam funcionar. Isso é importante. Entendeu?

— Todos os analgésicos...

— Aguento bem a dor. Só preciso de algo que me mantenha consciente, que me deixe pensar e agir racionalmente.

Feliz Natal. Foi a última coisa que o Dr. Buer dissera. O velho mantinha-se na escada. Inicialmente não havia entendido por que a cidade estava tão cheia de pessoas, mas agora se lembrava de que o feriado se aproximava e via o pânico nos olhos daqueles que corriam pelas calçadas, à procura dos presentes de última hora. No Egertorget, as pessoas se aglomeravam em torno de um grupo pop. Um homem de uniforme do Exército de Salvação dava voltas com uma caixinha. Um viciado batia os pés na neve, com um olhar vacilante feito uma vela prestes a se apagar. Duas adolescentes, de braços dados, passaram por ele, de bochechas vermelhas, cheias de segredos sobre meninos e expectativas em relação à vida. E as velas. Havia velas em cada maldita janela. Ele olhou para o céu de Oslo, uma abóbada quente e amarela feita de luzes refletidas da cidade. Deus, como sentia falta dela. No próximo Natal, pensou. O próximo Natal vamos comemorar juntos, meu amor.

Parte Três

Uriah

23

Hospital Rudolf II, Viena, 7 de junho de 1944

Helena Lang caminhava a passos lentos empurrando a mesa de rodinhas para a ala 4. As janelas estavam abertas e ela respirou fundo, enchendo os pulmões e a cabeça com o cheiro fresco da grama recém-aparada. Nada de cheiro de destruição nem de morte hoje. Fazia um ano que Viena fora bombardeada pela primeira vez. Durante as últimas semanas, houve bombardeios todas as noites de tempo bom. Mesmo o hospital Rudolf II sendo localizado a vários quilômetros do centro, bem no alto da verde Wienerwald, longe da guerra, o cheiro da fumaça dos incêndios na cidade ainda abafava o do verão.

Helena fez uma curva e sorriu para o Dr. Brockhard, que pareceu querer parar para conversar. Mas ela apertou o passo. Brockhard, com o olhar rígido e fixo por trás dos óculos, sempre a deixava nervosa e constrangida quando se encontravam a sós. Às vezes Helena tinha a impressão de que esses encontros com Brockhard nos corredores não eram por acaso. Sua mãe provavelmente ficaria com falta de ar se visse a forma como ela evitava o médico, tão jovem e promissor, principalmente porque Brockhard vinha de uma família vienense muito eminente. Mas Helena não gostava de Brockhard, nem da família dele, muito menos da insistência de sua mãe de usá-la como um bilhete de retorno para o alto escalão da sociedade. A mãe culpava a guerra por tudo que havia acontecido. Fora por causa da guerra que o pai de Helena, Henrik Lang, tinha perdido seus credores judeus tão de repente e por isso não podia pagar os outros credores como planejado. A crise monetária o obrigou a improvisar e fez os banqueiros judeus transferirem suas obrigações, que o Estado da Áustria havia retirado deles, para Lang. E agora Henrik Lang estava na prisão por conspirar com forças judaicas inimigas do Estado.

Ao contrário da mãe, Helena sentia mais falta do pai do que da posição que a família outrora ocupara na sociedade. Por exemplo, não sentia nenhuma falta dos grandes banquetes, das conversas juvenis e superficiais, ou das inúmeras tentativas de fazê-la se casar com um rapaz rico e mimado.

Ela olhou no relógio de pulso e apertou o passo. Um passarinho havia entrado por uma das janelas abertas e agora cantava despreocupado, empoleirado em um dos globos do lustre pendurado no teto alto. Havia dias em que Helena achava totalmente incompreensível que uma guerra estivesse sendo travada lá fora. Talvez fosse porque a floresta — as densas fileiras de pinheiros — encobria tudo que não queria ver lá do alto. Mas, se alguém entrasse em uma das alas, logo perceberia que aquela paz era ilusória. Com os corpos mutilados e as almas dilaceradas, os feridos levavam a guerra também para lá. No começo Helena ouvia suas histórias, convencida de que, com sua força e fé, poderia ajudá-los a sair de seu sofrimento. Mas todos pareciam contar a continuação da mesma ininterrupta aventura, repleta de pesadelos sobre o que uma pessoa pode e tem de aguentar aqui na Terra, sobre as humilhações implícitas em tanto querer viver. Das quais só os mortos escapam. E foi por isso que Helena parou de ouvir. Ela apenas fazia de conta que prestava atenção, enquanto trocava bandagens, media a temperatura e distribuía remédios e comida. E, quando eles estavam dormindo, ela tentava evitar olhar para feridos, porque os rostos continuavam a contar histórias mesmo durante o sono. Ela podia ler o sofrimento nas faces pálidas de meninos, a crueldade nos rostos endurecidos e fechados, e desejo de morte nos traços torcidos de dor de um que acabara de saber que ia perder a perna.

Mas naquele dia caminhava com passos leves e ligeiros. Talvez porque fosse verão, talvez porque um médico lhe dissera que estava bonita naquela manhã. Ou talvez por causa do paciente norueguês na ala 4 que logo iria sorrir e dizer *"Guten morgen"* em seu alemão esquisito e engraçado. Depois ele tomaria o café da manhã e lançaria longos olhares para ela, que estaria parando de cama em cama para servir os outros pacientes e dizer palavras animadoras a cada um. E depois da quinta ou sexta cama, ela lançaria um olhar para ele e, se ele sorrisse, Helena corresponderia com um breve sorriso e continuaria como se nada houvesse acontecido. Nada. Mas, de alguma forma, era tudo. Eram aqueles pensamentos, naqueles breves momentos, que a fazia enfrentar os dias, que a fazia rir quando o capitão Hadler, com queimaduras feias, brincava perguntando quando iriam receber seus órgãos sexuais de volta da Frente Oriental.

Ela abriu as portas vaivéns para a ala 4. A luz do sol que inundava o quarto fazia tudo que era branco — as paredes, o teto e os lençóis — brilhar. Entrar no Paraíso devia ser assim, pensou.

— *Guten morgen, Helena.*

Ela sorriu para ele, que estava sentado em uma cadeira ao lado da cama, lendo um livro.

— Dormiu bem, Uriah? — perguntou com leveza.

— Como um urso — respondeu ele.

— Urso?

— Sim. Como se diz quando eles dormem o inverno inteiro?

— Ah, hibernar.

— Isso, hibernar.

Os dois riram. Helena sabia que os outros pacientes os observavam, que ela não podia dedicar mais tempo a ele que aos demais.

— E sua cabeça? Está melhor a cada dia, não é?

— Sim, está melhorando. Um dia vou ficar tão bonito como antes, você vai ver.

Ela se lembrou de quando o receberam. Parecia totalmente contra as leis da natureza que alguém pudesse sobreviver com o buraco que ele tinha na testa. Ela esbarrou na xícara de chá dele com o bule, que quase entornou.

— Ei! — Ele riu. — Me diga uma coisa, você foi dançar até tarde ontem à noite?

Ela levantou o olhar. Ele piscou para ela.

— Fui — respondeu ela, e ficou surpresa por mentir sobre uma coisa tão tola.

— Então, o que vocês dançam aqui em Viena?

— Quero dizer, não, não dancei, não. Só fui me deitar tarde.

— Acho que vocês dançam valsa. Valsa de Viena.

— É, acho que sim — respondeu ela, se concentrando no termômetro.

— Assim — disse ele e se levantou.

Então ele começou a cantar. Os outros o acompanharam com o olhar, das camas. A canção era em uma língua desconhecida, mas ele cantou com uma voz bela e calorosa. E os pacientes em melhor estado aplaudiram e riram quando ele deu voltas com passos de valsa curtos e precisos, fazendo o cinto do roupão se levantar e girar com ele.

— Volte para cá, Uriah, senão vou mandar você de volta para a Frente Oriental — gritou ela, severa.

Ele obedeceu e se sentou. Não se chamava Uriah, mas era o nome que tinha insistido que usassem com ele.

— Você sabe dançar Rheinlander? — perguntou ele.

— Rheinlander?

— Uma dança típica da Renânia. Quer que eu mostre?

— Você vai ficar quietinho aí até melhorar!

— Aí vamos sair por Viena e eu vou te ensinar a dançar Rheinlander!

As horas que ele tinha passado na varanda, nos últimos dias, haviam lhe garantido um ar saudável, e os dentes brancos brilhavam no rosto alegre.

— Acho que você já melhorou o suficiente para ser mandado de volta — retrucou ela, mas não conseguiu evitar o rubor em suas bochechas.

Helena se levantou para continuar sua ronda e de repente sentiu a mão dele na sua.

— Diga que sim — sussurrou ele.

Ela o afastou com um sorriso alegre e continuou até a cama seguinte com o coração cantando no peito feito passarinho.

— Então? — começou o Dr. Brockhard, levantando o olhar dos papéis em cima da mesa quando ela entrou em seu escritório.

Como sempre, ela não sabia se esse "então?" era uma pergunta, uma introdução para uma pergunta mais longa ou apenas o jeito dele. Por isso não disse nada, ficou apenas em pé perto da porta.

— O senhor mandou me chamar?

— Por que insiste em me chamar de senhor, Helena? — Brockhard suspirou e deu um sorriso. — Meu Deus, nós nos conhecemos desde crianças.

— O que o senhor queria comigo?

— Decidi dar alta ao norueguês da ala 4.

— Está bem.

Ela não expressou nenhuma reação. Por que deveria? As pessoas ficavam ali até melhorar, depois iam embora. A alternativa era morrer. Assim é a vida em um hospital.

— Passei a mensagem para a Wehrmacht faz cinco dias. E já recebemos as novas ordens para ele.

— Quanta eficiência. — A voz dela era firme e calma.

— Sim, eles estão precisando desesperadamente de homens. Como você sabe, estamos em guerra.

— Sim. — Helena não falou o que estava pensando. Estamos em guerra e você está aqui, a quilômetros do front. *Um homem de 22 anos fazendo o trabalho que um de 70 poderia fazer. Graças ao Brockhard Pai.*

— Pensei em pedir a você que transmitisse a notícia a ele. Vocês parecem se dar muito bem.

Helena sentiu que ele a observava.

— Por falar nisso, o que ele tem que você tanto gosta, Helena? O que o distingue de todos os outros soldados que temos aqui no hospital?

Ela ia protestar, mas ele foi mais rápido.

— Desculpe, Helena, é claro que eu não tenho nada com isso. É que sou curioso. Eu... — Ele segurou uma caneta entre a ponta dos dedos indicadores, virou-se e olhou pela janela. —... só gostaria de saber o que você vê em um caça-dotes estrangeiro que comete traição contra a própria pátria para alcançar o favor do vitorioso. Não sei se entende o que quero dizer. Aliás, como está a sua mãe?

Helena engoliu em seco antes de responder:

— O senhor não precisa se preocupar com a minha mãe, doutor. Se o senhor puder me passar a ordem, cuidarei de transmiti-la logo.

Brockhard se voltou para ela. Pegou uma carta que estava em cima da mesa.

— Ele vai para a Terceira Divisão Panzer na Hungria. Sabe o que isso significa?

Ela franziu a testa.

— Terceira Divisão Panzer? Ele é um soldado voluntário da SS. Por que será alistado no exército regular da Wehrmacht?

Brockhard encolheu os ombros.

— Nesses tempos temos que fazer o que podemos e cumprir as tarefas que nos são dadas. Ou você não concorda com isso, Helena?

— O que o senhor quer dizer com isso?

— Ele é da infantaria, não é? Isso quer dizer que ele vai correr atrás desses veículos de combate, e não ficar sentado dentro deles. Um amigo que esteve na Ucrânia me contou que todos os dias atiram nos russos até esquentarem as metralhadoras, que os corpos estão aos montes, mas que estão chegando cada vez mais, que não tem fim.

A duras penas, ela conseguiu se controlar e não arrancar a carta das mãos de Brockhard e rasgá-la.

— Uma mulher jovem como você deve ser mais realista e não criar laços fortes com um homem que você, muito provavelmente, nunca mais verá de novo. Aliás, esse xale fica muito bem em você, Helena. E uma peça de família?

— Estou surpresa e contente com a preocupação do senhor, doutor, mas garanto que é totalmente desnecessária. Não tenho nenhum sentimento especial por esse paciente. O jantar será servido, se puder me dar licença, doutor...

— Helena, Helena... — Brockhard balançou a cabeça e sorriu. — Você realmente acha que sou cego? Você acha que é com o coração leve que vejo o sofrimento que isso lhe causa? A amizade entre nossas famílias faz com que eu sinta que somos unidos por laços, Helena. Senão, eu não falaria com você nesse tom confidencial. Perdoe-me, mas já deve ter percebido que tenho sentimentos por você, e...

— Pare!

— Como?

Helena fechou a porta atrás de si e levantou a voz:

— Estou aqui como voluntária, Brockhard. Não sou uma das suas enfermeiras, com quem o senhor pode brincar como quiser. Só me entregue a carta e diga o que quer, senão vou embora desse lugar agora.

— Querida Helena! — Brockhard parecia preocupado. — Você não está entendendo que isso depende de você?

— O que depende de mim?

— Um atestado médico é uma coisa bastante subjetiva. Especialmente quando se trata de um ferimento na cabeça.

— Entendo.

— Eu poderia estender a licença médica por mais três meses, e quem poderá saber se daqui a três meses ainda haverá uma Frente Oriental?

Perplexa, Helena encarou Brockhard.

— Você, que é uma leitora ávida da Bíblia, Helena, conhece a história do rei Davi que deseja Betsabé, mesmo ela sendo casada com um de seus soldados, não é? Então ele dá ordens a seus generais para mandar o marido para a linha de frente, para que ele morra. Para o rei Davi poder cortejá-la livremente.

— O que isso tem a ver?

— Nada. Nada, Helena. Eu jamais mandaria o eleito pelo seu coração para o front se ele não estivesse bem de saúde. Ou qualquer outra pessoa. É exatamente isso que quero dizer. E já que você conhece o estado de saúde desse paciente tão bem quanto eu, pensei que talvez devesse ouvir o seu conselho antes de tomar uma decisão. Caso você ache que ele não esteja bem o suficiente, precisa enviar outro pedido de licença médica para a Wehrmacht.

Aos poucos ela foi entendendo o que ele queria dizer.

— Ou não, Helena?

Ela não conseguia acreditar naquilo. Ele queria usar Uriah para possuí-la. Será que levara muito tempo para tramar isso tudo? Durante semanas ele apenas estivera esperando o momento certo? E de que maneira ele a queria? Como esposa ou amante?

— Então? — perguntou Brockhard.

Seus pensamentos fervilharam em sua cabeça, e ela tentou achar a saída do labirinto. Mas ele havia fechado todos os caminhos. Claro. Ele não era um homem estúpido. Enquanto Brockhard mantivesse Uriah no hospital, ela teria de lhe obedecer em tudo. A ordem de ir para o front só seria adiada. Só quando Uriah fosse embora é que Brockhard deixaria de ter poder sobre ela. Poder? Meu Deus, ela mal conhecia o norueguês. E não fazia ideia do que ele sentia por ela.

— Eu... — começou.

— Sim?

Ele havia se inclinado para a frente, com interesse. Helena queria prosseguir, queria dizer que sabia o que tinha de fazer para ficar livre, mas algo a impediu. Levou um segundo até entender o que era. Eram as mentiras. Era mentira que ela quisesse ficar livre, era mentira que ela não sabia o que Uriah sentia por ela, era mentira que as pessoas sempre tinham de se submeter e se humilhar para sobreviver, era tudo mentira. Ela mordeu o lábio inferior ao sentir que tremia.

24

Bislett, Réveillon de 1999

Era meio-dia quando Harry Hole desceu do bonde perto do Hotel Radisson SAS na praça de Holberg e notou que o sol baixo da manhã, por um momento, refletiu-se nos vidros do edifício do Hospital Universitário de Olso, antes de se esconder novamente atrás das nuvens. Ele estivera em seu antigo escritório pela última vez. Para terminar de pegar as coisas e ver se tinha levado tudo, era o que dizia a si mesmo. Mas os poucos pertences pessoais que deixava no escritório cabiam na sacola plástica que ele levara para casa no dia anterior. Os corredores estavam vazios. Quem não estava de plantão tinha ido para casa para preparar a última festa do milênio. Uma serpentina caía do encosto de uma cadeira como uma lembrança da pequena festa de despedida da véspera, organizada por Ellen, claro. As sensatas palavras de despedida de Bjarne Møller não combinaram muito com os balões azuis dela, nem com o bolo decorado com velas, mas o breve discurso fora de qualquer modo bastante agradável. Provavelmente o chefe do setor sabia que Harry nunca o perdoaria se fosse bombástico ou sentimental. E Harry teve de admitir que sentiu uma pontada de orgulho quando Møller o parabenizou pelo cargo de inspetor e desejou-lhe boa sorte. Isso, nem o sorriso sarcástico de Tom Waaler, balançando a cabeça no vão da porta, tinha conseguido estragar.

Havia ido ao escritório naquele dia para se sentar uma última vez na cadeira quebrada na sala onde ele trabalhara durante quase sete anos. Harry se sacudiu, tentando se livrar desses pensamentos. Será que todo esse sentimentalismo era mais um sinal de que estava ficando velho?

Harry caminhou pela praça de Holberg e virou à esquerda na rua Sofie. A maioria dos prédios naquela rua estreita havia sido moradia de operários na virada do século, e não eram dos mais bem-cuidados. Mas depois que os preços dos imóveis subiram e os jovens de classe média, que não tinham dinheiro para morar em Majorstuen, se mudaram para lá, o bairro passou por uma repaginada. Apenas um dos prédios não tivera sua fachada reformada durante os últimos anos. O número 8. O de Harry. Que não estava nem aí.

Ele entrou na portaria e abriu sua caixa de correio no corredor. Uma oferta de pizza e um envelope da prefeitura de Oslo — ele logo entendeu se tratar da cobrança da multa do mês anterior por ter estacionado onde não devia. Soltou alguns palavrões ao subir as escadas. Tinha comprado um Ford Escort de 15 anos a um preço ridículo de um tio que ele na verdade nem conhecia. Um pouco enferrujado e com a embreagem gasta, sim, mas com um teto solar bacana. Até ali tivera mais multas de estacionamento e contas de oficina do que cabelo ao vento, era verdade. Além do mais, a carroça custava a ligar, por isso tinha sempre que estacionar em descidas, para pegar no tranco.

Ele abriu a porta do apartamento e entrou. Era um apartamento de dois quartos e tinha uma decoração espartana. Era arrumado, limpo e não tinha tapetes nos pisos de madeira encerados. A única decoração na parede era uma foto de sua mãe e da irmã, e um pôster de O *poderoso chefão* que havia roubado do cinema Symra quando tinha 16 anos. Não havia plantas, velas nem objetos de decoração. Uma vez pendurara um mural no qual pensara em colocar cartões--postais, fotos e frases interessantes que encontrasse. Tinha visto esses murais em algumas casas. Quando descobriu que nunca recebia cartões-postais e que no fundo nunca tirava fotos, recortou uma citação de Bjørneboe:

E essa aceleração na produção de cavalo-vapor é apenas uma expressão da aceleração da nossa compreensão das assim chamadas leis da natureza. Essa compreensão = angústia.

Harry constatou com um olhar que não havia mensagens em sua secretária eletrônica (outro investimento desnecessário), desabotoou a camisa, colocou-a no cesto de roupa suja e pegou uma limpa da caprichada pilha no armário.

Deixou a secretária ligada (talvez algum instituto de pesquisas ligasse), saiu e trancou a porta.

Sem sentimentalismo, comprou os últimos jornais do milênio na banca do Ali, depois pegou a rua Dovregata. Na rua Waldemar Thrane, as pessoas pareciam com pressa para estar em casa para a grande noite do milênio. Harry tremia de frio em seu sobretudo até atravessar a soleira da porta do bar Schrøder, onde o calor humano o atingiu imediatamente. O lugar estava bem cheio, mas ele viu que sua mesa favorita logo vagaria e correu até lá. O velho que se levantou da mesa colocou o chapéu e lançou um olhar rápido para Harry sob as sobrancelhas brancas e espessas e deu-lhe um aceno mudo com a cabeça antes de sair. A mesa ficava perto da janela e de dia era uma das poucas com luz suficiente para se ler os jornais naquele recinto mal iluminado. Ele tinha acabado de se sentar quando Maja apareceu.

— Olá, Harry. — Ela bateu na toalha da mesa com um pano cinzento. — O especial do dia?

— Se o cozinheiro estiver sóbrio hoje.

— Está. Bebida?

— Agora está falando a minha língua. — Ele levantou o olhar. — O que recomenda hoje?

— Bem... — Ela botou as mãos na cintura e proclamou em voz alta e clara: — Ao contrário do que as pessoas pensam, essa cidade de fato tem a água potável mais limpa do país. E os canos de água menos venenosos são os dos prédios da virada do século, como esse aqui.

— E quem foi que te contou isso, Maja?

— Deve ter sido você, Harry. — Sua risada era rouca e calorosa.

— Aliás, a abstinência lhe cai bem — disse ela em voz baixa, então anotou o pedido e desapareceu.

Os outros jornais estavam repletos de matérias sobre o milênio, e Harry atacou o *Dagsavisen*. Na página seis, seus olhos foram atraídos para uma foto grande de uma placa de rua de madeira pintada. "Oslo: 2.611 km" estava escrito em uma das setas e "Leningrado: 5 km", na outra.

O artigo abaixo estava assinado pelo professor de história Even Juul. O título era breve: "As condições do fascismo à luz do desemprego crescente na Europa Ocidental."

Harry já tinha visto o nome de Juul nos jornais antes, ele era uma espécie de perito quando se tratava da história da ocupação norueguesa e da União Nacional. Harry folheou o resto do jornal, mas não viu nada de interessante. Voltou para o artigo de Juul. Era um comentário a um artigo anterior sobre a força dos neonazistas na Suécia. Juul detalhava como o neonazismo, que em toda a Europa sofreu um forte retrocesso durante os anos de ascensão econômica na década de 1990, agora estava voltando com força renovada. Ele também dizia que uma característica da nova onda era ter um fundo fortemente ideológico. Enquanto o neonazismo dos anos 1980 manifestou-se basicamente na moda e no sentimento de grupo, uniformizado pelas roupas, com cabeças raspadas e slogans arcaicos como "Sieg Heil", a nova onda era bem mais organizada. Contava com um aparato econômico e não era baseada em líderes individuais e patrocinadores com recursos poderosos. Além do mais, o novo movimento não era apenas uma reação a situações específicas da sociedade, como desemprego e imigração, contava Juul. Os neonazistas também queriam estabelecer uma alternativa para a social-democracia. A palavra-chave era "rearmamento" — moral, militar e racial. O retrocesso do cristianismo era usado como um exemplo da decadência moral, junto com o HIV e o abuso de narcóticos. A imagem do inimigo também era em parte nova: defensores da União Europeia que estavam demolindo os limites nacionais e raciais, a Otan, que estendia uma mão para os subumanos russos e eslavos e a nova nobreza capitalista asiática, que havia assumido o papel dos judeus como banqueiros do mundo.

Maja chegou com o jantar.

— Bolinhos de batata com carne? — perguntou Harry, olhando para as esferas cinzentas deitadas numa cama de repolho-chinês submersa em molho thousand island.

— À la Schrøder — respondeu Maja. — Sobras de ontem. Feliz Ano-Novo.

Harry segurou o jornal para poder comer e mal tinha engolido o primeiro bocado, que mais parecia plástico, quando ouviu uma voz atrás do jornal:

— É terrível, eu sei.

Harry olhou por cima do jornal. O Moicano estava na mesa ao lado e olhava diretamente para ele. Talvez estivesse sentado ali o tempo todo, mas Harry não o tinha percebido entrar. Eles o chamavam de Moicano porque com certeza era o último de seu tipo. Ele fora marinheiro durante a guerra, duas vezes atingido por torpedos, e todos os seus companheiros estavam mortos fazia anos, foi o que Harry soube de Maja. Sua barba comprida e rala caía no copo de cerveja. Estava de jaqueta, como sempre, no verão ou no inverno. No rosto, que era tão magro que mostrava os contornos do crânio, via-se uma rede de veias que pareciam linhas de tráfego vermelhas contra a pele branca. Os olhos vermelhos e injetados encaravam Harry por detrás de uma camada de pele flácida.

— É terrível! — repetiu.

Harry já tinha ouvido muita besteira de bêbados na vida para se preocupar com o que a clientela do Schrøder tinha a dizer, mas aquilo era diferente. Em anos frequentando o local, aquelas eram as primeiras palavras compreensíveis que ele ouvia o Moicano articular. Mesmo depois daquela noite, no inverno passado, quando Harry encontrara o Moicano dormindo encostado na parede de uma casa na rua Dovregata e provavelmente o salvara de morrer congelado, o Moicano não lhe dava mais que um aceno de cabeça quando se encontravam. E agora parecia que o Moicano tinha dito tudo o que tinha para dizer, porque cerrou os lábios com força e voltou a se concentrar em seu copo. Harry deu uma rápida olhada em volta antes de se inclinar sobre a mesa do Moicano.

— Lembra de mim, Konrad Åsnes?

O velho grunhiu e olhou para o nada sem responder.

— Encontrei você dormindo num monte de neve aqui na rua no ano passado. Fazia 18 graus negativos.

O Moicano revirou os olhos.

— A rua estava escura, quase nem te vi. Você podia ter morrido, Åsnes.

O Moicano fechou um olho vermelho e olhou maldosamente para Harry antes de levantar o copo de cerveja.

— Então agradeço.

Ele bebeu com cuidado. Depois abaixou o copo, mirando, como se fosse importante o copo ficar em um lugar exato na mesa.

— Aqueles bandidos deviam ser mortos — disse.

— É? Quem?

O Moicano apontou um dedo indicador torto para o jornal de Harry. O policial virou o jornal. A primeira página estava quase toda tomada por uma grande foto de um neonazista sueco de cabeça raspada.

— Para o paredão com eles! — O Moicano bateu com as mãos na mesa, e algumas pessoas se viraram para ele.

Harry levantou a mão para mostrar que ele devia se acalmar.

— São apenas jovens, Åsnes. Tente relaxar um pouco agora. É réveillon!

— Jovens? O que acha que a gente era? Isso não deteve os alemães. Kjell tinha 19. Oscar tinha 22. Atire neles antes que se multipliquem, digo. E uma doença, tem que extirpar desde o início.

Ele apontou um dedo indicador trêmulo para Harry.

— Um deles se sentou aí, onde você está sentado agora. Parece que nunca morrem! Você, que é polícia, tem que sair e prender todos!

— Como você sabe que sou da polícia? — perguntou Harry, surpreso.

— Eu leio o jornal, né? Você matou um cara num país aí em algum lugar. Legal, mas que tal acertar alguns aqui também?

— Está tagarela hoje, Åsnes.

O Moicano fechou a boca, deu uma última olhada carrancuda para Harry e começou a estudar a pintura do Youngstorget. Harry entendeu que a conversa havia acabado, então chamou Maja para pedir um café e olhou as horas. Um novo milênio estava prestes a começar. As quatro, o bar Schrøder fecharia devido à "festa privada de réveillon", como estava escrito nos avisos pendurados na porta de entrada. Harry olhou os rostos conhecidos em volta. Pelo que podia ver, todos os convidados já haviam chegado.

25

Hospital Rudolf II, Viena, 8 de junho de 1944

Havia ruídos de pessoas dormindo na ala 4. A noite estava mais quieta que de costume, ninguém gemia de dor ou acordava aos gritos de um pesadelo. Helena tampouco tinha ouvido o alarme antiaéreo de Viena. Se não houvesse bombardeio essa noite, ela tinha esperança de que tudo fosse mais fácil. Ela entrou no dormitório sem fazer barulho, pôs-se ao pé da cama e o observou. Ele estava sentado sob o facho de luz da lâmpada, tão absorto no livro que não percebeu nada. E ela lá, no escuro. Com todo o conhecimento obscuro.

Ele a viu no momento em que ia virar a página. Sorriu e abaixou o livro.

— Boa noite, Helena. Achei que não estivesse de plantão hoje.

Helena levou o dedo indicador aos lábios e se aproximou.

— O que você sabe sobre a escala de plantão? — sussurrou ela.

Ele sorriu.

— Eu não sei nada sobre os outros. Só sei quando você está de plantão.

— Ah, é?

— Quarta, sexta e domingo, depois terça e quinta. Depois quarta, sexta e domingo de novo. Não fique com medo, isso é um elogio. E não há muitas outras coisas para ocupar os pensamentos aqui. Sei quando Hadler faz o enema também.

Ela riu baixinho.

— Mas você não sabe que já recebeu alta, sabe?

Ele olhou para ela surpreso.

— Deram ordens para você ir para Hungria — sussurrou ela. — Para a Terceira Divisão Panzer.

— Terceira Divisão Panzer? Mas é a Wehrmacht. Não podem me mandar para lá, sou norueguês.

— Eu sei.

— E o que vou fazer na Hungria, eu...

— Shhh, você vai acordar os outros, Uriah. Eu li as ordens. Receio que não haja nada que possamos fazer a respeito.

— Mas deve ter sido um engano. Eu...

Ele esbarrou no livro, que caiu no chão com um baque surdo. Helena se agachou para pegá-lo. Na capa, sob título *As aventuras de Huckleberry Finn*, havia o desenho de um menino maltrapilho numa balsa de madeira. Uriah estava visivelmente transtornado.

— Essa guerra não é minha — disse, com os lábios apertados.

— Eu também sei disso — sussurrou ela, colocando o livro na bolsa dele, embaixo da cadeira.

— O que está fazendo? — sussurrou ele.

— Você precisa me escutar, Uriah. O tempo é curto.

— O quê?

— Em meia hora a enfermeira de plantão fará a ronda. Até lá você precisa se decidir.

Ele abaixou o anteparo da lâmpada para vê-la melhor no escuro.

— O que está acontecendo, Helena?

Ela engoliu em seco.

— E por que você não está de uniforme hoje? — perguntou.

Isso era o que ela mais temia. Não teve medo de mentir para sua mãe dizendo que ia viajar para passar uns dias com sua irmã em Salzburgo. Ou de convencer o filho do guarda-florestal a levá-la de carro até o hospital — o rapaz que, agora, a esperava na rua, em frente ao portão. Nem de dizer adeus às suas coisas, à igreja e à vida segura em Wienerwald. Mas temia contar tudo a ele, temia dizer que o amava e que estava pronta a arriscar sua vida e seu futuro por ele. Afinal, ela podia ter se enganado. Não sobre o que ele sentia por ela — isso Helena sabia —, mas sobre seu caráter. Ele teria a coragem e a agilidade necessárias para fazer o que ela ia sugerir? Pelo menos ele entendia que a guerra travada contra o Exército Vermelho no sul não era dele.

— Devíamos ter tido mais tempo para nos conhecer — disse ela, e colocou sua mão sobre a dele. Ele a segurou com firmeza. — Mas não temos esse luxo — continuou Helena, apertando a mão dele. — Tem um trem saindo para Paris daqui a uma hora. Comprei duas passagens. Meu professor mora lá.

— Seu professor?

— É uma longa e complicada história, mas ele vai nos receber.

— Como assim, vai nos receber?

— Podemos morar na casa dele. Ele mora sozinho. E ele não tem, pelo que sei, nenhum amigo por lá. Você tem passaporte?

— O quê? Sim...

Ele estava perplexo, perguntava a si mesmo se não tinha adormecido enquanto lia, se não estaria apenas sonhando com aquilo tudo.

— Sim, tenho passaporte — repetiu ele.

— Ótimo. A viagem leva dois dias, nossos lugares são marcados e eu trouxe bastante comida.

Ele respirou fundo.

— Por que Paris?

— É uma cidade grande, uma cidade onde é possível sumir. Escute, tem algumas roupas do meu pai no carro, pode trocar de roupa lá. Ele calça...

— Não. — Ele levantou a mão, interrompendo o fluxo intenso da fala de Helena, que parou imediatamente. Ela prendeu a respiração e encarou seu rosto pensativo.

— Não — repetiu ele, sussurrando. — Seria tolice.

— Mas... — Helena de repente sentiu um nó na garganta.

— É melhor eu viajar de farda — disse ele. — Um jovem com roupas civis só vai levantar suspeitas.

Ela ficou tão feliz que não conseguiu dizer mais nenhuma palavra, apertou a mão dele com mais força ainda. Seu coração cantava tão alto e loucamente que ela se obrigou a ficar calma.

— E mais uma coisa — continuou ele ao se levantar da cama sem fazer barulho.

— O quê?

— Você me ama?

— Amo.

— Isso é bom.

Ele já estava vestido.

26

PS, DELEGACIA DE POLÍCIA,
21 DE FEVEREIRO DE 2000

Harry olhou à sua volta. Viu as prateleiras bem arrumadas, nas quais os fichários estavam perfeitamente enfileirados, em ordem cronológica. Na parede, entre diplomas e honrarias de uma carreira em constante progresso, uma foto em preto e branco de um Kurt Meirik mais jovem, usando a farda do Exército com patente de major, cumprimentando o rei Olavo. Ficava bem atrás da mesa, visível para todos que entrassem na sala. Era essa foto que Harry observava quando a porta atrás dele se abriu.

— Desculpe por deixar você esperando, Hole. Não precisa se levantar.

Era Meirik. Harry não tinha feito nenhum movimento para se levantar.

— Então — continuou Meirik e se sentou à sua mesa. — Como foi a primeira semana aqui com a gente?

Meirik, sentado com as costas eretas, expôs uma fileira de grandes dentes amarelos, fazendo supor que ele não tinha o hábito de sorrir.

— Bastante tedioso — respondeu Harry.

— He, he. — Meirik parecia surpreso. — Não deve ter sido tão ruim assim... foi?

— Bem, a cafeteira de vocês é melhor do que a que nós temos lá embaixo.

— Melhor do que a da Divisão de Homicídios, você quer dizer?

— Desculpe — disse Harry. — Levo tempo para me acostumar. Esse "nós" agora significa PS.

— É isso. Precisamos ter um pouco de paciência. Para várias coisas, não é, Hole?

Harry assentiu. Por que lutar contra moinhos de vento? Pelo menos não antes do primeiro mês. Como era de se esperar, deram-lhe um escritório no final de um longo corredor, o que fazia com que ele não visse as pessoas que trabalhavam lá mais do que o estritamente necessário. O trabalho consistia em ler relatórios dos escritórios regionais da PS e avaliar se havia casos arquivados para encaminhar a instâncias superiores no sistema. E as ordens de Meirik eram bem claras: se não fosse obviamente papo furado, tudo devia ser encaminhado. Em outras palavras, Harry fazia o papel de um filtro de lixo. Na última semana haviam entrado três relatórios. Ele tentou lê-los com calma, mas havia prazos. Não podia se demorar muito neles. Um dos relatórios era de Trondheim, sobre o novo equipamento de escuta. Ninguém conseguia operá-lo depois que o perito em escutas foi embora. Harry encaminhou o relatório. O outro tratava de um negociante alemão em Bergen contra quem estava sendo retirada uma acusação, porque finalmente havia entregado a remessa de varões de cortina que prometera. Harry encaminhou esse relatório também. O terceiro era da região leste do país, da delegacia de polícia de Skien. Alguns proprietários de cabanas em Siljan haviam reclamado de tiros na semana anterior. Como não era temporada de caça, um policial subiu a montanha para investigar, e na floresta encontrou cartuchos de uma marca desconhecida. Enviaram os cartuchos para os técnicos da Kripos, o Serviço Nacional de Investigação Criminal, que mandou um relatório dizendo que era provável se tratar de munição para rifle Märklin, uma arma muito incomum.

Harry encaminhou o relatório para instâncias superiores, após tirar uma cópia.

— Então... eu queria falar com você sobre um cartaz que achamos. Os neonazistas estão planejando fazer algazarra nas mesquitas aqui em Oslo no dia 17 de maio, Dia Nacional da Noruega. Esse ano, uma festa muçulmana cai no dia 17 de maio, e alguns pais estrangeiros estão proibindo seus filhos de participar do desfile da Independência porque alegam que eles têm que ir à mesquita.

— *Eid.*

— Como?

— *Eid*. O feriado, o dia sagrado deles. É a noite de Natal dos muçulmanos.

— Está por dentro do assunto, então?

— Não. É que no ano passado fui convidado para um jantar na casa de uns vizinhos. Paquistaneses. Eles acharam triste demais eu passar o *Eid* sozinho.

— É? Hum. — Meirik colocou seus óculos de policial de filmes.

— Tenho o cartaz aqui. Está escrito que é uma vergonha perante o país anfitrião comemorar outra coisa que não seja o Dia Nacional da Noruega, que é dia 17. E que os imigrantes recebem seguro social felizes da vida, mas se eximem de toda e qualquer obrigação de cidadão norueguês.

— De gritar um obediente "hurra" para a Noruega no desfile — completou Harry, e fisgou o maço de cigarros do bolso.

Ele tinha visto o cinzeiro no topo da estante, e Meirik assentiu em resposta ao olhar interrogativo de Harry. O policial acendeu o cigarro, tragou a fumaça até os pulmões e tentou imaginar como os capilares sanguíneos dos pulmões sugavam a nicotina sofregamente. A vida estava ficando mais curta, e a ideia de que nunca pararia de fumar o encheu de uma estranha satisfação. Não ligar para uma advertência em um maço de cigarros talvez não fosse a revolta mais radical a que uma pessoa podia se permitir, mas pelo menos era algo que estava em seu alcance.

— Veja o que consegue descobrir — disse Meirik.

— Está bem. Mas preciso avisar que tenho o pavio curto quando se trata de skinheads.

— He, he. — Meirik mostrou os dentes grandes e amarelos de novo. Harry de repente se deu conta do que ele o lembrava: um cavalo bem-adestrado.

— He, he. — Meirik continuou rindo.

— Outra coisa — acrescentou Harry. — Trata-se do relatório sobre a munição que foi encontrada em Siljan. É para um rifle Märklin.

— Acho que ouvi falar disso, sim.

— Estava fazendo umas pesquisas por conta própria.

— É?

Harry percebeu o tom frio.

— Verifiquei os registros de armas do último ano. Não há registro de rifles Märklin na Noruega.

— Isso não me surpreende. Essa lista já deve ter sido checada por alguém daqui depois que você encaminhou o relatório, Hole. Isso não é trabalho seu, você sabe disso.

— Talvez ninguém tenha visto isso. Só queria ter certeza de que a pessoa checou isso junto aos relatórios da Interpol sobre contrabando de armas.

— Interpol? Por que devíamos fazer isso?

— Ninguém importa esses rifles para a Noruega. Isso significa que esse aqui foi contrabandeado.

Harry retirou uma cópia impressa do bolso da camisa.

— Aqui está a lista de remessas que a Interpol achou durante uma incursão a um contrabandista ilegal em Joanesburgo em novembro. Veja. Rifle Märklin. E consta o destino. Oslo.

— Hum. Onde você conseguiu isso?

— No arquivo da Interpol na internet. Acessível a todos da Polícia Secreta. A todos que se derem ao trabalho.

— É mesmo? — Meirik encarou Harry por um segundo antes de examinar a lista. — Isso é muito bom, mas contrabando de armas não é com a gente, Hole. Se você soubesse quantas armas ilegais a polícia confisca em um ano...

— Seiscentas e onze — informou Harry.

— Seiscentas e onze?

— Isso no ano passado. E só no distrito policial de Oslo. Duas de cada três armas vêm de criminosos, em geral armas de mão leves, rifles de caça e espingardas de cano serrado. Em média uma apreensão por dia. O número quase dobrou nos anos 1990.

— Ótimo, por isso você precisa entender que nós da Polícia Secreta não podemos dar prioridade a um rifle sem registro em Buskerud.

Meirik falava com uma calma apenas aparente. Harry soltou a fumaça pela boca e a acompanhou com o olhar ao subir até o teto.

— Siljan fica em Telemark — disse Harry.

Os músculos dos maxilares de Meirik se contraíram.

— Você ligou para a alfândega, Hole?

— Não.

Meirik olhou no relógio, uma caixinha de aço tosca e deselegante que, Harry adivinhou, ele tinha ganhado devido a muitos anos de trabalho fiel.

— Então sugiro que o faça. Esse é um caso para eles. No momento tenho coisas mais urgentes...

— Você sabe o que é um rifle Märklin, Meirik?

Harry viu as sobrancelhas do chefe da Polícia Secreta pularem para cima e para baixo e se perguntou se não era tarde demais. Ele podia sentir a corrente de ar dos moinhos de vento.

— Bom, esse também não é meu trabalho, Hole. Você deve tratar isso com...

Parecia que Kurt Meirik havia acabado de se dar conta de que ele era o único chefe de Hole.

— Um rifle Märklin — explicou Harry — é um rifle de caça semiautomático de produção alemã com munição de diâmetro de 16 milímetros, mais grosso que qualquer outro rifle. Foi desenhado para ser usado para caçar animais selvagens de grande porte, como búfalos-asiáticos e elefantes. O primeiro rifle foi produzido em 1970, mas só foram feitas cerca de trezentas peças antes que as autoridades alemãs, em 1973, proibissem a venda dessa arma. Isso porque o rifle, com poucos ajustes e um telescópio da mesma marca, é uma ferramenta superprofissional de matar, e já em 1973 era a arma de longo alcance mais procurada do mundo. Dos trezentos rifles, pelo menos cem pararam nas mãos de matadores de aluguel e de organizações terroristas, como o grupo Baader-Meinhof e as Brigadas Vermelhas.

— Hum. Cem, você disse? — Meirik devolveu a lista a Harry. — Isso quer dizer que de três pessoas duas usam o rifle para o que foi criado, para caçar.

— Não é uma arma para caçar alce ou o tipo de caça que temos aqui na Noruega, Meirik.

— Não? Por que não?

Harry se perguntava o que fazia Meirik se segurar e não o mandar àquele lugar. E por que ele estava tão empenhado em provocar esse tipo de reação em seu novo chefe. Talvez não fosse por nenhum motivo específico, talvez ele só estivesse ficando velho e rabugento. De qualquer modo, Meirik estava se comportando como uma babá bem paga que não tinha coragem de repreender um pestinha. Harry examinava a longa cinza do cigarro que se inclinava para o tapete.

— Em primeiro lugar, a caça não é um esporte de milionários na Noruega. Um rifle Märklin com telescópio custa em torno de 150 mil marcos alemães, o mesmo que um Mercedes novo. E cada cartucho custa 90 marcos. Segundo, um alce atingido por um projétil de 16 milímetros daria a impressão de que foi atropelado por um trem. Faria bastante sujeira.

— Hã-hã.

Estava claro que Meirik havia decidido mudar de tática. Inclinou-se para trás e colocou as mãos na careca reluzente, como se quisesse mostrar que não tinha nada contra ser entretido por Hole por mais alguns minutos. Harry se levantou, pegou o cinzeiro no alto da prateleira e voltou a se sentar.

— É claro que pode ser que os cartuchos sejam de um ou outro colecionador fanático que esteja apenas testando seu novo rifle, e que agora a arma esteja pendurada em um armário de vidro em alguma casa aqui na Noruega. Pode ser inclusive que nunca mais seja usada. Mas será que devemos arriscar pensar assim? — Harry balançou a cabeça. — Estou apenas sugerindo que eu faça uma viagem a Skien para dar uma olhada no lugar. Além do mais, duvido que tenha sido um profissional que esteve lá.

— Por quê?

— Porque profissionais deixam tudo limpinho e arrumado. Deixar cartuchos vazios é como deixar o cartão de visitas. Porém um amador em posse de uma arma Märklin não me deixaria mais tranquilo.

Meirik fez vários hums. Depois assentiu.

— Está bem. Mas me mantenha informado se descobrir alguma coisa sobre os planos dos nossos neonazistas para o Dia da Independência.

Harry apagou o cigarro. *Veneza, Itália* estava escrito na lateral do cinzeiro em forma de gôndola.

27

LINZ, 9 DE JUNHO DE 1944

A família de cinco pessoas desceu do trem, e então eles ficaram a sós na cabine. Quando o trem lentamente se pôs em movimento de novo, Helena tinha ocupado o assento da janela, mas não havia muito o que ver na escuridão, apenas os contornos dos prédios perto da linha do trem. Uriah estava à sua frente e a observava com um leve sorriso nos lábios.

— Vocês são bons em escurecer as casas na Áustria — comentou ele. — Não vejo uma única luz acesa.

Ela suspirou.

— Somos bons em fazer o que nos mandam fazer.

Ela olhou no relógio. Quase duas.

— A próxima cidade é Salzburgo — disse ela. — Fica bem na divisa com a Alemanha. Depois...

— Munique, Zurique, Basileia, França e Paris. Você já disse isso três vezes.

Ele se inclinou para a frente e apertou a mão dela.

— Vai dar certo, você vai ver. Venha, sente-se aqui.

Ela mudou de lugar sem soltar a mão dele e encostou a cabeça em seu ombro. Ele estava tão diferente de uniforme.

— Então esse Brockhard mandou um novo atestado médico que vale para uma semana?

— Sim. Ele disse que ia mandá-lo pelo correio ontem à tarde.

— Por que uma extensão tão curta?

— Porque assim ele poderia controlar melhor a situação, e a mim. Toda semana eu teria que dar a ele um bom motivo para prolongar o seu atestado, entende?

— Entendo — disse ele, e ela viu seus maxilares ficarem tensos.

— Não vamos mais falar do Brockhard agora — disse ela. — Prefiro que me conte uma história.

Ela passou a mão sobre o rosto dele, e ele soltou um suspiro profundo.

— Qual delas quer ouvir?

— Qualquer uma.

As histórias. Foi assim que ele tinha captado seu interesse no hospital Rudolf II. Eram tão diferentes das histórias dos outros soldados. As histórias de Uriah eram sobre coragem, camaradagem e esperança. Como aquela vez em que ele estava voltando de seu plantão e viu um tourão no peito do seu melhor amigo, que estava dormindo, prestes a rasgar sua garganta. A distância era de quase dez metros, e a casamata com as paredes pretas de terra estava quase totalmente no escuro. Mas ele não teve escolha, levantou o rifle e atirou até esvaziar o cartucho. Comeram o tourão no jantar no dia seguinte.

Ele tinha várias histórias como aquela. Helena não se lembrava de todas, mas lembrava-se de que tinha começado a prestar atenção. As histórias de Uriah eram animadas e divertidas, e ela nem sabia se podia acreditar em todas. Mas queria acreditar nelas, pois eram antídotos para as outras histórias, aquelas sobre destinos fadados e mortes sem sentido.

Enquanto o trem escuro seguia aos solavancos noite adentro pelas estradas de ferro recém-consertadas, Uriah contava sobre a vez em que havia acertado um franco-atirador russo na terra de ninguém e saído para dar ao bolchevique ateu um enterro cristão, com canto de salmos e tudo.

— Eu consegui ouvir aplausos do lado russo — contou. — Cantei muito bem naquela noite.

— É mesmo? — Ela riu.

— Mais bonito que qualquer canto que você ouviu na Ópera de Viena.

— Seu mentiroso.

Uriah a puxou para perto e cantou baixinho em seu ouvido.

Venha se sentar em volta da fogueira no acampamento, olhe para as chamas, tão douradas e vibrantes, incitando os soldados a se comprometer a se levantar e lutar.

Na luz das chamas da fogueira, vê-se a Noruega de outrora.
Vê-se o povo a caminho da conquista — seus patrícios no tra-
balho e na luta.

Vê-se a luta dos antepassados pela liberdade, exigindo sacrifícios
de mulheres e homens,
Veem-se milhares que dedicaram suas vidas inteiras à luta pela
nossa pátria.
Veem-se homens no trabalho diário, no país desprotegido no
norte,
Onde o trabalho duro dá força para proteger nossa terra materna.

Veem-se noruegueses descritos na nossa saga com palavras
iluminadas,
Que séculos depois de viverem ainda são lembrados, no sul e
no norte.
Mas o maior de todos é aquele que ergueu a bandeira vermelha
e amarela,
Por isso é eterna nossa fogueira que lembra-nos de Quisling,*
nosso líder ainda hoje.

Uriah parou de cantar e ficou em silêncio, olhando pela janela. Helena entendeu que seus pensamentos estavam bem distantes agora e não o questionou, apenas colocou um braço em volta do seu peito.

Ra-tatatatatata — ra-tatatatatata — ratatatatatata.

Parecia que algo estava correndo embaixo deles, nos trilhos, algo tentando alcançá-los.

Ela estava com medo. Não tanto por não saber o que iria acontecer, mas pelo homem desconhecido em cujos braços se aninhava. Agora, de tão perto, era como se tudo o que ela havia visto e se acostumado à distância tivesse desaparecido.

Tentava ouvir as batidas do coração dele, mas o barulho dos trilhos era alto demais, por isso podia apenas supor que havia um coração em

---

* Vidkun Quisling foi escolhido por Hitler para governar a Noruega durante a guerra. (*N. da T.*)

seu peito. Ela riu de si mesma e estremeceu de felicidade. Que loucura maravilhosa! Ela não sabia absolutamente nada sobre ele; além dessas histórias, tinha contado pouco de si.

Seu uniforme cheirava a terra, e ocorreu a ela que devia ser esse o cheiro do uniforme de um soldado que por um tempo tivesse sido dado como morto no campo da batalha. Ou de alguém que tivesse sido enterrado. Mas de onde vinham esses pensamentos? Ela esteve tão ansiosa, por tanto tempo, que só agora percebia como estava cansada.

— Durma — disse ele em resposta aos pensamentos dela.

— Sim.

Helena pensou que estivesse ouvindo um alarme antiaéreo distante enquanto o mundo desaparecia ao seu redor.

— O que foi?

Ela ouviu a própria voz, sentiu que Uriah a sacudia e se levantou depressa. A primeira coisa que pensou quando viu o homem de uniforme no vão da porta foi que estavam perdidos, que eles haviam sido pegos.

— As passagens, por favor.

— Ah! — Ela deixou escapar.

Helena tentou se controlar, mas sentiu o olhar do condutor a examinando enquanto ela febrilmente vasculhava a bolsa. Finalmente encontrou os bilhetes de cartão amarelo que havia comprado na estação de Viena e entregou-os ao condutor. Ele estudou os bilhetes enquanto balançava de um lado para o outro, acompanhando o ritmo do movimento do trem. Ele demorou mais tempo do que Helena gostaria.

— Vocês estão indo para Paris? — perguntou ele. — Juntos?

— Estamos — respondeu Uriah.

O condutor era um homem de idade. Ele olhou para os dois.

— Notei que o senhor não é austríaco.

— Não. Norueguês.

— Ah, Noruega. Ouvi dizer que lá é muito bonito.

— É, sim. Obrigado. Pode-se dizer que é, sim.

— Então o senhor se apresentou voluntariamente para lutar para Hitler?

— Sim. Estive na Frente Oriental. No norte.

— Ah, é? Onde no norte?

— Perto de Leningrado.

— Hum. E agora o senhor vai para Paris. Junto com sua...?

— Amiga.

— Amiga, claro. De licença, então?

— Sim.

O condutor destacou os bilhetes.

— De Viena? — perguntou a Helena, enquanto lhe devolvia as passagens. Ela balançou a cabeça. — Dá para ver que a senhorita é católica — comentou ele, apontando para o crucifixo que ela usava pendurado em uma corrente para fora da blusa. — Minha esposa também é.

Ele se inclinou para trás e olhou de um lado para o outro no corredor. E então perguntou, dirigindo-se ao norueguês:

— Sua amiga já lhe mostrou a catedral de Santo Estêvão, em Viena?

— Não. Eu estava no hospital. Por isso, infelizmente, não vi muito da cidade.

— Entendi. Um hospital católico, então?

— Sim. Rudo...

— Sim — interrompeu-o Helena. — Um hospital católico.

— Hum.

Por que ele não vai embora?, perguntou-se Helena.

O condutor pigarreou de novo.

— Pois não? — soltou Uriah por fim.

— Não é da minha conta, mas espero que tenha se lembrado de trazer os documentos que comprovam que está de licença.

Documentos?, pensou Helena. Ela havia viajado duas vezes à França com o pai e nunca passou pela sua cabeça que precisava de outros documentos além de passaporte.

— Sim, para a *senhorita* não deve haver problema nenhum, mas para seu amigo fardado é indispensável que tenha documentos que comprovem onde serve e para onde está indo.

— Mas é claro que temos documentos que comprovam isso — exclamou ela. — O senhor achou que estivéssemos viajamos sem eles?

— Não, claro que não — apressou-se em dizer o condutor. — Só achei melhor comentar. Dois dias atrás...

Ele olhou para o norueguês.

— ... Pegaram um jovem, ele não tinha nenhum documento que comprovasse para onde estava indo, por isso foi considerado desertor. Eles o levaram para a plataforma e o mataram.

— O senhor está brincando?

— Infelizmente não. Não quero assustar você, mas guerra é guerra. Bom, está tudo em ordem com a senhorita, então não há motivo para se preocupar quando chegarmos à divisa com a Alemanha, logo depois de Salzburgo.

O vagão deu um solavanco e o condutor precisou se segurar no umbral da porta. Os três se olharam em silêncio.

— Então esse é o primeiro posto de controle? — perguntou Uriah.

— Depois de Salzburgo?

O condutor assentiu.

— Obrigado — agradeceu-lhe Uriah.

O condutor pigarreou.

— Eu tinha um filho da sua idade. Ele morreu na Frente Oriental, perto do rio Dniepre.

— Sinto muito.

— Bem, desculpe por tê-la acordado, *senhorita. Mein Herr.*

Ele levou a mão ao quepe e foi embora.

Helena verificou se a porta estava devidamente fechada. Depois cobriu o rosto com as mãos.

— Como pude ser tão ingênua? — disse, aos prantos.

— Calma, calma — falou ele, colocando um braço em volta do ombro dela. — Era eu quem devia ter pensado nesse documento. Eu devia saber que simplesmente não podia andar livremente por aí.

— Mas e se você falar com eles sobre a licença médica e disser que de repente quis ir a Paris? Paris faz parte do Terceiro Reich, é...

— Aí eles vão querer ligar para o hospital e Brockhard vai contar para eles que eu fugi.

Ela estava aos soluços no colo dele. Ele afagou seu cabelo macio e castanho.

— Além do mais, era bom demais para ser verdade — disse Uriah.

— Quero dizer... a enfermeira Helena e eu em Paris?

Ela pôde perceber um sorriso na voz dele.

— Não, em breve vou acordar na cama do hospital e pensar que foi tudo um sonho maravilhoso. E esperar ansiosamente que você traga o café da manhã. E amanhã você tem plantão noturno, já se esqueceu? Eu vou poder contar sobre aquela vez em que Daniel roubou vinte rações de comida de uma tropa sueca.

Ela levantou o rosto com marcas de lágrimas e olhou para ele.

— Me beije, Uriah.

28

Siljan, Telemark, 22 de fevereiro de 2000

Harry olhou novamente no relógio e, com cuidado, pisou no acelerador. O compromisso era às quatro da tarde, estava meia hora atrasado. Se ele chegasse depois que escurecesse, a viagem teria sido em vão. O que havia restado dos pneus de inverno cravara-se no gelo com um ruído rascante. Mesmo tendo dirigido por apenas quarenta quilômetros pela estrada sinuosa, coberta de gelo e em meio à floresta, Harry teve a sensação de que haviam se passado muitas horas desde que saíra da estrada principal. Os óculos escuros baratos que comprara no posto Shell não ajudavam muito, e seus olhos estavam ardendo devido à intensa luz refletida na neve.

Finalmente, no acostamento, avistou o carro da polícia sob uma placa indicando Skien. Ele freou com cuidado, estacionou e retirou os esquis do rack do carro. Eram de uma fábrica de esquis de Trondheim que falira havia 15 anos, provavelmente na mesma época em que ele passou cera embaixo dos esquis, que agora eram uma massa cinzenta e dura. Ele encontrou a trilha que dava na cabana, como haviam lhe indicado. Os esquis pareciam colar na trilha de neve, ele não conseguia sair dela nem com muito esforço. O sol baixo batia no topo dos pinheiros quando Harry chegou. Na escada da cabana feita de toras pretas estavam dois homens de parca e um menino que ele, por não estar acostumado com adolescentes, avaliou que devia ter entre 12 e 16 anos.

— Ove Bertelsen? — perguntou Harry, apoiando-se nos bastões de esqui. Estava sem fôlego.

— Sou eu — disse um dos homens, levantando-se para cumprimentar Harry. — E esse é o policial Folldal.

O outro homem acenou.

Harry entendeu que provavelmente fora o menino quem encontrara os cartuchos.

— Deve ser bom sair um pouco de Oslo, imagino — disse Bertelsen.

Harry pegou um maço de cigarros.

— Melhor ainda é sair de Skien, imagino.

Folldal tirou o quepe e alinhou as costas.

Bertelsen sorriu:

— Ao contrário do que as pessoas pensam, o ar de Skien é mais limpo do que o de qualquer outra cidade norueguesa.

Harry protegeu o fósforo com a mão e acendeu o cigarro.

— É? Vou me lembrar disso da próxima vez. Encontraram alguma coisa por aqui?

— Foi logo ali.

Os três colocaram os esquis e, com Folldal à frente, foram andando devagar por uma trilha que os levou até uma clareira na floresta. Com o bastão de esqui, Folldal indicou uma pedra preta que despontava vinte centímetros acima da fina camada de neve.

— O rapaz achou os cartuchos vazios na neve, perto daquela pedra. Aposto que era um caçador praticando. Dá para ver o rastro deixado pelos esquis ali perto. Faz uma semana que não neva, por isso é bem provável que as marcas sejam do atirador. Parece que ele estava com aqueles esquis largos, usado por quem pratica Telemark.

Harry se agachou. Passou um dedo ao longo da pedra, próximo ao rastro dos esquis.

— Hum. Ou podem ser esquis antigos de madeira.

— É?

Harry lhe mostrou uma lasquinha de madeira de cor clara.

— É mesmo — concordou Folldal e olhou para Bertelsen.

Harry se virou para o rapaz. Ele usava calças largas para caça com bolsos em todo lugar, e um gorro de lã que o cobria até as orelhas.

— De que lado da pedra você achou os cartuchos?

O rapaz apontou. Harry tirou os esquis, deu a volta em torno da pedra e se deitou de costas na neve. O céu agora estava azul-claro, como fica logo antes de o sol se pôr em dias frios de inverno. Depois ele se virou de lado e olhou por cima da pedra. Olhou para a clareira da floresta por onde haviam entrado. Na clareira havia quatro tocos de madeira.

— Vocês acharam alguma bala ou marca de tiro?

Folldal coçou a nuca.

— Está perguntando se a gente verificou cada tronco de árvore num raio de meio quilômetro?

Bertelsen discretamente cobriu a boca com a mão enluvada. Harry bateu a cinza do cigarro e estudou a brasa na ponta.

— Não. Estou querendo saber se vocês checaram aqueles troncos ali.

— E por que deveríamos ter checado justamente aqueles? — perguntou Folldal.

— Porque a Märklin produz o rifle de caça mais pesado do mundo. Um rifle de 15 quilos não é pensado para alguém atirar de pé, por isso é natural presumir que ele usou a pedra como apoio. O rifle Märklin cospe os cartuchos vazios para a direita. Já que os cartuchos estão desse lado da pedra, ele atirou na direção de onde viemos. Então, não seria improvável que ele tivesse colocado alguma coisa em cima dos tocos para mirar, seria?

Bertelsen e Folldal se entreolharam.

— Bem, é melhor a gente dar uma olhada então — disse Bertelsen.

— Se isso aqui não é um inseto de casca de árvore de um tamanho descomunal... — disse Bertelsen três minutos depois — então é um buraco de bala enorme.

Ele se ajoelhou na neve e enfiou o dedo em um dos tocos.

— Droga, a bala penetrou muito fundo, não consigo senti-la.

— Olhe lá dentro — disse Harry.

— Por quê?

— Veja se atravessou.

— Atravessar um tronco de pinheiro grosso desses?

— Apenas olhe e veja se dá para ver a luz do dia.

Harry escutou Folldal bufar atrás dele. Bertelsen olhou dentro do buraco.

— Mas pelo amor de Deus...

— Está vendo alguma coisa? — gritou Folldal.

— Estou vendo a metade do leito do lago Siljan.

Harry olhou para Folldal, que tinha se virado para cuspir. Bertelsen se levantou.

— De que adianta um colete à prova de balas se você for atingido por um troço desses? — queixou-se.

— Nada — respondeu Harry. — A única coisa que adianta é blindagem. — Ele apagou o cigarro no toco da árvore seca e se corrigiu:

— Blindagem *grossa*.

Ele ficou parado ali um tempo, esfregando os esquis na neve.

— Vamos trocar uma ideia com os moradores das cabanas vizinhas — sugeriu Bertelsen. — Talvez alguém tenha visto ou escutado alguma coisa. Ou talvez alguém queira admitir que é dono dessa arma infernal.

— Depois que concedemos licença para armas aqui no ano passado... — começou Folldal, mas mudou de ideia quando Bertelsen lhe lançou um olhar.

— Algo mais que possamos fazer para ajudar? — perguntou Bertelsen a Harry.

— Bem — respondeu Harry olhando desanimado para a estrada. — Que tal dar um empurrãozinho no meu carro?

29

HOSPITAL RUDOLF II, VIENA, 23 DE JUNHO DE 1944

H elena Lang teve um déjà-vu. As janelas estavam abertas e a manhã quente de verão encheu o corredor com o aroma de grama recém-aparada. Houve bombardeios todas as noites durante as duas últimas semanas, mas ela não sentia mais o cheiro da fumaça. Segurava uma carta. Uma carta maravilhosa! Até mesmo a carrancuda enfermeira-chefe sorriu quando Helena cantou seu *guten morgen*.

Surpreso, o Dr. Brockhard levantou o olhar dos papéis quando Helena entrou repentinamente em seu escritório sem bater.

— Então? — disse ele.

Tirou os óculos e direcionou seu olhar severo para ela. Helena percebeu a ponta de sua língua tocando a haste dos óculos. Sentou-se.

— Christopher — começou ela. Não usava seu primeiro nome desde que eram crianças. — Tenho algo para lhe dizer.

— Ótimo — disse ele. — Estava esperando por isso.

Ela sabia o que ele esperava: uma explicação pelo fato de ela ainda não ter satisfeito seu desejo, por que ainda não tinha ido ao seu apartamento na sede da área hospitalar, mesmo ele tendo prolongado a licença médica de Uriah duas vezes? Helena havia colocado a culpa nos bombardeios — disse que não tinha coragem de sair. Então ele se ofereceu para visitá-la na casa de veraneio de sua mãe dela, mas ela de pronto recusara.

— Vou contar tudo — disse ela.

— Tudo? — perguntou ele com um leve sorriso.

Não, ela pensou. *Quase* tudo.

— Aquela manhã em que Uriah...

— Ele *não* se chama Uriah, Helena.

— Aquela manhã em que ele sumiu e vocês soaram o alarme, você se lembra?

— Claro.

Brockhard colocou os óculos ao lado dos documentos à sua frente, de forma que as hastes ficaram paralelas ao canto da folha.

— Pensei em notificar a polícia militar sobre o desaparecimento. Mas aí ele milagrosamente reapareceu dizendo que tinha ficado andando na floresta metade da noite.

— Mas não foi bem isso o que aconteceu. Ele estava no trem noturno que veio de Salzburgo.

— Ah, é? — Brockhard se inclinou para trás na cadeira, com um ar determinado, que insinuava que ele era um homem que não gostava de se mostrar surpreso.

— Ele pegou o trem noturno de Viena antes da meia-noite, saltou em Salzburgo, onde esperou por uma hora e meia pelo trem noturno na direção oposta. Ele chegou à Hauptbahnhof às nove horas naquela manhã.

— Hum. — Brockhard estava com o olhar concentrado na caneta que segurava entre as pontas dos dedos. — E que motivo ele alegou para um passeio tão idiota?

— Bem — disse Helena, sem perceber que estava sorrindo —, você talvez se lembre de que eu também cheguei tarde naquela manhã.

— Lembro...

— Eu também vim de Salzburgo.

— Você também veio de Salzburgo?

— Sim.

— Acho que você vai ter que explicar isso, Helena.

Ela explicou, o tempo todo olhando para a ponta do dedo de Brockhard. Uma gota de sangue havia se formado na extremidade da caneta.

— Entendo — disse Brockhard quando ela terminou. — Vocês queriam ir a Paris. E por quanto tempo pensaram que podiam se esconder lá?

— Você já deve ter percebido que não pensamos muito. Mas Uriah achava que devíamos ir para os Estados Unidos. Para Nova York.

Brockhard soltou um riso seco.

— Você é uma moça muito sensata, Helena. Entendo que esse traidor deve ter deixado você cega com suas mentiras atraentes sobre a América. Mas sabe de uma coisa?

— O quê?

— Eu perdoo você — disse ele e, ao ver que Helena havia ficado boquiaberta, continuou: — Sim, eu perdoo você. Talvez você devesse ser punida, mas entendo o que deve se passar no coração das moças apaixonadas.

— Não é o seu perdão que eu...

— Como vai a sua mãe? Deve ser duro para ela, agora que vocês estão sozinhas. Foram três anos que seu pai pegou, não?

— Quatro. Pode fazer o favor de prestar atenção, Christopher?

— Eu peço a você que não faça ou diga algo do qual possa se arrepender, Helena. O que você contou até agora não muda nada, o acordo continua como antes.

— Não! — Helena se levantou tão bruscamente que a cadeira na qual ela estava sentada caiu para trás. Em seguida, ela bateu a mão com força na mesa, deixando ali a carta que estava segurando apertado. — Olhe você mesmo! Você não tem mais nenhum poder sobre mim. Nem sobre Uriah.

Brockhard olhou para a carta. O envelope pardo, aberto, não lhe dizia nada. Ele retirou a carta de dentro do envelope, pôs os óculos e começou a ler:

Waffen-SS
Berlim, 22 de junho
Recebemos uma requisição do comandante supremo do departamento da Polícia Federal, Jonas Lie, para que o senhor seja transferido imediatamente para a polícia de Oslo para continuar a prestar seus serviços. Portanto, essa ordem anula ordens anteriores de transferência para a Wehrmacht. O departamento da Polícia Federal irá informar ao senhor mais detalhes sobre o local e a hora de comparecimento.

Heinrich Himmler,
Comandante Supremo da Schutzstaffel (SS)

Brockhard teve de ler duas vezes a assinatura. Heinrich Himmler pessoalmente! Em seguida segurou a folha contra a luz.

— Você pode telefonar e verificar se quiser, mas, acredite, é verdadeira — disse Helena.

Da janela aberta ela podia ouvir o canto dos pássaros no jardim. Brockhard pigarreou duas vezes antes de falar:

— Então vocês escreveram uma carta para o chefe da Polícia Federal?

— Eu não. Uriah. Eu apenas encontrei o endereço certo e enviei.

— Você enviou?

— Sim. Bem, na verdade, não. Eu telegrafei.

— Um requerimento inteiro?

— Sim.

— E? Deve ter custado... muito?

— Sim, custou, mas era urgente.

— Heinrich Himmler... — disse ele, mais para si mesmo do que para ela.

— Sinto muito, Christopher.

De novo aquele riso seco:

— Sente? Você não conseguiu exatamente o que queria?

Ela ignorou a pergunta e forçou um sorriso amigável.

— Gostaria de pedir um favor, Christopher.

— É?

— Uriah quer que eu vá com ele para a Noruega. Preciso de uma recomendação do hospital para conseguir a permissão para a viagem.

— E agora está com medo de que eu possa ser uma pedra no caminho para essa recomendação?

— Seu pai está no conselho do hospital.

— Sim, eu podia criar problemas para você. — Ele esfregou o queixo. O olhar severo se deteve em um ponto na testa dela.

— De qualquer maneira você não pode nos deter, Christopher. Uriah e eu nos amamos. Entende?

— Por que eu faria um favor à prostituta de um soldado?

— Helena ficou boquiaberta. Mesmo vinda de uma pessoa que ela desprezava, que estava visivelmente exaltada, a palavra a acertou como uma bofetada. Mas, antes que pudesse responder, o rosto de Brockhard se contraiu como se fosse ele que tivesse levado a bofetada.

— Me desculpe, Helena. Eu... Droga! — Ele se virou de forma brusca.

Helena queria sair dali, mas não encontrou as palavras que pudessem libertá-la. A voz dele estava tensa quando continuou:

— Eu não tinha a intenção de magoar você, Helena.

— Christopher...

— Você não entende. Não digo isso por arrogância, mas tenho qualidades que eu sei que você, com o tempo, aprenderá a apreciar. Talvez eu tenha ido longe demais, mas, lembre-se: eu só penso no seu bem o tempo todo.

Ela olhou para ele, que havia se levantado e estava de costas. O jaleco era um número maior do que aqueles ombros estreitos e caídos. Ela se recordou daquele Christopher que conhecera ainda criança. Ele tinha cachos pretos delicados, e um terno de verdade, mesmo com apenas 12 anos. Durante um verão, ela até se apaixonou por ele, não foi?

Christopher soltou o ar demoradamente, estava trêmulo. Ela deu dois passos em sua direção, mas mudou de ideia. Por que deveria sentir pena desse homem? Sim, ela sabia o porquê. Porque seu coração estava transbordando de felicidade sem que ela tivesse feito muito para isso acontecer, enquanto Christopher Brockhard, que todos os dias de sua vida se esforçava para ser feliz, sempre seria um homem solitário.

— Christopher, preciso ir agora.

— Sim. Claro. Você tem que fazer o que tem que fazer, Helena.

Então ela caminhou até a porta.

— E eu o que eu tenho que fazer — concluiu ele.

30

Delegacia de polícia, 24 de fevereiro de 2000

Wright xingou. Ele tentara todos os botões do projetor para deixar a foto mais nítida, mas tudo havia sido em vão.

Alguém pigarreou:

— Talvez a foto esteja fora de foco, tenente, e não o projetor.

— Bem, de qualquer maneira, esse aqui é Andreas Hochner — disse Wright, e colocou a mão em concha acima dos olhos para ver as pessoas que estavam na reunião. A sala não tinha janelas, e agora que a luz havia sido desligada, estava escura como breu. De acordo com o que Wright ouvira, a sala também era à prova de escuta, o que quer que isso significasse.

Além de Andreas Wright, tenente do Serviço Secreto do Exército, havia apenas mais três pessoas lá: o major Bård Ovesen, do Serviço Secreto do Exército, Harry Hole, o cara novo da Polícia Secreta, e seu chefe em pessoa, Kurt Meirik. Foi Hole quem enviara um fax para ele com o nome do negociante de armas de Joanesburgo. E que o havia pressionado por notícias todos os dias desde então. Decerto havia algumas pessoas na Polícia Secreta que achavam que o Serviço Secreto do Exército era apenas uma subdivisão da Polícia Secreta, mas evidentemente não tinham lido o documento no qual se afirmava que eram organizações iguais e cooperadoras. Wright tinha lido. Então, no fim, ele disse ao cara novo que casos que não tivessem prioridade teriam de esperar. Meia hora depois ligou Meirik, o próprio, para dizer que o caso tinha prioridade. Por que eles não podiam ter dito isso logo de início?

A foto em preto e branco fora de foco na tela mostrava um homem saindo de um restaurante, e parecia ter sido tirada através de um vidro de carro. O homem tinha um rosto largo e rude e olhos escuros, um nariz grande e disforme e um bigode caído, espesso e preto.

— Andreas Hochner, nascido em 1954, no Zimbábue, de pais alemães — lia Wright das impressões que trouxera. — Anteriormente mercenário no Congo e na África do Sul, provavelmente envolvido com contrabando de armas desde meados dos anos 1980. Aos 19 anos foi acusado, junto com outras sete pessoas, de ter assassinado um menino negro em Kinshasa, mas foi absolvido por falta de provas. Duas vezes casado e divorciado. Seu empregador em Joanesburgo é suspeito de estar por trás do contrabando de armas antiaéreas para a Síria e da compra de armas químicas produzidas no Iraque. Dizem que vendeu rifles especiais para Karadzic durante a Guerra da Bósnia e que treinou franco-atiradores durante a ocupação de Sarajevo. Os últimos dados não estão confirmados.

— Pule os detalhes — disse Meirik, olhando no relógio. Estava sempre atrasado, mas tinha uma inscrição incrível do Estado-Maior do Exército na parte de trás.

— Tudo bem — disse Wright e continuou folheando o documento.

— Sim, Andreas Hochner foi uma das quatro pessoas presas durante uma incursão a um negociante de armas em Joanesburgo em dezembro. Na ocasião, foi encontrada uma lista codificada de pedidos na qual um deles, o de um rifle da marca Märklin, estava destinado a "Oslo". E uma data, 21 de dezembro. Isso é tudo.

A sala ficou em silêncio, ouvia-se apenas o zumbido do projetor. Alguém pigarreou no escuro, parecia Bård Ovesen. Wright novamente protegeu os olhos da luz para ver melhor.

— Como podemos ter certeza de que Hochner é a pessoa-chave nesse caso? — perguntou Ovesen.

Ouviu-se a voz de Harry Hole no escuro:

— Eu falei com Isaiah Burne, inspetor de polícia em Hillbrow, Joanesburgo. Ele me contou que, depois que fizeram as prisões, esquadrinharam os apartamentos dos envolvidos e encontraram um passaporte interessante no apartamento de Hochner. A foto era dele mesmo, mas o nome era completamente diferente.

— Um contrabandista de armas com passaporte falso não é exatamente... sensacional — disse Ovesen.

— Estou me referindo os carimbos encontrados no passaporte. Oslo, Noruega. Dia 10 de dezembro.

— Então ele esteve em Oslo — disse Meirik. — Na lista de clientes há um norueguês, e achamos cartuchos desse rifle potente. Também podemos supor que Andreas Hochner esteve na Noruega e que fecharam um negócio. Mas quem é o norueguês na lista de clientes?

— Infelizmente, essa lista não é uma lista comum de pedidos de compra pelo correio com nome e endereço completos. — Era a voz de Harry. — O cliente de Oslo está listado como Uriah, com certeza um codinome. E, de acordo com Burne, de Joanesburgo, Hochner não está muito interessado em contar o que quer que seja.

— Pensei que a polícia de Joanesburgo tivesse métodos de interrogação eficientes — soltou Ovesen.

— Acho que devem ter, mas, ao que parece, Hochner corre um risco muito maior falando que mantendo a boca fechada. Esta lista de clientes é longa...

— Ouvi dizer que usam corrente elétrica para tortura na África do Sul — comentou Wright. — Na sola dos pés, no bico dos seios e... Bem, doloroso pra cacete. A propósito, alguém pode acender a luz?

Harry falou:

— Em um caso envolvendo compra de armas químicas de Saddam, uma viagem de negócios a Oslo para levar um rifle é bastante insignificante. Infelizmente, acredito que os sul-africanos economizam a energia elétrica para questões mais importantes, por assim dizer. Além do mais, não é certo que Hochner saiba quem é esse Uriah. E enquanto nós não soubermos quem ele é, temos que nos perguntar: qual é o plano dele? Atentado? Terrorismo?

— Ou assalto — sugeriu Meirik.

— Com um rifle Märklin? — perguntou Ovesen. — Seria como atirar em um pardal com um canhão.

— Um atentado relacionado ao narcotráfico, talvez — sugeriu Wright.

— Bem — disse Harry —, só precisaram de um revólver para matar a pessoa mais bem protegida da Suécia. E o assassino de Olof Palme nunca foi pego. Então, para que um rifle de mais de um milhão de coroas para matar alguém aqui?

— O que você sugere, Harry?

— Talvez o alvo não seja um norueguês, e sim uma pessoa de fora. Alguém que seja alvo constante do terror, mas que tenha uma rede de proteção muito boa em seu país para ser vítima de um atentado lá. Uma pessoa que eles acham que possa ser assassinada mais facilmente em um país pequeno e pacífico, onde presumam que as medidas de segurança sejam satisfatórias.

— Quem? — perguntou Ovesen. — Não há nenhum estrangeiro com alta avaliação de risco na Noruega no momento.

— E ninguém a caminho — acrescentou Meirik.

— Talvez seja um plano para longo prazo — arriscou Harry.

— Mas a arma chegou há dois meses — argumentou Ovesen. — Não faz sentido terroristas estrangeiros chegarem à Noruega com mais de um mês de antecedência para realizar uma missão.

— Talvez a gente não esteja falando de um estrangeiro, mas de um norueguês.

— Não há ninguém na Noruega que possa executar uma missão desse porte — afirmou Wright enquanto tateava a parede à procura do interruptor de luz.

— Exato — disse Harry. — Essa é a questão.

— Que questão?

— Imagine um terrorista conhecido que pretende matar uma pessoa em seu próprio país, e que essa pessoa vá para a Noruega. A polícia secreta do país onde ele mora segue todos os seus passos e, aí, em vez de ele mesmo correr risco cruzando a fronteira, contata um grupo na Noruega que tem os mesmos motivos que ele para executar tal missão. E o fato de que esse grupo talvez seja formado por amadores é até uma vantagem para ele, porque o terrorista sabe que os caras não estarão na mira da polícia.

Foi a vez de Meirik falar:

— Os cartuchos vazios podem indicar que sejam amadores mesmo.

— O terrorista e o amador entram em um acordo para que o terrorista financie a compra da arma e depois eles cortam todas as conexões, sem deixar nenhuma pista que leve ao terrorista. Assim, ele inicia o processo sem correr nenhum risco além do econômico.

— Mas e se esse amador não tiver capacidade para executar a missão? — perguntou Ovesen. — Ou em vez disso escolhe vender a arma e foge com o dinheiro?

— É claro que existe essa possibilidade, mas nós temos que supor que o mandante vai encontrar um amador muito motivado. Talvez ele também tenha um motivo pessoal que faça com que se disponha a colocar a própria vida em perigo para executar o trabalho.

— Uma hipótese interessante — opinou Ovesen. — Como pensou em testá-la?

— Não dá. Estou falando de um homem de quem não sabemos nada. Não sabemos como ele pensa, nem se vai agir racionalmente.

— Legal — disse Meirik. — Temos outras teorias de por que essa arma pode ter sido trazida para a Noruega?

— Muitas — respondeu Harry. — Mas essa é a pior.

— Está bem — suspirou Meirik. — O nosso trabalho é justamente criar fantasmas, então vamos tentar ver se é possível levar um papo com esse Hochner. Vou fazer mais algumas ligações para... Aaahhh.

Wright havia encontrado o interruptor, e a sala foi banhada por uma forte luz branca.

31

Casa de veraneio da família Lang, Viena, 25 de junho de 1944

Helena estava no quarto se olhando no espelho. Ela gostaria de poder abrir a janela para escutar os passos no cascalho no caminho da entrada da casa, mas a mãe era muito cuidadosa com o blecaute. Ela viu a foto do pai na penteadeira em frente ao espelho. Sempre a impressionara o fato de ele aparentar ser tão jovem e inocente naquela foto.

Ela havia prendido o cabelo com um grampo simples, como de costume. Talvez devesse mudar o penteado. Beatrice havia ajustado o vestido de musselina vermelho da mãe para caber na silhueta alta e delgada de Helena. Sua mãe estava usando esse vestido quando conheceu seu pai. A imagem era estranha e distante e, de certa forma, doía um pouco. Talvez porque, quando a mãe contava essa história, era como se ela falasse de duas outras pessoas — duas pessoas belas e felizes que pensavam que sabiam o que estavam fazendo.

Helena tirou o grampo do cabelo e balançou a cabeça, fazendo os fios castanhos cobrirem seu rosto. A campainha soou. Ela ouviu os passos de Beatrice na entrada. Helena se deixou cair para trás na cama e sentiu a barriga formigar. Não sabia como evitar a sensação — era como ter 14 anos de novo e estar apaixonada! Ela ouviu o som abafado de conversas no andar de baixo, a voz aguda e nasalada da mãe, o tinir de cabides quando Beatrice pendurou o casaco no armário. Casaco!, pensou Helena. Ele tinha vestido casaco, mesmo sendo uma dessas noites quentes de verão, que normalmente não eram comuns antes de agosto.

Ela esperou alguns instantes, até ouvir a mãe chamar:

— Helena!

Então se levantou da cama, prendeu o cabelo, olhou para suas mãos, repetiu para si mesma: *eu não tenho mãos grandes, eu não tenho mãos grandes*. Depois deu uma última olhada no espelho — estava *linda*! —, respirou fundo, trêmula, e saiu do quarto.

— Hele...

O grito da mãe parou quando Helena apareceu no topo da escada. A jovem colocou um pé cuidadosamente no primeiro degrau. O salto alto com o qual ela normalmente descia a escada correndo agora parecia instável e inseguro.

— Seu convidado chegou — disse a mãe.

Seu convidado. Em outra circunstância Helena talvez tivesse ficado irritada pela maneira que a mãe enfatizou que não considerava o simples soldado um convidado da família. Mas eram tempos de lei marcial, e Helena poderia beijar a mãe por não ter se comportado ainda pior, por ter ido recebê-lo antes que ela fizesse sua entrada.

Helena olhou para Beatrice. A velha empregada sorria, mas seu olhar tinha a mesma expressão melancólica da mãe da jovem. Helena olhou para ele, cujos olhos brilhavam tanto que ela achava que podia sentir o calor deles queimar suas bochechas. Teve de abaixar o olhar para o pescoço recém-barbeado, o colarinho com símbolos da SS e o uniforme verde, que no trem estava tão amarrotado, mas que agora estava bem-passado. Ele segurava um buquê de rosas que ela sabia que já estaria em um vaso, se fosse por Beatrice. Mas ele lhe agradecera, pedindo que esperasse para que Helena o visse antes.

Ela deu mais um passo. A mão segurava de leve o corrimão. Era mais fácil agora. Ela ergueu a cabeça e observou os três. Então percebeu de repente que aquele, de alguma forma estranha, era o momento mais belo de sua vida. Porque ela compreendeu o que todos eles estavam vendo e como se refletiam na imagem dela.

A mãe viu a si mesma descer a escada, seu próprio sonho e sua juventude perdidos. Beatrice viu a menina que havia criado como se fosse sua própria filha, e ele viu a mulher que tanto amava e percebeu que não era mais capaz de esconder o sentimento atrás das boas maneiras e da timidez escandinava.

— Está linda — articulou Beatrice, sem emitir nenhum som. Helena piscou para ela. Terminou de descer a escada.

— Então encontrou mesmo o caminho nessa escuridão? — Ela sorriu para Uriah.

— Sim — respondeu ele em voz alta e clara, que o pé-direito alto e o piso de pedras faziam ecoar como em uma igreja.

A mãe falava com a voz levemente penetrante e aguda enquanto Beatrice, quase flutuando, entrava e saía da sala de jantar como um fantasma benevolente. Helena não conseguia tirar os olhos do colar de diamantes que a mãe usava no pescoço, sua joia mais preciosa, que só colocava em ocasiões especiais.

A mãe havia feito uma exceção ao deixar a porta que dava para o jardim entreaberta. As nuvens carregadas estavam tão baixas que talvez eles ficassem livres dos bombardeios aquela noite. A corrente de ar que entrava pela porta aberta bruxuleavam as chamas das velas, e as sombras dançavam nos retratos de homens e mulheres sérios de sobrenome Lang. A mãe havia explicado detalhadamente quem era quem, o que haviam realizado e em quais famílias foram buscar seus cônjuges. Uriah escutara tudo com uma expressão que Helena julgara ser um sorriso levemente sarcástico, mas não conseguia ter certeza vendo da penumbra. A mãe havia explicado que eles se sentiam obrigados a economizar energia elétrica agora por causa da guerra. Evidentemente, não falou sobre a atual situação econômica da família e sobre Beatrice ter sido a única dos quatro empregados que havia restado.

Uriah largou o garfo e pigarreou. A mãe havia posto o casal de frente um para o outro em uma das pontas da comprida mesa de jantar, enquanto ela ocupava a cabeceira da outra extremidade.

— A comida estava deliciosa, Sra. Lang.

Havia sido um jantar simples. Não tão simples que pudesse ser considerado insultante, mas nada extraordinário que lhe desse motivo para se sentir um convidado de honra.

— O mérito é da Beatrice — revelou Helena com entusiasmo. — Ela faz o melhor *Wienerschnitzel* da Áustria. Você já tinha experimentado esse prato antes?

— Apenas uma vez, que me lembre. E não foi nada comparado a esse.

— *Schwein* — disse a mãe. — O que o senhor comeu deve ter sido feito com carne de porco. Nessa casa nós só usamos vitela. Ou peru, na falta dela.

— Na verdade, não me lembro de haver carne — disse ele e sorriu. — Acho que era feito de ovos e migalhas de pão.

Helena riu baixinho e viu que sua mãe a encarava.

Durante o jantar, houve longas pausas nas conversas, mas tanto Uriah como Helena e a mãe acabavam retomando o assunto. Helena havia decidido, mesmo antes de convidá-lo para jantar, que não iria se preocupar com o que a mãe poderia pensar. Uriah era educado, mas, ainda assim, tratava-se de um homem que vinha de uma família de camponeses humildes, sem o refinamento e as maneiras de alguém que havia crescido em uma mansão. Mas ela não precisava nem ter se preocupado. Helena inclusive se surpreendeu com a desenvoltura e a maneira tranquila com que Uriah se comportava.

— O senhor planeja procurar emprego quando a guerra acabar? — perguntou a mãe, levando o último pedaço de batata à boca.

Uriah assentiu e, enquanto a Sr. Lang mastigava, esperou pacientemente a inevitável pergunta que viria em seguida.

— E que trabalho seria, se me permite perguntar?

— Carteiro. Bom, pelo menos foi o que me prometeram antes de a guerra começar.

— Para entregar as correspondências? As pessoas não moram muito longe uma das outras no seu país?

— Bom, não tanto assim. Nós nos estabelecemos onde é possível. Ao longo dos fiordes, nos vales e em lugares protegidos do tempo e do vento. E é claro que também temos algumas cidades e alguns lugares maiores.

— É mesmo? Que interessante. Permita-me perguntar, o senhor tem bens?

— Mãe! — Helena olhava incrédula para sua mãe.

— Sim, querida? — A mãe limpou a boca com o guardanapo e fez sinal com a mão para que Beatrice retirasse os pratos.

— Você faz isso parecer um interrogatório. — As sobrancelhas escuras de Helena formavam dois vês na testa branca.

— Sim — afirmou a mãe. Ela mostrou um sorriso radiante para Uriah e levantou a taça. — Isso é um interrogatório.

Uriah levantou sua taça e sorriu para ela também.

— Entendo perfeitamente. Ela é sua única filha. A senhora tem todo o direito. Diria até que é sua *obrigação* descobrir que tipo de homem sua filha encontrou.

A taça da Sra. Lang já estava a meio caminho da boca quando parou bruscamente no ar.

— Eu não tenho muitos bens — continuou Uriah. — Mas sou trabalhador, tenho uma cabeça boa e certamente vou conseguir sustentar a mim, Helena e provavelmente mais alguns. Prometo cuidar dela da melhor forma possível, Sra. Lang.

Helena sentiu uma vontade enorme de rir e ao mesmo tempo uma excitação estranha.

— Meu Deus! — exclamou a mãe e abaixou a taça de novo. — O senhor não está indo um pouco depressa agora, meu jovem?

— Sim. — Uriah tomou um grande gole e olhou demoradamente para a taça. — E tenho que dizer mais uma vez que esse vinho é realmente muito bom, Sra. Lang.

Helena tentou dar um chute na perna dele, mas não a alcançou por baixo da larga mesa de carvalho.

— Mas estamos vivendo uma época muito estranha. E o tempo é curto. — Ele colocou a taça na mesa, sem desviar o olhar do vinho. O leve esboço de sorriso, que Helena achou ter visto, havia desaparecido. — Passei noites como essa conversando com soldados amigos, Sra. Lang, falando sobre tudo o que faríamos no futuro, imaginando como seria a nova Noruega e listando todos os sonhos que iríamos realizar. Alguns grandes e outros pequenos. Então, poucas horas depois, estavam mortos no campo da batalha, e sem futuro.

Ele levantou o olhar e virou a cabeça na direção da Sra. Lang.

— Estou indo depressa porque encontrei uma mulher que eu quero e que me quer. Uma guerra está sendo travada, e tudo o que poderia dizer sobre meus planos futuros seria bobagem. Tenho uma hora para viver uma vida, Sra. Lang. E isso talvez seja tudo o que a senhora também tem.

Helena lançou um rápido olhar para a mãe. Ela estava petrificada.

— Recebi uma carta do departamento de polícia da Noruega hoje. Tenho que me apresentar no hospital de guerra na Escola de Sinsen em Oslo para um exame médico. Viajo em três dias. E pensei em levar sua filha comigo.

Helena prendeu a respiração. O bater pesado do relógio na parede era como se fosse um estrondo na sala. Os diamantes da mãe brilhavam, enquanto seus músculos se contraíam e relaxavam sob a pele enrugada do pescoço. Uma repentina rajada de ar que entrou pela porta que dava para o jardim fez com que as chamas das velas ficassem deitadas, e as sombras dançavam entre os móveis escuros e no papel ·de parede prateado. Apenas a sombra de Beatrice na porta da cozinha parecia estar totalmente imóvel.

— *Apfelstrudel* — disse a mãe, fazendo sinal com a mão para Beatrice. — Uma especialidade de Viena.

— Gostaria que a senhora soubesse que eu realmente estou ansioso para experimentar — revelou Uriah.

— Sim, deveria estar mesmo — disse a mãe, forçando um sorriso sarcástico. — Foi feito com maçãs do nosso jardim.

32

JOANESBURGO, 28 DE FEVEREIRO DE 2000

A delegacia de polícia de Hillbrow ficava no centro de Joanesburgo e parecia uma fortaleza, com arame farpado em cima dos muros e tela de aço nas janelas, tão pequenas que pareciam seteiras.

— Dois homens, negros, assassinados essa noite, só nesse distrito — disse o policial Isaiah Burne ao acompanhar Harry por um labirinto de corredores com paredes em alvenaria branca, com tinta descascando e linóleo gasto. — Você viu aquele hotel Carlton enorme? Fechado. Faz tempo que os brancos se retiraram para os subúrbios, agora somos só nós mesmos para atirarmos uns nos outros.

Isaiah levantou as calças; negro, alto, tinha as pernas arqueadas e era um tanto obeso. Sua camisa branca de náilon tinha círculos escuros de suor embaixo dos braços.

— Andreas Hochner normalmente fica em uma prisão fora da cidade, que chamamos de Cidade dos Pecados — disse. — Nós o trouxemos para cá hoje, para os interrogatórios.

— Tem outro interrogatório além do meu? — perguntou Harry.

— Chegamos — disse Isaiah, passando por uma porta.

Eles entraram em uma sala onde dois homens, de braços cruzados, olhavam através de uma janela de vidro marrom na parede.

— É unilateral — sussurrou Isaiah. — Ele não consegue ver a gente.

Os dois homens em frente à janela assentiram para Isaiah e para Harry e abriram espaço para eles.

Olhavam para dentro de uma sala pequena e mal iluminada, com uma cadeira e uma mesinha no centro. Na mesa havia um cinzeiro cheio de guimbas de cigarro e um microfone. O homem sentado na cadeira tinha olhos escuros e um bigode preto e espesso, que ficava pendurado nos cantos da boca. Harry o reconheceu na mesma hora, era o sujeito da foto fora de foco que Wright mostrara.

— É o norueguês? — murmurou um dos dois homens, indicando Harry com a cabeça. Isaiah Burne confirmou.

— Ok — disse o homem para Harry, sem tirar os olhos do sujeito lá dentro um momento sequer. — Ele é todo seu, norueguês. Você tem vinte minutos.

— No fax disseram...

— Esqueça o fax, norueguês. Sabe quantos países querem interrogar, ou melhor, extraditar esse cara?

— Bem, não.

— Dê-se por satisfeito por poder falar com ele — disse o homem.

— Por que ele aceitou falar comigo?

— E como a gente vai saber? Pergunte você mesmo pra ele.

Harry tentou respirar controlando o diafragma quando entrou na sala de interrogatório, apertada e abafada. Na parede, na qual listras vermelhas de ferrugem escorriam desenhando uma espécie de grade, havia um relógio. Os ponteiros mostravam onze e meia. Harry pensou nos policiais que o seguiram com olho de lince. Talvez fosse isso que o fizesse suar na palma das mãos agora. A figura sentada na cadeira estava encolhida, com os olhos semicerrados.

— Andreas Hochner?

— Andreas Hochner? — repetiu o homem na cadeira, sussurrando ao levantar o olhar. Parecia que tinha acabado de ver algo que lhe daria prazer em esmagar com o calcanhar. — Não, ele está em casa comendo a sua mãe.

Harry se sentou com cautela e imaginou as gargalhadas do outro lado do espelho preto.

— Meu nome é Harry Hole, sou da polícia norueguesa — disse ele, baixinho. — Você aceitou falar com a gente.

— Noruega? — perguntou Hochner, cético. Ele se inclinou para a frente e examinou a identificação que Harry lhe mostrou. Depois sorriu, ligeiramente encabulado. — Desculpe, Hole. Não me contaram que era Noruega hoje, entende? Eu estava esperando vocês.

— Onde está seu advogado? — Harry colocou a pasta em cima da mesa, abriu-a e pegou a folha de papel com perguntas e um bloco de anotações.

— Esqueça meu advogado. Não confio naquele cara. O microfone está ligado?

— Não sei. Importa?

— Não quero que aqueles negros escutem. Estou a fim de fazer um trato. Com você. Com a Noruega.

Harry levantou o olhar da folha. O relógio fazia tique-taque na parede, acima da cabeça de Hochner. Três minutos já haviam se passado. Algo lhe dizia que nada garantia que ele teria o tempo combinado.

— Que tipo de trato?

— O microfone está ligado? — cuspiu Hochner por entre os dentes.

— Que tipo de trato?

Hochner revirou os olhos. Depois se inclinou para a frente e sussurrou depressa:

— Na África do Sul há pena de morte para as coisas que alegam que eu fiz. Entende aonde quero chegar?

— Talvez. Continue.

— Posso contar certas coisas sobre aquele homem de Oslo se você puder me garantir que seu governo vai pedir a esse governo de negros que eu seja absolvido. Porque eu já ajudei vocês, não foi? Aquela primeira-ministra de vocês esteve aqui, ela e o Mandela andaram por aí se abraçando. Os oficiais de alta patente que mandam agora gostam da Noruega. Vocês deram suporte a eles, nos boicotaram quando os comunistas negros quiseram que fôssemos boicotados. Eles vão escutar vocês, entende?

— Por que não pode fazer um trato ajudando a polícia daqui?

— Porra! — O punho de Hochner bateu na mesa, fazendo o cinzeiro pular. Choveram guimbas de cigarro. — Você não está entendendo nada, seu polícia de merda! Eles acham que eu matei crianças negras!

A mãos dele agarraram o canto da mesa, e o presidiário fitou Harry com os olhos esbugalhados. Em seguida, parecia que seu rosto havia rachado, dobrando-se como uma bola de futebol furada. Hochner escondeu o rosto nas mãos.

— Eles só querem me ver pendurado, não é?

O homem então soltou um amargo soluço. Harry o observou. Por quantas horas os dois lá fora haviam mantido Hochner acordado, fazendo perguntas, antes de ele chegar? Respirou fundo. Inclinou-

-se para a frente na mesa, agarrou o microfone com uma das mãos e arrancou o fio com a outra.

— Temos um trato, Hochner. Temos dez segundos. Quem é Uriah?

Hochner o olhou por entre os dedos.

— O quê?

— Rápido, Hochner, já vão entrar!

— Ele... é um velho, com certeza tem mais de 70 anos. Só o encontrei uma vez, na entrega.

— Como ele é?

— Velho, já disse...

— Descrição?

— Usava casaco e chapéu. E foi no meio da noite em um porto de contêineres mal iluminado. Olhos azuis, eu acho, estatura mediana...

— Vocês conversaram sobre o quê? Rápido!

— Sobre tudo e sobre nada. Começamos a conversar em inglês, mas mudamos quando ele percebeu que eu falava alemão. Contei que meus pais eram da Alsácia. Ele disse que esteve lá, em um lugar chamado Sennheim.

— Qual é o lance dele?

— Não sei. Mas ele é amador, falou muito, e, quando recebeu o rifle, disse que era a primeira vez que segurava uma arma em mais de cinquenta anos. Ele disse que odeia...

A porta da sala foi aberta com violência.

— Odeia o quê? — gritou Harry.

Na mesma hora sentiu a mão de alguém lhe apertar a clavícula. Uma voz cuspiu em seu ouvido:

— Que merda é essa que você está fazendo?

Harry acompanhou o olhar de Hochner enquanto o arrastavam de costas para a porta. O olhar de Hochner estava vidrado, e seu pomo de adão pulava para cima e para baixo. Harry pôde ver seus lábios se moverem, mas não conseguiu ouvir o que ele disse.

Então a porta bateu na sua cara.

Harry esfregou a nuca. Isaiah o levava até o aeroporto. Andaram de carro por vinte minutos antes de Isaiah falar.

— Estamos trabalhando nesse caso faz seis anos. A lista das transações de armas envolve vinte países. A gente se preocupava justamente com o que aconteceu hoje: que alguém viesse tentá-lo com ajuda diplomática para obter informações.

Harry encolheu os ombros.

— E daí? Vocês o prenderam e fizeram um bom trabalho, Isaiah, é só buscar as medalhas. De qualquer maneira, os acordos que alguém vier a fazer com Hochner e o governo não são da conta de vocês.

— Você é policial, Harry. Sabe como é ver o criminoso se dar bem, gente que não hesita em matar, que você sabe que vai continuar de onde parou assim que estiver na rua de novo.

Harry não falou nada.

— Você sabe, não sabe? Ótimo. Porque o negócio é o seguinte: parece que você conseguiu a sua parte do trato com Hochner. Isso significa que depende de você manter o combinado. Ou não. Entendeu?

— Eu estou só fazendo o meu trabalho, Isaiah, e posso precisar de Hochner mais tarde, como testemunha. Lamento.

Isaiah bateu no volante com tanta força que Harry deu um pulo no banco.

— Vou te contar uma coisa, Harry. Antes da eleição em 1994, quando tínhamos um governo minoritário de brancos, Hochner atirou em duas meninas negras, as duas garotas tinham 11 anos, de um castelo de água perto do pátio da escola onde elas estudavam, em um distrito municipal chamado Alexandra. Achamos que alguém do partido do apartheid Afrikaner Volkswag estava por trás disso. A escola era controversa porque tinha três alunos brancos. Ele usou balas de Cingapura, o mesmo tipo que usavam na Bósnia. Elas se abrem depois de cem metros e atravessam tudo que atingem como se fossem brocas. As duas levaram balas no pescoço, e, pelo menos dessa vez, não fez diferença a ambulância levar mais de uma hora para chegar ao município dos negros, como era de costume.

Harry continuou sem dizer nada.

— Mas você se engana se está pensando que queremos vingança, Harry. Já entendemos que não dá para construir uma sociedade nova baseada em vingança. É por isso que o primeiro governo de maioria negra estabeleceu uma comissão para descobrir infrações durante o período do apartheid. Não se trata de vingança, mas de confissão e perdão. Isso já curou muitas feridas e ajudou a sociedade inteira. Mas, ao mesmo tempo, estamos em vias de perder a luta contra a criminalidade, principalmente aqui em Joanesburgo, onde as coisas estão totalmente fora de controle. Somos uma nação jovem e vulnerável, Harry, e, se vamos conseguir prosseguir, temos que mostrar que a lei e a ordem significam alguma coisa, que o caos não pode ser usado como desculpa para o crime. Todos se lembram dos assassinatos de 1994, todos estão acompanhando o caso no jornal agora. É por essa razão que isso é mais importante que a sua ou a minha ordem do dia, Harry. Isaiah cerrou os punhos e bateu no volante de novo. — Não se trata de nos fazermos de juízes sobre a vida e a morte, mas de devolver às pessoas comuns a crença de que existe justiça. E, às vezes, a pena de morte é necessária para devolver essa crença a essas pessoas.

Harry pegou seu maço de cigarros, tirou um dele, abaixou um pouco o vidro e olhou para os montes amarelos de lixo que quebravam a monotonia da paisagem seca.

— Então, o que me diz, Harry?

— Que você tem que acelerar pra eu pegar esse voo.

Isaiah bateu no volante com tanta força que Harry se surpreendeu por ele não ter quebrado.

33

LAINZER TIERGARTEN, VIENA,
27 DE JUNHO DE 1944

Helena estava sozinha no banco de trás do Mercedes preto de André Brockhard. O carro deslocava-se devagar entre as grandes castanheiras que guardavam a alameda nos dois lados. Estavam a caminho dos estábulos de Lainzer Tiergarten.

Ela observava as clareiras verdes. Uma nuvem de poeira se levantava atrás do Mercedes na estrada seca de cascalho, e, mesmo com os vidros abertos, estava quase insuportavelmente quente no carro.

A cavalaria que pastava à sombra, onde começava a floresta de faias, ergueu a cabeça quando o carro passou.

Helena amava Lainzer Tiergarten. Antes da guerra sempre passava o domingo nessa grande área florestal ao sul de Wienerwald, fazendo piquenique com os pais, com tios e tias, ou passeando de cavalo com os amigos.

Naquela manhã, estava preparada para qualquer coisa. Havia recebido uma mensagem da diretora do hospital dizendo que André Brockhard queria falar com ela. Ele mandaria um carro à tarde. Desde que recebera a recomendação do conselho do hospital junto com a permissão para viajar, estava nas nuvens, e por isso a primeira coisa que pensou foi que gostaria de aproveitar a oportunidade de agradecer ao pai de Christopher por tê-la ajudado. A outra coisa que pensou foi que André Brockhard provavelmente não a chamara para que ela pudesse lhe agradecer.

Relaxe, Helena, pensou. *Eles não podem deter a gente agora. Amanhã cedo nós estaremos longe daqui.*

Na véspera havia arrumado duas malas com algumas roupas e seus pertences preferidos. O crucifixo que ficava pendurado na cabeceira da cama foi a última coisa que pôs na mala. A caixa de música, que ganhara do pai, ainda estava em cima da penteadeira. Era estranho. Coisas das quais ela pensava que jamais poderia se separar voluntariamente agora tinham pouca importância. Beatrice a ajudara, e elas ficaram conversando sobre os velhos tempos enquanto ouviam os passos da mãe marchando para lá e para cá no andar de baixo. Seria uma despedida dura e triste. Mas agora pensava na noite com alegria e ansiedade. Uriah achava que seria uma pena não ver um pouco de Viena antes de ir embora e convidou-a para jantar. Ela não sabia aonde iam, ele apenas piscou para ela, cheio de mistério, e perguntou se Helena achava possível que eles pegassem o carro do guarda-florestal emprestado.

— Chegamos, senhorita Lang — disse o chofer, apontando para a rua onde a alameda terminava em frente a um chafariz. Acima da fonte, um cupido dourado balançava, apoiado sobre uma perna no topo de um globo de pedra-sabão. Atrás havia uma mansão de pedra cinzenta. Dos dois lados da mansão havia duas casas compridas e baixas de madeira, que, junto com uma casa simples de pedra, formavam um pátio interno nos fundos da casa principal.

O chofer parou o carro, saltou e abriu a porta para Helena.

André Brockhard estava no vão da porta da mansão. Agora vinha ao seu encontro, e suas lustrosas botas de montaria brilhavam ao sol. Estava com 50 e poucos anos, mas caminhava com a agilidade de um jovem. Havia desabotoado o casaco de lã vermelha por causa do calor, sabendo muito bem que assim deixava seu corpo atlético mais à mostra. As calças de montaria ressaltavam suas coxas torneadas. Brockhard Pai não podia se parecer menos com o filho.

— Helena!

A voz era amável e afetuosa como as de homens tão poderosos que podem determinar quando uma situação deve ser amável e afetuosa. Fazia muito tempo que ela não o via, mas Helena achou que ele não havia mudado nada: cabelo branco, porte altivo e olhos azuis que a encaravam, um de cada lado de um nariz grande e majestoso. A boca em formato de coração indicava que o homem também podia ter um lado mais doce — porém poucas pessoas conheciam esse traço de sua personalidade.

— Como está a sua mãe? Espero que não tenha sido incômodo demais tirá-la de seu trabalho dessa maneira — disse ele estendendo a mão para um aperto curto e seco. Ele continuou sem esperar pela resposta: — Preciso conversar com você sobre um assunto e acho que não podia esperar. — Ele fez um gesto indicando a casa. — Bem, você já esteve aqui antes.

— Não — corrigiu-o Helena, sorrindo para ele.

— Não? Eu achava que Christopher tinha trazido você aqui. Vocês eram tão grudados quando jovens.

— Creio que a memória possa estar pregando peças no senhor. É verdade que Christopher e eu nos conhecíamos bem, mas...

— É mesmo? Nesse caso devo mostrar a casa a você. Vamos até os estábulos.

Com delicadeza, ele tocou a parte inferior das costas dela e a guiou em direção a uma das casas de madeira. O cascalho estalava sob os passos deles.

— Muito triste o que aconteceu com o seu pai, Helena. Eu sinto muito. Gostaria que houvesse algo que eu pudesse fazer por você e pela sua mãe.

Você podia ter nos convidado para a festa de Natal no inverno passado, como costumava fazer, pensou Helena, mas não disse nada. Além do mais, ela achava até bom que ele não as tivesse convidado, pois não teve de lidar com a insistência da mãe para que fossem.

— Janjic! — gritou Brockhard para um menino de cabelos pretos que estava polindo uma sela ao sol. — Vá pegar a Venezia.

O menino desapareceu dentro do estábulo e Brockhard ficou batendo o chicote no joelho enquanto esperava, se balançando para cima e para baixo nos calcanhares. Helena olhava no relógio.

— Receio que não possa me demorar, Sr. Brockhard. O meu plantão...

— Claro, entendo. Vou direto ao ponto então.

Eles ouviram um relincho irascível e ruídos de cascos batendo contra as tábuas de madeira lá dentro.

— O caso é que seu pai e eu fizemos alguns negócios juntos. Antes da triste falência, claro.

— Sei disso.

— Então você deve saber também que seu pai tinha muitas dívidas. Foi indiretamente por causa disso que tudo aconteceu. Quero dizer, essa infeliz... — Ele procurou a palavra certa. E a encontrou:

— ... *afinidade* com agiotas judeus, que acabou sendo muito prejudicial para ele.

— O senhor se refere a Joseph Bernstein?

— Não me lembro do nome dessas pessoas.

— Mas devia, pois ele estava na sua festa de Natal.

— Joseph Bernstein? — André Brockhard riu, mas o riso não chegou aos olhos. — Deve ter sido há muitos anos.

— No Natal de 1938. Antes da guerra.

Brockhard assentiu e lançou um olhar impaciente para a porta do estábulo.

— Você tem uma boa memória, Helena. Isso é bom. Christopher pode precisar de alguém com uma cabeça boa. Já que de vez em quando perde a dele, quero dizer. De resto é um bom rapaz, você vai perceber isso, com certeza.

Helena sentiu o coração acelerar. Alguma coisa estava errada. Brockhard Pai falava como se ela fosse sua futura nora. Mas ela sentia que, em vez de medo, era a raiva que estava assumindo o comando. Quando falou de novo, a intenção era entoar uma voz amigável, mas a raiva já apertava seu pescoço como se a tivesse estrangulando, e fazia sua voz ficar dura e metálica:

— Espero que não haja nenhum mal-entendido, Sr. Brockhard.

Brockhard deve ter percebido a mudança em seu tom de voz; de qualquer maneira, não restava muito do afeto que ele havia usado ao recebê-la quando disse:

— Se for o caso, precisamos resolver esse mal-entendido. Gostaria de mostrar uma coisa a você.

Ele tirou uma folha de papel do bolso interno do casaco vermelho, desdobrou-a e entregou-a para Helena.

Bürgschaft estava escrito no cabeçalho do documento, que parecia um contrato. Seus olhos correram pela densa escrita. Ela não entendeu muito do que estava escrito, além de mencionar a casa em Wienerwald e que o nome de seu pai e o de André Brockhard estavam embaixo das respectivas assinaturas. Ela o fitou, inquisitiva.

— Parece uma caução — disse ela.

— É uma caução — confirmou ele. — Quando seu pai percebeu que os créditos dos judeus seriam suspensos, e em consequência os seus próprios, ele me procurou e me pediu que desse uma caução para um grande empréstimo de refinanciamento na Alemanha. Infelizmente, fui compassivo demais e dei. Seu pai era um homem orgulhoso e, para que a caução não parecesse pura caridade, ele insistiu que a casa de veraneio, onde você e sua mãe moram agora, entrasse como garantia.

— Por que para a caução e não para o empréstimo?

Brockhard a encarou, surpreso.

— Boa pergunta. A resposta é que o valor da casa não era suficiente como garantia para o empréstimo que seu pai precisava.

— Mas a assinatura de André Brockhard era o suficiente?

Ele sorriu e passou uma das mãos pela nuca, forte como a de um touro e que havia ganhado uma camada de suor com o calor.

— Sou proprietário de algumas coisas em Viena.

Aquilo era um eufemismo. Todos sabiam que André Brockhard possuía uma diversificada carteira de ações em duas das maiores companhias industriais da Áustria. Depois do *Anschluss* — a ocupação de Hitler em 1938 —, as empresas haviam parado de produzir ferramentas e maquinário para fabricar armamentos para as potências do Eixo, e Brockhard se tornou multimilionário. E agora Helena sabia que ele também era proprietário da casa onde ela morava. Sentiu um nó no estômago.

— Mas não fique preocupada, minha querida Helena — disse Brockhard, e o afeto de repente havia voltado à sua voz. — Eu não tenho nenhuma intenção de tirar a casa da sua mãe, como poderá perceber.

Mas o nó no estômago de Helena continuava crescendo. Ele poderia ter acrescentado: "Ou da minha própria nora."

— Venezia! — exclamou ele.

Helena se virou para a porta do estábulo por onde o menino saía das sombras conduzindo um cavalo branco, reluzente. Mesmo com uma tempestade de pensamentos na cabeça, aquela visão a fez esquecer tudo por um momento. Era o cavalo mais bonito que ela já tinha visto. Parecia uma criação celestial, ali, na sua frente.

— É um lipizzaner — disse Brockhard. — A raça de cavalos mais bem-adestrada do mundo. Importada da Espanha em 1562 por

Maximiliano II. Você e sua mãe devem ter visto o programa de adestramento na escola de equitação espanhola Spanische Reitschule aqui na cidade, não?

— Sim, claro.

— É como ver um espetáculo de balé, não é?

Helena assentiu. Ela não conseguia tirar os olhos do animal.

— Eles estão de férias de verão até o final de agosto aqui em Lainzer Tiergarten. Infelizmente, nenhuma outra pessoa tem permissão de montá-los além dos cavaleiros da escola espanhola. Cavaleiros sem treinamento podem passar maus hábitos a eles. Anos de adestramento poderiam ser desperdiçados.

O cavalo estava selado. Brockhard pegou o cabresto e o menino saiu de perto. O animal não mexeu uma orelha.

— Algumas pessoas alegam que é maldade ensinar aos cavalos passos de dança, que o animal fica atormentado ao fazer coisas que vão contra sua natureza. Aqueles que dizem essas coisas nunca viram esses cavalos treinando, mas eu já vi. E acredite: eles adoram. Sabe por quê?

Ele passou a mão no focinho do cavalo.

— Porque é da natureza deles. Deus, em sua sabedoria, fez com que a criatura subalterna não encontrasse maior felicidade que a de poder servir e obedecer a alguém superior. É só observar crianças e adultos. Homens e mulheres. Mesmo nos chamados países democráticos, os fracos voluntariamente entregam o poder para uma elite, que é mais forte e mais sábia que eles mesmos. As coisas são assim. E, por sermos todos criaturas de Deus, é responsabilidade de todas as criaturas superiores cuidar para que as criaturas subordinadas se sujeitem.

— Para fazê-las felizes?

— Exato, Helena. Você entende muito para uma... mulher tão jovem.

Ela não conseguiu determinar a qual palavra Brockhard deu mais ênfase.

— Entender qual é o seu lugar é importante, tanto para os de cima como para os de baixo. Se tentar resistir, nunca será feliz a longo prazo.

Ele passou a mão no pescoço do cavalo, olhando bem nos olhos grandes e castanhos de Venezia.

— Você não é daquelas que tentam resistir, é?

Helena entendeu que ele estava falando para ela, e fechou os olhos enquanto tentava respirar fundo e com calma. Ela sabia que aquilo que dissesse, ou que não dissesse agora, poderia ser determinante para o resto de sua vida. Por isso, não podia deixar a raiva do momento decidir por ela.

— Ou é?

De repente, Venezia relinchou e jogou a cabeça para o lado com tanta força que Brockhard escorregou no cascalho, perdeu o equilíbrio e ficou pendurado no cabresto embaixo do pescoço do cavalo. O menino veio correndo, mas, antes de ele chegar, Brockhard, com o rosto vermelho e suado, já estava de pé, gesticulando irritado para que ele se afastasse. Helena não conseguiu conter um leve sorriso, e, talvez, Brockhard tenha percebido. Ele levantou o chicote para o cavalo, mas se controlou e abaixou-o novamente. Formulou algumas palavras com a boca em formato de coração, que fez com que Helena achasse aquilo ainda mais engraçado. Depois aproximou-se dela e, novamente, pousou a mão, de leve, mas imperativo, na parte inferior de suas costas:

— Já vimos o suficiente, e há um trabalho importante esperando por você, Helena. Vou levá-la até o carro.

Ficaram esperando ao pé da escada enquanto o chofer foi buscar o veículo.

— Espero que nos encontremos em breve, Helena. Conto com isso, na verdade — disse ele e pegou a mão dela. — Aliás, minha esposa me pediu que dissesse a você que ela manda lembranças à sua mãe. Ela está pensando em convidar vocês duas para jantar qualquer fim de semana. Não sei quando, mas ela com certeza entrará em contato com vocês.

Helena esperou o chofer sair do carro para abrir a porta para ela antes de dizer:

— O senhor sabe por que o cavalo adestrado tentou derrubá-lo, Sr. Brockhard?

A jovem pôde ver pelos olhos dele que seu temperamento mudava mais uma vez.

— Porque o senhor olhou diretamente nos olhos dele, Sr. Brockhard. Os cavalos entendem o olhar direto como uma ameaça, como se nem sua posição na cavalaria fosse respeitada. Quando não conseguem evitar o olhar direto, precisam reagir de outra forma. Por exemplo, se revoltando. Se não mostrar respeito, o senhor tampouco progride com o adestramento, independentemente da superioridade da sua espécie. Qualquer adestrador pode confirmar isso. Para algumas espécies, a falta de respeito é insuportável. Nas montanhas da Argentina existe um cavalo selvagem que corre para o abismo mais próximo se alguma pessoa tentar cavalgá-lo. Adeus, Sr. Brockhard.

Ela se acomodou no banco de trás do Mercedes e inspirou o ar, trêmula, quando a porta do carro se fechou suavemente. Quando desceram a alameda de Lainzer Tiergarten, ela fechou os olhos e viu a figura petrificada de André Brockhard desaparecer na nuvem de poeira atrás deles.

34

Viena, 28 de junho de 1944

— B oa noite, *meine Herrschaften.*

O maître baixinho e magro curvou-se e Helena beliscou Uriah no braço por ele não conseguir parar de rir. Desde que saíram do hospital davam gargalhadas pelo tumulto que eles mesmos estavam causando. Depois de ficar claro que Uriah era um péssimo motorista, Helena fazia questão que ele parasse toda vez que vinha um carro na contramão na estrada estreita para a Hauptstraße. Mas, em vez disso, Uriah buzinava, fazendo o outro carro sair da estrada ou até parar. Felizmente ainda não havia muitos carros em Viena, e eles conseguiram chegar sãos e salvos à Weihburggasse, no centro, antes das sete e meia.

O maître lançou um rápido olhar para o uniforme de Uriah antes de, com uma ruga profunda de preocupação na testa, debruçar-se sobre o livro de reservas. Helena deu uma olhada por cima do seu ombro. O som da orquestra mal conseguia abafar o burburinho das pessoas conversando e dando risadas sob os lustres de cristal pendurados nos tetos amarelos e arqueados, sobre colunas brancas coríntias.

Então isso é o Zu den drei Husaren, pensou ela, feliz. Era como se os três degraus da escada lá fora, de forma mágica, os tivessem transportado de uma cidade marcada pela guerra para um mundo onde bombas e infortúnios semelhantes eram de pouca importância. Richard Strauss e Arnold Schönberg devem ter sido clientes do lugar, porque era ali que os ricos, cultos e liberais de Viena se encontravam. Tão liberais que nunca ocorrera a seu pai levar a família para jantar lá.

O maître pigarreou. Helena percebeu que a patente de Uriah não o havia impressionado, e que ele talvez estivesse um pouco intrigado por ver um nome esquisito e estrangeiro no livro.

— A mesa do senhor está pronta. Me acompanhem, por favor. — Ele pegou dois cardápios, abriu um sorriso acolhedor e seguiu em frente em passos curtos. O restaurante estava lotado. — Pronto.

Uriah olhou para Helena com um sorriso meio resignado. Deram--lhes uma mesa que ainda não estava posta, perto da porta vaivém da cozinha.

— O garçom já está vindo — disse o maître e sumiu.

Helena olhou em volta e começou a rir.

— Veja — apontou ela —, aquela era a nossa mesa.

Uriah se virou. E de fato, em frente ao palco da orquestra, um garçom arrumava uma mesa para duas pessoas.

— Sinto muito — argumentou ele. — Acho que inventei um "major" antes do meu nome quando telefonei para cá. Eu estava confiante de que a sua beleza iria brilhar mais do que a minha baixa patente.

Ela pegou a mão dele e, na mesma hora, a orquestra começou a tocar uma alegre *csárdás húngara*.

— Acho que estão tocando para nós — falou ele.

— Talvez. — Ela baixou o olhar. — Se não for, não tem problema. A música que você está ouvindo é cigana. É bonita quando ciganos a tocam. Está vendo algum cigano?

Ele negou sem tirar os olhos de seu rosto, como se fosse importante gravar cada traço, cada ruguinha de sua pele, cada fio de cabelo.

— Todos desapareceram — disse ela. — Os judeus também. Você acha que os rumores são verdadeiros?

— Que rumores?

— Sobre os campos de concentração.

Ele encolheu os ombros.

— Existe todo tipo de rumor quando há guerra. Eu me sentiria bem seguro sendo um preso de Hitler.

A orquestra começou a tocar uma canção a três vozes em um idioma estrangeiro, e algumas pessoas cantaram juntos.

— O que é isso? — perguntou Uriah.

— É um *Verbunkos* — respondeu Helena. — Uma espécie de canção militar, igual àquela canção norueguesa que você cantou no trem. Essas canções eram para recrutar jovens húngaros para a guerra de independência de Rákóczi. Do que você está rindo?

— De todas as coisas estranhas que você sabe. Você também entende o que eles estão cantando?

— Um pouco. Pare de rir. — Ela deu risadinhas. — Beatrice é húngara e costumava cantar para mim, por isso aprendi algumas palavras. As canções de heróis, ideais esquecidos e coisas assim.

— Ideais esquecidos... — Ele apertou a mão dela. — Exatamente como essa guerra um dia vai ser.

— O garçom estava parado ao lado da mesa e pigarreou discretamente para sinalizar sua presença.

— *Meine Herrschaften,* já sabem o que vão pedir?

— Acho que sim — respondeu Uriah. — O que o senhor recomenda hoje?

— *Hähnchen.*

— Frango? Parece gostoso. Talvez o senhor também possa escolher um bom vinho para nós. Helena?

Helena deu uma olhada rápida no cardápio.

— Por que não tem preço? — perguntou.

— A guerra, senhorita. Eles mudam de um dia para o outro.

— E quanto custa o frango?

— Cinquenta xelins.

Pelo canto do olho, Helena viu Uriah ficar pálido.

— Goulash — disse ela. — Acabamos de comer, e soube que os pratos húngaros são especialidade da casa. Você não quer provar também, Uriah? Jantar duas vezes em um dia só não faz bem.

— Eu... — começou ele.

— E um vinho leve — pediu Helena.

— Dois ensopados e um vinho leve? — perguntou o garçom, erguendo uma sobrancelha.

— Tenho certeza de que o senhor entendeu. — Ela devolveu o cardápio e lhe deu um sorriso radiante. — Garçom.

Uriah e Helena ficaram se encarando até o garçom ter desaparecido na porta da cozinha, e caíram na gargalhada.

— Você é louca! — Ele riu.

— Eu? Não fui eu que convidei ninguém para jantar no Zu den drei Husaren com menos de cinquenta xelins no bolso.

Ele retirou um lenço do bolso e se inclinou sobre a mesa.

— Sabe o que mais, senhorita Lang? — perguntou ele, enquanto cuidadosamente limpava as lágrimas que haviam rolado pelo rosto de Helena de tanto que ela riu. Eu amo a senhorita. Amo mesmo.

No mesmo instante o alarme antiaéreo soou.

Quando Helena relembrava aquela noite, sempre se perguntava até que ponto sua memória das bombas que não paravam de cair era real. Ou se de fato todos haviam se virado quando eles estavam subindo a nave da catedral de Santo Estêvão. A última noite deles juntos em Viena permanecia envolta por um véu irreal, mas isso não a impedia, nos dias frios, de aquecer seu coração com essas lembranças. E Helena era capaz de ficar relembrando os breves momentos daquela noite de verão, que um dia a faziam rir, outro dia a faziam chorar, sem que ela jamais descobrisse por quê.

Quando o alarme antiaéreo soou, todos os outros sons silenciaram. Por um segundo, o restaurante inteiro congelou em uma imagem de natureza morta, antes de ribombarem os primeiros palavrões debaixo dos dourados tetos arqueados.

— *Hunde!*

— *Scheiße!* São oito da noite ainda.

Uriah balançou a cabeça.

— Os ingleses devem ter enlouquecido — disse ele. — Ainda nem escureceu direito.

Em um instante, todos os garçons estavam se ocupando com as mesas enquanto o maître gritava ordens.

— Olhe — disse Helena. — Daqui a pouco esse restaurante talvez esteja em ruínas, e eles só pensam em fechar as contas dos clientes antes de eles se mandarem.

Um homem de terno escuro subiu num pulo no palco onde a orquestra arrumava seus instrumentos.

— Escutem! — gritou. — Pedimos a todos que já fecharam a conta que se dirijam imediatamente ao abrigo mais próximo, no metrô da Weihburggasse 20. Fiquem quietos, por favor, e prestem atenção! Virem à direita ao sair e caminhem uns duzentos metros. Procurem os homens com faixas vermelhas no braço, eles vão indicar para onde ir. E fiquem calmos, ainda vai demorar um pouco até os aviões chegarem.

No mesmo instante soou o primeiro estrondo de bombas caindo. O homem no palco tentou dizer mais alguma coisa, porém as vozes e os gritos no restaurante abafaram sua voz, e ele desistiu, desceu do palco e desapareceu.

As pessoas correram para a porta de saída onde outras, apavoradas, já se apinhavam. No guarda-volumes, uma mulher gritava: *"Mein Regenschirm!"* — meu guarda-chuva —, mas não havia mais atendentes lá. Novos estrondos, mais perto dessa vez. Helena olhou para a mesa vizinha abandonada, na qual duas taças de vinho pela metade retiniam com as vibrações da sala. Travavam um dueto agudo. Duas mulheres jovens arrastavam um homem bêbado, parecendo uma morsa, para a porta da saída. Sua camisa havia se levantado, e ele tinha um sorriso feliz nos lábios.

Em minutos, o restaurante estava completamente vazio, e um silêncio estranho se abateu sobre o lugar. Ouviram apenas o choro baixinho vindo do guarda-volumes onde a mulher havia parado de pedir seu guarda-chuva e estava agora com a testa encostada no balcão. Havia pratos de comida pela metade e garrafas abertas sobre as toalhas brancas. Uriah ainda segurava a mão de Helena. Um novo estrondo fez sacudir as lâmpadas de cristal, e a mulher no guarda-volumes se levantou e saiu correndo, aos berros.

— Enfim sós — disse Uriah.

O chão em volta tremia, e um chuvisco do emboço dourado do teto brilhava no ar. Uriah se levantou e estendeu o braço.

— A melhor mesa acabou de vagar, senhorita. Gostaria...

Ela agarrou o braço dele, se levantou e, juntos, se aproximaram do palco. Helena mal percebeu o assobio agudo. O estampido da explosão que se seguiu foi ensurdecedor, fez o reboco das paredes parecer uma tempestade de areia e abriu as grandes janelas para a Weihburggasse com um golpe só. A luz apagou.

Uriah acendeu as velas no candelabro da mesa, puxou a cadeira para ela, levantou o guardanapo dobrado entre o polegar e o indicador e abriu-o com uma sacudida no ar, antes de suavemente deixá-lo cair no colo dela.

— *Hähnchen und Prädikatswein?* — perguntou Uriah enquanto discretamente limpava pedaços de vidro de cima da mesa, dos pratos e do cabelo de Helena.

Talvez fossem as velas, ou a poeira dourada que brilhava no ar enquanto escurecia lá fora, ou quem sabe a brisa refrescante que chegava através das janelas abertas, um alívio no calor do verão. Ou talvez fosse apenas seu próprio coração, cujo sangue parecia correr pelas veias para, se possível, viver essa hora com mais intensidade. Por que ela ouvia música? Não era possível, a orquestra já havia levado os instrumentos e fugido. Era apenas um sonho, essa música? Foi só muitos anos depois, logo antes de dar à luz uma filha que, por uma casualidade, veio a entender o que a fazia pensar em música. Sobre o recém-adquirido berço, o pai da criança havia pendurado um móbile com bolas de vidro colorido, e certa noite, quando ele passou a mão no móbile, ela subitamente reconheceu a música. E entendeu o que era. Eram as lâmpadas de cristal do Zu den drei Husaren que haviam tocado para eles. Um repicar de sinos que balançavam ao ritmo do tremor da terra; e Uriah ia e vinha da cozinha com *Salzburger Nockerl* e três garrafas de vinho da adega, onde também tinha encontrado um dos cozinheiros sentado no canto com uma garrafa. O cozinheiro não havia feito nenhum gesto para impedir Uriah de se servir, ao contrário, havia assentido quando ele lhe mostrou a garrafa que havia escolhido.

Depois, colocou seus quarenta xelins sob o candelabro e eles saíram na noite amena de junho. Na Weihburggasse o silêncio era total, mas o ar estava denso, com cheiro de fumaça, poeira e terra.

— Vamos caminhar — disse Uriah.

Sem que ninguém tivesse dito uma palavra sobre aonde ir, viraram à direita na rua Kärntner e de repente estavam na praça de Santo Estêvão, escura e vazia.

— Meu Deus — disse Uriah. A enorme catedral à sua frente preencheu a noite.

— É a catedral de Santo Estêvão? — perguntou ele.

— É. Helena inclinou a cabeça para trás e percorreu a torre sul com o olhar. O alto da torre da igreja se erguia, parecendo tocar o céu, onde as primeiras estrelas brilhavam.

A próxima coisa de que Helena se lembrava era de estarem os dois dentro da catedral, o rosto branco das pessoas que tinham se refugiado ali, o choro de crianças e a música de órgão. Subiram para o altar, de braços dados, ou isso também era algo que ela apenas havia sonhado? Não, foi assim. Uriah de repente a abraçou com força e disse que ela tinha de ser sua, e ela sussurrou sim, sim, sim, enquanto a igreja pegou as palavras e as jogou para cima, para a abóbada, a pomba e o crucifixo, onde as palavras foram repetidas de novo e de novo até se tomarem verdade? De qualquer maneira, se aconteceu ou não, as palavras eram mais verdadeiras do que aquelas que ela carregava consigo desde a conversa com André Brockhard.

— Eu não posso ir com você.

Também foram ditas, mas quando?

Helena havia contado à sua mãe, na tarde do mesmo dia, que ela não ia mais embora, mas não lhe deu nenhuma explicação. A mãe havia tentado consolá-la, mas Helena não aguentara a voz aguda e presunçosa dela, e se trancara em seu quarto. Depois, Uriah havia chegado, batido à porta, e ela decidira não pensar mais, apenas se jogar sem medo, sem imaginar nada além de um eterno abismo. Talvez ele tivesse percebido na hora em que ela abriu a porta, talvez eles ali, no vão da porta, houvessem feito um pacto silencioso de viver o resto da vida nas horas que tinham antes de o trem partir.

— Não posso ir com você.

O nome André Brockhard deixara um gosto amargo em sua boca, e ela o havia cuspido fora. Junto com todo o resto: o documento da caução, a mãe que podia ser posta na rua, o pai que não teria uma vida decente para a qual retomar, Beatrice que não tinha nenhuma outra família para a qual voltar. Sim, tudo fora dito, mas quando? Ela contou na catedral? Ou depois, quando correram pelas ruas para a Filharmonikerstraße, cuja calçada estava coberta de tijolos e vidro quebrado, e as chamas amarelas saindo das janelas no antigo prédio da confeitaria iluminavam o caminho por onde eles irromperam na recepção do luxuoso hotel, agora vazio e escuro, onde Uriah acendeu um fósforo, apanhou uma chave qualquer da parede e eles subiram a escada correndo, passando por carpetes tão grossos que nem faziam barulho. Pareciam fantasmas esvoaçando pelos corredores, procurando o quarto 342. Caíram nos braços um do outro, arrancando suas roupas como se também estivessem em chamas, e a respiração dele queimava sua pele. Ela o arranhou até sangrar e cobriu as feridas com seus lábios. Ela repetia as palavras até soar como uma conjuração: não posso ir com você.

Quando soou o alarme sinalizando que os bombardeios, por ora, haviam cessado, eles estavam enlaçados nos lençóis sangrentos e ela chorava copiosamente.

Depois tudo flutuou em um redemoinho de corpos, de sono e de sonhos. Quando faziam amor, e quando ela apenas sonhava que faziam amor, ela não sabia. Helena havia acordado no meio da noite com o barulho da chuva e sabia instintivamente que ele não estava ao seu lado. Ela foi à janela e olhou para a rua, com as cinzas e as sujeiras sendo levadas embora. A água já escorria pelas calçadas e um guarda-chuva aberto e sem dono voava pela rua em direção ao Danúbio. Depois, voltou para a cama e se deitou. Quando acordou de novo, estava claro lá fora, as ruas estavam secas e ele estava ao seu lado de novo prendendo a respiração. Helena olhou no relógio na mesa de cabeceira. Duas horas até o trem partir. Ela passou a mão na testa dele.

— Por que você não está respirando? — sussurrou ela.

— Acabei de acordar. Você também não está respirando.

Ela se aconchegou em seus braços. Uriah estava nu, mas quente e suado.

— Então estamos mortos.

— Sim — respondeu ele.

— Você foi embora.

— Sim.

Ela sentiu Uriah tremer.

— Mas agora voltou — disse ela.

Parte Quatro

Purgatório

Parte Quatro

Digestão

35

Porto de contêineres de Bjørvika, 29 de fevereiro de 2000

Harry estacionou ao lado de um barracão, na única descida que encontrou no porto de Bjørvika. Uma súbita onda de calor havia descongelado a neve, fazendo-a brilhar, e o dia estava bem agradável. Ele andava por entre os contêineres empilhados, que pareciam peças de Lego gigantes deixadas ao sol fazendo sombras de contornos nítidos no asfalto. As letras e os caracteres revelavam que vinham de lugares distantes, como Taiwan, Buenos Aires e Cidade do Cabo. Harry se pôs na beira do cais, fechou os olhos e imaginou-se ali, enquanto inalava a mistura de água salgada, asfalto aquecido pelo sol e diesel. Quando abriu os olhos, o navio que fazia a rota para a Dinamarca entrou em seu campo de visão. Parecia uma geladeira. Uma geladeira que transportava os mesmos passageiros na ida e na volta, em um constante vaivém para passar o tempo.

Harry sabia que era tarde demais para identificar pistas do encontro entre Hochner e Uriah, nem estava certo se tinha sido neste porto de contêineres que eles haviam conversado — poderia ter sido em Filipstad. Mas mesmo assim ele tinha a esperança de que o lugar fosse lhe revelar alguma coisa, ou que pudesse estimular sua imaginação.

Ele chutou um pneu que se projetava acima da beira do cais. Talvez devesse comprar um barco para levar a irmã e o pai para velejar no mar no verão. Seu pai precisava sair mais; o homem, outrora com uma vida social ativa, havia se tornado um ermitão depois que a mãe de Harry morreu, oito anos antes. E mesmo a irmã não ficando tão bem sozinha, era fácil esquecer que ela tinha síndrome de Down.

Um pássaro mergulhou com entusiasmo entre os contêineres. O chapim-azul voa a 28 quilômetros por hora, Ellen lhe contara. O pato-real voa a 62. Ambos se saíam igualmente bem. Não, a irmã estava bem, ele parecia mais preocupado com o pai.

Harry tentou se concentrar. Havia anotado tudo o que Hochner dissera, palavra por palavra, mas agora tentava evocar seu rosto novamente, para se lembrar do que ele não havia dito. Como seria Uriah? Hochner não teve tempo de dizer muito, mas, para descrever uma pessoa, normalmente se começa pelo que chama mais atenção, pelo que é diferente. E a primeira coisa que Hochner dissera sobre Uriah era que ele tinha olhos azuis. A não ser que Hochner achasse olhos azuis algo muito especial, poderia significar que Uriah não tinha nenhuma deficiência física aparente, nem falava ou andava de uma maneira diferente. Ele falava tanto alemão como inglês e esteve em um lugar na Alemanha chamado Sennheim. Harry viu o navio da Dinamarca seguir lentamente em direção a Drøbak. Viajado. Será que Uriah havia sido marinheiro? Harry consultara um atlas, alemão, inclusive, mas não encontrara Sennheim. Talvez Hochner tivesse inventado aquilo. Provavelmente não era uma informação importante.

Hochner dissera que Uriah tinha ódio. Talvez a suposição inicial dele estivesse correta: que a pessoa que eles estavam procurando tivesse um motivo pessoal para aquilo. Mas ódio de quê?

O sol desapareceu atrás da ilha de Hovedøya, e a brisa ganhava força nos fiordes de Oslo. Harry fechou bem seu casaco e seguiu de volta para o carro. E o meio milhão de coroas? Uriah tinha recebido a quantia de um contratante ou isso era um trabalho pessoal, com dinheiro próprio?

Ele pegou o celular no bolso. Um minúsculo Nokia, adquirido apenas duas semanas antes. Havia resistido à ideia por um tempo, mas Ellen finalmente conseguira convencê-lo a comprar um. Ligou para ela.

— Oi, Ellen. É o Harry. Está sozinha? Ok. Quero que você se concentre. Sim, vamos brincar um pouco. Está pronta?

Eles já haviam feito isso muitas vezes. A "brincadeira" consistia em ele dar algumas palavras-chave para ela. Nenhuma informação prévia, nenhuma indicação de onde ele estava empacado na investigação, apenas pequenos fragmentos de informação, contendo de uma a cinco palavras, em sequência aleatória. Eles praticavam o método fazia tempo. A regra mais importante era que devia ter pelo menos cinco fragmentos, mas não podia passar de dez. Foi Harry quem teve a ideia, depois de uma aposta em um plantão noturno, quando Ellen alegou que conseguia lembrar a sequência das cartas de um baralho depois de olhar para elas durante dois minutos, ou seja, dois segundos para cada. Ele tinha perdido três plantões noturnos antes de desistir. Depois ela lhe explicou o método que usava para lembrar. Não pensava nas cartas como cartas. À medida que as cartas iam sendo viradas, ela associava uma pessoa ou um acontecimento a cada uma e inventava uma história de acordo com a sequência que via. Depois, ele mesmo tentou usar esse método no trabalho. E algumas vezes o resultado foi impressionante.

— Homem, 70 anos — disse Harry pausadamente. — Norueguês. Meio milhão de coroas. Amargo. Olhos azuis. Rifle Märklin. Fala alemão. Nenhuma deficiência. Contrabando de armas no porto de contêineres. Treino de tiro em Skien. E só.

Ele entrou no carro.

— Nada? Foi o que imaginei. Ok. Valeu a tentativa. Agradeço mesmo assim. Tchau.

Harry já estava no cruzamento em frente ao prédio dos Correios quando de repente se lembrou de algo e ligou para Ellen de novo.

— Ellen? Sou eu de novo. Esqueci uma coisa. Está prestando atenção? *Não segurava uma arma fazia mais de cinquenta anos.* Repito. *Não segura...* Sim, sei que são mais de quatro palavras. Ainda nada? Merda, perdi a saída. Ellen, a gente se fala.

Harry colocou o celular no banco do carona e se concentrou no volante. Tinha acabado de sair da rotatória quando o celular tocou.

— Harry falando. O quê? Como foi que pensou nisso? Está bem, não fique zangada, Ellen. É que as vezes eu esqueço o que se passa na sua cabecinha. Cérebro. Seu grande, opulento e delicioso cérebro, Ellen. E, claro, ouvindo de você agora parece evidente. Obrigado!

Ele desligou e lembrou na mesma hora que ainda lhe devia três plantões noturnos. Agora que não estava mais na Divisão de Homicídios, precisava pensar em alguma forma de compensá-la. E, durante mais ou menos três segundos, ficou pensando no que poderia fazer.

36

Rua Irisveien, 1º de março de 2000

A porta se abriu e Harry se viu olhando para um penetrante par de olhos azuis emoldurados por um rosto enrugado.

— Harry Hole, da polícia. Liguei hoje de manhã.

— Certo.

O cabelo branco do velho estava penteado para trás, e ele tinha a testa proeminente e clara. Usava uma gravata sob o cardigã de lã vermelho. EVEN & SIGNE JUUL estava escrito na caixa de correio do lado de fora do portão da casa vermelha de dois andares, em um bairro residencial calmo ao norte de Oslo.

— Queira entrar, por favor, Sr. Hole.

A voz era calma e firme, e algo no porte do professor Even Juul lhe dava uma aparência mais jovem do que ele provavelmente era. Harry havia feito algumas pesquisas e, entre outras coisas, descobrira que o professor de história havia feito parte da resistência norueguesa. E mesmo Even Juul estando aposentado, ainda era considerado o maior perito em história da ocupação alemã na Noruega e em União Nacional.

Harry se agachou para tirar os sapatos. Na parede à sua frente havia fotos em preto e branco, em molduras pequenas, levemente desbotadas. Uma delas retratava uma mulher jovem de uniforme de enfermeira. Em outra havia um homem jovem usando um jaleco branco.

Eles entraram em uma sala onde um airedale terrier acinzentado latia. O cachorro parou de latir e começou a cheirar Harry meticulosamente entre as pernas, depois foi se deitar ao lado da poltrona de Juul.

— Li alguns de seus artigos sobre fascismo e sobre nacional-socialismo no *Dagsavisen* — começou Harry depois de se acomodar na poltrona.

— Meu Deus, quer dizer que alguém ainda lê esse jornal?

— O senhor parece empenhado em alertar contra o neonazismo dos dias atuais, não?

— Não alertar, eu apenas ressalto alguns paralelos históricos. A responsabilidade de um historiador é a de revelar, não de julgar.

Juul acendeu um cachimbo.

— Muitas pessoas acreditam que certo e errado são absolutos. Isso não é verdade, eles se alteram com o tempo. A tarefa do historiador é, acima de tudo, encontrar a verdade histórica, ver o que suas fontes dizem, e apresentá-las, objetivamente e sem paixão. Se um historiador se colocasse como juiz da insensatez do ser humano, nosso trabalho seria como encontrar fósseis, procurando os resquícios dos ortodoxos contemporâneos.

Uma nuvem de fumaça azul subia para o teto.

— Mas você não deve ter vindo até aqui para fazer perguntas sobre isso, imagino.

— Será que o senhor poderia nos ajudar a encontrar um homem?

— Você mencionou isso ao telefone. Quem é esse homem?

— Não sabemos. Mas deduzimos que ele tem olhos azuis, é norueguês e tem mais de 70 anos. E fala alemão.

— E?

— É isso.

Juul riu.

— Então temos muitos candidatos.

— Bem, há 158 mil homens com mais de 70 anos nesse país, acho que 100 mil deles têm olhos azuis e falam alemão.

Juul levantou as sobrancelhas. Harry deu um sorriso embaraçado.

— Anuário estatístico. De vez em quando dou uma olhada nele. Acho divertido.

— Então como vocês acham que posso ajudar?

— O senhor já vai entender. Parece que essa pessoa não segurava uma arma fazia mais de cinquenta anos. Bom, quer dizer, uma colega minha pensou que acima de cinquenta é mais de cinquenta, mas menos de sessenta.

— Lógico.

— Sim, ela é muito... humm, lógica. Então vamos imaginar que isso aconteceu há 55 anos. Estaríamos no meio da Segunda Guerra Mundial. Ele teria em torno de 20 anos e pegaria em armas. Como todos os noruegueses com armas particulares tiveram que entregá-las aos alemães, então onde ele estava? — Harry levantou três dedos. — Na Resistência, fugindo para a Inglaterra, ou na Frente Oriental a serviço dos alemães. Ele falava melhor alemão que inglês, portanto...

— Então essa colega sua chegou à conclusão de que ele deve ter lutado na Frente Oriental? — perguntou Juul.

— Foi.

Juul puxava o ar do cachimbo.

— Muitos integrantes da Resistência tinham que aprender alemão — explicou ele. — Para se infiltrar, monitorar e para outras coisas mais. E você se esqueceu dos noruegueses na polícia sueca.

— Então a conclusão está errada?

— Bem, me deixe pensar um pouco — disse Juul. — Cerca de 15 mil noruegueses se alistaram voluntariamente para lutar na Frente Oriental. Desse total, 7 mil foram chamados e podiam portar armas. Um número muito maior comparado aos que conseguiram escapar para a Inglaterra e se ofereceram para servir lá. E mesmo que houvesse mais noruegueses na resistência no final da guerra, a maioria nunca havia segurado uma arma. — Juul sorriu. — Por enquanto, vamos supor que vocês estão certos. Evidentemente, esses soldados da Frente Oriental não devem constar na lista telefônica como ex-soldados da Waffen-SS, mas imagino que vocês descobriram onde poderiam procurá-los, não?

Harry assentiu.

— No arquivo dos traidores da pátria. Arquivados por nome junto com todos os dados dos processos judiciais. Estou estudando os arquivos desde ontem na esperança de que muitos deles estivessem mortos, para chegarmos a um número razoável. Mas me enganei.

— São uns diabos tenazes. — Juul riu.

— E agora estou chegando ao porquê de ter ligado para o senhor. O senhor conhece a história desses soldados melhor do que ninguém. Gostaria que me ajudasse a entender como um homem desses pensa, o que o motiva.

— Obrigado pela confiança, Hole, mas sou um historiador, e não sei mais do que ninguém sobre o que motiva os indivíduos. Como você talvez saiba, eu estava no *Milorg*, e isso não exatamente me qualifica a entender o que se passa na cabeça de uma pessoa que se voluntaria para ir ao front.

— Mesmo assim, acho que sabe muitas coisas, Sr. Juul

— É mesmo?

— Acho que entende o que quero dizer. Eu fiz um trabalho arqueológico meticuloso.

Juul puxava o ar do cachimbo olhando para Harry. No silêncio que se seguiu, o inspetor percebeu que havia alguém na porta da sala. Ele se virou e viu uma mulher de idade. Tinha olhos calmos e meigos que olhavam para Harry.

— Estamos conversando, Signe — disse Even Juul.

Ela acenou, alegre, com a cabeça para Harry, e abriu a boca para dizer algo, mas parou quando seu olhar cruzou com o de Even Juul. Ela assentiu mais uma vez, fechou a porta com cuidado e desapareceu.

— Então você sabe? — perguntou Juul.

— Sim. Ela era enfermeira na Frente Oriental, não era?

— Em Leningrado. De 1942 até a retirada em março de 1944. Ele colocou o cachimbo em cima da mesa. — Por que vocês estão caçando esse homem?

— Para dizer a verdade, não sabemos. Mas pode se tratar de um atentado.

— Hum.

— Então... quem devemos procurar? Um excêntrico? Um homem que ainda é um nazista convicto? Um criminoso?

Juul balançou a cabeça:

— A maioria dos soldados da Frente Oriental cumpriu pena e foi reabsorvida pela sociedade. Muitos se arranjaram surpreendentemente bem, mesmo taxados de traidores da pátria. Talvez não seja de se estranhar que, muitas vezes, são as pessoas com mais recursos que se posicionam melhor em situações críticas como uma guerra.

— Então a pessoa que estamos procurando pode ser alguém que se deu bem na vida?

— Absolutamente.

— Um exemplo a ser seguido?

— Bom, os caminhos para as posições mais importantes do país, nos negócios e na política, provavelmente estavam fechada para ele.

— Mas ele pode ser um profissional liberal, um empreendedor. De qualquer maneira, uma pessoa que tenha dinheiro suficiente para comprar uma arma de meio milhão de coroas. De quem será que ele está atrás?

— Será que isso necessariamente tem algo a ver com o passado dele de luta no front?

— Algo me diz que sim.

— Motivado por vingança, então?

— Seria um absurdo?

— Não, de maneira nenhuma. Muitos dos soldados da Frente Oriental se consideravam os verdadeiros heróis da guerra. Eles acham que, levando em consideração o mundo como estava em 1940, agiram da melhor forma possível pelos interesses do país. E acreditam que foi um erro judicial terem sido condenados como traidores da pátria.

— E?

Juul coçou atrás da orelha.

— Bem. A maioria dos juízes dos processos já morreu. O mesmo vale para os políticos que estabeleceram os termos para o processo. Portanto, essa teoria de vingança é fraca.

Harry deu um suspiro.

— Tem razão. Só estou tentando formar uma imagem com as poucas peças do quebra-cabeça de que disponho.

Juul deu uma rápida olhada no relógio.

— Prometo pensar sobre isso, mas não sei se serei de alguma ajuda.

— De qualquer maneira, obrigado — agradeceu-lhe Harry e se levantou. Depois ele se lembrou de algo e retirou uma pilha de papéis dobrados do bolso da jaqueta. — De qualquer forma, fiz uma cópia do relatório do testemunho de Joanesburgo. O senhor poderia dar uma olhada para ver se encontra alguma coisa importante?

Juul assentiu, mas balançava a cabeça como se quisesse dizer não.

Quando Harry estava no corredor, calçando os sapatos, apontou para a foto do homem jovem de jaleco.

— É você?

— Nos meados do século passado, sim — respondeu Juul, rindo. — Essa foto foi tirada na Alemanha, antes da guerra. Pretendia seguir os passos do meu pai e do meu avô e comecei a estudar medicina lá. Quando a guerra estourou, voltei para a minha terra. Na verdade, foi no barco que consegui os primeiros livros de história. Aí foi tarde demais, já estava viciado.

— Então desistiu da medicina?

— Depende do ponto de vista. Eu queria tentar encontrar uma explicação para o porquê de uma pessoa ou de uma ideologia conseguir seduzir tanta gente. E talvez encontrar um remédio também. — Ele riu. — Eu era muito jovem mesmo.

37

PRIMEIRO ANDAR, HOTEL CONTINENTAL, 1º DE MARÇO DE 2000

— Que bom podermos nos encontrar assim — disse Bernt Brandhaug, levantando a taça de vinho.

Eles brindaram, e Aud Hilde sorriu para o subsecretário das Relações Exteriores.

— E não só no trabalho — disse ele, e a encarou até ela abaixar os olhos. Brandhaug observou-a. Aud não era exatamente bonita, seus traços eram um pouco grosseiros demais e ela estava levemente rechonchuda. Mas era charmosa e sedutora, e era rechonchuda de um jeito *jovial*.

A jovem havia telefonado do escritório do RH na parte da manhã por causa de um problema que não eles sabiam bem como conduzir, mas antes que ela pudesse explicar o que era, ele lhe pediu que subisse até seu escritório. Assim que ele a viu em sua sala, falou que não teria tempo, que os dois precisariam discutir o assunto no jantar, depois do expediente.

— Alguns benefícios os funcionários do Estado tem que ter, não? — dissera ela. A jovem provavelmente pensou que Brandhaug se referia ao jantar.

Até agora, tudo havia corrido bem. O maître deu-lhe a mesa de sempre, e não havia ninguém que ele conhecesse no restaurante.

— Sim, recebemos um caso esquisito ontem — disse ela, e deixou o garçom colocar o guardanapo em seu colo. — Recebemos a visita de um senhor de idade que alegou que nós devemos dinheiro a ele. O Ministério das Relações Exteriores, quero dizer. Ele disse que se trata de quase 2 milhões de coroas, e fez referência a uma carta que enviou em 1970 — disse ela, revirando os olhos.

Ela devia usar menos maquiagem, pensou Brandhaug.

— Ele disse por que lhe devemos dinheiro?

— Ele falou que foi marinheiro durante a guerra. Tinha algo a ver com a Nortraship. Parece que eles retiveram o salário dele.

— Ah, sim, acho que sei do que se trata. O que mais ele falou?

— Que não podia esperar mais. Que nós o traímos, assim como a outros marinheiros de guerra. E que Deus vai nos condenar por nossos pecados. Não sei se ele havia bebido ou se estava doente, mas tinha uma aparência deplorável. Ele trouxe uma carta assinada pelo cônsul-geral da Noruega em Bombaim em 1944, dizendo que, em nome do Estado da Noruega, garantia o pagamento de risco adicional durante a guerra por quatro anos como timoneiro da frota mercantil norueguesa. Se não fosse por essa carta, nós o teríamos colocado porta afora e esquecido o incidente.

— Você pode me procurar quando quiser, Aud Hilde — disse Brandhaug, e sentiu na mesma hora uma ponta de pânico: era Aud Hilde o nome dela? — Coitado do homem — continuou Brandhaug e sinalizou para o garçom pedindo mais uma garrafa de vinho. — O triste nesse caso é que ele está com a razão. Cabia à Nortraship administrar aquela parte da frota mercantil norueguesa que os alemães ainda não tinham capturado. Era uma organização com interesses em parte políticos, em parte comerciais. Os ingleses, por exemplo, pagaram grandes somas em adicional de risco à Nortraship para poder usar os navios noruegueses. Mas, em vez de pagar os tripulantes, o dinheiro entrou direto para os cofres do Estado e dos armadores. Estamos falando de milhões e milhões de coroas. Os marinheiros de guerra tentaram abrir um processo judicial para reaver o dinheiro, mas perderam na Suprema Corte em 1954. Só em 1972 o congresso decretou que os marinheiros de guerra tinham direito a receber o dinheiro.

— Parece que esse homem não recebeu nada. Porque estava no Mar da China e foi torpedeado pelos japoneses, e não pelos alemães.

— Ele disse qual era o nome dele?

— Konrad Åsnes. Espere, posso mostrar a carta. Ele tinha feito um cálculo com juros e correção monetária.

Ela se debruçou sobre a bolsa. Seus braços balançaram ligeiramente. Ela devia malhar mais, pensou Brandhaug. Quatro quilos a menos e Aud Hilde estaria exuberante em vez de... gorda.

— Está bem — disse ele. — Não preciso ver a carta. A Nortraship é da responsabilidade do Ministério da Fazenda.

Ela ergueu o olhar e o encarou.

— Ele insistiu que somos nós que devemos dinheiro a ele. Ele nos deu um prazo de 15 dias para pagar.

Brandhaug riu.

— Ele fez isso? E por que agora, depois de sessenta anos, ele está com tanta pressa?

— Ele não disse. Só falou que teríamos que arcar com as consequências caso não pagássemos.

— Nossa! — Brandhaug esperou o garçom servir o vinho antes de se inclinar para a frente. — Odeio arcar com as consequências, você não?

Ela riu, insegura.

Brandhaug levantou a taça.

— Bom, mas me pergunto agora o que vamos fazer com o caso — disse ela.

— Esqueça isso — sugeriu ele. — Mas eu queria saber uma coisa, Aud Hilde.

— O quê?

— Se você já viu o quarto a nosso dispor no hotel.

Aud Hilde riu novamente e disse que não.

38

Academia SATS, Ila, 2 de março de 2000

Harry pedalava e suava. A área de cárdio da academia tinha 18 bicicletas ergométricas, todas ocupadas por "urbanitas", em geral bonitas, com os olhos grudados nos aparelhos de TV no mudo que pendiam do teto. Harry assistia à Elisa, no programa *Expedição Robinson,* e, lendo os lábios dela, notou que ela estava dizendo que não aguentava mais Poppe. Harry já sabia disso. Era uma reprise. *That don't impress me much!* soava pelas caixas de som.

Então não, pensou Harry, está aí uma surpresa. Ele não gostava da música retumbante nem do ruído rascante que parecia vir de algum lugar em seus pulmões. Ele podia malhar de graça na academia da delegacia da polícia, mas foi Ellen quem o convenceu a se matricular na SATS. Ele tinha concordado, porém disse que era demais quando ela tentou matriculá-lo nas aulas de aeróbica. Mexer-se ao ritmo de uma música de fundo alta, com um bando de jovens, todos curtindo o som, enquanto um instrutor arreganhava os dentes e os incentivava a se esforçar mais, com tiradas espirituosas como "sem esforço não há recompensa", era para Harry uma forma incompreensível de humilhação voluntária. A maior vantagem da SATS, em sua opinião, era que ali ele podia se exercitar e assistir a *Expedição Robinson* ao mesmo tempo, e sem precisar ficar no mesmo ambiente que Tom Waaler, que parecia passar a maior parte de seu tempo livre na sala de ginástica da delegacia. Harry lançou um olhar rápido ao redor e constatou que ele, naquela noite, como em todas as outras, era o mais velho. Em sua maioria, os frequentadores eram moças usando fones de ouvido, que a intervalos regulares lançavam olhares em sua direção. Não porque olhassem para ele, mas pelo simples fato de que o comediante mais popular da Noruega estava na bicicleta ao lado da dele, usando uma malha com capuz sem uma gota de suor sequer sob a franja juvenil. Uma mensagem piscava no controle de velocidade de Harry: você está indo bem.

"Mas se vestindo mal", pensou Harry olhando para as calças frouxas e desbotadas que ele precisava levantar o tempo todo por causa do celular que ficava pendurado na cintura. E os tênis Adidas gastos não eram novos o bastante para serem modernos, nem velhos demais para terem voltado à moda. A camiseta do Joy Division, que outrora havia lhe conferido certa credibilidade agora só dava sinais de que fazia anos que ele não acompanhava o que acontecia no mundo da música. Mais deslocado que isso Harry só se sentiu quando seu celular começou a apitar. Então notou 17 olhares reprovadores, incluindo o do comediante, direcionados para ele. Rapidamente retirou o aparelho diabólico do bolso.

— Hole.

"Okay, so you're a rocket scientist, that don't impress...

— Alô, é o Juul. Estou ligando em um momento ruim?

— Não, é só a música.

— Está ofegante feito uma morsa. Me ligue de volta quando for conveniente.

— Pode falar agora. Estou na academia.

— Está bem. Tenho boas notícias. Li seu relatório de Joanesburgo. Por que você não me contou que ele esteve em Sennheim?

— Uriah? Isso é importante? Nem sabia se tinha anotado o nome correto, procurei em um atlas alemão, mas não achei Sennheim.

— A resposta para a sua pergunta é sim. Isso é importante. Se você estava se perguntando se o homem que procura era um soldado da Frente Oriental, pode parar agora. Isso é certeza absoluta. Sennheim é um lugar pequeno e, pelo que sei, os únicos noruegueses que estiveram lá ficaram pelo local durante a guerra, em um campo de treinamento antes de serem enviados para a Frente Oriental. O motivo de você não ter encontrado Sennheim em um atlas alemão é porque o lugar não fica na Alemanha, e sim na Alsácia, na França.

— Mas...

— A Alsácia foi, alternadamente, francesa e alemã desde sempre, por isso fala-se alemão lá. O fato de nosso homem ter estado em

Sennheim reduz significativamente o número de pessoas potenciais. Apenas noruegueses do norte da Noruega receberam treinamento lá. E melhor, posso dar o nome de uma pessoa que esteve em Sennheim e que com certeza estará disposta a cooperar.

— É mesmo?

— Um soldado da Frente Oriental do Regimento Noruega. Ele se alistou voluntariamente na Resistência em 1944.

— Incrível!

— Ele cresceu em uma fazenda isolada, com os pais e os irmãos mais velhos, todos membros fanáticos da União Nacional, e foi pressionado a se alistar voluntariamente para servir na Frente Oriental. Ele nunca foi um nazista convicto e, em 1943, desertou em Leningrado. Ficou preso na Rússia durante um curto período e lutou algum tempo para eles também, até conseguir voltar à Noruega, via Suécia.

— Vocês confiaram em um soldado da Frente Oriental?

Juul riu.

— Com certeza.

— Por que está rindo?

— É uma longa história.

— Tenho bastante tempo.

— Demos ordens para ele liquidar a própria família.

Harry parou de pedalar. Juul pigarreou.

— Quando o encontramos, em Nordmarka, ao norte de Ullevål-seter, não acreditamos na história dele de início. Achávamos que ele era um espião infiltrado e queríamos matá-lo. Mas tínhamos contatos no arquivo da polícia de Oslo, onde era possível checar sua história, e foi comprovado que ele de fato fora registrado como desaparecido na Frente Oriental e que era considerado desertor. A história da família dele foi verificada e ele tinha documentos que comprovavam que ele era quem dizia ser. Mas tudo isso podia ter sido fabricado pelos alemães, por isso decidimos testá-lo.

Pausa.

— E? — perguntou Harry.

— Nós o escondemos em uma cabana, onde ele ficou isolado, tanto de nós como dos alemães. Alguém sugeriu que déssemos ordens para ele liquidar um de seus irmãos no Partido da União Nacional. Era mais para ver como ele reagiria. Ele não disse uma palavra quando recebeu a ordem, mas, no dia seguinte, quando chegamos à cabana, ele tinha ido embora. Tínhamos por certo que ele havia voltado atrás, mas, dois dias depois, reapareceu. Contou que tinha ido para a fazenda da família em Gudbrandsdalen. Pouco tempo depois recebemos um relatório do nosso pessoal de lá. Um dos irmãos foi encontrado no estábulo, o outro no celeiro. Os pais estavam na sala.

— Meu Deus — disse Harry. — O homem devia estar louco.

— Provavelmente. Como todos nós. Estávamos em guerra. Nunca mais falamos sobre isso, nem naquela época nem depois. Você também não deve...

— Claro. Onde ele mora?

— Aqui em Oslo. Em Holmenkollen, acho.

— E o nome dele?

— Fauke. Sindre Fauke.

— Está bem. Vou contatá-lo. Obrigado, Sr. Juul.

Na TV, Poppe mandava uma lembrança lacrimosa para casa em close-up. Harry colocou o celular na cintura, levantou a calça e foi para a sala de musculação.

"... *whatever, that don't impress me much...* "

39

ROUPAS PARA CAVALHEIROS, RUA HEGDEHAUGSVEIEN, 2 DE MARÇO DE 2000

— Qualidade de lã Super 110 — disse a vendedora e segurou o paletó para o velho. — O melhor que há. Leve e durável.

— Só vai ser usado uma vez — explicou o velho, e sorriu.

— Ah — disse ela, levemente confusa. — Então temos algo mais em conta.

— Esse está bom. — Ele se olhou no espelho.

— Corte clássico — garantiu a vendedora. — O mais clássico que temos.

Ela olhou espantada para o velho, que havia se dobrado sobre si mesmo.

— O senhor está passando mal? Quer que...

— Não, é só uma pontada. Vai passar. — O velho recompôs a postura. — Quanto tempo leva para fazer a bainha da calça?

— Fica pronto na quarta-feira da semana que vem. Se não tiver pressa. O terno é para uma ocasião especial?

— É, sim. Mas quarta-feira está bom.

Ele pagou com notas de cem.

— Agora o senhor tem um terno para o resto da vida — disse ela enquanto contava o dinheiro.

A gargalhada do velho ressoou nos ouvidos dela por muito tempo depois de ele ter ido embora.

40

Holmenkollen, 3 de março de 2000

No bairro de Holmenkollen, perto de Besserud, Harry encontrou o número que estava procurando em uma grande casa de madeira, sob enormes pinheiros. Tinha uma entrada de pedras que fez Harry dar uma volta inteira no pátio. A ideia era estacionar em uma descida na entrada, mas, quando engatou a primeira marcha, o motor de repente engasgou e o carro morreu. Harry praguejou e virou a chave na ignição, mas o arranque soltou apenas bramidos queixosos.

Ele desceu do carro e já se aproximava da casa quando viu uma mulher saindo de lá. Ela não o tinha escutado chegar e parou no topo da escada com um sorriso interrogativo.

— Bom dia — disse Harry, e acenou com a cabeça em direção ao carro. — Não está bem de saúde, precisa de... remédio.

— Remédio? — A voz dela era profunda e calorosa.

— Sim, acho que pegou esse vírus da gripe que anda por aí.

Ela alargou o sorriso. Parecia ter em torno de 30 anos e usava um sobretudo preto, do tipo simples, casualmente elegante. Harry por instinto sabia que era caríssimo.

— Eu estava de saída — disse a mulher. — É para cá que você está vindo?

— Acho que sim. Sindre Fauke?

— Quase. Você chegou alguns meses atrasado. Meu pai se mudou para a cidade.

Harry chegou mais perto e descobriu que ela era bonita. E algo em sua maneira descontraída de falar, no jeito de olhar, diretamente nos olhos, indicava que era uma mulher muito segura. Uma mulher ativa profissionalmente, ele pensou. O que exige um cérebro frio e racional.

Agente imobiliária, subgerente de banco, política, ou algo parecido. De qualquer maneira, bem de vida, disso ele tinha quase certeza. Não era apenas o sobretudo e aquela casa enorme atrás dela, mas algo em sua postura, nas maçãs do rosto salientes e aristocráticas. Ela desceu os degraus da escada colocando um pé em frente ao outro, como se estivesse numa corda bamba, fazendo tudo parecer bem simples. Deve ter feito aulas de balé, pensou Harry.

— Eu posso ajudar em alguma coisa?

As sílabas eram bem articuladas e a ênfase no "eu" soou quase teatral.

— Sou da polícia.

Ele já estava procurando a identificação no bolso da jaqueta, mas ela sorriu e fez um gesto indicando que não precisava.

— Bom, eu gostaria de ter uma conversa com o seu pai.

Para sua irritação, Harry percebeu que ele, sem querer, falava em um tom mais formal do que de costume.

— Por quê?

— Estamos procurando uma pessoa. E tenho esperanças de que seu pai possa nos ajudar.

— E quem vocês estão procurando?

— Não posso dizer.

— Está bem. — Ela acenou com a cabeça como se tivesse submetido Harry a um teste, no qual ele havia passado.

— Mas, sendo assim, se ele não mora aqui... — disse Harry, protegendo os olhos da claridade com a mão. As mãos dela eram finas. Aulas de piano, pensou Harry. E tinha aquelas rugas de sorriso em volta dos olhos. Talvez tivesse mais de 30?

— Ele não mora mais aqui — informou ela. — Ele se mudou para Majorstuen. Rua Vibes, 18. Você pode encontrá-lo lá ou na biblioteca da universidade, acho.

Na biblioteca da universidade. Ela pronuncia as palavras tão claramente, sem perder uma única sílaba.

— Rua Vibes, 18. Entendi.

— Ótimo.

— É.

Harry assentiu e continuou balançando a cabeça. Parecia aqueles enfeites de cachorrinhos. Ela lhe deu um sorriso de lábios fechados e levantou as duas sobrancelhas como para dizer que era isso mesmo, que o encontro estava terminado, a não ser que ele tivesse mais perguntas.

— Entendi — afirmou Harry.

Suas sobrancelhas eram pretas e bem alinhadas. Com certeza ela fazia sempre, pensou Harry. De forma perfeita.

— Preciso ir agora — disse ela. — O meu trem...

— Entendi — falou Harry pela terceira vez, sem fazer nenhum gesto para ir embora.

— Espero que vocês o encontrem. Meu pai.

— Nós vamos achar.

— Então tchau.

Os pedregulhos estalaram sob seus saltos quando ela se pôs a andar.

— Bem... Tenho um probleminha... — anunciou Harry.

— Obrigado pela ajuda — agradeceu-lhe Harry.

— De nada — disse ela. — Tem certeza de que o desvio não é longo demais?

— Tenho. Como falei, estou indo na mesma direção — explicou Harry e lançou um olhar preocupado para as luvas de couro caríssimas que já estavam sujas de lama da traseira do Escort. — A questão é se esse carro vai aguentar até lá.

— É. Parece que ele já passou por poucas e boas — comentou ela, apontando para o painel de onde saíam fios emaranhados no lugar do rádio.

— Roubaram. É por isso que não dá para trancar a porta, estragaram a fechadura também.

— Então agora todos podem fazer o que quiserem?

— É. É assim quando se fica velho.

Ela riu.

— É mesmo?

Harry lançou um rápido olhar para ela novamente. Talvez fosse o tipo de mulher cuja aparência não muda com o tempo, que parece ter 30 desde os 20, e fica assim até os 50. Ele gostou do perfil dela, de suas linhas delicadas. Sua pele tinha um brilho quente e natural, e não aquele bronzeado seco que mulheres da idade dela adquiriam em fevereiro. Ela havia desabotoado o sobretudo e ele podia ver seu colo longo e delgado. Olhou para as mãos dela, que estavam levemente apoiadas sobre as pernas.

— Está vermelho — disse ela com toda a calma.

Harry pisou no freio.

— Desculpe — rebateu ele.

Mas o que ele estava fazendo? Olhando para as mãos dela à procura de uma aliança? Meu Deus.

Ele olhou em volta e percebeu de súbito onde estavam.

— Algo errado? — perguntou ela.

— Não, não. — O sinal ficou verde e ele acelerou. — É que tenho péssimas lembranças desse lugar.

— Eu também. Passei por aqui de trem há alguns anos, logo depois que um carro da polícia atravessou a linha do trem e bateu no muro ali — contou ela, apontando. — Foi horrível. Um dos policiais ainda estava pendurado, preso no muro, como se tivesse sido crucificado. Fiquei sem dormi por várias noites depois daquilo. Disseram que o policial no volante estava bêbado.

— Quem disse isso?

— Alguém com quem eu estudava. Da Escola Superior de Polícia.

Passaram Frøen. Vinderen ficara para trás. Bem para trás, concluiu ele.

— Então você cursou a Escola Superior de Polícia? — perguntou ele.

— Não, está louco? — Ela riu de novo. Harry gostou do som. — Estudei Direito na universidade.

— Eu também — disse ele. — Quando estudou lá?

Está ficando esperto, Hole. Ele se parabenizou.

— Me formei em 1992.

Harry somou e subtraiu alguns anos. Então ela tinha pelo menos 30.

— E você?

— Em 1990 — respondeu Harry.

— Então talvez se lembre do show com os Raga Rockers durante o festival de 1988.

— Claro, eu estava lá. No jardim.

— Eu também! Não foi fantástico? — Ela olhou para ele, seus olhos brilhavam.

Onde?, ele pensou. *Onde você estava?*

— Sim, foi ótimo. — Harry não se lembrava muito bem do show. Mas de repente lembrou-se de todas as patricinhas que costumavam aparecer quando a banda tocava.

— Mas, já que estudamos na mesma época, talvez a gente tenha vários conhecidos em comum — disse ela.

— Duvido. Eu era policial e não andava muito com os estudantes.

Eles cruzaram a rua Industrigata em silêncio.

— Pode me deixar aqui — falou ela.

— Quer descer aqui?

— É, aqui está bom.

Harry parou perto da calçada e ela se virou para ele. Uma mecha de cabelo solta caía em seu rosto. Seu olhar era gentil e sem receio. Olhos castanhos. De repente, e de uma forma totalmente inesperada, um pensamento louco ocorreu a Harry: ele queria beijá-la.

— Obrigada — disse ela e sorriu.

Ela puxou a maçaneta. Nada aconteceu.

— Desculpe — disse Harry. Então ele se inclinou sobre ela e sentiu seu perfume. — O puxador... — Ele deu um forte empurrão e a porta se abriu. Ele sentiu como se estivesse bêbado.

— Talvez a gente se veja de novo — comentou ela.

— Quem sabe...

Ele queria perguntar aonde ela ia, onde trabalhava, se gostava do emprego, de que mais ela gostava, se ela era comprometida, se talvez quisesse ir a um show, mesmo que não fosse para ouvir os Raga. Mas, felizmente, era tarde demais, ela já dava seus passos de balé na calçada da rua Sporveisgata.

Harry soltou um suspiro. Ele a conhecia fazia trinta minutos e não sabia seu nome. Talvez ele estivesse antecipando a entrada na andropausa.

Olhou-se no espelho e fez um retorno em U altamente proibido. Estava perto da rua Vibes.

41

Rua Vibes, Majorstuen,
3 DE MARÇO DE 2000

Um homem de sorriso largo estava no vão da porta quando Harry chegou ofegante ao terceiro andar.

— Lamento por todas essas escadas — disse o homem e esticou a mão para o inspetor. — Sindre Fauke.

Os olhos ainda eram jovens, mas o restante do rosto parecia ter sobrevivido a duas guerras mundiais. No mínimo. O que restara do cabelo branco estava penteado para trás, e ele usava uma camisa xadrez sob o suéter de lã aberto. Seu aperto de mão era firme e caloroso.

— Acabei de fazer café — anunciou ele. — E sei o que você quer.

Eles entraram na sala, mobiliada como um escritório. Havia uma escrivaninha com um computador, papéis por todos os lados, e pilhas de livros e revistas cobriam as mesas e o chão.

— Ainda não consegui arrumar tudo — explicou ele, abrindo um lugar para Harry no sofá.

Harry olhou em volta. Nenhuma foto nas paredes, apenas um calendário de supermercado com imagens de florestas.

— Estou no meio de um grande projeto que tenho esperança de transformar em livro. Uma história de guerra.

— Alguém já não escreveu esse livro?

Fauke soltou uma gargalhada.

— Pode-se dizer que sim. Só que ainda não acertaram. E esse trata da *minha* guerra.

— Legal. Mas por que está escrevendo sobre ela?

Fauke encolheu os ombros.

— Pode até parecer pretensioso, mas nós que participamos temos a responsabilidade de transmitir nossas experiências aos nossos descendentes antes de morrer. Bom, essa é minha opinião.

Fauke foi até a cozinha e gritou para Harry na sala:

— Foi Even Juul que me ligou e contou que eu receberia visita. Da Polícia Secreta, pelo que entendi.

— Sim. Mas Juul me disse que você morava em Holmenkollen.

— Even e eu não temos muito contato, e eu mantive o mesmo número de telefone, já que a mudança é temporária. Só até eu terminar esse livro.

— Bem, eu fui até lá. Encontrei sua filha, foi ela que me deu seu endereço.

— Então ela estava em casa? Bom, ela não deve estar de plantão então.

Que plantão? Onde ela trabalha?, Harry queria perguntar, mas pensou que poderia parecer estranho demais.

Fauke voltou com um grande bule de café fumegante e duas xícaras.

— Puro? — Ele colocou uma das xícaras em frente a Harry.

— Está ótimo.

— Bom. Porque você não tem escolha. — Fauke riu e quase entornou o café que estava servindo.

Harry achou surpreendente a pouca semelhança entre Fauke e a filha. Ele não tinha a maneira culta de falar e de se portar que ela tinha, nem seus traços, nem seu tom de pele morena. Só a testa era parecia. Alta e atravessada por uma grossa veia azul.

— A casa do senhor lá é bem grande — comentou Harry.

— Mas é uma trabalheira sem-fim para tirar a neve — falou Fauke, que tomou um gole de café e mostrou seu contentamento estalando a língua. — Escuro, triste e longe de tudo. Não suporto Holmenkollen. Além do mais, só tem gente esnobe morando lá. Não serve para um migrante montanhês como eu.

— Por que não vende a casa então?

— Minha filha gosta da casa. Ela cresceu lá. Você queria falar de Sennheim, pelo que entendi?

— Sua filha mora lá sozinha?

Harry podia ter cortado a língua fora. Fauke tomou outro gole. Manteve o café na boca antes de engolir.

— Ela mora com um rapaz, Oleg.

Seu olhar ficou distante e ele não sorria mais.

Harry tirou algumas conclusões rápidas. Provavelmente rápidas demais, mas, se estivesse certo Oleg, era uma das razões por que Fauke agora morava ali. De qualquer maneira, era isso, ela tinha um companheiro. Era melhor esquecer. Melhor assim.

— Não posso dar muitos detalhes, Sr. Fauke. Como o senhor deve saber, nós trabalhamos...

— Entendo.

— Ótimo. Gostaria de saber o que o senhor sabe sobre os noruegueses que estavam em Sennheim.

— Éramos muitos, sabe?

— Aqueles que ainda estão vivos.

Fauke esboçou um sorriso.

— Não quero ser mórbido, mas isso facilita tudo. Morríamos como moscas na Frente Oriental. Em média morria sessenta por cento da tropa a cada ano.

— Nossa, a porcentagem de morte do pardal. Ãh...

— Sim?

— Desculpe. Continue, por favor.

Harry olhou envergonhado para sua xícara.

— Acontece que a curva do aprendizado na guerra é íngreme — explicou Fauke. — Se você sobreviver os primeiros seis meses, as chances de sobreviver à guerra de repente se multiplicam. Você não pisa em minas, mantém a cabeça baixa na trincheira, acorda quando escuta um maldito rifle Mosin-Nagant. E você sabe que não há lugar para heróis, e que o medo é seu melhor amigo. Por isso, depois de seis meses virávamos um grupo de noruegueses sobreviventes que entendeu que havia possibilidade de sobreviver à guerra. E a maioria de nós esteve em Sennheim. Conforme a guerra avançava, o treinamento mudava para lugares que ficavam mais no interior da Alemanha. Ou os voluntários vinham diretamente da Noruega. Aqueles que vieram diretamente, sem treinamento...

Fauke balançou a cabeça de um lado para o outro.

— Morreram? — perguntou Harry.

— A gente nem se dava ao trabalho de aprender os nomes deles quando chegavam. Para quê? É difícil compreender, mas, no outono de 1944, havia voluntários chegando em massa à Frente Oriental, enquanto a gente, que estava lá fazia muito tempo, já sabia o que ia acontecer. Eles acreditavam que iam salvar a Noruega, coitados.

— Pelo que entendi, o senhor já não estava mais lá em 1944, não foi isso?

— Correto. Eu desertei. Na noite de réveillon de 1942. Cometi traição duas vezes. — Fauke sorriu. — E acabei no acampamento errado nas duas vezes.

— O senhor lutou pelos russos?

— Por pouco tempo. Fui prisioneiro de guerra. Quase morríamos de fome. Uma manhã eles perguntaram em alemão se algum de nós sabia algo sobre comunicação. Como eu tinha noção, levantei o braço. O pessoal todo da comunicação em um dos regimentos tinha morrido. Todo mundo! No dia seguinte eu manuseava o telefone do acampamento enquanto atacávamos meus antigos companheiros rumo na Estônia. Foi perto de Narva... — Fauke levantou a xícara e segurou-a com as duas mãos. — Eu estava numa colina de onde vi os russos atacarem uma posição de metralhadora alemã. Os alemães simplesmente ceifavam todos eles. Cento e vinte homens e quatro cavalos estavam amontoados na frente deles quando a metralhadora acabou esquentando demais. Os russos que ainda estavam vivos os mataram com baionetas para economizar munição. Do início do ataque até acabar, passou-se no máximo meia hora. Cento e vinte mortos. Depois era ir para a próxima posição. E repetir o mesmo procedimento.

Harry notou que a xícara tremia levemente.

— Eu sabia que ia morrer. E por uma causa na qual eu nem acreditava. Eu não acreditava em Stalin nem em Hitler.

— Por que o senhor foi para a Frente Oriental se não acreditava na causa?

— Eu tinha 18 anos. Cresci em uma fazenda no alto da montanha de Gudbrandsdalen onde mal se via vivalma além dos vizinhos mais próximos. Não líamos jornais nem tínhamos livros. Eu não sabia de nada. Tudo o que sabia de política era o que meu pai me contava.

Éramos os únicos da família que tinham permanecido na Noruega, o restante havia emigrado para os Estados Unidos nos anos 1920. Meus pais e meus vizinhos nos dois lados eram partidários juramentados de Quisling e membros da União Nacional. Eu tinha dois irmãos mais velhos que admirava em tudo. Eles eram do núcleo ativista do partido e receberam a tarefa de recrutar jovens aqui na Noruega. Se não fosse por isso, também teriam se alistado para servir na Frente. Pelo menos foi o que eles me contaram. Só mais tarde fiquei sabendo que eles recrutavam informantes. Mas aí era tarde demais, eu já estava a caminho do front.

— Então você foi convertido na Frente Oriental?

— Eu não chamaria de conversão. A maioria de nós pensava mais na Noruega e menos na política. O ponto decisivo para mim foi quando compreendi que estava lutando uma guerra de outro país. Simples assim. E, visto dessa forma, não era nada melhor lutar para os russos. Em junho de 1944 eu servia como estivador nos cais de Tallinn, onde consegui entrar clandestinamente a bordo de um navio da Cruz Vermelha sueca. Eu me enterrei nos porões de carvão e fiquei lá durante três dias e três noites. Sofri intoxicação por carvão, mas me tratei em Estocolmo. De lá continuei rumo à divisa com a Noruega e consegui atravessar sozinho. Já era agosto.

— Por que sozinho?

— As poucas pessoas com quem tive contato na Suécia não confiavam em mim. Minha história era um pouco fantástica demais. Mas tudo bem, eu também não confiava em ninguém.

Ele deu outra gargalhada.

— Então fiquei na minha e consegui atravessar sozinho. Passar pela divisa foi facílimo. Acredite, era mais perigoso buscar rações de comida em Leningrado do que ir da Suécia à Noruega durante a guerra. Aceita mais café?

— Obrigado. Por que não ficou na Suécia?

— Boa pergunta. Que já me fiz mil vezes.

Ele passou a mão pelo cabelo branco e ralo.

— Mas eu estava dominado pela ideia de vingança, entende? Eu era jovem e, quando se é jovem, é fácil ter a ilusão de justiça. Você acha que o ser humano nasce com isso. Quando estava na Frente Oriental, eu era um jovem com grandes conflitos internos, e me comportei como um idiota com muitos de meus camaradas. Porém, ou talvez justamente por isso, jurei vingança por todos aqueles que tinham sacrificado a vida pelas mentiras que contaram para a gente em nosso próprio país. E vingança por ter tido minha própria vida destruída, que eu pensei nunca mais poder consertar. Tudo o que eu queria era acertar as contas com aqueles que de fato tinham traído a nossa pátria. Hoje provavelmente os psicólogos chamariam isso de psicose de guerra e me internariam. Em vez disso, fui para Oslo sem ter lugar para morar ou alguém que pudesse me receber, e pelos documentos que tinha me matariam na hora como desertor. No dia que cheguei de caminhão a Oslo, fui para a floresta Nordmarka. Dormi embaixo de pinheiros e comi frutas silvestres durante três dias até me encontrarem.

— A Resistência?

— Pelo que entendi, Even Juul já contou o resto.

— Sim.

Harry mexia em sua xícara. A matança. Era um ato incompreensível, e conhecer aquele homem não ajudava a entender o que ele tinha feito. Harry pensava nisso o tempo todo, desde que viu Fauke sorrir na porta e apertar sua mão. *Esse homem executou os dois irmãos e os pais.*

— Eu sei o que está pensando — disse Fauke. — Eu era um soldado e recebi ordens para matar. Se não tivesse recebido a ordem, não teria feito o que fiz. Mas uma coisa eu sei: eles faziam parte daqueles que haviam nos traído. — Fauke encarou Harry. Sua xícara não tremia mais. — Você está se perguntando por que matei todos eles se a ordem dizia que matasse apenas um — continuou. — O problema é que não disseram quem. Eles me deram o papel de juiz sobre a vida e a morte. E eu não consegui decidir. Por isso matei todos. Havia um cara no front que chamávamos de Garganta Vermelha. Igual ao pássaro. Ele me ensinou que matar com baioneta era a maneira mais humana. A artéria carótida vai direto do coração ao cérebro, e no momento em que você corta a ligação, o cérebro fica sem oxigênio e a vítima cai morta no mesmo instante. O coração bombeia três, talvez quatro vezes, depois para. O problema é que é difícil. Gudbrand era o nome dele. Ele era mestre nisso, mas eu lutei com minha mãe durante vinte minutos e só consegui causar algumas feridas na carne. No fim, tive que matá-la a tiros.

Harry estava com a boca seca.

— Entendo — disse.

As palavras sem sentido ficaram pairando no ar. Harry empurrou sua xícara de café para o centro da mesa e tirou um bloco de anotações da jaqueta de couro.

— Podemos falar sobre aqueles que estavam em Sennheim com o senhor?

Sindre Fauke se levantou bruscamente.

— Sinto muito, Hole. Não era para contar tudo com tanta frieza e crueldade. Me deixe explicar antes de continuarmos. Não sou um homem cruel, essa é apenas minha maneira de lidar com essas coisas. Eu não precisava contar tudo isso para você, mas resolvi fazer mesmo assim porque não posso me dar ao luxo de não fazer. Além disso, esse é o motivo de eu estar escrevendo esse livro. Preciso passar por isso toda vez que o tema, de forma concreta ou subentendida, é abordado. No dia em que eu fugir disso, o medo terá vencido sua primeira batalha. Não sei por que é assim, com certeza um psicólogo poderia explicar. — Ele fez uma pausa para suspirar. — Mas agora já disse tudo o que queria sobre esse caso. O que deve ser mais do que o suficiente. Mais café?

— Não, obrigado — disse Harry.

Fauke voltou a se sentar. Apoiou o queixo na mão.

— Então, Sennheim. A cúpula linha-dura norueguesa. Na verdade, contando comigo, são só cinco pessoas. E uma delas, Daniel Gudeson morreu na mesma noite que eu desertei. Então quatro. Edvard Mosken, Hallgrim Dale, Gudbrand Johansen e eu. O único que vi depois da guerra foi Edvard Mosken, o chefe do nosso pelotão. No verão de 1945. Ele pegou três anos por traição à pátria. Os outros nem sei se sobreviveram. Mas vou contar o que sei sobre eles.

Harry abriu seu bloco de anotações em uma página em branco.

42

Polícia Secreta, 3 de março de 2000

G-u-d-b-r-a-n-d J-o-h-a-n-s-e-n. Harry batia nas letras no teclado com os dedos indicadores. Um menino do interior. De acordo com Fauke, um tipo bonzinho, um pouco frágil, que tinha esse Daniel Gudeson, aquele que fora morto quando estava fazendo guarda, como modelo e como um irmão mais velho. Harry apertou a tecla Enter e o programa começou a trabalhar.

Ele olhou para a parede e viu uma foto pequena da irmã. Ela estava fazendo careta e a foto havia sido tirada nas férias de verão muitos anos antes. A sombra do fotógrafo se projetava na camiseta branca dela. Mamãe.

Um *bleep* do computador indicou que a busca havia terminado e ele olhou para o monitor de novo.

No registro civil havia dois Gudbrand Johansens, mas a data de nascimento mostrou que eles tinham menos de 60 anos. Sindre Fauke havia soletrado os nomes para ele, portanto era improvável que ele tivesse escrito errado. Isso significava que ele tinha trocado de nome. Ou morava no exterior. Ou estava morto.

Harry tentou o próximo. O chefe de pelotão de Mjøndalen. Pai de filhos pequenos. E-d-v-a-r-d M-o-s-k-e-n. Renegado pela família por ter se alistado para servir na Frente Oriental. Clique duplo em Buscar.

De repente, a luz no teto acendeu. Harry se virou.

— Você precisa acender a luz quando fica até tarde trabalhando. — Kurt Meirik estava no vão da porta com o dedo no interruptor. Ele entrou e se sentou na beirada da mesa.

— O que descobriu?

— Que estamos procurando um homem com mais de 70 anos. E que provavelmente lutou na Frente Oriental.

— Estou falando desses neonazistas e o Dia Nacional da Noruega.

— Ah. — Veio outro *bleep* do computador. — Ainda não tive tempo para dar uma olhada, Meirik.

Havia dois Edvard Moskens no monitor. Um nascido em 1942 e o outro em 1921.

— Vamos fazer uma festa do setor no sábado que vem — disse Meirik.

— Vi o convite no meu escaninho. — Harry deu um clique duplo em 1921, e o endereço do Mosken mais velho apareceu. Morava em Drammen, a uma hora de Oslo.

— O gerente de RH disse que você ainda não confirmou presença. Eu só queria ter certeza de que você vai.

— Por quê?

Harry digitou a data de nascimento de Edvard Mosken no registro criminal.

— Queremos que pessoas de setores diferentes se conheçam. Até agora não vi você na cantina uma única vez.

— Gosto de ficar aqui no escritório.

Nenhum registro. Ele mudou para o Centro Nacional de Registros Criminais, que listava todas as ocorrências que, de alguma forma, passaram pela polícia. A pessoa em questão não necessariamente precisaria ser réu; podia, por exemplo, ter sido convocada, acusada ou até mesmo vítima de algum ato criminoso.

— É bom que você esteja engajado nos casos, mas não pode ficar trancado aqui. Vejo você no sábado, Harry?

Enter.

— Vou ver. Tenho outro compromisso que marquei faz tempo — mentiu Harry.

De novo nada. Como ele estava no registro nacional, digitou o nome do terceiro soldado do front que Fauke havia lhe informado. H-a-l-l-g-r-i-m D-a-l-e. Um oportunista, de acordo com Fauke. Estava confiante de que Hitler ia ganhar a guerra e recompensar aqueles que haviam escolhido o lado certo. Se arrependera ao chegar a Sennheim, mas já era tarde demais para voltar. Assim que Fauke mencionou o nome, Harry achou que tinha algo de familiar, agora estava com a mesma sensação.

— Me deixe reformular — disse Meirik. — É uma ordem comparecer.

Harry ergueu o olhar. Meirik estava sorrindo.

— Brincadeira. Mas seria legal ver você na festa. Tenha uma boa noite.

— Boa noite — murmurou Harry e se voltou de novo para o monitor. Um Hallgrim Dale nascido em 1922. Enter.

O monitor se encheu de texto. Mais uma página. E mais outra.

Então nem todos tinham se dado bem, pensou Harry. Hallgrim Dale, residente na rua Schweigaards, Oslo, era o que os jornais adoravam chamar de um velho conhecido da polícia. Os olhos de Harry correram pela lista. Vagabundagem, bebedeira, briga com vizinhos, furtos, uma luta corporal. Muitas coisas, mas nada grave. O mais impressionante era o fato de ele ainda estar vivo, pensou Harry, que notou que o sujeito havia sido detido por uma bebedeira recentemente, em agosto. Harry pegou a lista telefônica de Oslo, procurou o número de Dale e discou. Enquanto esperava ser atendido, procurou no registro civil no computador e encontrou outro Edvard Mosken, nascido em 1942. O endereço dele também era em Drammen. Harry anotou o número da identidade e voltou para o Centro Nacional de Registros Criminais.

"Este número não está disponível no momento. Esta é uma mensagem da Telenor. Este número não..."

Harry não se surpreendeu. Colocou o fone no gancho.

Edvard Mosken Junior tinha uma condenação. Uma condenação longa. Ainda estava preso. Por quê? Drogas, supôs Harry e apertou Enter. Um terço das pessoas que cumprem pena repetidas vezes é condenado por drogas. Aí. Isso mesmo. Contrabando de haxixe. Quatro quilos. Quatro anos sem condicional.

Harry bocejou e se espreguiçou. Será que estava de fato fazendo algum progresso ou só ficava ali porque o único outro lugar a que tinha vontade de ir era o bar Schrøder, mas não exatamente para tomar um café? Que dia de merda. Pensou no que tinha até agora: Gudbrand Johansen não existe, pelo menos não na Noruega. Edvard

Mosken mora em Drammen e tem um filho condenado por tráfico de drogas. E Hallgrim Dale é um bêbado e dificilmente o tipo de pessoa que teria meio milhão de coroas para gastar.

Harry esfregou os olhos.

Devia procurar Fauke na lista telefônica, ver se havia um número em seu endereço em Homenkollen? Ele soltou um gemido.

Ela tem um companheiro. E ela tem dinheiro. E classe. Resumindo: tudo o que você não tem.

Ele digitou o número de identidade de Hallgrim Dale no registro nacional. Enter. A máquina emitia ruídos.

Uma lista longa. Mais do mesmo. Pobre bêbado.

Os dois estudaram Direito. E ela também gosta dos Raga Rockers.

Espere. No último caso, Dale tinha o código de "vítima". Alguém tinha dado uma surra nele? Enter.

Esqueça a mulher. Bom, ele já tinha esquecido. Devia ligar para Ellen e perguntar se ela estaria a fim de ir ao cinema, deixá-la escolher o filme? Não, era melhor dar um pulo na academia, suar um pouco.

De repente, brilhou na tela:

HALLGRIM DALE. 151199. ASSASSINATO.

Harry prendeu a respiração. Estava surpreso, mas por que não estava mais surpreso? Deu um clique duplo em Detalhes. O computador estalava. Mas pelo menos uma vez seus neurônios foram mais rápidos que o computador e, quando a foto apareceu, ele já tinha se lembrado do nome.

43

ACADEMIA SATS, 3 DE MARÇO DE 2000

— Ellen falando.
— Oi, sou eu.

— Quem?

— Harry. E não finja que tem outros homens ligando para você e dizendo "sou eu".

— Vá se catar. Onde você está? Que música horrível é essa?

— Estou na academia.

— O quê?

— Estou pedalando. Quase oito quilômetros já.

— Só para entender direito essa história, Harry: você está sentado em uma bicicleta na academia e falando ao celular ao mesmo tempo? — Ela enfatizou as palavras "academia" e "celular".

— Algo de errado nisso?

— Meu Deus, Harry.

— Tentei localizar você a noite toda. Lembra aquele assassinato que você e o Tom Waaler pegaram em novembro, com o nome de Hallgrim Dale?

— Claro. A Kripos assumiu o caso quase de imediato. Por quê?

— Não sei ao certo. Pode ter alguma coisa a ver com aquele soldado da Frente Oriental que estou procurando. O que você pode me contar?

— Isso é trabalho, Harry. Me ligue no escritório na segunda.

— Ah, Ellen. Me fale alguma coisa, vai?

— Um dos cozinheiros do Herbert's Pizza encontrou Dale no beco. Ele estava entre os latões de lixo com a garganta cortada. O pessoal que inspecionou o local do crime não encontrou nada. Aliás, o médico que fez a necropsia achou que era um belíssimo corte de garganta. Como uma intervenção cirúrgica bem-sucedida — disse ele.

— Quem você acha que fez aquilo?

— Não faço a mínima ideia. Pode ter sido um dos neonazistas, claro, mas não acho que foi.

— Por que não?

— Matar um cara bem em frente do lugar que você frequenta é imprudência ou muita estupidez. Mas tudo ligado a esse assassinato parece muito limpo, muito bem pensado. Não havia sinais de luta, nenhuma pista, nenhuma testemunha. Tudo indica que o assassino sabia o que estava fazendo.

— Motivo?

— Difícil de dizer. Dale tinha algumas dívidas, mas dificilmente somas que valessem a pena pressioná-lo a esse ponto. Pelo que sabemos, ele não tinha histórico com drogas. Revistamos o apartamento dele mas não encontramos nada, apenas garrafas vazias. Conversamos com alguns companheiros de farra dele. Mulheres beberronas tinham certa atração por ele.

— Mulheres beberronas?

— Sim, aquelas que andam com os bêbados. Você sabe do que estou falando.

— Sim, mas... Mulheres beberronas?

— Você sempre se concentra em coisas erradas, Harry, e isso às vezes é muito irritante, sabia? Talvez devesse...

— Desculpe, Ellen. Você tem razão, e eu vou me esforçar para melhorar. O que você estava falando?

— Há muita promiscuidade entre os alcoólatras, por isso não podemos excluir a possibilidade de ter sido um crime passional. A propósito, sabe quem estivemos interrogando? Seu velho amigo Sverre Olsen. O cozinheiro o viu no Herbert's Pizza na hora do assassinato.

— E?

— Álibi. Ele esteve lá dentro o dia inteiro, só saiu por dez minutos para comprar alguma coisa. O vendedor da loja onde ele foi confirmou.

— Ele teria tempo suficiente...

— Sim, você gostaria que fosse ele. Mas, Harry...

— Talvez Dale tivesse algo além de dinheiro.

— Harry...

— Talvez tivesse uma informação. Sobre alguém.

— Vocês do sexto andar gostam de uma teoria da conspiração, não é? Podemos tratar disso na segunda, Harry?

— Desde quando você se importa com o horário de trabalho?

— Já estou na cama.

— Às onze e meia?

— Não estou sozinha.

Harry parou de pedalar. Só naquele momento lhe ocorre antes que as pessoas à sua volta podiam ouvir a conversa. Ele olhou ao redor. Felizmente só havia meia dúzia de pessoas malhando àquela hora.

— É aquele artista? — perguntou, sussurrando.

— Hum-hum.

— E há quanto tempo vocês estão dividindo a cama?

— Algum tempo.

— Por que não me disse nada?

— Você não perguntou.

— Ele está do seu lado agora?

— Hu-hum.

— Ele é bom?

— Mm.

— Ele já falou que te ama?

— Hum.

Pausa.

— Você pensa no Freddie Mercury quando vocês...?

— Boa noite, Harry.

44

Escritório de Harry, 6 de março de 2000

O relógio na recepção mostrava 8:30 quando Harry chegou ao trabalho. Na verdade, não era bem uma recepção, estava mais para uma entrada que servia como uma eclusa. E a chefe da eclusa era Linda, que levantou o olhar do computador e cumprimentou-o com um alegre bom-dia. Linda estava na Polícia Secreta havia mais tempo que todos eles e era, de fato, a única pessoa do setor com quem Harry precisava ter contato para executar seu trabalho diário. Além de ser "chefe da eclusa", a diminuta mulher, de resposta pronta, 50 anos, funcionava como uma espécie de secretária e recepcionista multiuso. Harry havia pensado algumas vezes que, se ele fosse espião de uma nação estrangeira e tivesse de arrancar informações de alguém da Polícia Secreta, escolheria Linda. Além do mais, ela era a única do setor, além de Meirik, que sabia em que Harry trabalhava. E ele não fazia ideia do que os outros pensavam. Durante suas esporádicas idas à cantina para comprar um iogurte ou cigarros (algo que eles nem vendiam, descobriu), ele percebia os olhares vindo das mesas. Mas nem tentava interpretá-los, e voltava para seu escritório depressa.

— Alguém ligou para você — informou Linda. — Falou em inglês. Vejamos...

Ela arrancou um post-it amarelo do canto do monitor.

— Hochner.

— Hochner? — perguntou Harry.

Linda olhou para a anotação um pouco desconcertada.

— Sim, foi o que ela falou.

— *Ela? Ele,* você quer dizer?

— Não, foi uma mulher. Disse que ligaria de novo...

Linda se virou e olhou no relógio da parede atrás de si.

— ... Agora. Parecia querer muito falar com você. Já que está aqui, Harry, você já deu uma volta para cumprimentar o pessoal?

— Não tive tempo. Semana que vem, Linda.

— Você já está aqui há um mês. Ontem Steffensen me perguntou quem era o cara louro e alto que ele encontrou no toalete.

— É mesmo? E o que você respondeu?

— Eu disse que era informação privilegiada. — Ela riu. — E você tem que comparecer à festa do setor no sábado.

— Já percebi — murmurou ele, apanhando duas folhas em seu escaninho. Uma era um lembrete da festa, a outra era um relatório interno sobre o novo regime de representação do comitê. As duas folhas voaram para a lixeira assim que ele conseguiu trancar a porta do escritório.

Sentou-se, apertou REC, depois pause na secretária eletrônica e esperou. Trinta segundos depois o telefone tocou.

— Harry Hole falando.

— "Herry"? — Era Ellen.

— Desculpe. Pensei que fosse outra pessoa.

— Ele é um animal — disse, antes que ele tivesse tempo de falar. — Impressionante, incrível mesmo.

— Se estiver falando do que acho que está falando, é melhor parar por aí, Ellen.

— Seu chato. Está esperando um telefonema de quem?

— De uma mulher.

— Até que enfim!

— Esqueça. Provavelmente é parente ou a esposa de um cara que eu interroguei.

Ela deu um suspiro.

— Quando você também vai encontrar alguém, Harry?

— Está apaixonada, é?

— Adivinhou! E você não?

— Eu?

O grito alto e alegre de Ellen ressoou em seu ouvido.

— Você não negou! Peguei você, Harry Hole! Quem, quem?

— Pare, Ellen.

— Diga que estou certa!

— Não conheci ninguém, Ellen.

— Não minta para a mamãe.

Harry riu.

— Agora me conte sobre Hallgrim Dale. Em que pé está a investigação?

— Não sei. Fale com a Kripos.

— Eu vou falar, mas o que a sua intuição sobre o assassino diz?

— Que ele é um profissional, não um sádico. E apesar do que eu falei antes, sobre o assassinato parecer premeditado, não acho que tenha sido previamente planejado.

— Não?

— Foi executado com eficiência, sem deixar pistas. Mas o local foi mal escolhido, ele poderia facilmente ser visto da rua ou por alguém que estivesse nos fundos do beco.

— A outra linha está tocando. Ligo para você mais tarde.

Harry apertou o botão REC no receptor e verificou se o gravador estava funcionando antes de atender a outra linha.

— Harry.

— Olá, meu nome é Constance Hochner — disse ela em inglês.

— Como está, Sra. Hochner?

— Sou irmã de Andreas Hochner.

— Entendo.

Mesmo com a ligação ruim ele conseguia perceber que ela estava nervosa. Mas, mesmo assim foi logo ao assunto:

— O senhor fez um acordo com o meu irmão, *mister Hole,* e não cumpriu sua parte do trato.

Ela falou com um sotaque esquisito, o mesmo de Andreas Hochner. Harry tentava imaginá-la, um hábito que adotara como investigador.

— Bem, Srta. Hochner, não posso fazer nada pelo seu irmão antes de verificar as informações que ele nos passou. Por enquanto não encontramos nada que confirme o que ele disse.

— Mas por que ele mentiria, Sr. Hole? Um homem na situação dele?

— Por isso mesmo, Srta. Hochner. Se ele não sabe de nada, poderia estar desesperado o bastante para fingir que sabia.

Houve uma pausa na linha cheia de chiados de... onde? Joanesburgo?

Constance Hochner falou de novo.

— Andreas me avisou que o senhor provavelmente diria algo assim. Por isso estou ligando para contar que tenho informações adicionais do meu irmão que talvez interessem ao senhor.

— É mesmo?

— Mas o senhor não terá essa informação sem que seu governo primeiro tome uma atitude a respeito do caso do meu irmão.

— Vou fazer o que estiver ao meu alcance.

— Entrarei em contato assim que verificarmos que estão nos ajudando.

— Como sabe, as coisas não funcionam assim, Srta. Hochner. Primeiro temos que ver os resultados da informação que recebemos, só depois poderemos ajudá-lo.

— Meu irmão precisa de garantias. O processo judicial contra ele começa em duas semanas.

A voz falhou em algum lugar no meio da frase, e Harry entendeu que faltava pouco para que ela começasse a chorar.

— A única coisa que posso dar é minha palavra de que farei o melhor possível, Srta. Hochner.

— Eu não conheço o senhor. O senhor não está entendendo. Eles vão condenar Andreas à *morte*. O senhor...

— De qualquer maneira, isso é tudo o que posso oferecer.

Ela começou a chorar. Harry esperou. Depois de um tempo, ela se acalmou.

— A senhora tem filhos?

— Tenho. — Ela soluçou.

— E sabe do que seu irmão está sendo acusado?

— Claro.

— Então a senhora também deve entender que ele precisa de toda absolvição que possa ter. Caso ele, por meio da senhora, possa nos ajudar a impedir um homem de cometer um atentado, ele terá feito algo de bom. E a senhora também.

Dava para ouvir a respiração dela. Por um momento, Harry achou que ela ia começar a chorar de novo.

— O senhor promete que fará o que for possível, Sr. Hole? Meu irmão não fez tudo aquilo de que está sendo acusado.

— Prometo.

Harry escutou a própria voz. Calma e firme. Mas ele estava apertando o fone com força.

— Ok — disse Constance Hochner, baixinho. — Andreas diz que a pessoa que recebeu a arma e fez o pagamento para ele naquela noite não é a mesma pessoa que encomendou a arma. O sujeito que fez o pedido era praticamente um cliente fixo, um homem mais novo. Ele falava um bom inglês com um sotaque escandinavo. E insistiu que Andreas o chamasse pelo codinome Príncipe. Andreas acha que vocês deviam começar a procurar no meio dos aficionados por armas.

— Isso é tudo?

— Andreas nunca o viu, mas diz que reconheceria sua voz imediatamente se ouvisse uma gravação.

— Ótimo — disse Harry, com a esperança de que ela não percebesse sua decepção. Automaticamente alinhou os ombros, como para se preparar antes de oferecer a mentira:

— Se eu descobrir alguma coisa, vou começar a tomar as providências daqui.

As palavras queimaram como soda cáustica na boca.

— Eu lhe agradeço, Sr. Hole.

— Não precisa, Sra. Hochner.

Ele repetiu a última frase duas vezes para si mesmo depois que ela desligou.

— É demais — disse Ellen depois de saber a história da família Hochner.

— Veja se esse seu cérebro por um momento pode esquecer que está apaixonada e fazer um daqueles seus truques — pediu Harry. — Agora você tem mais detalhes.

— Importação ilegal de armas, cliente fixo, o Príncipe, meio dos aficionados por armas. São apenas quatro.

— É tudo o que tenho.

— Por que estou aceitando isso?

— Porque você me ama. Agora preciso correr.

— Espere. Me conte sobre aquela mulher que você...

— Espero que sua intuição seja melhor quanto aos crimes, Ellen. Tchau.

Harry discou o número de Drammen que conseguiu do serviço de informação da companhia telefônica.

— Mosken. — Uma voz firme.

— Edvard Mosken?

— Sim. Com quem falo?

— Hole, inspetor da Polícia Secreta. Tenho algumas perguntas.

Harry se deu conta que era a primeira vez que se apresentava como inspetor. Por algum motivo isso lhe pareceu uma mentira.

— Algum problema com meu filho?

— Não. Seria conveniente que eu fizesse uma visita amanhã ao meio-dia, Sr. Mosken?

— Sou aposentado. E solteiro. Quase não há horário que seja inconveniente, inspetor.

Harry ligou para Even Juul e o pôs a par dos acontecimentos.

Harry pensou no que Ellen dissera sobre o assassinato de Hallgrim Dale enquanto descia até a cantina para buscar um iogurte. Queria ligar para a Kripos para perguntar sobre o caso, mas tinha uma forte impressão de que Ellen lhe contara o que valia a pena saber sobre o assassinato. A probabilidade de alguém ser assassinado na Noruega é em torno de um décimo de milésimo. Então, quando uma pessoa que você está procurando aparece morta, vítima de um caso de assassinato quatro meses atrás, é difícil acreditar que seja por acaso. Isso estaria de alguma forma ligado à compra do rifle Märklin? Ainda não eram dez da manhã e Harry já estava com dor de cabeça. Ele tinha esperança de que Ellen conseguisse algo sobre o Príncipe. Qualquer coisa. Seria um ponto de partida pelo menos.

45

Sognsvann, 6 de março de 2000

Depois do expediente, Harry foi de carro até a casa de repouso em Sognsvann. A irmã, Søs, o esperava. Ela havia engordado um pouco no último ano, mas se defendeu dizendo que seu namorado, Henrik, que morava no fim do corredor, gostava dela assim.

— Mas Henrik é mongo.

Ela costumava dizer isso quando ia explicar as pequenas idiossincrasias de Henrik para as pessoas. Ela, por sua vez, não era monga. Parecia haver uma divisão clara mas invisível em algum ponto entre ser ou não mongo. E Søs gostava de explicar a Harry quem era e quem apenas quase era mongo dos residentes ali.

Ela falou sobre as coisas do dia a dia; o que Henrik dissera durante a semana anterior (o que às vezes podia ser bastante impressionante), o que tinham visto na televisão, o que haviam comido e para onde planejavam viajar nas férias. Eles sempre planejavam as férias. Dessa vez era para o Havaí, e Harry não conseguiu conter um sorriso ao pensar Søs e Henrik com camisas floridas estilo havaiano no aeroporto de Honolulu.

Harry perguntou se ela havia falado com o pai, e ela respondeu que ele fora visitá-la dois dias antes.

— Ótimo — disse Harry.

— Acho que ele já se esqueceu da mamãe — disse Søs. — Isso é bom.

Harry ficou pensando sobre aquilo. Logo depois Henrik bateu à porta e disse que *Hotel Caesar* ia começar na TV2 em três minutos, então Harry pegou seu casaco e prometeu ligar em breve.

Como sempre, o trânsito estava a passo de tartaruga no cruzamento do Estádio Ullevål, e ele descobriu, tarde demais, que tinha de ter dobrado à direita devido a obras na rua. Pensou sobre o que Constance Hochner havia falado. Que Uriah usara um intermediário, provavelmente norueguês. Ele já havia pedido a Linda que procurasse nos arquivos secretos alguém com codinome de Príncipe, mas tinha quase certeza de que ela não encontraria nada. Ele tinha uma forte sensação de que esse homem era mais esperto que a média dos criminosos. Se Andreas Hochner estiver dizendo a verdade, que o Príncipe era um cliente fixo, isso significava que ele havia conseguido montar um grupo próprio de clientes sem que a Polícia Secreta, ou ninguém, houvesse notado. Essas coisas levam tempo e exigem cautela, astúcia e disciplina — nenhuma característica dos bandidos com os quais Harry estava acostumado. É claro que ele poderia ter tido muita sorte, já que não fora apanhado. Ou talvez tivesse uma posição que o protegesse. Constance Hochner disse que ele falava bem inglês. Podia ser diplomata, por exemplo — alguém que pudesse entrar e sair do país sem ser detido na alfândega.

Harry pegou a saída na rua Slemdalsveien e subiu para Holmenkollen.

Será que ele devia pedir a Meirik que transferisse Ellen para a Polícia Secreta em uma missão temporária? Afastou a ideia no mesmo instante. Meirik parecia mais interessado em vê-lo contar neonazistas e comparecer a eventos sociais do que caçar fantasmas da época da guerra.

Harry já estava na frente da casa dela antes de entender para onde ia. Parou o carro e olhou por entre as árvores. De onde estava, na estrada principal, a distância era de cinquenta, sessenta metros até a casa dela. O primeiro andar estava aceso. Dava para ver pelas janelas.

— Idiota — disse em voz alta e teve um sobressalto com o som da própria voz.

Já estava indo embora quando viu a porta da entrada se abrir e iluminar a escada. A ideia de que ela pudesse ver e reconhecer seu carro o deixou em pânico por um momento. Ele engatou a ré para subir a rua sem fazer barulho e sumir, mas foi cauteloso demais no acelerador e o motor morreu. Ouviu vozes. Um homem alto usando um casaco comprido e escuro estava na escada. Ele estava falando, mas a pessoa com quem conversava estava oculta pela porta. Ele se inclinou para o vão da porta e Harry não conseguiu mais vê-los.

Estão se beijando, ele pensou. *Vim até Holmenkollen espionar uma mulher, com quem conversei por 15 minutos, beijar seu companheiro.*

A porta se abriu de novo, o homem saiu, entrou em um Audi e seguiu para a estrada principal passando por Harry.

No caminho para casa, Harry se perguntou de que forma se castigaria. Tinha de ser algo severo, algo que tivesse efeito duradouro. Aula de aeróbica na academia.

46

DRAMMEN, 7 DE MARÇO DE 2000

Harry nunca entendeu por que justamente Drammen era alvo de tanto veneno. Não que a cidade fosse uma beleza, mas o que era mais feio em Drammen do que na maioria dos vilarejos que havia crescido demais na Noruega? Ele pensou em tomar um café na Børsen, mas, quando olhou no relógio, viu que não daria tempo.

Edvard Mosken morava em uma casa de madeira vermelha com vista para a pista de corridas de cavalos. Uma velha camionete Mercedes estacionara em frente à garagem. Mosken estava na porta. Ele estudou a identificação de Harry demoradamente antes de falar:

— Nascido em 1965? Você aparenta ser mais velho do que é, Hole.

— Péssima genética.

— Que pena para você.

— Bem, eu conseguia entrar nas sessões para maiores de 18 quando tinha 14.

Impossível saber se Edvard Mosken tinha achado a piada engraçada. Com um gesto, convidou Harry para entrar.

— Mora sozinho? — perguntou Harry quando Mosken mostrava o caminho para a sala. O apartamento era limpo e bem-conservado, com poucos enfeites pessoais, e tão exageradamente arrumado quanto alguns homens gostam que seja quando podem decidir por si. Harry lembrou-se de seu próprio apartamento.

— Sim. Minha mulher me deixou depois da guerra.

— Deixou?

— Foi embora. Fugiu. Seguiu o próprio caminho.

— Entendo. Filhos?

— Eu tinha um filho.

— Tinha?

Edvard Mosken parou e virou-se.

— Não me expresso com clareza, Hole?

Uma das sobrancelhas brancas estava levantada e formou uma ruga acentuada na testa alta.

— Não é isso. A culpa é minha — respondeu Harry. — Preciso de tudo bem detalhado.

— Ok. Eu *tenho* um filho.

— Obrigado. O que fazia antes de se aposentar?

— Eu era dono de alguns caminhões. Transportadora Mosken. Vendi a empresa faz sete anos.

— Foi um bom negócio?

— Deu para o gasto. Os compradores continuaram com o nome.

Eles se sentaram em lados opostos da mesa da sala. Harry entendeu que um café estava fora de questão. Edvard se sentou no pequeno sofá, inclinado para a frente, com as mãos cruzadas como para dizer: *vamos acabar logo com isso.*

— Onde estava na madrugada do dia 21 de dezembro?

No caminho, Harry decidira que ia começar com essa pergunta. Ao jogar a única carta que tinha, antes que Mosken tivesse a chance de sondar o terreno e descobrir que eles não tinham mais nada, Harry podia pelo menos tentar forçar uma reação que pudesse dizer alguma coisa. Quer dizer, caso Mosken tivesse algo a esconder.

— Sou suspeito de alguma coisa? — perguntou Mosken. Seu rosto não revelou nada além de uma leve surpresa.

— Seria bom se simplesmente respondesse à pergunta.

— Como quiser. Estava aqui.

— Resposta rápida.

— O que quer dizer com isso?

— Não precisou pensar muito.

Mosken fez uma careta. Daquelas, que a boca imita um sorriso mas os olhos mostram apenas resignação.

— Quando chegar à minha idade, você vai se lembrar das noites em que *não* esteve em casa sozinho.

— Sindre Fauke me deu uma lista de noruegueses que estavam reunidos em um campo de treinamento em Sennheim. Gudbrand Johansen, Hallgrim Dale, você e Fauke.

— Você se esqueceu de Daniel Gudeson.

— Ah, foi? Ele não morreu antes da guerra acabar?

— Sim.

— Então por que o mencionou?

— Porque ele estava junto com a gente em Sennheim.

— Fauke me contou que havia mais noruegueses em Sennheim, mas que vocês quatro foram os únicos que sobreviveram à guerra.

— Correto.

— Então por que menciona especialmente Gudeson?

Edvard Mosken olhou para Harry. Depois olhou para o nada.

— Porque ele ficou com a gente por muito tempo. Achávamos que ele ia sobreviver. Melhor, achávamos que Daniel Gudeson fosse imortal. Ele não era uma pessoa comum.

— Sabia que Hallgrim Dale está morto?

Mosken balançou a cabeça negativamente.

— O senhor não parece muito surpreso.

— Por que deveria estar? Hoje em dia fico mais surpreso quando fico sabendo que algumas dessas pessoas ainda estão vivas.

— E se eu disser que ele foi assassinado?

— Bem, aí é diferente. Por que me diz isso?

— O que sabe sobre Hallgrim Dale?

— Nada. A última vez que o vi foi em Leningrado. Na época sofria com os ferimentos da explosão de uma granada.

— Vocês não voltaram para a Noruega juntos?

— Como Dale e os outros conseguiram voltar para casa eu não sei. Fui ferido no inverno de 1944 por uma granada de mão jogada na trincheira por um avião de caça russo.

— Um avião de caça? De um avião?

Mosken abriu um sorriso torto e confirmou.

— Quando acordei no hospital militar, a retirada estava em andamento. No final do verão de 1944 eu já estava no hospital militar em uma escola de Oslo. Depois veio a rendição.

— Não viu nenhum dos outros depois que ficou ferido?

— Apenas Sindre. Três anos depois da guerra.

— Depois de ter cumprido pena?

— Foi. Nós nos encontramos por acaso em um restaurante.

— O que acha de ele ter desertado?

Mosken encolheu os ombros.

— Ele devia ter seus motivos. Pelo menos escolheu um lado numa época em que ninguém ainda sabia qual seria o resultado. É mais do que se pode dizer da maioria dos noruegueses.

— O que quer dizer?

— Havia um ditado durante a guerra: "Aquele que demora a escolher fará uma escolha certa." No Natal de 1943 compreendemos que estávamos no front errado, mas não sabíamos a real gravidade da situação. Por isso, ninguém podia acusar Sindre de ser um vira-casaca. Como aqueles aqui na Noruega, que ficaram com a bunda sentada durante a guerra toda e de repente se apressaram em se registrar para servir à Resistência nos últimos meses da guerra. Nós os chamamos de *os santos dos últimos dias*. Alguns deles estão hoje entre os que se pronunciam oficialmente sobre as façanhas heroicas dos noruegueses no lado certo.

— Está pensando em alguém em particular?

— Sempre dá para pensar num ou outro que foi equipado com uma lustrosa e heroica glória depois. Mas isso não é tão importante.

— E Gudbrand Johansen, lembra-se dele?

— Claro. Ele salvou a minha vida no final da guerra. Ele...

Mosken mordeu o lábio inferior. Como se já houvesse falado demais, pensou Harry.

— O que aconteceu com ele?

— Gudbrand? Na verdade, não sei. Aquela granada... Éramos Gudbrand, Hallgrim Dale e eu na trincheira quando a granada veio saltitando pelo gelo e acertou o capacete do Dale. Só lembro que era Gudbrand que estava mais perto dela quando explodiu. Quando acordei do coma, ninguém podia me dizer o que havia acontecido com Gudbrand, nem com Dale.

— O que quer dizer com isso? Desapareceram?

O olhar de Mosken procurou a janela.

— Isso aconteceu no mesmo dia em que a ofensiva russa começou para valer, e chamar a situação de caótica seria pouco. Quando acordei no hospital, a trincheira onde isso tinha acontecido já estava nas mãos dos russos havia muito tempo, e a tropa fora transferida. Se Gudbrand tivesse sobrevivido, provavelmente teria acabado no hospital do front do Regimento Norte da Noruega. A mesma coisa com Dale se ele tivesse sido ferido. Acho que eu provavelmente também estive lá, mas, como falei, acordei em outro lugar.

— Gudbrand Johansen não consta no registro civil.

Mosken encolheu os ombros.

— Então ele deve ter sido morto pela granada. Foi o que presumi.

— E o senhor nunca tentou localizá-lo?

Mosken balançou a cabeça.

Harry deu uma olhada em volta, à procura de algum sinal de café na casa de Mosken — um bule, uma xícara. Em cima da lareira, havia um porta-retratos com moldura dourada com a foto de uma mulher.

— Está amargurado pelo que aconteceu ao senhor e aos outros soldados do front depois da guerra?

— Quanto à pena, não. Sou realista. O processo ficou como ficou porque era politicamente necessário. Eu tinha perdido uma guerra. Não me queixo. — Edvard Mosken soltou uma súbita gargalhada — soava mais como um cacarejo, sem que Harry entendesse o motivo. Depois voltou a ficar sério. — O que dói é ser tachado de traidor da pátria. Mas o meu consolo é que quem esteve lá sabe que defendeu nosso país colocando a vida em risco.

— Seus ideais políticos daquela época...

— Se penso da mesma forma hoje?

Harry assentiu, e Mosken deu um sorriso seco.

— Essa é uma pergunta fácil de responder, inspetor. Não. Eu estava enganado. Simples assim.

— Não teve contato com os neonazistas depois?

— Deus me livre, não! Houve uma reunião em uma cidadezinha, Hokksund, há alguns anos, quando um dos idiotas me ligou perguntando se eu queria ir até lá para falar da guerra. Acho que o nome do grupo deles era Sangue e Honra. Algo assim. — Mosken ainda estava inclinado sobre a mesa da sala. Em um canto havia uma pilha de revistas rigorosamente arrumada. — A Polícia Secreta está atrás do que agora? Querem mapear neonazistas? Nesse caso vieram ao lugar errado.

Harry estava inseguro sobre o quanto gostaria de revelar por ora. Mas sua resposta foi honesta.

— Não sei exatamente o que estamos procurando.

— Parece a Polícia Secreta que eu conheço.

Ele deu um de seus cacarejos de novo. Um som alto e desconcertante.

Mais tarde, Harry concluiria que provavelmente a combinação desse riso desdenhoso com o fato de o homem não ter oferecido café fora determinante para que ele fizesse a pergunta seguinte da forma como fez:

— Como acha que foi para o seu filho crescer com um pai com um passado nazista? Você acha que isso pode ter sido determinante para que Edvard Mosken Junior fosse parar na prisão, condenado por tráfico de entorpecentes?

No mesmo instante, quando viu a cólera e a dor nos olhos do velho, Harry se arrependeu de ter feito aquela pergunta. Ele sabia que podia ter a informação que queria sem precisar dar um golpe tão baixo.

— Aquele processo foi uma farsa! — cuspiu Mosken por entre os dentes. — O procurador que deram ao meu filho é neto do juiz que me condenou depois da guerra. Eles tentam castigar meu filho para esconder a própria vergonha sobre o que fizeram durante a guerra. Eu...

Ele se calou de repente. Harry esperou a continuação, que não veio. De súbito e totalmente sem aviso, sentiu a matilha puxar as correntes no estômago. Não davam sinal fazia certo tempo já. Precisavam de um drinque.

— Um dos *santos dos últimos dias*? — perguntou Harry.

Mosken deu de ombros. Harry entendeu que o assunto agora estava encerrado. Mosken olhou no relógio.

— Se lembrou de algum compromisso?

— Vou dar uma passada na cabana.

— É? Fica longe?

— Grenland. Preciso ir antes de escurecer.

Harry se levantou. No corredor ficaram procurando palavras adequadas para a despedida, quando Harry de repente se lembrou de algo:

— O senhor disse que foi ferido perto de Leningrado no inverno de 1944 e que acabou em uma escola em Oslo no final do verão. Onde esteve nesse meio-tempo?

— Como assim?

— Acabei de ler um dos livros de Even Juul. Ele é historiador de guerra.

— Sei muito bem quem é Even Juul — disse Mosken, com um sorriso inescrutável.

— Ele escreveu que o regimento Noruega foi dissolvido em Krasnoye Selo em março de 1944. Onde esteve desde março até ser levado para a escola em Oslo?

Mosken ficou olhando para Harry por um bom tempo, depois abriu a porta da casa e olhou lá para fora.

— Tem gelo na pista. Dirija com cuidado.

Harry fez um gesto afirmativo. Mosken se endireitou, protegeu os olhos com a mão e olhou para a hípica vazia onde a pista desenhava uma forma oval cinzenta contra a neve suja.

— Estive em lugares que outrora tinham nome — disse Mosken. — Mas que mudaram tanto que ninguém mais os reconhecia. Nos mapas havia apenas ruas, rios, lagos e campos minados, nenhum nome. Se eu disser que estive em Pärnu, na Estônia, talvez seja verdade, não sei, e creio que ninguém saiba. Na primavera e no verão de 1944 eu estava em uma maca, ouvia salvas de metralhadoras e pensava na morte. E não em onde eu estava.

Harry dirigiu devagar seguindo o rio e parou no sinal vermelho antes da ponte da cidade. A outra ponte, que cruzava a rodovia E18 como um aparelho ortodôntico, impedia a vista do Fiorde de Drammen. Ok, talvez não tivessem sorte com tudo em Drammen. Harry, na verdade, tinha decidido parar na Børsen para tomar um café no caminho de volta, mas mudou de ideia. Lembrou que eles serviam cerveja também.

O sinal ficou verde. Harry acelerou.

Edvard Mosken reagira com violência à pergunta sobre o filho. Harry decidiu investigar melhor quem foi o juiz do processo contra Mosken. Depois lançou outro olhar sobre Drammen pelo retrovisor. Decerto havia cidades piores.

47

ESCRITÓRIO DE ELLEN,
7 DE MARÇO DE 2000

Ellen não tinha conseguido nada.

Harry deu uma passada no escritório dela e se sentou na cadeira que rangia de tão velha. Tinham contratado um homem novo, um jovem de uma delegacia de Steinkjer, que chegaria dentro de um mês.

— Não sou vidente — disse ela quando viu a expressão decepcionada de Harry. — E chequei com todo mundo na reunião de hoje de manhã, mas ninguém ouviu falar do Príncipe.

— E o Departamento de Armas? Eles devem ter uma lista dos contrabandistas de armas.

— Harry!

— O quê?

— Eu não trabalho mais para você.

— *Para* mim?

— *Com* você, então. É que assim parece que eu trabalho para você. Mal-educado.

Harry girou na cadeira. Quatro voltas. Ele nunca havia conseguido fazê-la girar mais que aquilo. Ellen revirou os olhos.

— Então, liguei para o Departamento de Armas também — disse ela. — Eles também nunca ouviram falar do Príncipe. Por que não deram um assistente para você lá em cima na Polícia Secreta?

— O caso não tem prioridade. Meirik me deixou continuar, mas quer mesmo é que eu descubra o que os neonazistas estão tramando antes do *Eid*.

— Uma das expressões-chave seria "meio de aficionados por armas". Mal posso imaginar alguém mais apaixonado por armas que os neonazistas. Por que não começa por aí, matando dois coelhos com uma cajadada só?

— Já pensei nisso mesmo.

48

Café Ryktet, Grensen, 7 de março de 2000

Even Juul estava na escada quando Harry parou o carro em frente à sua casa.

Burre estava ao seu lado, puxando a coleira.

— Chegou rápido — disse Juul.

— Entrei no carro assim que desliguei — explicou Harry. — Burre também vai?

— Só o levei para dar uma volta enquanto estava esperando. Entre, Burre.

O cachorro olhou para Juul com olhos pedintes.

— Agora!

Burre recuou e correu para dentro. Até Harry deu um solavanco com o súbito grito.

— Então vamos — disse Juul.

Harry vislumbrou um rosto atrás da cortina da cozinha ao partirem.

— Já está mais claro — comentou Harry.

— Está?

— Os dias, quero dizer. Estão mais longos.

Juul concordou com a cabeça.

— Estive pensando numa coisa — falou Harry. — Os membros da família de Sindre Fauke, como morreram?

— Já contei. Ele os matou.

— Sim, mas de que forma?

Even Juul olhou demoradamente para Harry antes de responder.

— Com arma de fogo. Na cabeça.

— Todos os quatro?

— Sim.

Finalmente acharam uma vaga no estacionamento em Grensen e foram de lá para o local que Juul havia insistido em mostrar para Harry quando se falaram por telefone.

— Então esse é o Café Ryktet — disse Harry assim que entraram no lugar mal iluminado, quase vazio, onde apenas um punhado de pessoas estava sentado em mesas de fórmica velhas. Harry e Juul compraram café e se sentaram perto da janela. Dois homens de idade a uma mesa de distância, no fundo do recinto, pararam de falar, fazendo cara feia para eles. — Me lembra outro estabelecimento, aonde vou de vez em quando — continuou Harry, acenando com a cabeça para os dois velhos.

— Aqueles que ainda creem — disse Juul. — Velhos nazistas e soldados da Frente Oriental que ainda insistem em dizer que estavam com a razão. Ficam aqui gritando sua amargura contra a grande traição, o governo e o estado geral das coisas. Pelo menos aqueles que ainda estão respirando. Mas, pelo vejo, eles estão diminuindo.

— Ainda são engajados politicamente?

— Claro, ainda estão com raiva da ajuda aos países subdesenvolvidos, do corte orçamentário na defesa, de mulheres celebrando missas, do casamento entre homossexuais, dos nossos novos compatriotas imigrantes, enfim, de todas as coisas que você de antemão adivinharia revoltam esses rapazes. Em seus corações ainda são fascistas.

— E você acha que Uriah talvez frequente esse lugar?

— Se for um ato de vingança contra a sociedade o que Uriah está tramando, é aqui que ele vai encontrar seus semelhantes. É claro que há outros lugares onde se encontram ex-soldados da Frente Oriental. Eles fazem reuniões anuais, por exemplo. Companheiros do país inteiro vêm para Oslo. Soldados e outros que estavam na Frente Oriental. Mas as reuniões dos companheiros são diferentes desse buraco: são eventos meramente sociais onde relembram os mortos na guerra e é proibido falar sobre política. Se eu estivesse procurando um soldado da Frente Oriental com planos de vingança, esse aqui seria o lugar por onde começar.

— Sua esposa esteve em alguma dessa... qual foi a expressão que usou... *reuniões de companheiros?*

Juul olhou Harry, surpreso. Depois balançou a cabeça devagar, fazendo que não.

— Apenas uma ideia — disse Harry. — Pensei que ela talvez tivesse algo para me contar.

— Não, ela não tem nada para contar — disse Juul, ríspido.

— Tudo bem. Há alguma ligação entre aqueles que o senhor chama de "os que ainda creem" e os neonazistas?

— Por que está perguntando isso?

— Parece que Uriah usou um intermediário para conseguir o rifle Märklin, uma pessoa que age no meio dos aficionados por armas.

Juul negou com a cabeça.

— A maioria dos soldados da Frente Oriental ficaria aborrecida se ouvisse você chamá-los de correligionários. Ainda que os neonazistas em geral nutram um enorme respeito pelos soldados. Para eles, os soldados do front representam o sonho máximo: defender a pátria e a raça com uma arma na mão.

— Então, se um soldado do front quisesse arrumar uma arma, ele não poderia contar com a ajuda dos neonazistas?

— Provavelmente encontraria boa vontade, sim. Mas ele teria que saber com quem falar. Não é qualquer um que pode arranjar uma arma tão avançada como essa que você está procurando. Por exemplo, a polícia de uma cidade do interior recentemente fez uma incursão na garagem de alguns neonazistas e encontrou um Datsun velho e enferrujado cheio de cassetetes, flechas de madeira e um par de machados embotados. A maioria nesse meio está literalmente na idade da pedra.

— Então onde começar a procurar uma pessoa desse meio que tenha contato com contrabandistas de armas internacionais?

— O problema não é o tamanho do grupo. Decerto, o jornal nacionalista *Fritt Ord* alega que há em tomo de 1.500 nacional-socialistas e nacional-democratas na Noruega, mas, se você ligar para o *Monitor*, uma organização voluntária que está de olho no meio fascista, eles vão dizer que há no máximo cinquenta em atividade. Não, o problema é que as pessoas com recursos, aqueles que realmente controlam tudo, não aparecem. Não andam de botas por aí ostentando tatuagens de suásticas nos braços, por assim dizer. Eles talvez tenham uma posição na sociedade da qual podem se aproveitar para servir à Causa, mas, para fazer isso, não podem chamar muita atenção.

Uma voz grossa retumbou de repente atrás deles:

— Como tem coragem de aparecer aqui, Even Juul?

49

CINEMA GIMLE, PENÍNSULA BYGDØY,
7 DE MARÇO DE 2000

— Então, o que eu faço? — perguntou Harry a Ellen ao empurrá-la delicadamente para a frente na fila. — Eu estava justamente pensando se devia perguntar a um dos velhos mal-humorados se eles por acaso conheciam alguém por aí com planos de cometer um atentado e que por isso tenha comprado um rifle mais caro que a média quando, no mesmo instante, um deles aparece na nossa mesa perguntando com voz de defunto: *"Como tem coragem de aparecer aqui, Even Juul?"*

— O que você fez então? — perguntou Ellen.

— Nada. Só fiquei quieto vendo a cara de Even Juul cair no chão. Parecia que ele tinha visto um fantasma. Ficou evidente que os dois se conhecem. Aliás, foi a segunda pessoa que encontrei hoje que conhece Juul. Edvard Mosken também disse que o conhece.

— E você acha isso estranho? Juul escreve nos jornais, está na TV, é uma pessoa conhecida.

— Acho que você tem razão. De qualquer maneira, Juul se levantou e saiu sem dizer uma só palavra. Só me restou correr atrás dele. Ele estava pálido quando o alcancei na rua. Mas quando perguntei o que tinha sido aquilo, alegou que não conhecia o homem. Depois o levei para casa, e ele mal se despediu ao descer do carro. Parecia arrasado. Está bom na décima fileira?

Harry se inclinou na bilheteria e pediu dois ingressos.

— Não estou levando fé nesse filme — disse Harry.

— Por quê? — perguntou Ellen. — Porque fui eu que escolhi o filme?

— Escutei uma menina que estava mascando chiclete no ônibus falar para a amiga que *Tudo sobre minha mãe* é legal. *Legal.*

— O que isso quer dizer?

— Quando uma menina diz que um filme é *legal,* penso logo em *Tomates verdes fritos.* Quando vocês meninas veem essas coisas melosas que têm uma edição melhor que a do programa da Oprah Winfrey, acham que estão assistindo a um filme afetuoso e inteligente. Pipoca?

Ele deu um leve empurrão em Ellen à sua frente na fila de doces.

— Você é um caso perdido, Harry. Um caso perdido. Aliás, você não sabe: Kim ficou com ciúmes quando eu falei que vinha ao cinema com um colega do trabalho.

— Parabéns.

— Antes que eu me esqueça — disse ela —, descobri o nome do advogado de defesa de Edvard Mosken Junior. E o do avô dele, que presidiu o julgamento do processo de traição da pátria.

— Ah, é?

Ellen sorriu.

— Johan Krohn e Kristian Krohn.

— Bingo.

— Conversei com um promotor público do caso contra o filho. O Mosken pai ficou maluco quando o filho foi condenado e atacou Krohn fisicamente. Ele afirmou alto e bom som que Krohn e o avô conspiravam contra a família Mosken.

— Interessante.

— Mereço uma pipoca giga, não mereço?

Tudo sobre minha mãe acabou se mostrando bem melhor do que Harry temia. Mas no meio da cena em que Rosa está sendo enterrada, ele não conseguiu se conter e perturbou Ellen, que tinha o rosto banhado em lágrimas, para perguntar onde Grenland ficava. Ela respondeu que era a área em torno das cidades de Porsgrunn e Skien, e ele a deixou ver o resto do filme em paz.

50

Oslo, 11 de março de 2000

Harry viu que o terno estava pequeno demais. Viu, mas não entendia por quê. Ele não tinha engordado desde os 18 anos e o terno estava perfeito quando o comprara para a festa de formatura, em 1990. Mesmo assim, agora no elevador, percebeu no espelho que dava para ver as meias entre a barra da calça e os sapatos pretos Dr. Martens. Apenas mais um desses mistérios sem solução.

As portas do elevador se abriram e Harry já ouvia a música, os homens conversando em voz alta e o riso de mulheres vindo da cantina. Ele olhou no relógio: oito e quinze. Até as onze seria o suficiente, então ele poderia ir para casa.

Respirou fundo, entrou na cantina e deu uma olhada geral. Era uma cantina bem tradicional — uma sala quadrada com um balcão de vidro por onde se pedia comida, com móveis claros de algum fiorde de Sunnmøre e um cartaz que dizia que ali era proibido fumar. O comitê da festa caprichara para camuflar resquícios do dia a dia com balões e toalhas de mesa vermelhas. Ainda que a maioria fosse de homens, a representação dos sexos era mais justa do que quando a festa era organizada pela Divisão de Homicídios. Linda havia mencionado algo sobre festas anteriores, mas Harry estava feliz por ninguém tê-lo chamado.

— Você fica bonito de terno, Harry!

Era Linda. Ele quase não reconheceu a mulher no vestido apertado que acentuava seus quilos a mais como sua exuberância feminina. Ela segurava uma bandeja com drinques de cor laranja, que ofereceu a ele.

— Ãh... não, obrigado, Linda.

— Não seja chato, Harry. Hoje é festa!

* * *

"*Tonight we're gonna party like it's nineteen-ninety-nine*", cantava Prince a plenos pulmões.

Ellen se inclinou no banco do motorista e abaixou o volume.

Tom Waaler olhou para ela de esguelha.

— Estava um pouco alto — disse ela, pensando que só faltavam três semanas para o policial de Steinkjer chegar, aí então ela não precisaria mais trabalhar com Waaler.

Não era a música. E Waller tampouco a perturbava. E ele definitivamente não era um policial ruim.

Eram as conversas no celular. Não que Ellen Gjelten fizesse objeção em dar atenção à vida sexual, mas metade das vezes que o celular tocava, ela sabia que era uma mulher que estava sendo, ou que em breve seria, menosprezada. As últimas conversas foram as mais sórdidas. Mulheres que ele ainda não havia abatido, para as quais tinha uma voz bem especial ao falar com elas, o que fazia Ellen querer gritar: *não faça isso! Ele não gosta de você! Corra!* Ellen Gjelten era uma pessoa generosa que facilmente perdoava as fraquezas humanas. Em Tom Waaler não tinha encontrado muitas fraquezas, tampouco humanidade. Falando bem francamente, não gostava dele.

Passaram pelo parque Tøyen. Waaler havia recebido uma informação de que alguém tinha visto Ayub, o chefe do bando paquistanês que estavam procurando desde o assalto no Parque do Palácio, em dezembro, em um restaurante persa chamado Aladdin, na rua Hausmanns. Ellen sabia que eles estavam atrasados, só fariam algumas perguntas para ver se alguém sabia onde Ayub estava. Não conseguiriam respostas, mas pelo menos teriam mostrado a cara, reforçando que não o deixariam em paz.

— Espere no carro, vou checar lá dentro — disse Waaler.

— Ok.

Waaler abriu o zíper da jaqueta de couro.

Para mostrar os músculos que tinha conseguido na Academia de Polícia de tanto puxar peso, pensou Ellen. Ou só o bastante do coldre axilar para que entendessem que está portando uma arma. Os policiais da Divisão de Homicídios tinham permissão para portar armas, mas ela sabia que Waaler portava algo além do revólver de serviço. Uma coisa de grosso calibre, ela nem se dava ao trabalho de perguntar o quê. O assunto preferido de Waaler, depois de carros, era armas de mão, e entre os dois ela preferia carros. Ela não carregava arma. A não ser que fosse obrigada, como durante a visita presidencial no outono.

Alguma coisa rumorejava em sua cabeça. Mas foi logo interrompida por uma versão digital de uma marcha: "Napoleão com seu exército." Era o celular de Waaler. Ellen abriu a porta para chamá-lo, mas ele já estava entrando no Aladdin.

Tinha sido uma semana chata. Ellen não se lembrava de uma semana tão chata desde que começou na polícia. Ela receava que tivesse a ver com o fato de finalmente ter uma vida pessoal. De repente tinha ficado interessante voltar para casa cedo, e o plantão de sábado à noite, como hoje, tinha se tornado um sacrifício. O celular tocou "Napoleão" pela quarta vez.

Uma das menosprezadas? Ou uma que ainda passaria por isso? Se Kim a deixasse agora... Mas ele não ia fazer isso. Ellen sabia.

"Napoleão com seu exército" pela quinta vez.

O plantão acabaria em duas horas e ela ia voltar para casa, tomar banho e ir para a casa de Kim, apenas cinco minutos a pé do apartamento dela, cheia de tesão. Ela deu uma risadinha.

Seis vezes! Ela agarrou o celular que estava embaixo do freio de mão e atendeu.

— Essa é a caixa postal do Tom Waaler. Infelizmente o Sr. Waaler não se encontra. Por favor, deixe seu recado.

Era uma brincadeira, ela ia falar seu nome depois, mas, por algum motivo, ficou quieta ouvindo a respiração ofegante no outro lado da linha. Talvez por causa da emoção, talvez por curiosidade. Mas ela entendeu de repente que a pessoa no outro lado achou que estava mesmo sendo direcionada para a caixa postal e ficou esperando o bip! Ela apertou uma tecla. *Bip.*

— Alô, aqui fala Sverre Olsen.

— Oi, Harry, essa é...

Harry se virou, mas o resto da frase de Kurt Meirik foi engolida pelo som do autopromovido DJ que aumentava o volume da música que saía das caixas de som logo atrás do inspetor:

"That don't impress me much..."

Harry estava na festa havia apenas vinte minutos, olhara duas vezes no relógio e tinha se feito as seguintes perguntas quatro vezes: *o assassinato de Dale teria algo a ver com a compra do rifle Märklin? Quem poderia, com uma faca, matar com tanta rapidez e efetividade a ponto de fazê-lo à luz do dia no centro de Oslo? Quem era o Príncipe? A sentença do filho de Mosken tinha algo a ver com o caso? Que rumo havia tomado o quinto soldado norueguês do front, Gudbrand Johansen? E por que Mosken não havia se dado ao trabalho de procurá-lo após a guerra se fosse verdade o que disse, que Gudbrand Johansen tinha salvado sua vida?*

Harry estava em um canto da cantina ao lado de uma das caixas de som com uma cerveja sem álcool na mão, em um copo de vidro, para não ter de responder perguntas sobre por que estava tomando cerveja sem álcool, e ficou olhando um dos casais mais jovens da Polícia Secreta dançando.

— Sinto muito, não ouvi — disse Harry.

Kurt Meirik girava um drinque laranja na mão. Ele parecia mais ereto do que o normal em seu temo azul listrado. O terno era perfeito nele, pelo que Harry podia ver. Harry puxou a manga do seu, sabendo que a camisa estava visível até em cima das abotoaduras. Meirik se inclinou na direção dele.

— Estou tentando dizer que essa é a chefe do nosso departamento internacional, inspetora....

Agora Harry prestava atenção à mulher ao lado de seu chefe. Figura esbelta. Vestido vermelho simples. Teve um leve pressentimento.

"So she had the looks, but did she have the touch?"

Olhos castanhos. Maçãs do rosto proeminentes. Pele morena. Cabelo curto e preto que emoldurava seu rosto alongado. Seu sorriso já estava nos olhos. Ele lembrava que ela era bonita, mas não tão... encantadora. Essa foi a única palavra que lhe ocorreu que servia: *encantadora*. Ele sabia que o fato de ela agora estar na sua frente devia deixá-lo sem palavras, surpreso, mas por algum motivo havia certa lógica, como se ele estivesse esperando isso acontecer.

— ... Rakel Fauke — disse Meirik.

— Nós já nos conhecemos — falou Harry.

— Ah, é? — perguntou Kurt Meirik, surpreso.

Rakel e Harry se entreolharam.

— É verdade — disse ela. — Mas acho que não chegamos a dizer nosso nome.

Ela estendeu a mão para ele com aquela pequena quebra no punho que, de novo, lembrava Harry aulas de piano e balé.

— Harry Hole — disse ele.

— Ah... Claro que é você. Da Homicídios, não é?

— Isso.

— Eu não sabia que você era o novo inspetor da Polícia Secreta quando nos conhecemos. Se tivesse dito, então...

— Então, o quê? — perguntou Harry.

Ela ligeiramente a cabeça.

— Sim, então o quê? — repetiu ele.

Ela riu. Seu riso fez a palavra brotar novamente na cabeça de Harry: *encantadora*.

— Pelo menos teria contado que trabalhamos no mesmo lugar — respondeu ela. — Eu normalmente não costumo fazer questão que as pessoas saibam com o que me ocupo. Certamente eu teria que responder a muitas perguntas estranhas. Você deve sofrer a mesma coisa.

— É, sei exatamente do que você está falando — disse Harry.

Ela riu de novo. Harry queria saber o que seria necessário para que ela risse assim o tempo todo.

— Como eu não te vi na Polícia Secreta antes? — perguntou ela.

— O escritório do Harry fica no final do corredor — explicou Kurt Meirik.

— Ah! — Ela assentiu, como quem compreende, mas ainda com aquele riso brilhando nos olhos. — Escritório no fim do corredor, é?

Harry assentiu, desanimado.

— Muito bem, então vocês já se conhecem. Estávamos a caminho do bar, Harry.

Harry esperou o convite. Não veio.

— Conversamos depois — disse Meirik.

Compreensível, pensou Harry. Provavelmente havia muitas pessoas esperando o leal tapinha nas costas tipo do-chefe-para-o-subordinado esta noite. Ele se posicionou de costas para a caixa de som e lançou um olhar furtivo para a dupla. Ela o reconheceu. Ela lembrou que não tinham dito seus nomes. Ele esvaziou o copo em um gole só. Tinha gosto de nada.

"There's something else: the afterworld..."
Waaler bateu a porta do carro.
— Ninguém falou com Ayub nem viu o cara ou ouviu falar dele — disse ele. — Vamos embora.
— Ok — concordou Ellen. Ela olhou no retrovisor e colocou o carro em movimento.
— Começou a gostar do Prince também, percebi.
— Eu?
— Bom, você aumentou o volume enquanto eu estava lá dentro.
— Ah. — *Ela precisava ligar para Harry.*
— Algum problema?
Ellen olhou fixamente para a frente, para o asfalto molhado e escuro que brilhava à luz dos postes.
— Problema? O que poderia ser?
— Não sei. É que você está com cara de quem recebeu notícia ruim.
— Não aconteceu nada, Tom.
— Alguém ligou? Epa! — Tom deu um pulo no assento e plantou as duas mãos no painel. — Não viu aquele carro?
— Desculpe.
— Quer que eu assuma?
— O volante? Por quê?
— Porque está dirigindo feito uma...
— Feito o quê?
— Esqueça. Perguntei se alguém ligou.
— Ninguém ligou, Tom. Se alguém tivesse ligado, eu teria dito, não é?
Ela precisava ligar para Harry. Agora.
— Por que então desligou o meu celular?
— O quê? — Ellen olhou para ele espantada.
— Olhe para a frente, Gjelten. Eu perguntei: por que...
— Ninguém ligou, já disse. Você é que deve ter desligado o celular!

Sem querer, sua voz havia subido de tom e ela mesma se ouviu guinchar.

— Ok, Gjelten — disse ele. — Relaxe, eu só perguntei.

Ellen tentou fazer o que ele mandou. Respirar fundo e apenas pensar no trânsito à sua frente. Ela virou à esquerda na rotunda para a rua Vahls. Era sábado à noite, mas as ruas nessa parte da cidade estavam quase vazias. Luz verde. À direita na rua Jens Bjelke. À esquerda descendo a Tøyen. Entrando na garagem da delegacia. Sentiu o olhar investigativo de Tom pelo caminho inteiro.

Harry não tinha olhado no relógio desde o encontro com Rakel Fauke. Ele tinha até dado uma volta com Linda para cumprimentar alguns colegas. As conversas não foram longe. Perguntavam qual era seu cargo, e, depois que ele respondia, a conversa emperrava. Provavelmente havia uma tradição na Polícia Secreta de não fazer perguntas de mais. Ou as pessoas não estavam nem aí. Tudo bem, ele tampouco tinha grande interesse pelos colegas de departamento. Voltou para perto da caixa de som. Tinha visto relances do vestido vermelho dela umas duas vezes, mas percebeu ela não estava mais circulando e conversando. Não tinha ido dançar, disso ele tinha quase certeza.

Pelo amor de Deus, estou me comportando como um adolescente, pensou.

Ele olhou no relógio, nove e meia. Podia se aproximar dela, puxar assunto para ver no que dava. E, se nada acontecesse, era só procurar Linda, dançar com ela, como lhe prometera, e depois se mandar para casa. *Se nada acontecesse?* O que ele estava imaginando? Uma inspetora de polícia praticamente casada? Ele precisava de uma bebida. Não. Olhou no relógio de novo. Ficou arrepiado ao pensar na dança que havia prometido. Queria voltar para o apartamento. A maioria das pessoas ali já estava bem animada. E mesmo sóbrios não iriam perceber o novo inspetor no final do corredor sumir. Ele podia simplesmente sair de fininho e pegar o elevador. Seu fiel Escort o esperava. E Linda parecia feliz na pista de dança com a mão firme em volta de um jovem policial que a fazia rodar com um sorriso levemente suado.

— Tinha mais suingue no show do Raga no festival, não acha?

Ele sentiu o coração acelerar ao ouvir a voz dela ao seu lado.

* * *

Tom estava ao lado da cadeira de Ellen, no escritório dela.

— Desculpe se fui meio grosso no carro — disse ele.

Ela não o tinha escutado chegar e pulou da cadeira. Estava com o telefone na mão, mas ainda não tinha discado o número.

— Não foi nada — disse ela. — Eu que estou um pouco... você sabe.

— Com TPM?

Ela olhou para ele e entendeu que Tom não estava brincando, que ele de fato tentava ser compreensível.

— É, talvez — disse ela. Por que ele teria vindo até o escritório dela agora, algo que nunca costumava fazer?

— O plantão acabou, Gjelten. — Ele fez sinal com a cabeça para o relógio na parede. Eram dez da noite. — Estou de carro. Posso te dar uma carona.

— Obrigada, mas preciso fazer uma ligação antes. Pode ir na frente.

— Ligação particular?

— Não, é só...

— Então eu espero aqui.

Waaler se jogou na cadeira velha de Harry, que chiou em protesto. Seus olhares se cruzaram. Droga! Por que não falou que era uma ligação particular? Agora era tarde demais. Será que ele tinha sacado que ela havia descoberto algo? Ellen tentou decifrar o olhar dele, mas parecia ter perdido o dom. De repente, sentiu-se tomada pelo pânico. Pânico? Agora entendia por que nunca se sentiu confortável perto de Tom Waaler. Não era por causa de sua frieza, de sua maneira de tratar mulheres, negros, jovens ativistas e homossexuais, ou sua predileção por aproveitar todas as premissas legais para usar violência. A esse respeito, podia mencionar dez outros policiais que deixavam Tom Waaler no chinelo, mas, ainda assim, no caso deles, tinha encontrado alguma coisa positiva que fazia com que pudesse se relacionar com eles. Porém com Tom Waaler era diferente, e agora ela sabia o que era: ela tinha medo dele.

— Bem — disse ela. — Isso pode esperar até segunda.

— Ótimo. — Ele se levantou. — Então vamos.

Waaler tinha um daqueles carros japoneses tipo esporte que para Ellen pareciam imitações baratas de Ferrari. Tinha assentos feito baldes que espremiam os ombros e caixas de som que quase ocupavam metade do carro. O motor miava carinhosamente e a luz do poste varreu o interior do carro quando eles subiram a rua Trondheimsveien. Uma voz em falsete que ela aos poucos foi reconhecendo soava nos caixas de som.

"... *I only wanted to be some kind of a friend, I only wanted to see you bathing...*"

Prince. O Príncipe.

— Posso descer aqui — disse Ellen, tentando fazer sua voz soar natural.

— De jeito nenhum — falou Waaler e olhou pelo retrovisor. — Vou deixar você na porta da sua casa. Aonde vamos?

Ela resistiu ao impulso de abrir a porta e pular do carro.

— À esquerda aqui — informou Ellen, apontando.

Esteja em casa, Harry.

— Rua Jens Bjelke — leu Waaler em voz alta na placa que ficava na parede da casa e se virou.

A iluminação da rua era precária ali, e as calçadas estavam desertas. De soslaio, Ellen viu pequenos quadrados de luz passarem sobre seu rosto. Será que ele sabia que ela sabia? E será que ele estava vendo a mão dela no bolso, entendendo que ela estava segurando a lata de gás que tinha comprado na Alemanha, aquela que mostrara a Tom fazia algum tempo, quando ele insistira que estava colocando sua vida e a dos colegas em risco ao se recusar a portar arma? E não tinha ele discretamente insinuado que poderia lhe arranjar uma arma pequena, que podia ser escondida em qualquer lugar no corpo, que não era registrada e que por isso não podia ser rastreada, caso houvesse algum "acidente"? Ela não o tinha levado tão a sério naquela vez, pensou que fosse uma daquelas brincadeiras macabras dele de macho. Dera apenas uma risadinha na ocasião.

— Pode parar do lado daquele carro vermelho ali.

— Mas o número 4 é no próximo quarteirão — disse ele.

Ela tinha dito a ele que morava no número 4? Talvez. Pode ter se esquecido. Ela se sentiu transparente, como uma água-viva, e parecia que ele sabia que seu coração acelerava no peito.

O motor continuou ligado. Tom havia parado o carro. Ela procurou febrilmente a maçaneta. Merda de engenheiros japoneses nerds! Por que não podiam colocar uma maçaneta simples e visível na porta?

— A gente se vê na segunda. — Ellen ouviu a voz de Waaler.

Quando finalmente encontrou a maçaneta, tombou para fora e inalou o ar tóxico do inverno de Oslo, como se tivesse chegado à superfície após um longo e frio mergulho embaixo da água. A última coisa que ouviu antes de fechar o portão pesado atrás de si foi o som suave e lubrificado do carro de Waaler ainda ronronando.

Subiu a escada depressa, as botas batiam pesadas em cada degrau, segurando as chaves à frente do corpo como se fossem uma varinha de condão. Finalmente entrou no apartamento. Enquanto discava o número de Harry, memorizou a mensagem de Sverre Olsen, palavra por palavra:

Aqui quem fala é Sverre Olsen. Ainda estou esperando as dez notas da comissão pelo atirador do velho. Me ligue em casa.

Então ele desligou.

Ela levou um nanossegundo para sacar a conexão. A quinta pista da charada de quem era o intermediador na transação do Märklin. Um policial. Tom Waaler. Claro. Dez mil coroas de comissão para um imbecil como Olsen. Devia se tratar de coisa bem grande. O velho. Meio de fanáticos por armas. Simpatizantes da extrema direita. O Príncipe, que logo se tornaria inspetor. Estava claro como água, tão evidente que por um momento ela ficou chocada com o fato de, com sua habilidade de enxergar aquilo que a maioria das pessoas não enxergava, não ter entendido tudo antes. Ela sabia que a paranoia se instaurara havia muito tempo, mas mesmo assim pôde evitar o pensamento enquanto o esperava voltar do restaurante: Tom Waaler tinha todas as possibilidades de ir cada vez mais alto, de mexer os pauzinhos a partir de posições cada vez mais importantes, escondido pelas asas do poder. E só Deus sabe com quem ele já tinha se aliado na delegacia. E, pensando bem, é claro que havia outras pessoas que ela nunca imaginaria estarem envolvidas. Mas o único em quem ela confiava cem — *cem* — por cento era Harry.

Finalmente conseguiu. Não estava ocupado. Nunca estava ocupado naquela casa. Atenda, Harry!

Ela sabia que era apenas uma questão de tempo até Waaler falar com Olsen e descobrir o que tinha acontecido, e ela não teve dúvidas nem por um segundo que, a partir daquele momento, estaria correndo perigo de vida. Ela precisava agir rápido, e não podia se permitir um único passo em falso. Uma voz interrompeu seus pensamentos:

— Esta é a secretária de Hole. Fale comigo.

Bip.

— Que merda, Harry! É a Ellen. Pegamos o cara. Te ligo no celular.

Ela apoiou o telefone entre o ombro e o queixo enquanto procurava por H em contatos, deixou o celular cair no chão, fazendo um estrondo, e finalmente achou o número de Harry. Por sorte, ele sempre anda com o celular, pensou ela ao ligar para ele.

Ellen Gjelten morava no terceiro andar de um prédio recém-reformado junto com um canário-da-terra domesticado chamado Helge. O apartamento tinha paredes de meio metro de espessura e vidros de chumbo duplos. Mesmo assim, ela podia jurar que tinha escutado o ronco de um motor em ponto morto.

Rakel Fauke riu.

— Se prometeu dançar com a Linda, não vai conseguir escapar de fininho.

— Bem. A alternativa é fugir.

Houve uma pausa e Harry de repente entendeu que ele podia ser mal-interpretado. Apressou-se em perguntar:

— Como você entrou para a Polícia Secreta?

— Via Rússia. Consegui entrar no curso de russo do Ministério da Defesa e trabalhei dois anos como intérprete em Moscou. Kurt Meirik me recrutou já nessa época. Depois que me formei na universidade, entrei para o nível salarial 35 na Polícia Secreta. Pensei que fosse a galinha dos ovos de ouro.

— E não era?

— Está louco? Hoje meus colegas de faculdade ganham o triplo do que eu jamais vou ganhar.

— Podia ter parado e começado a fazer o que eles fazem.

Ela encolheu os ombros.

— Gosto do que eu faço. Nem todos têm essa sorte.

— Tem razão.

Outra pausa.

Tem razão. Isso era o melhor que ele conseguia?

— E você, Harry? Gosta do que faz?

Eles ainda estavam virados para a pista de dança, mas Harry sentiu o olhar dela, a forma como o avaliava. Todos os tipos de pensamentos passaram por sua cabeça. Que se formavam pequenas rugas em torno dos olhos dela quando sorria; que a cabana de Mosken não ficava longe de onde tinham encontrado os cartuchos do rifle Märklin, que, de acordo com o jornal *Dagbladet*, quarenta por cento das mulheres norueguesas que moram em cidades são infiéis; que ele tinha de perguntar à esposa de Even Juul se ela se lembrava de três soldados noruegueses do regimento da Noruega que foram feridos ou mortos por uma granada de mão jogada de um avião; e que ele devia ter aproveitado a liquidação de ternos para o réveillon anunciada na TV3. Mas... ele gostava do que fazia?

— Em alguns dias, sim — respondeu.

— E do que você gosta nesses dias?

— Não sei. Parece patético?

— Não sei.

— Não estou dizendo isso por não ter refletido sobre o motivo de eu ser um policial. Tenho refletido sobre isso, sim. E não tenho a resposta. Talvez porque goste de prender meninas e meninos maus.

— E o que você faz quando não está caçando meninas e meninos maus? — perguntou ela.

— Assisto à *Expedição Robinson*.

Ela deu outra risada. E Harry soube que ele estaria pronto para dizer as coisas mais estapafúrdias se acreditasse que aquilo a faria continuar rindo assim. Ele se conteve e falou, razoavelmente sério, sobre como sua vida estava no momento, mas tomou cuidado para deixar de fora as coisas mais desagradáveis, portanto não sobrou muito o que contar. Então, já que ela ainda parecia interessada, falou sobre o pai e a irmã, Søs. Por que sempre acabava falando de Søs quando alguém lhe pedia que falasse de si?

— Ela parece uma menina legal — disse ela.

— Das melhores. E a mais corajosa. Nunca tem medo de coisas novas. Um piloto de provas da vida.

Harry contou sobre a vez em que ela fizera uma oferta por um apartamento na rua Jacob Aalls — porque o papel de parede da foto do anúncio no *Aftenposten* a lembrava de seu quarto de criança em Oppsal — e foi dito a ela que o preço pedido era de 2 milhões de coroas, valor recorde por metro quadrado em Oslo naquele verão.

Rakel Fauke riu tanto que derramou tequila no terno de Harry.

— O melhor de Søs é que, quando ela leva uma rasteira, se levanta, sacode a poeira e já está pronta para outra.

Ela secou o terno com um lenço.

— E você, Harry, o que você faz quando leva uma rasteira?

— Eu? Bem. Acho que fico quieto por um tempo. Depois me levanto de novo, porque não há alternativa, não é?

— Tem razão.

Harry levantou o olhar para ver se ela estava brincando. O riso dançava em seus olhos. Rakel irradiava força, e ele duvidou que ela sofresse muitas rasteiras da vida.

— É sua vez de contar alguma coisa — sugeriu Harry.

Rakel não tinha uma irmã de quem lançar mão, era filha única. Por isso falou sobre seu trabalho.

— Mas é raro pegar alguém — disse. — A maioria dos casos se resolve amigavelmente com um telefonema ou em um coquetel em uma embaixada.

Harry abriu um sorriso meio torto.

— E como o meu caso foi resolvido? Quando atirei num agente do Serviço Secreto? Foi com um telefonema ou com um coquetel?

Ela o encarou pensativa enquanto enfiava a mão no copo e retirava um cubo de gelo. Segurou-o entre dois dedos. Uma gota derreteu e escorreu devagar pelo punho dela, sob uma pulseira fina de ouro em direção ao cotovelo.

— Dança, Harry?

— Pelo que me lembro, acabei de gastar pelo menos dez minutos explicando que odeio dançar.

Ela inclinou a cabeça de novo.

— Quero dizer, dança comigo?

— Essa música?

Uma versão muito lenta em flauta de "Let it Be" escorria como xarope das caixas de som.

— Você vai sobreviver. Encare como um aquecimento para o grande teste com a Linda.

Ela tocou no ombro dele.

— Estamos flertando agora? — perguntou Harry.

— O que você falou, inspetor?

— Desculpe, sou péssimo para entender sinais velados, por isso perguntei se isso é um flerte.

— Mas que ideia!

Harry passou uma das mãos em volta da cintura de Rakel e tentou um passo de dança.

— Isso é igual a perder a virgindade — comentou ele. — Algo inevitável, uma dessas coisas pelas quais todos os homens noruegueses têm que passar um dia.

— De que está falando? — perguntou ela, rindo.

— *Dançar* com uma colega em uma festa da empresa.

— Não estou obrigando você a fazer isso.

Ele sorriu. Podia ter sido em qualquer lugar, eles podiam tocar "A dança dos passarinhos" de trás para a frente no ukulele — ele teria matado por essa dança.

— Espere, o que você tem aí? — perguntou ela.

— Bem. Não é uma pistola e eu *estou* feliz em ver... Mas...

Harry tirou o celular do cinto e foi colocá-lo em cima da caixa de som. Rakel levantou os braços para ele quando voltou.

— Espero que não tenha ladrão aqui — disse ele.

Era uma piada antiquíssima na polícia, que com certeza ela já tinha ouvido centenas de vezes. Mesmo assim, riu suavemente em seu ouvido.

Ellen aguardou enquanto o celular de Harry chamava, mas ele não atendeu. Ela tentou de novo. Estava na janela, de olho na rua. Nenhum carro. Claro que não, ela estava muito tensa. Tom devia estar a caminho de casa e da cama. Ou da cama de alguém.

Depois de três tentativas desistiu de falar com Harry e ligou para Kim. Ele parecia cansado.

— Entreguei o táxi às sete essa noite — disse ele. — Dirigi vinte horas.

— Vou só tomar um banho antes de ir. Só queria saber se você estava em casa.

— Você parece estressada.

— Não é nada. Chego em uns quarenta minutos. Aliás, vou ter que usar o seu telefone. E passar a noite aí.

— Ótimo. Você se importa em passar no 7-Eleven para comprar cigarro?

— Está bem. Vou de táxi.

— Por quê?

— Explico depois.

— Sabe que é sábado à noite, não é? Não vai conseguir falar com a central de táxi. E você leva quatro minutos para chegar, se vier correndo.

Ela hesitou.

— Kim? — perguntou.

— Sim?

— Você me ama?

Ela o ouviu rir baixinho e imaginou seus olhos sonolentos semiabertos e seu corpo magro, quase depauperado embaixo do edredom em seu apartamento miserável. Ele tinha vista para o rio. Ele tinha tudo. E por um momento ela quase esqueceu Tom Waaler. Quase.

— Sverre!

A mãe de Sverre Olsen estava no pé da escada e gritava a plenos pulmões, como tinha por costume desde que ele podia se lembrar.

— Sverre! Telefone!

Gritava como se precisasse de ajuda, como se estivesse se afogando ou algo assim.

— Atendo aqui em cima, mãe!

Ele jogou as pernas para fora da cama, agarrou o telefone na escrivaninha e esperou até ouvir o clique indicando que a mãe havia colocado o fone da extensão no gancho.

— Alô?

— Sou eu. — Prince no fundo. Sempre Prince.

— Imaginei que fosse — disse Sverre.

— Por quê?

A pergunta veio rápido. Tão rápido que Sverre já se sentia na defensiva, como se fosse ele quem devesse dinheiro, e não o contrário.

— Você não está ligando por ter recebido a minha mensagem? — perguntou Sverre.

— Estou ligando porque vi seu número na lista de ligações recebidas no meu celular. Estou vendo que você conversou com alguém aqui às oito e trinta e dois hoje à noite. De que mensagem você está falando?

— Da grana, claro. Estou ficando apertado e você prometeu...

— Com quem você falou?

— O quê? Aquela voz de mulher que você tem na secretária... Bem bacana, é uma nova que você...?

Nenhuma resposta. Apenas Prince tocando baixinho. *"You sexy motherfucker..."* De súbito, a música foi desligada.

— Me diga exatamente o que você falou.

— Só falei que...

— Não! Exatamente o que você falou. Palavra por palavra.

Sverre repetiu a mensagem com a maior precisão que pôde.

— Imaginei que fosse algo assim — falou o Príncipe. — Você acaba de entregar toda a nossa operação para uma pessoa de fora, Olsen. Se não tamparmos esse vazamento já, estamos fritos. Sacou?

Sverre Olsen não estava entendendo.

O Príncipe parecia bem calmo quando explicou que seu celular esteve em mãos erradas.

— Não foi uma secretária eletrônica que você ouviu, Olsen.

— Quem era então?

— Vamos chamar essa pessoa de inimigo.

— Monitor? Alguém da Polícia Secreta?

— A pessoa está a caminho da polícia. Sua missão agora é pará-la.

— Minha missão? Eu só quero o meu dinheiro e...

— Cale a boca, Olsen.

Olsen calou a boca.

— Isso aqui se trata da Causa. Você é um bom soldado, não é?

— Sou, mas...

— E um bom soldado deixa tudo arrumado, não deixa?

— Eu só transmiti mensagens entre você e o velho, é você que...

— Principalmente quando o soldado tem uma sentença de três anos nas costas que, devido a erros formais, foi transformada em liberdade condicional.

Sverre engoliu em seco.

— Como você sabe disso?

— Não esquente com isso. Só quero que entenda que você tem tanto a perder nesse caso como eu e o resto da irmandade.

Sverre não respondeu. Não era preciso.

— Veja pelo lado positivo, Olsen. Estamos em guerra. Não temos espaço para covardes e traidores. Além disso, a irmandade compensa seus soldados. Além dos dez mil, vai receber mais quarenta mil quando o trabalho estiver feito.

Sverre pensou... Na roupa que iria vestir.

— Aonde? — perguntou.

— Na praça Schous em vinte minutos. Leve o que for preciso.

— Não bebe? — perguntou Rakel.

Harry olhou em torno. Haviam dançado a última música tão colados que talvez alguém tivesse desconfiado de alguma coisa. Agora tinham se retirado para uma mesa aos fundos da cantina.

— Parei — respondeu Harry.

Ela balançou a cabeça, assentindo.

— É uma longa história — acrescentou ele.

— Não estou com pressa.

— Essa noite quero ouvir apenas histórias divertidas. — Sorriu. — Vamos falar de você. Não teve uma infância que mereça ser lembrada?

Harry meio que esperava que ela achasse graça, mas recebeu apenas um vago sorriso.

— Minha mãe morreu quando eu tinha 15 anos, mas fora isso aguento falar sobre a maior parte.

— Lamento.

— Não precisa se lamentar. Ela era uma mulher excepcional. Mas eram histórias divertidas que íamos contar essa noite...

— Tem irmãos?

— Não. Somos eu e meu pai.

— Então teve que cuidar dele sozinha?

Ela olhou para Harry surpresa.

— Sei como é — disse ele. — Também perdi minha mãe. Meu pai ficou sentado numa cadeira olhando para a parede durante anos. Eu literalmente tive que dar de comer a ele.

— Meu pai tinha uma grande rede de lojas de materiais de construção que construiu do zero e que, eu pensei, fosse toda a sua vida. Mas ele perdeu completamente o interesse pelo negócio da noite para o dia quando minha mãe morreu. Vendeu a parte dele antes de tudo ir para o brejo. E se afastou de todos os amigos. Inclusive de mim. Ele se tornou amargo e solitário — contou Rakel, abrindo os braços. — Eu tive que cuidar da minha vida também. Tinha conhecido uma pessoa em Moscou, e meu pai se sentiu traído por eu querer me casar com um russo. Quando vim com Oleg para a Noruega, a relação entre mim e meu pai ficou muito complicada.

Harry se levantou e voltou trazendo uma margarita para ela e uma Coca para ele.

— Pena que nós nunca nos encontramos durante a faculdade de Direito, Harry.

— Eu era um babaca naquela época. Era agressivo com todos que não gostavam dos mesmos discos e filmes que eu. Ninguém gostava de mim. Nem eu.

— Não acredito nisso.

— Roubei isso de um filme. O cara que falou isso estava cantando a Mia Farrow. No filme, quero dizer. Nunca consegui testar na vida real.

— Bem — disse ela e experimentou a margarita, pensativa. — Acho que é um bom começo. Mas tem certeza de que não roubou a ideia de ter roubado a frase também?

Eles riram e conversaram sobre filmes bons e ruins, shows bons e ruins que tinham visto e, pouco depois, Harry entendeu que tinha de reajustar a impressão inicial dela um bocado. Rakel havia, por exemplo, dado a volta ao mundo sozinha aos 20 anos, quando tudo a que Harry podia se referir em termos de experiências adultas era uma viagem de trem e o início de um problema com bebidas.

Ela olhou no relógio.

— Onze. Tenho alguém me esperando.

Harry sentiu o coração apertar.

— Eu também — disse e se levantou.

— É?

— Um monstro que tenho embaixo da cama. Posso levar você para casa.

Ela sorriu.

— Não precisa.

— É caminho.

— Você também mora em Holmenkollen?

— Bem perto. Ou quase perto. Bislett.

Ela riu.

— Do outro lado da cidade? Eu sei o que você quer.

Harry sorriu encabulado.

— Ajuda para empurrar o carro, não é?

— Parece que ele foi embora, Helge — disse Ellen.

Ela estava na janela, tinha vestido o casaco e olhava por entre as cortinas. Não tinha ninguém na rua, o táxi que estava ali havia pouco tinha desaparecido com três amigas exageradamente festeiras. Helge não respondeu. O pássaro de uma asa apenas piscou duas vezes e coçou o peito com o pé de chapim.

Ela tentou ligar para o celular de Harry mais uma vez, porém a mesma voz de mulher repetiu que o aparelho estava desligado ou se encontrava fora da área de cobertura.

Depois Ellen cobriu a gaiola, deu boa-noite, apagou a luz e saiu.

A rua estava deserta, e Ellen se apressou em direção à Thorvald Meyers, que ela sabia que fervia de gente no sábado a essa hora. Em frente à lanchonete Fru Hagen, cumprimentou algumas pessoas que reconheceu por ter trocado umas palavras em alguma noite úmida ali em Grünerløkka. Lembrou que tinha prometido comprar cigarros para Kim e fez a curva para ir à 7-Eleven. Ela viu um rosto novo de que se lembrou vagamente e sorriu automaticamente quando notou que ele olhou para ela.

No 7-Eleven tentou lembrar se Kim fumava Camel ou Camel Light e se deu conta de que estavam juntos havia muito pouco tempo. Ellen pensou no quanto eles ainda tinham de aprender um sobre o outro. E, pela primeira vez na vida, isso não a assustou. Na verdade, era algo que ela almejava. Simplesmente estava feliz como nunca. A ideia de Kim nu na cama, a apenas três quarteirões de onde ela estava, deixou-a com tesão. Decidiu-se pelo Camel e esperou impaciente para ser atendida. De volta à rua pegou o atalho beirando o rio Akerselva.

Pensou em como era curta a distância entre o fervilhar de pessoas e a desolação total, mesmo numa cidade grande. De repente, o gorgolejo do rio e da neve que gemia sob suas botas era tudo o que ouvia. E era tarde demais para se arrepender de ter pegado o atalho quando entendeu que não eram apenas os próprios passos que ouvia. De repente começou a ouvir uma respiração pesada e ofegante também. Com medo e raiva, Ellen pensou — não, ela soube no mesmo instante — que corria perigo de vida. Ela não se virou, só começou a correr. Os passos atrás dela rapidamente entraram no mesmo ritmo. Ela tentou correr de forma eficaz e com muita calma, para evitar entrar em pânico e começar a se debater. *Não corra como uma vovozinha,* pensou e tentou pegar a lata de gás no bolso do casaco, mas os passos estavam se aproximando, eram implacáveis. Ela pensou que, se conseguisse alcançar o solitário poste de luz no atalho, estaria salva. E sabia também que não era verdade. Estavam bem embaixo da lâmpada quando o primeiro golpe a acertou no ombro e a derrubou na neve. O segundo paralisou seu braço e a lata de gás escorregou da mão neutralizada. O terceiro quebrou a patela do joelho, mas as dores bloquearam os gritos que ainda estavam mudos no fundo da garganta e fizeram suas artérias incharem contra a pele pálida do pescoço. Ela o viu erguer o bastão à luz amarela do poste. Agora o reconhecia, aquele mesmo homem que tinha visto quando se virara em frente à lanchonete. A policial nela notou que ele estava usando uma jaqueta verde e curta, botas pretas e um boné estilo militar. A primeira pancada na cabeça destruiu o nervo óptico e ela só viu escuridão.

Quarenta por cento dos pardais sobrevivem, pensou ela. *Eu vou sobreviver a esse inverno.*

Seus dedos procuraram algo em que se agarrar na neve. A segunda pancada acertou a parte de trás da cabeça.

Não falta muito agora, pensou ela. *Vou sobreviver a esse inverno.*

Harry parou na entrada da casa de Rakel Fauke no bairro de Holmenkollen. A luz branca da lua dava à pele dela um tom meio irreal, e mesmo na parca luz dentro do carro ele pôde ver pelos seus olhos que ela estava cansada.

— Então chegamos — disse Rakel.

— Sim, chegamos — repetiu Harry.

— Gostaria de convidar você para subir, mas...

Harry riu.

— Imagino que Oleg não ia gostar muito disso.

— Oleg está dormindo com os anjos, estou pensando na babá.

— Babá?

— A babá do Oleg é filha de uma pessoa da Polícia Secreta. Por favor, não me entenda mal, é que não suporto esse tipo de fofoca no trabalho.

Harry olhou para o painel do carro. O vidro do velocímetro estava rachado, e ele desconfiava de que o relé da lâmpada do óleo tinha pifado.

— Oleg é seu filho?

— É. O que você pensou?

— Bem, pensei que talvez estivesse falando do seu companheiro.

— Que companheiro?

O isqueiro havia sido jogado pela janela ou roubado junto com o rádio.

— Oleg nasceu quando eu estava em Moscou — disse ela. — O pai dele e eu moramos juntos por dois anos.

— O que aconteceu?

Ela encolheu os ombros.

— Nada. Só deixamos de nos amar. E eu voltei para Oslo.

— Então você é...

— Mãe solteira. E você?

— Solteiro. Só solteiro.

— Antes de começar a trabalhar com a gente, alguém comentou algo sobre você e a policial com quem dividiu o escritório na Homicídios.

— Ellen? Não. Só nos dávamos muito bem. Nós nos *damos* muito bem, na verdade. Ela ainda me ajuda de vez em quando.

— Com o quê?

— Com o caso em que estou trabalhando.

— Claro. O caso.

Ela olhou no relógio de novo.

— Posso ajudar você a abrir a porta do carro? — perguntou Harry.

Ela sorriu, fez que não com a cabeça e deu um empurrão na porta com o ombro. As dobradiças rangeram quando a porta se abriu.

O bairro de Holmenkollen estava silencioso, ouvia-se apenas o suave uivo dos pinheiros. Ela pôs um pé na neve.

— Boa noite, Harry.

— Só uma coisa.

— O quê?

— Quando eu trouxe você da outra vez, por que não me perguntou o que eu queria com o seu pai? Você só quis saber se havia algo em que podia me ajudar.

— Hábito profissional. Procuro não perguntar quando o assunto não me diz respeito.

— E não ficou curiosa?

— Estou sempre curiosa, só não pergunto. De que se trata?

— Estou procurando um ex-soldado da Frente Oriental que talvez tenha estado na guerra com o seu pai. Esse tal soldado comprou um rifle Märklin. Aliás, seu pai não parecia nem um pouco amargo quando conversei com ele.

— Parece que o projeto do livro fez com que ele acordasse para a vida. Eu também fiquei surpresa.

— Quem sabe vocês não fazem as pazes um dia?

— É. Quem sabe?

Seus olhares se encontraram, se engancharam e davam a entender que não iam se soltar.

— Estamos flertando agora? — perguntou ela.

— Mas que ideia!

Ele podia ver os olhos risonhos dela muito tempo depois de ter estacionado ilegalmente em Bislett, enxotado o monstro de volta para debaixo da cama e caído no sono sem perceber a luz da secretária eletrônica piscando, sinalizando que ele tinha uma nova mensagem.

Sverre Olsen fechou a porta com cuidado, tirou os sapatos e subiu a escada sem fazer barulho. Pulou o degrau que sabia que rangia, mas também sabia que de nada adiantaria.

— Sverre?

O grito veio da porta aberta do quarto.

— O que, mãe?

— Onde você estava?

— Só fui dar uma volta, mãe. Vou para a cama agora.

Ele tapou os ouvidos para não ouvir as palavras dela; ele meio que já sabia quais eram. Caíam como uma saraivada ácida e desapareciam antes de chegarem ao chão. Depois fechou a porta do quarto e então estava só. Deitou-se na cama, olhou para um ponto fixo no teto e começou a pensar no que tinha acontecido. Parecia um filme. Fechou os olhos, tentou esvaziar a cabeça de pensamentos, mas o filme continuou passando.

Ele não fazia ideia de quem ela era. Ele encontrou o Príncipe, conforme combinado, na praça indicada, e eles foram de carro à rua onde ela morava. Estacionaram o carro em um ponto onde não podiam ser vistos do apartamento dela, mas de onde poderiam ver se ela saísse. O Príncipe avisou que poderia levar a noite toda, falou que era para ele relaxar, ligou aquela maldita música negra e reclinou o encosto do assento. Mas apenas meia hora depois o portão se abriu e o Príncipe falou: "É ela."

Sverre teve de dar uma corridinha, mas não a alcançou antes de terem saído da rua escura, e havia gente demais por perto. Em certo ponto, ela de repente se virou e olhou diretamente para ele e, por um instante, Sverre teve certeza de que havia sido descoberto, e que ela tinha visto o bastão escondido despontar pela gola da jaqueta. Ele ficou com tanto medo que não conseguiu controlar a contração muscular no rosto, porém, mais tarde, quando ela saiu do 7-Eleven correndo, o medo já havia se transformado em raiva. Ele se lembrava dos detalhes do que tinha acontecido sob a luz do poste, e, um segundo tempo, já não se lembrava mais. Ele sabia o que tinha acontecido, mas era como se alguns fragmentos de lembrança tivessem sido removidos, como naquelas brincadeiras em programas de TV, quando alguém mostra um pedaço da foto para você adivinhar o que está vendo.

Ele abriu os olhos de novo. Olhou as placas de gesso abaulado no teto, acima da porta. Quando recebesse o dinheiro, chamaria alguém para consertar o vazamento pelo qual a mãe o amolava fazia tempo. Tentou pensar na reforma do telhado, mas sabia que era só para afastar outros pensamentos. Ele sabia que algo estava errado. Que tinha sido diferente daquela vez. Não como tinha sido com o cara amarelo no Dennis Kebab. Aquela moça era uma norueguesa comum. Cabelo curto e castanho, olhos azuis. Ela poderia ser sua irmã. Tentou repetir para si mesmo o que o Príncipe havia cunhado em sua mente: que ele era um soldado, que tudo havia sido em prol da Causa.

Olhou para a foto pendurada na parede, logo abaixo da bandeira com uma suástica. Era uma imagem do *SS-Reichsführer und Chef der Deutschen Polizei* Heinrich Himmler discursando durante sua visita a Oslo em 1941. Ele falava para noruegueses voluntários que prestavam juramento para a Waffen-SS. Uniforme verde. As iniciais SS na gola. Vidkun Quisling ao fundo. Himmler. Morte honrosa em 23 de maio de 1945. Suicídio.

— Merda!

Sverre botou os pés no chão, se levantou e começou a andar de um lado para o outro, inquieto.

Parou em frente ao espelho perto da porta. Levou as mãos à cabeça. Depois procurou nos bolsos da jaqueta. Droga, onde estava seu boné militar? Por um momento, sentiu o pânico lhe dominar ao pensar que podia ter caído na neve ao lado dela, mas lembrou que estava com o boné quando voltou para o carro do Príncipe. Respirou aliviado.

Tinha se livrado do bastão do jeito que o Príncipe havia orientado. Limpou as impressões digitais e jogou-o no rio. Agora era só ficar quietinho e esperar as coisas acontecerem. O Príncipe tinha dito que cuidaria de tudo, como já havia feito antes. Ele não sabia onde o Príncipe trabalhava, mas não havia dúvidas de que ele era bem relacionado com a polícia. Ele despiu-se em frente ao espelho. As tatuagens em sua pele ficaram acinzentadas sob a luz branca da lua que passava por entre as cortinas. Ele tocou a cruz de ferro pendurada na corrente em volta do pescoço.

— Sua puta — murmurou. — Sua puta comunista de merda.

Quando finalmente dormiu, já estava amanhecendo no leste.

51

Hamburgo, 30 de junho de 1944

Minha querida e amada Helena,

Eu amo você mais que eu amo a mim, agora você já sabe disso. Estivemos juntos por pouco tempo, e você ainda tem uma vida longa e feliz — disso eu sei — pela frente, mas espero que nunca me esqueça. Agora é noite, estou em um dormitório perto do porto de Hamburgo, e as bombas estão caindo lá fora. Estou sozinho, os outros foram procurar abrigo em bunkers e porões, e não temos energia elétrica, mas os incêndios lá fora dão bastante luz para escrever.

Tivemos de descer do trem antes de chegarmos a Hamburgo porque os trilhos haviam sido bombardeados na noite anterior. Fomos levados para a cidade em caminhões, e foi terrível o que nos esperava. Quase todas as casas pareciam destruídas, cachorros vagavam entre as ruínas fumegantes, e em todo lugar havia crianças maltrapilhas e magras olhando para nossos caminhões com olhos arregalados e vazios. Atravessei Hamburgo a caminho de Sennheim faz apenas dois anos, só que agora a cidade está irreconhecível. Daquela vez, assim que avistei o Elba, o achei o rio mais belo que já tinha visto, mas agora há pedaços de madeira e restos de navios naufragados boiando em água lamacenta. E ouvi dizer que o rio está envenenado por causa de todos os corpos que foram jogados nele. Também há rumores sobre novos ataques aéreos esta noite, e que seria melhor se fôssemos para o interior o quanto antes. De acordo com o plano, eu seguiria para Copenhague hoje à noite, mas as linhas de trem para o norte também foram bombardeadas.

Lamento meu péssimo alemão. Como pode ver, minha mão não está muito firme, mas é por causa das bombas que fazem o lugar inteiro sacudir. Não que eu tenha medo. Do que poderia ter medo agora? De onde estou sentado, sou testemunha de um fenômeno do qual já tinha ouvido falar, mas nunca tinha visto — uma tempestade de fogo. As chamas do outro lado do porto parecem sugar tudo à sua volta. Consigo ver pedaços de tábuas soltas e telhados inteiros de zinco levantarem voo e voar para as chamas. E o mar — está fervendo! Vapor sobe por baixo do cais ali, e, se um coitado tentasse se salvar pulando na água, seria queimado vivo. Abri a janela e o ar parecia privado de todo oxigênio. Foi quando ouvi o rugido — como se alguém que estivesse dentro das chamas gritasse por mais, mais. É sinistro e pavoroso, porém, de forma estranha, também fascinante.

Meu coração está transbordando de tanto amor que me sinto invulnerável — graças a você, Helena. Se um dia tiver filhos (sei que você os quer e desejo que os tenha!), quero que você conte histórias sobre mim. Como se fossem contos de fadas, porque é o que elas são — contos de fadas de verdade! Já me decidi sair à noite para ver o que consigo encontrar, e quem posso encontrar. Vou deixar esta carta no cantil de metal aqui na mesa. Gravei seu nome e endereço com a baioneta, para quem encontrá-la entender para quem é.

Seu amado
Uriah

Parte Cinco

Sete dias

52

Rua Jens Bjelkes, 12 de março de 2000

"Alô, *esta é a secretária de Ellen e Helge. Deixe seu recado.*"
— Oi, Ellen. É o Harry. Como pode ouvir, andei bebendo, e lamento por isso. De verdade. Mas, se estivesse sóbrio, provavelmente não teria ligado para você agora. Acho que você me entende. Estive no local do crime hoje. Você estava deitada de costas na neve em um atalho beirando o rio. Você foi encontrada por um jovem casal que estava a caminho de uma boate pouco depois da meia-noite. Causa da morte: ferimentos graves na parte frontal do crânio em consequência de pancadas na cabeça com um objeto obtuso. Você também levou golpes na parte de trás da cabeça e teve ao todo três fraturas cranianas, além da patela do joelho esquerdo quebrada e marcas de pancadas no ombro direito. Estamos supondo que os ferimentos foram provocados pelo mesmo objeto. O Dr. Blix calcula que a hora da morte foi entre onze e meia-noite. Parecia que você... Eu... Espere um pouco.

"Desculpe. Então... o pessoal que fez a perícia no local do crime encontrou umas vinte marcas de botas diferentes na neve perto do atalho, e um par ao seu lado, mas os últimos foram pisoteados, provavelmente para apagar as pegadas. Nenhuma testemunha se apresentou até agora, mas estamos fazendo a ronda na vizinhança. Várias casas têm vista para o atalho, por isso a Kripos acha que há chance de alguém ter visto alguma coisa. Na minha opinião, as chances são mínimas, porque passou uma reprise da *Expedição Robinson* na TV sueca entre as onze e quinze e meia-noite e quinze. Brincadeira. Estou tentando ser engraçado, está ouvindo? E, sim, encontramos um boné militar azul a alguns metros de onde você estava. Tinha manchas de sangue e, ainda que você estivesse bem ensanguentada, o Dr. Blix acha que o sangue não pode ter esguichado tão longe. Se o sangue for seu, o boné pode ser do assassino. Mandamos a amostra de sangue para ser analisada, e o boné está no laboratório da perícia forense para ver se há cabelo e restos de pele. Se o cara não tiver queda de cabelo, há esperança de que tenha caspa. Ha-ha. Você não se esqueceu de Ekman e Friesen, esqueceu? Não tenho mais dicas para você, mas me avise se tiver alguma pista. Mais alguma coisa? Ah, sim. Helge está de casa nova. Veio morar comigo. Sei que é uma mudança para pior, mas assim é para todos nós, Ellen. Talvez exceto para você. Agora vou tomar outro drinque e pensar exatamente sobre isso."

53

Rua Jens Bjelkes, 13 de março de 2000

"*Alô, esta é a secretária de Ellen e Helge. Deixe seu recado.*"
— Oi, é o Harry de novo. Não consegui ir trabalhar hoje, mas pelo menos liguei para o Dr. Blix. Estou contente em poder dizer que você não foi violentada e que, de acordo com o que podemos determinar, todos os seus pertences estavam intactos. Isso significa que não temos um motivo, mesmo que possa haver razões para ele não ter conseguido fazer o que tinha planejado. Ou não ter conseguido ir até o fim. Hoje duas testemunhas que estiveram em frente à lanchonete Fru Hagen se apresentaram. Foi registrado um pagamento no seu cartão no 7-Eleven às dez e cinquenta e cinco. Seu namorado, Kim, foi interrogado o dia inteiro. Ele disse que você estava a caminho da casa dele, e que ele tinha pedido a você que comprasse cigarros. Um dos rapazes da Kripos bateu na tecla de que você tinha comprado uma marca diferente da que ele fuma. Além do mais, seu namorado não tem álibi. Sinto muito, Ellen, mas, no momento, ele é o principal suspeito.

"Ah, acabei de receber uma visita. Ela se chama Rakel e trabalha na Polícia Secreta. Ela passou aqui em casa para saber como estou, segundo a própria. Ficou aqui comigo um pouco, mas não conversamos muito. Depois ela foi embora. Acho que não sou uma boa companhia agora.

"Helge manda beijos."

54

Rua Jens Bjelkes, 14 de março de 2000

"Alô, esta é a secretária de Ellen e Helge. Deixe seu recado."
— Esse é o mês de março mais frio de todos os tempos. O termômetro indica 18 graus negativos, e as janelas desse prédio são do século passado. Aquela teoria que diz que bêbado não sente frio é uma grande besteira. Meu vizinho Ali bateu à minha porta hoje de manhã. Ele me contou que caí feio na escada quando cheguei ontem e que teve que me ajudar a ir para a cama.

"Acho que era hora do almoço quando cheguei ao trabalho, porque a cantina estava lotada quando fui pegar um café. Tive a impressão de que ficaram me encarando, mas talvez esteja imaginando coisas. Estou sentindo uma saudade danada de você, Ellen.

"Cheguei a ficha criminal do seu namorado, Kim. Vi que ele tem uma condenação leve por posse de haxixe. A Kripos ainda acha que foi ele. Eu nunca estive cara a cara com ele, e Deus sabe que não sou um bom conhecedor da natureza humana. Mas pelo que você me contou sobre ele, não me parece ser do tipo, concorda? Liguei para a perícia forense e eles me disseram que não acharam um único fio de cabelo no boné militar, apenas algo que deve ser fragmentos de pele. Foi enviado para análise de DNA e eles acham que os resultados devem ficar prontos dentro de quatro semanas. Sabe quantos fios de cabelo uma pessoa adulta perde por dia? Eu verifiquei. Em média cento e cinquenta fios. E, veja, nenhum fio no boné. Depois fui falar com o Møller e pedir a ele uma lista de todas as pessoas que foram condenadas por lesão corporal grave durante os últimos quatro anos e que estão com a cabeça raspada atualmente.

"Rakel passou no escritório e levou um livro. *Nossos passarinhos*. Livro esquisito. Você acha que Helge gosta de espiga de painço? Se cuide."

55

Rua Jens Bjelkes, 15 de março de 2000

"*Alô, esta é a secretária de Ellen e Helge. Deixe seu recado.*" — Enterraram você hoje. Eu não fui ao enterro. Sua família merecia uma cerimônia digna, e eu não estava muito apresentável hoje, por isso fiz um brinde a você em pensamento no bar Schrøder. Ontem, lá pelas oito da noite, entrei no carro e fui para a rua Holmenkollen. Foi uma péssima ideia. Um cara foi visitar a Rakel, o mesmo que eu já tinha visto lá antes. Ele se apresentou como qualquer coisa do Ministério das Relações Exteriores e parecia que tinha ido falar algo sobre trabalho com ela. Acho que o nome dele é Brandhaug. Rakel não parecia muito feliz com a visita, mas talvez eu esteja imaginando coisas. Então vim embora rápido, antes que pudesse piorar a situação. Rakel insistiu que eu voltasse de táxi. Mas, olhando pela janela agora, estou vendo o Escort estacionado na rua, então parece que não segui o conselho dela.

"As coisas estão, como deve imaginar, um pouco caóticas no momento. Mas pelo menos fui ao pet shop hoje e comprei alpiste. A mulher que me atendeu sugeriu Trill. Aceitei."

56

Rua Jens Bjelkes, 16 de março de 2000

"*Alô, esta é a secretária de Ellen e Helge. Deixe seu recado.*"
— Dei uma passada no restaurante Ryktet hoje. Me lembra um pouco o bar Schrøder. Pelo menos lá eles não olham torto para você se pedir um chope de manhã. Eu me sentei à mesa de um velho e depois de um certo esforço consegui começar uma espécie de conversa. Perguntei o que ele tinha contra Even Juul. Aí ele ficou olhando para mim por um tempão. É claro que ele não se lembrou de mim da última vez que estive lá. Mas depois que paguei um chope para ele, o cara contou a história toda. Ele tinha lutado na Frente Oriental, o que eu já tinha entendido, e conheceu Signe, a esposa de Juul, quando ela era enfermeira lá. Ela tinha se apresentado ao serviço voluntário porque estava noiva de um dos soldados noruegueses do Regimento Noruega. Mas ela acabou sendo processada por traição à pátria em 1945, e foi então que Juul a conheceu. Ela foi condenada a cumprir uma pena de dois anos, mas o pai de Juul, que tinha um alto cargo no Partido Trabalhista, mexeu os pauzinhos para que fosse solta depois de alguns meses. Quando perguntei para o velho por que isso o perturbava tanto, ele apenas murmurou que Juul não era tão santo quanto tentava parecer. Foi essa a palavra que ele usou, "santo". Ele disse que Juul era exatamente como todos os outros historiadores, que ele escrevia os mitos sobre a Noruega durante a guerra da maneira como os vencedores gostariam que as histórias fossem contadas. O homem não se lembrava do nome do primeiro noivo dela, apenas que ele foi uma espécie de herói para os outros do regimento.

"Depois fui para o escritório. Kurt Meirik deu uma passada na minha sala. Não falou nada. Liguei para Bjarne Møller, e ele me disse que a lista que eu tinha pedido continha 34 nomes. Será que homens carecas são mais propensos a serem violentos? De qualquer maneira, Møller mandou um policial ligar para verificar os álibis e reduzir a lista. O relatório preliminar diz que Tom Waaler levou você para casa, e que, quando você desceu do carro, às dez e quinze, estava calma. Ele também explicou que vocês conversaram sobre coisas do dia a dia. Mas, quando você, de acordo com a Telenor, ligou para minha secretária eletrônica às dez e dezesseis, isso é, assim que entrou em casa, estava agitada por ter descoberto algo. Acho estranho. Bjarne Møller não achou você agitada. Talvez eu esteja só imaginando coisas.

"Mande notícias logo, Ellen."

57

Rua Jens Bjelkes, 17 de março de 2000

"*Alô, esta é a secretária de Ellen e Helge. Deixe seu recado.*" — Não fui trabalhar hoje. Está fazendo 12 graus negativos lá fora, e está um pouco mais quente no apartamento. O telefone tocou o dia todo, e quando eu finalmente decidi atender era o Dr. Aune. Para um psicólogo, Aune até que é um homem legal. Pelo menos ele não faz de conta que está menos confuso sobre o que se passa na nossa cabeça. O velho ditado de Aune que diz de que toda recaída do alcoólatra começa onde foi a última bebedeira é um ótimo aviso, mas não necessariamente verdade. Levando em conta o que aconteceu em Bangkok, ele ficou surpreso por me encontrar razoavelmente bem dessa vez. Tudo é relativo. Aune também fala de um psicólogo americano que concluiu que o percurso da vida humana até certo ponto é genético. Segundo ele, quando entramos nos papéis dos nossos pais, o percurso da nossa vida se toma parecido. Meu pai virou um solitário depois que minha mãe morreu, e agora Aune está com medo de que eu esteja indo pelo mesmo caminho por causa de algumas experiências pesadas que tive — aquilo que aconteceu no Vinderen... Você sabe. E em Sydney. E agora isso aqui. Bem. Contei sobre o meu dia a dia, mas tive que rir quando Aune me disse que era Helge que estava me impedindo de desistir. O canário! Como disse, Aune é um cara legal, mas devia parar com esse papo de psicólogo.

Liguei para Rakel e a chamei para sair. Ela disse que ia pensar no assunto e retornar a ligação. Não sei por que faço isso comigo.

58

RUA JENS BJELKES. 18 DE MARÇO DE 2000

"... *Esta é uma mensagem da Telenor. Este número que você ligou não está mais disponível. Esta é uma mensagem da Telenor. Este número que você ligou..."*

Parte Seis

Betsabá

59

Escritório de Møller, 25 de abril de 2000

A primeira ofensiva da primavera chegou tarde. Só no final de março começou a gorgolejar e escoar nas sarjetas. Em abril, só havia neve na floresta. Mas depois a primavera teve de bater em retirada. A neve caiu e se acumulou aos montes mesmo no centro da cidade e se passaram várias semanas até que o sol a derretesse de novo. Bosta de cachorro e lixo do ano anterior faziam as ruas ficarem fedendo, o vento soprava forte nas áreas abertas em Grønlandsleiret e na Galleri Oslo, levantando a areia jogada no gelo para que as pessoas não escorregassem, fazendo-as esfregarem os olhos e cuspir ao caminhar. Falava-se muito da mãe solteira que um dia, talvez, seria rainha, sobre o Campeonato Europeu de futebol e o clima fora do comum. Na delegacia os assuntos eram o que as pessoas tinham feito na Páscoa e o pequeno aumento de salário. E as pessoas faziam de conta que tudo estava como antes.

Não estava tudo como antes.

Harry estava no escritório com os pés em cima da mesa, observando o céu sem nuvens, as mulheres aposentadas com chapéus feios que lotavam as calçadas na parte da manhã, os carros de entrega avançando o sinal amarelo, todas as pequenas coisas que davam à cidade um falso ar de normalidade. Ele especulava havia muito tempo se era o único que não se deixava enganar. Fazia seis semanas que Ellen havia sido enterrada, mas, quando olhava pela janela, não via nada de diferente.

Ouviu-se uma batida à porta. Harry não respondeu, mas ela se abriu mesmo assim.

Era o chefe do departamento, Bjarne Møller.

— Soube que está de volta.

Harry viu um daqueles ônibus vermelhos parar suavemente no ponto. A propaganda na lateral do ônibus era de seguro de vida.

— Pode me explicar por que, chefe — perguntou Harry —, chamam de seguro de vida quando na verdade se trata de um seguro de morte?

Møller deu um suspiro e se sentou na ponta da mesa.

— Por que não tem uma cadeira extra aqui, Harry?

— As pessoas chegam mais rápido ao ponto quando não estão sentadas. — Ele ainda estava olhando pela janela.

— Sentimos sua falta no enterro, Harry.

— Eu tinha trocado de roupa — disse o inspetor, mais para si do que para Møller. — Tenho certeza de que estava a caminho. Quando olhei para a frente e vi aquela aglomeração triste em torno de mim, por um momento pensei até que tivesse chegado. Mas aí vi a Maja de avental na minha frente esperando o meu pedido.

— Imaginei que tivesse acontecido algo assim — disse Møller.

Um cachorro atravessou furtivamente o gramado seco com o focinho grudado no chão e o rabo para cima. Pelo menos alguém apreciava a primavera em Oslo.

— O que aconteceu depois? — perguntou Møller. — Não tivemos notícias suas por um bom tempo.

Harry deu de ombros.

— Estava ocupado. Ganhei um inquilino novo, um canário de uma asa só. E fiquei ouvindo recados antigos na secretária eletrônica. Descobri que todos os recados que recebi durante os dois últimos anos cabem em uma fita de meia hora. E todos eram da Ellen. Triste, não é? Bem. Nem tanto, talvez. A única coisa triste é que eu não estava em casa quando ela ligou pela última vez. Você sabia que a Ellen tinha encontrado o cara?

Pela primeira vez desde que Møller entrou, Harry se virou e olhou para ele.

— Você não esqueceu a Ellen, esqueceu?

Møller deu um suspiro.

— Nenhum de nós esqueceu a Ellen, Harry. E me lembro do recado que ela deixou na sua secretária, e que você disse à Kripos que acha que se trata do mediador da transação da arma. O fato de ainda não termos conseguido encontrar o assassino não quer dizer que nos esquecemos dela, Harry. O pessoal da Kripos e da Homicídios estão investigando isso há semanas, quase não dormimos mais. Se tivesse vindo trabalhar, teria visto que estamos nos esforçando. — Møller se arrependeu do que disse na mesma hora. — Eu não quis...

— Quis, sim. E é claro que você tem razão. — Harry passou a mão no rosto. — Ontem à noite ouvi uma das mensagens dela. Não sei por que ela ligou. Na mensagem ela dava conselhos sobre o que achava que eu devia comer e terminava me lembrando de dar comida para os passarinhos, de me alongar depois de malhar e de Ekman e Friesen. Você conhece Ekman e Friesen?

Møller fez que não com a cabeça.

— São dois psicólogos que descobriram que, quando rimos, os músculos da face dão início a processos químicos no cérebro que nos deixam mais positivos em relação ao mundo e mais contentes com a vida. Eles simplesmente provaram a antiga alegação de que, quando rimos para o mundo, o mundo ri para a gente. Por um momento, ela me fez acreditar nisso — explicou Harry, olhando para Møller. — Triste, não acha?

— Muito triste.

Os dois esboçaram sorrisos e ficaram alguns instantes em silêncio.

— Está na sua cara que você veio até aqui me dizer alguma coisa, chefe. O que é?

Møller pulou da mesa e começou a andar para de um lado para o outro.

— A lista dos 35 carecas foi reduzida a 12 depois que verificamos os álibis. Ok?

— Ok.

— Podemos determinar o tipo sanguíneo do dono do boné militar depois do exame de DNA das amostras de pele que encontramos. Quatro dos 12 têm o mesmo tipo sanguíneo. Colhemos o sangue desses quatro e mandamos para exame de DNA. Os resultados chegaram hoje.

— E aí?

— Nada.

O escritório caiu em silêncio. O único barulho era o guincho das solas de borracha de Møller, que andava de um lado para o outro.

— E a Kripos descartou a teoria de que foi o namorado da Ellen? — perguntou Harry.

— Verificamos o DNA dele também.

— Então voltamos à estaca zero?

— Mais ou menos... sim.

Harry se virou para a janela de novo. Um bando de sabiás levantou voo do grande olmo e desapareceu à oeste em direção ao Plaza.

— Quem sabe o boné não seja uma pista falsa? — sugeriu Harry.

— Não faz sentido que um assassino que não deixa outras pistas, que inclusive tenha se dado ao trabalho de destruir as pegadas das botas na neve, seja tão desastrado a ponto de perde o boné a apenas alguns metros da vítima.

— Talvez. Mas o sangue no boné é da Ellen, isso já foi constatado.

Harry viu o cachorro voltando, farejando os mesmos rastros. Quando chegou quase ao meio do gramado, parou, hesitou por um momento e depois se virou para a esquerda, sumindo do campo de visão de Harry.

— Temos que seguir o boné militar — disse Harry. — Além dos que foram condenados, verifique todos que foram trazidos para a delegacia ou acusados de agressão física. Nos últimos dez anos. Inclua o município de Akershus também. E trate de...

— Harry...

— O quê?

— Você não trabalha mais na Homicídios. A Kripos está à frente da investigação. Você está me pedindo que me meta no trabalho deles.

Harry não disse nada, apenas balançou a cabeça devagar, concordando. Seu olhar estava focando em algum ponto distante.

— Harry?

— Alguma vez você já achou que devia estar em um lugar completamente diferente, chefe? Quero dizer, olhe essa primavera de merda.

Møller parou de andar de um lado para o outro e sorriu.

— Já que está perguntando, sempre pensei que Bergen poderia ser uma cidade legal. Para as crianças e, bem, você sabe...

— Mas você ainda seria policial, não é?

— Claro que sim.

— Pelo simples fato de que gente como nós não presta para outra coisa, não é?

Møller endireitou a postura.

— Talvez não.

— Mas Ellen prestava para outras coisas. Muitas vezes pensei que era um desperdício o fato de ela trabalhar na polícia. Porque o trabalho dela era prender meninos e meninas maus. Isso é trabalho para gente como nós, Møller, e não para ela. Entende o que quero dizer?

Møller se aproximou da janela e parou ao lado de Harry.

— Vai melhorar quando estivermos em maio.

— Sim — concordou Harry.

O relógio da igreja bateu duas horas.

— Vou ver se consigo colocar Halvorsen no caso — disse Møller.

60

MINISTÉRIO DAS RELAÇÕES EXTERIORES, 27 DE ABRIL DE 2000

A longa e vasta experiência de Bernt Brandhaug com as mulheres lhe ensinara que, nas raras vezes que decidia que havia uma mulher que ele não só queria mas *tinha* de ter, era por um dos quatro motivos seguintes: ela era mais bonita que todas as outras, ela lhe dava mais prazer que todas as outras, ela o fazia se sentir mais viril que todos os outros, ou, principalmente, porque ela desejava outro homem.

Brandhaug descobriu que Rakel Fauke era esse tipo de mulher.

Ele ligou para ela certo dia em janeiro, sob o pretexto de solicitar uma avaliação de um dos novos adidos militares na embaixada russa de Oslo. Rakel lhe disse que podia enviar um relatório, mas ele insistiu que ela fizesse o relato pessoalmente. Como era sexta-feira à tarde, ele sugeriu que se encontrassem para tomar um chope no bar do hotel Continental. Foi assim que ele descobriu que ela era mãe solteira. Porque ela havia recusado o convite alegando que precisava buscar o filho na escola, então ele perguntou em tom animado:

— Mas suponho que uma mulher da sua geração tenha um marido que cuide disso, não?

Mesmo que Rakel não tivesse dito isso diretamente, ele entendeu pela resposta dela que não havia um marido.

Não obstante, quando desligou, estava contente com seu progresso, mesmo ficando um pouco irritado por ter dito *sua geração*, enfatizando assim a diferença de idade entre eles.

Em seguida ligou para Kurt Meirik para, o mais discretamente possível, extrair-lhe informações a respeito da Srta. Fauke. O fato de que a última coisa que ele conseguiu ser foi discreto e que Meirik tivesse ficado visivelmente desconfiado não o perturbou em nada.

Meirik estava, como sempre, bem-informado. Rakel trabalhara como intérprete no ministério comandando por Brandhaug durante dois anos na embaixada norueguesa em Moscou. Lá, casou-se com um russo, um jovem professor de engenharia genética que conquistou seu coração e logo colocou suas teorias em prática fazendo-a engravidar. Porém, como o professor havia nascido com um gene que o deixava predisposto ao alcoolismo e a uma predileção por argumentações físicas, a felicidade durou pouco. Rakel Fauke não repetiu o erro de muitas outras mulheres — de esperar, perdoar ou tentar compreender — e saiu pela porta com Oleg nos braços assim que recebeu o primeiro soco. Seu marido e sua família relativamente influente exigiram a custódia de Oleg e, se não fosse por sua imunidade diplomática, ela não teria conseguido sair da Rússia com o filho.

Quando Meirik contou que o marido a tinha processado, Brandhaug vagamente se lembrou de uma intimação do tribunal russo que havia passado por sua mesa. Mas, naquela época, ela era apenas uma intérprete, e ele delegou o caso sem nem sequer reparar no nome dela. Quando Meirik mencionou que o caso da custódia ainda tramitava entre as autoridades russas e norueguesas, Brandhaug terminou a conversa de imediato e discou o número de um escritório jurídico.

A ligação seguinte para Rakel foi um convite para jantar, sem pretexto dessa vez, e, quando este também, de forma amigável e resoluta, foi recusado, ele ditou uma carta para ela, assinada pelo chefe do Departamento Jurídico. A carta contava resumidamente que o Ministério das Relações Exteriores, devido à demora, agora procurava encontrar uma solução junto às autoridades russas sobre o processo da custódia "em consideração humana à família russa de Oleg". Isso significava que Rakel Fauke e Oleg tinham de comparecer ao tribunal russo e cumprir com o conteúdo da decisão.

Quatro dias depois, Rakel ligou para Brandhaug e quis encontrá--lo a fim de discutir a um caso particular. Ele respondeu que estava muito ocupado, o que era verdade, e perguntou se o encontro podia ser uns dias depois. Quando ela, com um leve agudo por trás do tom profissional e educado, implorou para que eles marcassem a conversa o mais breve possível, Brandhaug disse, após pensar por uns instantes, que a única possibilidade seria na sexta-feira às seis da tarde no bar do hotel Continental. Lá, ele pediu duas gins-tônicas enquanto ela expunha seu problema com algo que ele só podia imaginar ser o desespero fortuito de uma mãe biológica. Ele assentiu, aparentando seriedade, fez o melhor para mostrar compaixão com o olhar e no final arriscou, colocando uma mão paternal e protetora por cima da dela.

Ela enrijeceu, mas Bradhaug continuou como se nada tivesse acontecido e contou-lhe que ele, infelizmente, não podia passar por cima das decisões de seus superiores, mas que faria o que estivesse ao seu alcance para impedir que ela tivesse de comparecer perante o tribunal russo. Ele também enfatizou que, devido à influência política da família do ex-marido dela, compartilhava de sua preocupação de que a decisão do tribunal não fosse favorável a ela. Brandhaug ficou encarando os olhos castanhos e cheios de lágrimas de Rakel como se estivesse enfeitiçado. Ele se deu conta de que nunca tinha visto nada mais belo. Ela lhe agradeceu, porém recusou quando ele sugeriu que estendessem a noite com um jantar no restaurante. Na companhia de uma dose de uísque e da TV a cabo no quarto do hotel, o resto da noite foi um anticlímax.

Na manhã seguinte, Brandhaug ligou para o embaixador russo e contou que o Ministério das Relações Exteriores havia tido uma discussão interna sobre o caso da custódia de Oleg Fauke Gosev, e lhe pediu que enviasse uma carta explicando a situação atual do processo e deixando claro a posição das autoridades russas no caso. O embaixador nunca ouvira falar do caso, mas prometera atender ao apelo do subsecretário, e garantiu também que mandaria a carta. Uma semana depois, chegou uma carta dos russos pedindo a Rakel e Oleg que comparecessem perante o tribunal na Rússia. Brandhaug enviou imediatamente uma cópia para o chefe do Departamento Jurídico e outra para Rakel Fauke. Desta vez, o telefonema veio apenas um dia depois. Após ouvi-la, Brandhaug disse que seria contra sua conduta diplomática tentar influenciar o caso, e que, de certa forma, seria impróprio discutir o assunto por telefone.

— Como sabe, não tenho filhos — disse ele. — Mas da maneira que descreve Oleg, julgo que é um menino maravilhoso.

— Se o conhecesse, você... — começou ela.

— Isso não devia ser um impedimento. Vi por acaso, pela sua correspondência, que você mora em Holmenkollen, a apenas um pulo de Nordberg.

Ele percebeu a hesitação dela no outro lado, mas sabia que as circunstâncias estavam a seu favor.

— Que tal às nove da noite amanhã?

Houve uma longa pausa antes de ela responder:

— Nenhum menino de 6 anos está acordado às nove da noite.

Então combinaram às seis da tarde. Oleg tinha olhos castanhos iguais aos da mãe e era um menino bem-educado. Brandhaug ficou incomodado, porém, que a mãe não quisesse mudar de assunto, nem mandar Oleg para a cama. Seria cabível até dizer que ela mantinha o menino como refém ali no sofá. E Brandhaug tampouco gostou da forma como o menino olhava para ele. Entendeu por fim que não seria naquele dia que Roma seria construída, mas continuou tentando até lá fora, na escada, prestes a ir embora. Ele a encarou e disse:

— Você não é apenas uma mulher bonita, Rakel. Você também é uma pessoa muito corajosa. Só queria que soubesse que tenho muito apreço por você.

Ele não sabia ao certo como interpretar o olhar dela, mas arriscou e se inclinou para dar-lhe um beijo no rosto. A reação dela foi ambígua. A boca sorriu, e ela agradeceu pelo elogio, mas os olhos estavam frios quando acrescentou:

— Sinto muito por ter prendido você por tanto tempo, Brandhaug. Sua esposa deve estar esperando.

Seu convite havia sido bastante explícito, por isso decidiu dar a ela alguns dias para pensar; mas não recebeu outro telefonema de Rakel Fauke. Em compensação, recebeu uma carta inesperada da embaixada russa na qual pediam uma resposta rápida. Brandhaug percebeu que, ao tocar no assunto, havia injetado um novo fôlego ao caso Oleg Fauke. Lamentável, mas, como aquilo já havia acontecido, ele não via nenhum motivo para não tirar vantagem da situação. Ligou imediatamente para Rakel na Polícia Secreta e atualizou-a sobre o caso.

Algumas semanas depois, estava novamente em Holmenkollen, na casa de madeira, maior e ainda mais escura do que sua própria casa. A casa *deles*. Desta vez Oleg já estava na cama. Rakel parecia bem mais relaxada do que antes em sua companhia. Ele até conseguiu levar a conversa para um tom mais pessoal e, dessa forma, não foi tão estranho quando mencionou que a relação dele com a esposa havia se tornado platônica. Brandhaug estava explicando que achava importante esquecer a razão e ouvir o corpo e o coração, quando o toque da campainha, de repente e de forma inoportuna, os interrompeu. Rakel foi abrir a porta e voltou com aquele homem alto com a cabeça meio raspada e olhos vermelhos. Rakel o apresentou como um colega da Polícia Secreta. Brandhaug com certeza já ouvira o nome antes dele, só não lembrava onde nem quando. De imediato reprovou tudo a respeito do homem. Não gostou de ter sido interrompido, nem do fato de o homem estar bêbado e ter se sentado no sofá, e, como Oleg, ficar encarando-o sem dizer nada. Porém o que mais o incomodou foi a mudança em Rakel, que se animou, correu para buscar café e riu com alegria das respostas obscuras e monossilábicas dele, como se contivessem ideias geniais. E ele detectou preocupação verdadeira em sua voz quando ela o proibiu de ir para casa de carro. A única coisa boa que Brandhaug viu nele foi que o homem se retirou de repente, e que eles em seguida ouviram o motor do carro pegar, o que podia significar que ele tinha decência suficiente para se matar dirigindo. O dano que o homem causou aos ânimos, porém, foi irremediável, e logo depois Brandhaug também estava voltando para sua casa. Foi então que se lembrou de seu velho postulado — há quatro causas possíveis para que os homens, às vezes, decidam que *necessitam* conquistar uma mulher. E o mais importante é quando você entende que ela deseja outro.

Quando ligou para Kurt Meirik no dia seguinte para perguntar quem era aquele homem alto e louro, primeiro ficou muito surpreso, depois quase riu. E não era o mesmo homem que ele, de certa forma, havia promovido e colocado na Polícia Secreta? Uma ironia do destino, sem dúvida, mas em alguns casos o destino é subordinado ao secretário do Ministério das Relações Exteriores da Noruega. Quando Brandhaug desligou, já estava mais animado, passou assobiando pelos corredores a caminho da reunião seguinte e chegou à sala de reuniões em menos de setenta segundos.

61

Delegacia de polícia, 27 de abril de 2000

Harry estava na porta de seu antigo escritório, olhando para um jovem homem louro sentado na cadeira de Ellen. Ele estava tão concentrado olhando para o computador que só percebeu Harry parado ali quando o inspetor pigarreou.

— Então você é Halvorsen? — perguntou Harry.

— Sou — respondeu o jovem com um olhar interrogativo.

— Da polícia de Steinkjer?

— Correto.

— Harry Hole. Eu costumava sentar onde você está agora, só que na outra cadeira.

— Está quebrada.

Harry sorriu.

— Sempre esteve quebrada. Bjarne Møller pediu que checasse alguns detalhes do caso Ellen Gjelten?

— Alguns detalhes? — perguntou Halvorsen incrédulo. — Estou trabalhando nisso há três dias, 24 horas por dia.

Harry se sentou em sua velha cadeira, à mesa de Ellen. Era a primeira vez que via o escritório do lugar dela.

— O que descobriu, Halvorsen?

Halvorsen franziu a testa.

— Está bem — disse Harry. — Fui eu que pedi essas informações, pode confirmar com Møller se quiser.

Do nada, Halvorsen entendeu.

— Claro! Você é Hole, da Polícia Secreta! Desculpe a demora. — Um sorriso grande se espalhou pelo rosto juvenil. — Eu me lembro daquele caso na Austrália. Há quanto tempo foi?

— Já tem tempo. Como disse...

— Claro, a lista! — Ele bateu em cima de uma pilha de papéis impressos. — Aqui estão todas as pessoas que foram trazidas à delegacia, acusadas ou julgadas por lesão física grave durante os últimos dez anos. São mais de mil nomes. Isso foi rápido, o problema é encontrar quem tem a cabeça raspada, isso não está nos dados. Pode levar semanas...

Harry se reclinou na cadeira.

— Entendi. Mas o registro central tem códigos para os tipos de armas que foram usadas. Pesquise os diferentes tipos de armas e veja quantos sobram na lista.

— Eu tinha pensado em sugerir a mesma coisa para Møller quando vi a quantidade de nomes. A maioria nessa lista usou faca, armas de fogo ou apenas as mãos. Devo ter uma nova lista pronta daqui a algumas horas.

Harry se levantou.

— Ótimo — disse. — Não me lembro do meu ramal na Polícia Secreta, mas você me encontra na lista telefônica. E na próxima vez que tiver uma boa ideia, não pense duas vezes em avisar. Não somos *tão* espertos aqui na capital.

Halvorsen deu uma risadinha insegura.

313

62

Polícia Secreta, 2 de maio de 2000

A chuva havia fustigado as ruas durante toda a manhã, antes de o sol de súbito e violentamente atravessar a nebulosidade e, num piscar de olhos, varrer as nuvens do céu. Harry estava com os pés em cima da mesa e as mãos atrás da cabeça, fingindo que pensava no rifle Märklin. Mas seus pensamentos haviam fugido pela janela, cruzado as ruas recém-lavadas que agora cheiravam a asfalto molhado e quente, passado os trilhos do trem, subindo para o topo de Holmenkollen, onde algumas manchas cinza de neve ainda resistiam nas sombras dos pinheiros na floresta, e onde Rakel, Oleg e ele tinham pulado as trilhas lamacentas da primavera para evitar as poças de água mais fundas. Harry tinha vagas lembranças de que fizera passeios dominicais parecidos na idade de Oleg. Quando faziam passeios longos e ele e Søs ficavam para trás, o pai colocava pedaços de chocolate nos galhos mais baixos. Søs ainda acreditava que chocolate crescia em árvores.

Oleg não tinha conversado muito com Harry nas duas primeiras vezes que ele os visitou. Mas tudo bem, Harry também não sabia o que dizer ao menino. Mas a timidez de ambos pareceu ceder quando Harry descobriu que Oleg tinha Tetris em seu Game Boy. Harry, sem piedade ou vergonha, havia se esforçado ao máximo e ganhado do menino de 6 anos com mais de quarenta mil pontos de diferença. Depois disso, Oleg passou a fazer várias perguntas a Harry, como por que a neve é branca e sobre outros assuntos que fazem os homens se esforçarem tanto para responder que eles até esquecem a timidez. No domingo anterior, Oleg avistara um coelho selvagem e havia corrido na frente, então Harry pegara a mão de Rakel. Estava fria por fora e quente por dentro. Ela virou a cabeça e sorriu para ele, enquanto balançava o braço para a frente e para trás como para dizer: *estamos brincando de andar de mãos dadas, isso não é para valer.* Ele notou que ela ficou um pouco tensa quando os dois se aproximaram de outras pessoas e acabou soltando a mão dele. Depois, foram tomar um chocolate quente no parque Frogner e Oleg perguntou por que já era primavera.

Ele convidou Rakel para sair. Pela segunda vez. Na primeira vez ela tinha dito que iria pensar e ligou de volta para dizer não. Desta vez, também falou que iria pensar. Bom, pelo menos não tinha respondido que não. Ainda.

O telefone tocou. Era Halvorsen. Ele parecia sonolento e explicou que tinha acordado fazia pouco tempo.

— Verifiquei setenta dos 110 nomes da lista de pessoas suspeitas de usar armas contundentes em lesões corporais graves — disse ele.

— Até agora identifiquei oito com a cabeça raspada.

— Como você descobriu isso?

— Liguei para eles. É impressionante a quantidade de gente que está em casa às quatro da madrugada.

Halvorsen deu uma risadinha insegura quando Harry ficou quieto.

— Você ligou para a casa de cada um deles?

— Liguei — respondeu Halvorsen. — Para alguns liguei para o celular. É impressionante quanta...

Harry o interrompeu:

— E pediu aos criminosos por gentileza que fizessem uma descrição atualizada deles próprios à polícia?

— Não exatamente. Falei que estamos procurando um suspeito de cabelo comprido e ruivo e perguntei se eles tinham tingido o cabelo recentemente — respondeu Halvorsen.

— Não estou entendendo.

— Se você estivesse com a cabeça raspada, o que responderia?

— Hum... Tem gente esperta na cidade de Steinkjer.

Mais uma vez a risadinha insegura.

— Mande a lista por fax — pediu Harry.

— Você vai recebê-la assim que eu a tiver de volta.

— Como assim de volta?

Um dos agentes aqui da Homicídios estava me esperando quando eu cheguei. Parecia que tinha pressa.

— Pensei que só o pessoal da Kripos estivesse trabalhando no caso Ellen Gjelten agora — disse Harry.

— Aparentemente não.

— Quem é esse agente?

— Acho que o nome dele Vâgen ou algo parecido — respondeu Halvorsen.

— Não tem nenhum Vâgen na Homicídios. Não seria Waaler?

— Isso mesmo — confirmou Halvorsen e acrescentou, ligeiramente envergonhado: — Tantos nomes novos justo agora...

Harry quis xingar o jovem policial por ter entregado material de investigação a uma pessoa de quem ele mal sabia o nome. Mas não era hora para crítica. O rapaz tinha virado três noites e devia estar morto.

— Bom trabalho — disse Harry e já ia desligar.

— Espere! O seu número do fax?

Harry olhou pela janela. As nuvens estavam começando a se juntar sobre a montanha novamente.

— Está na lista telefônica — respondeu ele.

O telefone tocou de novo assim que Harry desligou. Era Meirik pedindo a ele que fosse ao seu escritório *imediatamente*.

— Como está o relatório dos neonazistas? — perguntou ele assim que viu Harry na porta.

— Mal — respondeu Harry e deixou-se cair na cadeira. O casal real da foto acima da cabeça de Meirik o encarou. — O "e" no teclado está emperrado — acrescentou Harry.

Meirik esboçou um sorriso tão forçado quanto o do homem na foto e pediu a Harry que esquecesse o relatório por ora.

— Preciso que você faça outra coisa. O chefe de informações na Confederação Sindical Nacional acabou de me ligar. Metade dos gerentes recebeu ameaça de morte por fax hoje. Todas elas com a assinatura 88, uma espécie de abreviação para "Heil Hitler". Não é a primeira vez, mas agora vazou para a imprensa. Já começaram a ligar para cá. Conseguimos descobrir que foi enviado de um aparelho de fax público em Klippan. Por isso temos que levar a ameaça em consideração.

— Klippan?

— É um lugarzinho a cinco quilômetros de Helsingborg. Dezesseis mil habitantes, o pior ninho de nazistas da Suécia. Lá existem famílias que são nazistas há gerações, desde os anos 1930. Alguns dos neonazistas noruegueses chegam em romaria, para ver e aprender. Quero que você arrume uma boa mala, Harry.

Harry teve um pressentimento desagradável.

— Nós estamos mandando você para espionar, Harry. Você vai ter que se infiltrar no meio deles. Terá outro emprego, uma identidade nova. Dos outros detalhes cuidamos depois. Esteja preparado para ficar por lá por um bom tempo. Nossos colegas já arrumaram um lugar para você morar.

— Espionagem — repetiu Harry. Ele não conseguia acreditar no que estava ouvindo. — Não sei nada sobre espionagem, Meirik. Sou investigador. Ou já se esqueceu disso?

O sorriso de Meirik já estava perigosamente exaurido.

— Você aprende rápido, Harry, e isso não é nenhum bicho de sete cabeças. Encare como uma experiência nova e útil.

— Hum. Por quanto tempo?

— Alguns meses. Seis, no máximo.

— Seis meses? — perguntou Harry.

— Veja pelo lado positivo, Harry. Você não tem família para se preocupar, nenhum...

— Quem são os outros do grupo?

Meirik balançou a cabeça.

— Não há grupo. É só você, na verdade. E deve se reportar diretamente a mim.

Harry esfregou o queixo.

— Por que eu, Meirik? Você tem um departamento de peritos em espionagem e em extrema direita inteiro aqui dentro.

— Tudo tem sua primeira vez.

— E o rifle Märklin? Conseguimos rastreá-lo até um velho nazista, e agora aparecem essas ameaças assinadas Heil Hitler. Eu não devia continuar trabalhando com...

— Já está decidido, Harry. — Meirik nem se deu ao trabalho de sorrir.

Havia algo errado. Harry sentiu o cheiro de longe, mas não conseguia entender o que estava acontecendo. Ele se levantou e Meirik fez o mesmo.

— Você parte logo depois do fim da semana — disse Meirik. E estendeu a mão para Harry.

Aquilo pareceu a Harry um gesto muito estranho, e, pela expressão acanhada de Meirik, ele pensava o mesmo. Mas já era tarde demais, a mão estava ali, no ar, desamparada, com os dedos esticados, e Harry a apertou depressa, para acabar logo com aquele embaraço.

Quando Harry passou pela recepção, Linda gritou que havia um fax no escaninho, e ele o pegou imediatamente. Era a lista de Halvorsen. Ele passou o olho pelos nomes enquanto seguia depressa pelo corredor, tentando descobrir que parte dele ganharia algo com seis meses junto a neonazistas em um lugarzinho de merda no sul da Suécia. Certamente não seria a parte que tentava se manter sóbria. Nem a que esperava a resposta de Rakel ao seu convite para jantar. E com certeza não a parte que queria encontrar o assassino de Ellen. Ele parou de repente.

O último nome...

Não havia motivo para ficar surpreso ao ver velhos conhecidos na lista, mas isso era outra coisa. Era como o som que ouvia depois de limpar seu Smith & Wesson 38 e remontar as partes. O clique suave que confirmava que as coisas estavam se *encaixando*.

Em segundos estava no escritório ligando para Halvorsen. Ele anotou as perguntas e prometeu ligar de volta assim que tivesse algo novo.

Harry se inclinou para trás. Ouvia o coração bater. Em geral combinar pequenos trechos de informações que aparentemente não tinham nenhuma conexão não era o seu forte. Devia ser um momento de inspiração. Quando Halvorsen ligou, 15 minutos depois, Harry teve a sensação de que tinha esperado por horas.

— Está certo — disse Halvorsen. — Uma das pegadas que os policiais encontraram no atalho era de Combat Boots, tamanho 45. Eles foram capazes de determinar a marca porque a pegada era de botas cujas solas quase não estavam gastas.

— E você sabe quem usa Combat Boots?

— Claro, elas são aprovadas pela Otan, uma boa parte dos oficiais em Steinkjer as compra através de pedidos especiais. Vejo que uma parte dos torcedores do futebol inglês também usa.

— É, skinheads, *bootboys*, neonazistas. Encontrou alguma foto?

— Quatro. Duas da Oficina de Cultura de Aker e duas de uma manifestação em frente à Blitz em 92.

— Ele está de boné militar em alguma delas?

— Sim, nas da Oficina de Cultura.

— Boné militar?

— Vou verificar.

Harry escutou a respiração de Halvorsen chiar contra o microfone e fez uma prece em silêncio.

— Parece uma boina — disse Halvorsen.

— Tem certeza? — perguntou Harry sem tentar esconder o desapontamento.

Halvorsen tinha certeza, e Harry soltou alguns palavrões.

— Quem sabe as botas não podem ajudar? — arriscou Halvorsen.

— A essa altura, o assassino já jogou as botas fora, a não ser que seja muito burro. E o fato de ter apagado as pegadas na neve indica que burro ele não é.

Harry refletiu. Reconheceu aquela sensação, uma súbita certeza de que sabia quem era o culpado, e ele sabia que era perigoso. Perigoso porque não deixava margem para dúvida, aquelas pequenas vozes que o alertavam sobre contradições ou lhe diziam que as coisas não eram tão claras assim. A dúvida é como um balde de água fria, e você não quer levar um balde de água fria quando sente que está prestes a pegar o assassino. Harry tivera certeza antes. E errara.

Halvorsen falou:

— Os oficiais em Steinkjer compram Combat Boots diretamente dos Estados Unidos. Isso significa que não deve ter muita loja por aqui que venda. E se essas botas eram praticamente novas...

Harry de imediato entendeu aonde ele queria chegar:

— Muito bom, Halvorsen! Descubra quem as vende, comece com as lojas de roupas e acessórios militares. Depois mostre as fotos por aí e pergunte se alguém se lembra de ter vendido um par de botas ao cara nos últimos meses.

— Harry... Ãh...

— Sim, eu sei, vou pedir o aval de Møller primeiro.

Harry sabia que as chances de encontrar um vendedor que se lembrasse de todos os clientes para quem tinha vendido sapatos eram mínimas. Mas as chances aumentavam consideravelmente quando o cliente tinha *Sieg Heil* tatuado na nuca. De qualquer forma, isso valia para ensinar a Halvorsen a lição de que noventa por cento de toda investigação em casos de homicídios consiste em procurar no lugar errado. Harry desligou e ligou para Møller. O chefe ouviu seus argumentos e, quando Harry terminou, pigarreou e disse:

— É bom saber que você e Tom Waaler finalmente concordam em uma coisa.

— O quê?

— Ele me ligou tem meia hora e falou mais ou menos a mesma coisa que você está dizendo agora. Dei permissão para ele trazer Sverre Olsen para interrogatório.

— Nossa.

— Não é?

Harry não sabia exatamente o que dizer. Então, quando Møller perguntou se ele tinha algo *mais* a dizer, Harry murmurou um tchau e desligou. Ele olhou pela janela. O trânsito da hora do rush começava a ficar pesado na rua Schweigaards. Escolheu um homem de capa cinza e chapéu surrado e acompanhou seus passos lentos até ele sair de seu campo de visão. Harry sentiu que seus batimentos já estavam voltando ao normal. Klippan. Ele se esquecera brevemente, mas agora aquilo voltava como uma ressaca paralisante. Ele se perguntou se devia ligar para o ramal de Rakel, mas acabou desistindo da ideia.

Então aconteceu algo estranho.

No limite de seu campo de visão, um movimento fez seu olhar automaticamente se virar para algo em frente à janela. Primeiro não viu o que era, apenas que estava vindo muito rápido. Ele abriu a boca, mas a palavra, o grito ou o que quer fosse que seu cérebro tentou formular nunca teve tempo de sair por seus lábios. Ouviu-se um golpe surdo, o vidro da janela vibrou de leve e ele ficou olhando uma mancha molhada onde uma pena cinza estava colada, tremendo no vento da primavera. Ficou sentado por mais um tempo. Depois pegou a jaqueta e correu para o elevador.

63

Rua Krokliveien, Bjerke, 2 de maio de 2000

Sverre Olsen aumentou o volume do rádio. Folheou devagar a revista de moda da mãe enquanto ouvia o locutor falar sobre as cartas de ameaça que os chefes da Confederação Sindical Nacional haviam recebido. Estava pingando água da calha do teto, bem em cima da janela da sala. Soltou uma risada. As ameaças pareciam do feitio de Roy Kvinset. Felizmente, não tinham tantos erros de ortografia.

Olhou no relógio. Hoje à tarde a conversa no Herbert's seria bem animada. Ele estava sem um tostão, mas como que havia consertado aquele velho aspirador durante a semana, talvez a mãe estivesse disposta a lhe emprestar uma nota de cem. Foda-se o Príncipe! Fazia 15 dias que ele repetia que Sverre teria o dinheiro "daqui a dois dias". Enquanto isso, uns caras para quem Sverre estava devendo dinheiro começaram a usar um tom desagradável e ameaçador. Pior de tudo: sua mesa no Herbert's Pizza havia sido tomada por outros. Já havia passado muito tempo desde o ataque no Dennis Kebab.

Ultimamente, quando estava no Herbert's, às vezes lhe vinha uma vontade súbita, quase irresistível, de se levantar e gritar que tinha sido ele quem havia assassinado aquela policial em Grünerløkka. Que o sangue do último golpe havia jorrado para cima feito um chafariz, que ela havia morrido aos gritos. Ele não precisaria dizer que não sabia que ela era policial. Ou que o sangue quase o fez vomitar.

'Foda-se o Príncipe. Ele sabia o tempo todo que ela era policial!

Sverre merecia aqueles quarenta mil, ninguém poderia negar aquilo. Mas o que podia fazer? Depois de tudo o que aconteceu, o Príncipe proibiu Sverre de ligar para ele. Por precaução, até que a poeira baixasse um pouco, tinha dito.

As dobradiças do portão rangeram. Sverre se levantou, desligou o rádio e saiu depressa para o corredor. No caminho para a escada ouviu os passos da mãe no cascalho. Entrou no quarto e ouviu a mãe virar a chave na fechadura. Enquanto a mãe estava no andar de baixo, ele ficou parado no meio do quarto se olhando no espelho. Tocou a careca e sentiu os pequenos fios de cabelo roçar na mão como uma escova. Havia tomado uma decisão. Mesmo se recebesse os quarenta mil, queria arrumar um emprego. Estava de saco cheio de ficar em casa, e na verdade estava cheio dos "companheiros" do Herbert's também. Estava cheio de andar com aquela gente que não levava a lugar nenhum. Ele tinha o diploma da escola técnica e era bom em consertar aparelhos elétricos. Muitos eletricistas precisavam de aprendizes e assistentes. Em poucas semanas, o cabelo teria crescido o bastante para cobrir a tatuagem do *Sieg Heil* na nuca.

O cabelo. De repente se lembrou do telefonema que havia recebido aquela noite. O policial com sotaque do interior perguntara se ele tinha cabelo vermelho! Quando Sverre acordou, pensou que tivesse sido um sonho, até que a mãe no café da manhã perguntou que tipo de pessoa ligava para a casa dos outros às quatro da manhã.

Sverre mudou o foco de sua atenção para as paredes. A foto do Führer, os cartazes de shows do Burzum, a bandeira com a suástica, as cruzes de ferro e o cartaz do Sangue & Honra, que era uma imitação dos cartazes antigos de Joseph Goebbels. Pela primeira vez percebeu que parecia um quarto de menino. Se tivesse substituído a faixa da Resistência Branca por uma do Manchester United e a foto de Heinrich Himmler por uma do David Beckham, ia parecer que um adolescente de 14 anos morava ali.

— Sverre! — Era a mãe.

Ele fechou os olhos.

— Sverre!

Não desistiu. Ela nunca desistia.

— O quê? — gritou tão alto que o som encheu sua cabeça.

— Tem uma pessoa aqui querendo falar com você!

Ali? Para falar com ele? Sverre abriu os olhos e se olhou hesitante no espelho. Ninguém ia à casa dele. Pelo que sabia, ninguém tinha a mínima ideia de onde ele morava. Seu coração começou a bater mais forte. Seria aquele policial do interior de novo?

Ele estava indo em direção à porta quando esta foi aberta.

— Bom dia, Olsen.

O sol baixo da primavera entrava pela janela no topo da escada, e ele via apenas uma silhueta preencher o vão da porta. Mas, pela voz, sabia muito bem quem era.

— Não está feliz por me rever? — perguntou o Príncipe, fechando a porta. Ele observou as paredes com curiosidade. — Que quarto interessante — comentou ele.

— Como ela deixou você...

— Eu mostrei isso para a sua mãe. — O Príncipe abanou uma identificação com um brasão dourado em um fundo azul-claro. POLÍCIA estava escrito no outro lado.

— Merda — disse Sverre e engoliu em seco. — É verdadeira?

— Quem pode saber? Relaxe, Olsen. Sente-se.

O Príncipe apontou para a cama e sentou-se na cadeira, com o encosto virado para a frente.

— O que você está fazendo aqui? — perguntou Sverre.

— O que você acha? — Ele abriu um largo sorriso para Sverre, que estava sentado na beirada da cama. — É hora do acerto de contas, Olsen.

— Acerto de contas?

Sverre ainda não tinha se recuperado completamente do susto. Como o Príncipe sabia que ele morava ali? E a identificação policial? Olhando agora, Sverre via que o Príncipe bem que podia ser facilmente um policial — cabelo bacana, olhos frios, rosto bronzeado e o corpo definido. Jaqueta curta de couro preto e macio, calça jeans. Estranho ele não ter reparado nisso antes.

— É — respondeu o Príncipe, ainda sorrindo. — Chegou a hora do acerto de contas.

Ele retirou um envelope do bolso interno na jaqueta e o estendeu para Sverre.

— Finalmente — disse Sverre com um breve sorriso nervoso e enfiou os dedos no envelope. — O que é isso? — perguntou, retirando uma folha de papel ofício dobrada.

— É uma lista das oito pessoas às quais a Divisão de Homicídios logo fará uma visita, e provavelmente farão coleta de sangue e encaminharão as amostrar para exame de DNA, para ver se são iguais aos restos de pele encontrados no seu boné, que estava na cena do crime.

— Meu boné? Você me disse que tinha encontrado o boné no carro e queimado!

Sverre olhou assustado para o Príncipe, que abanava a cabeça em um gesto de lamentação.

— Parece que voltei ao local do crime. E encontrei um jovem casal apavorado lá esperando a polícia. Devo ter "perdido" o boné na neve, apenas a poucos metros do corpo.

Sverre passou as duas mãos na cabeça repetidamente.

— Está confuso, Olsen?

Sverre assentiu e esboçou um sorriso, mas os cantos da boca não queriam lhe obedecer.

— Quer que eu explique?

Sverre assentiu de novo.

— Quando um policial é assassinado, o caso tem prioridade até que o assassino seja encontrado, independentemente de quanto tempo isso possa levar. Não está escrito no regulamento, mas o fato é que os recursos utilizados quando a vítima é um policial nunca são questionados. Esse é o problema de matar policiais: os investigadores simplesmente não desistem até encontrar... — Ele apontou para Sverre. — ... o culpado. É apenas uma questão de tempo, por isso me permiti ajudar os investigadores para encurtar o tempo de espera.

— Mas...

— Você deve estar se perguntando por que eu ajudei a polícia a encontrar você sabendo que você provavelmente vai me dedurar para reduzir sua própria pena.

Sverre engoliu em seco. Tentou pensar, mas era demais para ele, e tudo parecia muito confuso.

— Eu entendo, é um enigma — disse o Príncipe e passou um dedo sobre a imitação de cruz de ferro pendurada em um prego na parede. — É claro que eu poderia ter matado você logo após o assassinato. Mas aí a polícia entenderia que você tinha ligação com alguém que queria encobrir suas pegadas, e teria continuado a caça.

Ele tirou a corrente do prego e pendurou-a em volta do pescoço, por cima da jaqueta de couro.

— Outra alternativa seria "solucionar" o caso com rapidez por conta própria, matar você durante a captura e fazer parecer que você tinha resistido à prisão. O problema disso é que poderia parecer suspeito uma pessoa sozinha solucionar o caso. Poderiam achar isso estranho, principalmente porque eu fui a última pessoa a estar com Ellen Gjelten antes de ela morrer.

Ele parou de falar e riu.

— Não faça essa cara de espanto, Olsen! Estou dizendo que essas são alternativas que eu já rejeitei. Tenho ficado na minha, mantendo você informado sobre a investigação e vendo que eles estavam cercando você. O plano sempre foi me intrometer quando eles estivessem bem próximos, receber o bastão na corrida de revezamento e fazer a última etapa sozinho. Aliás, foi um bêbado da Polícia Secreta que chegou até.

— Você... Você é da polícia?

— Isso me cai bem? — O Príncipe apontou para a cruz de ferro.

— Esqueça. Sou um soldado como você, Olsen. Um navio tem que ter escotilhas impermeáveis para não deixar nenhum vazamento afundá-lo. Você sabe o que significa eu ter mostrado minha identificação?

A boca e a garganta de Sverre estavam tão secas que ele não conseguia mais engolir. Estava com medo. Morto de medo.

— Significa que eu não posso deixar você sair vivo desse quarto. Entende?

— Sim. — A voz de Sverre estava rouca. — Me-meu dinheiro...

O Príncipe enfiou a mão na jaqueta e retirou um revólver.

— Fique quieto.

Ele foi até a cama, sentou-se ao lado de Sverre e apontou a arma para a porta, segurando-a com as duas mãos.

— Essa é uma pistola Glock, a arma de mão mais segura do mundo. Chegou da Alemanha ontem. O número de fabricação foi raspado. O valor na rua é em torno de oito mil coroas. Considere isso como o primeiro pagamento.

Sverre deu um pulo quando ouviu o estalo. Com olhos arregalados viu o pequeno buraco logo acima da porta. A poeira dançou na faixa da luz do sol que atravessou o quarto como um raio laser.

— Sinta a arma nas mãos — disse o Príncipe, deixando a pistola cair no colo de Sverre. Depois ele se levantou e foi até a porta. — Segure firme. Equilíbrio perfeito, não?

Sverre segurou a coronha da pistola meio relutante. Sentiu que estava molhado de suor por baixo da camiseta. *Tem um furo no teto.* Foi tudo no que conseguiu pensar. Que a bala tinha feito outro buraco e que ainda não tinham arrumado uma pessoa para conserta aquilo. Então veio o que ele tanto temia. Fechou os olhos.

— Sverre!

A voz de sua mãe soava como se ela estivesse se afogando. Ele apertou a pistola. *Ela sempre soava como se estivesse se afogando.* Então abriu os olhos de novo e viu o Príncipe se virar perto da porta, como em um filme em câmera lenta, viu suas mãos se levantarem, e a pistola Smith & Wesson preta e lustrosa que ele segurava, determinado.

— Sverre!

Um lampejo amarelo saiu do cano da arma. Ele pensou na mãe que estava ao pé da escada. Então a bala o atingiu, penetrou a testa, atravessou o crânio e saiu na parte de trás da cabeça, levando o *Heil* da tatuagem *Sieg Heil,* furando a madeira da parede e o isolamento antes de parar na placa de revestimento na parede externa. Mas, nesse momento, Sverre já estava morto.

64

Rua Krokliveien, 2 de maio de 2000

Harry conseguiu um pouco de café em uma das garrafas térmicas da equipe da perícia e encheu um copo de plástico. Agora estava em frente à pequena e feia casa na rua Krokliveien no bairro de Bjerke e observava um jovem policial, em uma escada de mão apoiada na parede externa, marcar o buraco por onde a bala havia passado. Espectadores curiosos já estavam se aglomerando e, por segurança, a polícia havia colocado fitas amarelas isolando a casa toda. O homem na escada estava banhado pelo sol da tarde, mas a casa ficava em uma depressão do terreno e já fazia frio onde Harry estava.

— Então chegou logo depois que aconteceu?

Harry ouviu uma voz atrás dele e se virou. Era Bjarne Møller. Sua presença era cada vez mais rara nas cenas de crime, mas Harry tinha ouvido várias pessoas dizerem que Møller fora um bom investigador. Outras insinuaram que ele devia ter ficado no cargo. Harry ofereceu-lhe o copo de café, mas Møller recusou, balançando a cabeça.

— Sim, devo ter chegado apenas quatro ou cinco minutos depois do crime — disse Harry. — Quem contou isso para você?

— A central de emergência. Disseram que você tinha ligado pedindo reforços assim que que Waaler avisou sobre o tiroteio.

Harry indicou o carro esporte vermelho em frente ao portão cm a cabeça.

— Quando cheguei, vi o carro japa de Waaler. Sabia que ele tinha vindo para cá. Até aí estava tudo bem. Mas, quando desci do meu carro, ouvi um urro horrível. Primeiro pensei que fosse um cachorro, mas, quando me aproximei da casa, entendi que vinha lá de dentro, e que não era um cachorro, e sim uma pessoa. Não queria correr riscos e liguei para a delegacia mais próxima pedindo reforços.

— Era a mãe?

Harry assentiu.

— Ela estava histérica. Levaram mais de meia hora para conseguir acalmá-la. Ela demorou para falar alguma coisa que fizesse sentido. Weber está na sala conversando com ela agora.

— O velho e sentimental Weber?

— Weber é legal. É um resmungão no trabalho, mas tem muito jeito com as pessoas em situações como essa.

— Eu sei, só estava brincando. Como está Waaler?

Harry deu de ombros.

— Entendo — respondeu Møller. — Ele é um cara frio. Mas é melhor assim. Vamos entrar e dar uma olhada?

— Já vi.

— Então seja meu guia.

Eles se acotovelaram pela escada e subiram até o segundo andar, enquanto Møller murmurava cumprimentos para colegas que não via fazia tempo.

O quarto estava lotado de peritos em uniformes brancos e piscava com os flashes das câmeras. Na cama havia um plástico preto com um desenho de uma silhueta em branco.

Møller observou as paredes.

— Jesus Cristo — sussurrou.

— Sverre Olsen não votava no Partido Trabalhista — comentou Harry.

— Não toque em nada, Bjarne — gritou um inspetor que Harry reconheceu da perícia forense. — Você se lembra do que aconteceu da última vez, não?

A julgar pelo riso, Møller se lembrava.

— Sverre Olsen estava sentado na cama ali quando Waaler entrou — disse Harry. — De acordo com Waaler, ele estava perto da porta quando perguntou para Olsen onde ele estava na noite em que Ellen foi morta. Olsen tentou fazer de conta que não se lembrava daquele dia, então Waaler perguntou de novo e aos poucos foi ficando claro que Olsen não tinha álibi. De acordo com Waaler, ele pediu a Olsen que o acompanhasse até a delegacia para prestar esclarecimentos, e foi então que Olsen de repente agarrou a pistola que provavelmente estava escondida embaixo do travesseiro. Ele atirou, mas a bala saiu por cima do ombro de Waaler e atravessou a porta. Aqui está o buraco... e a bala continuou pelo teto no corredor. De acordo com Waaler, ele pegou a pistola de serviço e atirou antes de Olsen atirar de novo.

— Reação rápida. Acertou em cheio também, me contaram.

— Bem na testa — disse Harry.

— Talvez não seja de se estranhar, Waaler teve o melhor resultado no teste de tiro desse ano.

— Você se esqueceu do meu resultado — disse Harry secamente.

— E aí, Ronald? — gritou Møller para o delegado de uniforme branco.

— Moleza, parece. — O inspetor se levantou e endireitou as costas com um gemido. — Encontramos a bala que matou Olsen na placa de revestimento aqui. A bala que atravessou a porta e continuou pelo teto vamos tentar encontrar também, para os rapazes da balística terem com o que brincar amanhã. Pelo menos os ângulos dos tiros parecem certos.

— Hum. Obrigado.

— De nada, Bjarne. Como está sua mulher?

Møller responder, mas não perguntou como estava a mulher do inspetor. Bom, mas pelo que Harry sabia, ele não era casado. No último ano, quatro caras da perícia forense tinham se separado no mesmo mês. Na cantina, brincavam dizendo que a causa era o cheiro de defunto.

Eles viram Weber na frente da casa. Estava sozinho, segurando um copo plástico de café e observava o homem na escada.

— Como foi, Weber? — perguntou Møller

Weber se virou para ele com olhos semicerrados, como se tivesse de pensar se estava a fim de responder ou não.

— Ela não vai ser problema — respondeu e olhou para o homem na escada de novo. — É claro que ela disse que não estava entendendo nada, porque o filho não aguentava ver sangue e essas coisas, mas não vamos ter problemas sobre o que de fato aconteceu aqui.

— Hum. — Møller pegou Harry pelo cotovelo. — Vamos dar uma volta.

Os dois foram andando devagar pela rua. Estavam em um bairro residencial, com casas pequenas, jardins pequenos e alguns prédios no final da rua. Algumas crianças, aguçadas de curiosidade, passavam de bicicleta em direção aos carros da polícia com as luzes azuis girando. Møller esperou até estar distante o bastante para não serem ouvidos pelos demais.

— Você não parece muito feliz por termos pegado o assassino da Ellen.

— Bem, depende do que você considera feliz. Primeiro, não sabemos ainda se foi Sverre Olsen. A análise de DNA...

— A análise de DNA vai mostrar que foi ele. Qual é o problema, Harry?

— Nada, chefe.

Møller parou.

— Nada mesmo?

— Nada.

Møller gesticulou com a cabeça na direção da casa:

— É porque você acha que Olsen escapou fácil demais com um único tiro?

— Não é nada, já disse! — respondeu Harry, subitamente agressivo.

— Fale logo! — gritou Møller.

— Só acho tudo muito esquisito!

Møller franziu a testa.

— O que é esquisito?

— Um policial experiente como Waaler. — Harry tinha abaixado a voz e falava devagar, dando ênfase a cada palavra. — Que decide vir sozinho interrogar um suspeito de assassinato. E ele sabia que talvez pudesse prender o cara. Ele quebrou todas as regras escritas e não escritas.

— Então, o que está dizendo? Que Tom Waaler provocou tudo? Você acha que ele fez Olsen levantar a arma para ele poder vingar Ellen, é isso? É por isso que você não parava de repetir *de acordo com Waaler* isso e *de acordo com Waaler* aquilo, como se nós da polícia não confiássemos nas palavras de um colega? Enquanto metade do pessoal que está examinando a cena do crime fica escutando?

Eles se encararam. Møller era quase da altura de Harry.

— Só estou dizendo que é muito esquisito — repetiu Harry e se virou. — E só.

— Chega, Harry! Não sei por que você veio atrás do Waaler se suspeitou que algo como o que viu aqui podia acontecer. Só sei que eu não quero saber mais nada sobre isso. Aliás, eu não quero ouvir uma palavra sequer de você insinuando qualquer coisa. Entendido?

Harry contemplou a casa amarela da família Olsen. Era menor que as casas da redondeza e não tinha uma cerca viva tão alta quanto às demais daquela rua residencial calma. As cercas vivas das outras casas faziam com que ela parecesse feia, coberta de placas de revestimento, desprotegida, praticamente excluída pelas casas vizinhas. Havia no ar um cheiro ácido de lenha queimada, e parecia que o vento carregava a distante voz metálica do locutor da hípica.

Harry encolheu os ombros.

— Desculpe. Eu... Você sabe.

Møller colocou a mão em seu ombro.

— Ela era a melhor. Eu sei disso, Harry.

65

BAR SCHRØDER, 2 DE MAIO DE 2000

O velho estava lendo o jornal *Aftenposten*. Ele parecia absorto, estudando os palpites para as corridas de cavalos quando percebeu a garçonete ao seu lado.

— Olá — disse ela e colocou o chope à sua frente.

Como de costume, ele não respondeu, ficou apenas olhando para a atendente enquanto ela contava as moedas. Sua idade era indefinida, mas ele calculou algo entre 35 e 40 anos. E ela parecia ter levado a vida da mesma maneira que a clientela a quem servia. Mas tinha um sorriso bonito. Parecia que conseguia virar algumas doses. Assim que ela saiu de vista, ele tomou o primeiro gole do chope e deu uma olhada no recinto.

Olhou no relógio. Depois se levantou, foi ao telefone público nos fundos, colocou três moedas de uma coroa, ligou para o número e esperou. Depois de três toques o gancho foi levantado e ele ouviu uma voz:

— Juul.

— Signe?

— Sim.

Notou pela voz que ela já estava com medo, que sabia quem estava ligando. Era a sexta vez, talvez ela tivesse entendido o esquema dele e já soubesse que ele ligaria naquele dia.

— É o Daniel — disse.

— Quem é? O que você quer? — Sua respiração estava ofegante.

— Estou dizendo que é o Daniel. Eu só queria ouvir você repetir o que disse aquela vez. Você se lembra?

— Pare com isso, por favor. Daniel está morto.

— Acredite, mesmo na morte, Signe. Não até a morte, e sim na morte.

— Vou ligar para a polícia.

Ele desligou. Depois colocou o chapéu, vestiu o casaco e saiu devagar para o dia ensolarado. Os primeiros botões de flor brotavam no parque Sankthanshaugen. Faltava pouco agora.

66

RESTAURANTE DINNER, 5 DE MAIO DE 2000

O riso de Rakel penetrou o murmúrio uniforme de vozes, o barulho de talheres e de garçons correndo pelo restaurante lotado.

— ... E fiquei meio com medo quando vi que tinha um recado na secretária — disse Harry. — Você sabe, aquele olhinho piscando. Aí sua voz mandona enchendo a sala. — Ele engrossou a voz: — *É a Rakel. Jantar no Dinner às oito na sexta. Lembre-se de estar bem-vestido e de levar a carteira.* Você assustou Helge, tive que dar duas porções de alpiste para ele se acalmar.

— Eu *não* falei isso! — protestou ela entre gargalhadas.

— Mas foi algo parecido.

— Não foi, não! E a culpa é sua... sua e daquela mensagem que você tem na secretária eletrônica. — Ela tentou deixar sua voz mais grave: — *Hole. Fale comigo. É tão... Tão...*

— Típico meu?

— Exato!

O jantar foi perfeito, a noite também, e agora estava na hora de destruí-la, pensou Harry.

— Meirik me mandou para a Suécia em uma missão de espionagem — contou ele e mexeu, nervoso, no copo de água. — Seis meses. Viajo depois do fim de semana.

— Ahhh.

Ele ficou surpreso por não ver nenhuma reação no rosto dela.

— Liguei para Søs e o meu pai hoje e contei para eles — continuou. — Meu pai falou comigo. Ele até me desejou boa sorte.

— Que bom. — Ela sorriu brevemente, e já estava ocupada estudando as sobremesas do cardápio. — Oleg vai sentir sua falta — disse ela baixinho.

Ele a encarou, mas não conseguiu captar seu olhar.

— E você? — perguntou ele.

Um sorriso torto passou pelo rosto dela.

— Tem banana split à la Szechuan — disse Rakel.

— Peça duas.

— Eu também vou sentir sua falta — disse ela e deixou o olhar passar para a página seguinte do cardápio.

— Quanto?

Ela encolheu os ombros.

Ele repetiu a pergunta e viu que ela tomou fôlego. Rakel estava prestes a falar, mas soltou o ar de novo e recomeçou. Então finalmente saiu:

— Sinto muito, Harry, mas no momento só há espaço para um homem na minha vida. Um homem pequeno de 6 anos.

Parecia que ele tinha levado um balde de água fria.

— Ah! Eu não posso ter me enganado tanto.

Ela levantou o olhar do cardápio. Sua expressão era interrogativa.

— Você e eu — disse Harry e se inclinou sobre a mesa. — Essa noite. Nós flertamos. Estamos nos divertindo. Mas queremos mais do que isso. *Você* quer mais do que isso.

— Talvez.

— Nada de talvez. Com certeza. Você quer o pacote completo.

— E daí?

— *E daí?* Como assim *e daí*, Rakel? Eu vou para um buraco no sul da Suécia daqui a alguns dias. Não sou um homem mimado, só quero saber se terei alguém me esperando quando eu voltar no outono.

Seus olhares se encontraram e desta vez ele sustentou o olhar dela com firmeza. Por um bom tempo. Por fim, ela largou o cardápio na mesa.

— Lamento. Não queria que fosse assim. Sei que parece estranho, mas... A alternativa não dá certo.

— Que alternativa?

— Fazer o que eu quero. Levar você para casa, tirar sua roupa toda e fazer amor com você a noite toda.

Ela sussurrou a última parte baixinho e rápido, como se tivesse esperado até o último segundo para dizer aquilo. E, já que era para ser sincera, tinha de ser com aquelas exatas palavras. Sem rodeios.

— Quem sabe outra noite? — perguntou Harry. — Quem sabe várias noites? Quem sabe amanhã à noite e na noite seguinte e na semana que vem e...

— Pare! — Uma ruga surgiu sobre o nariz dela. — Você tem que entender. Não dá.

— Está bem.

Harry pegou um cigarro e o acendeu. Ele segurou a mão de Rakel e passou-a sobre seu rosto e sua boca. O leve toque foi como um choque nos nervos dele, deixando uma dor muda.

— Não é você, Harry. Por um momento pensei que pudesse fazer isso de novo. Coloquei tudo na balança. Dois adultos. Ninguém mais envolvido. Nenhuma amarra, tudo simples. E um homem que desejo mais que qualquer outro desde... Desde o pai do Oleg. E é por isso que eu sei que não vai ser só uma vez. E... Não dá.

Ela parou de falar.

— É porque o pai do Oleg é alcoólatra? — perguntou Harry.

— Por que você está perguntando isso?

— Não sei. Podia explicar o fato de você não quer se envolver comigo. Não que você tenha que ter vivido com um alcoólatra para saber que não sou um bom partido, mas...

Ela colocou a mão em cima da mão dele.

— Você não é nada disso, Harry. Não é isso.

— O que é então?

— Essa é a última vez. É isso. Nós não vamos nos encontrar mais.

Harry ficou olhando para ela por um bom tempo e então viu. Não eram lágrimas de alegria que brotavam nos olhos de Rakel.

— E o resto da história? — perguntou, esboçando um sorriso. — É como tudo na Polícia Secreta? Sempre tem mais coisas do que a gente imagina?

Ela concordou com a cabeça.

O garçom foi até a mesa, mas provavelmente entendeu que não era uma boa hora e deu meia-volta.

Ela abriu a boca, ia falar alguma coisa. Harry viu que Rakel estava prestes a chorar. Ela mordeu o lábio inferior. Depois colocou o guardanapo em cima da mesa, afastou a cadeira, se levantou sem uma palavra e foi embora. Harry ficou sentado encarando o guardanapo. Ela deve ter ficado apertando o pano por um bom tempo, pensou Harry, porque ele estava todo amassado. O inspetor observou a pequena toalha de pano se abrir lentamente, como uma flor branca de papel.

67

Apartamento de Halvorsen, 6 de maio de 2000

Quando o inspetor Halvorsen foi acordado por uma ligação, os números luminosos do despertador digital mostravam uma e meia da madrugada.

— Aqui é Hole. Estava dormindo?

— Não — respondeu Halvorsen sem ter a mínima ideia de por que mentia.

— Só queria saber umas coisas sobre Sverre Olsen.

Pela respiração dele e pelo barulho de trânsito ao fundo, Harry parecia estar caminhando.

— Sei o que quer saber — disse Halvorsen. — Sverre Olsen comprou um par de Combat Boots na loja Top Secret na rua Henrik Ibsen. Eles o reconheceram pela foto. E mais: conseguiram até nós informar a data da compra. Isso porque a Kripos esteve lá para verificar o álibi dele em relação ao caso de Hallgrim Dale antes do Natal. Mas mandei tudo isso por fax para o seu escritório hoje mais cedo.

— Eu sei, estou vindo de lá agora.

— Agora? Você não ia sair para jantar hoje à noite?

— Bem. Acabou cedo.

— E aí você voltou para o *trabalho*? — perguntou Halvorsen, sem acreditar.

— Parece que sim. Seu fax me deu umas ideias. Será que pode verificar outras coisas para mim amanhã?

Halvorsen suspirou. Primeiro porque Møller tinha avisado, de uma forma que não deixava dúvidas, que Harry Hole não ia mais tratar do caso Ellen Gjelten. Segundo porque o dia seguinte era sábado, e ele estava de folga.

— Você está aí, Halvorsen?

Estou.

— Eu imagino o que Møller tenha falado. Deixe pra lá. Agora você tem uma chance de aprender mais sobre investigação.

— Harry, o problema é...

— Cale a boca e me escute, Halvorsen.

Halvorsen se amaldiçoou. E escutou.

68

Rua Vibes, 8 de maio de 2000

Já na entrada Harry podia sentir o cheiro do café fresco ao pendurar sua jaqueta no cabide cheio.

— Obrigado por poder me receber tão em cima da hora, Sr. Fauke.

— Sem problemas — grunhiu Fauke da cozinha. — Um velho como eu fica feliz em poder ajudar. *Se* eu puder ajudar.

Ele serviu café em duas xícaras grandes e os dois se sentaram à mesa da cozinha. Harry passou a ponta dos dedos pela superfície áspera da mesa escura e pesada de carvalho.

— É da Provença — explicou Fauke na mesma hora. — Minha mulher gostava de móveis franceses do interior.

— Bela mesa. Sua mulher tinha bom gosto.

Fauke sorriu.

— Você é casado, Hole? Não? E nunca foi casado? Sabe, você não devia esperar tanto. Quem mora sozinho por muito tempo fica cheio de manias — aconselhou ele, dando uma risadinha. — Sei do que estou falando. Eu tinha mais de 30 anos quando me casei. Naquela época era tarde. Foi em maio de 1955.

Ele apontou para uma das fotos penduradas na parede em cima da mesa da cozinha.

— Essa é sua mulher? — perguntou Harry. — Pensei que fosse a Rakel.

— Ah, sim. Claro — disse ele depois de lançar um olhar de surpresa para Harry. — Esqueço que você e Rakel se conhecem da Polícia Secreta.

Eles entraram na sala onde as pilhas de papel haviam crescido desde a última vez e agora ocupavam todas as cadeiras, exceto a cadeira da escrivaninha. Fauke arrumou espaço para eles ao lado da mesa de centro abarrotada.

— Descobriu alguma coisa sobre os nomes que passei para você? — perguntou ele.

Harry fez um breve resumo para Fauke.

— Porém já temos alguns novos elementos — acrescentou Harry. — Uma policial foi assassinada.

— Li alguma coisa sobre isso no jornal.

— Mas o caso está praticamente esclarecido, estamos só esperando o resultado de um exame de DNA. Você acredita em coincidências, Sr. Fauke?

— Não muito.

— Nem eu. Por isso me questiono sempre quando as mesmas pessoas surgem em casos que aparentemente não têm nada a ver um com o outro. Na mesma noite que a policial Ellen Gjelten foi assassinada, ela deixou a seguinte mensagem na minha secretária eletrônica: *Pegamos o cara.*

— Parece tirado de um livro do Johan Borgen.

— O quê? Ah, sim, o escritor. Bom, Ellen estava me ajudando a encontrar a pessoa que esteve em contato com o vendedor do rifle Märklin em Joanesburgo. E claro que não há necessariamente uma ligação entre essa pessoa e o assassino, mas poderíamos pensar que sim. Principalmente por estar claro que ela parecia querer falar comigo o mais rápido possível. E era um caso que estava na minha mesa fazia várias semanas, mas, mesmo assim, ela tentou falar comigo naquela noite, várias vezes. E ela parecia muito aflita. Isso pode significar que ela se sentia ameaçada.

Harry colocou o dedo indicador na mesa.

— Uma das pessoas em sua lista, Hallgrim Dale, foi assassinada no outono. No beco onde ele foi encontrado, acharam, entre outras coisas, resquícios de vômito. Mas não houve uma ligação imediata com o assassinato porque o tipo sanguíneo no vômito não era o mesmo que o da vítima, e a imagem de um assassino frio e profissional não bate com uma pessoa que vomita no local do crime. Mas a Kripos não descartou que o vômito poderia ser do assassino e mandou uma amostra de saliva para exame de DNA. Hoje mais cedo um colega meu comparou esse resultado com as provas de DNA do boné que encontramos no local do assassinato da policial. São idênticos.

Harry parou de falar e olhou para o senhor à sua frente.

— Entendo — disse Fauke. — Você acha que a mesma pessoa cometeu os dois crimes.

— Não, não acho que seja isso. Só acho que há uma relação entre as mortes, e que não é por uma simples coincidência que Sverre Olsen estava por perto em ambos os casos.

— E por que ele não poderia ter cometido os dois assassinatos?

— É claro que essa é uma possibilidade, mas há uma diferença fundamental entre os atos de violência que Sverre Olsen cometeu antes e o assassinato de Hallgrim Dale. Você já viu o tipo de dano que um bastão de basebol pode fazer a uma pessoa? A madeira leve é capaz de quebrar ossos e fazer órgãos internos, como o fígado e os rins, estourarem. Mas a pele às vezes fica intacta e, em geral, a vítima morre de hemorragia interna. No assassinato de Hallgrim Dale, a artéria carótida foi cortada. Com um método de matar como *esse*, o sangue jorra para fora do corpo. Entende?

— Sim, mas não estou entendendo aonde você quer chegar.

— A mãe de Sverre Olsen disse a um dos nossos policiais que ele não aguentava ver sangue.

A xícara de café de Fauke parou a caminho da boca. Ele a colocou na mesa.

— Sim, mas...

— Sei o que está pensando: que mesmo assim pode ter sido ele, e justamente o fato de Sverre não suportar ver sangue explica por que ele vomitou. Mas acontece que o assassino não estava usando uma faca pela primeira vez. De acordo com o relatório do patologista, o corte era cirurgicamente perfeito. A pessoa sabia bem o que estava fazendo.

Fauke balançou a cabeça devagar.

— Então entendo o que você quer dizer — disse ele.

— Você ficou pensativo — observou Harry.

— Acho que sei por que você veio até aqui. Você quer saber se algum dos soldados de Sennheim poderia ter executado um assassinato dessa forma.

— Bom... Poderia?

— Poderia, sim. — Fauke segurou a xícara com as duas mãos e seu olhar ficou distante. — Aquele que você não encontrou. Gudbrand Johansen. Já contei por que o chamávamos de Garganta Vermelha?

— Pode falar mais sobre ele?

— Claro. Mas antes precisamos de mais café.

69

Rua Irisveien, 8 de maio de 2000

— Quem é? — gritaram lá de dentro, do outro lado da porta. A voz era baixa e assustada. Harry podia ver os contornos dela através do vidro rugoso.

— É Hole. Liguei hoje mais cedo.

A porta foi entreaberta.

— Desculpe, eu...

— Tudo bem, eu entendo.

Signe Juul abriu a porta e Harry entrou no vestíbulo.

— Even não está — disse ela com um sorriso apologético.

— Sim, a senhora me disse ao telefone. É com a senhora que quero falar.

— Comigo?

— Se for possível, Sra. Juul. Pode ser?

A velha senhora seguiu na frente. Seu cabelo, grosso e acinzentado, estava preso em um coque bem-feito e seguro por um grampo antiquado. E o corpo rechonchudo e flácido lembrava um colo acolhedor e comida boa.

Burre ergueu a cabeça quando entraram na sala.

— Então seu marido foi dar uma caminhada sozinho? — perguntou Harry.

— Foi, ele não pode entrar com Burre no café. Sente-se, por favor.

— No café?

— É. Ele começou a fazer isso tem pouco tempo — respondeu ela com um sorriso. — Para ler os jornais. Ele diz que pensa melhor quando não fica só dentro de casa.

— Provavelmente ele tem razão.

— Com certeza. E dá para sonhar acordado, também, imagino.

— Com o que, por exemplo?

— Como posso saber? Talvez lá você consiga se imaginar jovem de novo, tomando café na calçada, sentado à mesa de um restaurante em Paris ou em Viena. — Mais uma vez aquele breve sorriso apologético.

— Falando em café...

— Aceito.

Enquanto Signe foi até a cozinha, Harry ficou observando as paredes. Acima da lareira havia um retrato a óleo de um homem usando uma capa preta. Harry não tinha reparado naquela pintura da outra vez que esteve ali. O homem de capa preta fazia uma pose dramática, aparentemente vislumbrando horizontes distantes fora do campo de visão do pintor. Harry se aproximou do retrato. Em uma plaquinha de cobre estava escrito: *Cirurgião-chefe Kornelius Juul, 1885-1959.*

— É o avô de Even — explicou Signe Juul, que havia voltado com uma bandeja com café.

— É, vocês têm muitos retratos.

— Sim — concordou ela, colocando a bandeja em cima da mesa.

— O retrato ao lado é do avô do Even por parte da mãe, Dr. Werner Schumann. Ele foi um dos fundadores do hospital Ullevåll em 1885.

— E aquele?

— Jonas Schumann. Cirurgião-chefe no hospital Nacional.

— E os seus parentes?

Ela olhou para Harry, confusa.

— Como assim?

— Quais desses retratos são da sua família?

— Eles estão em outro lugar. Gosta de creme no café?

— Não, obrigado.

Harry se sentou.

— Gostaria de falar com a senhora sobre a guerra.

— Ah, não! — Signe deixou escapar.

— Entendo... mas é muito importante. Pode ser?

— Bom, vamos ver — respondeu ela e se serviu de café.

— A senhora foi enfermeira durante a guerra...

— Enfermeira na Frente Oriental, sim. Traidora da pátria.

Harry ergueu o olhar. Signe o fitou com toda a calma.

— Éramos em torno de quatrocentas enfermeiras. Todas nós fomos condenadas à prisão depois da guerra. Mesmo com a Cruz Vermelha tendo feito uma petição às autoridades norueguesas para suspender todo o processo penal. A Cruz Vermelha da Noruega só nos pediu desculpas em 1990. O pai de Even tinha contatos lá e conseguiu reduzir minha pena, entre outras coisas, por eu ter ajudado dois homens feridos da Resistência na primavera de 1945. E por eu nunca ter sido membro da União Nacional. Quer saber mais alguma coisa?

Harry olhou para sua xícara. Pensou que alguns bairros residenciais de Oslo podiam ser bem silenciosos.

— Não é a sua história que estou querendo ouvir, Sra. Juul. A senhora se lembra de um soldado do front chamado Gudbrand Johansen?

Signe Juul se sobressaltou, e Harry entendeu que tinha chegado a algum lugar.

— O que exatamente você está querendo saber? — perguntou ela, o rosto já tenso.

— Seu marido não contou à senhora?

— Even nunca me conta nada.

— Bem, estou tentando mapear os soldados noruegueses que estavam em Sennheim antes de serem enviados para o front.

— Sennheim — repetiu ela baixinho para si. — Daniel estava lá.

— Sim, eu sei que a senhora foi noiva de Daniel Gudeson. Sindre Fauke me contou.

— Quem é esse?

— Um ex-soldado da Frente Oriental que fez parte da Resistência depois. Seu marido o conhece. Foi Fauke que sugeriu que eu falasse com a senhora sobre Gudbrand Johansen. Fauke desertou, por isso não sabe o que aconteceu com Gudbrand. Mas outro soldado do front, Edvard Mosken, me contou sobre a explosão de uma granada de mão na trincheira. Mosken não soube dizer o que aconteceu depois, mas, se Johansen sobreviveu, é natural supor que ele tenha ido parar no hospital de campanha.

Signe Juul estalou a língua, e Burre veio de mansinho. Ela enterrou a mão em seu pelo grosso e rijo.

— Sim, eu me lembro de Gudbrand Johansen. Daniel às vezes escrevia sobre ele, tanto nas cartas de Sennheim como nos bilhetes que recebia no hospital do front. Eles eram muito diferentes. Acho que Gudbrand Johansen aos poucos se tornou um tipo de irmão mais novo para ele. — Ela sorriu. — A maioria deles se tornava um irmão mais novo perto de Daniel.

— Sabe o que aconteceu com Gudbrand?

— Ele acabou no nosso hospital, como você disse. Foi quando o regimento da Frente estava a ponto de cair nas mãos dos russos, batendo em retirada. Não recebíamos remédios no front porque todas as estradas estavam bloqueadas por tráfego na direção oposta. Johansen teve ferimentos sérios, inclusive um estilhaço de granada na coxa, bem acima do joelho. A gangrena tinha se espalhado pelo pé e havia o risco de amputação. Então, em vez de esperar remédios que não vinham, ele foi enviado com o fluxo para o oeste. A última imagem que tenho dele é um rosto barbudo despontando por baixo de um cobertor na carroceria de um caminhão. A lama da primavera cobria metade das rodas, e eles levaram mais de uma hora até virarem a primeira curva e desaparecer de vista.

O cachorro, que estava com a cabeça em seu colo, se virou para ela com olhos tristes.

— E essa foi a última vez que o viu ou teve notícias dele?

Ela levou a xícara de porcelana fina devagar até os lábios, tomou um diminuto gole e colocou-a em cima da mesa. A mão não tremeu muito, mas tremeu.

— Recebi um cartão-postal dele alguns meses depois. Ele escreveu que tinha alguns pertences de Daniel, entre outras coisas um boné do uniforme russo que entendi se tratar de uma espécie de troféu. Parecia um pouco confuso, mas isso não era tão estranho entre os feridos de guerra logo que tudo acabou.

— E o cartão, a senhora ainda...?

Ela fez que não com a cabeça.

— A senhora se lembra de onde foi enviado?

— Não, só lembro que o nome do lugar me fez pensar que ele estava em um campo verde. E que ele estava bem.

Harry se levantou.

— Como esse Fauke sabia sobre mim? — perguntou ela.

— Bem — disse Harry, sem saber exatamente como poderia dizer aquilo, mas ela falou antes.

— Todos os soldados do front ouviram falar de mim — disse ela e sorriu. — A mulher que vendeu sua alma ao diabo por uma pena mais curta. É isso o que eles pensam de mim?

— Eu não sei.

Harry sentiu que tinha de sair de lá. A casa ficava a apenas dois quarteirões do anel rodoviário, mas parecia que estavam perto de um lago nas montanhas, de tão silencioso que o lugar era.

— Sabe, eu nunca mais o vi — disse ela. — Daniel. Depois que disseram que estava morto.

Ela havia fixado o olhar em um ponto imaginário à sua frente.

— Recebi uma saudação de Ano-Novo através de um médico sanitarista, e três dias depois vi o nome dele na lista de mortos. Não acreditei que fosse verdade, disse que me negava a acreditar que fosse verdade até que me mostrassem o corpo. Então me levaram até uma vala comum do Regimento Norte onde queimavam os mortos. Desci na vala, pisei em corpos e procurei, de corpo em corpo, todos queimados, olhando para dentro de cavidades oculares queimadas e vazias. Mas nenhuma era de Daniel. Disseram que seria impossível reconhecê-lo, mas argumentei que estavam enganados. Então disseram que ele talvez tivesse sido deixado em uma das valas que já haviam sido cobertas. Não sei... Mas nunca mais o vi.

Ela se sobressaltou quando Harry pigarreou.

— Obrigado pelo café, Sra. Juul.

Ela o acompanhou até o hall de entrada. Enquanto estava abotoando o casaco, Harry não pôde evitar procurar pelos traços de Signe nos rostos dos retratos na parede, mas havia sido em vão.

— Precisamos contar isso a Even? — perguntou ela ao abrir a porta para ele.

Harry olhou para ela, surpreso.

— Quero dizer, ele precisa saber que conversamos sobre isso? — emendou ela depressa. — Sobre a guerra e... Daniel?

— Bem, não precisamos, se a senhora não quiser. Naturalmente.

— Ele vai perceber que você esteve aqui. Podemos dizer que você o esperou, mas teve que ir embora para tratar de alguma coisa?

O olhar dela era suplicante, mas havia outra coisa também.

Harry não notou o que era até de estar dirigindo, na estrada, e abrir a janela para deixar entrar o zumbido ensurdecedor e libertador de carros, que soprou o silêncio para fora de sua cabeça. Era medo. Signe Juul estava com medo de alguma coisa.

70

CASA DE BRANDHAUG, NORDBERG,
8 DE MAIO DE 2000

Bernt Brandhaug bateu de leve com a faca na beira da taça de cristal, afastou a cadeira, segurou o guardanapo em frente à boca e pigarreou baixinho. Um diminuto sorriso brincava em seus lábios como se ele já estivesse se divertindo com o assunto principal do discurso que faria para seus convidados, a delegada Størksen com o marido e Kurt Meirik com a esposa.

— Queridos amigos e colegas.

Pelo canto do olho podia ver sua esposa sorrir rigidamente para os outros como se quisesse dizer: *Lamento que tenhamos que passar por isso, mas está fora do meu controle.*

Naquela noite, Brandhaug falou de amizade e coleguismo. Sobre a importância da lealdade e de cultivar boas energias como defesa contra o espaço que a democracia sempre deixaria para a mediocridade, pulverização da responsabilidade e incompetência em nível de liderança. Naturalmente não se podia esperar que donas de casa e agricultores politicamente eleitos entendessem a complexidade das áreas que lhes haviam sido dadas para cuidar.

— A democracia é sua própria recompensa — disse Brandhaug, uma frase que tinha roubado e tomado para si. — Mas isso não significa que a democracia não tenha seu preço. Quando fazemos metalúrgicos virarem ministros da economia...

De tempos em tempos checava se o chefe de polícia estava prestando atenção, entremeava o discurso com um gracejo sobre o processo de democratização em algumas ex-colônias na África, onde ele mesmo fora embaixador. Mas o discurso, que ele já havia feito várias vezes em outros fóruns, não o empolgava aquela noite. Seus pensamentos estavam num lugar totalmente diferente, onde em geral estiveram nas últimas semanas: em Rakel Fauke.

Ela havia se tomado uma obsessão. Em algum momento, chegou até a pensar em desistir dela. Estava passando dos limites para tê-la.

Ele pensou nas manobras dos últimos dias. Se não fosse por Kurt Meirik, da Polícia Secreta, nunca teria dado certo. A primeira coisa que teve de fazer foi tirar aquele Harry Hole do caminho, mandá-lo para bem longe, para fora da cidade, para algum lugar fora do alcance de Rakel ou de qualquer outra pessoa.

Brandhaug ligou para Kurt e disse que seu contato no jornal *Dagbladet* informara que havia rumores na imprensa de que "algo" relacionado à visita do presidente havia acontecido. Eles tinham de agir rápido antes de que fosse tarde demais. Precisavam esconder Hole em algum lugar onde a imprensa não pudesse encontrá-lo; não estaria também ele, Kurt, de acordo?

Kurt tentou argumentar, mas acabou cedendo. De qualquer maneira até a poeira abaixar, insistiu Brandhaug. Na verdade, Brandhaug duvidava que Meirik acreditasse em alguma coisa daquela história. O que não chegou a preocupá-lo. Alguns dias depois, Kurt ligou e disse que Harry Hole havia sido transferido para um lugar desolado na Suécia. Brandhaug esfregou as mãos de felicidade, literalmente. Nada mais poderia perturbar os planos que tinha para si e para Rakel.

— Nossa democracia é como uma filha bela e sorridente porém um tanto ingênua. O fato de que as boas forças da sociedade mantenham tudo unido não significa que seja elitismo ou jogo de poder, e sim simplesmente a única garantia de que nossa filha, a democracia, não seja violada e que o governo não seja tomado por forças indesejáveis. Por isso, é também a lealdade, essa virtude quase esquecida entre pessoas como nós, não apenas desejável, mas totalmente necessária. Sim, é uma obrigação que...

Eles já estavam instalados em poltronas fundas na sala e Brandhaug passava entre eles a caixa com seus charutos cubanos, um presente do cônsul-geral da Noruega em Havana.

— São enrolados na parte interior das coxas das mulheres cubanas — sussurrara ele ao marido de Anne Størksen.

Ele piscou para o homem, que aparentemente não achou graça. Parecia seco e rígido, aquele homem, como era mesmo o nome dele? Era um nome composto, meu Deus. Ele já se esquecera? Tor Erik! Sim, era Tor Erik.

— Mais conhaque, Tor Erik?

Tor Erik sorriu com lábios finos retesados e balançou a cabeça, declinando. Com certeza era aquele tipo austero, que corre cinquenta quilômetros por semana, pensou Brandhaug. O homem era todo delgado — o corpo, o rosto, o cabelo. Ele tinha visto o olhar que Tor Erik havia trocado com a esposa durante o discurso, como se os dois tivessem se lembrado de uma piada interna. Não necessariamente relacionada com o discurso.

— Sensato — disse Brandhaug, aborrecido. — Melhor não fazer nada que vá se arrepender amanhã, não é?

Elsa de repente apareceu na porta da sala.

— Telefone para você, Bernt.

— Temos visitas, Elsa.

— É do jornal *Dagbladet*.

— Vou atender no escritório.

Era uma jornalista que ele não conhecia de nome. Ela parecia jovem, e ele tentou imaginá-la. Ela queria conversar sobre o protesto daquela noite em frente à embaixada da Áustria na rua Thomas Heftye, contra Jörg Haider e o Partido da Liberdade, de extrema direita, que haviam sido eleitos para ajudar na formação do governo. Ela queria apenas alguns breves comentários para a edição do dia seguinte.

— O senhor acredita que seja uma época apropriada para rever as relações diplomáticas da Noruega com a Áustria, Sr. Brandhaug?

Ele fechou os olhos. Estavam pescando, como de vez em quando faziam, mas tanto os jornalistas como ele próprio sabiam que não conseguiriam fisgar o peixe, ele era experiente demais. Sentiu que tinha bebido, a cabeça estava leve e dançava no escuro no fundo das pálpebras, mas não se deixou abalar.

— Isso é uma avaliação política e não cabe aos oficiais do Ministério das Relações Exteriores — respondeu.

Pausa. Ele gostou da voz dela. Ela era loura, ele podia sentir que era.

— Mas se o senhor, com sua vasta experiência em assuntos externos, fizesse uma previsão do que o governo norueguês vai fazer, o que diria?

Ele sabia o que devia responder, era bem simples:

Não faço previsões sobre esses assuntos.

Nem mais, nem menos. No fundo era interessante, não era preciso estar há muito tempo em um cargo como o dele para ter a sensação de já ter respondido a todas as perguntas possíveis. Jovens jornalistas em geral acreditavam que eram os primeiros a fazer determinada pergunta, já que tinham levado metade da noite elaborando-a. E todos ficavam impressionados quando ele fingia pensar um pouco antes de responder algo que já tinha respondido uma dúzia de vezes.

Não faço previsões sobre esses assuntos.

Ele se surpreendeu por ainda não ter dito essas palavras a ela. Mas tinha algo na voz dela, algo que lhe fez ficar com vontade de ser um pouco mais cooperativo. *Sua vasta experiência,* ela dissera. Ele tinha vontade de perguntar se tinha sido dela mesma a ideia de ligar justamente para ele, Bernt Brandhaug.

— Como o mais alto oficial do Ministério das Relações Exteriores, garanto que a Noruega ainda mantém relações diplomáticas com a Áustria. Mas, naturalmente, percebemos também que outros países no mundo estão reagindo ao que está acontecendo na Áustria. Mas ter relações diplomáticas com um país não quer dizer que aceitamos de tudo o que acontece por lá.

— Sim, temos relações diplomáticas com vários regimes militares — argumentou a voz no outro lado. — Por que acha então que estamos reagindo de forma tão dura justamente nesse caso?

— Acredito que seja por causa da história recente da Áustria. — Ele devia ter parado aí. Devia ter parado. — Os laços com o nazismo estão lá. A maioria dos historiadores está de acordo que a Áustria, durante a Segunda Guerra Mundial, na realidade, era aliada da Alemanha de Hitler.

— A Áustria não foi ocupada, como a Noruega?

Ocorreu-lhe que ele não fazia ideia do que ensinavam na escola sobre a Segunda Guerra Mundial hoje em dia. Muito pouco, pelo visto.

— Como disse que se chama? — perguntou ele. Talvez ele tenha tomado uma taça a mais. Ela falou seu nome.

— Está bem, Natasja, deixe-me ajudá-la antes de continuar com as ligações. Já ouviu falar do Anschluss? Significa que a Áustria não foi ocupada no sentido normal. Os alemães entraram marchando no país em 1938, quase não houve resistência, e assim foi durante toda a guerra.

— Quase como na Noruega, então?

Brandhaug ficou chocado. Ela falou de uma maneira tão segura, sem demonstrar nenhuma vergonha sobre sua falta de conhecimento.

— Não — disse pausadamente, como se falasse para uma criança com dificuldade para aprender. — Não como na Noruega. Na Noruega nós nos defendemos, e tivemos nosso governo e nosso rei em Londres, que não mediram esforços para encorajar o país em suas transmissões de rádio.

Ele notou que a explicação estava mal formulada e emendou:

— Na Noruega, a população inteira estava unida contra os ocupantes. Os poucos traidores noruegueses que vestiram o uniforme alemão e lutaram ao lado dos alemães eram a escória que talvez exista em todos os países. Mas na Noruega as forças do bem estavam unidas, as pessoas de recursos que lideravam a luta da Resistência formavam uma base que mostrava o caminho para a democracia. Essas pessoas eram leais entre si, e no final foi isso que salvou a Noruega. A democracia é sua própria recompensa. Apague o que eu disse sobre o rei, Natasja.

— Quer dizer então que todos que lutaram no lado alemão eram escória?

O que ela estava querendo? Brandhaug decidiu encerrar a conversa.

— Eu só quis dizer que quem traiu a pátria durante a guerra deve estar feliz por ter escapado recebendo apenas uma pena na prisão. Fui embaixador em países onde esse tipo de pessoa seria morta, e não tenho tanta certeza se isso também não seria certo na Noruega. Mas, voltando ao comentário que você queria, Natasja, o Ministério das Relações Exteriores não tem comentários a respeito da manifestação ou sobre os novos integrantes do governo da Áustria. Estou com convidados em casa, se puder me dar licença, Natasja...

Natasja se desculpou, e ele desligou.

Quando Brandhaug voltou à sala, o clima era de despedida

—Já? — perguntou ele, abrindo um largo sorriso, mas parou as objeções por aí. Estava cansado.

Ele acompanhou os convidados à porta, apertou especialmente a mão da inspetora e disse que ela nunca devia hesitar se tivesse algo em que ele pudesse ajudar, as vias oficias eram ótimas, mas...

Seu último pensamento antes de dormir envolvia Rakel Fauke. E o seu policial que estava fora do páreo. Adormeceu com um sorriso no rosto, mas acordou com uma dor de cabeça atordoante.

71

Fredrikstad — Halden, 9 de maio de 2000

O trem estava bem vazio, e a poltrona de Harry era à janela.
A garota na poltrona logo atrás dele havia tirado os fones de ouvido do walkman e ele podia ouvir o vocalista, mas nenhum dos instrumentos. O perito em escuta de Sydney tinha explicado a Harry que, em níveis baixos de volume, nosso ouvido aumenta a área de frequência onde se localiza a voz humana.

Dava uma sensação de segurança, pensou Harry, saber que a última coisa que iria ouvir, antes do silêncio total, seria a voz humana.

Filetes de chuva escorriam trêmulos pelo vidro. Pela janela, Harry observava os campos planos e alagados e os cabos que subiam e desciam entre os postes ao lado dos trilhos.

Na plataforma em Fredrikstad, uma banda de música janízara tinha acabado de tocar. O condutor explicou que estavam ensaiando para 17 de maio, Dia Nacional da Noruega.

— Nessa época do ano, ensaiam todas as terças — disse ele. — O maestro acha que os ensaios ficam mais realistas quando tem gente por perto.

Harry tinha colocado poucas roupas na mala. O apartamento em Klippan era simples, mas bem equipado. Uma TV, um aparelho de som, alguns livros até.

Mein Kampf e coisas assim — Meirik tinha dito com um sorriso.

Ele não tinha ligado para Rakel. Embora fosse lhe fazer bem ouvir sua voz. Uma última voz humana.

— Próxima estação: Halden — zumbiu uma voz nasalada pelo alto-falante e foi interrompida por um tom estridente e dissonante quando o trem começou a frear.

Harry passou um dedo sobre o vidro enquanto ruminava a frase na cabeça. Um tom estridente e dissonante. Um tom dissonante, estridente. Um tom estridente...

Um tom não é dissonante, pensou. Um tom não é dissonante antes de ser unido a outros tons. Até Ellen, a pessoa mais musical que conhecera, precisava de mais alguns segundos, mais tons, para ouvir música. Nem ela conseguia apontar para um momento singular e dizer com cem por cento de certeza que era dissonante, que era errado, que era uma mentira.

Mesmo assim, esse tom cantava em seus ouvidos, alto e dissonante de doer: que ele ia a Klippan para espionar o possível remetente de um fax que, por ora, não havia causado nada além de algumas manchetes nos jornais. Ele procurara nos jornais do dia e estava claro que já haviam esquecido o caso das cartas com as ameaças, as mesmas pelas quais tinham feito tanto alvoroço fazia apenas quatro dias. Em vez disso, o *Dagbladet* escrevia sobre o atleta Lasse Kjus, que odiava a Noruega, e o subsecretário das Relações Exteriores, Bernt Brandhaug, que — se o citaram corretamente — disse que os traidores da pátria deviam ter sido condenados à morte.

Havia outro tom que também era dissonante. Mas talvez porque ele quisesse que fosse. A despedida de Rakel no restaurante Dinner, a expressão em seus olhos, a meia declaração de amor antes de ir embora de repente e deixá-lo com a sensação de queda livre e uma conta de oitocentas coroas que ela se gabava de que ia pagar. Não fazia sentido. Ou fazia? Rakel estivera no apartamento de Harry, já o tinha visto beber, já o tinha ouvido chorar por uma colega morta que ele conhecia fazia apenas dois anos, como se fosse a única pessoa com quem tivesse tido uma relação próxima. Patético. As pessoas deviam ser poupadas de ficar tão vulneráveis. Por que ela não caíra fora antes então, se estava tão convencida de que aquele homem era mais problema do que precisava?

Como sempre, ele se refugiava no trabalho quando a vida pessoal estava ruim. Tinha lido que isso era comum a certos homens. Deve ter sido por isso que ele usara o fim de semana para elaborar teorias da conspiração e linhas de pensamento racionais nas quais podia encaixar todos os casos — o rifle Märklin, o assassinato de Ellen, o assassinato de Hallgrim Dale; pôr tudo isso na mesma panela para poder mexer e fazer uma única sopa malcheirosa. Patético também.

Ele olhou o jornal aberto na mesa à frente, viu a foto do subsecretário das Relações Exteriores. Havia algo familiar naquele rosto.

Ele passou a mão no queixo. Por experiência, sabia que o cérebro começava a produzir as próprias conexões quando não estava progredindo na investigação. E a investigação sobre o rifle era um capítulo encerrado, Meirik deixara isso bem claro. Meirik preferia que Harry escrevesse relatórios sobre neonazistas e espionasse a juventude desarraigada na Suécia. Ele que se foda!

— ... Saída para a plataforma do lado direito.

E se ele simplesmente descesse? Qual seria a pior coisa que podia acontecer? Enquanto o Ministério das Relações Exteriores e a Polícia Secreta estivessem com medo de que o episódio do tiroteio no pedágio no ano anterior pudesse vazar, Meirik não poderia despedi-lo. E no que dizia respeito a Rakel... No que dizia respeito a Rakel, ele não sabia.

O trem parou com um último gemido, e o silêncio se instalou no vagão. Portas batiam lá fora, no corredor. Harry continuou sentado. Podia ouvir melhor a música do walkman. Era algo que tinha ouvido muitas vezes, só não se lembrava de onde.

72

NORDBERG E HOTEL CONTINENTAL, 9 DE MAIO DE 2000

O velho estava totalmente despreparado, e perdeu o fôlego quando as dores de repente vieram. Ele se dobrou no gramado onde estava deitado e enfiou a mão na boca para não gritar. Ficou assim um tempo e, apesar do esforço para continuar consciente, mergulhava em ondas de luz e escuridão. Abria e fechava os olhos. O céu flutuava por cima dele, era como se o tempo acelerasse. As nuvens atravessaram o céu rapidamente, as estrelas brilharam através do azul, virou noite, dia, noite, dia e noite de novo. Então passou e ele sentiu o cheiro de terra molhada sob seu corpo e soube que ainda estava vivo.

Ele ficou deitado um pouco mais para recuperar o fôlego. O suor fazia a camisa grudar ao corpo. Depois ele se virou de barriga para cima e olhou para a casa de novo.

Era uma casa de madeira, grande e preta. Ele havia ficado deitado ali o dia todo e sabia que apenas a mulher estava em casa. Mesmo assim, por todas as janelas, nos dois andares, dava para ver que a casa estava iluminada. Ele a tinha visto acender as luzes ao primeiro sinal do crepúsculo, e presumiu que ela tivesse medo do escuro.

Ele também tinha medo. Não do escuro, disso nunca teve medo. Estava com medo do tempo acelerado. E das dores. Elas eram uma nova companhia, ele ainda não tinha aprendido a controlá-las. Nem sabia se conseguia controlá-las. E o tempo? Tentou não pensar em células que se dividem e se dividem e se dividem.

Uma lua pálida apareceu no céu. Olhou no relógio. Sete e meia da noite. Logo estaria bem escuro, e ele teria de esperar até o dia seguinte. Isso significaria que teria de passar a noite toda naquele bivaque.

Ele observou o que havia construído. O acampamento consistia em dois galhos em forma de Y firmados na terra, o ponto em que eles se juntavam ficando meio metro acima do chão. Entre eles, nas fendas do Y, passava um galho de pinheiro cortado. Havia cortado também três galhos compridos que deixou no chão encostados no galho do pinheiro, e por cima colocara uma camada grossa de ramos de abeto. Assim, tinha uma espécie de abrigo que o protegia da chuva, conservava um pouco do calor e o mantinha escondido das pessoas, camuflado, se elas do nada se perdessem no caminho. Levara menos de meia hora para construir o pequeno abrigo.

Ele calculou que o risco de ser visto na rua ou por alguém nas casas da vizinhança era mínimo. A pessoa teria de ter um olhar extremamente perspicaz para conseguir descobrir o abrigo entre os troncos das árvores nessa densa floresta de pinheiros a uma distância de quase trezentos metros. Por precaução cobriu praticamente toda a abertura com ramos de abeto e enrolou uns panos em volta do cano do rifle para que o sol baixo da tarde não refletisse no aço.

Olhou no relógio de novo. Por que ele estava demorando tanto?

Bernt Brandhaug girava a taça na mão. Ele olhou no relógio de novo. Por que ela estava demorando tanto?

Tinham combinado às sete e meia e já eram quase sete e quarenta e cinco. Ele tomou o resto do drinque de um só gole e se serviu de outra dose da garrafa de uísque que o serviço de quarto havia trazido. Jameson. A única coisa boa vinda da Irlanda. Serviu-se de mais uma. O dia tinha sido infernal. Depois da manchete no jornal *Dagbladet*, o telefone não parou de tocar. Várias pessoas ficaram do seu lado, é verdade, mas no fim acabou ligando para o editor do jornal, um velho amigo da época da universidade, para deixar claro que tinha sido citado erroneamente. Foi o suficiente prometer informações em primeira mão sobre a grande gafe do subsecretário das Relações Exteriores na última reunião da União Europeia. O editor pediu tempo para pensar. Retomou a ligação após uma hora. Descobriu-se que a tal Natasja era novata no jornal, e ela confessou que admitiu que talvez tivesse entendido algo errado. Eles não queriam desmentir e tampouco prosseguir com o caso. Ficaria por isso mesmo.

Brandhaug tomou um grande gole, saboreou o uísque na boca, sentiu o aroma cru e ao mesmo tempo suave no fundo do nariz. Olhou em volta. Quantas noites tinha dormido ali? Quantas vezes havia acordado naquela cama king size, um pouco macia demais, com uma leve dor de cabeça depois de beber ligeiramente além da conta? E pedido à mulher ao seu lado — se ela ainda estivesse ali — que pegasse o elevador até a salão do café da manhã no segundo andar e descesse as escadas de lá para a recepção, para parecer que ela vinha de uma reunião, e não dos quartos. Só para garantir que ninguém desconfiaria de nada.

Ele se serviu de mais um drinque.

Seria diferente com Rakel. Ele não a mandaria descer para pegar a escada.

Ouviu uma leve batida à porta. Ele se levantou, lançou um último olhar ao exclusivo cobertor amarelo e dourado da cama, sentiu uma leve pontada de angústia, que afugentou no mesmo instante, e deu os quatro passos até a porta. Olhou-se no espelho do hall de entrada, passou a língua nos dentes da frente branquíssimos, molhou um dedo na boca, passou-o nas sobrancelhas e abriu a porta.

Ela estava encostada na parede com o casaco desabotoado. Por baixo usava um vestido de lã vermelho. Ele tinha pedido a ela que usasse algo vermelho. Suas pálpebras estavam pesadas, e ela deu um sorriso meio irônico. Brandhaug ficou surpreso, ele não a tinha visto assim antes. Parecia que ela havia bebido ou tomado alguma droga — seus olhos o fitavam apáticos, e ele mal reconheceu sua voz quando murmurou vagamente sobre quase ter errado o caminho. Ele a abraçou, mas ela se libertou, então Brandhaug a guiou para dentro do quarto com uma das mãos em suas costas. Ela se deixou cair no sofá.

— Um drinque? — perguntou ele.

— Claro — balbuciou ela. — Ou prefere que eu já tire roupa?

Brandhaug encheu o copo sem responder. Entendeu o que Rakel estava tentando fazer. Mas se ela achava que podia estragar sua alegria fazendo o papel de mulher comprada e paga, estava enganada. Ok, ele talvez preferisse que ela tivesse escolhido o papel que suas conquistas no ministério preferiam — a moça ingênua que se encanta pelo charme e pela confiante sensualidade masculina do chefe. Porém o mais importante era ela ceder aos seus desejos. Ele era velho demais para acreditar que as pessoas agiam por motivações românticas. A única coisa que as diferenciava era o que almejavam: poder, carreira ou a guarda de um filho.

Nunca se incomodou com o fato de ser o cargo de chefe o que deixava as mulheres deslumbradas. Porque ele também fica deslumbrado. Ele era Bernt Brandhaug, o subsecretário das Relações Exteriores. Tinha levado uma vida inteira para se tornar o que era. O fato de Rakel ter se dopado e se oferecer como uma puta não mudava esse fato.

— Sinto muito, mas preciso ter você — disse ele, e deixou cair dois cubos de gelo no copo. — Quando você me conhecer melhor, vai compreender tudo. Mas me deixe mesmo assim dar a você uma espécie de primeira lição, para você ter uma ideia da maneira como eu funciono.

Ele ofereceu-lhe o copo.

— Alguns homens se arrastam pela vida com a cara no chão e se contentam com migalhas. O resto de nós nos levantamos e andamos em dois pés, vamos à mesa e tomamos nossos lugares por direito. Somos a minoria porque nossas escolhas na vida às vezes tornam necessário ser brutal, e essa brutalidade exige força para se desgarrar de nossa educação social-democrata igualitária. Mas entre escolher isso e se arrastar, prefiro romper com um moralismo míope que não consegue colocar ações singulares em perspectiva. E eu acho que você no fundo vai me respeitar por isso.

Rakel não respondeu, apenas virou o drinque.

— Hole nunca representou um problema para você — disse ela. — Eu e ele somos apenas bons amigos.

— Acho que você está mentindo — disse ele e encheu, um pouco hesitante, o copo que ela lhe estendeu. — E quero ter você só para mim. Não me entenda mal; o fato de eu ter colocado como uma exigência você romper todo e qualquer contato com Hole tem menos a ver com ciúme e mais com um princípio de pureza. De qualquer modo, passar um tempo na Suécia, ou sei lá para onde Meirik o mandou, não fará nenhum mal a ele.

Brandhaug soltou uma breve risadinha.

— Por que está me olhando assim, Rakel? Não sou o rei Davi e Hole... Como era o nome dele...? Daquele que o rei Davi mandou que os generais enviassem para a primeira linha?

— Uriah — murmurou ela.

— Exatamente. Ele morreu no front, não foi?

— Se não fosse assim seria uma boa história — disse ela, olhando para o copo.

— Está bem. Mas ninguém aqui vai morrer. E, se minha memória não falha, o rei Davi e Betsabá foram relativamente felizes depois.

Brandhaug se sentou ao lado de Rakel no sofá e levantou o queixo dela com um dedo.

— Me conte, Rakel, como você conhece a história da Bíblia tão bem?

— Tive boa educação — respondeu ela, desvencilhando-se dele e tirando o vestido por cima da cabeça.

Ele engoliu em seco ao olhar para ela. A mulher era linda. Estava de lingerie branca. Ele lhe pedira especialmente que vestisse lingerie branca. Acentuava o tom dourado de sua pele. Ninguém podia dizer que já tivera um filho. Porém, esse fato, ela ter se provado fértil, ter alimentado uma criança em seu peito, a tornava ainda mais atraente aos olhos de Bernt Brandhaug. Ela era perfeita.

— Não estamos com pressa — disse ele, colocando a mão no joelho dela. A expressão no rosto de Rakel não revelou nada, mas ele sentiu sua hesitação.

— Faça como quiser — disse ela, e encolheu os ombros.

— Não quer ver a carta primeiro?

Ele acenou com a cabeça em direção ao envelope pardo com o carimbo da embaixada russa, no centro da mesa. Na breve carta do embaixador Vladimir Aleksandrov a Rakel Fauke, ele anunciava que as autoridades russas pediam a ela que desconsiderasse as intimações anteriores para o processo de custódia de Oleg Fauke Gosev. O caso estava adiado por tempo indeterminado devido às enormes filas nos tribunais. Não fora fácil. Ele teve de relembrar Aleksandrov alguns favores que a embaixada da Rússia lhe devia. Além de prometer-lhe outros favores. Alguns deles estavam totalmente no limiar do que um comandante do Ministério das Relações Exteriores podia se permitir.

— Confio em você — disse ela. — Vamos acabar logo com isso?

Ela mal piscou quando a mão dele acertou seu rosto, mas sua cabeça dançava feito a de uma boneca de pano.

363

Brandhaug esfregou sua mão e olhou para ela pensativo.

— Você não é burra, Rakel. Por isso presumo que entenda que isso é uma coisa temporária, que ainda levará meio ano até o caso prescrever. Você pode receber uma intimação a qualquer minuto, isso só me custaria um telefonema.

Ela olhou para ele, e Brandhaug finalmente viu sinal de vida em seus olhos mortos.

— Acho que um pedido de desculpas seria adequado — disse ele.

O peito e Rakel subia e descia, as narinas vibravam. Lentamente, os olhos dela se enchiam de lágrimas.

— Então? — perguntou ele.

— Desculpe. — Mal dava para ouvir sua voz.

— Precisa falar mais alto.

— Desculpe.

Brandhaug sorriu.

— Relaxe, Rakel. — Ele enxugou uma lágrima em seu rosto. — Vai dar certo. É só você me conhecer melhor. É isso que eu quero, que sejamos amigos. Entende, Rakel?

Ela assentiu.

— Tem certeza?

Ela soluçou e balançou a cabeça de novo.

— Ótimo.

Ele se levantou e abriu a fivela do cinto.

Era uma noite excepcionalmente fria, e o velho tinha se enfiado no saco de dormir. Mesmo estando deitado em uma camada grossa de ramos de abeto, o frio subia do chão para o seu corpo. Suas pernas estavam dormentes e, a intervalos regulares, ele precisava se mexer para não perder a sensibilidade na parte superior do corpo também.

Ainda havia luz em todas as janelas da casa, mas lá fora estava tão escuro agora que não dava para ver mais com o binóculo do rifle. Mas não estava de todo sem esperança. Se o marido voltasse esta noite, viria de carro, e a lâmpada sobre o portão da garagem em frente à floresta estava acesa. O velho olhou através do visor do telescópio. Mesmo que a lâmpada não iluminasse muito, o portão da garagem era tão claro que o homem ficaria bem visível com ele ao fundo.

O velho se virou de costas. Estava calmo, ele ouviria o carro chegar. Só não podia dormir. O surto de dor havia drenado suas forças. Mas ele não dormiria. Ele nunca tinha adormecido de guarda antes. Nunca. Sentiu o ódio, tentou se esquentar nele. Esse ódio era diferente, não como o outro ódio que queimava com uma chama baixa, constante, que estava lá fazia anos, que devorava e tirava a vegetação rasteira dos pensamentos pequenos, que o inspirava e o deixava ver as coisas melhor. Esse ódio novo queimava com tanta violência que não dava para ter certeza se era ele que controlava o ódio ou se o ódio que o controlava. Ele sabia que não podia se deixar dominar, precisava se manter calmo.

Olhou para o céu estrelado entre os pinheiros sobre si. Estava calmo. Tão silencioso e frio. Ele ia morrer. Todos iam morrer. Era um pensamento bom, ele tentou focar nisso. Então fechou os olhos.

Brandhaug fitou o lustre de cristal no teto. Uma faixa de luz azul da propaganda da Blaupunkt estava refletida no cristal. Tão silencioso. Tão frio.

— Pode ir agora — disse.

Ele não olhou para ela, apenas ouviu o farfalhar do edredom sendo afastado e sentiu o colchão balançar. Depois, pelo que ouviu, soube que ela estava se vestindo. Ela não tinha dito nada. Nem quando ele a tocou, nem quando a mandou tocar nele. Ele só via aqueles grandes olhos pretos abertos. Pretos de medo. Ou ódio. Isso o deixou tão indisposto que ele não...

Primeiro fez de conta que não era nada e esperou a sensação passar. Pensou nas outras mulheres que já tivera, em todas as vezes que tinha funcionado. Mas a sensação não veio e depois de um tempo ele lhe pediu que parasse de tocá-lo, não tinha por que deixar que ela o humilhasse.

Ela obedeceu feito um robô. Esforçava-se para manter sua parte do acordo, nem mais nem menos. Faltavam seis meses para o processo de Oleg caducar. Ele tinha bastante tempo. Não precisava se estressar, outros dias viriam, outras noites.

Ele tinha recomeçado, mas ficou claro que não devia ter tomado aqueles drinques, deixaram-no dormente e insuscetível às carícias dela e às suas próprias.

Ele mandou Rakel entrar na banheira, fez um drinque para os dois. Água quente, sabonete. Recitou longos monólogos sobre como ela era bela. Ela não disse nada. Tão quieta. Tão fria. No fim, a água também esfriou, e ele a enxugou e a levou para a cama de novo. Depois, sua pele ficou áspera e seca. Ela começou a tremer, e ele sentiu que começou a reagir. Finalmente. Suas mãos procuraram embaixo, por baixo. Então viu seus olhos de novo. Grandes, escuros, mortos. Seu olhar fixo em um ponto no teto. Então a magia desapareceu de novo. Ele sentiu vontade de bater nela, de arrancar a vida daqueles olhos mortos, bater com a palma da mão, ver a pele chamejar, ardente e vermelha.

Ouviu-a pegar a carta em cima da mesa e o clique quando abriu a bolsa.

— É melhor bebermos menos da próxima vez — disse ele. — Isso vale para você também.

Ela não respondeu.

— Na semana que vem, Rakel. Mesmo lugar, mesma hora. Não vai se esquecer?

— Como poderia? — perguntou ela, abrindo a porta e indo embora.

Ele se levantou, preparou outro drinque. Água e Jameson, a única coisa boa... Bebeu devagar. Depois voltou para a cama.

Quase meia-noite. Fechou os olhos, mas o sono não vinha. Ele podia ouvir que alguém no quarto ao lado tinha ligado a TV a cabo. Se é que era a TV. Os gemidos pareciam bem reais. Uma sirene de polícia atravessou a noite. Merda! Ele se virou na cama, e o colchão macio fez com que suas costas ficassem tensas. Sempre tinha problemas para dormir naquele quarto, não só por causa da cama. O quarto amarelo sempre seria um quarto de hotel, um lugar estranho.

Reunião em Larvik, dissera à esposa. E, como sempre, quando ela perguntou, falou que não se lembrava em que hotel ficaria hospedado, seria no hotel Rica? Ele ligaria se não chegasse tão tarde, disse a ela. Mas você sabe como são esses jantares tarde da noite, querida.

Bem, sua mulher não tinha do que se queixar, ele havia lhe dado uma vida que era mais do que ela podia esperar com seu passado. Ele lhe deu a oportunidade de ver o mundo, de morar em residências luxuosas, típicas de embaixador, com muitos criados, em algumas das mais belas cidades do mundo, de aprender idiomas, de conhecer pessoas interessantes. Ela nunca precisou fazer nada a vida inteira. O que ela faria se ficasse sozinha? A mulher nunca trabalhou na vida. Ele era sua base, sua família. Em outras palavras, ele era tudo o que ela tinha. Não, Brandhaug não se preocupava com o que Elsa achava ou deixava de achar.

Mesmo assim, era nela que pensava naquele momento. Que gostaria de estar lá, junto dela. Um corpo caloroso e familiar se aconchegando a suas costas, um braço envolvendo-o. Sim, um pouco de calor após todo aquele frio.

Olhou no relógio de novo. Poderia dizer que o jantar havia terminado cedo e que decidiu ir para casa. Ela até ficaria feliz. Odiava ficar sozinha à noite naquela casa enorme.

Ele ficou deitado um pouco mais ali, ouvindo os ruídos do quarto ao lado.

Depois se levantou depressa e começou a se vestir.

O velho não está velho. E está dançando. É uma valsa lenta; ela colou o rosto no dele. Já estava dançando havia um bom tempo, estão suados e a pele dela está tão quente que queima contra a dele. Ele pode sentir que ela está sorrindo. Ele quer continuar dançando, desse jeito, apenas segurá-la até a casa queimar toda, até amanhecer, até poderem abrir os olhos e ver que chegaram a outro lugar.

Ela sussurra alguma coisa, mas a música está alta demais.

— O quê? — pergunta ele, abaixando a cabeça. Ela encosta os lábios no ouvido dele.

— Precisa acordar — diz ela.

Ele abriu os olhos. Piscou no escuro antes de ver a própria respiração ficar gelada e branca no ar, à sua frente. Não ouvira o carro chegar. Virou-se, gemeu baixinho e tentou puxar o braço que estava sob o corpo. Foi o barulho do portão da garagem que o acordou. Ele ouviu o carro acelerar e conseguiu ver um Volvo azul ser sugado pela escuridão da garagem. Seu braço direito estava dormente. Dali a poucos segundos o homem sairia de novo, ficaria sob a luz, fecharia a porta da garagem, e então... Seria tarde demais.

O velho mexeu desesperadamente no zíper do saco de dormir, conseguiu puxar o braço esquerdo. A adrenalina fluía no sangue mas o sono ainda o prendia como uma camada de algodão que abafava todos os sons e fazia com que ele não se visse nada com clareza. Ouviu a porta do carro sendo fechada.

Estava com os dois braços fora do saco de dormir e o céu estrelado felizmente dava luz o bastante para ele encontrar o rifle rapidamente e posicioná-lo. Rápido, rápido! Ele encostou o rosto na coronha fria da arma. Olhou para a mira telescópica. Piscou, não viu nada. Com dedos trêmulos, soltou o pano que estava envolto no visor para não deixar que a lente congelasse. Assim! Apoiou o rosto na coronha de novo. E agora? A garagem estava fora de foco, ele deve ter mexido no telêmetro sem querer. Ouviu o portão da garagem sendo fechado. Girou o telêmetro e o homem lá longe entrou em foco. Era um homem alto, de ombros largos, em um casaco de lã. Estava de costas. O velho piscou duas vezes. O sonho ainda pairava como uma neblina em seu campo de visão.

Ele queria esperar até que o homem se virasse, até poder determinar, com cem por cento de certeza, que era a pessoa certa. Seu dedo se dobrou sobre o gatilho, ele o apertou com cuidado. Seria mais fácil com uma arma com a qual tivesse treinado durante anos, assim teria no sangue o momento de atirar, e todos os movimentos seriam automáticos. Concentrou-se na respiração. Matar uma pessoa não é difícil. Não se estiver treinado para isso. Durante o prelúdio da batalha em Gettysburg em 1863, dois novos regimentos estavam separados por cinquenta metros de distância, atirando salvas e mais salvas um contra o outro sem acertar em ninguém — não por serem atiradores ruins, mas porque miravam acima das cabeças. Eles simplesmente não foram capazes de ultrapassar a barreira de matar outra pessoa. Mas, quando você já fez uma vez...

O homem em frente à garagem se virou. Através do visor telescópico ele parecia olhar diretamente para o velho. Era ele, sem a menor sombra de dúvida. A parte superior de seu corpo quase preenchia a cruz inteira do visor. A neblina na cabeça do velho estava prestes a desaparecer. Ele parou de respirar e puxou o gatilho para trás com calma. Precisava acertar no primeiro tiro, porque fora do círculo de luz perto da garagem era um breu só. O tempo congelou. Bernt Brandhaug era um homem morto. O cérebro do velho estava totalmente claro agora.

Foi por isso que o sentimento de que havia algo errado lhe atingiu um milésimo de segundo antes de ele entender o que era. O gatilho emperrou. O velho apertou com mais força, mas o gatilho não queria ceder. A trava de segurança. O velho sabia que era tarde demais. Encontrou a trava com o polegar, e a empurrou. Em seguida olhou através do visor para a área vazia e iluminada. Brandhaug não estava mais lá, estava indo em direção à porta que dava acesso a casa, do outro lado, virado para a rua.

O velho piscou. O coração batia como um martelo contra as costelas. Ele soltou a respiração dos pulmões doloridos. Havia adormecido. Piscou de novo. O ambiente ao redor parecia flutuar em uma espécie de névoa agora. Ele tinha falhado. Bateu com o punho no chão. Apenas quando a primeira lágrima quente pingou no dorso da mão percebeu que estava chorando.

73

KLIPPAN, SUÉCIA, 10 DE MAIO DE 2000

Harry acordou.

Levou um segundo para entender onde estava. Quando entrou no apartamento naquela tarde, a primeira coisa que pensou foi que seria impossível dormir. Apenas uma parede fina e uma camada simples de vidro separavam o quarto da rua agitada. Mas, assim que a loja do outro lado da rua fechou, o lugar pareceu morto. Não passava quase nenhum carro, e as pessoas pareciam levadas pelo vento.

Harry havia comprado uma pizza tamanho família no supermercado e a esquentou no forno. Pensou que era estranho estar na Suécia e comer comida italiana feita na Noruega. Depois ligou a TV empoeirada que ficava em cima de uma caixa de cerveja no canto. Certamente a TV estava com defeito, porque todas as pessoas tinham um tom de pele esverdeado estranho. Ele ficou assistindo a um documentário sobre uma moça que havia escrito um conto sobre o irmão, que durante toda a infância viajara pelo mundo mandando cartas para ela. De uma área de desabrigados em Paris, de um kibutz em Israel, numa viagem de trem pela Índia, à beira do desespero em Copenhague. Havia sido feito com muita simplicidade. Alguns clipes, mas na maioria fotos, com narrativa em off e uma história estranha e melancólica. Ele deve ter sonhado com a história, porque acordou com as pessoas e os lugares ainda vívidos nas retinas.

O som que o acordou vinha do casaco que tinha pendurado na cadeira da cozinha. Os bipes altos ecoavam entre as paredes do quarto vazio. Ele havia colocado o pequeno aquecedor no máximo, mas ainda estava com frio debaixo do edredom fino. Pôs os pés no linóleo gelado e pescou o celular de dentro do bolso do casaco.

— Alô?

Ninguém respondeu.

— Alô?

Ouviu alguém respirar no outro lado.

— É você, Søs? — Ela era a única pessoa que tinha o número dele e que seria capaz de ligar para ele no meio da noite.

— Algum problema? Com Helge?

Ele ficou em dúvida se deixava o pássaro com Søs ou não, mas ela havia ficado muito feliz e prometera cuidar bem dele. Mas não era Søs. A irmã não respirava assim. E ela teria respondido.

— Quem é?

Nenhuma resposta.

Ele estava prestes desligar quando ouviu um breve grito. A respiração ficou trêmula, parecia que a pessoa no outro lado ia começar a chorar. Harry se sentou no sofá-cama. Entre as finas cortinas azuis podia ver a placa neon do supermercado.

Pescou um cigarro do maço em cima da mesa, ao lado do sofá, acendeu-o e se deitou. Ele tragou profundamente e ouviu a respiração trêmula se transformar em soluços baixinhos.

— Vai passar, vai passar — disse.

Um carro passou lá fora. Com certeza um Volvo, pensou Harry. Ele puxou o edredom sobre os pés. Depois contou a história da menina e seu irmão mais velho, mais ou menos da maneira que se lembrava. Quando terminou, ela não estava mais chorando, e logo depois de ele dizer boa-noite a ligação foi cortada.

Quando o celular tocou de novo, já eram mais de oito da manhã e estava claro lá fora. Harry o encontrou embaixo do edredom, entre as pernas. Era Meirik. Parecia estressado.

— Volte já para Oslo. Parece que seu rifle Märklin foi usado.

Parte Sete

Capa preta

74

Hospital Nacional, 10 de maio de 2000

Harry reconheceu Bernt Brandhaug de imediato. Ele estava com um largo sorriso, e seus olhos arregalados o encaravam.

— Por que ele está sorrindo? — perguntou Harry.

— Não pergunte isso para mim — disse Klemetsen. — Os músculos da face enrijecem, e as pessoas ficam com todo tipo de expressão esquisita. Às vezes recebemos pais aqui que não reconhecem os próprios filhos por terem ficado tão diferentes.

A mesa de necropsia ficava no meio da sala branca. Klemetsen tirou o lençol para que eles vissem o restante do corpo. Halvorsen se virou de repente. Tinha se recusado a usar o creme que Harry lhe oferecera antes de entrarem para aliviar o cheiro. Mas, como a sala de necropsia número 4 do Instituto Criminalístico no hospital Nacional estava a 12 graus, o cheiro não era tão ruim assim. Halvorsen não conseguia parar de tossir.

— Concordo — disse Knut Klemetsen. — Ele não está com uma aparência muito boa.

Harry assentiu. Klemetsen era um bom patologista e um homem atencioso. Entendia que Halvorsen era novato e não queria deixá-lo constrangido. A verdade era que Brandhaug não estava pior que a maioria dos mortos. Quer dizer, ele não estava pior que os gêmeos que haviam ficado uma semana embaixo da água, o rapaz de 18 anos que sofreu um acidente a duzentos quilômetros por hora fugindo da polícia ou a viciada que estava nua sob o casaco de náilon ao qual ateara fogo. Harry já havia visto o bastante, e não tinha a menor chance de Bernt Brandhaug entrar para sua lista dos dez piores. Mas estava claro: por ter levado um tiro com uma bala que lhe atravessou as costas, Bernt

Brandhaug tinha uma aparência catastrófica. A ferida escancarada no peito, por onde a bala tinha saído, era grande o suficiente para que Harry enfiasse seu punho ali.

— Então, a bala o acertou nas costas? — perguntou Harry.

— Bem no meio das escápulas, ligeiramente de cima para baixo. Rasgou a coluna vertebral ao entrar e o osso esterno quando saiu. Como podem ver, partes do esterno desapareceram, mas alguns traços foram encontrados no assento do carro.

— Do carro?

— É. Ele tinha acabado de abrir o portão da garagem, provavelmente estava saindo para o trabalho, e a bala o atravessou, continuou através do para-brisa e do vidro de trás e parou no muro no fundo da garagem. Por pouco.

— Que bala pode ter sido? — perguntou Halvorsen, que parecia ter se recuperado.

— Os peritos em balística poderão dizer exatamente que tipo de bala é — respondeu Klemetsen. — Mas podemos dizer que o efeito foi como algo entre uma bala dundum e uma tuneladora. A única vez que vi algo parecido foi quando estava em uma missão das Nações Unidas na Croácia em 1991.

— Bala Cingapura — disse Harry. — Encontraram os restos incrustado a meio centímetro dentro da parede de concreto. Localizaram o cartucho vazio na floresta, do mesmo tipo que achei em Siljan no inverno. Foi por isso que me ligaram de imediato. O que mais pode nos contar, Knut?

Não era muita coisa. Ele disse que a necropsia já tinha sido concluída, com a presença da Kripos, de acordo com o regulamento. A causa da morte estava evidente e, além disso, só havia dois pontos que valia a pena mencionar — que havia traços de álcool no sangue e que haviam encontrado secreção sexual por baixo da unha do dedo médio direito.

— Da esposa? — perguntou Halvorsen.

— Isso o Departamento Técnico vai poder dizer — respondeu Klemetsen e encarou o jovem policial por cima dos óculos. — Se quiserem. A não ser que vocês achem que seja relevante para a investigação, talvez não haja necessidade de perguntar sobre esse tipo de coisa agora.

Harry concordou com a cabeça.

* * *

Entraram na rua Sognsvann e continuaram pela Peder Ankers até chegarem à residência de Bernt Brandhaug.

— Casa feia — falou Halvorsen.

Tocaram a campainha e demorou um pouco até que uma mulher de meia-idade com maquiagem carregada abrisse a porta.

— Elsa Brandhaug?

— Sou a irmã dela. Do que se trata?

Harry mostrou sua identificação.

— Mais perguntas? — questionou, com raiva reprimida na voz.

Harry assentiu. Tinha uma vaga noção do que escutaria.

— Mas pelo amor de Deus! Ela está exausta, e isso não vai fazer o marido dela voltar...

— Lamento, mas não estamos pensando no marido — interrompeu-a Harry, educadamente. — Ele está morto. Estamos pensando na próxima vítima. Para poder evitar que alguém passe pelo que a Sra. Brandhaug está passando agora.

A irmã ficou boquiaberta, não sabia bem como continuar a frase. Harry ajudou-a a sair do embaraço ao perguntar se precisaria tirar os sapatos antes de entrar.

A Sra. Brandhaug não parecia tão exausta quanto a irmã havia descrito. Ela estava sentada no sofá, olhando para o nada, mas Harry notou o tricô embaixo de uma almofada. Não que houvesse algo de errado em tricotar, mesmo que seu marido tivesse acabado de ser assassinado. Pensando bem, Harry achou que aquilo fosse até natural. Algo familiar ao que se agarrar enquanto o resto do mundo à sua volta desaba.

— Viajo hoje à noite — disse ela. — Para a casa da minha irmã.

— Sei que tem proteção policial por enquanto — disse Harry. — Caso...

— Caso estejam atrás de mim também — disse ela e balançou a cabeça.

— A senhora acha que estão? — perguntou Halvorsen. — E, nesse caso, quem seriam?

Ela encolheu os ombros. Olhou pela janela, contra a luz pálida que entrava na sala.

— Sei que a Kripos esteve aqui fazendo perguntas sobre isso — disse Harry. — A senhora sabe se seu marido recebeu alguma ameaça depois daquela manchete de ontem?

— Ninguém ligou para cá — respondeu ela. — Mas é só o *meu* nome que consta na lista telefônica, como Bernt sempre quis. É melhor vocês perguntarem no Ministério para saber se alguém ligou para lá.

— Já perguntamos — explicou Halvorsen, e olhou para Harry. — Estamos rastreando todas as conversas telefônicas recebidas no escritório ontem.

Halvorsen fez outras perguntas sobre possíveis inimigos do marido, mas ela não tinha muito a acrescentar.

Harry ficou um tempo ouvindo até que se lembrou de algo e perguntou:

— Quer dizer que não houve nenhum telefonema para cá ontem?

— Houve, sim — respondeu. — Pelo menos dois.

— Quem ligou?

— Minha irmã. Bernt. E alguém de uma pesquisa de opinião, se me lembro bem.

— Sobre o que perguntaram?

— Não sei. Perguntaram por Bernt. Eles têm aquelas listas de nomes com idade e sexo...

— Eles perguntaram sobre Bernt Brandhaug?

— Perguntaram...

— Pesquisas de opinião não operam com nomes. Havia algum ruído ao fundo?

— Como assim?

— Normalmente essas pessoas trabalham naqueles escritórios abertos com muita gente.

— Tinha, sim. Mas...

— Mas?

— Não era esse tipo de barulho a que você está se referindo. Era... Diferente.

— A que horas recebeu essa ligação?

— Perto do meio-dia, acho. Eu disse que ele voltaria à tarde. Tinha esquecido que Bernt ia para Larvik para um jantar com o Conselho de Exportação.

— Como Bernt não consta na lista telefônica, a senhora acha que pode ter sido alguém que ligou para todas as pessoas com o sobrenome Brandhaug para descobrir onde ele morava? E para saber a que horas ele estaria em casa?

— Não estou entendendo...

— Institutos de pesquisa de opinião não ligam no meio do expediente para perguntar sobre um homem em idade ativa.

Harry se virou para Halvorsen.

— Verifique com a Telenor se é possível obter o número de onde ligaram.

— Desculpe, Sra. Brandhaug — disse Halvorsen. — Notei que o telefone da senhora no hall de entrada é igualzinho ao meu e sei que as dez últimas chamadas ficam armazenadas, com o número e a hora na memória. Posso...

Harry lançou-lhe um olhar aprovador antes de se levantar. A irmã da Sra. Brandhaug acompanhou o policial até o hall.

— Bernt era antiquado em muitas coisas — relatou a Sra. Brandhaug com um sorriso torto para Harry. — Mas gostava de comprar coisas modernas quando lançavam novidades. Telefones e outras coisas.

— Até que ponto era antiquado em relação à questão da fidelidade, Sra. Brandhaug?

Ela se sobressaltou.

— Achei melhor tratarmos disso enquanto estamos a sós — disse Harry. — A Kripos checou o que a senhora disse a eles hoje mais cedo. Seu marido não estava em uma reunião do Conselho de Exportação em Larvik ontem. A senhora sabia que o Ministério dispõe de um quarto no hotel Continental?

— Não.

— Meu chefe na Polícia Secreta me passou essa informação hoje de manhã. Descobriram que seu marido fez check-in lá ontem à tarde. Não sabemos se ele estava sozinho ou acompanhado, mas é claro que começamos a criar teorias quando um marido mente para a mulher e se hospeda em um hotel.

Harry viu rosto da viúva passar por uma metamorfose, da cólera ao desespero, da renúncia ao... Riso. Soava como um choro baixinho.

— Eu não devia ficar surpresa — disse ela. — Se quer saber mesmo, ele era... muito *moderno* nesse assunto também. Mas não entendo o que isso pode ter a ver com o caso.

— Pode ter dado a um marido ciumento um motivo para matá-lo — explicou Harry.

— Também daria um motivo a mim, Sr. Hole. Já pensou nisso? Quando morávamos na Nigéria, um assassinato encomendado custava duzentas coroas. — Ela soltou o mesmo riso triste. — Pensei que vocês achavam que o que ele disse ao jornal tivesse causado isso tudo.

— Estamos checando todas as possibilidades.

— Em geral ele saía com mulheres que conhecia no trabalho — continuou. — É claro que não sei de tudo, mas uma vez o peguei em flagrante. Foi aí que percebi um padrão e entendi a forma como ele agia. Porque ele já tinha feito aquilo antes. Mas assassinato? — Ela balançou a cabeça, incrédula. — Hoje em dia não se mata mais ninguém por isso, não é?

Ela olhou para Harry em busca de uma confirmação, mas ele não sabia o que responder. Ouviram a voz baixa de Halvorsen através da porta de vidro do hall de entrada. Harry pigarreou:

— Sabe se ele vinha tendo relações com alguma mulher ultimamente?

Ela negou com a cabeça.

— Pergunte no ministério. Aquele ambiente é muito esquisito. Com certeza tem alguém lá disposto a dar uma pista.

Ela falou sem amargura, como quem dá uma informação factual. Os dois observaram Halvorsen entrar na sala.

— Estranho — disse. — A senhora recebeu uma ligação ao meio-dia e vinte e quatro, Sra. Brandhaug. Mas não ontem, no dia anterior.

— Ah, sim. Posso ter me confundido. Então não tem nada a ver com o caso.

— Talvez não — disse Halvorsen. — Mesmo assim, chequei o número na central de informações. O telefonema veio de um orelhão. Do bar Schrøder.

— Bar? — perguntou ela. — Bem, então isso explica o barulho ao fundo. Você acha que...

— Isso não necessariamente tem ligação com o assassinato do seu marido — explicou Harry e se levantou. — Há muitas pessoas esquisitas no Schrøder.

Ela os acompanhou até a escada que dava acesso a casa. Fazia uma tarde cinzenta com nuvens baixas se arrastando sobre a colina atrás deles.

A Sra. Brandhaug cruzou os braços, como se estivesse com frio.

— É tão escuro aqui — disse. — Já percebeu?

A equipe de peritos ainda vasculhava a área em torno do abrigo improvisado onde encontraram o cartucho vazio quando Harry e Halvorsen se aproximaram do terreno coberto de arbustos.

— Ei, vocês aí! — Ouviram uma voz chamar quando passaram por baixo da faixa amarela de interdição.

— Polícia — disse Harry.

— Não importa! — gritou a mesma voz. — Vocês terão que esperar até a gente terminar.

Era Weber. Ele usava botas de cano alto e uma cômica capa de chuva amarela. Harry e Halvorsen voltaram para o outro lado da faixa.

— Olá, Weber — gritou Harry.

— Não estou com tempo — respondeu, gesticulando para que eles se afastassem.

— É só um minuto.

Weber se aproximou com passos largos e uma expressão de irritação no rosto.

— O que você quer? — gritou já a vinte metros de distância.

— Quanto tempo ele esperou?

— O cara aqui? Não faço ideia.

— Ah, Weber. Um palpite.

— É a Kripos ou são vocês que estão trabalhando no caso?

— Ambos. Só não estamos totalmente coordenados ainda.

— E vai querer me convencer de que vão conseguir ficar?

Harry sorriu e pegou um cigarro.

— Você já deu bons chutes, Weber.

— Pode parar com a bajulação, Hole. Quem é o garoto?

— Halvorsen — respondeu Harry antes de o jovem se apresentar.

— Escute aqui, Halvorsen — disse Weber enquanto olhava para Harry, sem tentar esconder seu desgosto. — Fumar é um hábito revoltante, é a prova definitiva de que o ser humano só procura uma coisa na vida: prazer. Tinha oito guimbas de cigarro na garrafa de refrigerante meio vazia que o cara que esteve aqui deixou. Da marca Teddy sem filtro. Esses caras que fumam Teddy não fumam apenas dois por dia, então, a não ser que os cigarros dele tenham acabado, imagino que ele ficou aqui por no máximo 24 horas. Ele cortou ramos dos galhos mais baixos onde a chuva não penetra. Mesmo assim, havia gotas de chuva nos ramos do teto do abrigo. A última chuva caiu às três da tarde de ontem.

— Então ele chegou ontem de dia, mais ou menos entre às oito da manhã e às três da tarde? — perguntou Halvorsen.

— Acho que Halvorsen vai longe — disse Weber laconicamente, ainda olhando para Harry. — Ainda mais pensando na concorrência que terá. Fica pior a cada dia. Já viu que tipo de gente estão aceitando na Academia de Polícia hoje em dia? Até o curso Normal atrai mais gênios.

De repente Weber não estava mais com tanta pressa e começou uma longa elucidação sobre as tristes perspectivas da instituição.

— Alguém na vizinhança viu alguma coisa? — interrompeu-o Harry rapidamente quando Weber parou para respirar.

— Tem quatro caras por aí batendo de porta em porta, mas a maioria só chega do trabalho mais tarde. Eles não vão achar nada.

— Por que não?

— Não creio que ele tenha se mostrado à vizinhança. Trouxemos um cachorro para cá mais cedo que seguiu as pegadas por mais de um quilômetro para dentro da floresta, para um dos atalhos. Mas aí perdemos o cara. Acho que ele chegou e foi embora pelo mesmo caminho, pela rede de atalhos entre os lagos em Sognsvann e Maridalsvannet. Ele pode ter parado o carro em pelo menos uma dúzia de estacionamentos para pessoas que fazem caminhadas nessa área. Tem pelo menos uma dúzia deles nos atalhos todos os dias, e pelo menos a metade anda com uma mochila nas costas. Entende?

— Entendo.

— E agora vai me perguntar se vamos encontrar impressões digitais.

— Bem...

— Ah...

— E aquela garrafa de refrigerante?

Weber fez que não com a cabeça.

— Nenhuma impressão. Nada. Por ter ficado tanto tempo aqui, é surpreendente ter deixado tão poucas marcas. Vamos continuar procurando, mas tenho quase certeza de que a pegada do sapato e algumas fibras de tecido são tudo o que vamos encontrar.

— Além do cartucho vazio.

— Ele o deixou de propósito. Todo o resto foi cuidadosamente removido.

— Hum. Como um aviso, talvez. O que você acha?

— O que eu acho? Pensei que só vocês jovens tivessem cérebro, é essa a impressão que tentam passar na polícia hoje em dia.

— Bem, obrigado pela ajuda, Weber.

— E pare de fumar, Hole.

— Cara sério — comentou Halvorsen no carro, a caminho do centro.

— Weber pode ser bem duro em alguns momentos — admitiu Harry. — Mas é um excelente profissional.

Halvorsen dedilhava o ritmo de uma música no painel.

— E agora? — perguntou.

— Hotel Continental.

A Kripos havia ligado para o hotel Continental 15 minutos depois de terem limpado e trocado os lençóis do quarto de Brandhaug. Ninguém notara se o hóspede recebera visitas, apenas que ele havia saído por volta da meia-noite.

Harry estava na recepção fumando seu último cigarro enquanto o gerente que estava trabalhando na noite anterior esfregava as mãos no rosto com uma expressão infeliz.

— Só ficamos sabendo que o Sr. Brandhaug tinha sido assassinado perto do meio-dia — disse. — Senão teríamos tomado o cuidado de não tocar em nada no quarto.

Harry assentiu e deu o último trago no cigarro. De qualquer maneira, o quarto do hotel não era o local do crime, mas seria interessante saber se havia cabelo longo e louro no travesseiro e depois encontrar a última pessoa que falou com Brandhaug.

— Bem, então é só? — perguntou o gerente com um sorriso de quem parecia prestes a chorar.

Harry não respondeu. Notou que o gerente ficava mais nervoso quanto menos ele e Halvorsen falavam. Por isso não disse nada, apenas esperou enquanto observava a brasa do cigarro.

— Ãh... — disse o gerente e passou a mão na lapela do paletó.

Harry esperou. Halvorsen olhou para baixo. O homem resistiu 15 segundos antes de se render.

— Mas é claro que às vezes ele recebia visitas lá em cima — soltou.

— Quem? — perguntou Harry sem tirar o olhar da brasa do cigarro.

— Mulheres e homens...

— Quem?

— Isso eu não sei. Não era da nossa conta com quem o subsecretário escolhia passar seu tempo.

— É mesmo?

Pausa.

— É claro que quando vem uma mulher aqui que não é hóspede anotamos o andar aonde ela vai.

— Você seria capaz de reconhecê-la?

— Seria. — A resposta veio depressa, sem hesitação. — Ela era muito bonita. E estava muito bêbada.

— Prostituta?

— Só se for de luxo. E elas costumam estar sóbrias. Bem, não que eu saiba muito sobre o assunto, esse hotel não é...

— Obrigado — disse Harry.

Naquela tarde o vento sul trouxe uma súbita onda de calor, e, quando Harry saiu da delegacia, depois da reunião com Meirik e o chefe de polícia, instintivamente sabia que algo havia acabado e uma nova estação tinha começado.

Tanto o chefe de polícia como Meirik conheciam Brandhaug. Mas apenas profissionalmente, como os dois haviam feito questão de frisar. Ficou claro que os dois chefes tinham discutido entre si, e Meirik começou a reunião colocando um ponto final na missão de espionagem em Klippan; sim, ele parecia quase aliviado, pensou Harry. O chefe de polícia expôs então sua proposta, e Harry entendeu de imediato que suas bravatas em Sydney e Bangkok tinham afinal impressionado os chefes de polícia.

— Um líbero nato. — Fora assim que o chefe de polícia descrevera Harry. E era por isso que eles queriam usá-lo agora.

Uma nova estação. O vento quente e seco deixou Harry com a cabeça leve, e ele se permitiu pegar um táxi, pois ainda estava carregando a pesada mala da viagem. A primeira coisa que fez ao entrar no apartamento na rua Sofie foi dar uma olhada na secretária eletrônica. A luz vermelha estava acesa. Não piscava. Nenhum recado.

Conforme havia pedido, Linda tinha copiado os documentos do caso, e ele passou o resto da noite estudando tudo o que sabiam sobre os assassinatos de Hallgrim Dale e Ellen Gjelten. Não porque achasse que fosse encontrar algo novo, e sim para estimular sua imaginação. De vez em quando olhava para o telefone e se perguntava quanto tempo aguentaria esperar antes de ligar para ela. O caso Brandhaug também era a principal notícia na TV. À uma da manhã ele se levantou, desconectou o telefone e colocou o aparelho na geladeira. Às três caiu no sono.

75

Escritório de Møller, 11 de maio de 2000

— Então? — perguntou Møller, depois que Harry e Halvorsen tomaram o primeiro gole de café.

Harry fez cara feia e deu sua opinião:

— Acho que a ligação entre a manchete e o atentado é uma pista falsa.

— Por quê? — Møller se inclinou para trás na cadeira.

— Weber acha que o assassino chegou à floresta de manhã cedo, ou seja, apenas poucas horas depois de o jornal ter chegado às bancas. Mas não foi um ato impulsivo, foi um atentado bem planejado. O sujeito tinha a intenção de matar Brandhaug. Ele examinou a área, descobriu os horários que Brandhaug costumava chegar e sair, o melhor lugar de onde atirar com o menor risco de ser descoberto, como chegaria ao local e como iria embora, vários pequenos detalhes.

— Então você acha que foi para esse atentado que o assassino comprou o rifle Märklin?

— Talvez. Ou talvez não.

— Obrigado. Isso foi um grande avanço — disse Møller, irônico.

— Só acho que é plausível. Por outro lado, as evidências não fazem sentido. Parece um pouco exagerado contrabandear o rifle mais caro do mundo para matar um funcionário do alto escalão, mas que na verdade é um burocrata relativamente comum, que não tem guarda-costas nem segurança onde mora. Qualquer assassino poderia simplesmente ter tocado a campainha e atirado nele à queima-roupa com um revólver. Isso é meio... Meio que...

Harry fez círculos com a mão.

— Como matar um pardal com um canhão — completou Halvorsen.

— Exato — concordou Harry.

— Hum. — Møller fechou os olhos. — E como vê o seu papel na continuação da investigação, Harry?

— Uma espécie de líbero — sorriu Harry. — Sou aquele cara da Polícia Secreta que age sozinho, mas que pode pedir assistência a todos os outros setores quando for preciso. Sou o que se reporta apenas a Meirik mas tem acesso a todos os documentos do caso. Aquele que faz as perguntas mas a quem não se pode exigir que responda. E por aí vai.

— Que tal uma licença para matar também? — perguntou Møller.

— E um carro bem rápido.

— Na verdade, a ideia não foi minha — explicou Harry. — Meirik acabou de ter uma conversa com o chefe de polícia.

— Com o chefe?

— Pois é. Você deve receber um e-mail no decorrer do dia. O caso Brandhaug é prioridade máxima a partir de agora, e o chefe não quer que haja possibilidades não exploradas. É uma espécie de caso do FBI com vários grupos de investigação se sobrepondo, para evitar que a linha de pensamento se feche em um único ponto, como ocorre em alguns casos maiores. Você já deve ter lido sobre isso.

— Não.

— A ideia é que, mesmo tendo que duplicar algumas funções e ver o mesmo trabalho investigativo sendo feito mais de uma vez por equipes diferentes, o trabalho todo ainda compensa porque, assim, temos diferentes abordagens e várias linhas de investigação.

— Obrigado — disse Møller. — E o que isso tem a ver comigo, por que você está aqui agora?

— Porque, como disse, posso solicitar suporte de outros...

— ... setores, se for preciso — completou Møller. — Ouvi. Fale logo, Harry.

Harry indicou Halvorsen com a cabeça, que sorriu um pouco acanhado para Møller.

Møller soltou um suspiro.

— Por favor, Harry! Você sabe que estamos completamente desfalcados no que diz respeito a pessoal aqui na Homicídios.

— Prometo que ele volta são e salvo.

— Estou dizendo não!

Harry não falou nada. Apenas esperou cruzando os dedos e observando a reprodução barata de *Soria Moria* pendurada na parede sobre a estante de livros.

— Quando o terei de volta? — perguntou Møller.

— Assim que o caso estiver solucionado.

— Assim que... É assim que um delegado responde a um inspetor--chefe, Harry, não o contrário.

Harry encolheu os ombros.

— Desculpe, chefe.

76

Rua Irisveien, 11 de maio de 2000

O coração já batia como um tambor quando ela tirou o telefone do gancho.

— Olá, Signe — disse a voz. — Sou eu.

Ela já sentia o choro vindo.

— Pare — sussurrou ela. — Por favor.

— Até que a morte nos separe, Signe. Foi o que você disse, Signe.

— Vou chamar meu marido.

A voz riu baixinho.

— Mas ele não está em casa, está?

Ela apertou o gancho até sua mão doer. Como ele podia saber que Even não estava em casa? E como ligava só quando Even estava fora?

O pensamento seguinte fez sua garganta apertar; ela não conseguia respirar e sentia que estava prestes a desmaiar. Será que ele estava ligando de um lugar de onde podia ver a casa, de onde podia ver quando Even saía? Não, não, não. Com muito esforço conseguiu se recompor e se concentrar na respiração. Não rápida demais. *Inspirar, expirar, inspirar, expirar, e com calma*, disse a si mesma. Como dizia aos soldados feridos quando eram levados das trincheiras para o hospital — chorando, em pânico e sofrendo de hiperventilação. Ela conseguiu controlar o medo. E podia ouvir pelo barulho ao fundo que ele estava ligando de um lugar com muitas pessoas. Na vizinhança só havia residências.

— Você ficava tão bonita no seu uniforme de enfermeira, Signe — disse a voz. — Tão branco e puro. Branco, exatamente como Olaf Lindvig em seu uniforme, está lembrada dele? Você era tão pura que eu achava que não seria capaz de nos trair, que você não tivesse isso em seu coração. Acreditei que você fosse como Olaf Lindvig. Eu vi você tocá-lo, passar a mão nos cabelos dele, Signe. Uma noite à luz da lua. Você e ele, vocês pareciam anjos, como se tivessem sido enviados do céu. Mas eu estava enganado. Há anjos que não são enviados do céu, Signe. Você sabia disso?

Ela não respondeu. Os pensamentos giravam em um turbilhão em sua cabeça. Foi alguma coisa que ele disse. A voz. Agora ouviu. Ele distorcia a voz.

— Não — forçou-se a responder.

— Não? Devia. Eu sou esse tipo de anjo.

— Daniel está morto — afirmou ela.

Houve silêncio no outro lado. Apenas a respiração sibilava no telefone. Então a voz voltou a falar.

— Vim para julgar. Os vivos e os mortos.

Então a ligação foi cortada.

Signe fechou os olhos. Levantou-se e entrou no quarto. As cortinas estavam fechadas, e ela ficou se olhando no espelho. Tremeu como se estivesse com calafrios.

77

Antigo escritório de Harry, 11 de maio de 2000

Harry levou vinte minutos para se mudar de volta para seu antigo escritório. As coisas de que precisava cabiam em uma sacola de supermercado. A primeira coisa que fez foi recortar a foto de Bernt Brandhaug do jornal, depois a pendurou no quadro ao lado das fotos de Ellen, Sverre Olsen e Hallgrim Dale. Quatro pistas. Ele havia mandado Halvorsen até o Ministério das Relações Exteriores para tentar descobrir quem poderia ser a mulher que estivera com Brandhaug no Continental. Quatro pessoas. Quatro vidas. Quatro histórias. Ele se sentou na cadeira quebrada e estudou os quatro, mas eles apenas olhavam para o vazio.

Ligou para Søs. Ela disse que gostaria de ficar com Helge, pelo menos por um tempo. Os dois haviam se tornado tão bons amigos, argumentou ela. Harry falou que tudo bem, desde que ela se lembrasse de dar comida a ele.

— É fêmea — disse Søs.

— Ah, é? Como você sabe disso?

— Henrik e eu verificamos.

Ele ia perguntar como os dois haviam feito isso, mas achou melhor deixar para lá.

— Já falou com o papai?

Ela respondeu que sim e perguntou quando Harry se encontraria com aquela moça de novo.

— Que moça?

— Aquela com quem você foi caminhar. Que tem um filho.

— Ah, ela... Acho que não vamos mais nos ver.

— Que pena.

— Pena? Você nem a conhece, Søs.

— Acho uma pena porque você está apaixonado por ela.

Às vezes Søs falava coisas que deixavam Harry sem resposta. Combinaram de ir ao cinema qualquer dia. Harry quis saber se Henrik precisava ir com eles. Søs respondeu que sim, que só não era assim com quem não tinha namorado.

Quando os dois desligaram, Harry ficou pensativo. Rakel e ele ainda não tinham se esbarrado nos corredores, mas ele sabia onde era o escritório dela. Ele se decidiu e se levantou — tinha de falar com ela naquele minuto, não podia mais esperar.

Linda sorriu para Harry quando ele passou pela entrada da Polícia Secreta.

— Já voltou, lindão?

— Vou só dar um pulo na sala da Rakel.

— Vou só dar um pulo... Eu vi vocês na festa.

Harry ficou irritado ao sentir que o sorriso malicioso de Linda fez as pontas de suas orelhas queimarem, e se deu conta que o riso seco que ele mesmo esboçou não amenizou muito aquilo.

— Mas pode dar meia-volta, Harry. Rakel está em casa hoje. Doente. Um momento, Harry. — Linda pegou o telefone. — Polícia Secreta, em que posso ajudar?

Harry já estava indo embora quando Linda o chamou.

— É para você. Vai atender aqui? — Ela estendeu o telefone para ele.

— É o Harry Hole? — Era voz de mulher. Parecia ofegante. Ou apavorada.

— Sou eu.

— Aqui quem fala é Signe Juul. Você precisa me ajudar, inspetor Hole. Ele vai me matar.

Harry escutou latidos ao fundo.

— Quem vai matá-la, Sra. Juul?

— Ele está vindo para cá. Sei que é ele. Ele... Ele...

— Tente se acalmar, Sra. Juul. Do que está falando?

— Ele disfarçou a voz, mas dessa vez reconheci. Ele sabia que eu tinha acariciado a cabeça de Olaf Lindvig no hospital do front. Foi aí que entendi. Meu Deus, o que eu faço?

392

— Está sozinha?

— Estou. Estou só. Totalmente só, entende?

O latido ao fundo estava frenético.

— Corra para a casa mais próxima e espere por nós lá, Sra. Juul. Quem é que...

— Ele vai me encontrar! Ele me acha em qualquer lugar!

Ela estava histérica. Harry cobriu o fone com a mão e pediu a Linda que ligasse para a central de emergência. Eles enviariam a patrulha que estivesse mais perto da casa de Juul. Depois falou com a Sra. Juul e esperou que ela não percebesse que ele também estava agitado:

— Se achar melhor não ir para a casa de um vizinho, pelo menos tranque a porta, Sra. Juul. Quem...

— Você não está entendendo — disse ela. — Ele... ele...

Harry ouviu um bip breve. Som de ocupado. A ligação foi cortada.

— Merda! Desculpe, Linda. Diga que precisam mandar o carro com urgência. E peça que tomem cuidado, pode haver um invasor com arma de fogo.

Harry ligou para o Serviço de Informação, conseguiu o número de Juul e discou. Continuava ocupado. Harry jogou o telefone para Linda.

— Se Meirik perguntar por mim, diga que estou indo para a casa de Even Juul.

78

Rua Irisveien, 11 de maio de 2000

Quando Harry entrou na rua Irisveien, viu logo de cara o carro da polícia em frente à casa de Juul. A rua calma, as casas de madeira, as poças de neve derretida, a luz azul girando preguiçosamente no alto do carro, duas crianças curiosas de bicicleta: parecia a réplica da cena que viu em frente à casa de Sverre Olsen. Harry rezou para que as semelhanças parassem por aí.

Ele estacionou, desceu do Escort e seguiu devagar até o portão. Assim que o fechou atrás de si, viu alguém sair da casa.

— Weber — disse Harry surpreso. — Nossos caminhos vivem se cruzando.

— É, parece que sim.

— Não sabia que você fazia a patrulha também.

— Você está careca de saber que não é isso o que faço. É que a casa do Brandhaug é aqui do lado, e tínhamos acabado de entrar no carro quando ouvimos a mensagem no rádio.

— O que está acontecendo?

— Eu é que pergunto. Não tem ninguém em casa. Mas a porta estava aberta.

— Vocês deram uma olhada lá dentro?

— Do porão ao sótão.

— Estranho. O cachorro também não está aqui, parece.

— Cães e pessoas, todos sumiram. Mas parece que alguém esteve no porão, porque o vidro da porta está quebrado.

— Bem — disse Harry, dando uma olhada na rua. Entre duas casas havia uma quadra de tênis. — Ela pode ter ido para a casa de algum vizinho. Pedi a ela que fizesse isso.

Weber acompanhou Harry até o hall de entrada, onde um jovem policial se olhava no espelho pendurado acima da mesa do telefone.

— Então, Moen, algum sinal de vida inteligente? — perguntou Weber com ironia.

Moen se virou e deu um breve aceno para Harry.

— Bem... — respondeu Moen — Não sei se é inteligente ou apenas estranho.

Ele apontou para o espelho. Os dois chegaram mais perto.

— Epa — soltou Weber.

Aparentemente, as letras grandes e vermelhas haviam sido escritas com batom:

DEUS É MEU JUIZ.

Harry sentiu a boca seca.

O vidro da porta tremeu quando esta foi aberta de um só golpe.

— O que vocês estão fazendo aqui? — perguntou a silhueta em frente a eles na contraluz. — E onde está Burre?

Era Even Juul.

Harry estava sentado à mesa da cozinha visivelmente preocupado com Even Juul. O policial Moen estava percorrendo a vizinhança à procura de Signe Juul, perguntando de porta em porta se alguém sabia dela. Weber tinha afazeres urgentes no caso Brandhaug e precisou ir embora no carro da polícia, mas Harry prometeu dar uma carona a Moen.

— Ela costumava dizer para onde ia — disse Even Juul. — Costuma, quero dizer.

— É a letra dela no espelho do hall?

— Não — respondeu Juul. — Pelo menos acho que não.

— E o batom?

Juul olhou para Harry, mas não respondeu.

— Ela estava com medo quando falei com ela ao telefone — contou Harry. — Ela insistiu que havia alguém querendo matá-la. Tem alguma ideia de quem pode ser?

— Matar?

— Foi o que ela me falou.

— Ninguém pode querer matar Signe.

— Não?

— Está louco, homem?

— Bem, nesse caso você deve entender que terei que perguntar se sua mulher podia ser instável. Histérica.

Harry não tinha certeza se Juul tinha ouvido a pergunta até ele fazer que não com a cabeça.

— Bem — disse Harry e se levantou. — Tente se lembrar de algo que possa nos ajudar, qualquer pista que seja. E ligue para todos os seus amigos e parentes com quem ela possa ter procurado refúgio. Já enviei um mandado de busca, e Moen e eu vamos dar uma olhada pela vizinhança. Por enquanto não há muito mais que possamos fazer.

Quando Harry fechou o portão, Moen veio em sua direção balançando a cabeça negativamente.

— As pessoas nem sequer viram um carro? — perguntou Harry.

— A essa hora do dia só há aposentados e mães com bebês em casa.

— Aposentados são bons observadores.

— Não esses aqui, pelo visto. Se é que aconteceu alguma coisa que valesse a pena ser notada.

Que valesse a pena ser notada. Harry não sabia por que, mas aquelas palavras ressoavam em algum ponto no fundo de sua mente. As crianças de bicicleta haviam sumido. Ele soltou um suspiro.

— Vamos embora.

79

DELEGACIA DE POLÍCIA, 11 DE MAIO DE 2000

Halvorsen estava ao telefone quando Harry entrou no escritório. Ele pôs um dedo nos lábios indicando que estava falando com um informante. Harry presumiu que ele ainda estava tentando rastrear a mulher do hotel Continental, o que significava que não tinha obtido muita coisa no Ministério das Relações Exteriores.

Exceto por uma pilha de cópias de arquivo na mesa de Halvorsen, não havia mais papéis no escritório: tudo o que não estava relacionado ao caso Märklin havia sido arquivado.

— Nada, então — disse Halvorsen. — Ligue se souber de alguma coisa, Ok?

Ele desligou.

— Conseguiu encontrar Aune? — perguntou Harry e se deixou cair na cadeira.

Halvorsen assentiu e mostrou dois dedos. Às duas da tarde. Harry olhou no relógio. Aune chegaria em vinte minutos.

— Me arranje uma foto de Edvard Mosken — pediu Harry e tirou o fone do gancho. Discou o número de Sindre Fauke, que aceitou encontrá-lo às três. Depois contou para Halvorsen sobre o desaparecimento de Signe Juul.

— Você acha que tem algo a ver com o caso Brandhaug? — perguntou Halvorsen.

— Não sei, mas agora precisamos mais do que nunca falar com Aune.

— Por quê?

— Porque a cada dia que passa isso parece mais uma obra de um louco. E é por isso que precisamos de um guia.

* * *

Aune era um homem grande em vários sentidos. Acima do peso, quase dois metros de altura, além de ser reconhecido como um dos melhores psicólogos do país em sua área. Ele não era especialista em distúrbios psicológicos, mas era um homem inteligente e já havia ajudado Harry · em outros casos.

Ele tinha um rosto amigável e simpático, e Harry tendia a achar que Aune, na verdade, parecia humano demais, vulnerável demais, *legal* demais para operar no campo de batalha das almas humanas sem que ele mesmo sofresse danos. Ao ser questionado sobre isso, Aune havia respondido que claro que sim, mas quem não sofria danos?

Agora ele estava prestando atenção e se concentrava no que Harry tinha para falar. Sobre o assassinato à faca de Hallgrim Dale, sobre o assassinato de Ellen Gjelten e o atentado contra Bernt Brandhaug. Harry lhe contou sobre Even Juul, que insistiu que eles deviam procurar um soldado do front, teoria essa reforçada depois que Brandhaug foi assassinado no dia seguinte à publicação de sua entrevista no jornal. Por fim, contou sobre o desaparecimento de Signe Juul.

Aune ficou pensativo e grunhiu enquanto balançava a cabeça alternadamente para os lados e para cima e para baixo.

— Infelizmente não sei se posso ser de muita ajuda — começou. — A única coisa sobre a qual tenho algo a dizer é a mensagem no espelho. Lembra um cartão de visita e é bastante comum em casos de serial killers, sobretudo depois de vários assassinatos, quando começam a se sentir seguros e querem aumentar o nível de excitação desafiando a polícia.

— Seria um homem doente, Aune?

— Isso é relativo. Somos todos doentes. A pergunta é mais sobre que grau de funcionalidade que temos em relação às regras impostas pela sociedade para um comportamento desejado. Nenhum ato em si é sintoma de doença, é preciso olhar seu contexto. A maioria das pessoas, por exemplo, é equipada com um controle de impulso no cérebro intermediário, que tenta nos impedir de matar nossos semelhantes. Essa é apenas uma das características condicionadas pela evolução com as quais somos equipados para proteger nossa espécie. Mas, ao longo do tempo, com treinamento para superá-la, a inibição vai enfraquecendo. É o que acontece com os soldados, por exemplo. Se você e eu, de repente, começássemos a matar, a probabilidade de ficarmos doentes seria grande. Mas não necessariamente se você for um matador de aluguel ou, por que não, um policial.

— Então, se estamos falando de um soldado, por exemplo, alguém que lutou em um dos lados durante a guerra, essa linha que separa matar ou não matar é bem mais tênue do que para uma pessoa qualquer, considerando que os dois indivíduos estejam psiquicamente saudáveis?

— Sim e não. Um soldado é treinado para matar em uma situação de guerra, e, para que a inibição não esteja presente, precisa sentir que o ato de matar ocorre no mesmo contexto.

— Então isso significa que ele tem que sentir que continua lutando uma guerra?

— Falando de uma forma bem simples, sim. Mas, contanto que essa seja a situação, ele pode continuar matando sem estar doente no sentido clínico. Pelo menos não mais que um soldado comum. Ou seja, trata-se de uma percepção diferente da realidade. E, nesse caso, todos nós estamos mal.

— Como assim? — perguntou Halvorsen. — Quem vai determinar o que é verdade e real, moral ou imoral? Os psicólogos? Os tribunais? Os governantes?

— Bem — disse Harry. — Pelo menos tem quem o faça.

— Exatamente — concordou Aune. — Mas se você por acaso achar que aqueles que foram imbuídos de autoridade julgam você arbitrariamente ou com injustiça, eles na hora perdem, aos seus olhos, a autoridade moral. Por exemplo, se alguém passa pela experiência de ser preso por ter sido membro de um partido totalmente legal, procura-se outro tribunal. Impõe-se recurso para uma instância mais alta, por assim dizer.

— Deus é meu juiz — disse Harry.

Aune assentiu.

— O que acha que isso quer dizer, Aune?

— Pode significar que ele quer explicar seus atos. Que ele, apesar de tudo, precisa ser compreendido. Como você sabe, a maioria das pessoas precisa.

* * *

Harry parou no bar Schrøder no caminho para a casa de Fauke. Como sempre na parte da manhã, o movimento era fraco e Maja estava fumando um cigarro e lendo o jornal sentada à mesa embaixo da TV. Harry lhe mostrou uma foto de Edvard Mosken que Halvorsen havia conseguido em um tempo impressionantemente curto com o Departamento de Trânsito, que havia emitido uma carteira de habilitação internacional para Mosken dois anos antes.

— Acho que já vi esse cara enrugado — falou Maja. — Mas lembrar onde e quando? Ele deve ter aparecido aqui várias vezes, já que estou me lembrando dele, mas cliente assíduo ele não é.

— Você acha que outras pessoas podem ter conversado com ele?

— Agora você me pegou, Harry.

— Alguém ligou do orelhão daqui de dentro ao meio-dia e meia na quarta. Acho difícil você se lembrar, mas... é possível que tenha sido essa pessoa?

Maja deu de ombros.

— Claro. Mas é possível que tenha sido o Papai Noel também. Sabe como é, né, Harry?

A caminho da casa de Fauke, Harry ligou para Halvorsen e lhe pediu que entrasse em contato com Edvard Mosken.

— É para prendê-lo?

— Não, não. Apenas verifique o álibi dele no dia da morte de Brandhaug e do desaparecimento de Signe Juul.

Sindre Fauke estava pálido quando abriu a porta para Harry.

— Um amigo apareceu aqui ontem com uma garrafa de uísque — explicou e fez uma careta. — Não tenho mais saúde para isso. Como seria bom ter sessenta de novo... — disse ele, rindo, e entrou para desligar a cafeteira que estava assobiando. — Li sobre a morte do subsecretário das Relações Exteriores — gritou da cozinha. — Disseram que a polícia não exclui a possibilidade de ter alguma ligação com as declarações dele sobre os soldados do front. O jornal *Verdens Gang* diz que há neonazistas por trás do crime. Mas o que vocês realmente acham?

— Essa é a opinião do jornal *VG*. Nós não achamos nada, e não excluímos nenhuma possibilidade. Como está indo o livro?

— Agora está meio devagar. Mas se eu terminar esse livro vai abrir os olhos de muita gente. Pelo menos é o que digo a mim mesmo para me motivar em dias como hoje.

Fauke acomodou o bule de café na mesa da sala entre eles e deixou--se cair na poltrona. Ele tinha colocado um pano molhado em volta do bule, um velho truque que aprendera no front, explicou, abrindo um sorriso sagaz. Tinha esperança de que Harry perguntasse como o truque funcionava, mas o inspetor estava com pressa.

— A mulher de Even Juul desapareceu — falou Harry.

— Nossa. Se mandou?

— Acho que não. Você a conhecia?

— Na verdade, nunca a conheci, mas ouvi muito sobre a polêmica de quando Juul ia se casar. Que ela era enfermeira do front, essas coisas. O que aconteceu?

Harry contou sobre a ligação dela e o consequente desaparecimento.

— É o que sabemos. Tinha esperança de que o senhor talvez a conhecesse e pudesse me dar uma ideia.

— Sinto muito, mas...

Fauke parou para tomar um gole do café. Ele parecia pensativo.

— O que estava escrito naquele espelho?

— "Deus é meu juiz" — disse Harry.

— Humm.

— No que está pensando?

— Nem sei direito — respondeu Fauke, esfregando o queixo não barbeado.

— Vamos, diga.

— Você falou que podia ser que ele quisesse se explicar, ser compreendido.

— Sim?

Fauke foi até a estante, pegou um livro grosso e começou a folheá-lo.

— Isso mesmo — disse. — Foi o que pensei.

Ele estendeu o livro a Harry. Era uma enciclopédia bíblica.

— Olhe embaixo de Daniel.

Os olhos de Harry percorreram a página até achar o nome: *Daniel. Hebraico. Deus (El) é meu juiz.*

Ele olhou para Fauke, que tinha levantado o bule para encher as xícaras.

— Você está procurando um fantasma, Hole.

80

Rua do Parque, Uranienborg, 11 de maio de 2000

Johan Krohn recebeu Harry em seu escritório. As estantes de livros atrás dele estavam abarrotadas de volumes do *Diário de Justiça* encadernados em couro marrom. Faziam um contraste estranho com o rosto infantil do advogado.

— Faz algum tempo — disse Krohn e fez um gesto com a mão para que Harry se sentasse.

— Você tem boa memória — elogiou o inspetor.

— Sim, minha memória se encontra em perfeito estado. Sverre Olsen. Vocês tinham um caso e tanto. Pena que o tribunal da cidade não conseguiu agir de acordo com as regras.

— Não foi por isso que eu vim — disse Harry. — Quero pedir um favor a você.

— Pedir é de graça — rebateu Krohn e juntou as pontas dos dedos. Ele lembrava a Harry um ator mirim que fazia o papel de adulto.

— Estou procurando uma arma que foi importada ilegalmente e tenho motivos para acreditar que Sverre Olsen estava envolvido no esquema. Como seu cliente está morto, você não está mais impedido pelo sigilo profissional de dar informações. Agora pode nos ajudar a esclarecer o assassinato de Bernt Brandhaug, pois temos quase certeza de que ele foi morto com essa tal arma.

Krohn sorriu sarcasticamente.

— Prefiro que o limite do meu sigilo profissional seja avaliado por mim, inspetor. Isso não cessa automaticamente quando o cliente morre. E pelo visto você não considerou a possibilidade de eu achar um pouco de atrevimento da sua parte vir até aqui pedir informações depois de um policial ter atirado no meu cliente.

— Estou tentando deixar os sentimentos de lado e agir profissionalmente — disse Harry.

— Então se esforce mais! — A voz de Krohn ficava ainda mais chiada quando ele falava alto. — Porque isso não é muito profissional. Na verdade, é tão pouco profissional quanto matar um homem em sua própria casa.

— Foi autodefesa — respondeu Harry.

— Formalidades — rebateu Krohn. — O cara era um policial experiente, devia saber que Olsen era instável. E não devia ter conduzido as coisas daquela forma. É claro que o policial devia ser processado.

Harry não se conteve:

— Concordo com você que é sempre triste quando criminosos são soltos por causa de formalidades.

Krohn piscou duas vezes quando se deu conta do que Harry quis dizer.

— Formalidades jurídicas são outra coisa, delegado — defendeu-se.

— Fazer juramento na sala de audiências talvez seja um mero detalhe, mas, sem proteção civil...

— Delegado não, inspetor. — Harry se concentrou em falar devagar e baixinho. — E a proteção civil a qual você se refere acabou com a vida de uma colega minha. Ellen Gjelten. Conte isso para sua memória, da qual você se orgulha tanto. Ellen Gjelten, 28 anos. O maior talento investigativo da polícia de Oslo. Crânio quebrado. Uma morte bem sangrenta.

Harry se levantou e inclinou seu 1,90 metro sobre a mesa de Krohn. Ele podia ver o pomo de adão no pescoço magro de abutre de Krohn pular para cima e para baixo, e, por dois longos segundos, Harry se deu ao luxo de apreciar o medo nos olhos do jovem advogado. Depois deixou cair um cartão de visita em cima da mesa.

— Me ligue depois que decidir até quando seu sigilo profissional vigora — disse ele.

Harry já estava na porta quando a voz de Krohn o fez parar:

— Ele me ligou um pouco antes de morrer.

Harry se virou. Krohn soltou um suspiro:

— Ele estava com medo de alguém. Sverre Olsen estava sempre com medo. Estava sempre sozinho e morrendo de medo.

— Quem não está? — murmurou Harry e emendou: — Ele disse de quem tinha medo?

— Do Príncipe. Ele apenas o chamava assim. O Príncipe.

— E Olsen disse por que estava com medo?

— Não. Ele só falou que esse tal Príncipe era como se fosse o superior dele e que tinha dado ordens para que ele cometesse um crime. Ele queria saber qual era a pena quando uma pessoa obedece a uma ordem. Coitado do idiota.

— Que tipo de ordem?

— Ele não falou.

— Disse mais alguma coisa?

Krohn fez que não com a cabeça.

— Me ligue a qualquer hora do dia ou da noite se lembrar de mais alguma coisa — pediu Harry.

— Mais uma coisa, inspetor. Se você acha que vou perder o sono por ter libertado o homem que matou sua colega inocente, está enganado.

Mas Harry já não estava mais lá.

81

HERBERT'S PIZZA, 11 DE MAIO DE 2000

Harry ligou para Halvorsen pedindo que o encontrasse no Herbert's. Eles tinham a pizzaria quase só para si e escolheram uma mesa à janela. No canto, ao fundo, havia um cara com um longo casaco militar, bigode do tempo de Adolf Hitler e os pés enfiados em botas descansavam no assento de uma cadeira. Ele parecia tentar bater o recorde mundial de tédio.

Halvorsen conseguira encontrar Edvard Mosken, mas não em Drammen.

— Liguei para a casa dele, mas ele não atendeu, aí consegui o número do celular no serviço telefônico. Ele está aqui em Oslo. Tem um apartamento na rua Tromsøgata, em Roddeløkka, onde fica quando está em Bjerke.

— Bjerke?

— A hípica. Parece que às terças e sábados ele vai para lá. Costuma apostar para se divertir. Foi o que ele falou. E ele é dono de um quarto de um cavalo. Eu o encontrei no estábulo atrás da pista.

— O que mais ele falou?

— Que às vezes dá uma passada no Schrøder na parte da manhã quando está em Oslo. Ele também falou que não faz ideia de quem seja Bernt Brandhaug e que nunca ligou para a casa dele. Ele sabia quem Signe Juul era, disse que se lembra dela da Frente Oriental.

— E o álibi dele?

Halvorsen pediu uma pizza havaiana tropical com pepperoni e abacaxi.

— Mosken ficou sozinho no apartamento da rua Tromsøgata a semana toda, exceto quando foi para Bjerke. Ele estava lá na manhã em que Brandhaug foi morto também. E hoje de manhã.

— É? E o que você achou do jeito que ele respondeu?

— Como assim?

— Você acreditou nele?

— Sim, não. Bom, acreditar...

— Deixe seu instinto falar, Halvorsen, não tenha medo. E diga apenas o que você achou na hora, não vou usar isso contra você.

Halvorsen olhou para a mesa e mexeu, nervoso, no cardápio.

— Se Mosken estiver mentindo, ele é um cara bem frio, com certeza.

Harry soltou um suspiro:

— Cuide para que Mosken seja vigiado. Quero dois homens em frente ao prédio dele dia e noite.

Halvorsen assentiu e pegou o celular para fazer uma ligação. Harry podia ouvir a voz de Møller enquanto dava uma olhada no neonazista no canto. Ou fosse lá como eles se chamassem. Nacional-socialistas. Nacional-democratas. Ele tinha acabado de receber uma dissertação que concluía que havia 57 neonazistas na Noruega.

A pizza chegou e Halvorsen a ofereceu a Harry.

— Obrigado — respondeu Harry. — Pizza não é o meu forte.

O homem de casaco no canto agora tinha a companhia de um rapaz que usava uma jaqueta curta de camuflagem verde. Eles começaram a sussurrar e olharam para os dois policiais.

— Mais uma coisa — disse Harry. — Linda, da Polícia Secreta, me contou que existe um arquivo da SS em Colônia que foi parcialmente queimado nos anos 1970, mas que de vez em quando alguém encontra uma informação ou outra sobre noruegueses que lutaram do lado alemão lá. Ordens, distinções, status, essas coisas. Quero que ligue para lá e veja se encontra algo sobre Daniel Gudeson. E Gudbrand Johansen.

— Sim, chefe — falou Halvorsen com a boca cheia. — Assim que eu acabar a pizza.

— Enquanto isso vou bater um papo com os jovens — disse Harry e se levantou.

Quando se tratava de trabalho, Harry não tinha nenhum escrúpulo em usar seu tamanho para fazer terror psicológico. E mesmo que o bigode de Hitler olhasse para Harry tentando parecer ameaçador, o inspetor sabia que por trás daquele olhar frio se escondia o mesmo medo que ele vira em Krohn. Esse cara só tinha mais prática em disfarçar o medo. Harry puxou a cadeira na qual o bigode de Hitler tinha posto os pés, e suas botas bateram no chão antes que ele tivesse tempo de reagir.

— Desculpe — pediu Harry. — Pensei que a cadeira estivesse livre.

— Polícia de merda — disse o bigode de Hitler. A cabeça raspada em cima da jaqueta de camuflagem se virou.

— Correto — concordou Harry. — Ou puliça, gambá. Tio. Não, é legal demais, talvez. Que tal cop, fica internacional o bastante?

— A gente tá te enchendo, cara? — perguntou o de jaqueta.

— É, estão me enchendo — respondeu Harry. — Faz tempo que vocês estão me enchendo. Mande um recado para o Príncipe e diga a ele que Hole chegou para encher o saco também. De Hole para o Príncipe, sacou?

O de jaqueta de camuflagem piscou, boquiaberto. E o de casaco abriu uma mandíbula com dentes apontando para todas as direções, e riu até babar.

— Está falando de Haakon Magnus, cara? O príncipe da Noruega? — perguntou, então a ficha finalmente caiu para o de jaqueta de camuflagem, que também riu.

— Bem — disse Harry. — Se vocês são apenas soldados da infantaria, é claro que não sabem quem é o Príncipe. Então é melhor mandar a mensagem para o superior mais próximo. Boa pizza, rapazes.

Harry voltou para onde Halvorsen estava, sentindo os olhares dos dois em suas costas.

— Pode acabar a pizza — falou Harry para Halvorsen, que estava comendo um pedaço enorme. — Temos que nos mandar daqui antes que eu acrescente mais merda no meu currículo.

82

HOLMENKOLLEN, 11 DE MAIO DE 2000

Era a noite de primavera mais quente até então. Harry estava com o vidro do carro abaixado e sentiu o vento ameno no rosto e no cabelo. De Holmenkollen, ele podia ver o fiorde de Oslo com as ilhas esparramadas como conchas marrom-esverdeadas, e os primeiros barcos a vela da estação seguiam rumo ao litoral. Alguns recém-formados urinavam na beira da estrada ao lado de um ônibus vermelho, de onde ecoava música das caixas de som no teto:

"Won't — you — be my lover...?"

Uma idosa em calças de golfe e com uma jaqueta amarrada na cintura caminhava pela rua com um sorriso feliz e cansado.

Harry estacionou diante da casa. Ele não queria passar da entrada, não sabia bem por quê — talvez porque achasse que pareceria menos invasivo estacionando mais para a frente. Ridículo, claro, já que de qualquer maneira estava ali sem ter avisado ou sem ser convidado.

Estava no meio do gramado quando seu celular tocou. Era Halvorsen ligando do Arquivo dos Traidores da Pátria.

— Nada — disse. — Se Daniel Gudeson realmente estiver vivo, nunca foi condenado por traição.

— E Signe Juul?

— Ela recebeu pena de um ano.

— Mas ela nunca foi presa. Algo mais de interessante?

— Zero. Já estão querendo me botar para fora porque está na hora de fechar.

— Vá para casa dormir. Talvez surja uma ideia amanhã.

Harry estava no pé da escada, prestes a subir de um pulo, só quando a porta se abriu. Ele ficou parado. Rakel estava usando uma blusa de lã e calça jeans, o cabelo estava desgrenhado e o rosto ainda mais pálido que de costume. Ele procurou em seus olhos sinais de alegria pelo reencontro, mas não encontrou nenhum. E tampouco a polidez neutra que ele mais havia receado. Na verdade, seus olhos não expressavam nada, o que quer que isso significasse.

— Ouvi vozes aqui fora — disse ela. — Entre.

Oleg estava de pijama vendo TV na sala.

— Olá, perdedor — falou Harry. — Você não devia estar jogando Tetris para treinar?

Oleg bufou sem levantar a cabeça.

— Esqueço que as crianças não entendem ironias — disse Harry a Rakel.

— Onde esteve? — perguntou Oleg.

— Onde eu estive? — Harry ficou um pouco confuso quando notou a expressão acusadora de Oleg. — Como assim?

Oleg deu de ombros.

— Café? — perguntou Rakel.

Harry aceitou. Oleg e ele ficaram em silêncio assistindo à incrível marcha dos gnus atravessando o deserto de Kalahari enquanto Rakel estava na cozinha. Levou tempo, com o café e com a marcha.

— Cinquenta e seis mil — disse Oleg no fim.

— Mentira — falou Harry.

— Estou no topo da lista dos melhores!

— Corra lá e pegue que eu quero ver.

Oleg se levantou de um pulo e saiu da sala correndo quando Rakel trouxe o café e se sentou. Harry pegou o controle remoto e abaixou o som de cascos trovejantes. Foi Rakel quem finalmente quebrou o silêncio:

— Então... O que vai fazer no 17 de Maio desse ano?

— Vou estar de plantão. Mas, se você estiver insinuando um convite para alguma coisa, movo céus e terra...

Ela riu e fez um gesto reprovador com as mãos.

— Desculpe, só estou jogando conversa fora. Vamos falar de outra coisa então.

— Quer dizer que você está doente? — perguntou Harry.

— É uma longa história.

— Parece que você tem várias longas histórias.

— Por que você voltou da Suécia?

— Brandhaug. Com quem, por mais estranho que possa parecer, estive conversando aqui mesmo.

— Sim, a vida é cheia dessas coincidências absurdas.

— Tão absurdas que não se encaixariam numa história inventada, creio.

— Você não sabe nem a metade, Harry.

— Como assim. O que você quer dizer?

Rakel soltou apenas um suspiro e mexeu seu chá.

— O que está acontecendo? — perguntou Harry. — A família inteira passando mensagens criptografadas essa noite?

Ela tentou rir, mas o riso virou uma fungada. *Resfriado de primavera*, pensou Harry.

— Eu... Bem...

Ela tentou recomeçar a frase mais duas vezes, porém nada coerente saiu. Não parava de mexer a colher de chá na xícara. Por cima do ombro, Harry viu um gnu ser puxado por um crocodilo, bem lentamente e sem piedade, para o rio.

— Tem sido péssimo — disse ela. — Senti sua falta.

Ela se virou para Harry e foi só naquele momento que ele viu que ela estava chorando. As lágrimas rolavam pelo seu rosto e se uniam embaixo do queixo. E Rakel não fez nenhuma tentativa de contê-las.

— Bem... — começou Harry e foi tudo o que conseguiu dizer antes de estarem nos braços um do outro. Agarraram-se como a uma boia salva-vidas. Harry tremeu. *Apenas isso*, pensou. *Apenas isso basta. Abraçá-la assim.*

— Mamãe! — O grito veio do andar de cima. — Onde está o Game Boy?

— Em uma das gavetas da cômoda — Procure na de cima primeiro — gritou Rakel com a voz trêmula. — Me beije — sussurrou ela para Harry.

— Mas Oleg pode...

— Não está na cômoda.

Quando Oleg desceu as escadas com o Game Boy, que acabou encontrando na caixa de brinquedos, primeiro não notou o ânimo na sala, e riu de Harry, que soltou um preocupado "hum" quando viu os pontos que ele havia conquistado. Mas no momento em que Harry começou a bater o recorde, o menino perguntou:

— Por que estão com essa cara esquisita?

Harry olhou para Rakel, que a duras penas conseguiu ficar séria.

— É porque a gente se gosta muito — respondeu Harry, substituindo três linhas por uma longa linha à direita. — E o seu recorde está por um triz, perdedor.

Oleg riu e deu um tapa no ombro de Harry.

— Sem chance. Você que é o perdedor.

83

APARTAMENTO DE HARRY,
11 DE MAIO DE 2000

Harry não se sentiu como um perdedor quando, logo antes da meia-noite, entrou em seu apartamento e viu a luz vermelha da secretária eletrônica piscando. Antes de partir, carregou Oleg para a cama, então Rakel e ele tomaram chá, e ela disse que um dia lhe contaria uma longa história. Quando não estivesse tão cansada. Harry falou que ela precisava de férias, e Rakel concordou.

— Podemos viajar, nós três — sugeriu ele. — Quando esse caso for solucionado.

Ela passou a mão em seu cabelo.

— Não brinque com coisas assim, Hole.

— Quem está brincando?

— De qualquer maneira, estou cansada demais para falar sobre isso agora. Vá para casa, Hole.

Eles se beijaram mais uma vez no hall de entrada, e Harry ainda tinha o sabor dela nos lábios.

Ele andou pela casa sem fazer barulho, de meias, sem acender a luz da sala, e apertou o play na secretária eletrônica. A voz de Sindre Fauke encheu o escuro.

— Harry, é o Fauke. Estava pensando... se Daniel Gudeson for mais que um fantasma, só há uma pessoa nesse mundo que pode solucionar essa charada. A pessoa que estava de vigia com ele no réveillon... quando ele supostamente foi morto com um tiro. Gudbrand Johansen. Você precisa encontrar Johansen, Hole.

Depois veio o som do telefone sendo desligado, um bip e, quando Harry aguardava o clique, entrou outra mensagem:

— É o Halvorsen. São onze e meia da noite. Acabei de receber uma ligação de um dos agentes. Esperaram o tempo todo em frente ao prédio de Mosken, mas ele não foi para casa. Então tentaram ligar para o número dele em Drammen, só para ver se ele atenderia. Mas ele não atendeu. Um dos rapazes foi para a hípica, mas encontraram tudo fechado lá, com as luzes apagadas. Então pedi que tivessem um pouco de paciência e solicitassem um mandado de busca do carro de Mosken pelo rádio. Só para você saber. Até amanhã.

Outro bip. Nova mensagem. Novo recorde na secretária de Harry.

— Halvorsen de novo. Estou começando a ficar gagá, esqueci completamente a outra coisa. Até que enfim parece que estamos com um pouco de sorte. O arquivo da SS em Colônia não tinha dados pessoais nem de Gudeson nem de Johansen. Eles me disseram que seria melhor ligar para o arquivo central da Wehrmacht em Berlim. Quando liguei para lá, conversei com um homem que mais rosnava que falava. Ele disse que pouquíssimos noruegueses estiveram no exército regular alemão. Mas, quando expliquei para ele o caso, ele prometeu que ia verificar de qualquer maneira. Depois ligou de volta e disse que, como esperava, não encontrou nada sob o nome Daniel Gudeson. Mas encontrou cópias de alguns documentos de um norueguês, Gudbrand Johansen. Os papéis mostravam que Johansen foi transferido para a Wehrmacht da Waffen-SS em 1944. E tinha uma anotação nas cópias dizendo que os documentos originais foram enviados a Oslo no verão de 1944, o que, de acordo com nosso homem em Berlim, só pode significar que Johansen foi comandado para lá. Ele também encontrou uma correspondência com um médico que tinha assinado as licenças médicas de Johansen. Em Viena.

Harry se sentou na única cadeira da sala.

"O nome do médico era Christopher Brockhard, do hospital Rudolf II. Verifiquei com a polícia de Viena, e o hospital ainda está em funcionamento. Eles até me arrumaram nome e telefone de umas vinte pessoas que ainda estão vivas e que trabalharam lá durante a guerra."

Os teutônicos entendem de arquivos, pensou Harry.

"Então comecei a telefonar. Meu alemão está uma merda!" A gargalhada de Halvorsen causava estalos no alto-falante. "Liguei para oito delas antes de encontrar uma enfermeira que se lembrasse de

Gudbrand Johansen. É uma mulher de 75 anos. Ela se lembra muito bem dele, foi o que ela mesma disse. Você vai receber o número e o endereço dela amanhã. Aliás, o nome dela é Mayer. Helena Mayer."

Um silêncio cheio de estalos foi seguido de um bip e o clique da fita cassete parando.

Harry sonhou com Rakel, com o rosto dela, que se enterrou em seu pescoço, com suas mãos fortes e com figuras do Tetris que não paravam de cair. Mas foi a voz de Sindre que o acordou no meio da noite e o fez procurar o contorno de uma pessoa no escuro:

— Você tem que encontrar Gudbrand Johansen.

84

Forte de Akershus, 12 de maio de 2000

Eram duas e meia da madrugada, e o velho estacionou o carro ao lado de um armazém na rua Akershusstranda. Em outra época, a rua era uma das vias principais em Oslo, mas, depois que abriram o túnel, ela ficou fechada em uma ponta e só era usada de dia pelas pessoas que trabalhavam no cais. E por clientes de prostitutas que queriam um lugar relativamente protegido para o "passeio". Entre a rua e a água havia apenas alguns armazéns, e do outro lado estava a fachada oeste do forte de Akershus. Mas, claro, se alguém estivesse no cais de Aker Brygge com binóculos potentes, certamente poderia ver a mesma coisa que o velho: as costas de um casaco cinza dando trancos cada vez que o homem que o vestia empurrava os quadris para a frente, e o rosto de uma mulher embriagada e com maquiagem pesada que se deixava golpear contra o muro oeste do forte, logo embaixo dos canhões. Em cada lado dos copuladores havia um holofote que iluminava o rochedo e o muro acima deles.

Prisão de Guerra de Akershus. A parte interna do forte ficava fechada à noite e, mesmo se ele tivesse conseguido entrar, o risco de ser descoberto no lugar da execução era grande demais. Ninguém sabia ao certo quantas pessoas haviam sido mortas a tiro ali durante a guerra, mas tinha uma placa em memória dos noruegueses da Resistência que perderam a vida. O velho sabia que pelo menos um deles era um criminoso ordinário merecedor da pena, independentemente do lado em que estivera. E foi ali que mataram Vidkun Quisling e os outros condenados à morte durante o processo judicial. Quisling ficara na torre da pólvora. O velho sempre se perguntava se era isso que tinha dado o título ao livro de Jens Bjørneboe, na parte em que o autor descreve em detalhes os diferentes métodos de execução usados durante séculos. A descrição da execução a tiros por um pelotão seria de fato um relato da execução de Vidkun Quisling, naquele dia de outubro de 1945, quando levaram o traidor para o pátio para perfurar seu corpo com balas? Eles tinham mesmo, conforme descrito pelo autor, enfiado um capuz em sua cabeça e pendurado um papelzinho branco no lugar do coração como mira? Tinham gritado quatro palavras de comando antes de dispararem os tiros? E tinham os experientes atiradores mirado tão mal que o médico teve de avisar que o condenado tinha de ser executado de novo, até terem atirado quatro ou cinco vezes para a morte ocorrer por sangramento através das muitas feridas superficiais?

O velho tinha recortado a descrição do livro.

O homem de casaco havia terminado e estava descendo a ladeira em direção ao seu carro. A mulher ainda estava perto do muro, tinha baixado a saia e acendido um cigarro que incandescia no escuro quando ela o tragava. O velho esperou. Depois ela pisou no cigarro e começou a andar pelo atalho lamacento em torno do forte, voltando para o "escritório" nas ruas perto do Banco da Noruega.

O velho se virou para o banco de trás, de onde a mulher amordaçada o fitou com os mesmos olhos apavorados que ele tinha visto todas vezes que ela acordara do torpor do éter etílico. Ele viu sua boca se mexer por baixo da mordaça.

— Não tenha medo, Signe — disse o velho e se inclinou para ela, prendendo algo na frente de seu casaco. Ela tentou abaixar a cabeça para ver o que era, mas ele a forçou a olhar para a frente. — Vamos dar um passeio — falou ele. — Como antigamente.

O velho desceu do carro, abriu a porta de trás, puxou-a para fora e empurrou-a à sua frente. Ela tropeçou e caiu de joelhos no cascalho do gramado na beira da rua, mas ele agarrou a corda com que atara suas mãos e a colocou de pé de novo. Ele a posicionou bem em frente a um dos holofotes, com a luz incidindo direto em seus olhos.

— Fique bem quietinha aqui, esqueci o vinho — disse. — Ribeiros Tinto, você se lembra, não é? Bem quietinha, senão...

Ela estava cega pela luz e ele teve de pôr a faca em frente aos seus olhos para que ela pudesse ver. E, apesar da forte luz, suas pupilas estavam tão dilatadas que seus olhos pareciam pretos. Ele desceu até o carro e olhou em volta. Ninguém. Parou para escutar, e ouviu apenas o incessante zumbido da cidade. Abriu o bagageiro, afastou o saco de lixo preto e sentiu que o cachorro morto já estava endurecendo. O aço do rifle Märklin cintilou. Ele o pegou e se sentou no banco do motorista. Abaixou o vidro até a metade e posicionou o rifle. Quando levantou o olhar, viu a sombra gigantesca da mulher dançar no muro amarelo do século XV. A sombra provavelmente era visível além da baía até a cidade de Nesodden. Lindo.

Ele girou a chave na ignição com a mão direita e acelerou o motor. Deu uma última olhada em volta antes de olhar pelo visor telescópico. A distância não chegava a cinquenta metros, e o casaco dela preenchia por inteiro o visor redondo da lente. Ele ajustou o visor um pouquinho para a direita e a cruz preta encontrou o que estava procurando — o pedaço de papel branco. Depois soltou o ar dos pulmões e dobrou o dedo por cima do gatilho.

— Seja bem-vinda de volta — sussurrou.

Parte Oito

A revelação

85

Viena, 14 de maio de 2000

Harry concedeu a si mesmo três segundos para se deleitar com a sensação do couro frio dos assentos da Tyrolean Airways na nuca e nos braços. Depois retomou seu raciocínio.

Sob eles, uma paisagem que parecia uma colcha de retalhos contínua em verde e amarelo, com o Danúbio brilhando ao sol, parecendo uma ferida marrom e purulenta. A comissária de bordo havia acabado de avisar que estavam aterrissando no Schwechat, e Harry se aprontou.

Ele nunca gostou muito de voar, mas nos últimos anos simplesmente começou a ficar com medo. Ellen uma vez havia perguntado do que ele tinha medo.

"De cair e morrer, do que mais poderia ter medo"?, respondeu. Ela argumentou que a probabilidade de uma pessoa morrer em um avião, em um único trajeto, era de uma chance em trinta milhões. Ele agradeceu a informação e disse que então não tinha mais medo.

Harry inspirou e expirou o ar, tentando não prestar atenção aos ruídos instáveis do motor. Por que o medo de morrer piorava com a idade? Não devia ser o contrário? Signe Juul chegou aos 79 anos, provavelmente morrendo de medo. Foi um dos guardas do forte de Akershus que a encontrou. Eles haviam recebido uma ligação de um célebre milionário insone do cais de Aker avisando que um dos holofotes na parede sul estava quebrado, e o guarda de plantão mandou um dos novatos verificar. Harry o interrogou duas horas depois, e ele contou que, quando se aproximou, viu uma mulher morta em cima de um dos holofotes, cobrindo a luz. Primeiro ele pensou que fosse uma viciada, porém, quando chegou mais perto e viu o cabelo branco e as roupas antiquadas, entendeu que se tratava de uma mulher de idade.

Pensou então que ela havia passado mal, mas depois viu que a senhora estava com as mãos amarradas nas costas. Só quando estava bem perto foi que notou o buraco escancarado no casaco.

— Dava para ver que a espinha dorsal estava arrebentada — contou ele a Harry. — Dava para ver. Coisa horrível.

Depois o guarda contou que se apoiou no rochedo com uma das mãos enquanto vomitava, e que só mais tarde, quando a polícia já tinha chegado ao local e retirado o corpo de cima do holofote, e com a parede iluminada de novo, ele entendeu o que era a substância pegajosa na mão. Ele mostrou a mão a Harry, como se fosse importante.

A equipe de perícia chegou. Weber se aproximou de Harry olhando para Signe Juul com olhos sonolentos e disse que naquele lugar não fora Deus o juiz, mas sim o cara do andar de baixo.

A única testemunha era um guarda que vigiava os armazéns. Ele tinha cruzado com um carro no caminho da praia de Akershus, às duas e quarenta e cinco da madrugada. Mas o outro carro estava com os faróis altos e ele não tinha conseguido ver nem o modelo nem a cor.

Parecia que o piloto estava acelerando o avião. Harry achou que estivessem tentando ganhar altura porque o comandante da aeronave tinha se dado conta dos Alpes bem à sua frente na cabine. Depois pareceu que o avião da Tyrolean Airways havia perdido todo o ar embaixo das asas, e Harry sentiu o estômago subir até as orelhas. Sem querer, soltou gemidos quando, no instante seguinte, foram arremessados para cima como uma bola de borracha. A voz do comandante soou pelo alto-falante, dizendo alguma coisa sobre turbulência em inglês e em alemão.

Aune afirmava que, se uma pessoa não tivesse a capacidade de sentir medo, provavelmente não sobreviveria sequer um dia. Harry apertou os braços da cadeira e tentou encontrar consolo na afirmação.

Aliás, foi graças a Aune que ele pegou o primeiro voo para Viena. Quando foi informado dos fatos, disse imediatamente que o fator tempo seria determinante.

— Se for um serial killer, ele está perto de perder o controle — afirmou Aune. — Não como um serial killer clássico, com motivos sexuais e que procura satisfação, mas um que fica igualmente desapontado todas as vezes, e aumenta a frequência por pura frustração. Ao que tudo indica, está claro que esse assassino não tem motivações sexuais. Ele tem é algum plano doentio que quer levar a cabo, e até agora tem tomado cuidado e agido de forma racional. O fato de os assassinatos estarem acontecendo a intervalos cada vez mais curtos e de ele correr riscos cada vez maiores para enfatizar a parte simbólica do ato, como este último assassinato executório no forte de Akershus, indica que ele ou se sente invencível ou está prestes a perder o controle, talvez esteja entrando em estado psicótico.

— Ou talvez ainda tenha controle total — arriscou Halvorsen. — Ele não cometeu nenhum deslize até agora. Continuamos sem uma única pista.

Halvorsen tinha razão. Eles não tinham nenhuma pista.

Mosken tinha um álibi. Ele atendeu o telefone em Drammen quando Halvorsen ligou de manhã para checar, já que os agentes secretos ainda não o tinham visto em Oslo. E claro que não podiam saber se era verdade o que ele disse, que tinha ido de carro a Drammen depois que a hípica havia fechado, às dez e meia da noite, e que, às onze e meia, já estava em casa. Ele podia ter chegado depois das duas e meia, após matar Signe Juul.

Harry pediu a Halvorsen que ligasse para os vizinhos e perguntasse se eles tinham ouvido ou visto Mosken, mas não nutria grandes esperanças. E também pediu a Møller que falasse com o promotor público para expedir um mandado de busca nos dois apartamentos dele. Harry sabia que seus argumentos eram vagos, e o promotor respondeu que pelo menos queria ver algo parecido com indícios antes de dar o sinal verde.

Sem pistas. Estava na hora de entrar em pânico.

Harry fechou os olhos. O rosto de Even Juul ainda estava nítido em sua memória. Cinza, fechado. Encolhida na poltrona da sala segurando a coleira do cachorro.

As rodas do avião bateram no asfalto, e Harry constatou que mais uma vez estava entre os trinta milhões com sorte.

O policial que o chefe de polícia de Viena gentilmente colocou à sua disposição como motorista, guia e intérprete estava no hall da entrada, de terno escuro, óculos de sol, com pescoço atarracado, segurando uma folha de papel na qual se lia "Sr. Hole" com hidrográfica de ponta grossa.

O atarracado se apresentou como "Fritz" (*alguém tem que se chamar Fritz*, pensou Harry) e conduziu o inspetor até um BMW azul-marinho que no instante seguinte voava na rodovia na direção noroeste, para o centro, passando por chaminés de fábricas que cuspiam fumaça branca e motoristas educados que se colocavam à direita quando Fritz acelerava.

— Você vai ficar no hotel dos espiões — informou Fritz.

— Hotel dos espiões?

— O velho e distinto Imperial. Foi lá que os agentes russos e ocidentais se engajaram e se desengajaram durante a Guerra Fria. Seu chefe deve ter muito dinheiro.

Chegaram ao Kärntner Ring e Fritz apontou.

— Veja a torre da catedral de Santo Estêvão acima dos telhados à direita. Bacana, não? O hotel é esse aqui. Espero aqui enquanto faz o check-in.

O recepcionista no Imperial sorriu ao ver Harry olhar em volta, impressionado.

— Fizemos uma reforma de quarenta milhões de xelins para deixar o hotel exatamente como era antes da guerra. Ele quase foi destruído por bombardeios em 1944 e estava em condições lastimáveis fazia alguns anos.

Quando Harry saiu do elevador no terceiro andar parecia que balançava em um chão pantanoso, de tão grosso e macio que era o carpete. O quarto não era especialmente grande, mas tinha uma cama de quatro colunas que parecia ter pelo menos 100 anos. Quando abriu a janela, respirou o aroma das delícias da confeitaria do outro lado da rua.

— Helena Mayer mora na rua Lazarettgasse — informou Fritz quando Harry voltou para o carro. Ele buzinou para um carro que mudou de pista sem dar seta.

— Ela é viúva e tem dois filhos adultos. Trabalhou como professora depois da guerra até se aposentar.

— Você já falou com ela?

— Não, mas li a ficha dela.

O endereço na Lazarettgasse era em um prédio que provavelmente fora elegante no passado, mas agora estava meio decadente, com a pintura nas paredes da escada descascando. O eco dos passos se misturava ao som de água pingando.

Helena Mayer estava parada, sorrindo, na porta de seu apartamento no terceiro andar. Ela tinha olhos castanhos vivazes e se desculpou pela escada.

O apartamento estava abarrotado de móveis e cheio de todo tipo de quinquilharias que uma pessoa acumula durante uma vida inteira.

— Sentem-se — pediu. — Eu falo alemão, mas pode falar em inglês comigo, entendo bastante — disse ela a Harry.

Ela foi buscar uma bandeja com café e alguns docinhos.

— Strudel — explicou, apontando para o bolo.

— Hum — disse Fritz e se serviu.

— Então a senhora conhecia Gudbrand Johansen? — perguntou Harry.

— Conhecia, claro. Quer dizer, nós o chamávamos de Uriah. Ele insistia em ser chamado assim. Primeiro achamos que ele era meio maluco, por causa dos ferimentos.

— Que tipo de ferimentos?

— Na cabeça. E na perna, é claro. O Dr. Brockhard quase teve que amputá-la.

— Mas ele se recuperou e foi mandado a Oslo no verão de 1944, não foi?

— Sim, a ideia era ele ir para lá.

— Como assim a ideia?

— Ele desapareceu. E nunca foi visto em Oslo, pelo que sei.

— Também não temos informações de que ele foi para lá. Me diga uma coisa, até que ponto conhecia Gudbrand Johansen?

— Eu o conhecia muito bem. Ele era uma pessoa extrovertida e um bom contador de histórias. Acho que todas as enfermeiras se apaixonaram por ele.

— Você também?

Ela soltou um riso contagiante e leve.

— Eu também. Mas ele não me queria.

— Não?

— E eu era bonita, acredite. Esse não era o problema. Mas Uriah queria outra mulher.

— É mesmo?

— O nome dela também era Helena.

— E quem era a outra Helena?

A velha franziu a testa.

— Helena Lang. Ela foi o estopim para a tragédia. Os dois se queriam.

— Que tragédia?

Ela olhou perplexa para Harry, depois para Fritz e em seguida para Harry de novo.

— Não é por isso que vocês estão aqui? Por causa daquele assassinato?

86

Parque do palácio, 14 de maio de 2000

Era domingo, as pessoas andavam mais devagar que de costume, e o velho acompanhou os passos delas para dentro da floresta do parque do palácio. Parou na casa dos guardas. As árvores estavam no tom verde-claro que ele mais gostava. Todas exceto uma. O carvalho alto no meio do parque nunca ficaria mais verde do que estava agora. Já dava para ver a diferença. Conforme a árvore acordava da hibernação invernal, o nutriente líquido no tronco também começava a circular e espalhar o veneno na rede de veias. Já alcançava todas as folhas e causava um crescimento acelerado que em uma ou duas semanas faria as folhas amarelarem e caírem. Então, por fim, faria a árvore morrer.

Mas eles ainda não tinham entendido. Aparentemente não tinham entendido nada. Bernt Brandhaug não fazia parte do plano original, e o velho percebeu que o atentado confundiu a polícia. As afirmações de Brandhaug no jornal eram apenas uma dessas estranhas coincidências, e ele dera uma gargalhada ao ler o noticiário. Meu Deus, ele estava até de acordo com Brandhaug: os perdedores deviam ser enforcados, é a lei da guerra.

E todas as outras pistas que ele tinha deixado para eles? Nem a execução no forte de Akershus conseguiu mostrar a conexão com a grande traição. Talvez a ficha caísse na próxima vez que atirassem no morro com canhões.

Ele olhou em volta à procura de um banco. As dores vinham com intervalos cada vez mais curtos, ele não precisava ir ao Dr. Buer para saber que a doença tinha se espalhado pelo corpo inteiro, já dava para sentir. Faltava pouco agora.

Ele se apoiou em uma árvore. A bétula real, o símbolo da ocupação. Governo e rei fogem para a Inglaterra. "Bombardeiros alemães estão sobrevoando", um verso do poema de Nordahl Grieg, lhe dava náuseas. Mostrava a traição do rei como se fosse uma retirada honrosa, como se deixar seu povo na hora da necessidade fosse um ato ético. E lá em Londres, seguro, o rei foi apenas mais uma daquelas majestades exiladas que faziam discursos tocantes para senhoras da alta sociedade durante jantares de representação, enquanto se agarravam à esperança de que sua pequena monarquia um dia quisesse tê-los de volta. E depois que tudo havia acabado, a recepção seguiu o barco do príncipe, encostando-se nos cais, e todas as pessoas presentes gritaram até ficarem roucas para fazer calar a vergonha, sua própria e a de seu rei. O velho virou-se em direção ao sol e fechou os olhos.

Gritos de comando, botas e armas AG3 estalaram no cascalho. Toque de chamada. Troca da guarda.

87

Viena, 14 de maio de 2000

— Então vocês não sabiam? — perguntou Helena Mayer. Ela balançou a cabeça, e Fritz já estava ao telefone para fazer alguém procurar assassinatos antigos e arquivados.

— Vamos encontrar — sussurrou ele, e Harry não tinha a menor dúvida disso.

— Então a polícia tinha certeza de que Gudbrand Johansen tinha matado seu médico? — perguntou Harry para a idosa.

— Sim, Christopher Brockhard morava sozinho em um dos apartamentos do hospital. A polícia disse que Johansen quebrou o vidro da porta e o matou quando o médico estava dormindo em sua própria cama.

— Como...

A Sra. Mayer passou um dedo dramático pelo pescoço.

— Eu mesma vi depois — disse. — Dava para acreditar que o doutor tinha feito aquilo com a própria mão, de tão limpo que estava o corte.

— Hum. E por que a polícia teve tanta certeza de que foi Johansen? Ela riu.

— Porque Johansen perguntou ao guarda antes qual era a casa de Brockhard, e o guarda o viu estacionar na frente e entrar pelo portão principal. Depois ele saiu correndo, ligou o carro e foi embora em alta velocidade, seguindo na direção de Viena. No dia seguinte descobriu-se que ele havia fugido e ninguém sabia para onde, apenas que ele, de acordo com a ordem, deveria se apresentar em Oslo três dias depois. A polícia norueguesa o esperou, mas ele nunca apareceu lá.

— Além do testemunho do guarda, a senhora se lembra se a polícia encontrou outras provas?

— Se eu me lembro? Só se falou do assassinato de Brockhard durante anos! O sangue no vidro da porta do apartamento do médico batia com o tipo sanguíneo dele. E a polícia encontrou as mesmas impressões digitais no quarto de Brockhard, na mesa de cabeceira e na cama de Uriah no hospital. Além do mais, ele tinha motivos...

— É?

— Sim, eles se amavam, Gudbrand e Helena. Mas Christopher era quem a teria.

— Eram noivos?

— Não, não. Mas Christopher era louco por Helena, todo mundo sabia disso. Helena era de uma família rica que tinha sido arruinada depois que o pai dela acabou na prisão, e um casamento na família Brockhard seria a saída dela e da mãe para se refazerem economicamente. Você deve saber como é, uma mulher jovem tem certas obrigações para com sua família. Pelo menos ela tinha, na época.

— Sabe onde Helena Lang está hoje?

— Mas nem tocou no strudel, querido — interrompeu-o a viúva.

Harry pegou um pedaço bem grande, mastigou-o e olhou animado para a Sra. Mayer.

— Não — respondeu ela. — Não sei. Quando descobriram que ela esteve com Johansen na noite do assassinato, começaram a investigá-la também, mas não encontraram nada. Ela saiu do hospital Rudolf II e se mudou para Viena. Abriu sua própria loja de costura, era uma mulher forte e empreendedora. Eu a via de vez em quando, na correria, pelas ruas daqui. Mas, em meados dos anos 1950, ela vendeu a loja, e depois disso eu nunca mais soube dela. Ouvi falar que ela foi para o exterior. Mas sei a quem perguntar. Se ela ainda estiver viva, quero dizer. Beatrice Hoffmann, a empregada da família Lang. Depois do assassinato, a família não teve dinheiro para continuar com ela, e durante algum tempo ela trabalhou no hospital Rudolf II.

Fritz já estava ao telefone novamente.

No caixilho da janela, uma mosca zumbia com desespero. Seguia apenas a própria razão microscópica e batia repetidas vezes contra a janela sem entender grande coisa. Harry se levantou.

— Strudel...

— Fica para a próxima, Sra. Mayer. No momento estamos com pouco tempo.

— Por quê? — perguntou ela. — Aquilo aconteceu faz mais de meio século, os fatos não vão desaparecer.

— Bem... — disse Harry enquanto observava a mosca preta no sol embaixo das cortinas de renda.

Fritz recebeu uma ligação quando eles estavam a caminho da delegacia e acabou tendo de improvisar um retorno que fez os motoristas que vinham atrás meterem a mão nas buzinas.

— Beatrice Hoffmann está viva — disse, e acelerou quando passaram pelo sinal. — Ela mora em um asilo na rua Mauerbach. Fica em Wienerwald.

O turbo do BMW roncava feliz. Os prédios iam ficando cada vez mais escassos, dando lugar a casas de madeira, vinhedos e, finalmente, à floresta verde, onde a luz da tarde brincava nas folhas e criava uma atmosfera encantada por onde voavam através de alamedas de faias e castanheiras.

Uma enfermeira os levou até um grande jardim.

Beatrice estava sentada em um banco à sombra de um carvalho majestoso e torto. Um chapéu de palha coroava o rosto pequenino e enrugado. Fritz falou com ela em alemão e explicou por que eles estavam ali. A velha assentiu e sorriu.

— Tenho 90 anos — disse, com voz trêmula. — E ainda fico com lágrimas nos olhos quando penso na senhorita Helena.

— Ela está viva? — perguntou Harry em um alemão rudimentar. — Sabe onde ela está?

— O quê? — perguntou, com uma das mãos atrás da orelha.

Fritz repetiu a pergunta em voz alta.

— Sim — respondeu a senhora. — Sei onde Helena está. Ela está lá em cima. — Ela apontou para o topo das árvores.

Pronto, pensou Harry. *Caduca*. Mas a velha senhora não tinha terminado de falar.

— Lá com São Pedro. Bons católicos, os Lang, mas Helena era o anjo da família. Como disse, fico com lágrimas nos olhos ao pensar naquilo tudo.

— A senhora se lembra de Gudbrand Johansen? — perguntou Harry.

— Uriah — falou Beatrice. — Só o encontrei uma vez. Um jovem bonito e charmoso, mas doente, infelizmente. Quem poderia imaginar que um rapaz tão educado e bom pudesse matar alguém? Os sentimentos ficaram fortes demais para eles, sim, e para Helena também. Ela nunca conseguiu esquecê-lo, coitada. A polícia nunca o encontrou. Helena nunca foi acusada de coisa nenhuma, mas, mesmo assim, André Brockhard conseguiu que o conselho do hospital a botasse para fora. Ela se mudou para a cidade e fazia trabalho voluntário para o escritório do arcebispo, até que a falta de dinheiro da família começou a ficar tão séria que ela foi forçada a arrumar um trabalho remunerado. Então ela abriu uma loja de costura. Em dois anos já empregava 14 mulheres que costuravam para ela em tempo integral. Seu pai já tinha saído da prisão, mas não conseguia trabalho depois do escândalo com os banqueiros judeus. A Sra. Lang foi quem teve mais dificuldade em suportar a decadência da família. Ela morreu em 1953, depois de um longo tempo doente, e o Sr. Lang morreu em um acidente de carro no outono do mesmo ano. Helena vendeu a loja de costura em 1955 e, sem dar explicações a ninguém, deixou o país. Lembro que foi em 15 de maio, o dia da libertação da Áustria.

Fritz viu a expressão interrogativa de Harry e explicou:

— A Áustria é um pouco especial. Nós não celebramos o dia em que Hitler capitulou, e sim quando os aliados se retiraram do país.

Beatrice contou como recebeu a notícia da morte de Helena.

— Não tínhamos notícias dela fazia mais de vinte anos, até que um dia recebi uma carta com carimbo de Paris. Ela estava lá de férias com o marido e a filha, foi o que escreveu. Era uma espécie de última viagem, pelo que entendi. Ela não contou onde estava morando, com quem tinha se casado ou que doença tinha. Apenas que não tinha muito tempo e que queria que eu acendesse uma vela para ela na catedral. Helena era uma pessoa excepcional. Tinha 7 anos quando me procurou na cozinha, olhou para mim com um olhar sério e disse que as pessoas tinham sido criadas por Deus para amar.

Uma lágrima rolou pelo rosto enrugado da senhora.

— Nunca vou me esquecer disso. Sete anos. Eu acho que foi naquele momento que ela decidiu como iria levar a vida. E mesmo que não tenha vivido da maneira como imaginou, pois teve muitas e grandes aflições, tenho certeza de que Helena, durante a vida toda, acreditou piamente naquilo: que as pessoas são criadas por Deus para amar. Ela apenas era assim.

— A senhora ainda tem essa carta? — perguntou Harry.

Ela enxugou as lágrimas e fez que sim com a cabeça.

— Está no meu quarto. Me dê apenas alguns segundos para relembrar, depois vamos até lá. Aliás, essa é a primeira noite quente do ano.

Ficaram em silêncio ouvindo o zumbido das árvores e dos passarinhos cantando para o sol que estava se pondo atrás dos Alpes, cada um pensando em seus mortos. Insetos pulavam e dançavam nas faixas de luz sob as árvores. Harry pensou em Ellen. Viu um passarinho que podia jurar que era o pequeno papa-moscas que ele tinha visto no livro dos pássaros.

— Vamos — disse Beatrice.

O quarto dela era pequeno e simples, porém iluminado e aconchegante. A cama estava encostada na parede mais comprida, que era coberta por fotos grandes e pequenas. Beatrice folheou alguns papéis em uma grande gaveta da cômoda.

— Tenho um método, por isso vou achá-la — disse.

Com certeza, pensou Harry. No mesmo instante, seus olhos caíram em uma foto com moldura de prata.

— Aqui está a carta — disse Beatrice.

Harry não respondeu. Ele observava a foto e não reagiu até ouvir a voz da mulher atrás de si.

— Essa foto foi tirada quando Helena trabalhava no hospital. Ela era bonita, não era?

— Sim — respondeu Harry. — Há algo estranhamente familiar nela.

— Não é tão estranho assim — disse Beatrice. — Já a pintaram em ícones por quase dois mil anos.

Era *mesmo* uma noite quente. Quente e abafada. Harry se virou para um lado e para o outro na cama, jogou o cobertor no chão, puxou o lençol com força e tentou não pensar em nada e dormir. A certa altura pensou no frigobar, mas lembrou que tinha deixado a chave na recepção. Ouviu vozes no corredor, sentiu alguém tentar abrir a porta e pulou da cama, mas ninguém entrou. Então as vozes já estavam no outro quarto, a respiração era quente e estalava como roupas sendo rasgadas, mas, quando abriu os olhos, viu luzes e entendeu que eram raios.

Ouviu trovoadas de novo, soavam como explosões distantes que primeiro vinham de um ponto da cidade, depois de outro. Depois ele adormeceu de novo e a beijou, tirou sua camisola branca e viu que sua pele estava branca, fria e arrepiada de suor e medo. Então ele a abraçou por um longo tempo até ela se esquentar e acordar em seus braços, como uma flor filmada durante uma primavera inteira e exibida em segundos.

Ele continuou beijando-a, no pescoço, na parte interna dos braços, na barriga, sem exigir nada, sem importuná-la, apenas consolando-a, meio dormente, como se ela fosse desaparecer a qualquer momento. E, quando ela, hesitante, o seguiu porque acreditou que era seguro aonde iam, ele continuou guiando-a até chegarem a uma paisagem que nem ele conhecia. Mas, quando ele se virou, era tarde demais e ela se jogou em seus braços e o amaldiçoou, suplicando, e arranhou-o com mãos fortes até sangrar.

Ele acordou com a respiração ofegante e teve de se virar na cama para se certificar de que ainda estava só. Depois, tudo fluiu formando um redemoinho de trovoada, sono, sonhos. Acordou no meio da noite com a chuva que batia contra a janela e foi até lá para olhar as ruas, onde a água alagava as calçadas e um chapéu sem dono descia velejando.

Quando Harry acordou com o despertador do telefone, estava claro e as ruas estavam secas.

Ele olhou no relógio na mesa de cabeceira. Faltavam duas horas para o avião partir em direção a Oslo.

88

Rua Thereses, 15 de maio de 2000

As paredes do consultório de Ståle Aune eram amarelas e cobertas de prateleiras abarrotadas de literatura científica e de caricaturas de Kjell Aukrust.

— Sente-se, Harry — pediu o Dr. Aune. — Cadeira ou sofá?

Era sua frase introdutória padrão, e Harry respondeu levantando o canto esquerdo da boca em um típico sorriso engraçado-mas-já-ouvi--isso-antes. Quando Harry ligou do aeroporto de Oslo, Aune disse que ele podia vir, mas que tinha pouco tempo porque estava indo para um seminário sobre medicina fora da cidade, em Hamar, onde faria a palestra de abertura.

— Chama-se "Problemas referentes ao diagnóstico do alcoolismo" — explicou Aune. — Você não será citado nominalmente.

— É por isso que está todo engomadinho? — perguntou Harry.

— É por meio das roupas que emitimos os sinais mais fortes — respondeu Aune e passou a mão sobre a lapela. — Tweed sinaliza masculinidade e autoconfiança.

— E gravata-borboleta? — perguntou Harry, pegando um bloco de anotações e caneta.

— Jocosidade intelectual e arrogância. Ou, se quiser, seriedade com um toque de autoironia. Com certeza mais que suficiente para impressionar colegas de categoria inferior.

Aune se inclinou para trás com ar contente e cruzou as mãos sobre a barriga protuberante.

— Então me fale sobre personalidade múltipla — pediu Harry. — Ou esquizofrenia.

Aune soltou um suspiro.

— Em cinco minutos?

— Me faça um resumo.

— Primeiro: você mencionou esquizofrenia e personalidade múltipla na mesma frase, e isso é apenas um daqueles mal-entendidos que, por uma razão qualquer, as pessoas meteram na cabeça. Esquizofrenia é a denominação de um grupo inteiro de doenças mentais totalmente diversas, e não tem nada a ver com dupla personalidade. De fato, *squizo* em grego quer dizer dividido, mas o que o Dr. Eugen Bleuler quis dizer é que uma das funções na mente de um esquizofrênico é dividida. E se...

Harry apontou para o relógio.

— Justamente — disse Aune. — A personalidade múltipla, ou dividida, de que você está falando é aquela que chamamos de DPM, distúrbio da personalidade múltipla, definido por encontrar duas ou mais personalidades que se alternam em ser dominante em um único indivíduo. Como em o médico e o monstro.

— Então existe?

— É claro que existe. Mas é raro, muito mais raro que alguns filmes de Hollywood fazem parecer. Durante os meus 25 anos como psicólogo nunca tive a sorte de poder observar um único caso de DPM. Porém, sei algumas coisas sobre a doença.

— Por exemplo...

— Que quase sempre é relacionada à perda de memória. Isso quer dizer que, em um paciente com DPM, uma das personalidades pode acordar de ressaca sem saber que a outra personalidade é um bêbado. Uma personalidade pode de fato ser alcoólatra e a outra, abstêmia.

— Não literalmente, presumo?

— Sim.

— Mas alcoolismo também é uma doença física.

— É, e são essas coisas que tornam a doença tão fascinante. Tenho um relatório de uma paciente com uma personalidade que fumava um cigarro atrás do outro e a outra que nunca fumou. E quando mediam a pressão sanguínea da personalidade fumante, estava vinte por cento mais alta. E mulheres com DPM relataram que menstruam várias vezes ao mês porque cada personalidade tem o próprio ciclo.

— Então essas pessoas podem alterar a própria aparência?

— Até certo ponto, sim. Na verdade, a história de O *médico e o monstro* não é tão diferente da realidade quanto se acredita. Em um conhecido caso descrito pelo Dr. Osherson, uma personalidade era heterossexual e a outra, homossexual.

— As personalidades podem ter vozes diferentes?

— Podem. Na verdade, as vozes diferentes são uma das melhores maneiras de se observar a alternância entre as personalidades.

— Tão diferentes que mesmo uma pessoa que conhecesse bem uma personalidade poderia não reconhecer a voz da outra? Por telefone, por exemplo?

— Para as pessoas que conhecem o paciente com DPM apenas superficialmente, a alternância da mímica e da linguagem corporal pode ser suficiente para que se possa estar no mesmo recinto sem reconhecê-lo.

— É possível que uma pessoa com DPM consiga esconder o transtorno das pessoas mais próximas dela?

— É possível, sim. A frequência com que uma ou outra personalidade aparece é totalmente individual, e, até certo grau, algumas pessoas podem controlar as aparições.

— Mas então as personalidades têm conhecimento uma da outra?

— Pois é, isso é bastante comum. E, exatamente como em O *médico e o monstro*, podem existir rixas encarniçadas entre as personalidades por terem diferentes objetivos, opiniões sobre moral, pessoas à sua volta das quais gostam ou desgostam e assim por diante.

— E a caligrafia, conseguem enganar por escrito também?

— Não é questão de enganar, Harry. Nem você é exatamente a mesma pessoa o tempo todo. Quando você volta para casa depois do trabalho, acontecem várias pequenas mudanças imperceptíveis em você também: no uso da voz, na linguagem corporal etc. E é estranho que você tenha mencionado caligrafia, porque tenho um livro aqui em algum lugar com uma foto e uma carta de uma paciente com DPM com 17 tipos de caligrafias diferentes e consistentes. Vou procurá-lo um dia que tiver mais tempo.

Harry anotou algumas palavras-chave no bloco.

— Ciclos menstruais diferentes, caligrafias diferentes... Isso é tudo maluquice — murmurou.

— São palavras suas, Harry. Espero que tenha servido de ajuda, porque agora preciso correr.

Aune pediu um táxi e os dois saíram para a rua juntos. Quando estavam na calçada, Aune perguntou a Harry se ele tinha planos para o Dia Nacional da Noruega, 17 de maio.

— Minha mulher e eu vamos receber alguns amigos para o café da manhã. Seria um prazer se você também viesse.

— É muita gentileza sua, mas os neonazistas estão planejando "pegar" os muçulmanos que celebram o *Eid* no dia 17, e eu fiquei com a tarefa de coordenar a segurança da mesquita deles — respondeu Harry, ao mesmo tempo feliz e embaraçado pelo inesperado convite.

— É que sempre pedem aos solteiros que façam esse tipo de trabalho nesses feriados que as pessoas passam com a família.

— Mas tente dar pelo menos uma passada rápida. A maioria dos convidados também tem outro compromisso depois.

— Obrigado. Vou ver e depois eu ligo. Aliás, que tipo de amigos você tem?

Aune verificou se a gravata estava no lugar.

— Só tenho amigos como você — respondeu. — Mas minha mulher conhece algumas pessoas bacanas.

No mesmo instante, o táxi estacionou perto deles. Harry segurou a porta para Aune entrar e, quando ia fechá-la, lembrou-se de algo:

— O que causa DPM?

Aune se inclinou para a frente e olhou para Harry.

— Do que se trata, Harry?

— Não tenho certeza. Mas pode ser importante.

— Bem. Muitas vezes, o paciente com DPM sofreu abusos na infância. Mas também pode ser decorrente de experiências muito traumáticas mais tarde na vida. A pessoa cria outra personalidade para fugir dos problemas.

— De que tipos de experiências traumáticas estamos falando, tratando-se de um homem adulto?

— É só usar a imaginação. Pode ser que a pessoa tenha passado por uma catástrofe natural, perdido alguém que ame muito, sofrido violência ou vivido com medo durante um longo período de tempo.

— Um soldado de guerra, por exemplo?

— Claro. Guerra pode facilmente ser um fator desencadeador.

— Ou uma guerrilha.

A última frase Harry disse para si mesmo, pois o táxi de Aune já estava longe.

— Scotsman — disse Halvorsen.

— Você vai passar o feriado de 17 de maio no pub Scotsman? — perguntou Harry, fazendo careta e colocando a bolsa na parte de baixo no armário.

Halvorsen deu de ombros.

— Tem proposta melhor?

— Se vai ser em um pub, pelo menos procure um com um pouco mais de estilo que o Scotsman. Ou melhor, faça um favor para os pais de família daqui e assuma o plantão durante o desfile das crianças. Você ganha um adicional gordo de feriado e ressaca zero.

— Vou pensar.

Harry deixou-se cair na cadeira.

— Não está na hora de consertar isso? O barulho é terrível.

— Não pode ser consertada — disse Harry, mal-humorado.

— Desculpe. Descobriu alguma coisa em Viena?

— Vou chegar lá. Primeiro você.

— Tentei checar o álibi de Even Juul na hora em que a mulher dele desapareceu. Ele alega que estava caminhando no centro, que passou num café na rua Ullevåls, mas que não encontrou ninguém que pudesse confirmar. O pessoal que trabalha lá diz que tem movimento demais para confirmar se ele esteve ou não lá.

— O café fica bem em frente ao bar Schrøder — disse Harry.

— E daí?

— Apenas me ocorreu isso. O que Weber falou?

— Eles não encontraram nada. Weber disse que, se Signe Juul tivesse sido levada para o forte no carro que o guarda viu, os peritos teriam encontrado algum vestígio nas roupas dela, fibras de tecido no banco de trás, terra ou óleo no bagageiro, qualquer coisa.

— Ele tinha sacos de lixo no carro — disse Harry.

— Foi o que Weber também falou.

— Checou as folhas de feno que encontraram no casaco?

— Claro. *É possível* que sejam grama do estábulo de Mosken. Além de um milhão de outros lugares.

— Feno, não grama.

— Aquelas folhas não têm nada de especial, Harry, são apenas... capim.

— Merda. — Harry olhou em volta, irritado.

— E em Viena?

— Mais feno. Entende de café, Halvorsen?

— O quê?

— Ellen costumava fazer café de verdade. Ela o comprava em alguma loja aqui em Grønland. Talvez...

— Não! — respondeu Halvorsen. — Não faço café para você.

— Promete que vai tentar pelo menos? — pediu Harry, se levantando de novo. — Vou ficar fora por umas duas horas.

— Isso foi tudo o que tinha para contar de Viena? Nem mesmo uma pista sequer?

Harry balançou a cabeça.

— Sinto muito, foi um beco se saída. Mas você se acostuma com essas coisas.

Alguma coisa tinha acontecido. Harry andava pelo bairro de Grønland tentando descobrir o que teria sido. Era algo com as pessoas na rua, alguma coisa tinha acontecido com elas enquanto ele estava em Viena. Ele já estava do outro lado da rua Karl Johan quando entendeu o que era. Era o verão. Pela primeira vez em um bom tempo, Harry sentia o cheiro do asfalto, das pessoas que passavam por ele e da loja de flores. E quando atravessou o parque do palácio, o cheiro de grama recém-cortada era tão intenso que ele teve de sorrir. Um homem e uma garota com uniforme do parque estavam olhando para o topo de uma árvore, discutindo e balançando a cabeça. A garota tinha desabotoado o casaco do uniforme e o amarrado na cintura. Harry notou que, quando ela olhou e apontou para a árvore, o colega lançou um olhar furtivo para sua camiseta apertada.

Na rua Hegdehaugsveien, lojas sofisticadas junto com as demais faziam sua última tentativa de vestir as pessoas para as festas do feriado nacional. As bancas vendiam os tradicionais laços e as bandeiras, e, à distância, Harry podia ouvir o eco de uma banda que fazia os últimos ajustes à marcha que iriam tocar. A previsão era de nuvens carregadas de chuva, mas ia fazer calor.

Harry estava suando quando tocou a campainha na casa de Sindre Fauke.

Fauke não estava muito animado com o feriado nacional:

— Muito estardalhaço. E bandeiras demais. Não é de estranhar que Hitler sentia que tinha parentesco com os noruegueses. A alma do nosso povo é nacionalismo empedernido. Só que não queremos admitir isso.

Ele serviu café.

— Gudbrand Johansen acabou em um hospital do exército em Viena — disse Harry. — Na noite anterior ao dia em que deveria vir para a Noruega, ele matou um médico. Depois disso ninguém mais o viu.

— Bom, eu nunca... — disse Fauke e sorveu o café quente ruidosamente. — Eu sabia que tinha algo de errado com aquele rapaz.

— O que pode me contar sobre Even Juul?

— Muito. Se for preciso.

— Bem. É preciso.

Fauke levantou uma sobrancelha grossa.

— Tem certeza de que não está seguindo uma pista falsa, Hole?

— Não tenho certeza de absolutamente nada.

Fauke soprou o café na xícara, pensativo.

— Ok. Se é realmente necessário... Juul e eu tínhamos uma relação que de muitas maneiras se parecia com aquela que Gudbrand Johansen tinha com Daniel Gudeson. Eu era o pai sub-rogado de Even. Provavelmente tem a ver com o fato de ele ser órfão.

A xícara de café que Harry estava levando à boca parou de imediato.

— Quase ninguém sabia disso, pois Even inventava histórias livremente. Sua infância inventada tinha mais pessoas, detalhes, lugares e datas que a maioria se lembra de uma infância real. A versão oficial é que ele cresceu na família Juul, em uma fazenda nos arredores de Oslo. Mas a verdade é que ele cresceu em várias famílias adotivas e orfanatos em diferentes partes da Noruega antes de acabar na família Juul, que não tinha filhos, aos 12 anos.

— Como você sabe disso, se ele mentia a respeito?

— É uma história um pouco estranha, mas, certa noite, Even e eu montamos guarda juntos em uma clareira na floresta, ao norte. Parecia que alguma coisa estava acontecendo com ele. Even e eu não éramos muito próximos naquela época, e eu fiquei muito surpreso quando ele, de repente, começou a me contar como tinha sido maltratado quando criança, e que ninguém nunca queria ficar com ele. Ele me contou alguns detalhes bem pessoais da vida dele, e algumas partes eram difíceis de ouvir. Alguns dos adultos com quem ele tinha estado deviam ser... — Fauke tremeu. — Vamos dar uma volta. Fiquei sabendo que está fazendo um dia lindo hoje.

Subiram a rua Vibes, na direção do parque Stens, onde avistaram os primeiros biquínis do ano e um viciado perdido que parecia ter acabado de descobrir o planeta Terra.

— Não sei como, mas foi como se Even Juul tivesse se tornado outra pessoa naquela noite — contou Fauke. — Foi muito esquisito. Mas a coisa mais estranha foi que no dia seguinte ele agiu como se nada tivesse acontecido, como tivesse esquecido a conversa da noite anterior.

— O senhor disse que vocês não eram muito próximos, mas contou a ele suas experiências na Frente Oriental?

— Claro. Não acontecia tanta coisa lá na floresta, só mudávamos de local e vigiávamos os alemães. E no tempo das longas esperas contávamos histórias.

— Você falou muito sobre Daniel Gudeson?

Fauke olhou Harry por um bom tempo.

— Então descobriu que Even Juul é obcecado com Daniel Gudeson?

— Por enquanto, estou apenas supondo — respondeu Harry.

— Sim, eu falei muito sobre Daniel — revelou Fauke. — Daniel Gudeson era uma espécie de lenda. Uma alma tão livre, forte e feliz é raro de se encontrar. E Even ficou fascinado pelas histórias, eu tinha que contá-las várias vezes, especialmente aquela sobre o russo que Daniel saiu para enterrar na terra de ninguém.

— Ele sabia que Daniel esteve em Sennheim durante a guerra?

— Claro. Even me relembrava de todos os detalhes sobre Daniel que eu com o tempo ia esquecendo. Por algum motivo, parecia que ele tinha se identificado totalmente com Daniel, apesar de eu não conseguir imaginar duas pessoas mais diferentes. Uma vez Even estava bêbado e sugeriu que eu começasse a chamá-lo de Uriah, exatamente como Daniel costumava fazer. E, se quer saber, não foi por puro acaso que ele não desgrudou os olhos da jovem Signe Alsaker durante o processo judicial.

— Ah, foi?

— Quando ele descobriu sobre o caso da noiva de Daniel Gudeson, apareceu no tribunal e ficou lá o dia inteiro só olhando para ela. Era como se tivesse decidido de antemão que ia possuí-la.

— Por ela ter sido noiva de Daniel?

— Tem certeza de que isso é importante? — perguntou Fauke e continuou subindo o morro com tanta pressa que Harry teve de apertar o passo para acompanhá-lo.

— Absoluta — respondeu Harry.

— Não sei se devo dizer isso, mas acredito que Even Juul amava o mito de Daniel Gudeson mais do que ele, algum dia, amou Signe Juul. Tenho certeza de que a admiração por Daniel contribuiu e muito para ele não ter retomado seus estudos de medicina depois da guerra e ter começado a estudar história, porque ele se especializou justamente em história da ocupação e dos soldados da Frente Oriental.

Os dois chegaram ao topo e Harry enxugou o suor. Fauke estava apenas ligeiramente ofegante.

— Uma das razões para Even Juul rapidamente conseguir destaque como historiador foi porque ele, tendo sido um soldado da Resistência, era um instrumento perfeito para contar a história que as autoridades achavam melhor para a Noruega no pós-guerra. Calando-se sobre a enorme colaboração dos noruegueses com os alemães e focando na Resistência, que quase não houve. Por exemplo, o afundamento do moderno cruzador alemão *Blücher* na noite de 8 de abril recebeu cinco páginas no livro de história de Juul, enquanto os quase cem mil noruegueses acusados de traição na época passaram batido. E funcionou, o mito de um povo unido contra o nazismo está vivo até hoje.

— É disso que se trata o seu livro, Fauke?

— Só tento contar a verdade. Even sabe que aquilo que escreveu era, senão mentira, pelo menos uma distorção da verdade. Conversei com ele a respeito uma vez. Ele se defendeu dizendo que isso serviu ao propósito daquela época de manter o povo unido. A única coisa que não teve estômago para contar sob a desejada luz do heroísmo foi a fuga do rei. Ele não era o único da Resistência que se sentiu traído em 1940, mas nunca encontrei alguém que a condenasse tão unilateralmente quanto Even, nem mesmo entre os soldados da Frente Oriental. Lembre-se de que durante toda a vida ele foi abandonado pelas pessoas que amava e confiava. Acho que ele odiava todas as pessoas que foram para Londres, de todo o coração. De verdade.

Eles se sentaram em um banco e ficaram olhando para a Igreja de Fagerborg abaixo, e para os telhados das casas na rua Pilestredet, que dava na cidade e no fiorde de Oslo, todo azul à distância.

— É lindo — disse Fauke. — Tão bonito que às vezes pode até parecer que vale a pena morrer por isso.

Harry tentou concatenar tudo, fazer as coisas se encaixarem. Mas ainda faltava um detalhe.

— Even começou a estudar medicina na Alemanha antes da guerra. Sabe onde na Alemanha?

— Não — respondeu Fauke.

— Sabe se ele fez alguma especialização?

— Sim, ele me contou uma vez que sonhava em seguir os passos de seus famosos pai e avô adotivos.

— Em quê?

— Você nunca ouviu falar dos médicos Juul? Eles eram cirurgiões.

89

Grønlandsleiret, 16 de maio de 2000

Bjarne Møller, Halvorsen e Harry caminhavam lado a lado pela rua Motzfeldts. Estavam no meio da Little Karachi, e os cheiros, as roupas e as pessoas em volta lembravam tão pouco a Noruega quanto os kebabs que estavam comendo lembravam as salsichas norueguesas. Um menino vestido para festa em estilo paquistanês, mas com um laço de 17 de Maio pendurado na lapela dourada, veio todo animado pela calçada na direção deles. Ele tinha um nariz arrebitado meio estranho e segurava uma bandeira norueguesa. Harry tinha lido no jornal que as famílias muçulmanas estavam preparando a festa de 17 de Maio no dia anterior, para poder se concentrar no *Eid* no dia seguinte.

— Hurra!

O menino abriu um sorriso branco ao passar voando por eles.

— Even Juul não é uma pessoa qualquer — disse Møller. — Talvez seja o nosso mais renomado historiador de guerra. Se estiver certo, haverá uma celeuma nos jornais. Isso se não estivermos errados. Ou melhor, se *você* estiver errado, Harry.

— Tudo que estou pedindo é permissão para trazê-lo para interrogatório junto com um psicólogo. E um mandado de busca na casa dele.

— E tudo que estou pedindo é pelo menos uma prova pericial ou uma testemunha — rebateu Møller gesticulando. — Juul é uma pessoa conhecida, e ninguém o viu perto do local do crime. Em nenhum deles. E a tal ligação que a mulher de Brandhaug recebeu do bar que você frequenta, por exemplo?

— Mostrei uma foto de Even Juul para a garçonete que trabalha no Schrøder — disse Halvorsen.

— Maja — falou Harry.

— Ela não conseguiu se lembrar de tê-lo visto — explicou Halvorsen.

— Mas é justamente o que estou dizendo — suspirou Møller e limpou o molho da boca.

— Certo, mas mostrei fotos a outras pessoas que estavam lá, e um cara velho de casaco disse que sim, que devíamos pegá-lo.

— Casaco — questionou Harry. — É o moicano. Konrad Åsnes, marinheiro de guerra. Um cara e tanto, mas receio que não seja uma testemunha confiável. De qualquer maneira, Juul disse que esteve no café do outro lado da rua. Lá não tem telefone. Então, se ele ligou de algum lugar, é provável que tenha sido do Schrøder.

Møller fez cara feia e olhou desconfiado para o seu kebab. Ele havia hesitado em experimentar o kebab de bureka, que Harry descreveu como "a junção entre Turquia, Bósnia e Grønlandsleiret".

— E você realmente acredita naquele papo de múltipla personalidade, Harry?

— Acho que pareço tão incrédulo quanto você, chefe, mas Aune diz que é uma possibilidade. E ele está disposto a nos ajudar.

— E você acha que Aune pode hipnotizar Juul e trazer à tona esse Daniel Gudeson que ele tem dentro de si e conseguir uma confissão?

— Não temos certeza se Even Juul sabe o que Daniel Gudeson fez, por isso é absolutamente necessário falar com ele — explicou Harry. — De acordo com Aune, as pessoas com DPM são, felizmente, bastante receptivas à hipnose, já que eles fazem auto-hipnose com eles mesmos o tempo todo.

— Ah, que maravilha — disse Møller e revirou os olhos. — Então para que precisa de um mandado de busca?

— Como você mesmo disse, não temos provas técnicas, nem testemunhas, muito menor certeza absoluta de que o tribunal vai aceitar essas teorias de transtornos psicológicos. Mas, se encontrarmos aquele rifle Märklin, já ganhamos, e não vamos precisar de mais nada.

— Hum. — Møller parou na calçada. — Motivo?

Harry olhou para Møller sem entender.

— Minha experiência me ensinou que mesmo pessoas confusas costumam ter um motivo em meio à loucura. E não estou vendo o motivo de Juul.

— Não o de Juul, chefe — argumentou Harry. — O de Daniel Gudeson. O fato de Signe Juul de certa forma ter passado para o lado inimigo pode, de certa maneira, ter dado a Gudeson um motivo para vingança. O que ele escreveu no espelho, *Deus é meu juiz,* pode indicar que ele vê os assassinatos como uma cruzada de um homem só, que ele tem uma causa justa mesmo que outras pessoas queiram reprová-lo.

— E os outros assassinatos? O de Bernt Brandhaug e, se você estiver certo e for o mesmo assassino, o de Hallgrim Dale?

— Não faço ideia de quais sejam os motivos. Mas sabemos que Brandhaug foi morto com um rifle Märklin e que Dale conhecia Daniel Gudeson. E, de acordo com o relatório da necropsia, Dale sofreu um corte que poderia ter sido feito por um cirurgião. Bem, Juul começou a estudar medicina e sonhava em se tomar cirurgião. Talvez Dale tivesse que morrer porque descobriu que Juul se fez passar por Daniel Gudeson.

Halvorsen pigarreou.

— O que foi? — perguntou Harry, mal-humorado. Já conhecia Halvorsen o bastante para saber que viria uma objeção. E provavelmente embasada por razões substanciais.

— Pelo que você falou sobre DPM, ele tinha que estar agindo como Even Juul no momento que matou Hallgrim Dale. Daniel Gudeson não era cirurgião.

Harry engoliu o último pedaço de kebab, limpou-se com o guardanapo e olhou em volta procurando uma lixeira.

— Bem... Eu poderia dizer que acho que devemos esperar até termos as respostas para todas as perguntas antes de fazer qualquer coisa. E sei que o promotor pode achar que os indícios são fracos. Mas ninguém pode ignorar, nem nós nem ele, que temos um suspeito que pode matar novamente. Você tem medo da encrenca com a mídia se acusarmos Even Juul, chefe, mas imagine o tamanho da encrenca se ele matar outras pessoas. E se descobrirem que suspeitávamos dele e não o impedimos.

— Está bem, está bem. Eu sei de tudo isso — rebateu Møller. — Então você acha que ele vai matar de novo?

— Tem muita coisa nesse caso que não sei ao certo — respondeu Harry. — Mas se tem uma coisa da qual tenho absoluta certeza é de que ele não terminou seu projeto ainda.

— E o que faz você ter tanta certeza disso?

Harry bateu na barriga e abriu um sorriso torto.

— Alguém aqui dentro está enviando Código Morse para mim, chefe. Sobre haver um motivo para ele ter adquirido o melhor e mais caro rifle do mundo. Um dos motivos de Daniel Gudeson ter se tornado uma lenda é que ele era um exímio atirador. E agora vem o Código Morse daqui de baixo dizendo que ele vai dar um final lógico à sua cruzada. Vai ser para coroar sua grande obra, algo que fará a lenda de Daniel Gudeson imortal.

Por um momento, o calor do verão desapareceu quando o último golpe de inverno soprou pela rua Motzfeldts e levantou poeira e lixo no ar. Møller fechou os olhos, apertou o casaco e estremeceu. Bergen, pensou. Bergen.

— Vou ver o que posso fazer — disse Møller. — Estejam prontos.

90

Delegacia de polícia,
16 DE MAIO DE 2000

Harry e Halvorsen estavam prontos. Tão prontos que, quando o telefone de Harry tocou, os dois pularam da cadeira. Harry agarrou o fone:

— Hole!

— Não precisa gritar — disse Rakel. — Foi por isso que inventaram o telefone. O que foi que disse sobre o 17 de maio outro dia?

— O quê? — Harry demorou alguns segundos para se lembrar — Que eu vou fazer plantão?

— Não... A outra coisa — respondeu Rakel. — Sobre mover céus e terra.

— Está falando sério? — Harry sentiu algo estranho e quente no estômago. — Vocês querem passar o dia comigo se eu arranjar alguém para fazer o plantão no meu lugar?

Rakel riu.

— Agora você ficou simpático. Vou ter que dizer que você não foi a primeira escolha, mas, já que papai decidiu ficar sozinho esse ano, a resposta é sim, queremos passar o dia com você.

— E o que Oleg acha disso?

— A sugestão foi dele.

— É mesmo? Cara esperto, esse Oleg.

Harry ficou feliz. Tão feliz que foi difícil falar com a voz normal. Nem ligou para Halvorsen, que abrira um largo sorriso do outro lado da mesa.

— Temos um acordo? — A voz de Rakel fez cócegas em seu ouvido.

— Se eu conseguir. Posso te ligar mais tarde?

— Sim. Ou você pode vir jantar aqui hoje à noite. Se tiver tempo, quero dizer. E se quiser.

As palavras saíram tão exageradamente improvisadas que Harry se deu conta de que ela havia praticado antes de ligar. Deu gargalhadas por dentro, sentiu a cabeça tão leve que parecia que ele estava drogado. Estava prestes a responder sim quando se lembrou de algo que ela tinha dito no Dinner: *Sei que não vai ser só uma vez*. Ela não o estava convidando para jantar.

Se tiver tempo. E se quiser.

Se fosse para ele entrar em pânico, seria agora.

Seus pensamentos foram interrompidos por uma luz piscando no telefone.

— Tenho outra ligação que preciso atender, Rakel. Você pode esperar um pouco?

— Claro.

Harry apertou a tecla quadrada e ouviu a voz de Møller:

— A ordem de prisão está pronta. O mandado de busca está a caminho. Tom Waaler está pronto com dois carros e quatro homens armados. Espero, pelo amor de Deus, que o homenzinho em seu estômago tenha mão firme, Harry.

— Ele pode errar uma ou outra letra, mas nunca uma mensagem inteira — afirmou Harry e fez sinal a Halvorsen para que ele se aprontasse. — A gente se fala. — Harry desligou.

Estavam no elevador quando ele se lembrou de que Rakel ainda estava na outra linha esperando sua resposta. Ele não se deu ao trabalho de tentar decifrar o que isso provava.

91

Rua Irisveien, Oslo, 16 de maio de 2000

O primeiro dia quente de verão começa a esfriar quando o carro da polícia entrou no bairro calmo e repleto de mansões. Harry não se sentia à vontade. Não só porque suava embaixo do colete à prova de bala, mas porque tudo estava calmo *demais*. Ele olhou as cortinas atrás da cerca viva bem aprumada, mas nada se mexia. Tinha uma sensação de estar em um filme de faroeste, cavalgando para uma emboscada.

De início, Harry recusou o colete à prova de balas, mas Tom Waaler, a pessoa responsável pela operação, lhe deu um simples ultimato: ou ele vestia o colete ou não ia. O argumento de que uma bala de um rifle Märklin atravessaria as placas do colete feito uma faca em manteiga derretida provocou apenas um dar de ombros desinteressado em Waaler.

Eles seguiram em dois carros da polícia. A viatura de Waaler fez um caminho diferente para entrar na rua Irisveien pelo lado oposto, a oeste. Harry ouviu a voz de Waaler estalar no walkie-talkie. Calmo e seguro. Solicitou posição, repetiu o procedimento e a rotina de emergência e pediu a cada policial que repetisse suas tarefas.

— Se ele for profissional mesmo, deve ter acoplado um alarme ao portão, então passamos *por cima,* e não *por* ele.

Ele era competente, Harry tinha de admitir, e ficou claro que os outros policiais no carro respeitavam Waaler.

Harry apontou para a casa de madeira vermelha:

— Lá está.

— Alfa — disse a policial no banco da frente, no walkie-talkie. — Não estamos vendo você.

Waaler:

— Estamos dobrando a esquina. Fique fora do campo de visão da casa até ver a gente chegar. Câmbio.

— Tarde demais, já chegamos. Câmbio.

— Ok, mas fique no carro até chegarmos. Câmbio desligo.

No instante seguinte viram o outro carro fazer a curva. Continuaram os cinquenta metros até a casa e estacionaram de forma a bloquear a saída da garagem. O outro carro parou em frente ao portão de pedestre.

No momento que desceram do carro, Harry escutou o eco preguiçoso e abafado de uma bola de tênis sendo atingida por uma raquete frouxa. O sol estava se pondo, e ele sentiu o cheiro de costeleta de porco vindo de uma janela.

Então o show começou. Dois policiais pularam a cerca segurando metralhadoras MP-5 e correram em volta da casa, um pela direita e o outro pela esquerda.

A policial no carro de Harry permaneceu sentada: a tarefa dela era o contato de rádio com a central de emergência e manter eventuais espectadores longe. Waaler e o último policial esperaram até que os dois primeiros estivessem a postos. Eles prenderam o walkie-talkie no bolso da camisa e pularam o portão apontando suas armas para o alto. Harry e Halvorsen ficaram no carro, no banco traseiro, observando tudo.

— Cigarro? — perguntou Harry à policial.

— Obrigada — sorriu.

— Queria saber se *você* tem.

Ela parou de sorrir. *Típica não fumante*, pensou Harry.

Waaler e o policial estavam na escada, um de cada lado da porta, quando o celular de Harry tocou.

Harry viu a policial revirar os olhos. *Típico amador*, ela devia estar pensando.

Harry já ia desligar o telefone, mas queria ver se era o número de Rakel no visor. O número era conhecido, mas não era de Rakel. Waaler já tinha levantado a mão para dar o sinal, quando Harry entendeu quem estava ligando. Ele arrancou o walkie-talkie das mãos da policial boquiaberta.

— Alfa! Pare. O suspeito está me ligando no celular. Está me ouvindo?

Harry olhou para a escada onde Waaler estava, balançando a cabeça, assentindo. Harry apertou a tecla do celular e segurou-o para atender:

— Hole falando.

— Alô.

Para sua surpresa, não era a voz de Even Juul.

— Aqui quem fala é Sindre Fauke. Desculpe por perturbar você, mas estou na casa de Even Juul e acho que você devia vir para cá.

— Por quê? E o que está fazendo aí?

— Porque acho que posso ter feito uma coisa muito estúpida. Ele me ligou tem uma hora e me pediu que viesse para cá imediatamente, que ele estava correndo perigo de vida. Encontrei a porta aberta, mas nenhum sinal de Even. E agora receio que ele tenha se trancado no quarto.

— Por que acha isso?

— A porta do quarto está trancada e, quando tentei olhar pelo buraco da fechadura, vi a chave no lado de dentro.

— Ok — respondeu Harry, dando a volta no carro e entrando pelo portão. — Preste atenção. Fique exatamente onde está, se tiver algo nas mãos coloque em algum lugar e levante as mãos para podermos vê-las. Estaremos aí em dois segundos.

Harry entrou pelo portão, subiu a escada e, seguido por Waaler e pelo outro policial, os dois com os olhos arregalados, baixou o trinco e entrou.

Fauke estava no corredor segurando o telefone e olhou para eles como se tivessem caído do céu.

— Nossa! — Foi tudo o que Fauke conseguiu dizer quando viu Waaler com o revólver na mão. — Vocês foram rápidos...

— Onde fica o quarto? — perguntou Harry.

Fauke apontou para a escada.

— Mostre o caminho — pediu Harry.

Fauke foi à frente dos três policiais.

— Aqui.

Harry tentou a porta e viu que estava trancada. Havia uma chave na fechadura, mas ele não conseguia girá-la.

— Não deu tempo de falar, mas tentei abrir a porta com uma das chaves do outro quarto — explicou Fauke. — Isso às vezes funciona.

Harry tirou a chave e olhou pelo buraco da fechadura. Viu uma cama e uma mesa de cabeceira. Na cama havia algo que parecia um lustre de teto desmontado. Waaler falou baixinho no walkie-talkie. Harry sentiu o suor começar a escorrer por baixo do colete de novo. Não gostou do que viu.

— Pensei que você tivesse falado que tinha uma chave do outro lado também?

— Tinha — respondeu Fauke. — Mas eu acabei empurrando quando tentei abrir a porta com a outra chave.

— Então como vamos entrar? — perguntou Harry.

— Já vamos entrar — disse Waaler e no mesmo instante ouviram botas pesadas correndo pela escada.

Era um dos policiais que tinham se posicionado atrás da casa. Ele carregava um pé de cabra vermelho.

— Aqui — disse Waaler e apontou.

Lascas de madeira voaram e a porta se abriu.

Harry entrou e ouviu Waaler mandando Fauke esperar do lado de fora.

A primeira coisa que Harry notou foi a coleira do cachorro. Even Juul havia se enforcado com ela. Ele morreu usando uma camisa branca aberta no colarinho, calças pretas e meias xadrezes. Uma cadeira estava caída contra o armário atrás dele. Os sapatos foram arrumados embaixo da cadeira. Harry olhou para o teto. A coleira do cachorro permanecia presa em um gancho do lustre. Harry tentou evitar, mas não conseguiu deixar de olhar o rosto de Even Juul. Um olho fitava o quarto, o outro olhava para Harry. Independentes. Como um monstro de duas cabeças com um olho em cada uma delas, pensou Harry. Ele foi até a janela que dava para o leste e viu as crianças chegarem na rua de bicicleta, atraídas pelos rumores da presença da polícia na vizinhança, que sempre se espalhavam em uma velocidade inexplicável.

Harry fechou os olhos e pensou. *A primeira impressão é importante, seu primeiro pensamento quando enfrenta algo quase sempre está correto.* Foi Ellen quem lhe ensinou isso. Sua própria aluna havia lhe ensinado a se concentrar na primeira coisa que sentia quando chegava ao local do crime. Por isso, Harry nem precisou se virar para saber que a chave estava no chão atrás dele, que eles não iriam encontrar impressões digitais de outra pessoa no quarto e que ninguém tinha arrombado a casa. Simplesmente porque o assassino e a vítima estavam pendurados no teto. O monstro de duas cabeças havia explodido.

— Ligue para Weber — disse Harry para Halvorsen, que já estava no vão da porta olhando para o enforcado.

— Sei que ele planejava ter um dia diferente amanhã, mas, se serve de consolo, diga a ele que o trabalho aqui vai ser fácil. Even Juul desmascarou o assassino e precisou pagar com a vida.

— E quem é o assassino? — perguntou Waaler.

— Quem era, na verdade. Ele também está morto. Chamava-se Daniel Gudeson e estava na cabeça de Juul.

Na saída, Harry pediu a Halvorsen que avisasse Weber que ele precisaria ligar caso encontrasse o rifle Märklin.

Harry ficou na escada em frente a casa e olhou em volta. Era surpreendente o número de vizinhos que, de repente, tinha algo a fazer no jardim, e andavam na ponta dos pés para olhar por cima da cerca. Waaler também saiu da casa e parou ao lado de Harry.

— Não entendi direito o que você disse lá dentro — falou Waaler. — Quer dizer que o cara se suicidou por causa do sentimento de culpa?

Harry negou com a cabeça.

— Não, eu quis dizer exatamente o que falei. Eles se mataram. Even matou Daniel para detê-lo. E Daniel matou Even para que não fosse desmascarado. Pelo menos uma única vez os dois compartilharam um interesse em comum.

Waaler balançou a cabeça, mas não parecia ter entendido direito.

— O velho me é familiar — disse Waaler. — O que está vivo, quero dizer.

— Bem. É o pai de Rakel Fauke, se você...

— Claro, aquela bacana da Polícia Secreta. É isso.

— Tem cigarro? — pediu Harry.

— Não — respondeu Waaler. — O restante da ocorrência é todo seu, Hole. Acho que vou embora, então me diga se precisa de ajuda com alguma coisa.

Harry negou com a cabeça e Waaler seguiu para o portão.

— Preciso, sim, na verdade — disse Harry. — Se não tiver nada especial programado para amanhã, estou procurando um policial experiente para fazer o plantão no meu lugar.

Waaler riu e continuou andando.

— É só para supervisionar a segurança durante o culto na mesquita dos muçulmanos amanhã — explicou Harry. — Dá para ver que você tem talento para esse tipo de coisa. Só precisamos garantir que os skinheads não deem uma surra nos muçulmanos por celebrarem o *Eid*.

Waaler já estava no portão mas parou de repente.

— E você vai ficar responsável por isso? — perguntou, olhando para trás.

— Coisa simples. Dois carros, quatro homens.

— Quanto tempo?

— Das oito às três.

Waaler se virou com um largo sorriso.

— Sabe de uma coisa? Pensando bem, estou te devendo um favor. Está legal, assumo o seu plantão.

Waaler levou a mão ao boné, sentou-se no carro, deu partida e desapareceu.

Por que ele está me devendo um favor?, pensou Harry e escutou as batidas preguiçosas da quadra de tênis. Mas em seguida deixou o pensamento para trás, pois o celular tocou, e dessa vez o número no visor *era* o de Rakel.

92

Rua Holmenkollen, 16 de maio de 2000

— São para mim?

Rakel bateu palmas quando recebeu o buquê de margaridas.

— São do seu próprio jardim. As floriculturas já estavam fechadas — explicou Harry e entrou. — Cheiro de leite de coco. Comida tailandesa?

— É. E parabéns pelo terno novo.

— Está tão na cara assim?

Rakel riu e passou a mão na lapela.

— Lã de boa qualidade.

— Super 110.

Harry não fazia ideia do que Super 110 significava. Durante um surto perdulário entrou em uma loja na hora que estavam fechando e fez o pessoal procurar o único terno que cabia em seu corpo comprido. Sete mil coroas era bem mais do que ele tinha pensado, mas a alternativa seria pagar mico com o terno velho, por isso fechou os olhos, passou o cartão e tentou esquecer aquilo.

Eles seguiram para a sala de jantar, onde a mesa estava posta para duas pessoas.

— Oleg está dormindo — disse ela, antes que Harry perguntasse. Ambos ficaram em silêncio.

— Não estou... — recomeçou ela.

— Não? — perguntou Harry e sorriu. Era a primeira vez que ela via Rakel ficar vermelha. O inspetor a abraçou, respirou a fragrância de seu cabelo recém-lavado e sentiu que ela estava tremendo ligeiramente.

— A comida... — sussurrou ela.

Ele a soltou e Rakel foi para a cozinha. A janela estava aberta para o jardim onde borboletas brancas, que não estavam ali no dia anterior, voavam por toda parte, parecendo confetes ao pôr do sol. O interior da casa cheirava a sabão e madeira molhada. Harry fechou os olhos. Ele sabia que precisava de muitos dias assim antes de se livrar da imagem de Even Juul pendurado na coleira do cachorro, mas a visão já tinha se desvanecido um pouco. Weber e seus rapazes não encontraram o rifle Märklin, mas acharam Burre, o cachorro. Em um saco de lixo no congelador, com a garganta cortada. E na caixa de ferramentas encontraram três facas, todas com sangue. Harry apostou que uma parte daquele sangue era de Hallgrim Dale.

Raquel chamou Harry da cozinha para que ele a ajudasse a carregar os pratos. A imagem já estava se desvanecendo.

93

Rua Holmenkollen, 17 de maio de 2000

O som da banda ia e vinha com o vento. Harry abriu os olhos. Tudo estava branco. Luz do sol branca brilhando e piscando entre cortinas esvoaçantes brancas, paredes brancas, teto branco e lençóis brancos, macios e refrescantes contra a pele quente. Ele se virou. O travesseiro ainda tinha a marca da cabeça dela, mas a cama estava vazia. Ele olhou no relógio. Oito e cinco. Ela e Oleg deviam estar a caminho da praça do forte, por onde passaria o desfile das crianças. Eles haviam combinado de se encontrar em frente à guarita, ao lado do Palácio Real, às onze horas.

Ele fechou os olhos e relembrou a noite mais uma vez, depois se levantou e foi para o banheiro. Azulejos brancos, porcelana branca. Tomou um banho gelado e se pegou cantando uma canção antiga do The The:

"... *a perfect day!*"

Rakel tinha deixado uma toalha para ele, branca, e ele se esfregou com o algodão grosso e felpudo até sentir o sangue latejar e estudou seu rosto no espelho. Estava feliz agora, não estava? Neste exato momento. Deu uma risada para o rosto à sua frente. O rosto sorriu para ele também. Ekman e Friesen. Sorria para o mundo...

Riu em voz alta, amarrou a toalha na cintura e foi andando com os pés molhados pelo corredor até o quarto. Levou um segundo para perceber que estava no quarto errado, porque naquele também tudo era branco: paredes, teto, uma cômoda com retratos da família e uma cama de casal zelosamente arrumada, coberta com uma colcha antiga de crochê.

Ele se virou para sair e já estava na porta quando de repente gelou. Ele permaneceu assim, como se uma parte de seu cérebro o mandasse continuar saindo e esquecer o que viu, e outra parte o mandasse voltar para verificar se o que acabara de ver era o que ele achava que fosse. Ou melhor: o que temia que fosse. Ele não sabia exatamente do que e por que sentia temor, apenas sabia que quando tudo está perfeito não pode ficar melhor e, quando acontece, você não quer mudar absolutamente nada. Mas era tarde demais. Naturalmente era tarde demais.

Ele respirou fundo e voltou.

A foto em preto e branco tinha uma moldura dourada. A mulher na foto tinha um rosto fino, maçãs do rosto proeminentes e marcantes e olhos risonhos e seguros voltados levemente para um ponto acima da câmera, provavelmente para o fotógrafo. Ela parecia forte. Estava usando uma blusa simples e por cima da roupa pendia uma cruz de prata.

Já a pintaram em ícones por mais de dois mil anos.

Não foi esse o motivo de algo parecer familiar na primeira vez que viu uma foto dela.

Não restava dúvida. Era a mesma mulher que ele tinha visto na foto no quarto de Beatrice Hoffmann.

Parte Nove

Dia do Juízo

94

Oslo, 17 de maio de 2000

Escrevo este relato para que aquele que o encontre saiba um pouco por que fiz as escolhas que fiz. Muitas vezes, as escolhas da minha vida foram entre dois ou mais males, e preciso ser julgado a partir disso. Mas também devo ser julgado por nunca ter fugido das escolhas, por não ter me esquivado de minhas obrigações morais, por ter preferido arriscar fazer a escolha errada a viver covardemente como um indivíduo no meio da maioria silenciosa, um indivíduo que busca a segurança da manada e que deixa que ela tome suas decisões. A última escolha que fiz foi para poder estar preparado quando eu, de novo, for ao encontro do Senhor e de Helena.

— Merda!

Harry pisou fundo no freio no instante que uma multidão vestida de terno e trajes folclóricos invadiu a faixa de pedestres no cruzamento de Majorstuen. Parecia que a cidade toda já estava de pé. E que o sinal nunca ficaria verde de novo. Finalmente pôde tirar o pé da embreagem e acelerar. Na rua Vibes estacionou em fila dupla, encontrou a campainha da casa de Fauke e tocou. Um menino passou correndo em sapatos polidos, e o som alto e estridente de seu trompete de brinquedo fez Harry dar um salto.

Fauke não atendeu. Harry voltou para o carro e encontrou o pé de cabra que sempre ficava no chão na parte de trás por causa da tranca enguiçada do porta-malas. Ele voltou e apertou todas as campainhas do prédio usando as duas mãos. Depois de alguns segundos ouviu uma cacofonia de vozes excitadas, as pessoas provavelmente estavam com pressa. Ele disse que era da polícia, e alguém deve ter acreditado, porque de repente ouviu um som estridente e conseguiu abrir o portão com um empurrão. Então subiu a escada de quatro em quatro degraus. Chegou ao quarto andar com o coração batendo ainda mais forte do que batia quando viu a foto no quarto, 15 minutos antes.

A missão que eu decidi cumprir já custou a vida de pessoas inocentes, e é claro que há o risco de isso acontecer de novo. Guerra é sempre assim. Julgue-me então como um soldado a quem não foi dada muita escolha. É o meu desejo. Mas caso venha a me julgar com dureza, saiba que você também é apenas uma pessoa, que pode errar, e assim sempre será, para você e para mim; no final teremos um único juiz: Deus. Aqui está a minha história.

Harry deu dois murros na porta de Fauke e chamou seu nome. Não houve resposta, então ele enfiou o pé de cabra embaixo da fechadura e o forçou para cima. Na terceira tentativa a porta se abriu com um estrondo. Ele entrou. O apartamento estava silencioso e escuro e, de uma forma estranha, Harry acabou se lembrando do quarto de onde acabara de sair: parecia um cômodo vazio e abandonado. Quando entrou na sala entendeu por quê. Estava abandonado mesmo. Todos os papéis que antes estavam espalhados no chão, os livros nas prateleiras tortas e as xícaras de café meio vazias haviam desaparecido. Os móveis estavam em um canto coberto com panos brancos. Uma faixa de sol entrou pela janela e iluminou uma pilha de papéis amarrados com um elástico no meio do chão da sala.

Quando você ler isto, espero estar morto. Espero que estejamos todos mortos.

Harry se agachou ao lado da pilha de papéis.

A grande traição, era o que estava datilografado no alto da folha. *A grande traição: as lembranças de um soldado.*

Harry tirou o elástico.

Na folha seguinte: *Escrevo este relato para que aquele que o encontre saiba um pouco por que fiz as escolhas que fiz.* Harry folheou os papéis. Devia haver centenas de folhas repletas de texto. Ele olhou no relógio: oito e meia. Procurou o número de Fritz em Viena no bloco de anotações, pegou o celular e conseguiu falar com o policial, que estava indo para casa depois do plantão noturno. Harry conversou com Fritz por um minuto, depois ligou para o auxílio à lista e, em seguida, para o número que havia solicitado.

— Weber.

— É Hole. Parabéns pelo dia, não é o que se diz hoje?

— Vá para o inferno. O que você quer?

— Bem, você deve ter planos para hoje...

— Tenho. Tenho planos de manter a porta e as janelas fechadas e ler o jornal. Diga logo.

— Preciso coletar algumas impressões digitais.

— Está bem. Quando?

— Agora. Você precisa trazer a mala para podermos mandar as impressões daqui. E preciso de uma arma de serviço.

Harry passou-lhe o endereço. Depois levou a pilha de papéis para uma das cadeiras cobertas por lençóis, sentou-se e começou a ler.

95

OSLO, 17 DE MAIO DE 2000

Leningrado, 12 de dezembro de 1942.

As chamas iluminam o céu acinzentado da noite, fazendo-o parecer uma lona suja esticada sobre a paisagem nua e desolada que nos cerca por todos os lados. Talvez os russos tenham começado uma ofensiva, talvez queiram nos fazer crer que vão atacar, essas coisas nós só sabemos quando acontece. De novo Daniel se mostrou um exímio atirador. Se já não era uma lenda, hoje garantiu sua imortalidade. Ele atirou em um russo e o matou a quase meio quilômetro de distância. Em seguida, foi para a terra de ninguém sozinho e deu ao morto um enterro cristão. Como troféu trouxe o quepe do russo. Depois ficou animado como sempre e cantou e divertiu a todos (exceto alguns chatos com inveja). Estou muito orgulhoso por um homem tão íntegro e corajoso ser meu amigo. Mesmo que em alguns dias pareça que essa guerra não vai acabar nunca, e os sacrifícios pela nossa pátria sendo enormes, um homem como Daniel Gudeson dá a todos nós esperanças de que vamos conseguir parar os bolcheviques e voltar para uma Noruega segura e livre.

Harry olhou no relógio e continuou folheando as páginas.

Leningrado, véspera de Ano-Novo, 1942.

... Quando vi o medo no olhar de Sindre Fauke, tive que dizer algumas palavras para acalmá-lo e deixá-lo menos atento. Só estávamos nós dois lá vigiando o posto de guarda da metralhadora, os outros

já tinham ido se deitar de novo, e o corpo de Daniel estava endurecendo em cima da caixa de munição. Limpei mais sangue de Daniel do coldre. Havia luz da lua ao mesmo tempo que nevava, uma noite extraordinária, e pensei: agora vou juntar os pedaços destruídos de Daniel e emendá-lo de novo, vou fazê-lo tão inteiro que ele vai se levantar para nos guiar. Sindre Fauke não entendia isso, ele era um aproveitador, um oportunista e um delator que apenas seguia aquele que achava que ia ganhar. E o dia em que as coisas se complicarem para mim, para nós, para Daniel, ele nos trairá também. Dei um passo rápido, para ficar atrás dele, segurei-o de leve pela testa e brandi a baioneta. É preciso ter certa velocidade para fazer um corte profundo e limpo. Soltei-o assim que terminei, eu sabia que o trabalho já estava feito. Ele se virou devagar e olhou para mim com seus olhinhos de porco e parecia querer gritar, mas a baioneta havia cortado a traqueia e só saiu um som sibilante de ar da ferida escancarada. E sangue. Ele levou as duas mãos ao pescoço para impedir que sua vida acabasse, mas isso só fez o sangue jorrar em finos esguichos entre seus dedos. Eu caí e tive de rolar para trás na neve para que o sangue não respingasse em meu uniforme. Manchas de sangue fresco não me ajudariam em nada se alguém inventasse de investigar a "deserção" de Sindre Fauke.

Quando ele parou de se mexer, eu o virei de costas e o arrastei até as caixas de munição onde Daniel estava. Por sorte, os dois tinham o mesmo tipo físico. Encontrei os documentos de identidade de Sindre Fauke. Dia e noite carregávamos aqueles documentos, porque, se fôssemos parados sem documentos para comprovar quem somos e quais são as nossas ordens (da infantaria, regimento Norte, data, carimbo etc.), poderíamos ser mortos na hora por deserção. Enrolei os documentos de Sindre e enfiei-os no cantil que tinha prendido no coldre. Depois tirei o saco da cabeça de Daniel e o coloquei na cabeça de Sindre. Em seguida botei Daniel em meus ombros e o levei para a terra de ninguém. Eu o enterrei lá na neve, da mesma maneira que Daniel havia enterrado Uriah, o russo. Fiquei com o quepe russo de Daniel. Cantei um salmo, "Deus é nosso refúgio e nossa fortaleza" e "Venha se sentar em volta da fogueira".

Leningrado, 3 de janeiro de 1943.

Um inverno ameno. Tudo aconteceu de acordo com o plano. Bem cedo, no dia primeiro de janeiro, os carregadores de corpos vieram buscar o corpo em cima da caixa de munição, de acordo com as ordens recebidas pelo sistema de comunicação, e naturalmente acharam que era Daniel Gudeson que estavam levando no trenó para o setor norte. Ainda me dá vontade de rir quando penso nisso. Se eles retiraram o saco da cabeça antes de jogá-lo na vala comum, não sei, mas, de qualquer maneira, não teria me preocupado, porque os carregadores não sabiam quem era Daniel, e tampouco Sindre Fauke.

A única coisa que me preocupa é que parece que Edvard Mosken desconfia de que Fauke não desertou, e que eu o matei. Mas não há muito que ele possa fazer, o corpo de Sindre Fauke está carbonizado (que sua alma queime para sempre) e irreconhecível junto com outros cem homens.

Mas, na noite passada, quando fiz a ronda, tive que executar a operação mais ousada até agora. Aos poucos ficava claro para mim que não podia deixar Daniel enterrado lá na neve. Com um inverno ameno e a neve derretendo com a chegada da primavera, o corpo podia reaparecer a qualquer momento, e a troca seria descoberta. E quando comecei a sonhar à noite sobre o que raposas e tourões podiam fazer com o corpo de Daniel, decidi desenterrá-lo e colocá-lo na vala comum — de qualquer maneira aquela era uma terra abençoada pelo capelão do Exército.

Naturalmente, eu tinha mais medo de nossos próprios guardas que dos russos, mas por sorte foi Hallgrim Dale, o companheiro lerdo de Fauke, que estava vigiando o posto de guarda na metralhadora. Além do mais era uma noite nublada, e, acima de tudo, eu sentia que Daniel estava comigo. Sim, que ele estava dentro de mim. E quando finalmente consegui colocar o corpo em cima da caixa de munição e estava prestes a amarrar o saco em sua cabeça, ele sorriu. Eu sei que falta de sono e fome podem fazer a mente inventar coisas, mas vi sua máscara da morte rija se transformar diante de meus próprios olhos. E o mais estranho é que, em vez de me dar medo, aquilo me deixou confiante e feliz. Depois voltei escondido para a casamata, onde caí no sono feito uma criança.

Quando Edvard Mosken me acordou uma hora depois foi como se tivesse sonhado com aquilo tudo. E acho que consegui mostrar verdadeira surpresa ao ver o corpo de Daniel reaparecido. Mas não foi o suficiente para convencer Mosken. Ele tinha certeza de que era Fauke, que eu o havia assassinado e colocado ali, com a esperança de que os carregadores achassem que tinham se esquecido de pegá-lo da primeira vez e que eles agora simplesmente o levassem embora. Quando Dale retirou o saco e Mosken viu que era Daniel, os dois ficaram boquiabertos e eu tive que controlar essa risada nova dentro de mim para que não fôssemos descobertos, Daniel e eu.

Hospital do setor norte, Leningrado, 17 de janeiro de 1944.

A granada de mão atirada do avião russo acertou o capacete de Dale, ficou girando no gelo e nós tentamos nos afastar. Eu estava mais perto da granada e tinha certeza de que íamos todos morrer: eu, Mosken e Dale. É estranho, mas meu último pensamento foi que, por uma ironia do destino, eu tinha acabado de salvar o chefe do batalhão de ser morto por Hallgrim Dale, coitado, e tudo que havia conseguido fora prolongar a vida dele em exatos dois minutos. Mas por sorte os russos fazem péssimas granadas de mão, e nós três saímos de lá com vida. É verdade, fiquei com um pé machucado e um estilhaço de granada, que perfurou o capacete e entrou na minha testa.

Por uma estranha coincidência, acabei na ala da enfermeira Signe Alsaker, a noiva de Daniel. Ela não me reconheceu de imediato, mas à tarde voltou e conversou comigo em norueguês. Ela é muito bonita, e eu entendo completamente por que eu quis ficar noivo dela.

Olaf Lindvig também está nessa ala. O uniforme branco dele está pendurado em cima da cama, não sei por que, talvez para que ele possa sair daqui e voltar direto para suas obrigações assim que a ferida estiver curada. Homens de seu calibre são imprescindíveis agora, já posso ouvir a artilharia dos russos se aproximando. Certa noite acho que ele teve pesadelos, porque gritou e a enfermeira Signe veio correndo. Ela deu-lhe uma injeção, de morfina talvez. Quando ele adormeceu de novo, eu a vi passar a mão em seu cabelo. Ela estava tão bela que tive vontade de chamá-la para minha cama e lhe contar quem eu era, mas não queria assustá-la.

Hoje me disseram que terão que me mandar para o leste, porque os remédios não estão chegando até aqui. Ninguém falou isso diretamente, mas meu pé está doendo, os russos estão se aproximando e eu sei que essa é minha única salvação.

Wienerwald, 29 de maio de 1944.

A mulher mais bela e sábia que conheci em toda a minha vida. É possível amar duas mulheres ao mesmo tempo? Parece que sim.

Gudbrand mudou. Por isso peguei o nome de apelido de Daniel — Uriah. Helena gosta mais desse. Gudbrand é um nome esquisito, diz ela.

Escrevo poemas quando os outros estão dormindo, mas não sou um poeta muito bom. Meu coração bate como louco no instante que ela aparece na porta, mas Daniel diz que temos que manter a calma, até mesmo a frieza, para ganhar o coração de uma mulher, e que isso é como pegar moscas. Temos que ficar bem quietos, de preferência olhar para outro lado. Então, quando a mosca começar a ter confiança em você, quando já pousa na mesa bem na sua frente, vem chegando mais perto e por fim pede de joelhos que você a capture — aí você ataca na velocidade de um raio; determinado e seguro em sua fé. O último é o mais importante. Porque não é a velocidade, mas a fé que captura moscas. Você tem uma chance — então precisa estar preparado. É o que Daniel diz.

Viena, 29 de junho de 1944.

... Dormia como uma criança ao ser libertado dos braços de minha amada Helena. Os bombardeios já haviam cessado fazia tempo lá fora, mas ainda era madrugada e não tinha ninguém nas ruas. Encontrei o carro onde o estacionamos, ao lado do restaurante Zu den drei Husaren. A janela de trás estava quebrada e um tijolo tinha amassado o teto, mas por sorte o resto não estava danificado. Voltei ao hospital o mais rápido que consegui.

Eu sabia que era tarde demais para fazer alguma coisa por Helena e por mim, éramos apenas duas pessoas presas em um redemoinho de acontecimentos sobre os quais não tínhamos o menor controle. Sua preocupação para com a família a condenava a se casar com aquele tal médico, Christopher Brockhard, essa pessoa corrompida que em seu egoísmo sem limite (que ele chamava de amor!) insultava o cerne da natureza do amor. Será que ele não via que o amor que o movia era o extremo oposto daquele amor que a movia? Agora era eu que tinha que sacrificar uma vida com Helena para dar-lhe uma vida, talvez não de felicidade, mas pelo menos uma vida decente, livre da degradação à qual Brockhard queria forçá-la.

Os pensamentos passavam a mil por hora em minha cabeça, como eu passei a mil pela noite em ruas tão sinuosas quanto a própria vida. Mas Daniel guiou minhas mãos e meus pés.

... Descobriu que eu estava sentado na beira de sua cama e me olhou com um olhar incrédulo.

— O que você está fazendo aqui? — perguntou.

— Christopher Brockhard, você é um traidor — sussurrei. — E condeno você à morte. Está pronto?

Não acho que ele estivesse pronto. As pessoas nunca estão prontas para morrer, acham que vão viver para sempre. Espero que ele tenha tido tempo de ver o chafariz de sangue esguichar no teto, espero que tenha dado tempo para ele ouvir o sangue bater contra a roupa de cama ao escorrer do teto. Mas, antes de qualquer coisa, espero que ele tenha tido tempo de entender que estava morrendo.

No armário encontrei um terno, um par de sapatos e uma camisa que eu mais que depressa enrolei e levei embaixo do braço. Depois corri para o carro, o liguei...

... Helena ainda dormia. Eu estava ensopado e com frio por causa da chuva repentina e aconcheguei-me nela por baixo dos lençóis. Ela estava quente feito uma fornalha e gemia baixinho no sono quando me apertei contra ela. Tentei cobrir cada centímetro de sua pele com a minha, tentei fingir que ia durar para sempre, tentei não olhar para o relógio. Faltavam duas horas para o trem partir. E apenas algumas

horas até eu ser considerado um assassino fugitivo procurado pela Áustria inteira. Eles não sabiam quando eu partiria nem que caminho iria pegar, mas sabiam para onde eu ia — e estariam prontos assim que eu chegasse a Oslo. Tentei apertá-la com força suficiente para que aquilo durasse uma vida inteira.

Harry ouviu a campainha. Será que já estava tocado há um tempo? Ele achou o interfone e abriu a porta para Weber.

— Depois de esporte na TV, isso é o que mais odeio — disse Weber ao entrar com pés de chumbo e uma cara zangada, colocando uma espécie de maleta de viagem pesadamente no chão. — Dezessete de maio, o país embriagado de nacionalismo, ruas fechadas e você tem que dar uma volta enorme pelo centro para chegar a qualquer lugar. Meu Deus! Por onde começo?

— Com certeza vai achar ótimas impressões na cafeteira, na cozinha — disse Harry. — Falei com um colega em Viena que está procurando impressões digitais de 1944. Trouxe o scanner e o computador?

Weber bateu com a mão na maleta.

— Ótimo. Quando terminar de escanear as impressões daqui, pode conectar meu celular ao PC e enviá-las para o e-mail do Fritz em Viena. Ele está esperando para compará-las com as que ele tem lá e vai dar a resposta imediatamente. Acho que é só. Tenho que ler uns papéis na sala agora.

— O que é...

— Coisas da Polícia Secreta — respondeu Harry. — Só para quem pode saber.

— É mesmo? — Weber mordeu o lábio e encarou Harry com olhar inquiridor.

Harry o encarou e esperou.

— Sabe o que mais, Hole? — disse ele por fim. — É legal que pelo menos haja alguém nesse departamento que ainda se comporte de forma profissional.

96

Oslo, 17 de maio de 2000

Hamburgo, 30 de junho de 1944.

Depois de escrever a carta para Helena, abri o cantil, chacoalhei-o e tirei os documentos de identidade de Sindre Fauke enrolados e os substituí pela carta. Depois marquei o nome e endereço dela com a baioneta e saí para a noite. Senti o calor assim que abri a porta. O vento parecia querer arrancar meu uniforme, o céu lá em cima estava como uma abóbada amarela suja, e a única coisa que dava para ouvir por cima do urro das chamas era vidro estourando e os gritos das pessoas que não tinham mais para onde fugir. Mais ou menos como eu imaginava o inferno. As bombas já não caíam mais. Andei por uma rua que não era mais uma rua, e sim apenas uma faixa de asfalto cruzando uma praça aberta cheia de ruínas. A única coisa que restava na "rua" era uma árvore carbonizada apontando para o céu com dedos de bruxa. E uma casa em chamas. Era de lá que vinham os gritos. Quando estava tão perto que o calor queimava meus pulmões ao respirar, dei meia-volta e segui para o porto. Foi nesse momento que ela veio, a menininha com os olhos pretos cheios de medo. Ela puxou a jaqueta do meu uniforme e gritou sem parar às minhas costas.

— Meine Mutter! Meine Mutter!

Continuei andando, não havia nada que eu pudesse fazer. Já tinha visto o esqueleto de uma pessoa em chamas no andar de cima, preso com uma perna em cada lado da janela. Mas a menina continuou me seguindo, continuou gritando sua súplica desesperada para que eu ajudasse sua mãe. Tentei apressar o passo, mas ela me agarrou com seus pequenos braços de criança, não queria me soltar e eu a arrastei em direção ao mar de chamas lá embaixo. E assim avança-mos, uma procissão esquisita, duas pessoas acorrentadas a caminho da extinção.

Chorei, sim. Chorei, mas as lágrimas evaporavam assim que bro-tavam. Não sei quem de nós parou, mas levantei a menina, me virei, carreguei-a para o dormitório e a cobri com meu cobertor. Depois tirei um colchão de outra cama e me deitei no chão ao seu lado.

Nunca fiquei sabendo seu nome nem o que aconteceu com ela, porque durante a noite ela desapareceu. Mas eu sei que ela salvou a minha vida. Porque eu decidi ter esperança.

Acordei numa cidade que estava morrendo. Ainda havia vários incêndios, o porto estava totalmente arrasado e os navios que vinham ou com suprimentos ou para evacuar os feridos tiveram que se manter à distância no Außenalster por falta de lugar onde atracar.

Foi só à noite que os tripulantes conseguiram arrumar um lugar onde os navios pudessem descarregar e carregar, e eu fui correndo para lá. Fui de navio em navio até achar o que queria — um navio para a Noruega. Chamava-se Anna e ia levar cimento para Trondheim. Um bom destino para mim, já que imaginei que não seria lá que man-dariam me procurar. O caos havia substituído a costumeira ordem alemã, e as linhas de comando estavam longe de serem definidas. Os dois SS na lapela do meu uniforme impressionavam um pouco, e eu não tive nenhum problema para embarcar nem para convencer o capitão de que a ordem que lhe mostrei significava que eu tinha que ir para Oslo da maneira mais rápida possível, o que, nas circunstâncias reinantes, era com Anna para Trondheim, e de lá de trem para Oslo.

A viagem levou três dias. Desembarquei sem problemas, mostrei meus documentos no cais e me mandaram seguir adiante. Peguei o trem para Oslo. A viagem toda levou quatro dias. Antes de descer do trem em Oslo, fui ao toalete e vesti a roupa que havia pegado na casa de Christopher Brockhard. Dessa forma, estava pronto para o primeiro teste. Subi a avenida Karl Johan, estava quente e chuvisca-va. Duas moças vieram em minha direção, de mãos dadas, e deram risadinhas altas ao passar por mim. O inferno de Hamburgo parecia estar a anos luz de distância. Meu coração se regozijou. Eu estava de volta à minha terra amada, e pela segunda vez renasci.

O recepcionista do hotel Continental verificou meus documentos de identificação cuidadosamente antes de me olhar por cima dos óculos:

— Seja bem-vindo, Sr. Fauke.

E, quando estava deitado na cama do quarto amarelo do hotel, fitando o teto enquanto ouvia os sons da cidade lá fora, experimentei nosso novo nome. Sindre Fauke. Tinha um gosto estranho, mas comecei a acreditar que podia, que ia dar certo.

Floresta Nordmarka, 12 de julho de 1944.

... Um homem chamado Even Juul. Aparentemente ele, como todos os outros companheiros da Resistência, engoliu minha história sem mais nem menos. Aliás, por que não engoliria? A verdade, eu ser um soldado da Frente Oriental procurado por assassinato, seria mais difícil de aceitar que ser um desertor da Frente Oriental que chegou à Noruega via Suécia. Além do mais, eles verificaram com seus informantes, que confirmaram que uma pessoa chamada Sindre Fauke fora registrada como desaparecida e que provavelmente tinha passado para o lado dos russos. Os alemães mantêm tudo em ordem!

Falo um norueguês razoavelmente neutro, por ter crescido nos Estados Unidos, imagino, mas ninguém percebe que eu, em nome de Sindre Fauke, esqueci o dialeto montanhês tão depressa. Sou de um lugar muito pequeno na Noruega, mas, mesmo que porventura apareça alguém que eu tenha conhecido em minha juventude (Juventude! Meu Deus, isso foi apenas há três anos e parece que já se passou uma vida inteira!), estou convencido de que não me reconheceriam, de tão diferente que me sinto!

Nesse sentido, tenho muito mais medo de surgir de repente alguém que conheça o verdadeiro Sindre Fauke. Por sorte ele vem de um lugar, se é que é possível, ainda mais remoto do que o meu, mas, por outro lado, ele tem parentes que eventualmente poderiam identificá-lo.

Estava refletindo justamente sobre isso, e por esse motivo meu espanto hoje foi grande quando me deram a ordem de liquidar um dos meus (quer dizer, de Fauke) irmãos nazistas. Para testar se de fato mudei de lado. Tenho que provar que não sou um infiltrado. Daniel *e eu quase caímos na gargalhada — é como se tivesse sido nossa essa ideia, simplesmente me pediram que tirasse do caminho as pessoas que podiam me desmascarar! E claro que entendo que os líderes desses soldados de faz de conta acham que matar um irmão seria demais, desacostumados que estão com as brutalidades aqui nessa floresta segura. Mas estou pensando em levar isso a sério antes que eles mudem de ideia. Assim que escurecer, vou à cidade pegar minha arma de serviço, que está junto com o uniforme no guarda-volumes da estação de trem, e tomarei o mesmo trem noturno em que cheguei, para o norte. Já conheço o nome do povoado mais próximo à fazenda de Fauke, é só perguntar...*

Oslo, 13 de maio de 1945.

Outro dia estranho. O país ainda está embriagado pela liberdade, e hoje o príncipe Olavo chegou a Oslo junto com uma delegação do governo. Não consegui nem pensar em ir até o porto para assistir à sua chegada, mas soube que "metade" de Oslo estava lá. Hoje percorri a avenida Karl Johan em roupas civis, e meus "amigos soldados" não entendem por que eu não quero desfilar no "uniforme" da Resistência e ser aclamado como herói. Parece que este uniforme funciona como um verdadeiro imã para as mulheres de hoje em dia. Mulheres e uniformes — se minha memória não falha, em 1940 elas corriam com a mesma vontade atrás de uniformes verdes.

Subi até o palácio para ver se o príncipe herdeiro ia aparecer no balcão para dizer alguma coisa. Algumas pessoas já se aglomeravam ali. A troca da guarda estava acontecendo quando cheguei. Um espetáculo um tanto quanto lamentável para os padrões alemães, mas as pessoas estavam cheias de júbilo.

Tenho esperança de que o príncipe jogue água fria nos assim chamados bons noruegueses, que passaram cinco anos como espectadores passivos sem levantar um dedo, nem por um lado nem pelo outro, e que agora gritam por vingança aos traidores da pátria. Pois eu acredito que o príncipe Olavo é capaz de nos compreender, porque, se os rumores são verídicos, ele era o único do reino e do governo que mostrou certa postura durante a capitulação ao se oferecer para ficar com seu povo e compartilhar seu destino. Mas o governo o desaconselhou, provavelmente entenderam que isso seria colocar eles mesmos e o rei sob uma estranha perspectiva, a de deixá-lo para trás enquanto fugiam.

Sim, eu tenho esperança de que o jovem príncipe herdeiro (que ao contrário dos "santos dos últimos dias" sabe como vestir um uniforme!) possa explicar à nação o grande feito dos soldados da Frente Oriental, já que ele mesmo parece ter percebido o perigo que os bolcheviques do leste representavam (e ainda representam!) para nossa nação. No início de 1942, enquanto nós, soldados do front, nos preparávamos para ir para a Frente Oriental, o príncipe aparentemente conversou com o presidente Roosevelt e expressou sua preocupação com os planos dos russos para a Noruega.

Bandeiras tremulavam, algumas pessoas cantavam e as velhas árvores do Parque do Palácio nunca haviam estado mais verdes. Porém o príncipe não apareceu no balcão hoje. Devo ter paciência.

— Ligaram de Viena agora. As impressões são idênticas.

Weber estava na porta da sala.

— Ótimo — respondeu Harry e balançou a cabeça meio distraído.

— Alguém vomitou na lixeira — disse Weber. — Alguém que está muito doente, tinha mais sangue que vômito.

Harry molhou o polegar na língua e virou a página.

— Ok.

Pausa.

— Se precisar de ajuda com mais alguma coisa...

— Obrigado, Weber, mas é só.

Weber balançou a cabeça, mas não se mexeu.

— Não vai emitir uma ordem de busca? — perguntou por fim.

Harry ergueu a cabeça e olhou distraidamente na direção do policial.

— Por quê?

— Não faço a mínima ideia — respondeu Weber. — Nem preciso saber.

Harry sorriu, talvez por causa do comentário do policial mais velho.

— Exato.

Weber esperou pelo resto, mas o inspetor não falou mais nada.

— Como quiser, Hole. Eu trouxe um Smith & Wesson. Está carregado e tem um pente extra ali dentro. Pegue!

Harry levantou a cabeça a tempo de pegar o coldre preto que Weber jogara para ele. Abriu o coldre e tirou o revólver. Estava lubrificado, e o aço recém-polido brilhava. Claro. Era a arma do próprio Weber.

— Obrigado pela ajuda, Weber — agradeceu-lhe Harry.

— Se cuide...

— Vou tentar. Tenha um bom... dia.

Weber bufou ao ser relembrado da data. Quando saiu do apartamento a passos pesados, Harry já estava debruçado sobre os papéis mais uma vez.

Oslo, 27 de agosto de 1945.

Traição-traição-traição! Fiquei petrificado, escondido no último banco, quando trouxeram minha mulher e fizeram com que ela se sentasse no banco dos réus, de onde ela deu a ele, Even Juul, aquele sorriso rápido mas inequívoco. E esse pequeno sorriso foi o suficiente para me dizer tudo, mas parecia que eu estava preso no banco, sem condições para fazer nada além de ouvir e ver. E sofrer. Que mentirosa, falsa! Even Juul sabe muito bem quem é Signe Alsaker, fui eu quem lhe contei sobre ela. Ele não pode ser acusado de nada, ele acredita que Daniel Gudeson está morto, mas ela, ela jurou fidelidade até a morte! Sim, digo e repito: traição! E o príncipe não disse uma palavra. Ninguém falou nada. No forte de Akershus homens que arriscaram a vida pela Noruega estão sendo mortos. Os ecos dos tiros pairam no ar sobre a cidade durante um segundo, e o silêncio fica ainda mais sufocante que antes. Como se nada tivesse acontecido.

Na semana passada, fui informado de que meu caso está arquivado, que meus atos heroicos compensaram os crimes que cometi. Ri até que as lágrimas rolassem quando li a carta. Quer dizer que para eles liquidar quatro camponeses indefesos é um ato heroico que compensa minha defesa criminosa da pátria em Leningrado?! Joguei uma cadeira na parede, e a senhoria subiu e tive que pedir desculpas. É de enlouquecer.

À noite, sonho com Helena. Só com Helena. Preciso tentar esquecer. E o príncipe não disse uma palavra. Acho que não vou aguentar, acho...

97

OSLO, 17 DE MAIO DE 2000

Harry olhou no relógio de novo. Passou rapidamente várias folhas até seu olhar cair em um nome familiar.

Bar Schrøder, 23 de setembro de 1948.

... Um negócio com boas perspectivas. Mas hoje aconteceu o que eu temia.

Estava lendo o jornal quando percebi que tinha alguém em pé ao lado da minha mesa olhando para mim. Levantei o olhar e o sangue congelou nas minhas veias! Ele estava com um aspecto um tanto débil. Roupas gastas, já havia perdido aquela postura ereta, rígida, de que eu bem me lembrava. Era como se lhe faltasse uma parte. Mas eu o reconheci de imediato, nosso velho chefe de pelotão, o homem com o olho ciclópico.

— Gudbrand Johansen — disse Edvard Mosken. — Dizem que você morreu. Em Hamburgo, de acordo com os boatos.

Eu não sabia o que dizer ou fazer. Só sabia que o homem sentado à minha frente podia me levar a ser condenado por traição à pátria e, pior ainda, por assassinato!

Minha boca estava completamente seca quando finalmente consegui falar. Disse que sim, que estava vivo, e para ganhar tempo contei que estive no hospital em Viena com ferimentos na cabeça e um pé machucado, e perguntei o que tinha acontecido com ele. Edvard me contou que foi mandado para a Noruega e que tinha acabado em um hospital em Oslo, por coincidência o mesmo para onde eu havia sido encaminhado. Igual à maioria dos soldados, pegou três anos por traição à pátria, e foi solto depois de cumprir dois anos e meio.

Conversamos sobre um assunto ou outro e aos poucos comecei a relaxar. Pedi uma cerveja para ele e contei sobre meu negócio no ramo da construção. Eu disse o que achava: que era melhor para pessoas como nós começar um negócio próprio, já que a maioria das empresas se recusava a contratar ex-soldados da Frente Oriental (principalmente as empresas que tinham cooperado com os alemães durante a guerra).

— Você também? — perguntou ele.

Então tive que explicar que não tinha sido de grande ajuda eu ter passado para o lado "certo" depois, já que antes vestira o uniforme alemão.

Mosken ficou o tempo todo com aquele meio sorriso nos lábios e por fim não aguentou. Contou que esteve por muito tempo em meu encalço, mas que todas as pistas acabavam em Hamburgo. Ele estava quase desistindo quando um dia viu o nome Sindre Fauke em um artigo de jornal sobre os homens da Resistência. Aquilo havia reanimado seu interesse, e depois de descobrir onde Fauke trabalhava, ligou. Lá alguém deu a dica de que talvez estivesse no bar Schrøder.

Mais uma vez congelei e pensei: é agora. Mas o que ele falou diferia totalmente do que eu tinha imaginado.

— Nunca lhe agradeci devidamente por ter impedido Hallgrim Dale de me matar. Você salvou a minha vida, Johansen.

Dei de ombros, boquiaberto. Foi o melhor que conseguia fazer.

Mosken achava que, por tê-lo salvado, eu tinha me mostrado um homem com moral. Porque eu podia ter motivos para desejar vê-lo morto. Se o corpo de Sindre Fauke fosse descoberto, Mosken podia testemunhar que eu era o provável assassino! Apenas balancei a cabeça, concordando. Ele então olhou para mim e me perguntou se eu tinha medo dele. Resolvi que não tinha nada a perder em lhe contar toda a história, exatamente como aconteceu.

Mosken ouviu tudo, olhou para mim com seu olho ciclópico algumas vezes para ver se eu estava mentindo e outras vezes balançou a cabeça, sem acreditar. Mas acho que no fim entendeu que a maior parte era a mais pura verdade.

Quando terminei, comprei mais uma cerveja para ele, e Mosken me contou sua história, que sua mulher tinha encontrado outro homem com condições de sustentá-la e aos filhos enquanto ele cumpria pena. Ele compreendeu, talvez fosse melhor para Edvard Junior também, que assim não precisava crescer tendo um traidor da pátria como pai. Mosken parecia um pouco resignado. Disse que queria entrar na área de transporte, mas que não tinha conseguido emprego como motorista nas empresas onde procurou vaga.

— Compre seu próprio caminhão — sugeri. — Abra seu próprio negócio você também.

— Não tenho dinheiro para isso — respondeu, e me lançou um rápido olhar. Comecei a entender. — E os bancos tampouco gostam de ex-soldados do front, eles acham que somos todos bandidos.

— Eu consegui juntar um dinheiro — falei. — Posso te emprestar. Ele recusou, mas eu disse que já estava decidido.

— Vou cobrar juros, é claro! — disse, e ele se animou.

Mas ficou sério de novo e falou que podia sair caro para ele antes de o negócio deslanchar. Tive que explicar que os juros seriam baixos, algo quase simbólico. Pedi mais cerveja e, quando terminamos de beber, na hora de ir embora, selamos o acordo com um aperto de mão.

Oslo, 3 de agosto de 1950.

... Uma carta com carimbo de Viena na caixa do correio. Coloquei-a à minha frente na mesa da cozinha e fiquei apenas encarando-a. O nome e endereço do remetente estavam no verso. Eu tinha enviado uma carta para o hospital Rudolf II em maio, na esperança de que alguém soubesse o paradeiro de Helena e encaminhasse a carta para ela. Eu não tinha escrito nada que pudesse nos comprometer caso alguém abrisse a carta, e obviamente não tinha usado meu nome verdadeiro. De qualquer maneira, não me atrevi a ter esperança de receber uma resposta. Nem sei se eu, no fundo, queria uma resposta, pelo menos não a resposta mais provável. Casada e mãe. Não, não queria isso. Mesmo que tivesse sido o que desejei para ela, e algo para o qual lhe dei meu consentimento.

Meu Deus, éramos tão jovens, ela só tinha 19 anos! E agora que estava com a carta em mãos tudo de repente parecia tão surreal, como se a fina caligrafia no envelope não tivesse nada a ver com a Helena, com quem eu sonhava havia seis anos. Abri a carta com dedos trêmulos e me forcei a esperar pelo pior. A carta era longa e faz apenas poucas horas que a li pela primeira vez, mas já sei de cor tudo o que está escrito.

Querido Uriah,
Eu te amo. Para mim é fácil saber que vou te amar para o resto da minha vida, mas é estranho, parece que sempre te amei. Quando recebi sua carta, chorei de alegria.

Harry foi até a cozinha com as folhas na mão, encontrou café no armário em cima da pia e ligou a cafeteira, sem parar de ler. Leu sobre o feliz mas também sensível e quase doloroso reencontro em um hotel em Paris. Os dois ficaram noivos no dia seguinte.

A partir daquele ponto, Gudbrand escreveu cada vez menos sobre Daniel e por fim parecia que ele tinha desaparecido por completo.

Agora escrevia sobre um casal apaixonado que, devido ao assassinato de Christopher Brockhard, ainda sentia a respiração dos perseguidores em sua nuca. Tinham encontros clandestinos em Copenhague, Amsterdã e Hamburgo. Helena conhece a nova identidade de Gudbrand, mas será que conhece toda a verdade, o assassinato na Frente Oriental, a matança na fazenda dos Fauke? Aparentemente não.

Eles ficam noivos depois da retirada dos aliados e, em 1955, ela se muda de uma Áustria que, a jovem tem certeza, será retomada pelos "criminosos de guerra, antissemitas e fanáticos que não aprenderam nada com seus erros". Eles se estabelecem em Oslo, onde Gudbrand, ainda sob o nome de Sindre Fauke, continua tocando seu pequeno negócio. Casam-se no mesmo ano, em uma cerimônia particular presidida por um padre católico, no jardim da rua Holmenkollen, onde tinham acabado de comprar uma mansão com o dinheiro que Helena ganhou com a venda de seu negócio de costura em Viena. Estão felizes, escreve Gudbrand.

Harry escutou a água chiando e olhou surpreso para o café derramando.

98

OSLO, 17 DE MAIO DE 2000

Hospital Nacional, 1956.

Helena perdeu tanto sangue que sua vida por alguns instantes ficou em perigo, mas por sorte agiram a tempo. Perdemos a criança. Helena ficou inconsolável, claro, mesmo eu dizendo e repetindo que ela era jovem, que teríamos muitas outras chances. Infelizmente, o médico não compartilhava do meu otimismo. Ele disse que o útero...

Hospital Nacional, 12 de março de 1967

Uma filha. Ela vai se chamar Rakel. Não consegui parar de chorar, e Helena passou a mão em meu rosto e disse que os caminhos de Deus eram...

Harry estava de novo na sala e passou a mão por cima dos olhos. Por que não entendeu a conexão de imediato quando viu a foto de Helena no quarto de Beatrice? Mãe e filha. Ele devia estar muito distante. Provavelmente, a resposta era essa mesma — distante. De qualquer maneira via Rakel em todo lugar: na rua, nos rostos das mulheres que passavam por ele, em todos os canais de televisão, atrás do balcão em um café. Em sua cabeça, não havia nenhuma razão para ficar intrigado ao ver rosto dela na foto de uma mulher bonita pendurada em uma parede.

Devia ligar para Mosken para confirmar o que Gudbrand Johansen, aliás, Sindre Fauke, escreveu? Precisava? Ainda não.

Olhou no relógio mais uma vez. Por que estava fazendo isso, o que mais tinha tanta pressa além do combinado de se encontrar com Rakel às onze? Com certeza, Ellen poderia responder, mas ela não estava ali e ele não tinha tempo de pensar em uma resposta naquele momento. Isso, ele não tinha tempo.

Ele folheou as páginas até achar 1999: cinco de outubro. Faltavam apenas algumas páginas do manuscrito. Harry sentiu que estava suando na palma da mão. Sentiu uma pontada daquilo que o pai de Rakel descreveu quando recebeu a carta de Helena — uma relutância em finalmente ser confrontado com o inevitável.

Oslo, 5 de outubro de 1999.

Eu vou morrer. Depois de tudo pelo que passei, é estranho ficar sabendo que, como a maioria das pessoas, vou receber o golpe mortal de uma doença comum. Como poderei contar isso para Rakel e Oleg? Caminhei pela avenida Karl Johan e senti que essa vida que eu achava inútil desde que Helena morreu de repente tinha se tornado valiosa para mim. Não por eu não ansiar nosso reencontro, Helena, mas porque minha missão aqui na Terra tinha sido negligenciada por tanto tempo, e agora quase não havia mais tempo. Subi o mesmo morro que subi em 13 de maio de 1945. O príncipe herdeiro ainda não tinha ido ao balcão dizer que compreende. Ele só compreende todos os outros que estão passando por dificuldades. Eu não acho que ele virá, creio que ele nos traiu.

Depois adormeci encostado em uma árvore e tive um sonho longo e estranho, que pareceu uma revelação. E, quando acordei, meu velho companheiro também tinha acordado. Daniel está de volta. E eu sei o que ele quer fazer.

O Ford Escort gemeu quando Harry forçou a alavanca de câmbio sucessivamente em ré, primeira e segunda. E urrou feito um bicho ferido quando o inspetor afundou o pé no acelerador. Um homem vestido com roupas coloridas para o Dia Nacional da Noruega deu um pulo quando atravessou o cruzamento entre as ruas Vibes e Bogstad, e por pouco evitou que seus pés de meias brancas fossem marcados com borracha de pneu. Na rua Hegdehaugsveien havia engarrafamento em direção ao centro, e Harry se colocou na pista da esquerda, meteu a mão na buzina e rezou para que os carros na outra direção tivessem perspicácia para desviar. Ele tinha acabado de manobrar para a esquerda, em frente ao Kafé Lorry, quando uma parede azul-clara preencheu seu campo de visão. O bonde!

Era tarde demais para parar, e Harry girou o volante, pisou de leve no freio para fazer a parte de trás do carro girar e deslizou sobre os paralelepípedos até se chocar com o bonde, lado esquerdo contra lado esquerdo. O espelho lateral sumiu com um breve estrondo, mas o som da maçaneta sendo arrastada na lateral do bonde foi longo e estridente.

— Merda, merda!

Livre do bonde, as rodas, patinando nos trilhos, se soltaram, agarrando-se ao asfalto, jogando Harry para a frente, para o cruzamento seguinte.

Verde, verde, amarelo.

Pisou no acelerador, ainda com uma das mãos no meio do volante, na vã esperança de que uma mísera buzina fosse chamar a atenção no dia 17 de maio às dez e quinze da manhã, bem no centro de Oslo. Então gritou, pisou várias vezes no freio e, quando o Escort tentou se agarrar desesperadamente à Mãe Terra, caixas de cassetes vazias, maços de cigarros e Harry Hole foram jogados para a frente. Ele bateu com a cabeça no para-brisa assim que o carro parou. Um bando de crianças alegres balançando bandeiras invadiu a faixa de pedestres à sua frente. Harry esfregou a testa. O Parque do Palácio surgia bem à sua frente, e a trilha até o palácio estava tomada de gente. Do cabriolé aberto ao seu lado ouviu o rádio e a tradicional transmissão ao vivo.

"E agora, a família real está no balcão acenando para o desfile das crianças e para a multidão na praça do palácio. As pessoas estão celebrando o popular príncipe, que voltou para casa após uma viagem aos Estados Unidos, ele é..."

Harry pisou na embreagem, acelerou e subiu na calçada em frente à trilha.

99

OSLO, 16 DE OUTUBRO DE 1999

Já voltei a rir de novo. É Daniel que ri, claro. Não contei que uma das primeiras coisas que ele fez depois de acordar foi ligar para Signe. Usamos o telefone público no Schrøder. Foi de cortar o coração de tão divertido. As lágrimas foram inevitáveis.

Mais planejamento essa noite. O problema continua sendo conseguir a arma de que preciso.

100

OSLO, 15 DE NOVEMBRO DE 1999

... O problema finalmente parecia estar resolvido, e ele apareceu: Hallgrim Dale. Seu estado era deplorável, nada surpreendente. Eu tinha a esperança de que ele não fosse me reconhecer. Ele devia ter ouvido rumores de que eu tinha morrido durante os bombardeios em Hamburgo, porque achava que eu era um fantasma. Ele sentiu que havia algo de suspeito e queria dinheiro para ficar de bico calado. Mas o Dale que eu conheço não conseguiria guardar segredo, nem por todo o dinheiro do mundo. Por isso certifiquei-me de que eu fosse a última pessoa com quem ele conversaria. Não foi nem um pouco prazeroso, mas preciso confessar que senti uma pontada de satisfação ao perceber que minhas antigas habilidades não estão totalmente esquecidas.

101

OSLO, 17 DE MAIO DE 2000

Oslo, 8 de fevereiro de 2000.

Durante mais de cinquenta anos, Edvard e eu nos encontramos no bar Schrøder seis vezes por ano. Todas as primeiras terças-feiras do mês pela manhã, mês sim, mês não. Chamamos isso de reunião de pelotão, como costumávamos fazer quando o bar ainda era na Youngstorget. Sempre me perguntei qual era a ligação entre mim e Edvard, por éramos bem diferentes um do outro. Talvez seja apenas o destino em comum. Fomos marcados pelos mesmos acontecimentos. Estivemos juntos na Frente Oriental, ambos perdemos as esposas, e nossos filhos já são adultos. Não sei ao certo, mas por que não? O mais importante para mim é saber que conto com a total lealdade de Edvard. Claro, ele nunca esquece que eu o ajudei quando a guerra acabou, e depois disso ainda tenho dado uma mão a ele. Como no final dos anos 1960, quando Edvard perdeu o controle com a bebida e com as apostas nos cavalos e quase perdeu seu negócio de caminhão, mas eu paguei a dívida de jogo dele.

Não, não sobrou muito daquele soldado valente que lembro de Leningrado, mas nos últimos anos Edvard pelo menos se conformou com o fato de a vida não ser exatamente como ele havia imaginado, e tenta fazer o melhor que pode. Ele está se ocupando com seu cavalo, não joga nem bebe mais, e se contenta em me dar informações de cocheira.

A propósito das informações de cocheira, foi ele quem me deu a dica de que Even Juul tinha perguntado se era possível que Daniel Gudeson estivesse vivo. Na mesma noite liguei para Even e perguntei se ele estava ficando caduco. Mas Even me contou que alguns dias antes levantara o telefone do gancho no quarto e ouvira um homem tentando se fazer passar por Daniel, o que tinha deixado sua mulher louca de medo. O homem ao telefone disse que ligaria de novo em outra terça-feira. Even achou que tinha ouvido ruídos ao fundo que pareciam ser de um café, e estava decidido a percorrer todos os cafés em Oslo, todas as terças, até encontrar o terrorista. Ele sabia que a polícia não daria atenção para uma besteira dessas e não disse nada a Signe, para que ela não tentasse impedi-lo. Tive que morder o dorso da mão para não rir bem alto, e desejei boa sorte ao velho idiota.

Depois que me mudei para o apartamento em Majorstuen, não vi mais Rakel, mas nos falamos por telefone. Sinto que nós dois estamos cansados de brigar. Desisti de fazer com que minha filha entendesse o que foi para mim e para a mãe dela quando ela decidiu se casar com aquele russo daquela velha família de bolcheviques.

"Eu sei que você encarou isso como se fosse uma traição", diz ela. "Mas já faz tanto tempo. Não vamos mais falar disso."

Não faz tempo assim. Nada mais faz muito tempo.

Oleg perguntou por mim. É um bom menino, Oleg. Eu só espero que ele não venha a ser tão teimoso e caprichoso quanto a mãe. Ela puxou isso de Helena. São tão parecidas que fico com lágrimas nos olhos ao escrever isso.

Edvard me emprestou sua cabana para a próxima semana. Vou testar o rifle. Daniel mal pode esperar.

O sinal mudou para verde e Harry acelerou. O carro foi sacudido quando o meio-fio se enterrou nos pneus dianteiros. O Escort deu um pulo deselegante e foi parar na grama. A trilha estava cheia de gente, por isso Harry continuou pelo gramado. Ele passou devagar entre a lagoa e quatro jovens que tomavam o café da manhã, estendidos em uma toalha de mesa no gramado do parque. No espelho, viu piscar uma luz azul. Na guarita, a multidão se apinhava, e Harry parou, saltou de um pulo e correu para as barreiras em volta do Parque do Palácio.

— Polícia! — gritou Harry e se acotovelou na multidão.

As pessoas à frente dele haviam se levantado de madrugada para garantir lugar na primeira fila e não estavam muito a fim de sair dali.

Quando Harry pulou a barreira, um guarda tentou detê-lo, mas ele deu um empurrão em seu braço, mostrou-lhe o distintivo da polícia e entrou na praça cambaleando. O cascalho estalava sob seus pés. Ele se virou de costas para o desfile das crianças: a Escola Slemdal e a banda juvenil de Vålerenga estavam desfilando juntas e passavam embaixo do balcão do Palácio Real, e a família real acenava aos sons forjados de "I'm *Just a Gigolo*". Ele olhou para uma parede de rostos brilhantes e sorridentes e bandeiras vermelhas, brancas e azuis. Seu olhar varreu as fileiras de pessoas: pensionistas, tios tirando fotos, pais de família com as crianças menores nos ombros, mas nada de Sindre Fauke. Nada de Gudbrand Johansen. Nada de Daniel Gudeson.

— Merda, Merda!

Gritou mais por pânico que por qualquer outra coisa.

Mas ali, bem na frente da barreira, viu um rosto conhecido. Trabalhando à paisana com um walkie-talkie na mão e óculos de sol com lentes espelhadas. Havia seguido o conselho de Harry de ser solidário com os policiais que tinham família em detrimento do pub.

— Halvorsen!

102

Oslo, 16 de maio de 2000

Oslo, 16 de maio de 2000.

Signe está morta. Faz três dias que foi executada como uma traidora, com uma bala em seu coração falso. Depois de estar firme há tanto tempo, cambaleei quando Daniel me deixou depois de ter atirado. Ele me deixou só e confuso, eu me permiti ser tomado por dúvidas e tive uma noite péssima. A doença não ajudou. Tomei três das pílulas daquelas que o Dr. Buer disse para tomar uma só, mas mesmo assim as dores estavam insuportáveis. Mas por fim dormi, e no dia seguinte acordei com Daniel novamente ali e com novo ânimo. Essa foi a penúltima etapa; destemidos, seguiremos adiante.

> *Venha se sentar em volta da fogueira no acampamento, olhe*
> *para as chamas, tão douradas e vibrantes,*
> *incitando os soltados a se comprometer a se levantar e lutar.*

O dia em que a Grande Traição será vingada está chegando. Não tenho medo.

O mais importante é que a traição seja divulgada. Se esses relatos forem encontrados pelas pessoas erradas, há risco de serem destruídos ou mantidos em segredo por temor às reações da população. Por garantia já deixei pistas suficientes para um jovem policial da Polícia Secreta. Resta ver até que ponto é inteligente, mas meus instintos me dizem que ele, pelo menos, é uma pessoa com integridade.

Os últimos dias foram dramáticos.

Começou quando decidi dar um fim em Signe. Tinha acabado de ligar para ela e disse que iria buscá-la. Estava saindo do bar Schrøder quando vi o rosto de Even Juul através do vidro do café do outro lado da rua. Fingi que não o tinha visto e continuei andando, mas sabia que ele começaria a ligar uma coisa à outra assim que tivesse tempo para raciocinar.

Aquele policial veio me visitar ontem. Pensei que as pistas que tinha deixado para ele não estivessem tão claras assim a ponto de ele poder entender todo o sentido antes de eu cumprir minha missão. Mas descobri que ele tinha encontrado a pista de Gudbrand Johansen em Viena. Sabia que teria que ganhar tempo, pelo menos 48 horas. Por isso contei-lhe uma história sobre Even Juul que já tinha inventado, justamente pensando que pudesse surgir uma situação como essa. Contei que Juul era uma alma ferida e miserável e que Daniel tinha se alojado nele. Primeiro, a história faria parecer que era Juul que estava por trás de tudo, inclusive do assassinato de Signe. Segundo, tornaria o suicídio que eu tinha planejado para Juul mais crível.

Assim que o policial foi embora, comecei os trabalhos imediatamente. Even Juul não estranhou muito quando abriu a porta hoje e me viu na casa dele. Não sei se era porque ele tinha tido tempo para raciocinar ou se ele já não era mais capaz de estranhar coisa nenhuma. Já parecia morto. Coloquei uma faca em seu pescoço e garanti que ia cortá-lo em pedacinhos com a mesma facilidade com que tinha cortado o cachorro dele se ele se mexesse. Para ter certeza de que havia entendido o que eu disse, abri o saco de lixo que tinha levado para mostrar o bicho. Subimos para o quarto e ele prontamente se deixou ser conduzido, subindo na cadeira para amarrar a coleira do cachorro no gancho do lustre.

"Não quero que a polícia tenha mais nenhuma pista antes de tudo estar acabado, por isso temos que fazer isso parecer um suicídio", falei com ele. Mas ele nem reagiu, parecia totalmente indiferente. Quem sabe talvez eu estivesse lhe fazendo um favor?

Depois limpei minhas impressões digitais, coloquei o saco de lixo com o cachorro no congelador e as facas no porão. Tudo estava pronto e eu só estava fazendo a última inspeção no quarto quando de repente ouvi passos no cascalho e vi um carro da polícia na rua. Estava pa-

rado um pouco distante, como se estivesse esperando alguma coisa, e entendi que eu estava numa bela enrascada. Gudbrand entrou em pânico, claro, mas por sorte Daniel assumiu o controle e agiu rápido.

Foi pegar as chaves dos outros dois quartos e uma delas cabia na fechadura da porta do quarto onde Even estava pendurado. Coloquei--a no chão, atrás porta, dentro do quarto, tirei a chave original e usei-a para trancar a porta pelo lado de fora. Depois peguei a chave que não cabia e a coloquei na fechadura, do lado de fora. Por fim coloquei a chave original na porta do outro quarto. Tudo levou poucos segundos e depois desci com calma até o primeiro andar e liguei para o celular de Harry Hole.

E no instante seguinte ele entrou.

Mesmo sentindo o riso borbulhar por dentro, acho que consegui mostrar uma expressão surpresa, provavelmente porque fiquei mesmo surpreso. Porque eu já tinha visto um dos policiais antes. À noite no Parque do Palácio. Mas eu acho que ele não me reconheceu. Talvez porque hoje viu Daniel. E, SIM, me lembrei de limpar as impressões digitais das chaves.

— Harry! O que você está fazendo aqui? Aconteceu alguma coisa?

— Escute, avise no walkie-talkie que...

— O quê?

A banda escolar passou marchando, e o som dos tambores parecia perfurar o ar.

— Estou dizendo para... — gritou Harry.

— O quê? — gritou Halvorsen.

Harry arrancou o walkie-talkie das mãos dele:

— Prestem atenção agora, cada um de vocês aí fora. Procurem um homem, 70 anos, 1,75 metro, olhos azuis, cabelos brancos. Deve estar armado, repito, armado e muito perigoso. Há suspeita de um atentado, verifiquem janelas e telhados na área. Repito...

Harry repetiu a mensagem, e Halvorsen o olhou para ele com a boca semiaberta. Quando Harry terminou, jogou o walkie-talkie de volta para ele.

— Agora é seu trabalho cancelar a festa de 17 de Maio, Halvorsen.

— O que você está dizendo?

— Você está de plantão, e eu pareço que... andei bebendo. Eles não vão querer me escutar.

Halvorsen olhou para Harry, que estava com a barba por fazer, camisa amassada e mal abotoada e sapatos sem meias.

— Quem são "eles"?

— Ainda não entendeu o que estou tentando dizer? — gritou Harry e apontou com o dedo trêmulo.

103

Oslo, 17 de maio de 2000

Hoje. A quatrocentos metros de distância. Já consegui antes. O parque vai estar bem verde, tudo recém-brotado, tão cheio de vida, tão vazio de morte. Mas eu já abri caminho para a bala. Uma árvore morta sem folhas. A bala sairá do céu e, igual ao dedo de Deus, apontará para a prole do traidor, e todos verão o que Ele faz com aqueles que são impuros de coração. O traidor disse que amava sua pátria, mas fugiu e pediu a nós que a salvássemos dos intrusos do leste, para depois nos carimbar como traidores.

Halvorsen correu para a entrada do palácio enquanto Harry ficou andando em círculos na praça, como um bêbado. Levaria alguns minutos até esvaziar o balcão do palácio, homens importantes teriam de tomar decisões pelas quais precisariam se responsabilizar: não se cancela um 17 de Maio sem mais nem menos, só porque um policial falou com um colega não muito confiável. Seu olhar varreu a multidão, de um lado a outro, sem saber direito o que estava procurando.

Virá do céu.

Ele levantou o olhar. As árvores verdes. Tão vazias de morte. Estavam tão altas, suas folhas tão densas que mesmo com uma boa mira telescópica seria impossível atirar das casas em volta.

Harry fechou os olhos. Seus lábios se mexeram. *Me ajude agora, Ellen.*

Eu preparei o caminho.

Porque os dois funcionários do parque pareciam surpresos ontem, quando ele passou por ali? O que seria? A árvore. Não tinha folhas. Então ele abriu os olhos, o olhar correu pela copa das árvores e Harry viu: o carvalho marrom e morto. Ele sentiu o coração começar a acelerar. Virou-se, quase atropelou um homem com um tambor e correu para o palácio. Quando alcançou o ponto que ficava em linha reta entre a árvore e o balcão, parou. Olhou para a árvore. Atrás dos galhos nus se erguia um gigantesco prédio de vidro azul gelado. Hotel SAS. Claro. Tão fácil. Uma bala. Ninguém reage por causa de um estrondo no dia 17 de maio. Depois o atirador iria com calma até a recepção movimentada, em seguida para as ruas cheias de gente, onde desapareceria. E então? O que aconteceria depois?

Não podia pensar nisso agora, tinha de agir. Agir. Mas estava tão cansado. Em vez de excitação, Harry sentiu de repente uma enorme vontade de ir embora, ir para casa, deitar-se e dormir e acordar para um novo dia em que nada daquilo tivesse acontecido. Que tudo não passasse de um sonho. Então foi acordado pelas sirenes de uma ambulância que passava. O barulho cortou o som da banda.

— Merda, merda!

Então começou a correr.

104

Hotel Radisson SAS,
17 DE MAIO DE 2000

O velho se apoiou na janela com as pernas dobradas, segurou a arma com as duas mãos e ouviu a sirene da ambulância que se afastava aos poucos. *Chegou tarde demais*, pensou. *Todos morrem.*

Ele tinha vomitado de novo. Mais sangue. As dores quase o deixaram inconsciente, e ele depois ficou encolhido no chão do banheiro, esperando as pílulas fazerem efeito. Quatro dessa vez. A dor sucumbiu, deu apenas uma última punhalada para lembrar que voltaria em breve, e o banheiro recuperou as proporções normais. Um dos dois banheiros. Com uma jacuzzi. Ou era uma sauna? Pelo menos tinha TV, e ele a ligou. Havia hinos nacionais, hinos ao rei e repórteres vestidos para festa cobrindo desfiles de crianças em todos os canais.

Agora estava na sala, e o sol pendia do céu como uma labareda, deixando tudo iluminado. Ele sabia que não devia olhar direto para as chamas, podia ter cegueira noturna e talvez não conseguisse ver os franco-atiradores russos que serpenteavam na neve lá fora, na terra de ninguém.

— *Estou vendo* — sussurrou Daniel. — *No balcão, exatamente atrás da árvore morta.*

Árvores? Não há árvores nessa paisagem destruída pelas bombas. O príncipe saiu para o balcão, mas não falou nada.

— Ele vai escapar! — gritou uma voz. Parecia a de Gudbrand.

— *Não, não vai* — disse Daniel. — *Nenhum desgraçado de um bolchevique vai escapar.*

— Ele percebeu que nós o vimos, vai fugir.

— *Não, não vai* — disse Daniel.

O velho colocou a arma na beirada da janela. Ele tinha usado uma chave de fenda para desaparafusar a janela que mal se deixava abrir. O que a menina da recepção tinha dito daquela vez? Que era para evitar que os hóspedes tivessem "ideias estúpidas". Ele olhou pela mira do telescópio. As pessoas eram tão pequenas lá embaixo. Ele ajustou a distância. Quatrocentos metros. Quando se atira de cima para baixo, deve-se levar em conta que a gravidade age de forma diferente sobre a bala, que faz outra trajetória quando se atira na horizontal. Mas Daniel sabia disso, Daniel sabia de tudo.

O velho olhou no relógio: dez e quarenta e cinco. Estava na hora de deixar acontecer. Ele apoiou o rosto na coronha pesada e fria, segurou a arma mais à frente com a mão esquerda. Apertou de leve o olho esquerdo. O parapeito do balcão do palácio encheu a mira do telescópio. Depois casacos e chapéus pretos. Ele encontrou o rosto que estava procurando. Claro que era parecido. O mesmo rosto jovem de 1945.

Daniel ficou ainda mais quieto e mirou. Quase nem saía mais vapor gelado de sua boca.

Em frente ao balcão, fora de foco, o carvalho morto apontava para o céu com dedos pretos de bruxa. Um pássaro pousou em um dos galhos. No meio da mira. O velho se mexeu, inquieto. Não estava ali segundos antes. Logo iria embora. Ele largou a arma e tragou ar novo para dentro dos pulmões doloridos.

Click-click

Harry bateu no volante e girou a chave na ignição mais uma vez.

Click-click

Pega, seu merda de carro! Senão é direto para o ferro-velho amanhã.

O Escort pegou com um urro e, com um esguicho de grama e terra, o carro girou e disparou. Na lagoa, Harry virou à direita. Os jovens relaxados na toalha estendida sobre a grama levantaram as garrafas de cerveja gritando "Vai, vai!", ao verem Harry voar em direção ao hotel SAS. Com o motor uivando na primeira marcha e uma das mãos na buzina, ele abriu caminho pela trilha cheia de pessoas, mas em frente à creche no fim do parque apareceu de repente um carrinho de bebê por trás de uma árvore, e ele jogou o carro para a esquerda, girou o volante ao contrário, deslizou e, a duras penas, conseguiu desviar da cerca em frente às estufas. O Escort acabou atravessado na rua Wergeland em frente a um táxi que freou de repente, com bandeiras norueguesas e folhas de bétula no para-choque, mas Harry conseguiu acelerar e manobrar por entre os carros, e entrou na praça de Holberg.

Parou em frente à porta giratória do hotel e saltou do carro em um pulo. Quando entrou apressado na recepção movimentada, parecia que todos haviam ficado em silêncio, à espera de que algo especial fosse acontecer. Mas os hóspedes viram apenas um homem que havia bebido demais no dia 17 de maio. Já tinham visto isso antes e então voltaram a agir normalmente. Harry correu para uma das ridículas "pequenas ilhas".

— Bom dia — disse uma voz.

Um par de sobrancelhas erguidas por baixo de cabelos louros e encaracolados que pareciam uma peruca o fitava de cima a baixo. Harry viu seu nome no uniforme.

— Betty Andresen, o que vou dizer agora não é uma piada de mau gosto, por isso preste bastante atenção. Sou da polícia, e um homem que está aqui no hotel vai cometer um atentado.

Betty Andresen encarou o homem alto, malvestido, com olhos vermelhos e que ela, é verdade, imediatamente tinha tachado como bêbado, louco ou os dois. Ela estudou o distintivo policial que ele lhe mostrou. Olhou para ele mais uma vez. Bem demoradamente.

— Nome? — perguntou ela.

— Ele se chama Sindre Fauke.

Seus dedos correram pelo teclado.

— Sinto muito, não tem ninguém com esse nome.

— Merda! Tente Gudbrand Johansen.

— Também não há nenhum Gudbrand Johansen, Sr. Hole. O senhor não estaria no hotel errado?

— Não! Ele está aqui, está em um dos quartos nesse momento.

— Então o senhor já falou com ele?

— Não, não, eu... eu não conseguiria explicar tudo agora. — Harry passou a mão no rosto. — Espere, preciso pensar. Ele deve estar num andar bem alto. Quantos andares têm aqui?

— Vinte e dois.

— E quantos hóspedes acima do décimo ainda não entregaram a chave dos quartos?

— Muitos, receio.

Harry levantou as duas mãos e olhou para ela:

— Claro — sussurrou. — É a missão de Daniel.

— Como?

— Procure Daniel Gudeson.

O que aconteceria depois? O velho não sabia, não havia depois. Pelo menos não até agora. Ele tinha colocado quatro cartuchos no batente da janela. O metal dourado fosco refletiu os raios do sol.

Ele olhou pelo telescópio de novo. O pássaro ainda estava lá. Ele o reconheceu. Eles tinham o mesmo nome. Ele ajustou o telescópio na linha da multidão. Deixou o olhar deslizar para cima e para baixo na faixa de pessoas na barreira, até se deparar com algo familiar. Seria possível...? Ele ajustou o foco. Sim, não tinha dúvidas, era Rakel. O que ela estava fazendo na praça do palácio? E lá vinha Oleg também. Vindo correndo do desfile das crianças. Rakel o levantou por sobre a barreira com os braços esticados. Era forte, Rakel. Mãos fortes. Como a mãe. Agora estavam seguindo em direção à guarita. Rakel olhou no relógio, parecia que estava esperando alguém. Oleg usava a jaqueta que ele lhe dera no Natal. A jaqueta do vovô, como Rakel lhe contou que o menino a chamava. Parecia que já estava ficando pequena.

O velho riu à socapa. Teria de comprar outra para ele no outono.

Dessa vez as dores vieram sem aviso prévio, e ele arquejou desamparado pela falta de ar.

A labareda caiu, e as sombras rastejaram em sua direção ao longo das paredes da trincheira.

Escureceu, mas no momento que sentiu que ia deslizar para a escuridão, as dores sucumbiram. O rifle tinha escorregado para o chão, e o suor fazia a camisa grudar ao corpo.

Ele se endireitou e recolocou a arma na janela. O pássaro não estava mais lá. A linha de fogo estava livre.

Os rostos jovens e inocentes encheram a mira do rifle de novo. O príncipe tinha estudado. Oleg ia estudar. Foi a última coisa que tinha dito a Rakel. Foi a última coisa que tinha dito a si mesmo antes de matar Brandhaug. Rakel não estava em casa no dia que ele passou em Holmenkollen para buscar alguns livros, por isso ele entrou usando sua chave, e foi por puro acaso que viu o envelope que estava na escrivaninha. Com cabeçalho da embaixada russa. Ele leu a carta e olhou para o jardim pela janela, as manchas de neve que restaram depois da geada, o último espasmo do inverno. Depois procurou nas gavetas da escrivaninha. E encontrou todas as outras cartas, algumas com cabeçalho da embaixada norueguesa, e também aquelas sem cabeçalho escritas em guardanapos e folhas rasgadas de blocos de anotações, assinadas por Bernt Brandhaug. E pensou em Christopher Brockhard.

Nenhum cretino russo será capaz de atirar quando estivermos de guarda hoje à noite.

O velho soltou a trava de segurança. Sentiu uma calma estranha. Lembrou como fora fácil cortar a garganta de Brockhard. E matar Bernt Brandhaug. Jaqueta do vovô, jaqueta do vovô nova. Ele soltou o ar dos pulmões e dobrou o dedo no gatilho.

Com uma chave universal para todos os quartos do hotel da mão, Harry forçou o elevador a permanecer aberto com a outra mão e pôs um pé entre as portas que estavam se fechando. Hóspedes correram para o lado, abrindo caminho. Rostos boquiabertos olhavam para ele.

— Polícia! — gritou Harry. — Todos para fora!

Parecia que o sinal da escola tinha soado para o recreio, mas um homem de 50 anos, com cavanhaque preto e usando terno com listras azuis com um laço de 17 de Maio no peito e uma camada fina de caspas nos ombros não se mexeu.

— Meu senhor, somos cidadãos noruegueses e não estamos em um país autoritário!

Harry passou pelo homem, entrou no elevador e apertou o 22. Mas o cavanhaque não tinha terminado.

— Me dê um motivo para que eu, como pagador de impostos, deva aceitar...

Harry tirou o revólver de serviço de Weber do coldre de ombro.

— Tenho seis argumentos aqui, seu pagador de impostos. Fora!

* * *

O tempo flui sem parar, em breve fluirá para um novo dia. No sol da manhã vamos vê-lo melhor, amigo ou inimigo.

Inimigo, inimigo. Cedo ou tarde, de qualquer maneira vou pegá-lo. Jaqueta do vovô.

O rosto no telescópio parecia sério. Sorria, menino.

Traição, traição, traição!

O gatilho está tão apertado que não oferece mais resistência, o ponto de descarga está em algum lugar na terra de ninguém. Não pense no estampido e no recuo, continue apenas apertando, deixe vir quando vier.

O estrondo o surpreendeu por completo. Por uma fração de segundo reinou o silêncio total. Então ressoou o eco, e a onda de som caiu sobre a cidade e sobre o silêncio repentino de milhões de sons que emudeceram no mesmo instante.

Harry apertou o passo pelos corredores no 22º andar quando ouviu o estrondo.

— Merda!

As paredes que vinham em sua direção, passando por ele dos dois lados, davam-lhe a sensação de se mover para dentro de um funil. Portas. Quadros, motivos cubistas azuis. Os passos eram quase mudos no tapete grosso. Ótimo. Bons hotéis pensam em isolamento sonoro. E bons policiais pensam no que vão fazer. Merda, merda, ácido láctico no cérebro. Uma máquina de gelo. Quarto 2154, quarto 2156. Outro estrondo. A suíte imperial.

O coração dava rufos de tambores no interior das costelas. Harry se posicionou ao lado da porta e colocou o cartão universal na fechadura. Ouviu-se um zumbido baixo. Depois, um clique suave, e o indicador da fechadura ficou verde. Harry baixou o trinco com cuidado.

A polícia tinha procedimentos padrão para situações como aquela. Harry fizera cursos para aprendê-los. Não pretendia seguir nenhum deles.

Ele abriu a porta com um golpe, jogou-se para dentro do quarto com a arma na frente do corpo, segurando-a com as duas mãos, e se pôs de joelhos no vão da porta que dava para a sala. A luz que inundava a sala cegou-o. Seus olhos arderam. Havia uma janela aberta. O sol pendia como se fosse um halo acima da cabeça da pessoa de cabelos brancos que se virava devagar.

— Polícia! Largue a arma! — gritou Harry.

As pupilas de Harry se encolheram e ele vislumbrou a silhueta do rifle que estava apontado para ele.

— Largue a arma! — repetiu. — Já fez o que veio fazer, Fauke. Missão cumprida. Acabou agora.

Foi estranho, mas as bandas ainda estavam tocando lá fora, como se nada tivesse acontecido. O velho levantou o rifle e encostou o rosto na coronha. Os olhos de Harry se acostumaram à luz e olhavam para dentro do cano do rifle que ele até então só tinha visto em fotos.

Fauke murmurou alguma coisa, mas o som foi abafado por outro estrondo, mais nítido e agudo desta vez.

— Bem, eu... — sussurrou Harry.

Lá fora, atrás de Fauke, ele viu uma nuvem de fumaça subir no ar, como se fosse um balão, do morro dos canhões no forte de Akershus: as salvas do 17 de Maio. Tinham sido as salvas do 17 de Maio! Harry ouviu os gritos de viva. Respirou pelas narinas. Não sentia cheiro de pólvora queimada. De súbito entendeu que Fauke não tinha atirado, por enquanto. Ele apertou o cabo do revólver e encarou o rosto enrugado que o fitava por cima da mira, inexpressivo. Não se tratava apenas da vida dele e do velho. As instruções eram claras.

— Estou vindo da rua Vibes, li seu relato — disse Harry. — Gudbrand Johansen. Ou é com Daniel que falo agora?

Harry cerrou os dentes e tentou dobrar o dedo no gatilho.

O velho murmurou algo mais uma vez.

— O que está falando?

— Senha — disse o velho. A voz estava rouca e totalmente irreconhecível.

— Não faça isso — disse Harry. — Não me obrigue.

Uma gota de suor escorreu pela testa de Harry e foi descendo até chegar à ponta do nariz, onde ficou pendurada, sem saber por onde continuar. Harry mudou a posição do revólver na mão.

— Senha — repetiu o velho.

Harry viu o dedo apertar o gatilho. Sentiu o medo da morte apertar o coração.

— Não — disse Harry. — Ainda não é tarde demais.

Mas ele sabia que aquilo não era verdade. Já era tarde demais. O velho estava além da razão, além deste mundo, desta vida.

— Senha.

Logo seria tarde demais para os dois, restava apenas pouco tempo, o tempo na véspera de Natal quando...

— Oleg — disse Harry.

O rifle estava apontado direto para sua cabeça. Uma buzina soou ao longe. Um espasmo passou pelo rosto do velho.

— A senha é Oleg — afirmou Harry.

O dedo no gatilho congelou.

O velho abriu a boca para dizer alguma coisa.

Harry prendeu a respiração.

— Oleg — disse o velho. Soou como vento em seus lábios secos.

Harry não conseguiu explicar direito mais tarde, mas ele viu: o velho começou a morrer no mesmo instante. E, no momento seguinte, havia apenas um rosto infantil encarando Harry por detrás das rugas. O rifle não estava mais apontado para ele, então Harry abaixou sua arma. Com cuidado, esticou uma das mãos e tocou o ombro do velho.

— Promete? — A voz do velho estava quase inaudível. — Que eles não...

— Prometo — respondeu Harry. — Vou cuidar pessoalmente para que nenhum nome seja divulgado. Oleg e Rakel não sofrerão.

O velho olhou para Harry por um bom tempo. O rifle acertou o chão com um baque surdo e ele desfaleceu.

Harry tirou o cartucho do rifle e o colocou no sofá antes de discar o número da recepção e pedir a Betty que chamasse uma ambulância. Em seguida ligou para o celular de Halvorsen e disse que o perigo já passara. Ele carregou o velho até o sofá e se sentou em uma cadeira para esperar.

— Por fim o peguei — sussurrou o velho. — Ele quase escapou, sabe? Na lama.

— Pegou quem? — perguntou Harry e deu um trago profundo no cigarro.

— Daniel, claro. Eu o peguei no final. Helena tinha razão. Eu era o mais forte o tempo todo.

Harry apagou o cigarro e foi até a janela.

— Estou morrendo agora — sussurrou o velho.

— Eu sei.

— Está no meu peito. Dá para ver?

— Ver o quê?

— O tourão.

Mas Harry não viu nenhum tourão. Viu uma nuvem branca atravessar o céu depressa, como uma dúvida passageira, viu as bandeiras norueguesas tremulando ao sol em todos os mastros da cidade e viu um pássaro acinzentado bater as asas em frente à janela. Mas nenhum tourão.

Parte Dez

Ressurreição

105

HOSPITAL ULLEVÅLL, 19 DE MAIO DE 2000

Bjarne Møller encontrou Harry na sala de espera da ala oncológica. O chefe da delegacia se sentou ao lado de Harry e piscou para uma menina que franziu a testa e se virou.

— Fiquei sabendo que acabou — disse.

Harry balançou cabeça.

— Essa madrugada, às quatro. Rakel ficou aqui o tempo todo. Oleg está lá dentro agora. O que você está fazendo aqui?

— Só queria bater um papo com você.

— Preciso de um cigarro — disse Harry. — Vamos lá para fora.

Encontraram um banco vazio embaixo de uma árvore. Nuvens leves se apressavam no céu acima deles. Sinal de mais um dia quente.

— Então Rakel não sabe de nada? — perguntou Møller.

— Não.

— As únicas pessoas que têm conhecimento disso somos eu, Meirik, o chefe de polícia, o ministro da Justiça e o primeiro-ministro. E você, claro.

— Você sabe melhor do que eu quem sabe o que, chefe.

— Sim, claro. Só estava pensando alto.

— Então... O que queria me dizer?

— Sabe, Harry, tem dias em que eu gostaria de trabalhar em outro lugar. Em um lugar com menos política e mais trabalho policial. Em Bergen, por exemplo. Mas então, em certos dias, como hoje, paro na janela do quarto e olho para o fiorde e para as ilhas e escuto o canto dos pássaros e... Entende? Então de repente não quero ir a lugar nenhum.

Møller observou uma joaninha subindo em sua perna.

— O que quero dizer é que gostaria de manter as coisas como estão, Harry.

— De que *coisas* estamos falando?

— Você sabia que nenhum presidente americano nos últimos vinte anos concluiu seu mandato sem que descobrissem pelo menos dez atentados? E que os culpados, sem exceção, foram pegos sem que isso chegasse à mídia? Ninguém tem nada a ganhar com o vazamento de que um atentado contra uma autoridade foi planejado, Harry. Sobretudo um que em teoria poderia ter dado certo.

— Em *teoria*, chefe?

— Não são palavras minhas. Mas, de qualquer forma, a conclusão é que isso deve ser abafado. Para não gerar insegurança. Ou revelar fraquezas no sistema de segurança. Minhas palavras tampouco. Atentados têm um efeito contagioso que...

— Sei o que quer dizer — falou Harry e soltou a fumaça pelo nariz. — Mas acima de tudo fazemos isso por consideração àqueles que têm a responsabilidade, não é? Aqueles que podiam e que deviam ter soado o alarme mais cedo.

— Como disse — continuou Møller —, em alguns dias Bergen parece ser uma boa alternativa.

Ficaram em silêncio por uns instantes. Um pássaro empertigou-se à frente deles, balançou a cauda, bicou o gramado e parecia olhar ao redor atentamente.

— E uma alvéloa-branca — disse Harry. — *Motacilla alba*. Bichinho cuidadoso.

— O quê?

— *Nossos passarinhos*. E os assassinatos que Gudbrand Johansen cometeu?

— Já tínhamos respostas satisfatórias sobre os assassinatos antes, não é?

— O que quer dizer com isso?

Møller pareceu desconfortável.

— A única coisa que conseguiremos mexendo nisso agora é cutucar as velhas feridas dos mais próximos e correr o risco de que alguém comece a querer investigar a história toda. Os casos já estavam solucionados.

— Certo. Even Juul. E Sverre Olsen. E a morte de Hallgrim Dale?

— Ninguém precisa mexer nisso. Apesar de tudo, Dale era, ãh...

— Apenas um velho bêbado, e ninguém ligava para ele.

— Por favor, Harry, não torne isso mais difícil do que já é. Você sabe que também não fico feliz com isso.

Harry apagou o cigarro no braço do banco e colocou a guimba de volta no maço.

— Preciso voltar, chefe.

— Então podemos contar que esse assunto não vai sair daqui?

Harry abriu um sorriso lacônico.

— É verdade o que ouvi dizer sobre a pessoa que vai assumir minha vaga na Polícia Secreta?

— Claro — respondeu Møller. — Tom Waaler disse que quer tentar concorrer à vaga. Meirik vai colocar todo o departamento dos neonazistas sob responsabilidade do cargo, vai ser um trampolim e tanto para os cargos mais altos. Aliás, vou recomendá-lo. Você devia ficar feliz por ele assumir agora que voltou para a Homicídios, não? Agora que a nossa vaga de inspetor vai ficar em aberto.

— Então é essa a recompensa por ficar de bico calado?

— Como você pode pensar uma coisa dessas, Harry? Isso é pelo fato de você ser o melhor. Você acabou de provar isso de novo. Só quero saber se podemos confiar em você.

— Você sabe em qual caso quero trabalhar?

Møller encolheu os ombros.

— O assassinato de Ellen já foi esclarecido, Harry.

— Não completamente. Ainda restam algumas coisas que não descobrimos. Aonde foram parar as duzentas mil coroas do negócio da arma. Talvez haja outros mediadores.

Møller balançou a cabeça, concordando.

— Ok. Você e Halvorsen têm dois meses. Se não descobrirem nada até lá, encerramos o caso.

— Fechado.

Møller se levantou para ir embora.

— Eu queria saber uma coisa, Harry. Como descobriu que a senha era "Oleg"?

— Bem, Ellen vivia me dizendo que quase sempre a primeira coisa que vem à cabeça é a certa.

— Impressionante — disse Møller a si mesmo. — E a primeira coisa que ocorreu a você foi o nome do neto dele?

— Não.

— Não?

— Eu não sou a Ellen. Eu tive que pensar.

Møller lançou-lhe um olhar penetrante.

— Está brincando comigo, Harry?

Harry sorriu. Depois virou a cabeça para a alvéloa-branca.

— Li naquele livro de pássaros que ninguém sabe por que a alvéloa-branca balança a cauda quando está quieta. É um mistério. A única coisa que se sabe é que ela não consegue deixar de fazer isso...

106

Delegacia de polícia,
19 de maio de 2000

Harry havia acabado de pôr os pés em cima da mesa e encontrado a posição perfeita quando o telefone tocou. Para não ter que sair daquela posição, ele se inclinou para a frente, esticando os músculos das costas para manter o balanço na cadeira nova com suas traiçoeiras rodas bem engraxadas. Ele quase não alcançou o gancho com as pontas dos dedos.

— Hole.

— *Harry? Isaiah Burne* falando de Joanesburgo. Como vai?

— Isaiah? Que surpresa.

— Só estou ligando para agradecer, Harry.

— Agradecer por quê?

— Por você não ter começado nada.

— Começado o quê?

— Você sabe o que quero dizer, Harry. Que não vieram iniciativas diplomáticas de absolvição ou coisa parecida.

Harry não respondeu. Ele meio que esperava por essa ligação havia algum tempo. A posição na cadeira já não era mais tão confortável assim. Viu o olhar suplicante de Andreas Hochner de imediato. E a voz suplicante de Constance Hochner: *O senhor promete que fará o que for possível, Sr. Hole?*

— Harry?

— Estou aqui.

— A sentença foi dada ontem.

Harry olhou para a foto de Søs na parede. Tinha sido um verão excepcionalmente quente aquele ano, não? Eles tomaram banho de chuva. De repente Harry se sentiu inundado por uma tristeza inexplicável.

— Pena de morte? — Ouviu-se perguntar.

— Sem possibilidade de recursos.

107

Bar Schrøder, 2 de junho de 2000

— O que vai fazer no verão, Harry?

Maja contava o troco.

— Não sei. Pensamos em alugar uma cabana em algum lugar aqui da Noruega. Ensinar o menino a nadar e coisas assim.

— Não sabia que você tinha filhos.

— Não tenho. É uma longa história.

— É? Espero poder ouvir um dia.

— Veremos, Maja. Fique com o troco.

Maja fez uma reverência e desapareceu com um sorriso torto. O local estava vazio para uma sexta à tarde. Provavelmente o calor levara a maioria para o restaurante ao ar livre em St. Hanshaugen.

— Então? — perguntou Harry.

O velho olhou para o copo de cerveja sem responder.

— Está morto. Não está contente, Åsnes?

O Moicano levantou a cabeça e olhou para Harry.

— Quem está morto? — perguntou. — Ninguém está morto. Só eu. Eu sou o último dos mortos.

Harry soltou um suspiro, colocou o jornal embaixo do braço e saiu para o calor da tarde.

Este livro foi composto na tipologia Sabon LT
Std, em corpo 11/15, e impresso em
papel off-white no Sistema Cameron da
Divisão Gráfica da Distribuidora Record.